KNAUR

Von Valentina Giambanco ist bereits folgender Titel erschienen:
13 Tage

Über die Autorin:
Valentina Giambanco wurde in Italien geboren, lebt jedoch seit langem in London, wo sie in der Filmbranche arbeitet. In Seattle, dem Schauplatz ihres Romans, ist ein großer Teil ihrer Familie zu Hause. *Jemand wird sterben* ist ihr zweiter Thriller rund um Alice Madison und ihre schillernden Sidekicks.

V. M. Giambanco

Jemand wird sterben

Thriller

Aus dem Englischen
von Elke Link

KNAUR

Die englische Originalausgabe erschien 2014 unter dem Titel
»The Dark« bei Quercus, London.

Besuchen Sie uns im Internet:
www.knaur.de

FSC
www.fsc.org
MIX
Papier aus verantwortungsvollen Quellen
FSC® C083411

Deutsche Erstausgabe März 2017
Knaur Taschenbuch

Ein Imprint der Verlagsgruppe Droemer Knaur GmbH & Co. KG, München

Covergestaltung: Mediabureau DiStefano, Berlin
Coverabbildung: Arcangel / Anja Weber Decker
Satz: Adobe InDesign im Verlag
Druck und Bindung: CPI books GmbH, Leck
ISBN 978-3-426-51400-9

2 4 5 3 1

Für Valeria Cardi Navach und
Francesca Bellina Giambanco

Uralte Bäume ragen dreißig Meter in die Höhe, rote und gelbe Zedern neben Balsampappeln und Weinblattahorn. Ihre Wurzeln winden sich durch tiefes, grünes, glitschiges Moos und faules Holz.

Vier Männer hintereinander. Jung genug, um in dem schwierigen Gelände einigermaßen voranzukommen, alt genug, um zu wissen, dass in ihrem Leben an diesem Tag das Unterste zuoberst gekehrt wird. Sie sprechen nicht miteinander, denn es gibt nichts zu sagen.

Der Anführer wischt sich mit einem zerfetzten grauen Lumpen den Schweiß aus dem Genick. Er zeigt auf einen abgestorbenen Ast, der aus dem Boden ragt und über den sie stolpern könnten; die anderen gehen vorsichtig um ihn herum. Er ist kein aufmerksamer Mensch. Er ist ein übler Patron, der die Sache schnell hinter sich bringen und dann so bald wie möglich den Wald verlassen will.

Die anderen folgen ihm, sie achten genau auf seine Launen und auf den unebenen Boden; sie blicken nach vorne, ohne sich jemals umzudrehen. Täten sie es, so würden sie den Jungen sehen, den der letzte Mann in der Reihe in den Armen trägt, den Jungen, der, so kommt es ihnen vor, seit Stunden nicht mehr geatmet hat. Elf, vielleicht zwölf Jahre alt, helles, welliges Haar und bleiche Lippen. Sie halten ihre Schaufeln fest in der Hand und gehen weiter.

Der Mann, der den Jungen trägt, hält den Blick auf den Rücken des Anführers gerichtet. Die dünnen Ärmchen des Jungen hängen herab, die Hände streifen den hohen Farn. Dann, urplötzlich und laut wie ein Gewehrschuss, atmet er ein und öffnet die Augen weit. Der Mann schreckt unwillkürlich zurück, und das Kind rutscht ihm aus den Armen in das weiche Moos.

Der Junge sieht nicht, wie sich die anderen umwenden, als er auf dem kühlen Boden liegt; er atmet tief, und über ihm, über den höchsten Ästen, ist der Himmel so blau, dass es schmerzt.

Gestern Abend

Detective Alice Madison von der Mordkommission versuchte, einen allerletzten Rest Ruhe in sich zu finden. Um sie herum ächzte der Wald, ein Lufthauch fuhr ihr sanft über die Schnittverletzung an der Wange.

Jetzt, genau jetzt musste es sein – mehr Zeit würde sie nie mehr haben. Sie war am Ende vor Erschöpfung und vor Angst, Vernunft und Verstand schienen endlos weit entfernt. Es lief immer, immer wieder auf die gleiche Frage hinaus: *Wie weit bist du bereit zu gehen?*

Sie richtete ihre Glock auf den Mann vor sich und fragte sich, ob der sanfte Abendwind Einfluss auf die Flugbahn der Kugel haben würde, ob das kleine Stück Metall tun würde, was sie von ihm verlangte, oder ob die Dämmerung ihre Treffsicherheit beeinflussen würde. Präzision war alles, was sie hatte, das Ergebnis aus Vorsatz und Entschlossenheit.

Alice Madison hatte noch niemals auf einen Menschen gezielt und geschossen, bevor sie dieses Feld betrat, und das hatte sie auf der Polizeischule auch nicht gelernt. Das Ziel stellte keine Bedrohung dar, weder für sie noch für sich selbst, noch für andere. Ihr Ziel konnte sich kaum auf den Beinen halten.

Madison drückte den Abzug und wusste, es war ein Treffer, so wie der Pitcher weiß, welche Bahn der Ball nehmen wird, sobald er die Hand verlassen hat.

Drei Wochen und fünf Tage vorher

1

Alice Madison setzte sich in dem bequemen Polstersessel zurecht und verschob das Holster, das sich ein wenig in ihre rechte Seite grub. Verstohlen warf sie einen Blick aus dem großen Fenster. Der Puget Sound schimmerte im fahlen Januarlicht, das Silber kräuselte sich an manchen Stellen weiß, und in der Ferne ragte der Mount Rainier aus blauen Schatten auf.

Sie merkte, dass das Schweigen länger andauerte, als es höflich war, und wandte den Kopf. Dr. Robinson betrachtete sie.

»Keine Sorge. Ich weiß schon, die Leute kommen hierher, um sich kluge psychologische Erkenntnisse abzuholen, aber die Aussicht ist der Grund, weshalb sie bleiben«, sagte er.

Sie kannte diesen Scherz bereits von ihrem ersten Besuch vor ein paar Wochen. Genau wie damals lächelte sie auch heute ein wenig und zweifelte, ob ihm wirklich nicht bewusst war, dass er sich wiederholte.

Auf dem Schild in der Eingangshalle stand: Stanley F. Robinson PhD. Das Büro im fünfzehnten Stock war elegant eingerichtet und in gedeckten Farben gehalten.

Er war Anfang fünfzig, seine graumelierten Haare waren kurz geschnitten, und er hatte große braune Augen. Ganz nützlich für einen Psychologen, der mit Polizisten arbeitete: einigermaßen unbedrohlich, nur hin und wieder ziemlich neugierig, dachte sie bei sich.

»Wie war Ihre Woche?«, fragte er sie. Auf Dr. Robinsons Schreibtisch lagen glücklicherweise weder Blocks noch Stifte. Falls er sich Notizen machte, dann nach ihren Sitzungen.

»Gut«, antwortete Madison. »Papierkram von ein paar alten Fällen, den ich noch erledigen muss. Ein häuslicher Zwischenfall, der sich als nichtig entpuppt hat. Nichts Außergewöhnliches.«

»Haben Sie an den Vorfall im Wald gedacht? Also länger als ein paar Sekunden am Tag?«

»Nein.«

»Hatten Sie irgendwelche ungewöhnliche Gedanken oder ungewöhnliche Reaktionen während Ihres normalen Tagesablaufs? Was ungewöhnlich ist, dürfen Sie für mich definieren.«

»Nein, nichts Ungewöhnliches.«

»Irgendeine Reaktion auf Chloroform oder was anderes, das auf posttraumatische Belastung hinweist?«

»Nein.«

»Möchten Sie über ein Ereignis in der letzten Woche oder etwas ganz Allgemeines sprechen?«

Madison besaß so viel Anstand, zumindest so zu tun, als würde sie über diese Frage nachdenken.

»Eigentlich nicht«, sagte sie schließlich.

Dr. Robinson ließ sich ihre Antwort kurz durch den Kopf gehen. Er lehnte sich zurück.

»Detective, wie viele Sitzungen hatten wir bisher?«

»Das ist die dritte.«

»Genau, und Folgendes habe ich bisher erfahren: Sie sind Detective bei der Mordkommission, Sie sind letzten November Ihrem Dezernat zugeordnet worden – das war also, na ja, ungefähr vor zweieinhalb Monaten. Sie haben ein Examen in Psychologie und Kriminologie von der University of Chicago – eine gute Uni, klasse Footballteam. Ihre Akte im Seattle Police Department ist makellos. Sie verhalten sich kollegial, und in Ihrem Privatleben gibt es nichts Auffälliges. Nicht einmal eine Verkehrswidrigkeit. Ist das so weit korrekt?«

»Ja.«

»Gut. Im letzten Dezember bricht die Hölle los. Sobald sich der Rauch verzogen hat, schickt das Department Sie hierher, um sicherzugehen, dass Sie arbeitsfähig sind und bereit, zu schützen und zu dienen. Sie sind sehr offen: Sie geben zu, dass Sie nach Harry Salingers Angriff auf Sie und Ihren Partner auf Chloroform reagiert haben, aber das hat vor Wochen aufgehört. Keine Panikattacken, keine posttraumatischen Belastungsstörungen. Nichts, nach allem, was im Wald passiert ist. Der Junge, die Rettung, das Blut.«

Hier pausierte er. Madison hielt seinem Blick stand.

»Wissen Sie, wie lange ich gebraucht habe, um diese Erkenntnisse zu gewinnen?« Er wartete gar nicht erst auf ihre Antwort. »Sieben Minuten. Die restliche Zeit bekam ich nur ›gut‹ und ›ziemlich normal‹ und ›nichts Ungewöhnliches‹ zu hören.«

»Was wollen Sie von mir, Dr. Robinson?«

»Ich? Nichts. Ich bin ganz zufrieden damit, wenn Sie vorbeikommen und einfach nur die Aussicht genießen. Sie können die Pause gut gebrauchen, und ich werde so oder so dafür bezahlt. Aber eins wäre da noch: Auch wenn ich Ihnen bescheinigen werde, dass Sie wirklich arbeitsfähig sind und bereit, zu schützen und zu dienen – es ist schlichtweg unvorstellbar, dass diese dreizehn Tage im Dezember völlig spurlos an Ihnen vorübergegangen sind. Ich mache Ihnen ein paar Geschenke: Sie haben gelegentlich Alpträume, vielleicht auch eine genaue Erinnerung an den Vorfall. Sehr wahrscheinlich aber ist das nur Ihre eigene Wahrnehmung der Ereignisse und dessen, was Ihnen an Ihrer eigenen Rolle dabei Sorge bereitet. Und vor allem würde ich wetten, dass

Sie sorgfältig darauf achten, nie mit Ihrem Patensohn allein zu sein, seit Sie ihn aus diesem Wald geholt haben. Wie mache ich mich?«

Madison antwortete nicht.

»Es hat mich gefreut, Sie kennenzulernen, Detective. Ein schönes Leben noch.«

Abenddämmerung. Alice Madison parkte ihren Honda Civic an der üblichen Stelle am Alki Beach. Ihre Laufsachen hatte sie in einer Sporttasche im Kofferraum, aber sie lehnte sich an die Motorhaube und atmete tief die saubere, salzige Luft ein. Die Seattle-Bremerton-Fähre fuhr gerade vorbei, verfolgt von Seemöwen. Bainbridge Island war ein blaugrüner Streifen im Wasser, und die Innenstadt von Seattle schimmerte in der Ferne.

Solange sie sich erinnern konnte, schon als frischgebackene Polizistin in ihrer frisch gebügelten Uniform, war Madison nach dem Dienst zum Alki Beach gefahren, um dort zu laufen. Der Sand unter ihren Füßen, der Rhythmus der Gezeiten nach einem harten Tag, eine körperliche Befreiung. Es war eine Konstante in ihrem Leben. Madison wusste sehr wohl, wie wenige es davon gab und wie wertvoll sie waren, und sie war dankbar dafür.

Als die dreizehn Tage vorbei gewesen waren und das Jahr gerade zu Ende, war Madison wieder an den Strand gefahren. Sie hatte ihre Joggingsachen angezogen, war losgelaufen und wurde plötzlich von einer so lebendigen, so körperlichen Erinnerung überkommen, dass sie stehenbleiben musste: Sie hatte den süßlichen Duft des Kiefernharzes noch in der Nase. Die Hände auf den Knien, bis zu den Knöcheln im Wasser, die Laufschuhe durchnässt.

Haben Sie Träume, von denen Sie mir erzählen möchten?
Ihr Arm war verheilt; der Rest würde so lange brauchen, wie er eben brauchte. Madison zog sich auf dem Rücksitz des Autos um. Die ersten Schritte machte sie noch zögerlich, aber sie ignorierte die Tatsache, dass der Waldboden unter ihren Füßen schwankte und dass es plötzlich nach Blut roch. Und sie lief weiter.

Danach ließ sich Madison mit dem Strom des Berufsverkehrs Richtung Süden treiben, die Fenster waren heruntergelassen, und ihr ausgebleichter brauner University-of-Chicago-Kapuzenpulli klebte ihr am Rücken. Sie wischte sich mit dem Ärmel den Schweiß von der Stirn, fuhr und lauschte den Lokalnachrichten im Radio, ohne an Stanley F. Robinson, PhD, zu denken.
Wir suchen unser Glück, wo es nur geht. Madison hielt auf einem Parkplatz gegenüber dem Husky Deli und streckte ihre schmerzenden Gliedmaßen aus, während sie das Auto absperrte. Bevor sie hineinging, rieb sie die Sohle ihres Turnschuhs am Randstein, um eine nicht unbeträchtliche Portion Alki Beach loszuwerden, der sich in die Rillen gemogelt hatte. Sie mischte sich unter die Kundschaft und füllte einen Korb mit Lebensmitteln für zu Hause, einem Chicken Cashew Sandwich – ohne Petersilie – und einer Brokkoli-Käse-Suppe, die es wahrscheinlich nicht bis nach Hause schaffen würde.
Als sie an der Theke stand, unterschied sie sich durch nichts von allen anderen.
»Groß oder klein?«, fragte der Mann.
»Groß.«
»Brötchen dazu?«
»Nein, danke.«

Der Mann ließ den Blick den Bruchteil einer Sekunde lang auf der fünf Zentimeter langen dünnen roten Linie über ihrer linken Augenbraue ruhen; mit der Zeit würde sie verblassen, hatte der Arzt gesagt. Madison war das damals egal gewesen, und es war ihr auch heute egal. Es machte sie nur ein wenig leichter erkennbar nach den vielen Artikeln und Medienberichten Anfang Januar.

Der Mann nickte. »Ein Eis? Karamell ist ganz frisch gemacht.«

Madison lächelte. »Heute nicht.«

Sie machte sich schon im Auto bei laufendem Motor an die Suppe, und als sie in Maplewood auf ihre Zufahrt fuhr, war der Karton leer.

Three Oaks ist ein grünes Viertel am südwestlichen Rand von Seattle, auf der einen Seite das ruhige Wasser des Puget Sound, auf der anderen Wälder und freistehende Häuser in gepflegten Gärten.

Madison parkte vor dem Haus. Mit der Sporttasche über der Schulter und der Einkaufstüte auf dem Arm sperrte sie auf, schlüpfte aus den sandigen Turnschuhen und schob die Tür sachte mit einem Fuß zu.

Sie tappte in die Küche und packte die Einkäufe aus. Im Dunkeln durchquerte sie das Wohnzimmer und ließ frische Luft durch die Terrassentür herein. Der Anrufbeantworter blinkte rot. Sie ignorierte ihn und machte es sich in einem Korbsessel auf der Veranda gemütlich. Die Füße legte sie auf das Holzgeländer und wickelte das Sandwich aus.

Der Garten führte hinunter zu einem schmalen Strand, der vor den ans Wasser grenzenden Grundstücken lag; hohe Tannen auf beiden Seiten funktionierten besser als ein Zaun. Im Halbdunkel betrachtete Madison die Pflanzen und Sträucher: Bald würden sie zu einem neuen Lebenszyklus

erwachen – die japanischen Ahorne, die Magnolien –, das alles hatten ihre Großeltern gepflanzt und gepflegt.
Madison hatte keine Ahnung vom Gärtnern, aber sie jätete Unkraut, goss, schnitt zurück und sorgte dafür, dass alles weiterhin gedieh, denn ihre Großeltern waren nicht mehr da, um für die Pflanzen zu sorgen. Sie fürchtete nur, gute Absichten wären auf Dauer kein Ausgleich für Unwissenheit. Zumindest in ihrem Beruf war das meistens so.
Als die Sterne schließlich hell am Himmel strahlten, ging Madison nach drinnen. Ihre Glock verschwand samt dem Holster unter dem Bett, und ihre Reservewaffe – ein kurzläufiger Revolver – war geölt und trocken abgefeuert. Madison zog sich die Jogginghose aus und gönnte sich eine lange, heiße Dusche.
Die Nachricht stammte von Rachel: »Nächsten Monat feiern wir Tommys Geburtstag. Hoffentlich schaffst du es.« In ihrer Stimme lag nichts als Liebe und Freundlichkeit.
Sie haben gelegentlich Alpträume, vielleicht auch eine genaue Erinnerung an den Vorfall. Sehr wahrscheinlich aber ist das nur Ihre eigene Wahrnehmung der Ereignisse und dessen, was Ihnen an Ihrer eigenen Rolle dabei Sorge bereitet. Und vor allem würde ich wetten, dass Sie sorgfältig darauf achten, nie mit Ihrem Patensohn allein zu sein, seit Sie ihn aus diesem Wald geholt haben.
Ihrer eigene Rolle dabei. Madison war sich nicht ganz sicher, ob sie verstand, worin ihre eigene Rolle dabei bestanden hatte. Sie war immerhin so ehrlich, sich selbst einzugestehen, dass es in dieser Nacht Augenblicke gegeben hatte, die sie wahrscheinlich nicht voll und ganz verstehen wollte. Es war ein Schleier aus Angst und Wut, wie viel jeweils wovon, das wusste sie nicht genau.
Tommy wurde bald sieben. In jener schrecklichen Nacht

hatte sie ihm *Blackbird* vorgesungen, und er war zu ihnen zurückgekommen, zu seinem Leben, seinem roten Fahrrad und seinen Jungsspielen. Ihr Patensohn wurde sieben, und Madison suchte verzweifelt nach einer Ausrede, nicht zu der Feier zu gehen. Vergeblich.
Wie an jedem Abend seit jenem Tag im Dezember galten ihre letzten Gedanken zwei Männern: Der eine saß im Gefängnis, eingeschlossen hinter Mauern und Metalltüren, bewacht von bewaffneten Vollzugsbeamten, und war dennoch erschreckend freier als jedes menschliche Wesen, dem sie jemals begegnet war; der andere steckte im Gefängnis seiner Verletzungen, irgendwo hinter den Gängen und den stillen Räumen tief im Inneren eines Krankenhauses ein paar Meilen entfernt. Durch sein Opfer konnte Tommy bald seinen siebten Geburtstag feiern. Sie konnte nicht an den einen ohne den anderen denken.
Madison schloss die Augen und hoffte, der Schlaf würde bald kommen.
Unter dem Bett, im Safe, lag unter ihrer privaten Waffe eine säuberlich zusammengefaltete Seite aus der *Seattle Times*.

BLUERIDGE MÖRDER GEFASST

In den frühen Morgenstunden des 24. Dezember konnte Seattle endlich aus seinem dreizehn Tage andauernden Alptraum erwachen. Harry Salinger, der Hauptverdächtige im Mordfall James und Annie Sinclair und ihrer beiden Söhne, wurde von Detective Alice Madison von der Mordkommission des Seattle Police Department an einer ungenannten Stelle im Hoh River Forest festgenommen.
Mr. John Cameron, gegen den anfänglich wegen des Verbrechens ermittelt wurde, und sein Anwalt, Mr. Nathan Quinn von der Kanzlei

Quinn Locke & Associates, waren ebenfalls vor Ort. Ersterer wird ohne die Möglichkeit, gegen Zahlung einer Kaution freizukommen, wegen versuchten Mordes im Gefängnis festgehalten. Mr. Salinger, wohnhaft in Everett, erlitt lebensbedrohliche Verletzungen und steht in einer sicheren medizinischen Einrichtung unter Bewachung.
Mr. Salinger wird außerdem der Entführung und vorsätzlichen Gefährdung von Thomas Abramowitz, 6, dem Patensohn von Detective Madison, sowie des Angriffs auf Detective Sergeant Kevin Brown und Detective Madison früher im Dezember beschuldigt.
Das Seattle Police Department hat noch nicht bekanntgegeben, wann Det. Sgt. Brown wieder in den aktiven Dienst eintreten wird.
Mr. Cameron und Mr. Sinclair verbinden tragische Ereignisse, die sie als Kinder vor fünfundzwanzig Jahren durchmachten. Drei Jungen aus Seattle waren damals im Hoh River Forest in Jefferson County entführt und ausgesetzt worden.

2

Nathan Quinn hielt die linke Hand hoch und bewegte die Finger. Einwandfrei. Keine Narben, keine Schmerzen. Er stand auf der Lichtung im Hoh River Forest; er sah die Krümmung jedes Astes, meilenweit gab es nichts als Wald und sich dahinschlängelnde Bäche. Die Luft blies ihm sanft über die Haut, die Sonne schien schräg zwischen den Fichten hindurch. Ein warmer, sonniger Augustnachmittag. Alles war gut, alles war friedlich.
Ein Flüstern im Gras hinter ihm, Quinn drehte sich um. Ein Junge beobachtete ihn vom Waldrand aus. Zwölf Jahre alt, helle Locken und bleiche Lippen. So bleich.

»David?«

Der Junge war barfuß.

»David?«

Nathan Quinn kam ruckartig zu Bewusstsein, als die Wirkung des Morphiums nachließ und er sich erinnerte, dass er im Krankenhaus lag und sein Bruder seit fünfundzwanzig Jahren tot war.

»Mr. Quinn.« Die Stimme der Krankenschwester drang durch den dumpfen Schmerz, der seinen Körper wieder umfangen hatte. »Da draußen sind Polizeibeamte, die mit Ihnen sprechen möchten. Wenn Sie sich dazu in der Lage fühlen.«

Nathan Quinn hielt die linke Hand hoch: Sie war vollständig eingebunden, und als er die Finger bewegte, schoss ihm der Schmerz durch den ganzen Arm. In den letzten vier Wochen hatte er niemanden gesehen außer Ärzten, Schwestern, zwei Detectives vom Seattle Police Department, die seine Aussage aufgenommen hatten, und Carl Doyle, seinen Assistenten bei Quinn Locke & Associates. Alle anderen waren weggeschickt worden, ohne Ausnahme. Nach zwei Wochen im künstlichen Koma hatte er kaum genug Kraft, um zu atmen.

»Sie kommen aus Jefferson County«, sagte die Schwester.

»Ja«, antwortete er. »Ich weiß.«

Es war Samstag, und Madison hatte dienstfrei – was selten vorkam. Ihre freien Tage liefen in letzter Zeit immer nach einem bestimmten Schema ab: der Anruf, die Fahrt, der Austausch von Informationen, der zweite Anruf. Madison sah auf die Uhr – es war die Uhr ihres Großvaters: 8:25 Uhr. Genug Zeit, noch eine Ladung Wäsche einzuschalten; sie hob ihre Joggingsachen vom Boden auf und stopfte alles, was noch im Wäschebehälter lag, dazu.

Sie zog eine schwarze Jeans, ein dunkelblaues Shirt und Lederstiefeletten an. Ihr Handy klingelte gerade, als sie die Kurzwaffe in ihr Knöchelholster steckte.

Sie nahm es von ihrem Nachttisch.

»Madison«, sagte Lieutenant Flynn.

»Sir.« Madison erstarrte, die Hose steckte noch in ihrem Stiefel. Ihr diensthabender Kommandant würde sie kaum an ihrem freien Tag zu Hause anrufen, um ein bisschen zu plaudern.

»Gerade kam ein Anruf aus Jefferson County. Die Park Police hat vor vier Tagen menschliche Überreste gefunden, etwa eine Meile von der Stelle entfernt, wo Sie waren. Sie haben so lange gebraucht, sie zu bergen.«

Madison wusste, was kommen würde, noch bevor es ausgesprochen war.

»Ein Kind. Die Überreste sind Jahre alt.«

»David Quinn«, flüsterte sie.

»Gut möglich. Die County Police besorgt gerade eine neue DNA-Probe von Nathan Quinn. Bald wissen wir es.«

»Die Kinder sind in Seattle entführt worden. Es ist unser Fall.«

»Ich weiß. Wenn es sich um David Quinn handelt, schicken sie die Überreste zu uns in die Rechtsmedizin, und wir holen sie dort ab.«

»Vielen Dank für die Information.«

»Es ist schlimmer, als wir dachten.«

»Was meinen Sie damit, Sir?«

»Der Schädel weist Spuren von Verletzungen auf.«

Madison rief sich die Einzelheiten in Erinnerung, die sie aus den Zeitungen hatte.

»Nein, David Quinn litt an einer angeborenen Arrhythmie. Bei der ursprünglichen Untersuchung …«

»Madison, wenn dieses Kind David Quinn ist, dann war es kein Unfalltod. Er wurde durch einen stumpfen Schlag auf den Kopf getötet.«

»Das ist …« Sie rang nach den richtigen Worten.

»Ich dachte, Sie würden es ihm sicherlich gerne persönlich sagen.«

»Ja, ich mache mich sofort auf den Weg.«

»Eine schöne Art, seinen freien Tag zu verbringen.«

Fynn hatte gerade das Gespräch beendet, als das Handy wieder klingelte.

»Doyle hier.«

»Carl. Wie geht es Ihnen?«

»Ehrlich gesagt, ich weiß es nicht, Detective. Und Ihnen?«

»Ich habe es gerade erfahren; mein Chef hat mich angerufen.«

»Es soll ein paar Tage dauern, bis es bestätigt ist. Müssen Sie mitschreiben?«

»Nein, schießen Sie los.«

»Blutdruck normal, die Abstriche waren sauber – keine Infektion. Die Physiotherapie diese Woche war die Hölle – wie erwartet –, aber es geht vorwärts. Beim Sehtest kein Unterschied zur Zeit vor dem Vorfall. So weit, so gut. Wegen der Teilentfernung der Milz bekommt er sehr starke Antibiotika, sie wollen die Dosis nach und nach verringern und dann sehen, wie der verbliebene Teil der Milz reagiert. Kein Fieber, keine ungewöhnlichen Werte bei der Blutuntersuchung.«

»Danke, Carl.«

»Sie peilen die Besuchszeit um zehn Uhr an?«

»Ja.«

»Sagen Sie es ihm?«

»Ja, er hat ein Recht, es zu erfahren, bevor es in den Nachrichten kommt.«

»Wir reden danach.«
Madison schlüpfte rasch in einen Blazer und schloss die Haustür ab. Auf der Fahrt konnte sie sich innerlich vorbereiten. *Wofür immer es gut sein mag.*
Sie hatten fünfundzwanzig Jahre gebraucht, um ihn zu finden, aber nun kam David Quinn endlich nach Hause. Er war mit zwei Freunden entführt, in den Hoh River Forest gebracht, mit einem dicken Seil an einen Baum gefesselt und dort nach Atem ringend stehen gelassen worden, bis er ohnmächtig wurde. Dann hatten die Männer ihn mitgenommen und die anderen Kinder in der herannahenden Nacht zurückgelassen.
Niemand war je wegen der Entführung angeklagt worden, niemals war ein Grund dafür gefunden worden. Es gab keine Leiche, keine Forensik, keine Chance auf eine Strafverfolgung.
Die Kinder waren in den Wald gebracht worden, zwei waren lebend wieder herausgekommen. Einer, James Sinclair, sollte ein guter Mensch werden, eine Familie gründen, um dann im letzten Dezember durch die Hand eines Wahnsinnigen zu sterben. Der andere sollte ein wenig … anders werden.
Madison drückte aufs Gas, in Richtung King County Justice Complex und John Cameron, dem letzten Überlebenden der Hoh-River-Entführung.

Der King County Justice Complex ragte hinter einem Zementparkplatz auf und vermittelte der Welt genau, was er war: eine Haftanstalt für 1157 erwachsene Insassen, die auf ihre Verhandlung warteten oder gemäß den Weisungen der Washington State Guidelines Commission verurteilt worden waren.

Madison vergewisserte sich, dass nichts mehr sichtbar im Auto lag, und ging Richtung Besuchereingang. Mit ihr warteten ein paar andere Leute und Familien auf die Besuchszeit um zehn Uhr, eine stille, ernste Gruppe mit ein paar traurigen Kindern. Die Sonne trug wenig dazu bei, sie im Schatten der fast sieben Meter hohen Mauer zu wärmen.
Madison hätte ihre Waffe zu Hause im Safe einschließen können, um sie nicht am Empfang abgeben zu müssen, aber sie war Polizistin. Sie trug ihre Dienstmarke, sie trug eine Waffe.
Eine junge Frau in einem filigran gemusterten Kleid kam direkt auf Madison zu, sobald sie den Empfangsbereich betrat.
»Detective Madison, hätten Sie kurz Zeit? Der stellvertretende Gefängnisdirektor würde Sie gerne noch vor Ihrem Besuch sprechen.«
Mitte zwanzig, sanfte Stimme, die blonden Haare zu einem Knoten gesteckt. Sie hätte in einer Stadtbibliothek Bücher und Lutscher austeilen können.
»Natürlich.«
»Karen Hayes.« Die junge Frau führte sie durch einen Seitengang. »Ich bin die Assistentin des ersten und zweiten Direktors.«
Madison war noch nie in diesem Teil des Gefängnisses gewesen. Es sah aus wie in jeder ganz normalen großen Firma: Leute, die im Büro saßen und tippten, Teppichboden, Wasserspender. Nur dass sich hinter dem kleinen Geranientopf auf Karens Schreibtisch etwa dreiundzwanzig abgeschlossene Metalltüren befanden. Dahinter standen, gingen und schliefen Männer, die anderen Menschen das Leben genommen und ihren Opfern Dinge angetan hatten, die sie den Tod herbeiwünschen ließen.

Die Angestellten und Sekretärinnen organisierten ihren Tagesablauf, ihre zahnärztlichen Untersuchungen, ihre Bewährungsausschüsse und ihre Speisepläne – alles in diesen hell erleuchteten Räumen, in denen es nach Sandelholz und Apfel duftete.

Madison konnte nicht anders, als in ihre Gedanken einzudringen, und folgte ihnen in dunkle Gassen. Trotz des Sandelholzdufts spürte sie ihre Nähe wie den metallenen Lauf einer Waffe zwischen den Schulterblättern.

»Detective Madison.« Der stellvertretende Direktor hielt ihr seine Bürotür auf. In seinem weißen Hemd und der burgunderroten Krawatte sah er aus wie ein gutmütiger Schuldirektor; das Sakko hing auf einem Ständer.

»Will Thomas, stellvertretender Direktor des KCJC.«

Er drückte ihr einmal die Hand und winkte sie zu einem Stuhl vor seinem Schreibtisch. »Ich dachte, wir sollten – wie drücke ich das am besten aus – die Kommunikationskanäle öffnen.«

Madison hatte keine Ahnung, was er meinte; sie reagierte sofort instinktiv auf jegliche Art von Amtssprache und hoffte, ihre angeborene Höflichkeit würde standhalten.

»Sie sind hier, um John Cameron zu besuchen.«

Darum ging es also.

»Richtig.«

»Sie gehören nicht zur Familie und sind nicht mit ihm befreundet.«

»Nein.«

»Sie sind nicht seine Anwältin, und Sie sind nicht in polizeilichen Angelegenheiten hier.«

»Nein.«

»Sie haben ihn regelmäßig besucht, seit er Ende Dezember hierher gebracht wurde. Ihm wird neunfacher Mord vorgeworfen, er hat eine Anzeige wegen Körperverletzung, und man hat ihm die Entlassung auf Kaution verweigert. Er ist recht gefragt. Seit seiner Festnahme waren nicht nur FBI-Agenten aus LA da, um ihn zu vernehmen, sondern auch diverse Beamte der DEA und des ATF – ich weiß gar nicht, wie viele Anfragen wir außerdem noch hatten. Er hat jede einzelne abgelehnt. Ein gefragter Bursche, wenn eines nicht wäre.« Der stellvertretende Direktor Thomas lehnte sich zurück und sah Madison an.

»Er hat kein einziges Wort gesagt. Zu niemandem. Außer«, er lächelte kurz, »außer zu Ihnen.«

Madison dachte an eine Lichtung im Wald am Hoh River zurück, in den frühen Morgenstunden: Tommy, kaltgefroren in ihren Armen, Nathan Quinn, blutüberströmt zu ihren Füßen, und John Cameron vor ihr, als bestünde er aus nichts als der Nacht, die sie umgab.

»Wenn Sie gehen wollen, dann tun Sie es jetzt. Wenn Sie bleiben, sagen Sie weder zu mir noch zu sonst jemandem auch nur ein Wort. Verstehen Sie?«

»John Cameron hat sich entschieden, am Tatort zu bleiben, weil Quinn schwer verletzt war, obwohl er wusste, dass die Polizei unterwegs war. Quinn hat sich die Verletzungen zugezogen, während er meinem Patensohn das Leben gerettet hat. Deshalb bin ich hier.«

»Ich verstehe. Wie geht es Mr. Quinn?«

»Er macht Fortschritte«, antwortete Madison. »Langsam.«

»Wie geht es Harry Salinger?«

»Ich habe keine Ahnung.«

Harry Salinger war in ihr Leben eingedrungen und hatte es beinahe zerstört; Cameron hatte ihn in dieser Nacht eher tot als lebendig am Flussufer zurückgelassen. Das Justizsystem mochte Cameron wegen versuchten Mordes festhalten,

aber Madison selbst hatte keinen Namen für das, was er Salinger angetan hatte.
»Detective, ich stelle mir das KCJC gerne als Schiff vor, als sehr großes Schiff. Manche Leute kommen und gehen, so wie Sie heute, aber andere, wie Mr. Cameron, kommen, um eine sehr lange Zeit hierzubleiben. Eine lange Fahrt, sozusagen. Ich würde diese Reise gerne so ruhig wie möglich verlaufen lassen. Für ihn genauso wie für alle anderen hier. Sie wissen, dass er nicht bei den normalen Insassen untergebracht ist?«
»Ja, das weiß ich.«
»Zwei Tage nach seiner Ankunft stiegen die Gewalttaten unter den Insassen um zehn Prozent an. Allein weil sie wussten, dass er hier war.«
Madison war klar, dass Cameron nicht zu seinem eigenen Schutz isoliert wurde.
»Es gibt eine große Zahl von Männern, die es nicht erwarten können, sich ihm gegenüber zu beweisen, und das können wir hier leider überhaupt nicht brauchen. Da Sie also der einzige Mensch sind, mit dem er spricht, wollte ich nur sichergehen, dass wir dieselbe Einstellung haben.«
»Wir tauschen keine Kochrezepte aus, Sir. Ich kenne den Mann kaum.«
»Trotzdem«, sagte der stellvertretende Direktor. »Gibt es etwas, das ich wissen sollte?«
Kein gutmütiger Schuldirektor, eher ein Biologielehrer, der gleich einen Frosch seziert.
»John Cameron wurde nicht *festgenommen*, Mr. Thomas«, sagte Madison. »Er wurde nicht *geschnappt*. Er ist hier, weil er sich dafür entschieden hat. Solange das alle im Kopf behalten, sollten Sie keine Probleme bekommen.«
»Warum sollte er sich für das Gefängnis entscheiden?«

»Weil er Quinn nicht alleinlassen wollte, solange er um sein Leben kämpfte.«
»Vielleicht überschätzen Sie seine persönliche Beteiligung an der Situation und unterschätzen das Sicherheitssystem dieser Einrichtung. Das hier ist keine Frühstückspension auf den San Juan Islands.«
»Vielleicht könnte Harry Salinger etwas dazu sagen, *wie* persönlich beteiligt sich Cameron fühlte, als Salinger James Sinclair und seine Familie ermordet hat. Und was das Sicherheitssystem hier betrifft, nichts würde mich glücklicher machen, als zu wissen, dass ich es unterschätzt habe.«
Sie musterten einander einen langen Augenblick. Madison sah einen Mann mit ergrauendem rotblondem Haar und einem Schreibtisch ohne jegliche Familienfotos, einen Mann, der eine Institution am Laufen halten musste, wo Männer aus jedem beliebigen Grund jedem anderen alles nur Denkbare antun würden.
»Wenn Sie mich fragen«, sagte sie, »hat Cameron nicht das Gefühl, sich vor irgendjemandem beweisen zu müssen. Er ist nicht eitel; er wird sich nicht bemühen, Unruhe zu stiften. Aber wenn jemand – wenn sich irgendjemand zwischen ihn und sein Ziel stellt, dann kann man ihn nicht aufhalten, nicht ohne extreme Konsequenzen für beide Seiten.«
»Was ist, wenn er es sich anders überlegt und nicht mehr bleiben will?«
Madison erhob sich. »Wir können nur hoffen, dass es nicht dazu kommt.«

3

Als Madison John Cameron zum ersten Mal begegnet war, war sie ihm in einen dunklen Wald gefolgt und hatte gewartet, unbewaffnet, nur um mit ihm zu sprechen. Beim zweiten Mal war er bei ihr zu Hause eingebrochen, und sie hatte nicht einmal gemerkt, dass er da war. Beim dritten Mal hatten sie Harry Salinger durch den Hoh River Forest gejagt, den Mann, der seinen Freund getötet und ihren Patensohn entführt hatte.

Wenn John Cameron draußen in Freiheit herumliefe, würde sie zu denjenigen gehören, die ihn aufzuspüren versuchten. Wenn sie diejenige wäre, die zwischen Cameron und einem seiner Ziele stünde, er würde nicht zögern, das Hindernis zu beseitigen. Wenn es Wörter für diese Art von Bekanntschaft gab, so kannte Madison sie nicht.

Wie immer trafen sie sich in einer gesonderten Zelle, abseits vom Trubel im Besucherraum und der unverhohlenen Neugier von Insassen und Fremden. Madison hatte ihre Dienstmarke und ihre Waffe abgegeben, während die Wärterin sie begutachtete, als wäre sie ein nicht gezündeter Sprengkörper.

Man hatte sie abgetastet und ihr die Sachen abgenommen, und nun stand sie in einem schmucklosen Raum, bestehend aus Metallstangen in einem größeren Raum; ein verkratzter Tisch war mit dem Boden verschraubt, zwei Stühle, die in den Fünfzigern in irgendeiner Gefängniswerkstatt hergestellt worden waren, vervollständigten den Aufbau.

Die Tür ging auf. Zwei bewaffnete Wärter kamen herein, einen großen Mann im orangefarbenen Overall zwischen sich. Das bedeutete, dass er auf seinen Prozess wartete und ihm keine Kaution gewährt wurde; es hieß: Gewaltverbrechen.

Madison wandte sich zu ihm um.

Die Akte verriet ihr, dass er 37 Jahre alt war, sechs Jahre älter als sie selbst, und dass die vier schimmernden Narben, die sich über seine rechte Hand zogen, ein Andenken an die Stunden waren, die er im Alter von zwölf mit James Sinclair und David Quinn an einen Baum gekettet verbracht hatte. Die weiteren Zahlen waren unerbittlich: fünf tote Männer an Bord der *Nostromo,* drei Drogendealer in LA, ein Dealer in Seattle. Neun mutmaßliche Morde: Nicht einer davon hatte auch nur annähernd zu einer Anklage geführt.

Die Akte verriet Einzelheiten und Daten und Todeszeitpunkte, aber sie konnte unmöglich vermitteln, wie es war, im selben Raum wie dieser Mann zu stehen. Die Tatsache, dass sie sich in einem Gefängnis befanden, war nebensächlich. Er war ein Raubtier, und als der Blick seiner bernsteinfarbenen Augen sie traf, spürte sie die vertraute Kälte in der Magengrube.

»Detective.«

»Mr. Cameron.«

Er trug keine Handschellen. Die beiden Wärter zogen sich wortlos zurück und schlossen die Gittertür mit einem metallischen Kratzen. Madison sah sie in dem schwachen Licht, sie standen zu beiden Seiten des Ausgangs; ihre Waffen – und ihr Wunsch, überall anders als hier zu sein – waren nicht zu übersehen.

Man hatte ihm die dunklen Haare, wie im Gefängnis üblich, kurz geschnitten, aber abgesehen davon, konnte sie keine Veränderungen ausmachen. Er sah aus, als wäre er gerade hereinspaziert und könne genauso einfach wieder hinausspazieren. Nur eines war anders, wie ihr auffiel – und das würde niemand außer ihr bemerken: Sie hatte Cameron mit Nathan Quinn zusammen gesehen, und da war ein Funken Menschlichkeit gewesen, Wärme. Dieser Cameron hier war völlig verschlossen.

Sie nahmen Platz.

Madison sammelte sich. Er wartete. Dieser Besuch würde anders sein als sonst.

»Ich habe gerade mit Doyle gesprochen.« Sie schloss einen Moment die Augen und rief sich die Einzelheiten zurück. »Blutdruck normal, die Abstriche sauber – keine Infektion; mit der Physiotherapie geht es vorwärts, aber mit Schwierigkeiten. Der Sehtest war in Ordnung, keine Einbußen beim Sehvermögen. Sie wollen die Antibiotika für die Milz nach und nach reduzieren und sehen, wie sie sich verhält. Kein Fieber. Blutwerte in Ordnung.«

John Cameron sah ihr in die Augen. Sein Blick war sehr direkt.

Madison fragte sich, was er während dieser Besuche wohl über sie gelernt hatte und wie er das eines Tages, außerhalb der Zelle, verwenden würde.

»Danke, Detective.« Er stand auf und war mit einer einzigen schnellen, leisen Bewegung schon fast bei der Tür.

»Da ist noch etwas.«

Er wandte sich um.

Sie hatten nie darüber geredet, und soweit Madison wusste, hatten auch die Jungen seinerzeit kaum darüber gesprochen.

»Etwa eine Meile von der Lichtung entfernt …« Es war nicht nötig, näher zu erläutern, wo das war, nicht diesem Mann. »… hat die Park Police menschliche Überreste gefunden. Ein Kind. Möglicherweise vor über zwanzig Jahren vergraben.«

Etwas kam und ging in Camerons Augen. Ein Gedanke, vielleicht Hoffnung. Madison konnte es nicht sagen, und doch war sein Fokus auf sie beinahe greifbar.
Fünfundzwanzig Jahre lang hatten alle geglaubt, der Tod des Jungen sei ein Unfall gewesen. Man hatte ihnen die Augen verbunden, sie hatten gehört, wie er erstickte. Als hätte dieser Tag nicht schon genug Unheil mit sich gebracht.
»Man hat ein stumpfes Schädeltrauma gefunden, das durchaus zum Tod geführt haben könnte«, fuhr sie fort.
John Cameron stand starr da. Da waren Erinnerungen, Madison war sich sicher.
»Sie haben gerade eine neue DNA-Probe von Quinn genommen«, schloss sie.
Es gab keinen Grund, noch weiterzusprechen, und bevor sie Atem schöpfen konnte, stand er bereits an der Tür, und das Schloss öffnete sich scheppernd. Die Besuchszeit war vorüber.
Madison lehnte sich zurück und schaute zur Decke, ein feines silbernes Netz vor vielen Schichten Beton. *Eine schöne Art, seinen freien Tag zu verbringen.*

Der stellvertretende Gefängnisdirektor Thomas sah auf die Uhr. Detective Madisons Besuche dauerten nie lange, und er wollte sichergehen, dass er den Wärtern ausreichend Zeit gelassen hatte, John Cameron zurück in seine Zelle zu bringen. Und er würde ihnen auch noch zusätzlich Zeit geben, bevor er sich zu einem Routinegang durch die Sicherheitstrakte wagte.
Eines hatte er Detective Madison verschwiegen. Es hatte am dritten Tag nach Camerons Ankunft angefangen. Ein anderer Insasse im selben Trakt hatte ihn vorbeigehen sehen und angefangen, gegen die Gitterstäbe seiner Zelle zu trommeln,

schnelle Schläge wie auf ein Becken. Andere hatten mitgemacht, ein ganzer Trakt, zwei verdammte Stockwerke, hatten mit allem, was sie in die Hände bekamen, gegen die Gitterstäbe geschlagen, ein gleichmäßiger, hypnotischer Marsch, der immer lauter wurde und sich wie ein übler Wind von Trakt zu Trakt ausbreitete.
Seither, jeden Tag, jedes Mal, wenn John Cameron seine Zelle verließ – um in den Hof zu gehen, um seinen Anwalt zu treffen, um zu duschen, um die Polizistin zu sprechen – hob dieser Wall aus Lärm an, und die Insassen hörten nicht auf, bis sie den letzten Rest ihrer Energie verbrannt hatten. Keine Stimmen, nur das Gehämmer.
Die Wärter hatten untereinander ihre Schichten getauscht, um zu vermeiden, da zu sein, wenn Cameron aus seiner Zelle geholt wurde, und Will Thomas beschäftigte sich dann mit Papierkram, sah auf die Uhr und trödelte.
Im Gegensatz zu den Insassen verzog sich der Lärm dorthin, wo es ihm gefiel, suchte sich die Stelle, wo die Nerven eines Wärters am dünnsten waren, und bohrte sich tief in den Knochen hinein.

4

Madison rief Doyle vom Auto aus an.
»Wie hat er es aufgenommen?«, fragte er sie.
»Fragen Sie mich ernsthaft, was dieser Mann denkt?«
»Nein, mein Fehler.«
Madison wollte ihn fragen, wie Quinn reagiert hatte, aber sie ließ es bleiben. Sie war Nathan Quinn von Beginn an zu

gleichen Teilen mit Verachtung und Misstrauen begegnet. Und doch: Tommy würde bald Geburtstag feiern, weil es Quinn gab.
Madison fragte nicht, was Quinn darüber dachte, dass sein Bruder womöglich brutal ermordet worden war. Er brauchte ihre Anteilnahme nicht, und sie hätte sowieso nicht gewusst, was sie damit anfangen sollte.
Sie überprüfte die Grundausrüstung im Kofferraum – Latexhandschuhe, Taschenlampe, Batterien, Regensachen und Wanderschuhe –, dann fuhr sie auf die 509 in Richtung Norden: Die Fahrt dürfte etwa drei Stunden dauern. Der Leichnam war vielleicht noch nicht offiziell David Quinn, aber sie musste ihn selbst sehen, den Ort, wo das Stück Hölle, das Cameron mit sich trug, hergekommen war.

Irgendwie erwischte Madison noch die Fähre von Edmonds nach Kingston um 12:05. Sie holte sich einen Kaffee und setzte sich für die dreißigminütige Strecke ans Fenster. Es war voll und laut, Familien, Gruppen und Einzelreisende waren über die Sitznischen und die weißen Sessel mit den marineblauen Rändern verteilt, Speisen und Getränke waren auf den breiten Armlehnen ausgebreitet wie Beutegut.
Madison war nicht in der Stimmung für ein Mittagessen; wie beinahe jeden Tag seit dem Dezember wünschte sie sich, ihr Partner Detective Sergeant Kevin Brown würde endlich gesund werden und wieder zur Arbeit kommen. Sie unterhielten sich oft und trafen sich mindestens einmal die Woche, aber es wäre von unschätzbarem Wert gewesen, heute seine Meinung zu hören, wenn sie einen fünfundzwanzig Jahre alten Tatort erkundete.
Wegen zwei Schussverletzungen hätte sie ihn beinahe verloren, sie versuchte, gar nicht darüber nachzudenken. Damals

hatten sie erst wenige Wochen zusammengearbeitet – es war Madisons Einstieg in die Mordkommission gewesen –, aber es kam ihr jetzt sehr viel länger vor, und ihr Leben davor war weiter weggerückt. Brown war einer der Ankerpunkte gewesen, als Madison in der Mordkommission versuchte, Fuß zu fassen: Sie hatte beschlossen, von ihm zu lernen, ob es ihm gefiel oder nicht. Dann passierte Salinger.

Mit etwas Glück würde ihr einer der Park-Ranger an der Hoh Station die genauen Koordinaten der Stelle durchgeben können, wo man die Überreste entdeckt hatte, und sie konnte sie per GPS finden. Da es noch keine förmliche Identifizierung gegeben hatte und der Fall nach Jefferson County gehörte, war sie nichts weiter als eine Wanderfreundin mit Dienstmarke. Sie hoffte, das würde ausreichen.

Madison trank ihren Kaffee aus – er roch so viel besser, als er schmeckte – und ging hinaus aufs Deck.

»Haben Sie an den Vorfall im Wald gedacht? Also länger als ein paar Sekunden am Tag?«

»Nein.«

Madison zog sich die Jacke zu und zwickte gegen den Wind die Augen zusammen. Sie kehrte nicht zum ersten Mal in diesen Wald zurück, und eines Tages, das wusste sie, würde es wieder einfach nur ein Wald sein – mit alten Bäumen und Tälern und einem Blätterdach, das so dicht war, dass sogar das Licht grün erschien –, aber so weit war es noch nicht.

Sie lehnte sich gegen die Reling, die Hände tief in den Taschen, den Blick schon jenseits von Kingston gerichtet, an der hübschen Hauptstraße mit den netten Cafés vorbei bis hin zu der Schattenlinie, wo die Berge der Olympic-Halbinsel und ihre Geheimnisse begannen.

John Cameron lag auf seiner Pritsche. Nach und nach war der Lärm verstummt, nachdem er in seine Zelle zurückgekehrt war, und die üblichen Rufe und Schreie prallten von den Betonwänden ab.
Er hüllte sich wieder in seine eigene Stille. Die Außenwelt war nicht mehr als eine gelegentliche Unterbrechung; sein Blick folgte dem dünnen Riss an der Decke über ihm, und er fuhr mit der Spitze des Zeigefingers über den rauhen Stoff der Decke. Er tauchte in die Erinnerungen ein wie in ein unergründliches Gewässer.
28. August 1985. Angeln am Jackson Pond mit David und James; der blaue Transporter und die schmutzigen Lumpen, die nach Chloroform stanken. Mit verbundenen Augen aufgewacht, mit einem Seil gefesselt. *Das ist nichts Persönliches, es geht ums Geschäft.* Das fürchterliche Keuchen und das Schnappen nach Luft, dann waren die Männer gefahren und hatten David mitgenommen. David. Es hatte sich nach Tod angehört; die Männer hatten das geglaubt, James hatte es geglaubt und er selbst auch.
Er dachte an einen bösartigen Mann, der fünf Jahre später in eine Grube gefallen war; die Spieße, die Cameron zurechtgespitzt hatte, hatten seinen Körper durchbohrt. Er dachte, dass es nicht vorbei war, nie gewesen war, und Nathan hatte alles noch einmal durchmachen müssen, nur war es diesmal noch schlimmer. Er dachte, die Zelle würde seine Wut nicht mehr lange aushalten.
Als sähe er sie vor sich, wusste er, dass Detective Madison zu der Stelle gehen würde, wo man David gefunden hatte. Er würde mit ihr dort sein; sein Blick verharrte auf dem winzigen Riss, bis er nichts anderes mehr sehen konnte.
Die Rufe aus der nächsten Zelle erreichten ihn nicht; der Wärter schaute herein, schaute weg und ging weiter.

Madison fuhr mit der erlaubten Höchstgeschwindigkeit auf dem Highway 101. Der Tag war hell; die Sonne hatte sich hinter einen dünnen Wolkenschleier zurückgezogen. Sie blickte nach vorne und bat die Gottheit, die für Tatortanalyse zuständig war, um so viel Licht wie möglich. Die örtliche Spurensicherung hatte den Bereich bestimmt schon untersucht, aber Madison brauchte ihre eigene Wahrnehmung, selbst wenn die Zeit alles bis auf den Namen des Jungen weggespült hatte.

Irgendwann einmal würde sie Cameron Fragen über diesen Tag stellen. Sie fragte sich, ob es jemals so weit kommen würde, ob die Überreste, die gefunden, eingesammelt, untersucht und geprüft worden waren, ausreichen würden, um eine richtige Ermittlung in Gang zu setzen. Madison hatte eine solide forensische Ausbildung, und Beweismittel waren ihr heilig. Bei jedem anderen Fall hätte sie gesagt, die Chancen auf eine strafrechtliche Verfolgung nach fünfundzwanzig Jahren Wetter und Wildnis im Pazifischen Nordwesten stünden gleich null. Trotzdem trat sie fest aufs Gas, als sie schwere Wolken vom Westen heraufziehen sah.

Sie war hier, weil das nicht jeder andere Fall war, und ganz egal, welche Beweismittel noch vorhanden waren, Madison vermutete, dass man sie nicht in eine Tüte stecken und etikettieren konnte. Man musste sie anders beurteilen, auf eine Art und Weise, die sie selbst noch nicht abschätzen konnte.

An der Hoh Station fuhr sie auf den Parkplatz, der um diese Jahreszeit glücklicherweise fast leer war, und holte ihre Wanderstiefel und ihre Regensachen aus dem Kofferraum. Der Wald war feucht, er atmete durch einen Schleier aus feuchter Luft, egal ob es regnete oder nicht.

Madison richtete das Knöchelholster und steckte ihre kleine

Kamera und ihre restlichen Sachen in einen leichten Rucksack. Als sie die Riemen an den Schultern festzurrte, zurrte sie plötzlich wieder die Riemen der kugelsicheren Weste fest, die Nathan Quinn damals angezogen hatte, ihre Hände zitterten vor Angst und Kälte, Quinn schaute weg. Sie hatte ihn in dieser Nacht quasi gezwungen, die Weste anzulegen, als sie noch dachte, dass Harry Salinger mit so etwas Profanem wie Munition hinter ihnen her wäre.

Madison hob die Schultern, der Rucksack saß.

Der Park-Ranger, dreißig Zentimeter größer und einen halben Meter breiter als Madison, musterte sie.

»Sie wissen, dass die Akte bei den Behörden von Jefferson County liegt, Detective«, sagte er.

»Ja. Ich brauche nur die Stelle, das ist alles.«

Es war ein hübsches Büro: ein großes Fenster mit Blick auf den Wald und Landkarten an jeder Wand.

»Sie möchten zu der Stelle laufen?«

»Ja, das habe ich vor.«

»Warum?«

»Ich will mir ein paar Notizen machen, für alle Fälle.«

»Ein bisschen überstürzt?«

»Vielleicht.«

»Warum?«

»Weil ich heute meinen freien Tag habe.«

Der Ranger lächelte. »Lassen Sie mich erst telefonieren.«

»Danke.«

Madison ließ ihn in Ruhe und ging hinüber zu den Landkarten an der Wand. Mit dem Zeigefinger fuhr sie das Netz aus Wanderwegen nach: Auf vielen davon war sie schon gegangen, manche hatte sie bei jedem Wetter gesehen, die meisten kannte sie zumindest ein bisschen.

Eins wurde deutlich: Einer der Männer, die die Jungen entführt hatten, musste die Gegend sehr gut gekannt haben. Jemand hatte die Lichtung ausgesucht, wo die Jungen gefesselt worden waren, jemand hatte die Stelle ausgesucht, wo man David Quinn begraben hatte. Ende August waren Wanderer in der Gegend, und doch hatte sie niemand gesehen.

Madison folgte den Windungen der Upper Hoh Road, die beinahe parallel zum Fluss verlief. Sie hatten ganz genau gewusst, wo sie hinmussten und wie sie ungebetene Gäste von ihrer Privatparty fernhielten.

Rugged Ridge, Indian Pass, Owl Creek – die Wanderrouten überkreuzten sich und flochten sich durch das Gelände.

Madison war so vertieft in die topographische Karte, dass sie kaum hörte, wie der Ranger näher kam.

»Ich habe mit meinem Chef gesprochen. Ich bringe Sie hin«, sagte er.

Madison begriff nicht gleich, was er gemeint hatte. »Danke, aber ich wollte Ihre Zeit nicht in Anspruch nehmen. Ich will nur …«

»Meine Schicht endet gerade, und eine Schlechtwetterfront ist im Anrücken. Wenn Sie vorher an der Stelle sein möchten, bringe ich Sie hin. Das ist wirklich kein Problem.«

Madison glaubte ihm das nicht so recht, aber sie nahm dankend an.

Der Ranger – Ende dreißig, helle Haare, blaue Augen – ging voran. Sie würden ein kurzes Stück fahren und den Rest des Wegs zu Fuß gehen. Er stellte sich vor: Ryan Curtis. Er klang nach Kalifornien und dann zehn Jahren Seattle obendrauf. Im Vergleich zu seinem Pick-up war Madisons alter Civic geradezu von urbaner Eleganz.

»Sie erinnern sich nicht an mich, wie?«, fragte er, während er die Upper Hoh Road Richtung Westen fuhr.

Madison wandte sich ihm zu. Sie war sich sicher gewesen, dass sie einander noch nie begegnet waren.

»Ich hatte in der Nacht damals Dienst und habe das Spezialeinsatzkommando zu Ihnen geführt.« Ranger Curtis bog abrupt in eine Seitenstraße ein, die gleich nach der Abzweigung nicht mehr asphaltiert war. Er gab ihr keine Zeit zu antworten. »In den letzten fünfundzwanzig Jahren dürfte sich vieles verändert haben – Bäume, Sträucher, der Erdboden, auf den es ständig regnet, Wurzeln, Bäche, was noch alles.«

Mit einem metallischen Knirschen zog er die Handbremse und sah Madison an. »Ich muss Ihnen das sicher nicht erklären, aber das ist kein Garten hier, es ist nicht so, als hätten sie die Überreste bei jemandem im Hinterhof gefunden. In Hinterhöfen gibt es keine Bären und Pumas. Es ist ein Wunder, dass man sie überhaupt gefunden hat.«

Die Luft war feucht und überraschend warm für Januar. Trotz seiner Größe bewegte sich Curtis leicht und flink durchs Unterholz. Der Pfad war eine halbe Stunde zuvor verschwunden, und Madison verstand jetzt, warum er angeboten hatte, sie hinzubringen: Da, wo sie liefen, gab es keinen freundlichen Weg, keine hübschen Ausblicke über die Bäche, keine Fotostellen für Wochenendausflügler. Dieser Wald wollte nicht besucht werden, und er wollte nicht fotografiert werden.

Curtis nahm keine Rücksicht auf Madison: Zu Anfang sagte er ihr, dass sie genau seinen Schritten folgen solle, und dann lief er einfach zügig weiter. Wahrscheinlich stammte er von Hirschen ab, dachte Madison bei sich. Mit dem Scherz musste sie sich von dem kupferartigen Geruch ablenken, der gar nicht da war, wie sie wohl wusste.

Sie liefen unter den Fichten und dem Blätterdach, das aus mehreren Schichten bestand, und änderten immer wieder die Richtung, um Felsbrocken und Schluchten auszuweichen. Niedrige Äste blieben an ihrem Rucksack hängen, und der Boden wurde uneben; schartige Steine ragten aus der Erde heraus und stellten ihre Standfestigkeit auf die Probe, während sich das Licht änderte und die Stille immer tiefer wurde.

Madison hielt sich immer einen Meter hinter Curtis. Sie war froh um ihre Kondition und darüber, dass nicht geredet wurde.

»Jetzt ist es nicht mehr weit«, sagte er zehn Minuten später, ohne sich umzudrehen.

Als der Regen schließlich einsetzte, war er so leicht, dass Madison ihn zunächst gar nicht bemerkte, bis ihr ein einzelner Tropfen auf die Stirn fiel. Sie blickte nach oben: Himmel zwischen den Ästen, hauptsächlich Wolken, an manchen Stellen hellblau.

»Wir sind da.« Curtis trat zur Seite und deutete nach vorn.

Sie befanden sich in einem schmalen Tal; unter einer Westlichen Hemlocktanne mit hohen Sträuchern war eine Stelle mit Tatortklebeband markiert, das im Wind flatterte.

Curtis hatte recht gehabt mit dem, was er im Wagen gesagt hatte: Madison rief sich in Erinnerung, dass die Geschehnisse fünfundzwanzig Jahre her waren. Sie hatte damals die Grundschule besucht, ihre Mutter hatte noch gelebt, und sie war noch nie in Seattle gewesen. Alles hatte sich verändert, war gewachsen oder abgestorben, und was hier vor ihr lag, war nur zum kleinen Teil noch so, wie es die Entführer – die Mörder, korrigierte Madison sich –, gesehen hatten.

Langsam ging sie auf das gelbe Absperrband zu: Das Loch wurde sichtbar, es hatte glatte Ränder und war nicht tief.

»Er lag fast an der Oberfläche; der Regen muss die Erde im Lauf der Jahre weggespült haben«, sagte Curtis hinter ihr.
Er war so klein. Was sie vor sich sah, traf Madison beinahe körperlich: Er war zusammengekrümmt und auf der Seite liegend vergraben worden. Sie hatten es eilig gehabt, wollten schnell aus dem Wald hinaus und hatten keine Zeit zu verschwenden. Sie gruben ein Loch, das gerade groß und tief genug war, um das Kind hineinzulegen; sie bedeckten es mit Erde und fuhren weg.
Madison holte ihre Kamera aus dem Rucksack und fotografierte – der Blitz kämpfte gegen die zunehmende Dunkelheit an –, um etwas Fassbares gegen den Zorn zu tun, der sich in ihrer Brust regte. Dieses jämmerliche Loch sagte ihr noch etwas anderes: Sie hatten ein Kind getötet, und es war ihnen egal; das war keine Grabstätte, es war eine Müllkippe.
Sie verdrängte ihre Gefühle, nahm ihren Notizblock heraus und ging die dürftigen Fakten durch.
»Wo liegt von hier aus gesehen die Lichtung? Die Stelle, zu der Sie das Spezialeinsatzkommando an dem Abend gebracht haben?«
Curtis zeigte nach Westen. »Etwa eine Meile in dieser Richtung.«
»Gelände vergleichbar mit dem, über das wir gelaufen sind?«
»So ziemlich. Wenn man nicht damit vertraut ist, kommt man nicht gut voran.«
Madison machte auf dem Standardpolizeiblock Notizen.
»Es war August«, sagte sie. »Der 28. August 1985. An dem Tag hat es nicht geregnet, das habe ich überprüft. Kann es sein, dass sie einen Teil der Strecke mit dem Transporter gefahren sind?«
»Früher gab es eine schmale befestigte Straße zu einer Wet-

terstation, aber nachdem wir die Station nicht mehr benutzt haben, wurde die Straße nicht besser, und jetzt ist sie fast zugewachsen. Wenn sie die kannten, hätten sie fast bis zur Lichtung fahren können.«

»Ab wann wurde die Wetterstation nicht mehr benutzt?«

»Seit Anfang der Achtziger, glaube ich.«

»So sind wir aber nicht gekommen. Wir haben das Auto stehen gelassen und sind ein ganzes Stück gelaufen.«

»Sie war nicht auf den Karten verzeichnet. Es war eine alte Serviceroute, die nirgendwo hinführte. Davon hätten Sie gar nicht wissen können.«

Madison merkte, wie ihr das fransige Ende eines Gedankens entglitt, und schnappte es sich.

»Sie kannten sie aber«, sagte Madison. »Die Mörder. Kreuzen denn irgendwelche Wanderwege diese Straße oder die Strecke von hier nach dort?«

»Nicht, dass ich wüsste.«

»Was wiederum bedeutet, dass die Kinder, die sie zurückgelassen hatten, nicht allzu schnell gefunden werden würden. Und wenn sie David Quinn nur weit genug von den Kindern entfernt vergraben würden, würde man ihn überhaupt nicht finden.«

Madison sah sich um. Keine Fußspuren, keine Reifenspuren, keine Spuren von Werkzeugen, kein Stofffetzen, der an einem Zweig hängengeblieben war. Die Liste der Dinge, die sie nicht hatten und die sie nie bekommen würden, war lang.

Sie legte ihr Maßband an die lange Seite des Lochs, machte ein Foto und schrieb sich die Maße auf. Die Spurensicherung hatte das alles schon getan, sie machte es trotzdem. Seitlich wuchsen Wurzeln aus den Wänden, und das Insektenleben hatte schon begonnen, das Grab zurückzufordern.

Sie stellte sich an den Rand der Grube. Hatte sich die Erde verändert, weil sie ein ermordetes Kind bedeckte? Wie konnte man diese Veränderung messen? Madison ging in die Hocke und berührte den Boden. Kalt und feucht. Das Kind war zu einer Leiche geworden, und die Leiche war zu menschlichen Überresten geworden. Regen und Erde hatten sie durchdrungen, während sie sich zersetzte. Irgendetwas, dachte Madison – die Mörder mussten doch irgendetwas zurückgelassen haben, etwas, das bei David Quinn geblieben war und das auf sie gewartet hatte, damit sie ihn fanden.
»Wir müssen zurück, Detective.«
Madison richtete sich auf und nickte.
»Diese Sträucher hier um die Grube, sehen Sie?« Curtis zeigte darauf. »Das ist Dicentra formosa.«
Madison sah ihn verständnislos an.
»Man sagt auch Kleines Tränendes Herz dazu«, sagte er. »Die Blüten sind sehr hübsch.«
Madison schulterte ihren Rucksack und zog sich die Kapuze über. Über ihr, außer Sichtweite und jenseits der Schichten von Grün, flatterten Flügel und verschwanden rasch in der Ferne.

Trotz der einsetzenden Dämmerung kamen sie auf dem Rückweg schneller voran, und Curtis war nicht an Smalltalk interessiert. Sie stiegen in seinen Pick-up, und ehe Madison es sich versah, hielt er schon neben ihrem Civic auf dem Parkplatz der Hoh Station.
»Danke«, sagte Madison. »Das meine ich ehrlich. Auch dass Sie das Spezialeinsatzkommando zu uns geführt haben. Es tut mir leid, dass ich mich nicht an Sie erinnert habe.«
»Kein Problem. Das überrascht mich eigentlich nicht. Etwas Derartiges hatte ich noch nie gesehen.«

»Wir beide nicht.«
Sie stieg aus dem Pick-up aus, setzte sich in ihren Honda und fuhr los. Die Scheinwerfer des anderen Wagens folgten ihr bis zur Ausfahrt Forks.
Madison fühlte sich erschöpft und müde, als hätte sie eine Prüfung abgelegt und nicht einmal die Fragen verstanden. Als sie später auf der Fähre in einer Nische saß, die Hände um eine Tasse Tee, die sie nicht trank, wurde ihr klar, dass sie sich etwas geschworen hatte, egal, ob es sich bei dem Kind um David Quinn handelte oder nicht.
Als die Fähre anlegte, war sie immer noch dabei, sich Notizen zu machen.

Nathan Quinn blickte auf die runde Wanduhr. Noch drei Minuten bis zu seinem Telefonat mit Staatsanwalt Scott Newton, der in dem Fall das County gegen John Cameron vertrat. Entsprechend Quinns Weisung an Doyle hatte ein Senior Associate von Quinn Locke Cameron vertreten, während Quinn arbeitsunfähig war, aber es stand nie außer Frage, dass er seine ursprüngliche Rolle als Camerons Anwalt wieder einnehmen würde.
Quinn wollte Cameron so bald wie möglich aus dem Gefängnis holen. Jeder Tag, den er im KCJC verbrachte, war ein Tag, an dem er ein Ziel darstellte, und ein Tag, an dem er dazu gedrängt werden könnte, sich mit maximaler Kraft zu verteidigen, um am Leben zu bleiben. Die Insassen würden vielleicht gutes Geld bezahlen, um das mit anzusehen, aber Quinn wollte ihn einfach schnell dort herausholen. Selbst Schutzhaft – wer wurde da geschützt, fragte er sich – war kaum mehr als Wunschdenken.
Rein technisch gesehen fungierte Quinn nur als Berater in dem Fall; er bekam immer noch Schmerzmittel, und der

Anwalt von Quinn Locke musste erst das Mandat zurückgeben. Aber alle wussten, wer die Entscheidungen traf.
Quinn sah noch einmal auf die Uhr.
Es war Zeit.

»Noch einmal«, sagte Scott Newton. »Ihr Mandant hat Harry Salinger angegriffen und ihn zerschnippelt wie eine Anziehpuppe aus Papier. Und Sie sind der Meinung, versuchter Mord wäre eine Überreaktion meinerseits?«
»Ich glaube, auch Körperverletzung ersten Grades ist noch eine Überreaktion. Ganz ehrlich? Ich halte selbst Körperverletzung dritten Grades für eine Überreaktion. John Cameron hat lediglich versucht, Harry Salinger zu bändigen und festzuhalten, nachdem er *vier* Morde und die Entführung eines Minderjährigen zugegeben hat«, entgegnete Nathan Quinn.
»Sie wollen das also als eine Feld-, Wald- und Wiesen-Festnahme hinstellen, die ordentlich danebengegangen ist.«
»Keine Jury wird Ihnen einen Mordversuch abnehmen, Scott. Nicht, wenn Salinger für geistesgestört erklärt wird, nicht, wenn sie die Bilder von dem Käfig sehen, den er für den Jungen gebaut hat.«
Newton schwieg. Salinger hatte zwei Käfige gebaut, einer davon war für Quinn gewesen. »Salinger hätte sterben können. Alles, was Cameron ihm angetan hat, hätte zu seinem Tod führen können.«
»Wissen Sie, woher wir wissen, dass es kein Mordversuch war?«, fragte Quinn. »Salinger lebt noch. Das ist kein Zufall.«
Newton wollte nicht vor Gericht gehen: Es war zu riskant, den Mann anzuklagen, der Harry Salinger, den Blueridge-Mörder, gestellt hatte, und er hatte keine Ahnung, wo er

eine unparteiliche Jury herbekommen sollte. Vielleicht vom Mars.

»Was bieten Sie an?«, fragte er Quinn.

»Was liegt auf dem Tisch?«, entgegnete Quinn.

Newton schnaubte. »Körperverletzung ersten Grades, und mein Chef wird mich berechtigterweise in die Verkehrsabteilung versetzen.«

»Können Sie einen Vorsatz nachweisen? Und damit meine ich einen echten Beweis für vorangegangene Überlegungen und die Absicht, schweren körperlichen Schaden hervorzurufen?«

»Ich habe den ärztlichen Untersuchungsbericht von Salinger.«

»Bestimmt eine faszinierende Lektüre, aber ich frage Sie noch einmal – können Sie Vorsatz nachweisen?«

Newton antwortete nicht.

»Und zweitens, haben Sie eine Waffe?«

»Sie suchen noch.« Sogar er selbst fand, dass er sich schwach anhörte.

»Salingers Waffe wurde ziemlich schnell gefunden und auch das Werkzeug, mit dem er die Käfige aufgebaut hat.« Das Schweigen in der Leitung dehnte sich.

Quinn schloss die Augen, der Kopf ruhte auf dem Kissen. Seine Energie nahm unberechenbar zu und ab, abhängig von der Medikation. »Grob fahrlässige Gefährdung«, sagte er.

»Das ziehe ich nicht einmal in Betracht.«

»Lassen Sie sich Zeit und überlegen Sie, was sie vor einer Jury beweisen können. Die Geschworenen werden darüber nachdenken müssen, wie schwer es wohl ist, einen Mann mit Salingers … Temperament zu bändigen.«

»Wir sprechen hier von John Cameron.«

»Der keine Vorstrafen hat und sich der Festnahme nicht widersetzt hat.«
»Nathan, haben Sie Salingers Untersuchungsbericht gesehen?«, fragte Newton. »Haben Sie *gesehen,* was er mit ihm gemacht hat?«
»Ja.«
»Nennen Sic das ›grob fahrlässige Gefährdung‹?«
Quinn wusste nicht, wie er es nennen sollte. Ihm wurde bewusst, dass dies auf einen Großteil von Camerons Verhalten zutraf. »Sie sollten das nicht vor Gericht bringen«, sagte er.
»Ich tue, was ich kann, um ihn drin zu behalten, solange es das Gesetz mir erlaubt.«
»Viel Glück.«

5

Der Mann stand in dem weißen Aufenthaltsraum neben dem hohen Fenster und sah zu, wie die Sonne hinter den Bäumen versank. Jede Minute brachte einen neuen Schatten, und die Angst schnürte ihm wieder die schmale Brust zu, während die dunkle Linie sich an das Betongebäude heranpirschte. Er sah zu und wartete. Bald war es so weit, und er würde allein sein, bis die Sonne wieder aufging.
Er merkte, wie sich der Raum leerte, auf dem Fernseher an der Halterung oben an der Wand wurden die Nachrichten eingestellt, Schritte hinter ihm.
»Jemand wird kommen«, sagte er, ohne sich umzudrehen.
Der Ausblick ließ ihn nicht los, bis er die Hand auf dem Arm spürte und sich langsam und widerwillig umdrehte.

»Es ist dunkel«, sagte er. »Wir sollten gehen, wir sollten nicht hierbleiben.«
»Bettzeit.«
»Wir sollten nicht bleiben, wenn es dunkel ist.«
»Ja, das habe ich gehört, genau wie gestern und am Tag davor. Los, mein Freund, es ist Bettzeit.«
»Das ist nichts Persönliches, es geht ums Geschäft.«
»Aber sicher.«

Er stand in seinem Zimmer neben dem Bett, um ihn herum nackte Wände und eine Kommode mit drei Schubladen für alles, was er auf dieser Welt besaß.
Von der Ablage der Kommode nahm er einen grauen Wachsmalkreidenstummel und hob die Hand; er schloss die Augen und zog quer über die weiße Wand eine zittrige Linie. Sie gesellte sich zu zig ähnlichen grauen Linien, mit denen die kleine Zelle überzogen war. Die Wände hinauf und hinab, überall, wo er hinkam.
Es war einfacher, ihn gewähren zu lassen, statt ihm die Kreide wegzunehmen und ihn die entsetzlichen Angstzustände durchleben zu lassen, die ihn quälten.
Er putzte sich die Zähne und zog den Schlafanzug an. Er war aus weißer Baumwolle und hing locker über seinen dünnen Schultern. Er wusch sich die Hände: Die Fingernägel waren ganz kurz geschnitten und dennoch schmutzig von Gartenerde. Er schrubbte sie sauber und setzte sich.
»Lieber Gott, mach mich fromm«, begann er, »dass ich in den Himmel komm.«
Er schlüpfte unter die schwere Decke und begann sofort am ganzen Leib zu zittern.
Es klopfte an der Tür, und Thomas steckte den Kopf herein.
»Fertig?«

Vincent Foley, 48, schüttelte den Kopf. »Jemand wird kommen«, flüsterte er und rollte sich zu einer festen Kugel zusammen.
Thomas Reed, psychiatrischer Krankenpfleger am Seattle Walters Institute, schaltete das Licht aus und schloss die Tür. Ein leises Klicken verriet Vincent, dass die Tür abgeschlossen war. Aber was konnte eine einfache Holztür schon gegen das ausrichten, was ihm bevorstand?
In der Zelle zogen Schatten und Lichter über die pastellfarbenen Zeichnungen an den Wänden, als würden sich die Linien bewegen. Vincent zwickte die Augen zusammen; die ganze Nacht lang, über ihm und um ihn herum, kroch und krabbelte es.

6

In seinem düsteren Krankenhauszimmer lauschte Nathan Quinn seinem eigenen Atem. Ruhig und gleichmäßig. Es überraschte ihn immer noch, dass er am Leben war, hatte er doch fest damit gerechnet zu sterben. Stattdessen war er in einer anderen Welt aufgewacht: John war im Gefängnis, und David war gefunden worden.
Die Beamten aus Jefferson County hatten einen Abstrich von den Zellen an der Innenseite seiner Wange genommen, um die DNA zu vergleichen, ein schneller und routinemäßiger Vorgang, der nur wenige Sekunden gedauert hatte. Jetzt konnten sie nur noch warten.
Seine Wachzeiten waren eine Kombination aus Schmerzen, Langeweile und reiner, unverfälschter Wut. Sein Zorn,

durch Jahre im Gerichtssaal diszipliniert, schien seinen üblichen Filtern zu entgehen. Sein Körper war ein Gefangener der Verletzungen, nicht jedoch seine Intelligenz. Er hatte die Ärzte bearbeitet, die Schmerzmittel so weit wie möglich zu reduzieren, denn die Schmerzen konnte er bewältigen, nicht jedoch die träge, schwere Dumpfheit, die sich über seinen Kopf legte. Die konnte er nicht ertragen.

Im Moment wusste er nur, dass er denken musste, und zwar klar: Die Ergebnisse des DNA-Tests würden in den nächsten paar Tagen da sein, und dann würde sich die Welt wieder verändern, die Erdachse würde sich verschieben, so wie mindestens zwei Mal zuvor in seinem Leben. Dieses Mal würde er bereit sein.

Wenn es sich bei den menschlichen Überresten nicht um David handelte, wenn dort draußen noch ein Junge im Wald gestorben war, würde es das besser machen? Quinn wusste nicht, wie er empfinden oder was er sich wünschen sollte. Seinen Bruder wiederzuhaben, das bedeutete, dass David diesen schrecklichen Moment durchgemacht hatte, diesen Schlag, der sein Leben beendet hatte. Wenn nicht, hatte ein anderes Kind dieses Grauen erlebt, war eine andere Familie auseinandergerissen worden.

Er atmete tief und stellte nicht zum ersten Mal fest, dass der Kummer sich gleichzeitig wie ein Gewicht und wie eine Höhlung in der Brust anfühlte. Er kehrte dahin zurück, wo er sich auskannte, er dachte wie ein Anwalt, dachte wie der Staatsanwalt, der er einst war. Er schloss die Augen und spürte einen vertrauten Funken Zorn. Gut. Zorn war besser als Schmerz.

Die Zahlen waren gegen sie: Im Staat Washington verjährte Mord zwar nicht, er konnte sich aber an keinen einzigen Fall erinnern, in dem ein Beschuldigter erfolgreich für einen

fünfundzwanzig Jahre zurückliegenden Mord verurteilt worden wäre, ohne Spuren, Zeugen oder Geständnisse.
Die Beamten waren zurückhaltend gewesen; ihre Chancen waren minimal. Das Beste, worauf sie hoffen konnten, war ein Name für das Opfer. *Einatmen, ausatmen, die Schmerzen ignorieren.* Ein Name konnte etwas sehr Mächtiges sein, selbst wenn das alles war, was sie hatten.
Ein Name war der Anfang: Fünf Jahre nach der Entführung war ein Mann in eine Tötungsfalle, wie es bei den Jägern hieß, gestürzt und war aufgespießt worden. Sein Name war Timothy Gilman, und er war so gestorben, wie er gelebt hatte. John Cameron war damals etwa achtzehn Jahre alt.
Seit zwanzig Jahren glaubte Nathan Quinn, dass John Cameron Gilman getötet hatte – sein erstes Opfer –, weil er ihn zufällig getroffen und ihn als einen der Entführer erkannt hatte, vielleicht sogar als den Mann, von dem die Narben an seinem Arm stammten. Cameron wusste, dass es nicht genügend Beweise gab, um ihn vor Gericht zu bringen, und dass dieser Kampf Quinns Familie ganz sicher umbringen würde, als würde David jeden Tag aufs Neue sterben.
Quinn, der damals im Büro des Staatsanwalts arbeitete, hatte das allein durch Zufall herausgefunden, und man konnte sagen, dass seine Interpretation der Ereignisse rein auf Indizien beruhte. Man konnte gut und gern behaupten, dass ein achtzehnjähriger Junge nicht Tage damit zubringt, ein Loch in den Schnee zu graben, um einen Mann in den Tod zu locken. Deshalb sprach Quinn nicht darüber; der Fall blieb ungelöst, das Leben ging weiter.
Aus der Krankenstation trieben ferne Geräusche in den Raum, Schritte und Stimmen und das Klirren medizinischer Gerätschaften. Quinn spürte das Gewicht der Decken; seit Dezember hatte seine große Gestalt an Gewicht verloren,

und er merkte, wie jede Zelle seines Körpers sich mühte, sich zu heilen.
Er dachte über die Angst nach: was sie mit einem Menschen macht und was ein Mensch tut, der sich in ihren Krallen befindet.

7

Madison wachte am Montagmorgen um sechs Uhr auf, machte sich einen besonders starken Kaffee und fuhr mit einer Schachtel Erdnussbutter-Müslikekse und einer halben Banane auf dem Beifahrersitz zur Arbeit. Sie war lange wach geblieben, weil sie noch ihre Argumentation vorbereitet hatte. Sie hoffte, es würde hilfreich sein, Lieutenant Fynn möglichst früh zu erwischen, bevor ihm die Realität zwangsläufig den Tag vergällte.
Am Empfang nickte sie Jenner, dem diensthabenden Beamten, zu und stieg schnell die Treppe zum Dienstraum hinauf. Die vorherige Schicht war schon beendet, ihre eigenen Leute waren noch nicht da. Die Einrichtung bestand aus einer Kombination aus abgenutzten Schreibtischen, abgestoßenen Aktenschränken aus grauem Metall und neuen Computerbildschirmen, deren Kabel sich unter den Tischen schlängelten.
Fynn kam eine halbe Stunde vor dem offiziellen Beginn der Schicht und bemerkte Madison an ihrem Platz. Sie gab ihm ein paar Minuten, dann klopfte sie an.
»Dachte mir schon so was«, sagte er und winkte sie herein.
»Ich würde gerne den Fall David Quinn bearbeiten. Ich

weiß, es ist ein ungelöster Fall, und die Cold-Case-Einheit wird sich darum kümmern, aber die sind voll ausgelastet, und ich könnte mir die ursprüngliche Ermittlung wegen der Entführung noch einmal vornehmen. Wenn der Junge nicht Quinn ist, würde ich den Fall trotzdem gerne übernehmen. Abgesehen von den sterblichen Überresten, gibt es keine neuen Spuren, und es wird so weit unten auf ihrer Prioritätenliste stehen, dass sich nie jemand damit befassen wird.«

»Guten Morgen, Madison. Wie war Ihr Wochenende?«

»Sehr gut.«

»Das ist jetzt der Moment, in dem Sie mich fragen, wie mein Wochenende war.«

»Wie war es, Sir?«

»Nicht schlecht, vielen Dank. Ich hätte noch eins gebrauchen können. Was führt Sie in mein Büro, Detective?«

»Ich würde gerne den Fall David Quinn bearbeiten.«

»Okay.«

»Okay?«

»Ja. Ich habe am Samstag mit Willis vom Cold-Case-Team gesprochen. Denen steht die Arbeit momentan bis hierher.« Er zog eine Linie vor seinem Kinn. »Aber die Überreste werden uns nicht viel liefern, womit wir arbeiten können.«

»Ich weiß.«

»Noch etwas.« Fynn blickte Madison unverwandt an. »Der einzige überlebende Zeuge ist zurzeit nicht besonders gesprächig, und niemand möchte vergeblich ins KCJC fahren, um mit John Cameron in einer Zelle zu sitzen und dann mit nichts herauszukommen.«

»Ich verstehe. Deshalb bekomme ich den Fall. Weil Cameron und ich uns gemeinsam die Nägel machen und die Haare flechten?«

»So ziemlich. Was dagegen?«

»Kein bisschen. Wenn die ihn nicht wollen, ich nehme ihn gerne.«
»Das dachte ich mir. Waren Sie am Fundort?«
»Ja.«
»Und?«
»Sie haben das Loch sehr schnell gegraben, und gerade tief genug, dass ihn kein Tier über Nacht herausholen konnte.«
»Okay, also, wir gehen so vor: Wir warten auf das Ergebnis des DNA-Tests – den niemand sonderlich beschleunigt, weil wir Hunderte von frischen Fällen haben – und wenn es Quinn ist, ist es Ihr Fall; wenn nicht, dann bleibt er im Jefferson County, weil wir nicht wissen, wo das Kind überhaupt herkam, und die forensischen Anthropologen werden zuallererst die Identität feststellen müssen.«
Als Madison an ihren Schreibtisch zurückkehrte, herrschte im Raum schon reger Betrieb, und sie fragte sich zum ersten Mal, ob sie hoffen sollte, dass es sich bei dem Kind um Nathan Quinns Bruder handelte. Es war ein Kind, und das war das Einzige, was zählte.

Es dauerte neun Tage, bis ein winziger Hauch mitochondrialer DNA ohne jeden Zweifel bestätigte, dass die menschlichen Überreste, die im Hoh River Forest gefunden worden waren, wirklich David Quinn waren. Sobald es offiziell war, holte sich Madison die Akte über die Entführung: Sie würde Cameron nicht befragen, ohne jedes Detail der ursprünglichen Ermittlung zu kennen.
Er hatte fünfundzwanzig Jahre lang nicht darüber gesprochen, soweit sie wusste, und die Chancen, dass er jetzt sprechen würde, lagen bei weniger als null.
Andererseits lagen die Chancen, dass er überhaupt mit jemandem über irgendetwas sprechen würde, generell bei we-

niger als null. Die Entführung war lediglich ein weiterer Eintrag auf der extrem langen Liste mit verbotenen Themen. Nichtsdestotrotz hatten sie eine Leiche und eine Todesursache, und es würde eine Ermittlung geben, es würde Fragen geben, und irgendwo im Kopf von John Cameron lag die Wahrheit.

Und so fand sich Alice Madison sehr kurz nach ihrem letzten Besuch wieder in der Besucherzelle des King County Justice Complex wieder, ohne ihre Waffe und auch ohne viel Hoffnung auf eine aussagekräftige Unterhaltung.

Sie stellte sich John Cameron als zwölfjährigen Jungen vor, voller Angst allein im Wald, und sie hoffte, dass dieser Junge ihr würde helfen wollen, nachdem sie ihm erzählt hatte, dass das Kind, das sie gefunden hatten, David war.

In der Zelle war es warm, unangenehm warm, und es roch nach dem Automatenkaffee der vorherigen Besucher. Wie auch immer der Tag draußen aussehen mochte, in diesem Raum fiel das Licht milchbleich und wirkungslos auf das spärliche Mobiliar. Madison war dreimal ihre Gesprächsstrategie durchgegangen, als der Metallriegel aufgeschoben wurde.

Ein einzelner Wärter kam herein – sie hatte ihn schon ein paarmal zuvor gesehen. Er sah aus, als würde er bereits ein paar Jahrzehnte für die Gefängnisbehörde arbeiten und sich so schnell auch nicht wegbewegen. Auf seinem Namensschild stand »Miller, B.«.

»Er kommt nicht, Detective«, sagte er.

Madison stand auf, der Stuhl kratzte beim Zurückschieben über den Boden. Damit hatte sie nicht gerechnet.

»Er *kommt* nicht?«

Sie merkte, dass sie beinahe persönlich beleidigt klang, aber – ganz ehrlich – hier versagte ihre Selbstbeherrschung.

»Er sagt, er weiß, dass die DNA übereingestimmt hat«, fuhr der Wärter fort, »und Sie sollen wiederkommen, wenn Sie etwas wissen, das er noch nicht weiß.«

Madison versuchte sich nichts anmerken zu lassen; sie nickte, steckte ihren Notizblock in die Gesäßtasche ihrer Jeans und schob den Stuhl unter den Tisch. Ordentlich und bereit für die nächsten Besucher. Die stechend blauen Augen des Wärters registrierten jede ihrer Bewegungen.

»Na gut«, sagte sie.

»Machen Sie sich keine Gedanken. Das ist schon mehr, als jeder andere aus ihm herausbekommen hat.«

»Ich weiß.«

»Außer Sie wollen, dass wir ihn hierher zerren …«

»Nein, danke. Das muss heute nicht sein«, sagte sie zur offensichtlichen Erleichterung des Wärters. »Ich muss heute einfach ohne den humorvollen Schlagabtausch leben.«

»Müssen wir alle, oder?«

Als sie mit beschlagenen Fenstern und bei laufendem Motor auf dem Gefängnisparkplatz wieder im Wagen saß, erlaubte es sich Madison, eine volle Minute lang ungehemmt zu fluchen. Sobald sie alles herausgelassen hatte, legte sie den Gang ein und fuhr zurück zum Revier. Es ist, wie es ist, hatte ihre Großmutter immer gesagt.

8

Carl Doyle wartete neben dem Aufzug, er spiegelte sich in dem gebürsteten Edelstahl. Er sah tadellos aus in seinem grauen Nadelstreifenanzug, dem weißen Hemd und der weinroten Krawatte. Er hatte die Kanzlei Quinn Locke in der letzten Zeit von einer Bank vor Quinns Krankenzimmer aus geführt – als Torwächter und Chefassistent.

Todd Hollis, der Chefermittler von Quinn Locke, hatte eine Stunde bei Quinn verbracht und war vor ein paar Minuten gegangen, in etwas düstererer Stimmung als bei seiner Ankunft. Doyle hatte getan, worum Quinn ihn gebeten hatte, und wartete jetzt neben dem Aufzug. Er wusste nicht, worum es ging, nur dass Hollis anderer Meinung war und Quinn es trotzdem durchzog. Doyle war unsicher: Hollis kannte sich gut aus; wenn er Widerspruch einlegte, dann war der treffend und wohlüberlegt. Doyle zog seine Krawatte gerade, richtete sich die Manschetten und sah auf die Uhr.

Die Aufzugtür ging auf, und Benny Craig von Quinn Locke wankte heraus. Er trug zwei silberne Kamerakoffer und hatte ein zusammengestecktes Stativ unter dem Arm. Benny war seit sechs Monaten in der Kanzlei und sah aus wie dreizehn. Etwas an Carl Doyles Gebaren bedeutete ihm, still zu sein und einfach zu tun, was ihm aufgetragen wurde.

»Ist das alles?«, fragte Doyle.

»Ja.«

Doyle ging voran, Benny folgte ihm durch den Korridor. Der Alltag im Krankenhaus nahm keine Notiz davon.

Alice Madison bugsierte den Teller mit Schokoladenkuchen vorsichtig auf den Rand des Schreibtischs und hob ihren Pappbecher. Der Geburtstag von Andrew Dunne war eine Gelegenheit zu feiern, und Beamte aus dem ganzen Bezirk waren gekommen.

Es war von Beginn an eine Freude gewesen, mit Dunne und seinem Partner Spencer zusammenzuarbeiten. Als sich Madison in dem geschäftigen Raum umsah, entdeckte sie Detective Chris Kelly und seinen Partner Tony Rosario, mit Pappbechern in der Hand. Mit Chris Kelly zusammenzuarbeiten war keine Freude gewesen – er wirkte eher wie ein Brechmittel auf sie, wenn sie ihm näher als zwei Meter kam. Seit Anfang des Jahres ignorierten sie einander, und sie hoffte, dass es so bleiben würde.

Spencer hob seinen Becher – perlende gelbe Limonade im Neonlicht – und bat um Ruhe. Er kannte Dunne seit der Akademie, und in seinem Trinkspruch würde er sicherlich darauf anspielen, dass sein Freund immer noch nicht verheiratet war, auf seinen irischen Jähzorn und auf eine stattliche Anzahl peinlicher Vorfälle, die in den Berichten nie erwähnt worden waren.

»Mein Name ist Nathan Quinn …«

Die Stimme drang schneidend durch den Raum, und Madison erschrak zu Tode.

Jemand bat die Gruppe, still zu sein, und stellte mit der Fernbedienung den Fernseher lauter.

»Das sind die Nachrichten auf KIRO«, sagte jemand anderer. Es war totenstill.

Einen ganz langen Augenblick drehte Madison sich nicht um. Sie wusste, was alle sahen: Sie sahen den Mann, der getan hatte, was Quinn eben getan hatte, und der das überlebt hatte. Jeder Einzelne von ihnen hatte über seine Verletzungen gerätselt. Es hatte keine Bilder gegeben und keine Exklusivstorys in den Boulevardzeitungen.

Madison hatte ihn seither nicht besuchen dürfen; jetzt würde sie ihn zum ersten Mal zusammen mit lauter Menschen sehen müssen, die alle neugierig waren und von denen keiner auch nur die geringste Idee hatte, wie jene Nacht wirklich gewesen war.

»Mein Name ist Nathan Quinn …«

Madison drehte sich um. Er hatte abgenommen, und sein dunkles Haar war länger – blaues Leinenhemd, der Kragen offen, keine Krawatte. Hinter ihm ein Krankenzimmer, das Licht reichte aus, um ihn deutlich zu erkennen. Eine dünne rote Linie zog sich über die linke Seite der Stirn bis in den Haaransatz, eine weitere ging vom Mundwinkel bis unter das linke Ohr, eine begann unter dem Kinn und verschwand in dem offenen Kragen, eine kürzere Linie lief über den Wangenknochen, die Lippen. Der plastische Chirurg hatte Erstaunliches geleistet, besser ging es wohl nicht. Im Moment jedoch sah Nathan Quinn aus, als hätte ihn der Teufel höchstpersönlich aus der Hölle geworfen, aber nicht ohne sich vorher ein paar Spielchen zu gönnen.

» … vor ein paar Tagen wurden die sterblichen Überreste eines Kindes im Hoh River Forest gefunden. Mein Bruder David war dreizehn, als er vor fünfundzwanzig Jahren gemeinsam mit zwei Freunden entführt wurde. Die Entführer brachten ihn um und ließen seine Freunde im Wald zurück. Das ist ein Appell: Ich will sämtliche Informationen, die mit der Entführung oder dem Mord zu tun haben.«

Madison hatte zuvor schon Fernsehappelle gesehen: Es ging um Kinder, Eltern, Geschwister, Ehefrauen und Ehemänner. Etwas an Quinns Ton ließ den ganzen Raum voller Polizisten erstarren. Sie spürte den bevorstehenden Sturm, denn sie hatte Quinn zuvor schon in Aktion gesehen, und er war nicht der Typ, der an jemanden »appellierte«.

Quinn hob vier Finger der rechten Hand. »*Vier Männer haben die Jungen entführt und meinen Bruder ermordet – zweihunderttausend Dollar für den Kopf von jedem dieser vier.*« Er hob den Zeigefinger der linken Hand. »*Ein Mann, oder eine Gruppe von Männern, hat das geplant – eine Million Dollar.*« Quinn hielt inne. Dann sprach er leise weiter, und die Drohung war in seiner Stimme durchzuhören. »*Sie haben kein Lösegeld gefordert, sie wollten keine Belohnung. Das bekommen sie heute: eine Prämie auf ihren Kopf. Hat einer von ihnen einem Freund, einem Bruder, einer Geliebten erzählt, was passiert ist? Würden sie ihnen heute auch noch ihr Leben anvertrauen?*« Quinn machte wieder eine Pause. »*Vor zwanzig Jahren stürzte ein Mann namens Timothy Gilman in eine Tötungsfalle und starb; es gibt Grund zu der Annahme, dass er einer der vier Entführer war.*« Quinn knickte einen Finger ein. »*Einer ist tot, fehlen noch drei. Wo auch immer sie sind, die anderen sollen wissen, dass sie nicht in Sicherheit sind, dass niemand sie schützt und dass ich sie finden werde.*«

Das Bild stand einen Moment still, dann wurde es schwarz, und man sah wieder den Nachrichtensprecher, der an seinem Tisch saß und eindeutig dachte, dass ihn sein Examen in Geisteswissenschaften dafür nicht vorbereitet hatte.

Im Raum wurde es laut, alle redeten durcheinander, jemand stellte den Fernseher auf stumm. Madison war noch bei der Stimme und den Worten. Das war kein Appell, es war eine Warnung; Quinn hatte ordentlich vorgelegt, und irgendwo dort draußen gab es Männer, die seine Worte gehört und die Botschaft verstanden hatten. *Und wer zum Teufel war Timothy Gilman?*

Es war eine chemische Veränderung. Ein Katalysator, der in eine inerte Substanz gegeben wird. *Mein Name ist Nathan Quinn.* In Büros, Privathäusern, Bars, auf Fernsehern in Schaufenstern, auf Fähren, online, überall, wo es einen Bildschirm gab. Die Leute blieben stehen, die Leute sahen zu, und die Leute wunderten sich. Nach einer Weile war es nicht einmal mehr nötig, den Text zu verstehen. Quinn hob vier Finger der rechten Hand, dann den Zeigefinger der linken. Die Narben erzählten etwas über den Mann, das Worte nicht ausdrücken konnten. Und hier und da, wo es keine Touristen gab und wo die Barkeeper jeden Gast mit Namen kannten und wussten, was für Straftaten sie begingen, da sahen sich ein paar dieser Gäste genauer in der üblichen Runde um und fragten sich, wer vor fünfundzwanzig Jahren wohl schon da gewesen war, wer drei Kinder in den Wald bringen und wer eines dort vergraben würde.
Heute ist ein guter Tag; heute gibt es eine Million und sechshunderttausend Gründe, neugierig zu sein.

Carl Doyle, wieder in seinem Büro bei Quinn Locke, hatte mit den restlichen Angestellten die Nachrichten gesehen. Die Kamera und die Scheinwerfer waren wieder im Lagerraum verstaut, und Benny Craig erzählte einer hübschen jungen Sekretärin mit blondem Pferdeschwanz zum x-ten Mal seine Geschichte.
Doyle wollte keine Fragen beantworten und hatte die Tür hinter sich zugezogen. Jetzt wusste er, warum Todd Hollis nicht einverstanden gewesen war. Er verstand Quinns Bedürfnis, seinem Bruder die Gerechtigkeit zukommen zu lassen, die ihm verweigert worden war; wer würde das nicht tun? Aber Doyle konnte nicht einmal im Ansatz beschreiben, wie es gewesen war, einen guten Meter von Quinn ent-

fernt zu stehen, während er diese Worte sprach. Benny war jung; er war ein gutmütiger, wenn auch etwas fader junger Mann, der kaum oder auch gar nicht richtig begriffen hatte, was er da miterlebte. Im Gegensatz zu Doyle. Er nahm einen Stapel Papiere und fing an, sie zu ordnen, zu sortieren und zu strukturieren, weil er seinen Kopf und seine Hände mit Alltäglichem und Banalem füllen musste und weil Quinns Tonfall scharf genug gewesen war, die Atemluft entzweizuschneiden.

Dunne hatte immer noch seinen Pappbecher in der Hand, als er auf Madison zukam.
Er sprach leise: »Du hast den Chef um den Fall Quinn gebeten, oder?«
»Ja.«
»Sehr gut. Hast du dir den ursprünglichen Bericht aus Jefferson County angesehen?«
Madison drehte sich mit dem Rücken zum Rest des Raums, damit nur Dunne sie hören konnte. »Am Tatort war nichts. Nur die Überreste und das Loch in der Erde, aus dem sie kamen.«
»Überhaupt keine Spuren?«
Madison schüttelte den Kopf.
»Die Rechtsmedizin?«
»Ich warte noch auf Fellmans Bericht. Und auf den des forensischen Anthropologen – wenn wir einen bekommen.«
Dunne fuhr sich mit der Hand durch die Haare, entnervt von den offenbar unerschöpflichen Möglichkeiten, die die Welt aufbot, um ihnen ihr Tagwerk unmöglich zu machen. »Was denkt sich Quinn eigentlich dabei, fünfundzwanzig Jahre nach dem Vorfall eine solche Belohnung auszusetzen? Ungefähr ein Zehntel hätte genügt, um alle Informationen

zu bekommen, die man kriegen kann. Das ganze Geld ist nur ein Signalfeuer für sämtliche gierigen Versager von hier bis nach Miami, und jeder Einzelne von ihnen wird hier bei uns anrufen, um es einzufordern.«

Madison antwortete nicht. Alles, was Quinn tat, hatte seine Gründe und Hintergründe.

»Sagt dir Gilman irgendwas?«, fragte sie Dunne.

»Nein, nie von ihm gehört. Vor zweiundzwanzig Jahren bestand mein größtes Problem darin, mit wem ich auf den Abschlussball gehe und wie ich mir eine Limousine leisten kann.«

Madison blickte sich um: Der Raum leerte sich, alle kehrten zu ihren Aufgaben zurück, und von Dunnes Kuchen waren nur noch ein paar klebrige Krümel auf einem Teller übrig.

»Wo ist der Chef?«, fragte sie.

»Beim Chief of Detectives. Ich kann gar nicht erwarten, wie er sich freuen wird, wenn er von dem Appell hört.«

»Nennst du das einen Appell?«

»Nein. Ich nenne das einen Fehler. Und zwar einen dicken, fetten.«

Dunne schlüpfte in seine Jacke. »Spence und ich fahren zu Jimmy und trinken vor meinen Geburtstagsfeierlichkeiten mit der himmlischen Stacey Roberts vom Verkehr noch schnell was. Kommst du mit?«

Madison lächelte. »Danke, aber nein. Ich muss noch etwas über Gilman herausfinden, bevor ich zu Quinn gehen und mit ihm darüber streiten kann.«

»Viel Spaß.«

»Mit Sicherheit. Dunne?«, sagte sie zu seinem Rücken, »Stacey hat drei Brüder, die so groß sind wie Felsbrocken. Nicht, dass sie sie brauchen würde – sie schießt hervorragend.«

Dunne zog sich den Krawattenknoten fest und lächelte. »Es geht doch nichts über ein Date mit einer Frau, die einem die Reifen zerschießen kann.«
»Feier schön!«

Madison trug die Akte zurück zu ihrem Schreibtisch und dem kleinen Lichtkreis der Angelpoise-Lampe. Im Raum war es herrlich still; ihre eigene Schicht war zu Ende, und ihre Kollegen zerstreuten sich und kehrten in das Leben zurück, das sie führten, wenn sie nicht hier waren.
In seiner kurzen Zeit auf der Erde war es Timothy Gilman gelungen, sich wenige Freunde und viele Feinde zu machen: Was als typische Jugendkriminalität begann, hatte sich rasch zu einem ganzen Spektrum von Straftaten entwickelt, das einen tiefsitzenden Hang zur Gewalttätigkeit verriet. Gilman hatte das kultiviert, wie ein anderer Mensch vielleicht seine Begabung für Zahlen weiterentwickeln würde. Eine Gefängnisstrafe Upstate wegen schwerer Körperverletzung machte sich auf der Liste seiner Errungenschaften auf jeden Fall ziemlich gut.
Madison trank Kaffee aus einem Keramikhenkelbecher mit einem Farbbild des Mount Rainier darauf – blauer Himmel hinter dem grauen, felsigen Gipfel und den Gletschern. Beim ersten Tauwetter im Frühling hatten Wanderer Gilmans Leiche schließlich irgendwo im Wald zwischen Seattle und dem Mount Rainier gefunden, in einer Tötungsfalle, aufgespießt auf langen Spitzen. Eines Abends im vergangenen Winter hatte er seine Stammkneipe verlassen und war verschwunden wie Kohlenstaub im Wind.
Madison ging mit dem Zeigefinger die Liste der Vernehmungen durch: Niemand wusste, wie er von der Bar in den Wald gekommen war, man wusste nicht einmal, ob er verse-

hentlich in die Falle geriet oder ob das Absicht gewesen war. Sie las die Akte zweimal von oben bis unten. Mitnehmen konnte sie nur, dass das Leben, das Gilman geführt hatte, durchsetzt war von offener Gewalt und mutwilliger Zerstörung. Abgesehen davon, gab es keine sichtbare Verbindung zu der Entführung am Hoh River. Die meisten Konfrontationen mit Gesetz und Ordnung hatte er auf der unteren Hierarchieebene der Ordnungshüter, die so gut zu seinen besonderen Fähigkeiten zu passen schien.

Sie machte sich beim Lesen Notizen und hatte das Gefühl, sie würde halb blind in die Zeit zurückgreifen und versuchen, etwas zu fassen, das vielleicht gar nicht da war. Sie konnte sich immerhin darauf verlassen, dass Nathan Quinn mit Gilmans Namen nicht leichtfertig umgehen würde, genauso wenig wie mit Drohungen. *Einer ist tot, fehlen noch drei.* Quinn hatte etwas, und das stand ganz bestimmt nicht in den vergilbten Akten, die sie aus dem Archiv geholt hatte.

Madison ging zum Bürokühlschrank und holte ihren einzigen Beitrag dazu heraus: eine Erdbeermilch für den Notfall, die von einer nächtlichen Observierung vor ein paar Wochen übrig geblieben war. Sie schraubte die Flasche auf und trank in großen Zügen, um den Geschmack des Filterkaffees herunterzuspülen. Sie schmeckte wirklich rosa.

Wenn Quinn die Identität eines der Entführer kannte, ergab es keinen Sinn, dass er die Sache nicht weiterverfolgt hatte, dass er Gilmans Leben nicht umgekrempelt hatte, um die Wahrheit herauszubekommen – außer, er hatte es erst erkannt, nachdem Gilman schon tot war. In diesem Fall – Madison betrachtete die dürftige Akte – hatte Quinn lediglich den Querschnitt eines Lebens, das damit verbracht worden war, andere Menschen zu verletzen, und keine Antworten.

Madison drückte eine Kurzwahltaste auf ihrem Handy.

»Doyle.« Er war nach dem zweiten Klingeln dran.
»Madison hier. Entschuldigen Sie die späte Störung.«
»Kein Problem. Ich sitze noch im Büro und Sie wahrscheinlich auch.«
»Ja, leider. Carl, ich muss ihn sehen. Je eher, desto besser. Morgen Vormittag wäre gut.«
»Haben Sie eine Ahnung, wie viele Medienanfragen ich seit dem Appell bekommen habe?«
»Eine Menge?«
»Zweiundzwanzig. Wissen Sie, wie viele er zugesagt hat?«
»Null?«
»Null.«
»Ich bin nicht die Medien, Carl. Ich bearbeite den Fall David Quinn.«
»Ich spreche morgen früh mit ihm.«
Sie verabschiedeten sich, und Madison beschloss, für heute Schluss zu machen. Die Fahrt nach Hause ging rasch, fast zu rasch. Die Arbeit des Tages mochte erledigt sein, aber sie brauchte jetzt jenen temporären Stillstand, den Aufschub jeglicher körperlichen Tätigkeit oder Anstrengung, und das konnte nur dichter Verkehr bieten. Sie wollte weiter im Auto sitzen und weiterdenken.
Sie fuhr in südlicher Richtung an ihrer Ausfahrt vorbei und beschrieb einen Kringel um den Normandy Park. Der pechschwarze Wald unterbrach das Muster der Lichter. Es war ein kalter Abend Anfang Februar, trotzdem ließ Madison das Fenster ein paar Zentimeter herunter, um das Salz in der Luft zu riechen. Ihr Handy auf dem Beifahrersitz fing an zu vibrieren, als sie wieder in die entgegengesetzte Richtung fuhr. Als sie die Nummer sah, die angezeigt wurde, nahm sie das Gespräch an.
»Sarge«, sagte sie.

»Madison«, antwortete Detective Sergeant Kevin Brown. »Haben Sie es gesehen?«
»Ich und jeder andere, der einen Fernseher hat.«
»Haben Sie Gilmans Akte schon geholt?«
Madison lächelte. Brown war krankgeschrieben, aber er war trotzdem noch ihr Partner – ihr viel älterer Partner –, und sie vermisste ihre Gespräche.
»Ja, ein ziemlicher Schlägertyp auf unterem Niveau, saß einige Zeit im Gefängnis – nicht lange genug, wenn Sie mich fragen – und leider ein schwarzes Loch, was seine letzten Stunden betrifft. Es gibt überhaupt nichts, was ihn mit der Entführung in Verbindung bringt – zumindest nicht an der Oberfläche. Quinn würde seinen Namen niemals nennen, wenn das nicht etwas zu bedeuten hätte.«
»Da stimme ich Ihnen zu. Quinns Botschaft handelte von Gier, Angst und diesem einen Namen.«
»Wann ist die ärztliche Untersuchung, Sarge? Wann dürfen wir Sie zurückerwarten?«
»Morgen habe ich die Prüfungen. Ich melde mich bei Ihnen, sobald ich damit durch bin. Langeweile ist schlimmer als ein Kopfschuss.«
»Das glaube ich Ihnen aufs Wort.«
»Sie besuchen Quinn?«
»Ja, morgen.«
»Zum ersten Mal seit damals?«
»Ja.«
»Denken Sie daran, dieser Mann ist aus einem Metall gemacht, für das wir nicht einmal einen Namen haben. Sie können ihm Druck machen, wenn es sein muss.«
»Keine Sorge. Ich gehe nicht mit Blumen und Luftballons hin. Er ist immer noch derselbe Mensch, der er vor dem Wald war, genau wie ich.«

Als sie später ihren Civic parkte, fragte sich Madison, ob sie Brown nicht angelogen hatte – unabsichtlich natürlich, aber trotzdem war es eine Lüge. Es war ihr ganz leicht über die Lippen gegangen, und Madison war froh, dass sie nicht direkt miteinander gesprochen hatten. Sobald Brown zurück war, musste sie akzeptieren, dass sich der ganze Unsinn von wegen »alles gut, es gibt nichts zu besprechen«, den sie Dr. Robinson aufgetischt hatte, in Luft auflösen würde.

Die Akte aus Jefferson County enthielt Bilder der Überreste des Jungen vor Ort. Die Schädelimpressionsfraktur war deutlich zu sehen, noch bevor das, was von der Leiche übrig war, überhaupt bewegt worden war. Madison fragte sich, was von Gilman geblieben war, wenn er denn damit zu tun gehabt hatte; was er von sich selbst in diesem Loch zurückgelassen hatte.

Sie machte sich ein Sandwich mit gegrilltem Käse – Jarlsberg mit Sauerteigbrot. Sie aß es auf dem Sofa zu einem Glas Milch und schaute sich *Die Nacht vor der Hochzeit* an. Als die *True Love* im Marmorpool schwamm, schlief sie ein.

9

Manny Oretremos bekreuzigte sich, und zur Sicherheit tat er es gleich noch ein zweites Mal. Er saß in seiner Zelle im King County Justice Complex auf dem Bett – es wäre zu auffällig gewesen, wenn er sich hingekniet hätte – und betete um Regen. Nicht nur um ein paar Tropfen oder ein bisschen Nieselregen – er betete darum, dass der Himmel seine Schleusen öffnete und ein Regen fiel, der an eine Flut von biblischen Ausmaßen gemahnte. Falls das nicht klappte, dann bitte ein Herzinfarkt, der ihn außer Gefecht setzte, so dass er auf die Krankenstation kam. Alles, was ihn davor verschonen würde, es zu tun.

Doch die Minuten verstrichen, und er saß stattdessen auf seiner Pritsche, umklammerte mit schweißnassen Händen die dünne Decke und wartete auf seinen Hofgang. Und sein Verhängnis.

Manny war klein, das war nie gut, wenn man mit Menschen zu tun hatte, wie sie ihm sein ganzes Leben lang untergekommen waren. Um sich ihren Respekt und ein kleines bisschen Anerkennung zu verdienen, hatte er ein paar Sachen gemacht, die ihn – wie so mancher Highschool-Lehrer vorhergesagt hatte – stracks an einen Ort gebracht hatten, wo es keinen Haustürschlüssel gab.

Dies hier hatte vor Wochen begonnen, hing ab von Entschlusskraft und günstigem Zufall und würde – so oder so – mit Sicherheit in einer Katastrophe enden.

Man hatte ihm die Ampulle beim Frühstück zugesteckt. Sie war so klein, dass man sie leicht in der braunen Papiertüte verbergen konnte, die sein Mittagessen enthielt. Seine trockenen Spiegeleier mit Hash Browns hatte er gegessen, als wären sie radioaktiv. Er musste lediglich die Ampulle bei sich tragen, bis die rechte Zeit gekommen war, und sie dann schnell einsetzen.

Manny war bereits zu fünfundzwanzig Jahren bis lebenslänglich verurteilt; wenn er hier mitmachte, würde ihm das den Rest seines Lebens ein wenig erleichtern, und er konnte stolz darauf sein, wenn er alt und gebrechlich und immer noch in Haft war.

Um den Plan auszuführen, musste eine gewisse Anzahl von Leuten genau zur richtigen Zeit an genau dem richtigen Ort sein. Von der richtigen Gelegenheit und der Bereitschaft aller hing es ab, hatten sie ihm gesagt. Es hatte sich angehört wie eine militärische Operation, doch Manny wusste, dass auch Geld gesetzt worden war und jeder, der mitmachte, seinen Status verbessern konnte – es waren vielleicht ein Dutzend Häftlinge dabei. Ein paar von ihnen konnten es kaum erwarten.

Mittlerweile hatte die fünf Zentimeter lange Ampulle ein Loch in seine Matratze gebrannt. Das wäre auch passiert, wenn ihm der Inhalt auf die Haut getropft wäre, dachte er. Manny schloss die Augen und betete um Regen.

Madison wachte in ihrem Bett auf und erinnerte sich mit plötzlicher Klarheit, dass sie an diesem Morgen als Zeugin in einem sechs Monate alten Fall von Raubmord aussagen musste. Sie wusste nicht, wann sie aufgerufen würde, und es konnte gut sein, dass sie über Stunden dort festsaß.

Sie stöhnte laut und nahm sich vor, Doyle anzurufen – sobald es die Höflichkeit gestattete – und auf dem Revier, um den Chef zu erinnern, dass sie aus dem Spiel war. Der Tag würde die reine Zeitverschwendung sein, dachte sie, aber gleich darauf rügte sie sich, weil ihre Aussage schließlich Bestandteil einer Ermittlung war und das Rechtssystem nun einmal so funktionierte.

Mit einer Tasse Kaffee in der Hand stellte sie sich vor den offenen Schrank und suchte eine Hose und einen Blazer heraus, mit dem sie vor Gericht eine annehmbare Figur machen würde. Nichts für die *Vogue,* aber es würde reichen.

Auf einer Bank vor dem Gerichtssaal E-207 dachte Madison immer wieder an Quinns Appell zurück, an die kaum verschleierte Drohung und an die versprochene Belohnung, die so gefährlich wie unwiderstehlich war. Madison betrachtete geistesabwesend das geordnete Kommen und Gehen im Gericht. Quinn hatte etwas in Bewegung gebracht, und unter dem ruhigen Wasser der Elliott Bay wirbelten schon dunkle Strömungen. Wer etwas wusste, würde an die Oberfläche gezerrt werden oder untergehen. Die Uhr hatte gestern Abend zu ticken begonnen, als Quinns Video wieder schwarz wurde.

Nach einem ruhelosen Vormittag holte sich Madison einen Bagel zu Mittag, wurde vereidigt, sagte aus und wurde wieder entlassen. Die Sonne war schon untergegangen, als sie aufs Revier ging, um den Posteingang durchzusehen.

Lieutenant Fynn winkte sie zu sich. »Wie lief es?«

»Ganz gut, glaube ich. Die Beweislast ist ziemlich erdrückend.«

Etwas an Fynns Verhalten verriet ihr, dass es nicht um ihre Zeugenaussage ging.

»Chef?«

»Brown hat die ärztliche Untersuchung bestanden, aber nicht die Schießprüfung.«

»Aber …«

»Ich weiß. Er macht sie bald noch einmal; es ist eindeutig eine Folge der Kopfverletzung. Die Auge-Hand-Koordination ist futsch – medizinischer Begriff –, und wenn er keine Waffe tragen kann, kann er auch keine Dienstmarke tragen.«

Madison war nie auf den Gedanken gekommen, dass Brown die Prüfung nicht schaffen könnte. Sie war nie auf den Gedanken gekommen, dass er überhaupt irgendetwas nicht schaffen könnte.

»Er hat versucht, Sie zu erreichen. Ich habe ihm gesagt, dass Sie bei Gericht sind. Lassen Sie ihn heute Abend lieber in Ruhe. Sie kennen ihn – er klang recht ruhig, aber ich bin mir ziemlich sicher, er würde am liebsten mit der bloßen Faust durch eine Fensterscheibe schlagen, und das würde die Situation nicht gerade verbessern.«

»Ich rufe ihn morgen an.«

»Gut.«

Madison ging zurück zu ihrem Schreibtisch und setzte sich. Browns Schreibtisch stand gegenüber von ihrem. Er war völlig leer, und diese unnatürliche Ordnung machte ihr plötzlich sehr zu schaffen. Tatsache war, Brown war mittlerweile genauso viele Wochen krankgeschrieben, wie sie zusammengearbeitet hatten. Nichtsdestotrotz war er alles, was ihre Arbeit ausmachte: Er hatte ihr so viel beigebracht, seine Fragen hatten sie provoziert, sie verunsichert und sie am Ende gedanklich weitergebracht.

Sie konnte sich seine Frustration sehr gut vorstellen und, schlimmer noch, die schneidende Stimme, die ihm sagte, dass er die Prüfung womöglich niemals schaffen würde.

Madison drückte eine Kurzwahltaste auf ihrem Handy. Ein Klingeln. Zwei. Vielleicht hatte Fynn recht, und er wollte wirklich mit niemandem sprechen.

»Hallo«, meldete sich Brown.

»Sarge.«

»Sie wissen es?«

Er hörte sich okay an. Beherrscht, klar, aber so war Brown nun mal.

»Ja.« Sie sagte ausdrücklich nicht »Es tut mir leid«, denn damit wäre niemandem geholfen. Er wusste, wie es ihr gehen musste. »Sarge, Sie haben den ärztlichen Test bestanden. Das war doch die größte Hürde. Schießen ist reine Technik, das kann man wieder lernen. Der Körper kann sich anpassen, so wie ein Scharfschütze das Visier seiner Waffe einstellen kann.«

»Gut ausgedrückt.«
»Wenn Sie so weit sind, gehen wir zum Schießstand, nehmen Ihre Technik auseinander und bauen sie wieder auf.«
»Sie waren ja angeblich eine gute Schützin, bevor Sie zu uns ins Dezernat gekommen sind. Ist das so?«
»Ja«, antwortete Madison nur.
Sie spürte den Anflug eines Lächelns auf Browns Gesicht.
»Wie gut sind Sie genau?«
»Nationale Meisterschaften. Zwei Mal.« Madison schwieg. »Mit beiden Händen.«
Jetzt lächelte er definitiv. »Ich denke darüber nach.«
»Tun Sie das.«
»Sie klingen so unheimlich optimistisch.«
»Sie sollten daran glauben.«
Sie beendeten das Gespräch, und Madison atmete tief aus. *Verdammt.*
Ihr Blick fiel auf die runde Wanduhr. Sie hoffte, es wäre nicht unhöflich, jetzt noch in Maryland anzurufen. Sie zog ein Blatt Papier aus der Hosentasche.
»Detective Frakes? Hier ist Detective Madison, Mordkommission SPD.«
»Ich freue mich, dass Sie anrufen. Lassen Sie mich nur schnell einen ruhigeren Fleck suchen.«
Im Hintergrund waren Stimmen zu hören.
»Ich besuche gerade die Verwandten meiner Frau in Bethesda«, erklärte er.
»Soll ich lieber ein andermal anrufen?«
»Nein, das ist nicht nötig. Ihre Schwägerin ist Italienerin, und wir bekommen sieben Mahlzeiten am Tag. Die können ruhig schon mal ohne mich anfangen.«
Jetzt wurde es still am anderen Ende der Leitung, und man hörte, wie eine Tür geschlossen wurde.

»Wer ist Ihr Vorgesetzter?«
»Lieutenant Fynn.«
»Und Ihr Partner?«
»Detective Sergeant Kevin Brown.«
»Brown. Rote Haare, Anfang fünfzig, stur wie ein Esel?«
Madison schloss einen Moment die Augen. »Genau der.«
»Ich habe es in der *Seattle Times* gelesen. Ich bin froh, dass Sie David Quinn gefunden haben – er war lange genug dort draußen, im Wald.«
»Detective Frakes, Sie waren damals für den Erstzugriff im Fall David Quinn verantwortlich.«
»Damals hat man es einfach den Fall Hoh River genannt, jeder wusste, was damit gemeint war.«
»Ja, heute ist es noch genauso.« Madison setzte sich auf das Sofa. »Ich sammle so viele Informationen wie möglich für das Cold-Case-Team: Womöglich reicht es nicht einmal aus, dass wir jetzt die sterblichen Überreste haben, um die Ermittlung noch einmal aufzunehmen.«
»Am Fundort gab es keine neuen Spuren?«
»Nein.«
»War es in der Nähe der Stelle, wo man die Jungen gefesselt hatte?«
In diesem Moment begriff Madison, dass es nicht nur ein Name in der Akte war: Der Mann, mit dem sie jetzt telefonierte, war damals wirklich an Ort und Stelle gewesen, er hatte die Fasern der Seile gesehen, die um die Bäume gebunden gewesen waren, und er hatte mit dem Jungen John Cameron gesprochen.
»Sie haben ihn ungefähr eine Meile von der Lichtung vergraben.«
»Sie haben es sich angesehen.«
»Ja.«

Einen kurzen Augenblick herrschte Stille zwischen ihnen. Madison betrachtete das Lichtmuster an der Decke. Sie wusste ganz genau, wie viele zig Stunden Detective Frakes damit verbracht hatte, auf der Suche nach David Quinn den Wald zu durchforsten. Nicht einmal die Hunde hatten es geschafft, der Fährte zu folgen.

»Detective, ich wollte gerne mit Ihnen sprechen, weil eine Akte eine Akte ist. Das ist schön und gut, aber es gab vielleicht noch andere Gedanken, Verbindungen, Ideen. Irgendetwas, das damals vielleicht keinen Eingang in die Akte gefunden hat, weil es überflüssig schien oder nicht fundiert genug, um es aufzuschreiben. Damit will ich sagen, wenn Sie auch nur einen flüchtigen Gedanken über den Fall hatten, der es nicht in den Abschlussbericht geschafft hat, dann würde ich das gerne wissen.«

»Ich denke immer noch gelegentlich darüber nach. Jeder Polizist wird Ihnen sagen, dass es auf lange Sicht die ungelösten Fälle sind, die einen nicht loslassen.«

»Das kann ich mir gut vorstellen.« Madison musste ihm Zeit lassen. Wie lange hatte er darauf gewartet, darüber sprechen zu können?

»Dieser war besonders schrecklich«, fuhr er fort. »Als ich die Jungen gesehen habe – man hatte sie in ein örtliches Krankenhaus gebracht –, sahen sie wie tot aus, sie waren weiß wie Bettlaken. Der Kleine mit den Schnittwunden am Arm – er konnte kaum sprechen. Es war der blanke Horror. So etwas hatte ich in meinem Leben noch nicht gesehen.«

»Und auch danach nicht mehr.«

»Nein. Was dort passiert war, war ein einzigartiger Vorfall. Eine Entführung, bei der kein Lösegeld gefordert und kein Geld ausgetauscht wurde. Ein Junge starb an einer Herzkrankheit, ein anderer wurde verletzt. Es ergab keinen Sinn, und jetzt stellt sich heraus, dass der Junge ermordet wurde.«

Madison wusste, was er meinte: Es ergab keinen Sinn, denn wenn sie Geld gewollt hätten, warum hatten sie es dann nicht im Austausch für das Leben der Kinder verlangt? Und wenn es ihr Ziel war, drei Kinder zu quälen, warum ließen sie dann die anderen beiden gefesselt am Leben?

»Was hat Ihr Bauchgefühl gesagt?«

Sie sah beinahe vor sich, wie er darüber nachdachte: Das war die Frage, die man vor Gericht nie stellen konnte, dort zählten nur Beweise.

»Ich war der Meinung, das Ganze drehte sich um das Restaurant der Väter. Das war die einzige Verbindung zwischen den Jungen. Das Restaurant der Väter lief recht gut – das gibt es immer noch, oder?«

»Ja.«

»Ehrlich gesagt, ich dachte an Schutzgeld. Seattle war ja weder New York noch New Jersey: bei weitem nicht so mafios. Aber in manchen Gegenden gab es doch bestimmte Gruppen, die sich für einen interessierten, wenn das Geschäft gut lief. Die Namen der Leute stehen in der Akte: Wir haben gründlich gesucht und nichts gefunden.«

»Was haben die Väter gesagt?«

»Sie haben behauptet, es sei niemals jemand an sie herangetreten.«

»Glauben Sie, sie haben gelogen?«

»Auf jeden Fall. Und ich sage nicht, dass ich anders gehandelt hätte, wenn ich in ihrer Haut gesteckt hätte. Ein Kind tot und zwei zu verängstigt, um zu sprechen.«

»Sind denn jemals Namen genannt worden? Von den Leuten, die diese Entführung ausgeführt haben, oder anderen, die den Auftrag dazu erteilt haben könnten?«

»Ich weiß, wonach Sie fragen, und die Antwort ist nein. Vor Nathan Quinns Fernsehappell hatte ich noch nie von Timothy Gilman gehört. Wir haben uns ein paar lokale Bosse angesehen, die damit zu tun gehabt haben könnten, aber wir hatten nicht die Spur von Beweisen. Sogar die üblichen Informanten haben den Mund gehalten.«

»Und Gilman hatten Sie nicht auf dem Schirm?«

»Keine Sekunde. Ich weiß nicht, wo Quinn seine Information herhat.«

»Sie sagen, damals haben sich keine Informanten gemeldet?«

»Nein, null. Der Fall war vergiftet. Schon nach Tagen hatten wir überhaupt keine Anhaltspunkte mehr, und danach wurde der Fall kälter und kälter. Der Bruder hat mich jeden Tag angerufen, aber ich konnte ihm nichts sagen.«

Madison hörte die Wut und das Bedauern in seiner Stimme und sah einen jüngeren Nathan Quinn vor sich, der gegen seine Trauer ankämpfte.

»Ich bin vor zehn Jahren in den Ruhestand gegangen«, fuhr er fort. »Seit 1985 gibt es kein Jahr, in dem ich nicht am 28. August an die Jungen denke. Haben Sie die Goldkette bei den Überresten gefunden?«

»Die Goldkette?«

»David Quinn trug ein kleines Goldkettchen mit einem Anhänger um den Hals. Der heilige Nikolaus. Er hat es von Verwandten seines Vaters bekommen.«

»Ich dachte, er wäre Jude gewesen?«

»Na ja, das war den Verwandten egal. Sind Sie katholisch?«

»Nein.« Madison hatte keine Ahnung, was sie war.

»Der heilige Nikolaus soll jedenfalls der Schutzpatron der Kinder sein. Sollte.«

»Nein, da war kein Goldkettchen.«

»Mörder und Diebe«, sagte er.

Jemand kam ins Zimmer; eine leise Frauenstimme war zu hören.

»Vielen Dank, dass Sie sich die Zeit genommen haben«, sagte Madison.

»Halten Sie mich auf dem Laufenden, Detective.«

»Das mache ich.«

Madison schrieb ein paar Zeilen in ihr Notizbuch. *Schutzgeld*. Sie dachte über das mörderische Schweigen nach, das sich um Seattle und Elliott Bay ausbreitete, während sich die Informanten in ihre Löcher zurückzogen. *Einer ist tot, fehlen noch drei.*

Sie entdeckte Rachels Nachricht auf der Mailbox, als sie ins Auto stieg. Sie musste angerufen haben, während Madison mit Brown telefoniert hatte. »Neal bringt Tommy zu seinen Cousins, er übernachtet dort, und ich habe das Haus ganz für mich allein. Mir ist nach einem Film, eisgekühltem Weißwein und den Resten im Kühlschrank. Sag Bescheid. Falls du kommst, musst du nicht erst nach Hause und dich umziehen.«

Das war ihr Code für »Keine Kinder zu Hause, du kannst direkt aus der Arbeit kommen, egal, was für ein Eisen du in deinem Schulterholster stecken hast«. Sonst war niemand da: kein Neal, kein Tommy.

Madison fuhr doch nach Hause, legte ihre Glock und ihre Reservewaffe ab. Den kurzen Weg zu Rachel ging sie zu Fuß, und als ihre Freundin die Tür öffnete, war Madison nur mit einer Flasche Sauvignon Blanc und einer Familienpackung Kettle Sea Salt and Vinegar Potato Chips bewaffnet.

»Wären die Studenten bloß nicht so fixiert auf ihre Noten.« Rachel lehrte an der University of Washington Psychologie. Sie trugen ihre Teller und Gläser ins Wohnzimmer und brachten sich auf den neuesten Stand. »Als wäre das der einzig wahre Maßstab für ihre Bildung und ihren Wissensstand. Du glaubst nicht, wie oft wir ihnen erklären müssen, dass wir kein Dienstleistungsunternehmen und sie keine Kunden sind.«

»Waren wir genauso?«, fragte Madison. Sie hatten zusammen an der University of Chicago studiert, aber das war gefühlte zweihundert Jahre her.

»Auf gar keinen Fall. Wir waren klug, höflich, engagiert und in jeder Hinsicht vollkommen.«

»So sehe ich das auch.«

Sie ließen sich in das Ledersofa sinken, schlüpften aus den Schuhen, die Teller und Gläser standen auf dem Sofatisch vor ihnen.

»Was passiert, wenn Brown die Prüfung nicht schafft?«, fragte Rachel.

Madison schüttelte den Kopf. »Wenn er keine Waffe tragen kann, wird er kein Cop mehr sein können. So einfach ist das.«

»Das tut mir leid.« Rachel hatte Brown nie kennengelernt; es tat ihr leid, weil sie wusste, dass es ihre Freundin sehr treffen würde, wenn Brown gezwungen wäre, das Dezernat zu verlassen. »Wie alt ist er?«

»Einundfünfzig.«

»Kein Kind mehr, aber es wären noch genug Jahre, um dich in den Wahnsinn zu treiben.« Rachel trank einen Schluck Wein.

»Ich muss das hinkriegen. Ich weiß, dass ich ihm helfen kann. In zwanzig Jahren will ich genau so ein Cop sein, wie er es ist, und ich lasse das nicht zu.«

Keine von beiden musste den Namen nennen, aber sie wussten beide, was gemeint war: Madison würde Harry Salinger diesen Sieg nicht gönnen.

»Ich habe Mr. Quinn im Fernsehen gesehen«, sagte Rachel.

»Mhm«, antwortete Madison. Rachel war der letzte Mensch der Welt, mit dem Madison über das kleine, jämmerliche Loch sprechen wollte, in dem David Quinn begraben worden war.

»Schlechte Träume?«, fragte Rachel.

»Nicht mehr als sonst.«

»Wenigstens weißt du, dass du mit Dr. Robinson darüber sprechen kannst.«

»Klar.«

Rachel nahm die Fernbedienung und drückte auf »Play«.

»Weißt du was? Mein Cousin Aaron ist in der Stadt.«

»Aaron?«

»Du kennst ihn doch von früher – groß, dünn, Haare wie Taylor Hanson …«

»Er sah aus wie Taylor Hanson?«

»Nein, er *dachte,* er sähe aus wie Taylor Hanson.«

»Ach, natürlich, Aaron! Wie geht es ihm denn?«

»Geschieden, zwei Kinder, hat eine Softwarefirma in San Francisco. Er hat mich gefragt, was du so machst, ob du Single bist.«

»Das hat er damals schon gefragt. Du weißt schon: Wenn ich Aaron geheiratet hätte, wären wir verwandt.«

Rachel prustete in ihren Wein. »Ich hab dich damals gewarnt. Du hättest dich zu Tode gelangweilt. Und du hast gesagt, dann heirate ich ihn nicht.«

Als Holly Golightly mit Kaffee und Croissant aus einem Taxi stieg, spürte Madison, wie die Wärme und die Behaglichkeit des Hauses langsam in sie eindrangen.

10

Der Fahrradfahrer fuhr auf der 35th Avenue South West nach Süden in Richtung Myrtle Street. Ihm war noch warm von zu Hause, aber der kühle, feuchte Nebel kroch mit jedem Atemzug mehr in ihn hinein. Die Straße war einsam und verlassen. Zuerst fiel es ihm gar nicht auf: Die Sonne würde erst in einer halben Stunde aufgehen, und im Schatten der Wassertürme war es nur als undeutlicher dunkler Fleck wahrzunehmen.

Doch dann hielt er an, drehte um und fuhr noch einmal vorbei, ohne sich weiter anzunähern. Selbst aus dieser Entfernung wusste er, dass es keine Attrappe sein konnte, dass es ein menschlicher Körper war, der auf einem einfachen Küchenstuhl saß. Der Oberkörper steckte in einem schwarzen Müllsack, Klebeband war schlangenartig um ihn herumgewickelt.

Er stieg vom Fahrrad, ließ es in das nasse Gras fallen und rief leise, während er gleichzeitig sein Handy herausholte – die Finger schon auf der ersten Taste für den Notruf. Er rief noch einmal, während er sich langsam näherte. Die Gestalt auf dem Stuhl war nach vorne gebeugt, als wolle sie versuchen wegzukommen. Als ein Windstoß das Plastik streifte, wich der Fahrradfahrer unwillkürlich zwei Schritte zurück. Er sah sich um, außer ihm war niemand auf der Straße. Er trat einen Schritt vor, und sofort traf ihn der Geruch: gleichzeitig chemisch und menschlich, als wäre alles, was normalerweise in einem Körper ist, nach außen befördert worden. Er wählte und sprach schnell ins Telefon, die Wörter gerieten durcheinander, bevor sie in der richtigen Reihenfolge herauskommen konnten. Der erste Streifenwagen war innerhalb von Minuten da. Zwei Polizisten mit schweren Taschenlampen, die das Dämmerlicht durchdrangen, nahmen ihn beiseite, während das Funkgerät im Auto knisterte und mehr Noteinsatzfahrzeuge kamen. Mit ihren roten Blinklichtern bildeten sie einen Kreis um die Rasenfläche des Wasserspeichers, in der Mitte war der Mann auf dem Stuhl.

Madison bekam den Anruf, während sie auf der 509 in nördlicher Richtung fuhr. Zum Missfallen einiger anderer Fahrer nahm sie abrupt und unelegant die Ausfahrt zum Westcrest Park. Sie hob entschuldigend die Hand und fuhr, so schnell es in Seattle erlaubt war, auf die Roxbury Street.

An dem Menschenauflauf erkannte Madison, dass sie richtig war. Hände wurden in die Luft gereckt. Die Leute machten Bilder und Videoaufnahmen mit ihren Handys, um sie ins Netz zu stellen.

Sie parkte, holte Handschuhe aus dem Kofferraum und legte sich eine dünne Kette mit ihrer Dienstmarke um den Hals.

Als sie auf die Menschenmenge zuging, fiel ihr auf, wie still die Leute waren. Mit Presse, Nachbarn, Polizeibeamten, den Kriminaltechnikern, den medizinischen Teams kann es an einem Tatort im Freien schon ziemlich laut werden. Jeder versucht, seine Arbeit so gut und so schnell wie möglich zu verrichten, bevor sich der Tatort im Wetter auflöst. Hier jedoch sprach niemand: Kein Geplauder mit den Polizisten, die die Absperrung bewachten, keine Unterhaltungen zwischen den Anwohnern. Madison ging durch die schweigende Ansammlung hindurch.

»Hier lang, Detective.« Ein uniformierter Beamter, den sie

vom Sehen kannte, winkte sie an dem gelben Absperrband vorbei hinein.

»Danke.«

Der Boden knirschte, als sie auf das Gras trat. Ein Grüppchen – darunter die Detectives Spencer und Dunne sowie Dr. Fellman, der Rechtsmediziner – stand mit dem Rücken zur Menge unter den Wassertürmen und bildete eine Art menschlichen Schutzschirm. Madison war ziemlich schnell da gewesen, und der Rechtsmediziner und die Kriminaltechniker mussten auch gerade erst gekommen sein. Sie schaute sich nach Amy Sorensen um, der Leiterin der Kriminaltechnik, die ihr damals geholfen hatte, den Fall Salinger zu wenden, aber sie entdeckte sie nicht – manchmal war sogar Sorensen außer Dienst.

Der Tatort war markiert und abgesperrt, und die Leute von der Spurensicherung waren bereits dabei, die Stelle zu schützen und Trennwände aufzubauen. Im Dämmerlicht suchten die Strahlen kleiner Taschenlampen nach Fakten und Details.

Madison atmete tief. Da war er, der Adrenalinstoß, der bei jedem Einsatz kam, als hätten sich alle Systeme plötzlich voll eingeschaltet, weil Fahren, Essen, Einkaufen und ganz normale menschliche Interaktionen nur einen Bruchteil ihrer Aufmerksamkeit benötigten, aber hier, hier lebte sie. Sie schaltete ihre Taschenlampe ein.

»Was haben wir?«, fragte sie.

Die anderen ließen sie durch, da sah sie ihn. Ihre Ausbildung zeigte Wirkung; unwillkürlich fing sie an zu denken, zu sprechen und zu schreiben, als hätte sie nicht etwas vor sich, wovon jedes menschliche Herz sich abwenden sollte.

Madison sah genau hin: Ein Mann – Anfang bis Ende fünfzig, schwer zu sagen – saß auf einem Küchenstuhl, Hände

und Füße waren mit Bilderdraht an die Lehne und die Beine des Stuhls gebunden. Die obere Hälfte seines Körpers steckte in einem schwarzen Müllsack, rund um den Oberkörper war Klebeband gewickelt, um ihn an den Stuhl zu fixieren. Die Beamten, die zuerst am Tatort eingetroffen waren, hatten den Müllsack aufgeschnitten, um nach Lebenszeichen zu suchen, aber keine gefunden; er saß nach vorne gebeugt, Kopf und Hals ragten aus dem Plastik heraus, die Haut war offen und wies Streifen auf, wie chemische Verätzungen. Auf den Lippen war getrockneter grauer Schaum. Madison war froh, dass die Augen des Mannes geschlossen waren. Er trug einen hellblauen Schlafanzug und war barfuß. Im Augenblick des Todes – vielleicht auch vorher – hatte sein Körper nichts mehr halten können, und es roch übel.
Madison erkannte sofort, dass der Mord nicht auf dem Rasen unter den Wassertürmen begangen worden war: Das Opfer war nach dem Überfall hierhergebracht worden. Irgendwo verborgen – vielleicht nicht allzu weit entfernt von dem Ort, wo sie jetzt standen – lag der eigentliche Tatort. Es sah nach Schmerzen aus, womöglich sogar nach einer Art Folter, und Schmerz brauchte Ungestörtheit.
Um Madison blitzten die Kameras der Kriminaltechniker in regelmäßigen Abständen.
Es war Spencers Fall, und er wandte sich an den Rechtsmediziner: »Was sagen Sie, Doc?«
Madison ging neben dem Stuhl in die Knie, nahe genug, um ihre eigenen Beobachtungen anzustellen, und weit genug entfernt, um Dr. Fellman nicht im Weg umzugehen. Er legte die behandschuhten Fingerspitzen auf den Unterkiefer des Mannes und prüfte vorsichtig den Bewegungsumfang.
»Ich will ihn hier nicht losbinden, aber der Kopf- und Halsmuskulatur nach zu urteilen, würde ich sagen, vor drei bis

vier Stunden. Wir müssen aber auch die Außentemperatur mit einbeziehen.« Er schob die Augenlider des Mannes hoch. »Keine Petechien.«

Wenn es keine petechialen Blutungen gab, bedeutete das, dass der Tote nicht erstickt war oder stranguliert wurde – Madison sah auch keine Druckstellen am Hals. Das Opfer trug einen Schlafanzug und keine Schuhe. Er war bei sich zu Hause gewesen, vielleicht hatte er geschlafen, und jemand hatte ihn überwältigt und an den Stuhl gebunden. An seinen eigenen Küchenstuhl.

»Keine Schleifspuren.« Sie beleuchtete die Stuhlbeine.

»Nein«, sagte Dunne. »Man braucht mindestens zwei Leute, um ihn so hochzuheben und zu tragen, drei, wenn man noch einen Fahrer mitrechnet, damit es schneller geht.«

Zwei, vielleicht drei Personen. Der Boden war frostig und hart; der Winter hatte den Rasen ausgedünnt. Es gab keine Fußabdrücke, und auf dem Betonboden waren keine Reifenspuren.

Sie leuchtete mit der Taschenlampe auf den dünnen silbernen Draht um seine Handgelenke: Da war Blut – er hatte versucht, sich zu befreien –, aber nicht so viel, dass man von einer langen Gefangenschaft ausgehen konnte. An den sichtbaren Körperteilen entdeckte sie keine Wunden, bis auf die Streifen auf dem Gesicht. Der Stoff um den Hals war nass; vielleicht von Schweiß. Das musste die Angst gewesen sein.

»Todesursache?«, fragte Dunne.

»Schmerzhaft und unerwartet, würde ich sagen«, antwortete der Arzt, der systematisch die Routineüberprüfungen machte, während sein Assistent sorgfältig eine Tüte über die Hände des Opfers stülpte.

Dr. Fellman hielt das Gesicht des Mannes hoch. »Hier draußen will ich nicht mehr sagen, und ich will den Müllsack nicht aufschneiden. Bringen wir ihn besser dahin, wo wir ihn uns in Ruhe anschauen können, ohne dass jede Spur vom Wind weggeblasen wird. Warten Sie …«

Er langte hinein, hob den Stoff ein Stück von der Haut des Mannes ab und machte einen Knopf auf. Auf der Brust, zwei Fingerbreit unter der Stelle, wo sich die Schlüsselbeine trafen, klebte fein säuberlich ein Führerschein aus dem Staat Washington. Unter der laminierten Oberfläche: ein Name, ein Bild, eine Adresse.

Dr. Fellman schob sich die Brille wieder auf die Nase.

»Darf ich vorstellen: Mr. Warren Lee«, sagte er. »Er war einige Zeit fixiert – sehen Sie sich die Handgelenke und die Knöchel an.« Er zeigte auf die Stellen.

»Aufgeweckt und an den Stuhl gefesselt?« Spencer kniete sich hin und überprüfte die Füße des Opfers. »Die Fußsohlen sind sauber. Wir müssen einen Wagen zu der Adresse schicken: Vielleicht war er nicht die einzige Geisel.« Spencer stand auf und ging davon, während er leise in sein Funkgerät sprach.

Madison widmete sich den offenen Stellen in seinem Gesicht: Jemand hatte ihm das mit voller Absicht zugefügt. Es konnte ein Überfall gewesen sein, bei dem die Täter besonderen Gefallen an Gewalt gefunden hatten, es konnte jemand gewesen sein, der sich bereits in Mr. Lees Leben bewegte und Grund hatte, unzufrieden mit ihm zu sein. Wenn Letzteres der Fall war, so widerwärtig es auch sein mochte, hatten sie eine viel größere Chance, die Täter schnell zu fassen; wenn es Zufall war, würde es sehr viel schwieriger sein und das Ergebnis ungewiss.

Die Rechtsmediziner bereiteten den Mann auf dem Stuhl nun für den Transport vor; ein Windstoß fuhr ihm durch das ergrauende Haar. Madison zog den Reißverschluss ihrer Jacke zu: Fellman hatte recht, sie mussten so viel wie möglich aus dem Tatort herausholen, bevor es davongeweht wurde. Die Leute von der Spurensicherung lebten in einem täglichen Kampf, zu schützen und zu bewahren. Heute war kein guter Tag.

»Madison.« Spencer wandte sich ihr zu. »Dunne und ich fahren zur Adresse des Opfers. Kannst du mit dem Doc mitfahren? Du musst uns sofort Bescheid geben, sobald er etwas findet; wir können nicht den Bericht abwarten.«

»Na klar.«

Der Beamte, der als erster am Einsatzort gewesen war, kam über den Rasen und nickte Dunne zu, der so ungefähr jeden kannte, der in King County eine Dienstmarke trug.

»Bisher hat niemand etwas gesehen«, sagte er zu Spencer. »Der einzige Zeuge ist der Mann, der es gemeldet hat, und der musste vom Arzt ruhiggestellt werden.«

»Wir müssen wissen, wer als Letztes nach Hause gekommen ist, vorbeigegangen oder -gefahren ist oder aus dem Fenster geschaut hat, ohne etwas zu sehen. Wir brauchen eine chronologische Aufzeichnung aller Bewegungen«, antwortete Spencer.

»Verstanden.«

Madison sah sich um. Es wurde dunkler – nach einem kurzen Augenblick, in dem er sich in beide Richtungen hätte entwickeln können, hatte sich der Tag entschieden, so nahe wie möglich bei der Nacht zu bleiben, und die kleinen rechteckigen Bildschirme der Schaulustigen wirkten wie bleiche, unscheinbare Leuchtsignale. Trotzdem war es gut, ein Auge auf alles zu haben, was ins Netz gestellt wurde.

»Haben wir Aufnahmen von den Zuschauern?«, fragte sie Dunne leise, während sie ihnen den Rücken zuwandte.

»Ja, ganz sicher.«
Spencer und Dunne fuhren los, Gott wusste, wohin. Madison stellte sich auf die Stelle, wo der Stuhl gestanden hatte. Sie spürte die Kälte und schaute in die Richtung, in die Warren Lee geschaut hätte, wäre er noch am Leben gewesen. Wenn man einen Menschen in Rainier Valley entführte und umbrachte, warum fuhr man ihn dann bis nach Georgetown, um ihn unter zwei mächtigen Wassertürmen zurückzulassen, ausgerichtet nach Nordwesten?
Sie überquerte den Rasen, als der erste Regentropfen fiel; in der Nähe fluchte ein Kriminaltechniker leise vor sich hin.

11

Nach dem geordneten Chaos am Tatort bestand der Autopsieraum nur aus gereinigter Luft und sauberen, scharfen Kanten. Der Mann wurde auf den Tisch gelegt, unter grelle Scheinwerfer. Metallinstrumente klirrten, während Fellman und sein Assistent, beide in Overall und mit Schutzbrille, die äußerliche Besichtigung vornahmen. Fellman sprach dabei in ein Mikrofon, das über dem Tisch hing; seine Aufzeichnungen würden zum offiziellen Bericht werden.
Zuerst hatten sie den Müllsack und das Klebeband durchgeschnitten. Beides hatte man zusammen mit dem Stuhl und dem Schlafanzug ins Labor gebracht. Madison – sie trug einen Einwegschutzanzug ohne Gesichts- und Augenschutz – hatte sich in angemessener Entfernung postiert.
Um die Handgelenke und Knöchel waren immer noch

Drähte gewickelt. Der Assistent hatte die Enden vorsichtig abgeschnitten und dokumentierte jeden Schritt mit Fotos aus unterschiedlichen Perspektiven.

Der Arzt nahm die rechte Hand des Mannes und betrachtete sie durch ein Vergrößerungsglas. »Keine Haut unter den Nägeln«, sagte er.

Er hat keine Chance gehabt, sich zu wehren, dachte Madison.

Fellman drehte eine Hand um, untersuchte die Handfläche und wiederholte das Gleiche mit der anderen Hand.

»Nagelabdrücke?«, fragte sie.

»Ja«, antwortete er. »Ziemlich tiefe.«

Madison lehnte sich an die Wand. Nagelabdrücke in der Handfläche bedeuteten, dass die Hände unwillkürlich zu Fäusten geballt worden waren. Es bedeutete starke Schmerzen.

Der Mediziner langte nach einem der beweglichen Scheinwerfer und zog ihn bis über den Kopf des Mannes. Der Assistent nahm mehrere Proben von den offenen Hautstellen und dem getrockneten grauen Schaum um den Mund des Toten. »Vorne auf dem Schlafanzug war Erbrochenes«, sagte Fellman zu Madison, ohne sich umzudrehen.

»Das habe ich gesehen«, antwortete sie. »Hat er sich vor Schmerzen erbrochen?«

»Ich weiß nicht recht.« Fellman beugte sich nahe zum Gesicht des Mannes hinunter und schnüffelte.

Er nahm eine kleine Taschenlampe und öffnete den Mund. »Die Innenseiten der Wangen und der Hals sind sehr entzündet. Ich glaube, er hat sich übergeben, weil er gezwungen wurde, etwas zu schlucken. Es riecht chemisch.« Er richtete sich wieder auf und sagte zu ihr gewandt: »Es riecht nach Reinigungsmitteln.«

Madison nickte. »Ich muss kurz Spencer anrufen.«

Sie hatte eine Nachricht von Dunne auf ihrer Mailbox entdeckt, als die anderen anfingen, den Müllsack aufzuschneiden. In der Leichenhalle war der Empfang bekanntermaßen schlecht. Es waren gute Nachrichten: Das Haus war wirklich der Tatort – insbesondere das Schlafzimmer und die Küche –, und soweit sie es beurteilen konnten, gab es keine weiteren Opfer.

Spencer ging nicht ran, aber Dunne meldete sich nach dem zweiten Klingeln.

»Ihr müsst Fingerabdrücke von allen Haushaltsgegenständen in der Küche nehmen, von den Reinigungsmitteln, den Geräten und so weiter. Der Doc sagt, es könnte sein, dass sie ihn gezwungen haben, ein Reinigungsmittel zu schlucken. Haben sie ihn in der Küche festgehalten?«

»Ja, das Bett war ein völliges Durcheinander. Laken und Zudecke waren herausgezerrt, wahrscheinlich, als sie ihn geweckt haben. Der Rest des Hauses war unberührt, bis auf die Küche. Wir haben Erbrochenes auf dem Boden gefunden, und sie sammeln alle möglichen Spuren.«

»Wie sind sie reingekommen?«

»Durch die Hintertür. Saubere Arbeit. Es gab keinen Alarm.«

»Sieht es aus wie ein Einbruch?«

»Hier gibt es nichts zu stehlen, und soweit ich sehen kann, wurde auch nichts mitgenommen. Er muss gerade mal das Mindesteinkommen verdient haben, nicht viel mehr. Todesursache?«

»Noch nicht. Ich gehe wieder rein.«

Fellman und sein Assistent waren immer noch mit dem Oberkörper des Opfers beschäftigt. Sogar aus der Entfernung sah Madison, dass der Rest – bis auf die Handgelenke und die Knöchel, wo er festgebunden gewesen war – unbeschädigt zu sein schien. Ein durchschnittlicher Mann, ein wenig übergewichtig, dessen biologisches Alter auf dem Führerschein mit neunundvierzig angegeben war, der aber ein paar Jahre älter aussah.

Madison ging hinaus, als ihr Handy vibrierte.

»Wir haben eine Menge Medikamente in seinem Badezimmerschrank gefunden, allesamt rezeptpflichtig. Ich schicke dir ein Bild, dann kannst du den Doc fragen«, sagte Spencer.

»Sie haben nichts davon angerührt?«

»Nein, sie haben alles gelassen, wie es war. Der Typ hatte mehr Pillen als eine Apotheke.«

»Ich sage Bescheid.«

Madison ging zum Getränkeautomaten am Ende des Ganges und zog sich eine Flasche Wasser. Der Obduktionsraum war irgendwie gleichzeitig kalt und erstickend. Die Gerüche waren es, sagte sich Madison. Gegen den Anblick konnte man sich irgendwie wappnen, aber die Gerüche erwischten einen jedes Mal. Sie trank in großen Zügen. Als sie wieder hineinging, hatte Fellman schon den Y-Schnitt ausgeführt, und die Brusthöhle lag offen da.

»Ich glaube, wir könnten eine Todesursache haben«, sagte er.

Einige innere Organe waren bereits entfernt worden, stellte sie fest.

»Er hatte ein vergrößertes Herz. Es könnte eine ganze Reihe von Gründen dafür geben, von einer koronaren Herzkrankheit bis zu einer Kardiomyopathie. Jedenfalls arbeitete der Herzmuskel nicht so, wie er sollte.«

Madison schaute nach, ob Spencers Foto schon auf ihrem Telefon angekommen war, und zeigte es Fellman.

»Das ist sein Medizinschrank.«
»Ja, das ergibt Sinn. Sehen Sie sich seinen Mageninhalt an.« Er zeigte auf die Metallschüssel auf dem Schränkchen an der Wand.
Madison schaute hinein: Was da in der Schüssel war, verstand sie nicht.
»Ich weiß«, sagte Fellman. »Eine teuflische Henkersmahlzeit.«

»Soll das ein Witz sein?«, fragte Spencer.
»Es war grün, und wenn du am Spülbecken in der Küche nachsiehst, wirst du eine Flasche Spülmittel mit Apfelgeruch finden. Sie haben ihn gezwungen, das zu schlucken, und dazu vielleicht noch ein Waschmittel. Fellman meint, die Streifen auf seinem Gesicht wurden durch ein bleichehaltiges Waschmittel verursacht.«
Am anderen Ende der Leitung herrschte Schweigen.
»Sein Herz konnte dieser Belastung nicht standhalten. Der Doc meint, die massive Ausschüttung von Adrenalin und dann Kortison sei tödlich für ein Herz, das so geschädigt war wie seines.«
Madison hörte Spencer seufzen; vielleicht war es nur ein Hintergrundgeräusch.
»Wir packen die gesamte Küche ein«, sagte er. »Habe ich dir schon gesagt, dass wir eine Rolle Bilderdraht unter der Spüle gefunden haben?«
»Nein.«
»Offenbar haben sie einfach benutzt, was so herumlag«, sagte er. »Hat der Doc gesagt, wie lange?«
»Nein, wir müssen die Testergebnisse abwarten.«
»Ich hoffe, er ist schnell gestorben.«
»Ich auch.«

Als die Autopsie beendet war, war der Nachmittag bereits zur Hälfte vergangen, und Madison konnte es kaum erwarten herauszukommen. In der Cherry Street holte sie sich ein Chicken-Sandwich und einen Kaffee und tippte ihre Notizen für Spencers Akte in den Computer ein.

Die Situation hatte dazu geführt, dass das Opfer aufgrund einer bereits bestehenden Vorerkrankung starb. Madison fragte sich, ob die Eindringlinge ihn vielleicht gar nicht hatten töten wollen. Aber sie verwarf diese Option sofort wieder: Sie hatten ihn mit Draht an einen Stuhl gebunden; es bestand keine andere Möglichkeit, als dass der Mann an der Ecke 35th Avenue und Myrtle Street unter den Wassertürmen endete. Inwieweit sein Tod sie überrascht und inwieweit er ihre Pläne für den Abend ruiniert hatte, das würde die Polizei zu gegebener Zeit herausfinden.

Warren Lee hatte nie geheiratet und war nicht vorbestraft; er war sein ganzes Leben lang unauffällige Autos gefahren und hatte gerade genug verdient, um ein Auskommen zu haben, wenn man keine teuren Dinge mochte. Die Medikamente zahlte die Krankenversicherung, die sein Arbeitgeber zur Verfügung stellte – er war Lagerhalter bei einer Eisenwarenhandlung gewesen. Der Bilderdraht war wahrscheinlich von der Firma hergestellt worden, bei der er arbeitete.

Sie legte Spencer den Bericht auf den Schreibtisch und schaltete ihre Schreibtischlampe aus. Ihre Schicht war längst zu Ende.

Der Alki Beach war verlassen. Die Sonne hatte sich nicht blicken lassen, und die Luft biss augenblicklich in die Stelle zwischen ihren Schulterblättern, die ihren ganzen Rücken verkrampfte.

Madison lief los. Das Gefühl zu fallen und der kupferartige Geruch kamen sofort hoch, doch sie ignorierte beides. Sie kämpfte sich voran, lief schneller und inhalierte die stechende Luft, so tief sie konnte, um den leichten Apfelgeruch aus dem Obduktionssaal zu vertreiben.

Zu Hause legte sie sich ein Steak auf die Grillpfanne und aß einen Rest Kartoffelsalat dazu. Sie ging ihre Notizen aus dem Fall David Quinn noch einmal durch und suchte die Namen der Männer heraus, die Detective Frakes erwähnt hatte. Männer, die sich dafür interessieren würden, wenn ein Geschäft in bestimmten Gegenden gut lief. *Schutzgeld.* Es gab drei Namen: Eduardo Cruz, Leon Kendrick und Jerome McMullen. Madison zog einen Kreis um alle drei.

12

John Cameron lag auf seiner Pritsche und konzentrierte sich auf den winzigen Riss an der Decke. Auf dem an der Wand befestigten Tisch lag eine zwei Tage alte Ausgabe der *Seattle Times,* die ihm Carl Doyle von Quinn Locke geschickt hatte. Die Schlagzeile auf der ersten Seite lautete: »Kopfgeld auf Entführer ausgesetzt. 1 600 000 Dollar für einen ungelösten Fall«.
Wie ein Tier in der Wildnis spürt, dass es Winter wird, hatte John Cameron gemerkt, wie sich die Atmosphäre im Gefängnis in den letzten achtundvierzig Stunden geändert hatte. Die Insassen, die keinen Fernseher haben durften oder nicht lasen, hatten es von ihren Besuchern gehört, und die

Nachricht hatte sich verbreitet wie ein Lauffeuer. Die Wärter, die ihn bislang mit vorsichtiger Zurückhaltung behandelt hatten, wirkten noch aufmerksamer.
John Cameron kannte Nathan Quinn schon sein ganzes Leben lang: in der Zeit davor, als er noch ein Junge war und die Welt ein hell strahlendes Etwas, und in der Zeit danach, als sich die Farben geändert hatten und er geglaubt hatte, er würde in seiner eigenen Wut versinken. Und wie durch ein Wunder auch in der Gegenwart, als sich Quinn nicht abgewandt hatte von dem, was er war. Cameron hatte nie Zweifel über sein eigenes Wesen gehegt, aber er war froh und dankbar, dass die Verbindung zu Quinn nie abgerissen war.
Quinns Fernsehappell hatte ihn nicht überrascht; er konnte mehr als jeder andere auf der Welt nachvollziehen, was sein Freund tat. Was ihn aber getroffen hatte wie ein Stein, der eine Glasscheibe zerschmettert, war der Name. Denn Quinn hätte ihn nicht kennen sollen; den Namen hätte Cameron, und Cameron alleine, mit sich tragen sollen. Das war der Deal, den er mit sich selbst geschlossen hatte, als er achtzehn war: Timothy Gilman sollte sterben, weil er der Mann war, der sie in den Wald gebracht hatte, der ihm die Schnittwunden zugefügt hatte und der verantwortlich für Davids Tod war. Er sollte durch Camerons Hand sterben, weil sie ihn niemals in einen Gerichtssaal bekommen würden.
Trotzdem hatte Quinn es gewusst. Wie lange schon, dessen konnte Cameron nicht sicher sein. Er dachte zurück an ein Gespräch in einem Imbiss, sie hatten Kuchen gegessen. Wie jung er damals gewesen war, wie taub er sich gestellt hatte gegenüber dem, was Quinn ihm hatte sagen wollen. Wenige Wochen nach diesem Tag hatte Quinn bei der Staatsanwaltschaft von King County gekündigt und eine eigene Kanzlei

für Strafrecht aufgemacht. Er hatte ihm nie gesagt, dass er es wusste, er hatte einfach all die Jahre darauf gewartet, dass Cameron eines Tages einen Anwalt brauchen würde.
Als zwei Wärter kamen, um ihn zu seinem Hofgang abzuholen, setzte fast augenblicklich das Getrommel ein. Er nahm es kaum wahr.

Die Metalltür schnappte auf, und John Cameron wurde von einem Schwall kalter Luft getroffen, Luft, die nicht erst durch Rohre und Leitungen geführt worden war. Sie war feucht und beißend und fühlte sich wundervoll an.
Cameron befand sich in Schutzhaft. Das bedeutete, er durfte zwei Mal die Woche für eine Stunde in einer Art Käfig herumlaufen. Er war knapp drei Meter breit und hatte ein engmaschiges Gitternetz. In dem Hof standen mehrere solche Käfige. In diesem Käfig konnte er sich bewegen – fünf große Schritte würden wahrscheinlich ausreichen, um ihn zu durchqueren –, sich strecken, Übungen machen oder tun, was er wollte, während er gleichzeitig im Freien und von allen anderen Insassen getrennt war.
In einem Gefängnis – einer eigenen Welt in der Welt – war die Zeit im Hof sehr wertvoll: Dort hatte man kurz Gelegenheit, Kontakte zu knüpfen, Bündnisse zu schließen und Gruppen voneinander abzugrenzen. Häftlinge, die gefährdet waren oder wegen irgendwelcher Verstöße diszipliniert wurden, machten ihren Hofgang in diesen Käfigen.
Cameron war als Kind einmal in einem Hundezwinger gewesen: nicht ganz unähnlich, dachte er bei sich.
Er schaute nach oben: ein dunkler Himmel, schwere Wolken, die von Westen her aufzogen, kein Regen.

Manny Oretremos stand neben seiner Zellentür und wartete darauf, abgeholt zu werden. Er schwitzte jetzt schon; es schien den ganzen Tag über keinen Moment zu geben, an dem er nicht kalt und feucht war. Er wollte aufrecht stehen und vor sich selbst so tun, als wäre er bereit – mehr als bereit sogar. Stattdessen wischte er sich die Hände an der Hose ab und versuchte gleichmäßig zu atmen und an nichts zu denken.

»Fertig, Oretremos?«, fragte der Wärter.

John Cameron stand in der Mitte seines Käfigs. Näher kam er anderen Häftlingen nie, und er spürte ihre Energie. Manche dehnten sich, manche liefen auf der Stelle, manche ignorierten ihn, manche starrten ihn an. Er registrierte die Vollzugsbeamten, die die Häftlinge in den Hof führten, und die zuschnappenden Metallschlösser.

Im Laufe der Wochen hatte er Gelegenheit gehabt, sich mit ihren Routinen und ihren Eigenarten vertraut zu machen. An einem Ort, wo einem bei der Ankunft die Individualität zusammen mit den persönlichen Gegenständen abgenommen wurde, kämpfte jeder dieser Männer darum, sie zurückzubekommen, auf jede Art und Weise, die ihm möglich war, und um jeden Preis.

Cameron war nie im selben Käfig: Seine Position und die der Männer um ihn herum änderte sich je nach Schicht. Heute befand er sich in der Mitte des Hofs. Auf jeder Seite standen mindestens noch drei weitere Reihen. Zu seiner Rechten war ein junger Latino, der frierend die Schultern hochzog. Er stand ziemlich nahe an dem Metallgitter und starrte den Zementboden an.

Er war nervös – Cameron war er schon bei anderen Gelegenheiten aufgefallen – und konnte es kaum erwarten, wieder hineinzugehen. Ja, er wirkte immer geradezu erleichtert, wenn die Wärter kamen, um ihn wieder zurück in seine Zelle zu bringen.

Mit Angst kannte sich Cameron aus, und heute wirkte der Junge noch ängstlicher als sonst. Die kleine Bewegung fiel ihm fast zufällig auf: Der Junge hatte ein Kreuzzeichen gemacht. Gleichzeitig ertönte ein Ruf im Hof, und alle Häftlinge traten gleichzeitig an die Seite ihres Käfigs, die Cameron zugewandt war.

Der zweite Ruf zerriss die Stille, und er spürte eher, als dass er es sah, dass jeder Mann um ihn herum mit dem Arm ausholte wie ein Baseballpitcher vor einem harten Schlag.

Cameron sah dem Latinojungen in die Augen; er war der Einzige, der sich nicht bewegt hatte. Manny Oretremos blieb wie erstarrt auf der Stelle stehen, in der rechten Hand eine fünf Zentimeter lange Ampulle, die bis zum Rand mit hochkonzentriertem Natriumhypochlorid gefüllt war. Es konnte Haut bei Kontakt sofort zersetzen.

Cameron ging einen Schritt auf die Seite des Gitters zu, die Manny am nächsten war – es war die Längsseite seines Käfigs –, während um sie herum im Hof ein Heidenlärm losging. Die Wärter rannten brüllend durch das Labyrinth von Käfigen, die Insassen riefen Manny zu, er solle werfen, und darüber hörte man, wie die Ampullen, die rund um Cameron herabregneten, klirrend zerbrachen und zischend auftrafen.

Als die ersten Warnschüsse der Wärter ertönten, ließen sich alle Häftlinge auf den Boden fallen, aber Cameron wusste, dass es für ihn am sichersten war, wenn er auf der Seite, die dem Jungen am nächsten war, stehen blieb. Seine bernsteinfarbenen Augen fixierten den Jungen. Zwischen ihnen waren nur ein, zwei Meter. Auf das Dach des Käfigs fielen weiterhin

Ampullen; manche zerbrachen beim Aufprall, Glasscherben und der Inhalt tropften auf den Boden, andere rollten weiter und fielen durch das Gitternetz. Etwas traf ihn auf der Schulter und zerbarst. Er schlüpfte rasch aus der Jacke, ein Schmerz wie von einem Bienenstich drang durch seinen orangefarbenen Overall. Cameron verlor nie den Augenkontakt.

Von der Käfigdecke rieselten hellgrüne Tropfen und brannten sich zischend in den Beton hinein. Die Wärter waren bei der Tür des Käfigs angelangt, machten sich am Schloss zu schaffen, brüllten Anweisungen, während sie ihn herauswinkten – keiner ging hinein –, und überall schrillte der Alarm.

Cameron ging das kurze Stück zur Tür, während der letzte Rest des Natriumchlorids von der Decke tropfte. Sobald er über die Schwelle getreten war, packten ihn zwei Wärter über den Ellbogen – ihre Berührung war merkwürdig zögerlich – und führten ihn zum Ausgang. Er drehte sich um: Die Häftlinge lagen alle flach auf dem Betonboden ihres Käfigs. Ihre toten Augen folgten ihm, als er vorbeiging, nur der Latinojunge stand immer noch da – die Wärter brüllten ihm Befehle zu –, bis er sich schließlich hinlegte und ihm die Glasampulle aus der Hand rollte.

In dem Käfig lag Camerons Anstaltsjacke neben dem Gitternetz, während der Geruch von Bleiche in alle Ecken des Hofs drang und das Knistern aus den Funkgeräten der Wachen das einzige lebendige Geräusch war.

»Ich will wissen, wie!« Will Thomas versuchte ruhig zu bleiben. »Ich will wissen, wie und wer und wann.« Der stellvertretende Direktor des King County Justice Complex war von dem »Vorfall« unterrichtet worden. Der Direktor befand sich auf dem Rückweg von einer Konferenz.

Die Aufseher sämtlicher Trakte des KCJC, auch des Trakts D, in dem John Cameron wohnte, waren in seinem Büro versammelt. Die Wärter, die dabei gewesen waren, standen dahinter; der diensthabende Arzt lehnte in der Tür.

»Wir haben eine unversehrte Ampulle«, sagte der Aufseher des Trakts D; er war fünf Jahre gealtert, seit er an diesem Morgen aufgestanden war.

»Wir sprechen hier über ›Ampullen‹. Nicht über eine gespitzte Zahnbürste oder ein Messer oder irgendwelche Klingen.« Der stellvertretende Direktor sah sich im Raum um. »Ampullen«, wiederholte er.

Der »Vorfall« war immer noch erst eine Stunde alt, die Gefangenen waren eingeschlossen.

»Wie ist der Stand der Dinge, Harry?«, fragte Will Thomas.

Dr. Harry Norringer warf einen Blick auf seine Notizen. »Wir haben einige Insassen mit diversen Verletzungen. Aber nichts, was Anlass für eine Verlegung ins Krankenhaus geben würde. In den meisten Fällen handelt es sich um kleine Schnittwunden und ein paar Verätzungen, wenn sie mit der Lösung in Kontakt gekommen sind, aber nicht größer als ein Stecknadelkopf.«

»Sie haben die Ampullen mit einer Art Gummiband, einem selbstgemachten Katapult, weggeschleudert und mussten erst einmal durch ihre eigenen Gitterstäbe hindurchtreffen. Manche haben das nicht geschafft, und die Ampulle ist direkt abgeprallt«, sagte Miller, einer der Vollzugsbeamten.

»Was war in den Ampullen?«

»Eine Art Bleiche. Im Hof riecht es noch überall danach.«

»Es war klug von Cameron, an Ort und Stelle zu bleiben«, fuhr der Arzt fort. »Er hat eine Verätzung an der Schulter, so groß wie eine Münze; die Haut ist offen, aber tiefer ist es nicht gegangen. Die Jacke hat das meiste abgehalten. Die

Wunde wurde versorgt, und ich habe ihm Antibiotika gegeben. Sein Blutdruck ist besser als meiner, und sein Puls war quasi auf Komalevel.«

»Wie viele Insassen hatten damit zu tun?«, fragte der stellvertretende Direktor Miller.

»Mindestens neun, glauben wir, vielleicht sogar mehr. Wir werten noch die Videos der Überwachungskameras aus. Und dann ist da noch Manny Oretremos – der Junge, der eine Ampulle hatte, sie aber nicht geworfen hat. Mittlerweile steht er schon auf der Schwarzen Liste, und er wird wohl in Schutzhaft bleiben müssen. Wahrscheinlich für den Rest seines Lebens.«

»Die Insassen kommen nie in denselben Käfig, oder?«, fragte Thomas.

»Nein, sie rotieren in einem nicht wiederkehrenden Muster«, antwortete Miller. »Damit das, was heute passiert ist, nicht passieren kann.«

»Aber es ist trotzdem passiert. Das bedeutet, dass sie gewartet haben, womöglich über Wochen, bis er endlich in die Mitte kam.« Will Thomas fuhr sich durch die Haare. »Wir hatten Glück heute.«

Niemand sagte etwas; zu diesem Schluss war schon jeder für sich gekommen.

Ein übler Wind, dachte Will Thomas, *ein übler Wind, der durch mein Gefängnis zieht.*

13

Madison hielt ihr Handy noch einen langen Augenblick in der Hand, nachdem Doyle das Gespräch beendet hatte. Das KCJC hatte Camerons rechtliche Vertreter angerufen, um sie von dem Angriff gegen ihn zu informieren; Doyle hatte sich auf der Fahrt zum Krankenhaus bei ihr gemeldet, wo er es Quinn persönlich sagen wollte.

Das war nicht ganz unerwartet gekommen, überlegte Madison. Genau das hatte man im KCJC sogar vermeiden wollen, indem man Cameron von Beginn an in Schutzhaft nahm. So ein zielgerichteter Angriff hatte etwas Abstoßendes, wenn das Opfer keine Chance hatte, sich zu verteidigen. Aber dennoch hätte Madison, selbst wenn es gegen einen messerbewehrten Insassen ging, immer noch auf Cameron gesetzt, und genau da lag das Problem. Es war beunruhigend, wie viel Zeit und Geduld sie auf die Vorbereitung verwendet hatten. Das war es, was die Häftlinge morgens zum Aufstehen bewegt hatte: Würde dies der Tag sein, und wie viel Schaden konnten sie anrichten, bevor die Wärter ihnen Einhalt geboten?

Madison stand von ihrem Schreibtisch auf und ging ein paar Minuten hinaus. Den Tag hatten sie damit verbracht, Warren Lees Wohnviertel und die Gegend des Leichenfundes unter die Lupe zu nehmen – die gesicherten Spuren deuteten darauf hin, dass in der Küche des Opfers mindestens drei Männer gewesen waren. Sie hatten Stiefelabdrücke an der Hintertür gefunden, allerdings gab es keine Vergleichsabdrücke und keine Zeugen der Entführung.

Madison hatte Spencer bei seiner Ermittlung unterstützt,

aber das Whiteboard mit der Liste der Detectives in Schwarz und den Namen der Opfer in Rot zeigte an, dass sie den nächsten Fall leiten würde. Bald würden sich Spencer und Dunne um ihren Toten kümmern müssen, weil Madison ihren eigenen hatte.

Sie langte automatisch nach dem Telefon, um ihren Partner anzurufen, beschloss dann aber, es bleibenzulassen: Brown sollte selbst entscheiden, wann er bereit war, mit ihr in den Schießstand zu gehen. Sie konnte nichts Schlimmeres tun, als ihn unter Druck zu setzen, während er sowieso schon die Last auf sich spürte.

»Wir haben etwas«, sagte Dunne von seinem Schreibtisch aus. Er hatte gerade den Hörer aufgelegt. »Ein Anwohner der 35th Avenue ist morgens um 3:10 Uhr nach Hause gekommen, und er würde schwören, dass das Opfer noch nicht dort war.«

»Das heißt, es gibt ein Zeitfenster von dreieinhalb Stunden, in dem sie ihn dort abgelegt haben könnten«, sagte Spencer.

»Wissen wir eigentlich, warum ›dort‹ überhaupt ›dort‹ ist?«, fragte Madison. »Hatte Warren Lee denn irgendeine Verbindung zu diesem Ort? Soweit ich das sehe, hat er nie beim Wasserspeicher gearbeitet, und niemand aus der Gegend kannte ihn.«

»Wir konnten keine Verbindung zu seinem Leben herstellen«, antwortete Spencer.

Madison widmete sich wieder dem Abtippen ihrer Vernehmungen. Lieutenant Fynn wartete darauf, dass Spencer ein Motiv und Verdächtige lieferte, und im Moment hatten sie weder noch. Sie hatten lediglich einen brutalen Einbruch mit einem Opfer, das an einem Ort abgelegt wurde, der wegen seiner Wassertürme bekannt war. Madison hatte den Bericht des Rechtsmediziners nicht gelesen, der auf Dunnes

Schreibtisch lag – das musste sie nicht. Sie hatte sehr lange heiß duschen müssen, um sich den Obduktionsraum von der Haut zu waschen. Der Mann auf dem Stuhl hatte es posthum in der Presse zu Ruhm, wenn auch nicht zu Reichtum gebracht. Die Medien – ob online oder Print – sogen die wichtigsten Details auf und schüttelten alles einmal durch: ein sadistischer Mord, die Folter eines wehrlosen Mannes, der aus seinem eigenen Zuhause entführt wurde, die Leiche, die auf ungewöhnliche Weise entsorgt worden war. Die Suchmaschinen und YouTube hatten die einschlägigen Wörter längst herausgefischt; Handyaufnahmen vom Tatort – körnig und verwackelt, aber dennoch deutlich – tauchten überall im Netz auf. Die Wörter waren *Folter, Mord, Seattle* und, wie Madison zu ihrer Überraschung feststellte, *Stuhl.*

Die Stadt reagierte, wie sie es immer tat, wenn ein unbescholtener Mensch gewaltsam zu Tode kam: Sie hielt den Atem an und wartete darauf, dass die Ordnungskräfte alle beruhigten. *Die Mörder waren dem Opfer bekannt, womöglich ein misslungener Drogendeal, womöglich ein Racheakt, den Spuren wird nachgegangen, Verhaftungen werden vorgenommen.* Und als es dann doch keine Beruhigung gab – weil Warren Lee keine Verbindungen zu irgendwelchen Banden hatte und noch nicht einmal einen Strafzettel wegen Falschparkens –, durfte die Stadt weiterhin nicht aufatmen.

14

Madison tippte die Aussagen fertig ab und legte Spencer die Ausdrucke auf den Schreibtisch; Spencer war bei Fynn im Büro und führte ein wahrscheinlich sehr kurzes Gespräch über den Fall Lee.

Sie sah auf die Uhr an der Wand, knipste ihre Anglepoise-Lampe aus und zog sich die Jacke an.

Beim Hinausgehen fiel ihr auf, dass Tony Rosarios Schreibtisch leer geräumt war – offenbar war er wieder einmal krankgeschrieben. Sie hatte ihn nie anders gesehen als zaundürr und graugesichtig; vielleicht brachten das fünfzehn Jahre Mordkommission mit sich.

Sie hatte so viel wie möglich aus den Berichten über Cruz, Kendrick und McMullen herausgezogen – die drei Männer, auf die Detective Frakes in der Akte David Quinn hingewiesen hatte. Alle drei waren zu unterschiedlichen Zeitpunkten wegen diverser Straftaten unter Anklage gestanden, von Versicherungsbetrug und Korruption bis zu allen möglichen Arten von Körperverletzung, böswilliger Belästigung und Nötigung, was zu dem möglichen Schutzgeld-Motiv für die Entführung der Kinder passte. Eduardo Cruz war 1987 gestorben, nach einem Unfall mit Fahrerflucht, nach dem er noch drei Tage im Koma lag. Der Fahrer war nie gefunden worden. Der zweite, Leon Kendrick, hatte sich aus der Branche zurückgezogen und war 1998 nach Kalifornien übersiedelt, ohne je auch nur einen einzigen Tag im Gefängnis zu verbringen. Der letzte der drei, Jerome McMullen, saß wegen Erpressung in »The Bones«, dem McCoy State Prison nördlich von Seattle.

Akten und Berichte waren zwar nützlich, aber wie immer gab es vieles, was dort keinen Eingang gefunden hatte. Wenn Madison wissen wollte, wie es 1985 auf der Straße wirklich zugegangen war, dann musste sie sich an jemanden wenden, der dabei gewesen war. Vor Internet, E-Mail und SMS, vor den zig Arten der Informationsbeschaffung und -verteilung, verschlüsselt oder direkt.

Und da war Jerry Wallace derjenige, der immer wusste, wer was wo und für wie viel machte. Gegen eine kleine Gebühr war er gerne bereit, diese Information weiterzugeben. Er schlug sich nie auf eine Seite, und alle konsultierten ihn, er war die Schweiz der kriminellen Szene an der Westküste.

Detective Frakes hatte gesagt, dass sich nach der Entführung der Jungen ein Mantel des Schweigens über die Informanten in der Stadt gelegt hatte, aber jetzt, fünfundzwanzig Jahre später, konnte es nicht schaden, wenn man versuchte, sich mit dem ehemaligen Chef des Informationsbüros von Seattle zu unterhalten.

Wallace wohnte nicht weit vom Highway 165, gleich vor der Brücke, die nach Burnett führte, im Pierce County. Madison wollte nicht anrufen: Ein solches Gespräch musste man persönlich führen, und wenn Wallace nicht in der Stimmung dazu war, dann wäre selbst diese Reaktion eine Art Antwort.

Streifen des hellen Februarhimmels zeigten sich zwischen den Wolken, aber es wurde rasch dunkel.

Madison fuhr bereits mit Licht, und die Scheinwerfer schwenkten über das dichte Gestrüpp, als sie beinahe die Kurve verpasst hätte. Wallace' Bungalow lag 300 Meter jenseits des Highway, und Madison sah Licht am Ende der schmalen Straße.

Es war ein ländliches Gebiet hier, daher war Madison nicht überrascht über den Pick-up mit Allradantrieb, der vor dem Haus parkte.

Jerry Wallace wohnte seit ungefähr vierzehn Jahren hier draußen, aber sie war sich ziemlich sicher, dass er seine lebenslangen Gewohnheiten nicht in dem Moment abgelegt hatte, als er in den Ruhestand getreten war. Durch einen Bewegungsmelder ging das Licht an der Haustür an. Madison klingelte.

Das zweistöckige Holzhaus machte einen gepflegten Eindruck; mit seinem Handel mit Informationen hatte Wallace keine Millionen verdient, aber genug, um komfortabel in einem Ort mit zwei Läden und einer Kirche zu wohnen.

Vor dem Haus war ein Halbkreis aus nackter Erde. Madison hatte das Gefühl, der Wald würde diese Stelle zurückfordern, sobald Wallace wegsah. Etwas Kleines raschelte im Unterholz.

Ein paar Minuten vergingen. Aus dem Inneren waren gedämpfte Stimmen zu hören, vielleicht ein Fernseher. Ihr Atem bildete weiße Wölkchen. Sie klingelte noch einmal und sah sich um. Keine hübschen Blumentöpfe neben der Tür, keine Spuren eines zweiten Autos auf dem Boden.

Sie warf rasch einen Blick in den Pick-up: Er war alt, der Innenraum sauber, und nichts deutete darauf hin, dass jemals jemand anderer als der Fahrer darin gesessen hätte.

Als feststand, dass wohl niemand mehr die Tür öffnen würde, beschloss Madison, um das Haus zu gehen. Wallace war neunundsechzig Jahre alt, und es war gut möglich, dass er wegen des Fernsehers die Klingel nicht gehört hatte.

Im Erdgeschoss brannte Licht, und die Geräusche aus dem Inneren wurden lauter, während Madison seitlich am Haus vorbeiging – eine kurze Erinnerung an ein anderes Haus

und laute Musik überfiel sie, ein Fall, der ein ganzes Leben her war, und sie blieb stehen.
Vielleicht war es das Dunkel des Waldes, das gegen das Haus drückte, vielleicht war es die Erinnerung an eine blutige Anfängerin bei der Polizei, die sich unwillkürlich in einer Situation wiederfand, über die man auf der Polizeischule nichts lernte. Madison führte die Hand an ihr Holster und löste den Riemen, der die Waffe sicherte.
Sie ging weiter. Durch das erste Fenster sah sie in ein Wohnzimmer, das über die ganze Länge des Hauses reichte: Terrassentüren führten in den Garten, in der Ecke stand der Esstisch, im Fernseher wurde jemand interviewt, beide Gesprächsteilnehmer waren sehr erregt. Und sie sah eine Stehlampe, die umgeworfen worden war, der Lampenschirm war weggerollt, die Glühbirne zerbrochen.
Verdammt. In einer einzigen Bewegung zog Madison ihre Waffe, packte sie mit beiden Händen, so dass die Glock nach unten zeigte, und ging rasch um die Ecke zu den Terrassentüren. Trotz der Dunkelheit erkannte sie, dass der Garten leer war.
Sie drehte den Türknauf. Die Tür war nicht verschlossen.
»Mr. Wallace?«, rief Madison. »Mr. Jerry Wallace!«
Im Fernsehen wurde weiter lebhaft diskutiert. Madison betrat das Wohnzimmer.
»Mr. Wallace, hier ist die Polizei.« Madison scannte den Raum. Der Tisch war gedeckt: Rührei, Speck und eine Scheibe weißer Toast auf einfachem weißen Porzellan. Ein Trinkglas war umgekippt, ein paar Tropfen Milch befanden sich noch am Boden. Eine weiße Papierserviette lag auf dem Boden neben dem Stuhl.
»Ich würde Ihnen gerne ein paar Fragen stellen, wenn Sie Zeit haben.«

Die Eier waren geronnen, die Milch hatte einen Fleck auf dem baumwollenen Platzdeckchen gebildet.
»Mr. Wallace …«
Es dauerte ein paar Stunden, bis Milch trocknete; das Glas war umgekippt, aber nicht zerbrochen. Die Lampe, nicht weit von den Terrassentüren, war auf dem Weg hinein oder hinaus umgeworfen worden.
Madison bemerkte die Fernbedienung auf dem Tisch. Sie schaltete das Gerät auf stumm.
Nun gab es nichts außer dem leisen Atmen der Bäume, das seinen Weg durch den Kamin fand. Madison hielt sich ruhig, lauschte auf das Haus und auf jedes ungewöhnliche Knarzen und Klirren der Heizungsrohre.
»Mr. Wallace.«
Alles andere im Wohnzimmer schien unversehrt: Die Sofakissen waren hindrapiert, das Landschaftsbild hing gerade über dem Kamin. Doch unter dem Tisch lag ein einzelner marineblauer Wollpantoffel auf der Seite, als wäre Jerry Wallace herausgehoben und aus dem Haus getragen worden.
Madison ging zur Küche und lehnte sich an die Tür; sie ging langsam auf und enthüllte nichts weiter als eine Pfanne auf dem Herd, in der jemand die Eier und den Speck gebraten hatte.
Der Gang führte zur Treppe. Madison schaltete das Licht an. Es hatte keinen Sinn, jetzt noch zu rufen, sie musste nur aufpassen, was das Haus ihr sagen wollte.
Bei jeder Stufe hielt Madison aufmerksam Ausschau. Sie erreichte den Treppenabsatz; ihr Herz schlug schnell und gleichmäßig. Auf dem Highway 165 fuhren vielleicht Autos, aber hier, im Haus von Jerry Wallace, war alles still bis auf Madisons leise Schritte auf dem Teppich.

Das Schlafzimmer war leer; eine schwarze Herrenbrieftasche lag auf dem Nachttisch. Sie überprüfte den Wandschrank und schaute unter das Bett.

Wer versteckt sich unter dem Bett? Monster. Monster verstecken sich unter dem Bett, antwortete ihr sechsjähriges Ich sofort. Aber nicht in diesem Schlafzimmer, nicht heute Nacht.

Vielleicht haben sie nicht auf mich gewartet, dachte sie, aber irgendetwas war auf jeden Fall ins Haus gekommen. Ihr fiel auf, dass das Bett gemacht war. Wie lange das her war, konnte sie nicht sagen.

Ein kurzer Blick ins Bad und ins zweite Schlafzimmer bestätigte Madison, dass sie alleine war.

Jerry Wallace war neunundsechzig Jahre alt; auf der Küchentheke lagen Blutdrucksenker und ein pflanzliches Arzneimittel gegen Schlaflosigkeit; er war nicht der Typ, der aus einer Laune heraus das Haus verlässt und umgekippte Möbel und seine Brieftasche neben dem Bett liegenlässt.

Das Telefon.

Madison sah sich im Wohnzimmer um und entdeckte es auf einem kleinen Tisch neben dem Sofa. Das Mobilteil steckte in einem grauen Basisgerät mit einer roten LED-Lampe, die der Welt verriet, dass sieben Nachrichten auf Jerry Wallace warteten.

Madison zögerte irgendwie, die Nachrichten abzuhören. Was machte sie überhaupt im Haus eines Fremden?

Aus der verbrauchten Wärme des Hauses trat sie hinaus in die Kälte des frühen Abends und stellte sich auf die Stufen, die in den Garten führten. Der Wall von Bäumen, die den kleinen Garten umgaben, war fast gar nicht zu erkennen. Hatte jemand dort gestanden und zugesehen, wie Wallace seinen Tag verbrachte? Sah jetzt jemand zu?

Madisons Blick folgte den tief hängenden Ästen, die fast auf den Boden hingen, eine knorrige Wurzel ragte aus der Erde, und in diesem Moment entdeckte sie etwas, das weder Baum noch Boden war.

Mit großen Schritten ging sie durch den Garten, und da war es, verhakt in einer gewundenen Wurzel – ein marineblauer Wollpantoffel. Sie rührte ihn nicht an. Er lag auf der feuchten Erde, am Rande der undurchdringlichen Finsternis. Madison, die Waffe in der Hand, blieb mucksmäuschenstill stehen und suchte im Schatten nach Bewegungen oder Geräuschen. Es war eine schwarze Wand, mehr als das Knarren und Rauschen der oberen Äste war nicht zu hören. Sie legte eine Hand auf die rauhe Rinde eines Stamms, in der anderen hielt sie die Glock.

Dann klingelte das Telefon im Haus. Madison erschrak, fluchte verhalten und rannte zurück. Es gelang ihr gerade noch, das Mobilteil zu erwischen.

»Hallo«, sagte sie.

»… wer ist da?«, antwortete eine Frauenstimme.

»Detective Madison, Seattle P.D. Mit wem spreche ich?«

»Katy Wallace. Ich glaube, ich habe mich verwählt.«

»Nein. Das hier ist der Anschluss von Mr. Wallace …«

»Ist mein Vater da? Ich versuche seit zwei Tagen, ihn zu erreichen.«

Madison sah sich im Raum um, betrachtete den stummen Fernseher und die Eier auf dem Teller. Sie nahm das Telefon in die andere Hand.

»Miss Wallace …«, begann sie.

Dreizehn Minuten nach Madisons Anruf kamen weiße Wagen mit grellen Lichtsignalen und Sirenen aus dem Pierce County Sheriff's Department. Jerry Wallace' Tochter Katy war mit ihrem Freund auf dem Weg aus Portland. Am Telefon hatte sie sehr oft »ja« gesagt, während die Angst real wurde und die Panik einsetzte.

Madison und zwei Deputy Sheriffs durchsuchten den Wald hinter dem Haus mit ihren schweren Taschenlampen, aber dort war es schwärzer als ein Haufen Krähen, wie einer der Beamten es ausdrückte, und es führte lediglich dazu, dass sie den Tatort zertrampelten.

Er wandte sich an Madison. »Fünf bis zehn Minuten in dieser Richtung gibt es einen Weg.« Er zeigte nach vorne. »Jemand, der nicht gesehen werden will, wenn er sich dem Haus nähert, könnte dort parken und problemlos bei Tageslicht durchgehen.«

Madison nickte. Jerry Wallace war verschwunden. Jerry Wallace, der alles wusste und jeden kannte, war einfach aus seinem Leben getragen worden.

Madison fuhr zurück nach Seattle. Sie dachte immer wieder im Kreis, und als sie schließlich zu Hause war, war sie hundemüde. Sie entdeckte einen Rest Brathuhn in einer Tupperschüssel und machte sich nicht einmal die Mühe, einen Teller zu suchen. Als sie es aß, dachte sie an zwei Tage alte Eier und Speck auf weißem Porzellan.

Vier Uhr morgens. Madison wachte mit einem Ruck auf. Ihr Herz schlug schnell, und sie war trotz der Kühle im Raum schweißbedeckt. Sie wickelte sich in ihre Bettdecke und wartete, bis sich ihre Atmung normalisiert hatte. Seit ein paar Tagen war wieder einmal ein böser Traum fällig, und nun war es so weit. *Sie haben gelegentlich Alpträume, vielleicht auch eine genaue Erinnerung an den Vorfall. Sehr wahrscheinlich aber ist das nur Ihre eigene Wahrnehmung der Ereignisse und dessen, was Ihnen an Ihrer eigenen Rolle dabei Sorge bereitet.*

Dr. Robinson hatte natürlich recht gehabt, und doch wusste Madison, dass er sich getäuscht hatte, was den wichtigsten Teil des Traums betraf. Posttraumatische Belastungsstörungen wie ihre Überreaktion auf Chloroform werden aus der Angst heraus geboren: der Angst, die das Opfer genau im Moment des Angriffs empfindet; Angst, die später von einer ganzen Reihe Sinneswahrnehmungen neu ausgelöst werden kann. Madisons Traum – der lange Lauf in dem pechschwarzen Wald, der Geruch von Blut auf der Lichtung – handelte nicht davon, angegriffen zu werden, er handelte nicht davon, ein Opfer zu sein, er handelte nicht davon, wehrlos zu sein.

Sie schlüpfte in ein Paar Wollsocken, die vor dem Bett lagen, und tappte in die Küche, um sich heiße Milch zu machen. Die half eigentlich nicht; sie hatte noch nie geholfen. Aber ihre Großmutter hatte immer heiße Milch gemacht, als Madison noch ein Mädchen war, und diese Erinnerung war tröstlich.

Sie kroch wieder ins Bett und starrte in die Dunkelheit über ihr. Sie überlegte, wie die Gefängnisinsassen wohl die Ampullen ins KCJC geschmuggelt hatten, wie viele sie sein mussten, um sicherzugehen, dass sie Cameron umstellen konnten, und ihr letzter Gedanke beim Einschlafen war, dass der Häftling, der bei dem Angriff zur Salzsäule erstarrt war, jetzt genauso in Schwierigkeiten steckte wie Cameron.

15

Ronald Gray saß im Wartebereich des Busbahnhofs; er bekam Kopfschmerzen von den langen Neonröhren, und das Metallgeflecht der Sitze drückte ihm in den Rücken. Die Uhr zeigte 20:22 Uhr. Fast eine halbe Stunde noch. Sein Koffer, ein schwarzer American Tourister mit vier Rollen, ruhte an seinem Bein. Er hatte sich das Ticket gekauft und dann etwas gegessen – mehr, um die Zeit totzuschlagen, als vor Hunger. Das bereute er jetzt.

Er wollte nur noch in diesen Bus steigen, den Kopf an die kühle Fensterscheibe lehnen und einschlafen. Er wusste nicht, wie lange es noch dauern würde, bis sie die Passagiere einsteigen ließen; er war noch nie mit dem Bus gereist. Sein Auto, ein brauner 1998er Lincoln Continental, parkte vor seiner Wohnung.

Ronald Gray war fünfzig Jahre alt und sah aus wie fünfzig, aber heute fühlte er sich wie hundertsieben. Er war drahtig und fit, doch mit den Nerven am Ende und erschöpft. Er stand auf und sah sich um: Zumindest konnte er vor der Abfahrt noch zur Toilette gehen. Er zog den Koffer hinter sich her und versuchte, sich in dem überfüllten Bahnhof einen Weg durch die vielen Wartenden zu bahnen. Ein Mann hinter ihm regte sich über den Verkaufsautomaten auf und trat auf ihn ein. Ronald Gray zuckte bei dem Geräusch zusammen, aber das Sicherheitspersonal war bereits unterwegs.

16

Jerry Wallace ist weg«, sagte Madison zu Dunne, als sie bei der Kaffeemaschine standen. »Ich bin gestern Abend vorbeigefahren. Im Haus sah es aus, als wäre jemand einfach reingegangen und hätte ihn von dem Stuhl, auf dem er saß, weggeschnappt und in den Wald gebracht.«

»Irgendeine verquere Einbruchsgeschichte, die schiefging?«

»Glaube nicht. Das Haus war unversehrt. Ich habe keine besonderen Wertgegenstände gesehen, aber die Brieftasche lag offen herum. Mitsamt Karten und Bargeld.«

»Wurde er entführt?«

»Wir wissen noch nicht, was passiert ist: Die Tochter konnte ihn seit ein paar Tagen nicht erreichen, aber es gab weder Anrufe noch Lösegeldforderungen.« Madison trank einen Schluck. »Er wurde einfach abgeholt.«

Der Anruf kam um 9:27 Uhr. Da Madison den nächsten Mordfall leiten sollte, stand sie auf, um ihre Sachen zu packen und zum Tatort zu fahren.

»Madison.« Lieutenant Fynn stand in der Tür seines Büros und winkte sie zu sich.

Madison ging hinein.

Detective Chris Kelly saß zusammengesackt in einem der Besuchersessel und machte ein Gesicht wie ein Hund beim Hundefriseur. Als er aufblickte, wusste sie, was Fynn gleich sagen würde, und die Unvermeidlichkeit dessen traf sie mit voller Wucht.

»Chef …«

»Es führt kein Weg daran vorbei, Madison. Ihre Partner sind

krankgeschrieben, und Sie beide brauchen für die nächsten Wochen oder so einen Partner. So sieht es aus.«

Kelly schwieg in seinem offensichtlichen Elend. Von dem Moment an, da Madison zur Mordkommission gekommen war, waren sie einander unsympathisch gewesen. Sie hielt ihn für stumpf und gemein und auch noch stolz darauf; er wiederum mochte sie schlichtweg nicht und brauchte keinen Grund dafür. Das hatte nichts mit dem Geschlecht, ihrer Geschichte innerhalb der Polizei oder sonst etwas zu tun, was als Grund hätte durchgehen können. Kellys Geringschätzung war sofort da gewesen, bedingungslos und uneingeschränkt.

Es gab nur ein Positives – wenn man sich sehr bemühte, überhaupt etwas Positives zu finden: Sie beide wussten, wo sie standen, und zwar momentan in einer Ecke ohne auch nur einen Funken Hoffnung darauf, dass Fynn seine Meinung ändern würde.

Madison war an der Reihe, die Ermittlung zu leiten. Sie hängte sich die Tasche über die Schulter und nickte Fynn zu. »Okay«, sagte sie.

Die Fahrt in den Industrial District verlief in völligem Schweigen.

Madison fuhr durch den strömenden Regen, der Tag versprach ebenso viel Licht und blauen Himmel wie der letzte. Die ersten zehn Minuten machte sie sich Vorwürfe, weil sie diese Konstellation überhaupt nicht in Betracht gezogen hatte. Als sie das letzte Mal aneinandergeraten waren, hatte sich Rosario eingemischt und die Situation entschärft; diesmal fuhren sie beide im selben Auto und waren gezwungen, gemeinsam einen Fall zu bearbeiten. Niemand konnte mehr dazwischengehen. Madison entschloss sich, bei der nächsten Gelegenheit Brown anzurufen und ihn in den Schießstand zu zerren, ob er wollte oder nicht.

Madison hatte bereits Fälle im Industrial District bearbeitet, dem Areal mit den Lagerhallen und Werkstätten am Rand des Duwamish Waterway. Es bestand aus unzähligen Reihen identischer, farbloser, einstöckiger Gebäude, das Grau wurde lediglich hin und wieder durch Rostflecken unterbrochen. Die Hallen waren nach einem rechtwinkligen Muster angelegt und an einem kalten, nassen Februarvormittag unerbittlich trostlos.

Madison ignorierte Kelly, der mit verschränkten Linebacker-Armen auf dem Beifahrersitz saß. Sie dachte zurück an die menschlichen Überreste in der Leichenhalle und an David Quinns letzten Tag auf der Erde; vom Cold-Case-Team hatte sie noch niemand kontaktiert, und soweit sie wusste, hatte sich in den letzten zwanzig Jahren auch niemand genauer mit dem Tod von Timothy Gilman befasst. *Einer ist tot, fehlen noch drei.* Die Chancen, einen forensischen Anthropologen dazu zu bekommen, sich dringend die Überreste vorzunehmen, waren gering. Die Frage war, welches Wissen Quinn ihnen voraushatte. Sie erinnerte sich an ihre erste Begegnung in den eleganten Büros von Quinn Locke im Stern Tower. Brown und Madison hatten die Nachricht vom Mord an James Sinclair und seiner Familie überbracht, wie Vorboten des Unheils, das in den kommenden dreizehn Tagen folgen würde. Quinn hatte seine Geheimnisse bis zum Ende bewahrt und dabei sein Leben riskiert. Madison fragte sich, was er wohl jetzt aufs Spiel setzen würde, da der Mörder seines Bruders der Hauptpreis war.

Die Blinklichter der blau-weißen Wagen am Ende der Straße verrieten ihnen, dass sie angekommen waren. Madison hatte während der Fahrt beschlossen, ihre Zweifel auf sich beruhen zu lassen und zu warten, bis Kelly den ersten Schritt tat. Fynn hatte recht, sie mussten zusammenarbeiten; als Detectives der Mordkommission mussten sie fähig sein, mit jedem ein Team zu bilden und das Beste dabei herauszuholen. Der Fall durfte nicht darunter leiden, dass zwei Polizisten sich lieber die Hand abhacken würden, als miteinander zu reden. Madison wollte hoffen, dass Kelly zu demselben Schluss kam. Und vielleicht würden sie beide überleben, bis Rosario oder Brown wieder arbeiten konnten und die Welt wieder in Ordnung war.

Kelly hatte kein Wort gesagt. Er schob seine massige Gestalt aus dem Beifahrersitz und befestigte die Dienstmarke an der Brusttasche seines Mantels. Madison musterte ihn rasch, wie sie es bei einem Zeugen tun würde, um seine Zuverlässigkeit einzuschätzen. Ende vierzig, verheiratet, das College hatte er mit Hilfe eines Footballstipendiums geschafft. Wahrscheinlich hatte er früher einmal als gutaussehend gegolten, aber seine eher feinen Gesichtszüge wirkten in seinem breiten Gesicht nun verloren, da sein Charakter es ebenso geformt hatte wie die Gene. Es war ein helles, hartes Licht in seinen Augen, und Furchen durchzogen seine Stirn. Er war einige Pfund schwerer, als ihm guttat, und er würde jemanden, der schnell davonrannte, nicht erwischen. Wenn derjenige aber stehen blieb und doch erwischt wurde, dann würde Kelly großen Schaden anrichten und es unglaublich genießen. Madison wandte den Blick ab.

Die Lagerhalle, die letzte in der langen Straße, wurde gegenwärtig offensichtlich nicht genutzt; alte, vom Wetter verblichene Metallschilder hingen neben den Türen – ein breites Tor für Lastwagen und eine schmale Tür für Menschen – und versuchten mit abblätternder roter Farbe auf weißem Hintergrund zu punkten.

Der Metallrollladen des großen Tors war noch intakt, aber die kleinere Tür daneben war aufgebrochen worden; das Holz war zersplittert, und das billige Schloss hatte einfach nachgegeben.

Madison wusste, dass Sicherheitsmaßnahmen teuer waren, und für Firmen mit finanziellen Problemen war es billiger, in einer leeren Lagerhalle das Schloss zu ersetzen und die Tür zu richten, als eine Alarmanlage zu bezahlen, die installiert und kontrolliert werden musste. Hausbesetzer, Vandalen und alle, die einen versteckten Ort für eine zweifelhafte Aktion brauchten, fanden solche Plätze schnell. Dies hier war nun *ihre* zweifelhafte Aktion, ihr Opfer, ihr Fall. Sie spürte einen kleinen Adrenalinstoß unter dem Brustbein.

Draußen standen drei Streifenwagen, zwei Beamte waren an der Tür, die anderen im Inneren.

Madison kannte einen von ihnen, sie nickten sich zu.

»Wer war als Erstes da?«, fragte sie ihn.

Er zeigte auf den Eingang zum Gebäude. Madison ging hinein, Kelly ein paar Schritte hinter ihr, ihre Augen gewöhnten sich an das schwache Licht. Kraftlose Neonleuchten an der Decke warfen einen kränklichen, bleichen Schein über alles. Eine große Halle, größer als sie erwartet hatte, und leer, bis auf ein paar Stapel ausrangierter Paletten. Der fleckige Boden war aus Beton; es war eine Weile her, seit hier jemand sauber gemacht hatte. Die Luft war schmutzig und staubig und enthielt noch die Erinnerung an Maschinenöl. Drei uniformierte Beamte standen am anderen Ende und untersuchten mit ihren Taschenlampen die Wände und den Boden.

Madison roch die Leiche, bevor sie sie sah, und einen Augenblick dachte sie an den Mann auf dem Stuhl unter den Wassertürmen; es war der gleiche üble Geruch von Angst

und einsetzender Fäulnis. Die Polizisten wandten sich um, als sie Madison und Kelly kommen hörten.
»Madison, Mordkommission. Wer hat den Fall angenommen?«
»Ich.« Eine große Frau mit kurzen hellen Haaren und unscheinbarem Gesicht trat vor.
Die Leiche befand sich ein Stück hinter ihnen; ein Mann lag zusammengekrümmt in einer Ecke an der Wand, die Knie an der Brust, ein Arm über dem Kopf. Ein Schuh fehlte. Trotz des düsteren Lichts erkannte Madison Unregelmäßigkeiten am Boden: Der Mann war selbst in diese Ecke gekrochen, oder er war geschleift worden. *Wie Jerry Wallace, den man schreiend und um sich tretend in den Wald gezerrt hatte.*
Sie wandte sich an die Polizistin: »Was wissen wir?«
»Ein Arbeiter in der Lagerhalle nebenan hat gesehen, dass wieder einmal die Tür aufgebrochen war, und Bescheid gesagt. Sie haben einen Angestellten geschickt, der nachsehen und einen Schlosser holen sollte. Jedenfalls kommt der Mann, schaltet das Neonlicht ein, um den Schaden zu begutachten, und sieht ...« Die Beamtin drehte sich um und zeigte auf den Toten. »... ihn dort in der Ecke.«
»Wo ist der Zeuge?«
»Er trinkt einen starken Kaffee mit viel Zucker hier in der Nähe – mein Partner ist bei ihm. Für den Einbruch oder den Überfall gibt es keine Zeugen. Wir haben uns bei den Büros in der Nähe erkundigt, sie waren alle über Nacht geschlossen. Die Besitzer hatten eine Überwachungskamera, aber sie wurde vor einem Jahr gestohlen, und sie haben sie nicht ersetzt. Normalerweise brechen Jugendliche dort ein, als Mutprobe: Einmal haben sie überall Hühnerfedern gefunden – fragen Sie nicht. Aber das hier ist etwas Neues.«

»Für ihn wohl auch.« Kelly nickte in Richtung des Opfers.
Madison leuchtete mit ihrer Taschenlampe über die Leiche, während sie näher trat. Der linke Arm des Mannes sah aus, als würde er seine Augen vor dem Licht schützen wollen. Vorsichtig ging sie um die Spuren auf dem Boden herum. Vor der Ankunft des Rechtsmediziners würde sie ihn nicht berühren, aber um die Todesursache festzustellen, brauchte sie ihn nicht: Zwei Schüsse in den Kopf. Instinktiv suchte sie den Boden nach Patronenhülsen ab.
»Wir haben keine entdeckt«, sagte die Polizistin, die als erste vor Ort gewesen war.
Madison nickte. Die Löcher waren klein, und von ihrem Standort aus konnte sie keine Blutspritzer an der Wand oder auf dem Beton sehen. Vielleicht eine .22er. Sie hörte Browns Stimme. *Sagen Sie mir, was Sie sehen.* Madison fror alles andere ein – die Grube im Wald, die Alpträume, die mit Säure gefüllten Ampullen durch Metallgitter – und machte genau das. »Männlich, weiß, wahrscheinlich um die fünfzig, zwei Schusswunden im Kopf. Sein Gesicht kann ich nicht gut sehen, aber am Kinn hat er getrocknetes Blut und ein paar Flecken am Hemdkragen und an der Brust.«
Das Opfer trug Hosen und ein Hemd, in Anbetracht des Wetters ziemlich dünn. Irgendwo musste es eine Jacke oder einen Mantel geben, und auch den anderen Schuh – niemand würde so aus dem Haus gehen.
»Vielleicht liegen irgendwo Kleidungsstücke«, sagte sie.
»Wir suchen danach«, antwortete die Polizistin.
Die Socken waren dunkel und einfach, nichts Besonderes, und der verbliebene Schuh war aus schwarzem Leder mit Klettverschluss, bequem und nicht teuer. Die Socke war an der Sohle staubig und hatte einen kleinen Riss. Je länger Madison die Falten des Stoffs beleuchtete, desto mehr sah sie

von den letzten Stunden im Leben des Mannes: Blutstropfen, weil er immer wieder geschlagen wurde, Schmutz und Dreck an der Kleidung, weil er versucht hatte wegzukriechen, und auf der rechten Handfläche, die offen und schlaff dalag, halbmondförmige Nagelabdrücke.
Madison stand auf. Hoffentlich kam der Rechtsmediziner bald; das Opfer lag zusammengekrümmt da, und sie wollte sein Gesicht sehen. Man hatte über längere Zeit Gewalt angewendet, und als sie dann hatten, was sie wollten, oder auch gerade nicht, hatte sich jemand genau an den Punkt gestellt, wo Madison jetzt stand, und ihm zweimal in den Kopf geschossen.
»Wir haben etwas«, rief ein Beamter hinter einem Stapel Paletten am anderen Ende des Lagerhauses.
Alle versammelten sich dort. Sie trugen Handschuhe, aber niemand berührte etwas. In einem Bündel auf dem Boden lagen ein Sakko, ein Mantel und ein kleiner Rollkoffer, umgekippt, aber noch verschlossen.
»Ich habe den Schuh«, rief ein anderer aus dem Halbdunkel.
Die Innentasche des Mantels war sichtbar. Extrem vorsichtig langte Madison mit Daumen und Zeigefinger hinein und zog eine braune Ledergeldbörse heraus.
Wenigstens hatten sie jetzt die Identität, dachte sie. Sie klappte den Geldbeutel auf, und ein Führerschein aus Washington State verriet ihr den Namen: Ronald Gray.

Eine halbe Stunde später war das Innere der Lagerhalle durch die tragbaren Scheinwerfer der Spurensicherung hell erleuchtet. Das Licht erreichte jede Ecke und jede Auffälligkeit in dem unebenen Fußboden.
Die Lampen hatten die Raumtemperatur deutlich erhöht. Doctor Fellman hatte damit gerechnet und deshalb gleich

nach seiner Ankunft die Körpertemperatur der Leiche gemessen.
»Leichenstarre?«, fragte ihn Madison.
»Noch nicht vollständig.« Fellman drückte sanft den Arm des Mannes herunter, so dass man sein Gesicht sehen konnte. Bleiche Bartstoppeln, fahle Haut unter den Verfärbungen durch die Prellungen, eine gebrochene Nase und klebrige Plättchen getrockneten Bluts.
Madison registrierte jedes Detail. Die niedrige Temperatur in dem Lagerraum hatte das Einsetzen der Leichenstarre verzögert.
Und wie Madison geahnt hatte, zeigte das Gesicht des Opfers die Spuren eines schrecklichen Todes.
Fellman betrachtete es genauer. »Schläge mit einem stumpfen Gegenstand. Da stecken Splitter in der Haut.« Er wandte sich Madison zu. »Vielleicht liegt hier irgendwo ein Stück Holz, womöglich von einer Palette.«
Die Leute von der Spurensicherung, die neben Madison standen, nickten und gingen los.
»Er wurde geschlagen«, fuhr der Arzt fort, »aber nicht so, dass es ihn umgebracht hätte, wie Sie sehen. Nach den Röntgenaufnahmen weiß ich mehr.«
Madison sah sich die Prellungen an. »Sind Ihnen die Abdrücke auf den Handflächen aufgefallen?«, fragte sie ihn.
»Ja. Das Ganze hat sich hingezogen. Wenn ich ihn von den Kleidern befreit habe, finden wir womöglich weitere Ergüsse am restlichen Körper.«
»Trotzdem …«
»Trotzdem sind zwei Schussverletzungen am Kopf die Todesursache.«
»Sieht nach .22 aus.«
»Das glaube ich auch.«

»Wie viele Angreifer?«
»Das kann ich Ihnen jetzt nicht sagen. Vielleicht später. Wenn sie ihn festgehalten haben, haben wir vielleicht Abdrücke von den Handflächen.«
»Irgendwelche Verteidigungsverletzungen?«
Der Mediziner untersuchte die Hände des Mannes. »Kaum. Den Fingern und Nägeln nach zu urteilen, hat er nur versucht wegzukriechen. Und auch das ist ihm nicht richtig gelungen.«
»Was glauben Sie, wie lange der Übergriff gedauert hat?«
Fellman dachte nach. Es war zu früh, um einen präzisen Todeszeitpunkt zu ermitteln, aber er konnte eine grobe Schätzung abgeben, entsprechend der Zeit, in der sich die Prellungen verfärbten.
»Ich vermute, sie hatten ihn mindestens eine Stunde in der Mangel. Also die Misshandlung dauerte eine Stunde, sie hatten ihn vielleicht noch länger in ihrer Gewalt.«
Madison sah sich um: Wenn sie eine ganze Stunde hier verbracht hatten, mussten sie doch etwas zurückgelassen haben.
Amy Sorensen, die Chefin der Spurensicherung, hatte Fotos und Skizzen vom Blutspritzmuster gemacht: In dem grellen Licht waren schnell Tröpfchen an den Wänden und auf dem Boden sichtbar geworden. Sorensens Leute arbeiteten wie eine stille Armee in Schutzanzügen. Sie zogen durch die Lagerhalle, sammelten ein und bewahrten auf.
Manche trugen unter ihren Anzügen die T-Shirts, die Sorensen jedem Mitglied ihres Teams geschenkt hatte: Sie waren marineblau, und in fetten weißen Lettern stand *I ♥ Locard* darauf. Edmond Locards Austauschprinzip: Jede Berührung hinterlässt Spuren. Sie hatte auch Madison so ein T-Shirt geschenkt.

Sorensen bildete ihre Leute gut aus, und es gab niemanden, mit dem Madison lieber Spuren analysierte. Sorensen schob sich eine ihrer roten Locken hinter das Ohr.
»Hier.« Sie zeigte auf den Boden. Madison nickte. Sorensen wusste, dass Madison mindestens drei Seminare über Spurensicherung und -analyse über die obligatorischen Grundkurse hinaus belegt hatte. Sie zeigte auf eine Ansammlung von Blutstropfen auf dem Beton, kreisrund.
»Und da.« Mit dem rechten Arm deutete sie auf die Wand. Madison trat näher und kniff die Augen zusammen. Die Blutspritzer an der Wand hatten einen Schwanz. Das verriet ihnen die Richtung, aus der sie gekommen, und die Geschwindigkeit, mit der sie durch die Luft geflogen waren. Sobald sie alle Spuren gesichert hatten, würde Sorensen ihr sagen können, wie groß der Angreifer gewesen war und wie die Schläge ausgeführt worden waren.
Madison vermutete, dass die Lagerhalle auch der Tatort war. Das Opfer war hierhergebracht und hier verprügelt worden. Bei der Tür hatte man keine Blutspuren gefunden.
»Ich würde gerne einen Blick in den Koffer werfen«, sagte sie zu dem Kriminaltechniker, der danebenstand; der schwarze American Tourister steckte bereits versiegelt in einer großen Beweistüte, die erst im Labor geöffnet werden sollte.
»Wenn wir hier etwas herausnehmen, kontaminieren wir es vielleicht …«
»Ich verstehe. Ich muss nur einen Blick hineinwerfen. Wir müssen den Inhalt gar nicht anfassen.«
»Warum?« Er machte sich an der Plastiktüte zu schaffen.
»Weil in der Geldbörse des Opfers Karten waren und zweihundertsiebenundfünfzig Dollar und zwölf Cent.« Madison dachte an die halbmondförmigen Abdrücke auf seiner

rechten Handfläche. »Das war kein Raubüberfall«, sagte sie. »Wir müssen wissen, ob er es eilig hatte.«
Der Kriminaltechniker legte den Koffer auf eine Unterlage unter einen Scheinwerfer. Vorsichtig öffnete er die Verschlüsse mit etwas, das aussah wie eine verbogene Büroklammer. Madison kniete sich daneben und konzentrierte sich inmitten des hektischen Treibens einzig und allein darauf. *Wie schnell haben Sie gepackt, Mr. Gray? Wie schnell haben Sie gestern das Haus verlassen?*
Der Kriminaltechniker klappte den Koffer auf und trat zurück. Madison verharrte still und schaute nur. Als sie sich umwandte, zog der Rechtsmediziner gerade den Leichensack zu.
Nein, nicht zum »Reisen« – der Koffer war zum »Weglaufen« gepackt. Er hatte irgendwelche Kleidungsstücke hineingestopft, und dabei war es einzig und allein um Zeit gegangen. Der Koffer enthielt alles aus dem Leben des Mannes, was er tragen konnte. Fast sah sie vor sich, wie er hektisch Hemden aus einer Schublade zog und Papiere von einem Tisch und alles in den Koffer schob, bis nichts mehr hineinging. Es hatte etwas unsagbar Hässliches, wie verdreht und ineinander verkeilt die Sachen dalagen. Angst, dachte Madison – Angst hatte ihn zur Eile getrieben, aber letztlich war er nicht weit genug gekommen.
»Hektisch gepackt«, sagte der Kriminaltechniker.
»Aus gutem Grund«, entgegnete Madison und stand auf.
»Hier. Das haben wir in der Innentasche des Mantels gefunden.« Ein Mitarbeiter der Spurensicherung zeigte ihr zwei dünne Plastiktüten: In einer befand sich Ronald Grays Pass, in der anderen eine Busfahrkarte nach Vancouver, auf seinen Namen ausgestellt. Der Bus wäre am vorigen Abend kurz vor neun Uhr gefahren.

Sie brauchte Luft. Madison zwängte sich durch die Tür, während zwei Kriminaltechniker das Schloss abmontierten. Es hatte nun ernsthaft zu regnen begonnen, und es war unheimlich dunkel draußen im Gegensatz zu dem grellen Licht in der Halle. Regenschwere Wolken kamen vom Meer her, an den Rändern ganz schwarz.
Ein Streifenwagen war zu der Adresse geschickt worden, die auf Ronald Grays Führerschein stand: Die Wohnung war leer, die Tür abgesperrt. Madison würde, sobald es ging, hinfahren. Ihr Zivilfahrzeug parkte gleich neben den blauweißen Polizeiwagen. Sie stellte fest, dass Kelly im Auto saß, auf dem Beifahrersitz, wahrscheinlich telefonierte er mit dem Handy. Sie hatte nicht einmal gemerkt, als er gegangen war, und sie sah sein Gesicht hinter der Windschutzscheibe nicht. Vielleicht war das sein erster Schritt.
Madison holte tief Luft. Er konnte verdammt noch mal machen, was er wollte, solange er ihr nicht in die Quere kam.
Der Leichensack wurde in den weißen Kombi des Rechtsmediziners geladen, und sie fuhren los. Autos und Lastwagen kamen die Straße entlang, luden ihre Fracht ab oder holten Ware. *Autos.* Ronald Gray hatte einen Führerschein im Geldbeutel, nicht irgendwo in einer Küchenschublade oder unter den Rechnungen der letzten Jahre versteckt. Er hatte einen Führerschein im Geldbeutel, weil er ein Auto besaß, mit dem er jeden Tag fuhr, und trotzdem hatte er eine Busfahrkarte nach Vancouver gekauft. Madison, die selbst an ihrem langsamsten Tag schnell unterwegs war, konnte das in drei Stunden schaffen, vielleicht sogar in zweieinhalb, wenn der Verkehr es zuließ. Sie drehte sich um und betrachtete den Koffer, der bereits wieder in Plastik verpackt und bereit für das Labor war. Gray war auf dem Weg zum Bus-

bahnhof gewesen. Vielleicht hatte er es schon bis dorthin geschafft, als er von seinem Mörder aufgegriffen wurde.
Madison fuhr Richtung Innenstadt. Im Geiste machte sie sich eine Liste dessen, was sie hatten, ihr Körper erinnerte sich gleichzeitig daran, dass die Mittagszeit schon vorbei war. Kelly saß neben ihr und schaute nach vorne. Er beobachtete den Verkehrsstrom um sie herum, als wären Wörter und Sprache noch nicht erfunden worden. Madison wurde bewusst, dass sie kein Wort miteinander gesprochen hatten, seit sie Fynns Büro verlassen hatten: Kelly war durch die Lagerhalle gegangen, hatte die Leiche mit seinen kleinen blauen Augen fixiert, hatte dem Rechtsmediziner zugehört und sich Notizen gemacht. Er war eine Leerstelle neben ihr im Auto, und Madison bereute ihren Wunsch, mit ihm zu reden, ein Gespräch anzufangen, ihn zum Sprechen zu bringen. Sie rief sich jede Gelegenheit in Erinnerung, bei der er herablassend gewesen war, aggressiv oder einfach unverschämt. Aber mit einem stillen Kelly konnte sie zumindest arbeiten.
Es gab einige Fakten in dem Fall – nicht viele, aber es war immerhin ein Anfang. Sie hatten eine Identität, sie hatten einen Tatort, und sie hatten die Fahrkarte nach Vancouver. Sie hatten das Wer, das Wie und das Wo; was sie nicht hatten, war ein Grund für den Übergriff und einen Hinweis auf die Anzahl oder die Identität der Angreifer. Madison wollte sich von den Beweisen leiten lassen und daher dem Inhalt des Koffers nicht vorschnell eine Bedeutung beimessen, die ihr logisches Denken auf eine falsche Fährte führen könnte. Ihr Bauchgefühl sagte ihr, dass Ronald Gray auf der Flucht gewesen war, ihr Kopf sagte ihr, sie sollte lieber abwarten und mit dem Koffer ein Szenario bestätigen, statt eines zu schaffen. Der Mann war in einer Ecke gefunden worden,

zusammengekrümmt, er hatte versucht, sich vor den zwei Kugeln zu schützen, die er im Kopf gehabt hatte; er hatte vielleicht keine Angst gehabt, als er gepackt hatte, in der Lagerhalle aber auf jeden Fall. Warum war er geschlagen und dann getötet worden, wenn nichts an seiner Person von irgendeinem Interesse für den Mörder war? Drehte sich alles nur um Gewalt an sich?, fragte sich Madison, und ihr Blick streifte Kelly.
Es gab Gründe dafür, warum Polizisten immer paarweise arbeiteten: Man brauchte einen Partner zur Unterstützung und um alles durchzusprechen. Aber mehr als alles andere brauchte man einen Partner, weil man Tage damit verbrachte, sich Fragen zu stellen. *Drehte sich alles nur um Gewalt an sich? Waren es siebzehn oder achtzehn Schläge, bevor der Mann zwei Schüsse in den Kopf bekam?* Madison entdeckte eine Lücke im Verkehr und trat aufs Gas.

Der Busbahnhof befand sich in einem unauffälligen, milchkaffeebraunen Gebäude. Als sie durch die Glastüren gingen, beäugte Madison die Überwachungskameras, die in unterschiedlichen Ausrichtungen angebracht waren. Es war genauso schäbig und deprimierend wie das letzte Mal, als sie hier gewesen war. Zu jeder Tageszeit zog ein konstanter Strom von ankommenden oder abfahrenden Reisenden durch die feuchtkalte Halle; wenn irgendwelche Zeugen etwas beobachtet hatten, dann waren sie mittlerweile gut und gerne durchs halbe Land gefahren.
Madison bemerkte sofort, dass in der Sekunde, in der sie den Raum betraten, vier Obdachlose von ihren Metallsitzen aufstanden und sich unauffällig verzogen, dass zwei Männer ihre Unterhaltung unterbrachen und in unterschiedliche Bereiche des Raums gingen und eine Frau rasch in Richtung

Toilette verschwand. Mit Kelly konnte man nicht so leicht inkognito bleiben – man sah ihm den Bullen einfach an. Die Menge teilte sich quasi vor ihnen, und ohne hinzusehen wusste sie, dass Kelly das genoss wie ein eiskaltes Getränk an einem heißen Tag.

Madison zeigte einem der Sicherheitsleute ihre Dienstmarke, und in weniger als fünf Minuten wussten sie, dass der Bus nach Vancouver um 20:50 Uhr ohne Verspätung abgefahren und pünktlich angekommen war. Madison hatte das Bild auf Ronald Grays Führerschein mit dem Handy abfotografiert und zeigte es den Angestellten, die am Abend zuvor Dienst gehabt hatten. Keiner erinnerte sich.

»Wie steht es mit dem Material von den Überwachungskameras?«, fragte Madison den Sicherheitschef, einen schlaksigen Mann etwas über dreißig mit einem Diamanten im rechten Ohr und einem kurzen, ungepflegten Pferdeschwanz.

»Wir haben alles, was Sie brauchen. Für welche Zeit interessieren Sie sich?«

»Fangen wir kurz vor der Einstiegszeit an und gehen dann zurück. Wir wissen, dass unser Mann es nicht bis in den Bus geschafft hat, aber er war vielleicht schon hier. Können Sie in Ihren Aufzeichnungen sehen, wie und wann die Fahrkarte gekauft wurde?«

»Einen Moment.« Er stellte ihnen zwei Stühle vor den Bildschirm. Das Büro war nicht elegant, aber wenigstens roch es nicht so wie in der Schalterhalle, und sie hatte nicht das Gefühl, sie müsste den Stuhl desinfizieren.

Das Schwarzweißbild war körnig. Die technische Entwicklung in diesem Büro war offenbar um 1972 stehengeblieben. Es war ein viergeteilter Bildschirm: zwei Ansichten der Schalterhalle, eine vom Gang zu den Toiletten und eine vom Ausgang zu den Bussen. Es war natürlich durchaus möglich, dass Gray gar nicht bis zum Bahnhof gekommen war, dachte Madison. Sie saß auf der Stuhlkante, während der Timecode rückwärtslief und sich der Vorabend vor ihnen ausbreitete. Kelly hockte zusammengesackt auf seinem Stuhl, betrachtete blinzelnd die Bilder im Schnelldurchlauf und ließ sich keine Einzelheit entgehen.

Sie sahen ihn gleichzeitig; einen kurzen Moment lang vergaßen sie sich und warfen sich einen Blick zu.

»Da«, sagte Madison und hielt das Bild an. Ronald Gray saß in seinem Mantel auf einem Metallsitz, der Koffer stand zu seinen Füßen. Er blickte auf die Uhr. Madison fiel es plötzlich wieder ein, sie befand sich immer noch an seinem linken Handgelenk.

»Ich fahre zurück zum Anfang«, sagte sie, als hätte es irgendeine Art von Konversation zwischen ihr und Kelly gegeben.

Sie spulte zurück bis zu dem Moment, als Ronald Gray um 19:47 Uhr ins Bild kam. Er hatte sich hingesetzt und gewartet; immer wieder warf er einen Blick zum Haupteingang und schaute dann wieder weg. Er wirkte erschöpft – nervös und erschöpft. Um ihn herum kamen und gingen Menschen, setzten sich und standen auf, niemand achtete auf ihn.

Sie ließen das Band in normaler Geschwindigkeit laufen. Es war zum Verrücktwerden: Etwas würde passieren, und Madison konnte es nicht verhindern. Kurz nach 20:20 Uhr stand Ronald Gray auf und zog seinen Koffer aus dem Bild, gerade als es einen kleinen Tumult um einen der Verkaufsautomaten gab. Bei den Gängen zu den Toiletten wurde Gray wieder von der Kamera eingefangen. Ein paar Sekunden lang passierte nichts, dann folgten ihm zwei Männer in die Toilette. Kurz darauf kamen zwei wieder heraus, sie gingen schnell und dicht hintereinander, einer schob den anderen beinahe vorwärts. Dann kam ein dritter Mann, der Grays Koffer schob, nur war es nicht Gray. Er war größer und breiter und hielt das Gesicht wohlweislich nicht in die Kamera.

»Die Schuhe«, sagte Madison.

Kelly grunzte.

Beide Männer trugen beim Hineingehen schwarze Stiefel, aber auf dem Weg nach draußen hatte einer der beiden schwarze Schuhe mit Klettverschluss an. Derjenige, der mit dem Koffer herauskam, trug Stiefel.

Madison lehnte sich zurück: Sie hatten Jacken und Kleidung getauscht und ihn gezwungen mitzukommen. Eigentlich verriet ihr nichts auf dem Bildschirm mit absoluter Sicherheit, dass Gray gegen seinen Willen mitgegangen war. Womöglich hatte er ja freiwillig die Jacke mit einem der Männer getauscht, die ihm in die Toilette gefolgt waren, sich dagegen entschieden, nach Vancouver zu fahren, und beschlossen, lieber in Seattle zu bleiben. Madison schnaubte. Dieser Moment, der da vor ihr auf dem Bildschirm festgehalten war – das war der Augenblick, in dem Ronald Gray die Herrschaft über sein Leben verlor.

Madison spielte die Aufnahme noch einmal ab. Auf dem Weg hinaus drückte der Mann mit den Stiefeln dem Mann mit dem Klettverschluss eine Hand ins Kreuz, mit der anderen hatte er seinen Arm über dem Ellbogen gepackt. Als der dritte Mann mit dem Rollkoffer auftauchte, drängte er sich durch die Menge und wandte sich um, kurz bevor er die Glastüren erreichte. Madison wusste zum ersten Mal in ihrem Leben die subtile und zeitlose Schönheit eines viergeteilten Bildschirms zu schätzen: Just in dem Moment, als der Mann sich umwandte und durch die Schalterhalle blickte, beruhigte sich der Typ wieder, der den Tumult ausgelöst hatte, indem er auf den Automaten eintrat. Er hob entschuldigend die Hände und drängte sich hinaus. Die Wachmänner hatten gerade noch bei ihm gestanden, es war ihnen gelungen, gleichzeitig einschüchternd und erleichtert auszusehen, obwohl sie keine Ahnung hatten, dass sie gerade Zeugen einer Entführung gewesen waren.

Ganz schön viel Energie, die auf einen Mann wie Ronald Gray verwendet wurde: drei Männer im Busbahnhof und – darauf hätte Madison geschworen – einer, der draußen im Auto wartete, mit laufendem Motor, den Rückspiegel im Blick. Vier Männer, um einen unbewaffneten, unauffälligen Fünfzigjährigen zu schnappen, ihn in eine leerstehende Lagerhalle zu bringen, ihn mit einem Stück Holz zu verprügeln – Sorensen hatte angerufen, um das zu bestätigen – und ihm dann zwei Kopfschüsse zu verpassen. Ganz schön viel Energie, dachte Madison. Sie versuchte nicht, aus den Fakten eine Geschichte zu bilden; momentan hatte sie nur eine Abfolge der Ereignisse – die Geschichte würde sich später einstellen.

Jetzt widmete sie sich wieder den Angestellten des Busbahnhofs, diesmal mit gezielten Fragen, unter anderem nach der Position jedes einzelnen während der Entführung. Kelly machte das Gleiche.

So gut wie alle Menschen in der Schalterhalle hatten den Wortwechsel zwischen den Leuten vom Sicherheitsdienst und dem Mann, der sich über den Automaten ärgerte, beobachtet. Sein Verhalten war perfekt kalkuliert gewesen: genügend Aufruhr, um Aufmerksamkeit zu erregen, aber nicht genug Schaden, um vom Sicherheitspersonal aufgegriffen zu werden, wenn er die Halle verlassen wollte. Und als der Augenblick gekommen war, hatte er es sehr schnell geschafft, den Raum zu verlassen. Eine schwarze Baseball-

kappe und ein hochgestellter Kragen hatten dafür gesorgt, dass sein Gesicht nicht zu identifizieren war.
Frank Lauren und Mary Kay Joyce kamen mit ihrer Ausrüstung: Sie waren die besten und hellsten Mitarbeiter von Sorensen. Madison ging ihnen entgegen, als sie durch die Glastüren kamen.
Lauren gab sich nicht groß mit einer Begrüßung ab. »Bitte sagen Sie mir, dass es nicht die Toilette ist«, sagte er zu Madison.
»Tut mir leid, Frank«, antwortete sie.
»Oh Mann. Ist es wenigstens die Damentoilette?«
»Leider nein.«
Sie seufzten. Madison führte sie den Korridor entlang; sie trug bereits eine doppelte Schicht Handschuhe. Mit der Stiefelspitze schob sie die Tür auf; bisher war es ihr gelungen, alles nur mit den Schuhen zu berühren, die sie am Ende der Schicht womöglich verbrennen musste. Lauren und Joyce, die bereits Schutzanzüge trugen, zogen sich Gesichtsmasken über. Jeder Quadratzentimeter hier war von einer uralten Schmutzschicht überzogen, als hätten Scheuerlappen und Wischmopps kaum die Fliesen berührt und als wäre niemals ein Reinigungsmittel über die Schwelle gekommen. Der Geruch war unbeschreiblich.
»Wir werden natürlich alles mitnehmen. Wann sie hier wohl das letzte Mal sauber gemacht haben? Auf dem Waschbecken da drüben finden wir sicher noch die Fingerabdrücke von Jimmy Hoffa.«
»Ich weiß. Wir haben keine Ahnung, was sie angefasst haben und ob sie überhaupt etwas angefasst haben, aber alles, was ihr findet, wäre Gold.«
»*Gold* passt hier nicht so recht, Detective«, antwortete Joyce.

Ronald Grays Wohnung lag im Zentrum, es war ein Gebäude aus den dreißiger Jahren, das noch ein wenig vom alten Charme dieser Zeit zurückbehalten hatte. Der Hausmeister ließ sie hinein. Er arbeitete erst seit zehn Tagen dort und wusste gar nichts über Ronald Gray, außer dass er im dritten Stock gewohnt hatte, nach hinten raus. Er war sichtlich froh, wieder abziehen zu können.
Im spärlichen Licht am Treppenabsatz beleuchtete Madison mit ihrer kleinen Taschenlampe das Schloss und die Fläche darum herum. Es war unversehrt. Niemand war zu Besuch gekommen, bevor oder nachdem Gray aufgebrochen war.
Madison drehte den Schlüssel, und sie gingen hinein.
Die Wohnung – Schlafzimmer, Wohnzimmer, Küche und ein kleines Badezimmer – war hastig verlassen worden. Kelly ging von Raum zu Raum, aber Madison blieb an der Eingangstür stehen und betrachtete alles genau. Das Geschirr war gespült – weißes Porzellan mit einem feinen grünen Rand, die einfarbigen blauen Bettdecken waren über das Kissen gezogen, der Esstisch – Buche, ausreichend für sechs Personen – war nicht poliert, aber sauber und staubfrei. In einer Besenkammer standen Haushaltsreiniger, etwas weiße Farbe mit Pinsel und eine Tapetenrolle. Trotzdem, oder vielleicht gerade deshalb, hatte man das Gefühl, als hätte ein Windstoß alles verteilt, Dinge, die normalerweise weggeräumt gewesen wären: Rechnungen, Briefe, ein paar Bilderrahmen ohne Bilder, zwei Schubladen, die nicht richtig zugeschoben worden waren und ein paar Zentimeter herausstanden. Und dann war da noch der Geruch. Der Rauchmelder hielt still in einer Ecke an der Decke die Stellung. Dennoch hing der Geruch in der Luft, beißend und streng.
»Riechen Sie das?«, fragte Madison.
Kelly grunzte.

Die Küche war ein IKEA-Nachbau. Madison entdeckte auf dem Herd, wonach sie suchte: einen Nudeltopf. Als sie den Deckel hob, fand sie die Ursache für den stechenden Geruch: In zehn Zentimeter hohem gräulichem Wasser schwamm eine schwarze Masse. Ein Gegenstand aus Plastik war mit brennendem Papier verschmolzen.
Ronald Gray hatte keinen Kamin. Wenn er unbedingt etwas verbrennen wollte, hatte er nicht viele Möglichkeiten. Madison betrachtete das Muster der Unordnung in den Zimmern. Zum einen beruhte sie darauf, dass er packen wollte, so schnell es ging, zum anderen auf der Suche nach etwas, vielleicht nach mehreren Dingen. Nachdem er es gefunden hatte, hatte er es in den Topf gesteckt und angezündet. Sobald der gewünschte Grad von Zerstörung erreicht war, hatte Gray Wasser in den Topf geschüttet und den Deckel wieder aufgelegt.
Madison holte die billige Digitalkamera, die sie immer dabeihatte, heraus und machte Fotos. Sie spürte es beinahe, es gab eine Spur in Grays hektischem Hin und Her. Vielleicht verriet sie ihr, was er vernichten wollte. Zum allerersten Mal hatte sie etwas in der Hand, das nach *Motiv* roch.

Die Wohnung war rasch durchsucht. Nichts war für Madison so interessant wie der Topf und sein Inhalt. Gerade als sie die Tür zusperrte, kamen Lauren und Joyce die Treppe hoch.
»Wie lief es?«, fragte Madison.
»Wie erwartet«, antwortete Joyce.
Madison reichte ihr die Schlüssel. »Auf dem Herd steht ein Topf. Er hat darin vor kurzem etwas verbrannt.«
»Sie schulden uns ein Frühstück, Madison«, sagte Frank Lauren, als die Detectives aufbrachen. »Und zwar irgendwo, wo es Stoffservietten gibt.«

»Als ob ich das nicht wüsste.«

Madison war sehr wohl bewusst, wie gut sie waren und dass sie sich nicht durch die Umstände beirren ließen; wenn es in dieser Toilette etwas gegeben hatte, was für den Fall nützlich war, dann hatten Lauren und Joyce es gefunden, ganz egal, wie viele Lagen Schmodder sie dafür abtragen mussten.

Der Nachmittag war in einen frühen Abend übergegangen, und die Straße war regennass. Ihre Schicht war schon vorbei, aber Madison wollte noch in die Leichenhalle, um in Erfahrung zu bringen, was die Autopsie ergeben hatte. Sie wandte sich zu Kelly auf dem Beifahrersitz, sein Gesicht war im orangefarbenen Schein der Straßenlaternen kaum zu sehen.

»Ich fahre noch zu Fellman«, sagte sie. »Soll ich Sie zuerst am Revier absetzen?«

Kelly schaute sie an. Es war ihre erste Kommunikation an diesem Tag. »Warum?«

»Weil unsere Schicht schon vorbei ist und ich nicht damit vertraut bin, wie Sie gerne arbeiten.«

Kelly nickte. »Damit Sie dem Chef erzählen können, Sie hätten noch weitergemacht und ich hätte ausgestempelt?«

»Nein, Ihre Arbeitszeiten sind mir so was von egal. Ich werde Sie vermissen, aber ich werde überleben«, antwortete sie. »Ehrlich, Kelly? Es ist mir egal. Wir haben die Schicht geschafft, ohne einander umzubringen, und das ist schon eine Leistung. Vielleicht kommt es daher, dass wir insgesamt drei Wörter gewechselt haben. So weit, so gut. Ich frage Sie noch einmal, soll ich Sie absetzen? Das ist keine Fangfrage.«

Kelly dachte kurz nach. »Fahren wir in die Leichenhalle.«

»Wunderbar.«

Dr. Fellman war in seinem Büro. Er trug noch seine OP-Kleidung, während er einen Bericht schrieb.
»Neunzehn Schläge auf den Körper«, sagte er, »inklusive drei auf den Kopf. Das Labor hat das Holz, das sie benutzt haben. Es war ungefähr so breit.« Er zeigte etwa sieben Zentimeter an.
»Die Männer waren auf Aufnahmen der Überwachungskameras; sie haben ihn am Busbahnhof abgefangen. Drei waren zu sehen, aber wir glauben, insgesamt waren es vier.«
»Das ist wahrscheinlich. Er hatte blaue Flecken an den Armen, wo sie ihn festgehalten haben. So wie die Finger abgespreizt waren, würde ich sagen, es waren große Hände. Mindestens zwei Männer und noch einer, der ihn mit dem Holz bearbeitet hat.«
Madison versuchte nicht daran zu denken, wie sich Ronald Gray gefühlt haben musste, welche Angst er gehabt haben musste. Sie versuchte sich die Ereignisse eins nach dem anderen als Abfolge vorzustellen, und trotzdem vermittelte sich ihr immer wieder Angst, diese überwältigende Panik, die sie in seiner Wohnung gesehen hatte.
»Was können Sie an den Schlägen ablesen?«, fragte sie.
Der Mediziner seufzte. »Sie wollten nicht, dass er ohnmächtig wird, so viel kann ich Ihnen sagen. Die Schläge sollten weh tun, aber nicht töten: Seine inneren Organe waren intakt, und außer seiner Nase war nichts gebrochen. Unter den Fingernägeln war Schmutz – er hat sich mit dem letzten Rest Energie, das ihm geblieben war, in diese Ecke geschleppt. Wären die Kopfschüsse nicht gewesen, hätte er überlebt.«
»Sonst noch etwas?«
»Er hat vietnamesische Suppe gegessen, bevor sie ihn erwischten.«

»Gleich beim Busbahnhof ist ein Restaurant.« Madison nickte. »Danke, Doctor.«

Zurück im Revier, nachdem Kelly nach Hause gefahren war, streckte Madison unter dem Schreibtisch die Beine aus. Sie betrachtete die Bilder, die sie in Ronald Grays Wohnung gemacht hatte, auf ihrer Kamera. Details seiner letzten Stunden auf der Erde und von seiner Alltagsroutine. Sie hatten Lohnzettel von seinem Arbeitgeber gefunden – eine Transportdienstleistungsfirma –, wo er sieben Jahre lang als Buchhalter gearbeitet hatte. Kelly hatte bei mehreren Nachbarn angeklopft, aber entweder die Leute waren in der Arbeit oder sie wussten nichts über ihn.
Madison trank ihren Kaffee, während sie die Bilder vor ihr Revue passieren ließ. Es hatte keine Spur einer weiblichen Besucherin in der Wohnung gegeben – keine Kleider im Wandschrank, keine zweite Zahnbürste im Bad; es musste doch jemanden in seinem Leben geben, der ihn irgendwann vermisste? Nach vierundzwanzig Stunden hatte noch niemand nach Ronald Gray gefragt. Madison betrachtete das Bild des dunklen, wässrigen Klumpens am Boden des Topfs. Morgen würde sie bei seinem Arbeitgeber vorbeifahren und sehen, was für ein Mensch Ronald Gray gewesen war und warum er niemandem fehlte.

Madison fuhr nach Hause, und noch bevor sie Waffe und Holster ablegte, ging sie vor dem Kamin in die Hocke, legte zwei Scheite hinein, legte das Anschürholz zurecht und hielt ein Streichholz an einen langen zusammengerollten Papierstreifen. Das Feuer loderte sofort auf. Das Licht der zuckenden Flammen war so viel sanfter als das der Lampen. Am Sofa zog sie die Stiefel aus und setzte sich mit einem

Glas Sancerre hin, während ein zweifelhafter Rest Penne im Ofen warm wurde.
Nach dem Essen stellte sie das Geschirr in die Spüle, machte sich eine Tasse Kaffee und breitete ihre gesamten Notizen und die Zeitungsausschnitte über den Hoh-River-Fall auf dem Esstisch aus. Ende August und Anfang September 1985 waren die Zeitungen noch voller Spekulationen über den Mord an einem Senator des Staates Washington auf der einen Seite gewesen, auf der anderen standen die Ergebnisse der Mariners, die in einem Monat elf Spiele gewonnen und siebzehn verloren hatten. Senator Newberry hatte bei einer bundesstaatlichen Ermittlung über Korruption und dunkle Machenschaften am Hafen von Seattle aussagen sollen: Er war Ende Juni, am Tag vor seiner Aussage, verschwunden, und sechs Wochen später fand man seine Leiche im Lake Washington. Ohne seine Aussage war die Anklage gegen die Angeschuldigten, Mafiamitglieder von der Ostküste, zusammengebrochen. Die Bilder der Jungen vom Hoh River lagen zwischen dem toten Senator und Gorman Thomas in seiner Mariners-Kluft.
Madison strich die Zeitungsausschnitte mit der Hand glatt: Es gab Verbindungen von den Jungen zu ihren Vätern und zu den Männern, die sie entführt hatten. Nach fünfundzwanzig Jahren mochten diese Linien zwar fast unsichtbar sein, aber Madison wusste trotzdem irgendwie, dass sie von der Zeit nicht ausradiert worden waren, denn Edmond Locard hatte recht: Jede Berührung hinterlässt eine Spur.

17

Der Fernseher in Nathan Quinns Krankenhauszimmer war auf stumm geschaltet. Er lehnte an seinem Kissen und verfolgte mit seinen schwarzen Augen die Gestalten auf dem Monitor. Ein Reporter stand neben den Wassertürmen an der Ecke 35th Avenue South West und Myrtle Street. Er zeigte auf die Stelle, wo Warren Lee, der ermordete Mann auf dem Stuhl, vor Tagen gefunden wurde, das gelbe Absperrband war immer noch dort. Quinn musste gar nicht erst zuhören, um zu wissen, dass die Polizei bei dem Fall kaum Fortschritte machte.

Ganz langsam zog er sich zum Sitzen hoch und schwang die Beine über die Bettkante. Er atmete tief, wünschte, er wäre nicht so benommen. Er schob sich langsam vor, indem er den größten Teil seines Gewichts mit den Armen abstützte, und stand auf, die nackten Füße auf dem kalten Boden.

Die Geräusche hinter der Tür waren nächtlich gedämpft, und Quinn rechnete nicht damit, dass eine Schwester hereinkam und seine Arbeit unterbrach.

Er ging einen Schritt, hielt sich dabei am Bett fest, und langte nach dem Stock, den ihm der Physiotherapeut dagelassen hatte. Seine rechte Hand – die gute – umschloss den Griff, und er verlagerte fast das ganze Gewicht darauf. Er ging noch einen Schritt und danach noch einen. Die Anstrengung brauchte seine Energie schneller auf, als er bereit war zuzugeben. Die teilweise Entfernung der Milz war in einer offenen Operation durchgeführt worden, und der Einschnitt war eine weitere Narbe, die seine Genesung verlangsamte; in diesem exklusiven Zimmer trug er seinen Körper wie eine Gefängnisstrafe, die er aussitzen musste. Er ging noch einen Schritt.

Sie hatten ihm erklärt, dass fünfundzwanzig Prozent seiner Milz ausreichen müssten, um ihre Funktionsfähigkeit zu erhalten. Die Ärzte hatten ihm siebenundvierzig Prozent gelassen, und bisher wurden Infektionen durch Medikamente und puren Eigensinn unterbunden. Er ging noch einen Schritt.

Auf dem Bildschirm wurde ein paar Sekunden lang das Foto auf Warren Lees Führerschein gezeigt, dann kam ein Bericht über einen Autounfall in Everett. Nathan Quinn ging Zentimeter um Zentimeter durch den Raum und wieder zurück, den Blick stets auf den Bildschirm gerichtet.

Seine Gedanken rasten, im Gegensatz zu seinem Körper. Sie gingen in der Zeit vor und zurück, während sich seine Erinnerungen um ihn herum verdichteten wie hohes Gras. Er leistete keinen Widerstand und ließ sich von Gefühlen durchdringen, die er jahrelang nicht mehr empfunden hatte, ob er es wollte oder nicht. Die Ärzte hatten ihm erklärt, dass ein Trauma, wie er es erlebt hatte, sehr wahrscheinlich seinen Gleichgewichtssinn beeinflussen würde, und zwar nicht nur körperlich. Sie hatten ihn gewarnt, er müsse mit einem Ansturm von Emotionen rechnen, die ihm unbekannt sein könnten, während sein Körper und sein Geist versuchten, den Ereignissen eine Bedeutung zu verleihen. Die Psychologin hatte ein paar Tage, nachdem er zum ersten Mal aufgewacht war, zwölf Minuten mit ihm verbracht, dann war sie gegangen und nie mehr zurückgekehrt. Sie war sehr schnell und auch recht zutreffend zu dem Schluss gekommen, dass Nathan Quinn nicht zu den Patienten gehörte, die ihre Probleme mittels einer offenen und freimütigen Diskussion über ihre Gemütsverfassung überwinden wollten. *Höflich, aber kalt,* hatte sie in ihren Bericht geschrieben.

Neben Kopien von Camerons Verteidigungsfall lag ein Stapel von Briefen und persönlichen Schreiben auf dem Tisch. Carl hatte sie an diesem Morgen vorbeigebracht. Darunter war ein Brief von der U.S. Staatsanwältin für den westlichen Bezirk des Staates Washington – eine alte Freundin aus der Zeit im Büro der Staatsanwaltschaft von King County. Sie schrieb, um ihm eine gute Genesung zu wünschen und um ihre jährliche Einladung auszusprechen, aus seiner Kanzlei auszusteigen und sich ihrem Kampf gegen die Flut von Unmenschen, die das Land bedrohte, anzuschließen. Sie hatten ein Spielchen daraus gemacht: Sie fragte stets, und Quinn lehnte stets ab. Auch Rabbi Stien hatte eine freundliche Karte geschrieben. Er erinnerte sich an seine Eltern und wünschte ihm alles Gute für die Genesung. Wenn die Zeit kam, würde er alles unterstützen, was er wegen David zu tun gedenke.

Quinn hatte den Gedanken nicht so ausformuliert, dennoch war der Entschluss da, und das war er wahrscheinlich schon seit diesem ersten Besuch der Polizei von Jefferson County: David würde nicht an der Seite seiner Eltern zur letzten Ruhe gebettet werden, bevor seine Mörder einen Namen hatten.

Er fragte sich, ob Rabbi Stien das verstehen würde: In seinem Brief hatte er von Quinns Mut, Widerstandskraft und innerer Stärke geschrieben. Quinn wusste, dass er Widerstandskraft besaß, daran hatte er nach allem, was geschehen war, keine Zweifel. Bei den beiden anderen Eigenschaften war er sich nicht ganz sicher; er schmeckte noch die Angst, als er versucht hatte, Madisons Patensohn aus dem Käfig zu befreien, und die Erleichterung, als John ihm die Hand hielt,

ihn an diese Welt festkettete, und alles um ihn herum Dunkelheit war.
Vielleicht würde Widerstandskraft genügen, um ihn das durchstehen zu lassen, dachte er – Widerstandskraft und Wut. Rabbi Stien mochte das eine lieber sein als das andere, aber Quinn war klar, dass er beides brauchte und dass man nur benutzen konnte, was man hatte.

18

4. Juli 1985. John Cameron, zwölf, legt sich im Auto seines Vaters auf den Rücksitz. Er streckt die Beine aus, die Füße, in seinen geliebten roten Converse-Turnschuhen, ruhen an der geschlossenen Fensterscheibe. Von dieser Position aus kann er den Himmel sehen und die Wolkenfetzen, die einen weiteren heißen Julitag ankündigen. So ist die Fahrt interessanter, auch wenn ihn seine Mutter schimpfen und dazu bringen wird, »anständig zu sitzen«, sobald sie es bemerkt.
Sie fahren auf das Anwesen der Lockes, außerhalb von Seattle, irgendwo Richtung Osten, wo sie den Unabhängigkeitstag mit Freunden verbringen wollen – im Wald herumrennen, sich im Pool abkühlen und sich die Sachen vom Grill schmecken lassen. Himmlisch. Auch wenn das alles nur das Vorspiel zum Höhepunkt des Tages ist: dem Feuerwerk über dem See.
Jimmy und David werden natürlich auch da sein, das ist gut, und auch Bobby Locke, was weniger gut ist – er ist in derselben Klassenstufe, und niemand mag ihn. Hoffentlich sind genügend Leute da, damit sie sich von ihm loseisen und

alleine etwas machen können. Die Tatsache, dass es Bobbys Haus ist, in das sie fahren, und Bobbys Pool, in dem sie schwimmen werden, mindert Johns Freude ein wenig, aber nicht allzu sehr. Dem Tag haftet ein Glanz an, man hat das Gefühl, jedes Atom der Schöpfung sei glattpoliert – wie sein Vater immer sagt –, und er fühlt sich großzügig, sogar einem miesen kleinen Kriecher wie Bobby Locke gegenüber.

»John, setz dich bitte gerade hin, Schatz.«

»Ja, Mom.«

Sein Vater fährt schnell, und sie kommen zügig voran. John legt die Wange an die Fensterscheibe, hat ein Auge auf seine Casio-Armbanduhr und übt, den Atem anzuhalten, wie ein Schwimmer unter Wasser.

Nathan Quinn, zwanzig, wacht in seinem Schlafzimmer auf. Er braucht einen Moment, um zu begreifen, wo er ist. Den ganzen Sommer über hat er sich als Praktikant in einer Anwaltskanzlei in Boston abgeschuftet und ist erst gestern zu Hause in Seattle angekommen.

Sein altes Zimmer kommt ihm an diesem Morgen hoffnungslos kindisch vor, und er beschließt – immer noch nicht ganz wach –, das Springsteen-Poster abzunehmen und es durch ein Plakat gegen Atomwaffen zu ersetzen. Nach dem Examen wird er sich an der Harvard University bewerben, und dieses Praktikum – Kaffeekochen und Akten für Scheidungsanwälte in Wildlederslippern tragen – wird ihm wie ein ferner Alptraum vorkommen.

»Zahlen sie dir nicht genug, um zum Friseur zu gehen?«, hat sein Vater ihn am Abend zuvor gefragt, sein Ton war dabei freundlicher als die Worte.

»Mir gefallen die Locken«, meinte seine Mutter einfach.

Für das Praktikum hatte er fast nichts bekommen, aber auf

dem Lebenslauf machte es sich gut, und es hatte für Davids Geschenk gereicht. Der verrückte Junge hatte vor Freude gekreischt, als Nathan ihm eine 35 mm Nikon Kamera geschenkt hatte.

Nathan musste bei dem Gedanken daran immer noch lächeln: Er hatte sich erwachsen gefühlt, und sein Bruder, sieben Jahre jünger, war ihm unglaublich kindlich vorgekommen. Er hatte Stunden damit zugebracht, ihm zu erklären, wie man die Blende einstellte und den Zoom benutzte. Es war lange her, dass sie Zeit miteinander verbracht hatten; David wuchs heran, und Nathan verpasste das, er kam vom College oder seinen Sommerjobs nach Hause, fuhr weg, um Freunde zu treffen, sagte gerade einmal hallo und auf Wiedersehen zu dem Jungen, der ihm nachgefolgt war, seit er laufen gelernt hatte.

David hatte im Mai seinen dreizehnten Geburtstag gefeiert; Nathan hatte es zur Bar-Mizwa geschafft und war kurz darauf wieder gefahren.

»Du fehlst ihm«, hatte seine Mutter gesagt, und er hatte ganz schnell einen Haufen Gründe gefunden, warum Studium, Arbeit und gesellschaftliche Verpflichtungen ihn daran gehindert hatten, sich mit seinem Bruder zu beschäftigen. Nichtsdestotrotz wusste seine Mutter, dass ihre Worte nachhaltiger auf Nathan wirken würden als jeder Tadel.

»Gott weiß, wie aus ihm einmal ein Anwalt werden soll«, sagte sein Vater, der selbst Anwalt war, oft zu ihr. »Man kann alles aus seiner Miene herauslesen.«

Die teure Kamera war eine Entschuldigung. Vielleicht verstand David das, vielleicht auch nicht: Nathan wusste es nicht, und es war ihm auch nicht wichtig. Sie saßen auf der Küchentreppe, am purpurroten Himmel ging die Sonne unter, und die kleinen Hände seines Bruders machten sich an

der Rückwand der Kamera zu schaffen, als er einen neuen Film einlegen wollte.
»Zeig mir das noch mal. Ich habe Angst, dass ich ihn zerkratze«, sagte David.
»Gib her. Zuerst ziehst du den Film ein Stück aus der Spule …«

Als Zugeständnis gegenüber seinem reifen Alter hatte er ausschlafen dürfen, während der Rest der Familie zum Anwesen von Conrad Locke fuhr, um den Unabhängigkeitstag zu feiern; er würde irgendwann zu ihnen stoßen, je nachdem, wie sein 1973er Ford Pinto gerade gelaunt war.

19

Madison hatte den Vormittag darauf verwendet, Grays Kollegen zu befragen. Doch gebracht hatte das nichts – er war ein ruhiger Typ gewesen, hielt sich abseits, sprach nie über sein Privatleben. Sie tippte ihre Notizen ab, so wertlos sie auch sein mochten. Das einzig Positive an diesem Tag bisher war, dass sich Kelly in sein übliches schlechtgelauntes Schweigen gehüllt hatte.
Die Wohnung und Grays Leiche wiesen beide keine Spuren von Drogenmissbrauch auf, und sein Bankkonto erzählte von einem Leben innerhalb bescheidener Möglichkeiten.
Ihr Telefon klingelte. »Mordkommission, Madison.«
»Sorensen. Ist Spencer da?«
»Ja – offenbar wurden Sie versehentlich zu mir durchgestellt. Ich verbinde …«

»Nein, ich brauche Sie beide. Könnten Sie ihn herholen und laut stellen?«

»Einen Moment.«

Madison drehte sich um. »Spence ...«

Zehn Sekunden später waren Spencer und Dunne da, und Amy Sorensen war über den Lautsprecher zu hören.

»Spencer, Sie leiten die Ermittlungen im Fall Warren Lee, richtig?«, fragte sie.

»Ja.«

»Gut. Ich habe hier Farbpartikel von der Kleidung, die Ronald Gray trug. Sie passen zu der Farbe an dem Stuhl bei den Wassertürmen, an den Warren Lee gefesselt war.«

»Gray war einer der Männer, die den Stuhl getragen haben? Ist die Farbe so an seine Sachen gekommen?«, fragte Madison.

»Nein. Nach dem Muster zu urteilen, wie die Farbsplitter auf dem Stoff angeordnet waren, glaube ich eher, sie stammt vom Schuh einer der Männer, die Lee umgebracht haben, und wurde übertragen, als er Ronald Gray trat.«

Madison lehnte sich zurück.

»Ich fange mal von vorne an«, fuhr Sorensen fort. »Lee war mit Bilderdraht an dem Küchenstuhl festgebunden. Sie können sich vorstellen, dass es dort einen ziemlichen Abrieb gab; der Draht durchdrang die erste und die zweite Farbschicht. Die Splitter waren überall an Lees Schlafanzug, und einer oder mehrere der Mörder befanden sich so nahe an dem Stuhl, dass die Farbpartikel dadurch auch ihrer Kleidung und ihren Schuhen anhafteten. Lee wurde mit einer Mülltüte über dem Oberkörper transportiert – das vermindert die Übertragung ein wenig, aber sie konnten es nicht ganz vermeiden. Als sie Gray attackierten, blieben ein paar Farbsplitter an ihm haften. Wir untersuchen sie auch auf

Blutspuren; vielleicht ergibt sich eine Übereinstimmung mit Warren Lee.«
»Dumme Frage, Sorensen, aber …«, sagte Spencer.
»Bin ich sicher, dass es dieselbe Farbe ist?«, unterbrach ihn Sorensen.
»Ja.«
»Absolut. Der Stuhl ist zweimal in unterschiedlichen Tönen der gleichen Farbe gestrichen worden. Ich habe ein Stereomikroskop benutzt. Es ist dieselbe Farbe, vom selben Stuhl, vom selben Bilderdraht abgerieben, die sich an Ihren beiden Opfern befindet. Wenn es nach uns geht, hätten sie nichts Besseres zum Festbinden nehmen können.«
»Was eben gerade im Haus war«, sagte Spencer.
»Geizig und gewalttätig. Eine reizende Kombination.«
Madison beugte sich vor. »Gibt es etwas Neues über den Klumpen aus Asche und Plastik, der in dem Topf war?«
»Bisher kann ich Ihnen nur sagen, dass es ein Klumpen aus Asche und Plastik ist. Ich gebe durch, wenn ich mehr weiß.« Sorensen beendete das Gespräch.
»Das sind zwei zum Preis von einem«, sagte Dunne.
»Ich weiß allerdings nicht, was ›das‹ ist«, sagte Madison, dann fiel ihr ein: »Ihr müsst euch das Material aus dem Busbahnhof anschauen. Ich bin mir ziemlich sicher, dass sie Gray nicht zufällig ausgewählt haben, und der Mann war auf der Flucht. Es liegt nahe, dass auch Lee nicht zufällig ausgewählt wurde.«
»Ihm war offensichtlich nicht klar, dass er besser verschwinden sollte«, sagte Spencer.
Detective Chris Kelly tippte an seinem Schreibtisch weiter seine morgendlichen Vernehmungen ab. Er war nahe genug, um jedes Wort zu hören, aber eindeutig nicht interessiert genug, um sich zu beteiligen.

Am frühen Nachmittag verließ Madison ihren Schreibtisch für ein paar Minuten. Sie ging schnell in ein Deli, nahm sich einen Bagel mit Räucherlachs und einen schwarzen Kaffee, setzte sich an einen Tisch am Fenster und schaute auf die Straße hinaus.

Sie dachte über die Fälle nach und schmeckte das Essen kaum. Draußen fiel ein dünner, harter Regen.

Sie vermisste Browns Einblick und seinen trockenen Humor, aber am allermeisten vermisste sie ihn zur Mittagszeit. Meistens waren sie schweigend dagesessen und hatten über den Fall Salinger nachgedacht und über den Schatten, den er auf die Stadt geworfen hatte.

Madison, die auch Psychologie studiert hatte, musste nicht lang über die Tatsache rätseln, dass jemand, der quasi ohne Vater aufgewachsen war, eine Verbindung zu einem älteren, sehr respektierten Kollegen aufbaute. Trotzdem wusste sie nicht, was sie mit diesem Wissen anfangen sollte: Das Wissen, wie die Psyche funktionierte, änderte nichts am Endergebnis.

Im Dienstraum tauschten die Teams ihre Akten aus, so dass Madison und Kelly sich mit dem Fall Lee beschäftigen konnten, während sich Spencer und Dunne zum Mord an Gray auf den neuesten Stand brachten. Fynn stieß nach einer Weile zu ihnen. Es war eine informelle Lagebesprechung; Fynn lehnte sich an Browns Schreibtisch und sah Grays Autopsiebericht durch.

Seit Sorensens Anruf hatten sich Gedanken und Fakten in Madisons Wahrnehmung verschoben, als hätte man eine Landkarte über eine andere gelegt, und das rettende Ufer sei viel weiter entfernt als gedacht. Die zwei Gemeinsamkeiten bisher waren ein gezielter und lange andauernder Übergriff und, auch wenn die Umstände unterschiedlich waren, der Tod des Opfers. Unter dem Strich: Folter und Mord.

»Haben wir schon eine Zeitschiene?«, fragte Fynn die Gruppe.

»Es hat irgendwann Donnerstagnacht angefangen«, sagte Spencer. »Drei, vielleicht vier Männer brechen bei Warren Lee zu Hause ein; sie wecken ihn auf und binden ihn mit Bilderdraht an einen Stuhl in seiner Küche. Im Obduktionsbericht steht, sie haben benutzt, was dort herumlag – Reinigungsmittel, Waschmittel –, um dem Mann beträchtliche Schmerzen zuzufügen. Er hat eine Vorerkrankung, und sein Herz macht nicht mehr mit. Sie packen ihn in einen schwarzen Müllsack und stellen ihn, immer noch an den Stuhl gebunden, neben den Wassertürmen an der Ecke 35th Avenue und Myrtle Street ab.«

»Gibt es Zeugen?«

»Nicht bei Lee zu Hause. Wir haben einen Zeugen, der schwören würde, dass die Leiche am Freitagmorgen um 3:10 Uhr noch nicht dort war, und den Fahrradfahrer, der um 6:52 Uhr angerufen hat. Und um es für uns einfacher zu machen, hat man dem Opfer seinen Führerschein an die Brust geheftet.«

»Nett«, bemerkte Fynn.

»Das bringt uns zum Freitagmorgen.« Madison übernahm. »Sechsunddreißig Stunden später, am Samstagabend, verrät uns die Überwachungskamera des Busbahnhofs, dass zwei Männer Ronald Gray in die Toilette folgten und wieder herauskamen. Ein dritter veranstaltete einen kleinen Aufruhr für die Sicherheitsleute. Die Streife ruft uns am Sonntagmorgen kurz vor halb zehn an: Man hat Gray in eine leere Lagerhalle gebracht, neunzehn Mal mit einem stumpfen Gegenstand auf ihn geschlagen – das Holzstück ist im La-

bor – und ihn dann mit einer .22er zweimal in den Kopf geschossen.«
»Haben wir die Kugeln?«
»Ja, sie sind in der Ballistik.«
»Und die Farbsplitter verraten uns, dass es dieselben Männer waren, die zuerst Lee und dann Gray überfallen haben?«
»Scheint so«, sagte Spencer.
»Was ist mit den Familien?«
»Beide unverheiratet. Lee hat eine Schwester in Tennessee; sie hatten seit dreizehn Jahren keinen Kontakt mehr.«
»Soweit wir wissen, hatte Gray keine Verwandten«, sagte Madison.
»Haben die Opfer auf den ersten Blick irgendwelche Gemeinsamkeiten?«, fragte Fynn. »Bekannte, ehemalige Arbeitsstätten, irgendwas?«
»Wenn, dann liegt es nicht unmittelbar auf der Hand, aber wir wurden ja auch gerade erst über die Verbindung informiert«, antwortete Spencer.
»Ein anderer Tag, eine andere Todesursache, dieselben Mörder.«
»Ja und nein.« Madison überflog die Autopsieberichte und brachte ihre Gedanken in Ordnung. »Sie haben schon etwas gemeinsam: Während der Übergriffe haben die Mörder benutzt, was vor Ort vorhanden war. Chemikalien bei Lee und ein Stück Holz von einer Palette bei Gray. Beide Übergriffe dauerten zwischen fünfundvierzig Minuten und einer Stunde. Lee hätte den Anschlag überlebt, und Gray hätte die Prügel überlebt, aber beide starben – einer an einem Herzanfall und der andere nach den Kopfschüssen.«
Madison hatte noch nie einen Fall bearbeitet, bei dem Folter eine Rolle gespielt hatte. Das kam von Zeit zu Zeit vor, und diejenigen, die in diesen Fällen ermittelten, trugen sie lange

Zeit still im Hinterkopf mit sich herum und sprachen zu Hause nicht darüber.
»Sie wollten sie nicht umbringen«, sagte sie schließlich.
»Ich glaube, Mr. Gray würde da nicht zustimmen«, warf Kelly ein.
»Ich meine, ja, sie wollten sie beide umbringen, und es hätte gut und gerne sein können, dass sie Lee genau wie Gray erschossen hätten, wenn er kein schwaches Herz gehabt hätte. Aber wenn es Sinn und Zweck der Übung war, zu foltern und Schmerzen zu verursachen, warum haben sie Gray dann erschossen? Wenn man die Verletzungen genauer ansieht, hätten sie noch stundenlang weitermachen können. Aber das wollten sie nicht. Der Grund für den Übergriff war es nicht unbedingt, das Opfer umzubringen.«
»Stimmt«, sagte Spencer.
»Vielleicht haben sie aus ihnen herausbekommen, was sie wollten, und das hat gereicht.« Kelly löste den obersten Knopf seines Hemds unter einer gemusterten grünen Krawatte.
»Und die Polizei und alle anderen auch sollten so schnell wie möglich erfahren, wer das erste Opfer war«, fuhr Madison fort.
»Das gefällt mir mit jeder Minute besser«, sagte Dunne.
»Bearbeitet das Sorensen im Labor?«, fragte Fynn.
»Ja«, antwortete Spencer.
»Gut, denn nach drei Tagen haben wir lediglich Farbsplitter, und die Uhr läuft. Ich will die Presse nicht über die Verbindung zwischen den Morden informieren. Sollen die Mörder denken, wir wissen es nicht. Wir haben kein Motiv, und wir haben keine Verdächtigen«, sagte Fynn und richtete sich auf. »Wir müssen uns wirklich nicht sonderlich anstrengen, um auszusehen, als würden wir auf der Stelle treten.«

Niemand sagte etwas, aber sie alle wussten, dass die Medien die Sache aufgreifen und in etwa dieselbe Schlagzeile bringen würden: *Aller guten Dinge sind drei.*

Madison machte sich Notizen über Grays frühere Anstellungen – dürftig und wenig befriedigend –, als der Anruf kam. »Mordkommission, Madison.«

»Guten Tag. Ich würde gerne mit dem Detective sprechen, der den Fall Ronald Gray bearbeitet.«

»Das bin ich. Was kann ich für Sie tun?«

Madison hatte den Hörer zwischen Schulter und Ohr geklemmt, während sie weiter tippte.

»Ich rufe wegen seines Bruders an.«

Madison verharrte einen Moment still, dann nahm sie das Telefon in die Hand und sprach direkt hinein. Das war jetzt hoffentlich kein schlechter Scherz. »Mr. Gray hatte laut unseren Akten keine Geschwister, Sir. Mit wem spreche ich?«

»Dr. Eli Peterson vom Walters Institute.«

Madisons geistiger Rolodex klappte zur entsprechenden Karte: Bewohner des Walters Institute hatten psychische Probleme, von minder schweren bis hin zu sehr schweren. Die meisten lebten dort langfristig und rechneten nicht damit, jemals wieder herauszukommen. Den meisten, überlegte Madison, war wohl sowieso nicht ganz klar, wo sie sich befanden.

»Bitte fahren Sie fort, Sir. Unseres Wissens hatte Ronald Gray keine Verwandten.«

»Es handelt sich hier auch nicht um eine Blutsverwandtschaft, Detective. Sie waren Pflegebrüder und sind zusammen aufgewachsen. Und sein Bruder wohnt im Walters Institute.«

»Es tut mir leid für ihn. Hat man es ihm gesagt?«

»Ich glaube, es wäre am besten, wenn wir uns persönlich unterhalten. Wäre es vielleicht möglich, dass Sie heute irgendwann vorbeikommen?«
»Kannten Sie Ronald Gray, Doctor?«
»Seit Jahren.«
»Wir sind gleich da.«

Das Walters Institute, ein Backsteingebäude vom Anfang des 20. Jahrhunderts, lag inmitten einer privaten Parkanlage, gesäumt von hohen Tannen und einem beinahe ebenso hohen Zaun. Die eisernen Gitterstäbe waren schwarz gestrichen und gut gepflegt. Auch wenn dieser Zaun nicht mit dem Beton und dem Stacheldraht des King County Justice Complex vergleichbar war, so fiel Madison doch auf, dass es jemandem, der ohne Erlaubnis das Gelände verlassen wollte, nicht leichtgemacht wurde.
Am Tor nannte sie über die Sprechanlage ihren und Kellys Namen und wartete. Zwei Kameras waren auf ihr Auto gerichtet.

20

Die Tore gingen langsam auf, und Madison fuhr an. Sie merkte, wie Kelly neben ihr unwillkürlich in Abwehrhaltung ging, als sie sich knarrend hinter ihnen wieder schlossen. Sie waren in zahllosen Gefängnissen gewesen, aber eine Einrichtung für Geisteskranke war doch eine etwas andere Nummer, so hübsch sie auch inmitten der gepflegten Parkanlage aussehen mochte.

»Wie sich Ronald Gray das wohl leisten konnte«, sagte Madison.
»Schöner als mein Haus«, antwortete Kelly.
Beide hatten vergessen, dass sie nicht miteinander sprechen wollten.
Der silberne Himmel bildete einen Kontrast zum Dunkelgrün der Tannen, die vereinzelt auf dem Gelände standen; mit dem wilden Wein sah das Gebäude im Herbst bestimmt noch hübscher aus. Sie folgten der Zufahrt um den Rasen herum und parkten auf einem Besucherparkplatz seitlich des Hauptgebäudes; es war Montag und so gut wie nichts los.
Als Madison die Tür abschloss, fiel ihr eine einsame Gestalt auf, die aus einem Fenster im obersten Stockwerk auf die Bäume blickte. Unwillkürlich wandte sie sich dorthin, aber da war niemand, nur die aufziehende Dunkelheit, die sich zwischen den Ästen sammelte.
Kelly wirkte unruhig.
»Was ist los?«, fragte ihn Madison. Ein paar Wörter mehr mit ihm zu sprechen würde ja wohl nicht schaden.
Kelly zwängte seine breiten Schultern in den Mantel. »Schon mal das Gefühl gehabt, dass sie einen nicht mehr rauslassen, wenn man in so was wie hier reingeht?«
Er war nicht missmutig, er war ehrlich.
»Jedes Mal«, antwortete sie, ohne zu zögern.
Er schnaubte. »Eines Tages passiert es vielleicht einfach.«
Der Empfang war hell erleuchtet und freundlich und wirkte eher wie ein Landhotel als wie eine Klinik, deren Bewohner nicht in Freiheit lebten.
Dr. Eli Peterson wartete auf sie. Er war Ende dreißig, seine rotblonden Haare wiesen schon ein wenig Grau auf, und er war ein paar Zentimeter größer als Kelly. Ihre Großmutter

hätte ihn als gutaussehenden jungen Mann bezeichnet. Madison fiel auf, dass die Rezeptionistin ihn anstarrte, als wäre er die Wiederkunft des Herrn. Er selbst schien es nicht zu bemerken. Nach ihrem Telefonat hatte Madison einen älteren Mann im Tweedsakko erwartet; Eli Peterson trug gebügelte Jeans und ein weißes Hemd mit Krawatte.

»Gehen wir doch in mein Büro, ich erkläre Ihnen alles dort.«

Er gab eine Zahlenkombination ein und führte sie durch eine Tür und mehrere Gänge in einen Bürotrakt. Soweit sie sehen konnten, wirkte das Walters Institute im Inneren so freundlich wie von außen, und Madison fragte sich, ob die Menschen, die ihnen zur Begrüßung zunickten, langfristige Bewohner waren oder einfach nur Ärzte und Pflegepersonal.

Das Büro des Institutsleiters war nicht größer als die Büros daneben; es war mit einfachen Antikmöbeln und vollen Bücherregalen ausgestattet. An einer Wand hingen Diplome, aber weiter ging Petersons Ego nicht. Er bedeutete ihnen, sich zu setzen, stellte sich aber selbst an das hohe Fenster hinter seinem Schreibtisch; von hier aus sah man über das ganze Gelände bis zu der Reihe von Tannen.

Auf dem Weg hierher hatte er kaum Blickkontakt aufgenommen, und er schien auch jetzt mit etwas zu kämpfen. Mit was auch immer ihn veranlasst hatte, das Telefon in die Hand zu nehmen und sie anzurufen. Madison hoffte, Kelly würde ihm die Zeit lassen, die er brauchte. Das Leder knarzte, als ihr Kollege im Sessel das Gewicht verlagerte.

»Ich habe Ronald Gray vor zehn Jahren kennengelernt«, sagte Peterson plötzlich, als befänden sie sich bereits mitten in einem Gespräch. »Da habe ich hier angefangen. Vor zehn Jahren: drei Jahre als Mitarbeiter, fünf als Stellvertreter, zwei als Leiter. Damals kam Ronald natürlich schon jahrelang hierher, und wir haben uns bei seinen Besuchen unweigerlich kennengelernt.«

»Seinen Besuchen bei seinem Pflegebruder?«, fragte Madison.

»Ja.«

»Dr. Peterson, Sie haben vorhin am Telefon …«

»Ich habe mit Ronald am Tag seines Todes gesprochen – am Tag, an dem er ermordet wurde –, und er hatte Angst.«

»Was hat er gesagt?«

Niemand sonst – nicht in der Arbeit und keiner der Nachbarn – hatte mit Gray am Tag seines Todes gesprochen.

»Er hat gesagt, er würde eine Weile die Stadt verlassen und dass wir keine Besucher für Vincent erwarten sollten. Wir sollten sogar sehr misstrauisch sein, wenn ihn jemand aufsuchen wollte. Er ging nicht ganz so weit zu sagen, dass wir die Polizei rufen sollten, denn das ist ja nicht unsere Zuständigkeit hier – wir sind kein Gefängnis –, aber genau das meinte er. Er bat mich, dafür zu sorgen, dass sich Vincent im Haus aufhält, und ihn auch nicht in den Garten zu lassen. Er wirkte erschöpft und paranoid.«

»War das ungewöhnlich?«

»Sehr. Ronnie war ein ruhiger Mensch – sehr reserviert. Ich habe ihn gefragt, ob er vorbeikommen und darüber reden will. Er sagte, dafür sei keine Zeit, aber ich solle mich während seiner Abwesenheit um Vincent kümmern.«

»Hat er gesagt, warum er verreisen wollte?«

»Nein.«

»Hat er Namen erwähnt, Situationen, jemanden, der es auf ihn und Vincent abgesehen haben könnte?«

»Nein. Er hat nur gesagt, er müsse sofort weg, und sein Auto habe einen Getriebeschaden.«

Madison und Kelly warfen sich einen Blick zu: Das war der Grund, weshalb Gray am Busbahnhof gewesen war.

»Fangen wir von vorne an. Sie sagten, Gray sei schon hergekommen, bevor Sie hier angefangen hatten zu arbeiten?«

»Vincent Foley ist in den achtziger Jahren hier eingezogen; er ist unser langjährigster Bewohner.«

»Was …?«

»Was er hat?«

»Ja.«

»Sind Sie vertraut mit dem Wechsler-Intelligenztest für Erwachsene?«

»Ja.« Madison unterließ es, ihr Psychologiestudium zu erwähnen und dass sie Wochen damit verbracht hatte, über WAIS-III, KBIT und KTEA zu schreiben. Sie hatte eine Menge solcher Tests mit Jugendlichen und Erwachsenen durchgeführt.

»Vincent Foley, der heute achtundvierzig Jahre alt ist, wurde als Teenager und als junger Mann getestet – bevor er hierherkam. Sein Intelligenzquotient lag bei neunundsechzig, das ist unterdurchschnittlich, ja sogar grenzwertig niedrig.«

»Wurde er hier getestet?«

»Nein.« Petersen schüttelte den Kopf. »Da konnte man ihn nicht mehr testen. Er ist nicht hier, weil er einen IQ von neunundsechzig hat; er ist hier, weil ihm eines Tages etwas zugestoßen ist und sein Intellekt nicht die Fähigkeit hatte, damit umzugehen, quasi dichtgemacht hat. Niemand weiß, was passiert ist, er konnte nie darüber sprechen. Er hat sein Leben gelebt – so gut es unter den Umständen ging –, indem Ronald sich um ihn kümmerte, und mit einem gewissen Grad an Unabhängigkeit. Dann kam Ronald eines Tages aus der Arbeit zurück und fand ihn in einem katatonischen Zustand vor. Die Verkrampfung löste sich wieder, aber er

sprach kaum; als er es schließlich tat, war es nur unverständliches Zeug. Er hatte Anfälle, Angstzustände und beging Selbstmordversuche. Ronald konnte sich nicht mehr um ihn kümmern und brachte ihn hierher.«
Da fiel Madison etwas ein. »Sie verstoßen hier gegen die ärztliche Schweigepflicht, Doctor.«
Peterson setzte sich an seinen Schreibtisch. »Vincent Fowley hat niemanden sonst; ich trage jetzt die volle Verantwortung für ihn. Und ich hielt Ronald für extrem gehetzt, ich wollte, dass er auf ein Gespräch vorbeikommt …«
Madison nickte. Sie konnte sich das Gespräch gut vorstellen. Bestimmt hatte der Arzt bei sich gedacht, dass Gray nur etwas Entspannung und ein gutes Essen nötig hatte.
»Er war als ehrenamtlicher Helfer hier«, fuhr Peterson fort. »Er hat Vincent einmal die Woche besucht und ein paar Tage im Monat Büroarbeit für uns erledigt. Er hatte einen eigenen Ausweis als freiwilliger Mitarbeiter.« Er schloss die Augen. »Als er anrief und sagte, dass Vincent keinen Besuch bekommen und im Haus bleiben soll, da dachte ich, er wäre auf Drogen oder betrunken.«
»Ist das schon vorgekommen?«
»Nein, nie.«
»Hat Vincent Foley jemals andere Besucher als Gray gehabt?«
»Nein.«
»Sind Sie sicher?«
»Absolut.«
»Dann haben Sie die Nachrichten gesehen …«
»Ja.«
Wie sagt man so schön? Nur weil man paranoid ist, heißt das nicht, dass sie nicht doch hinter einem her sind. Gray war nicht auf Drogen gewesen, er hatte völlig recht gehabt.

»Wie konnte er sich das hier leisten?«, fragte Kelly unvermittelt.
»Wir sind eine Non-Profit-Organisation. Alle unsere Patienten sind auf dieser Basis hier.«
»Warum hatte Gray Angst um Vincent Foley?«, fragte Madison.
»Ich weiß es nicht. Keine Ahnung. Vincent lebt in seiner Welt und hat keinen Kontakt nach außen.«
»Wir müssen mit ihm sprechen. Ist er über Gray informiert?«
»Ich habe es ihm noch nicht gesagt.« Peterson strich die Papiere vor sich glatt, eine kleine Geste, um sich Mut zu machen. »Vincent fällt es nicht leicht, mit anderen zu interagieren. Er hat Fixierungen und Zwänge und lebt jede Sekunde seines Lebens in akuter Angst. Aber Ronald hat er erkannt, und nach seinen Besuchen war er immer ruhiger.«
»Wovor hat er Angst?«
Madison bereute ihre Worte sofort, nachdem sie sie ausgesprochen hatte: Vincent Foleys Ängste befanden sich innerhalb dieser Mauern, sie hatten keine Auswirkung nach außen.
»Die Sonne geht unter«, antwortete Peterson. »Er hat Angst vor der Dunkelheit am Ende des Tages. Er glaubt, jemand ist hinter ihm her und kommt nachts.«
Es war eine einfache, unkomplizierte Tatsache: Jemand hatte ihm in der Vergangenheit etwas angetan, jemand könnte wiederkommen.
»Wurde denn der ursprüngliche Übergriff angezeigt? Gab es einen Polizeibericht?«
»Nein. Ronald hat mir vor langer Zeit erzählt, dass er ihn nicht dazu bringen konnte, davon zu erzählen, und dass es keine körperlichen Verletzungen gab. Er hätte gar nicht ge-

wusst, was er zur Anzeige bringen soll. Als Vincent hierherkam, war das Ereignis schon Monate her. Wir versuchten es mit Kognitiver Verhaltenstherapie, wir haben so ziemlich alles versucht, aber nichts hat geholfen. Vincent hat früher Regale im Supermarkt eingeräumt; er kam und ging alleine zur Arbeit. Er war ein leichtes Ziel.«

»Haben Sie diesen Mann schon einmal gesehen?« Madison zeigte das Foto von Warren Lees Führerschein.

»Nein.«

»Sein Name ist Warren Lee. Hat Gray ihn jemals erwähnt?«

»Nein.« Peterson fiel etwas ein. »Das ist der Mann, der vor wenigen Tagen gefunden wurde.« Er sagte nicht »der Mann auf dem Stuhl«, dennoch hingen die Worte in der Luft.

»Ja.«

Die Nachrichten hatten genügend Details, genügend Fakten gebracht, so dass selbst ein Mensch, der sich nicht für die genauen Umstände eines so gewaltsamen Todes interessierte, wusste, was geschehen war und wie.

»Wie ist Ronald gestorben?«, fragte er schließlich.

Einer der wenigen positiven Aspekte des Falls Gray war, dass der Tatort die leerstehende Lagerhalle war: Seine Leiche war nicht in der Ecke liegend von Passanten mit Handykameras und Internet fotografiert worden, und die näheren Umstände des Mordes waren nicht an die Öffentlichkeit gelangt, zumindest noch nicht.

Madison wollte sagen »schnell, er starb schnell und ohne Schmerzen«, denn Peterson schien ihr ein freundlicher Mensch zu sein, der sich bereits Vorwürfe machte, weil er Grays Ängste nicht ernst genommen hatte. Trotzdem, eine Lüge war eine Lüge, und bei einer doppelten Mordermittlung wogen Worte schwer.

»Wir sammeln noch alle Fakten«, antwortete sie.

»Ich verstehe«, sagte Peterson, und so war es auch.
»Welche Farbe hatte er?«, fragte Kelly.
Madison und Peterson wandten sich beide zu ihm um.
»Welche Farbe hatte was?«, fragte Peterson.
Madison begriff, und sie ärgerte sich, dass sie nicht selbst daran gedacht hatte. Nicht als Erste daran gedacht hatte.
»Sein Mitarbeiterausweis. Welche Farbe hatte Grays Plastikausweis für freiwillige Mitarbeiter?«
Kelly nickte.
Peterson hielt mit Daumen und Zeigefinger die schwarze Plastikhülle hoch, die er an einem Band um den Hals hängen hatte. Sie enthielt eine Karte – mit Bild, seinem Namen und einem Barcode; sie war kaum größer als ein Führerschein.
»Er sah aus wie der hier.«
Es war eine schwarze Plastikkarte, nicht mehr als das, und dennoch sah Madison vor sich, wie Ronald Gray durch seine Wohnung hetzte, Kleider schnappte und sie in seinen kleinen Rollkoffer stopfte. Sie hatten alles durchsucht, die Schubladen, Schränke und den kleinen Schreibtisch, aber kein einziger Gegenstand hatte sie zu Vincent Foley geführt. Hätte Peterson nicht angerufen, so hätten sie überhaupt nicht von ihm gewusst, denn bevor er um sein Leben rannte, hatte Gray jeden Brief vom Institut, jeden ärztlichen Bericht, jedes Stück Papier und jedes Foto der letzten soundsoviel Jahre ausgegraben und in Asche verwandelt. Auch seinen eigenen Mitarbeiterausweis, der jetzt als geschmolzener Klumpen auf dem Boden eines Topfes im Labor lag.
Ronald Gray war so gefunden worden, wie das Leben ihn verlassen hatte, einsam zusammengekauert in einer Ecke eines isolierten Gebäudes, und doch hatte seine letzte Tat darin bestanden, ein anderes menschliches Wesen zu beschützen.

»Wenn Sie Vincent besuchen wollen, sehe ich besser zuerst nach, wie es ihm heute geht. Ich war noch nicht bei ihm. Ich komme gleich wieder.«

Sie waren allein im Büro. Kelly streckte die Beine aus, lehnte den Kopf an die Lehne des Ledersessels und starrte die Decke an. Madison ging ans Fenster; jenseits der Bäume und des Lake Washington machte sich Kirkland bereit für den Abend.

Die schweren Wolken hatten schließlich losgelassen, und es regnete in Strömen. Madisons Blick folgte der Linie der Bäume. Das musste die schlimmste Tageszeit für Foley sein. Es war möglich, dass er wirklich etwas wusste: Der Mann befand sich zwar schon seit sehr langer Zeit innerhalb dieser Mauern, und das Einzige, worüber er aus eigener Erfahrung etwas wissen konnte, war ihm zugestoßen, bevor er hier eingezogen war. Aber vielleicht war es mehr gewesen als nur ein einfacher Überfall. Immerhin, die Farbsplitter verbanden Gray mit Lee, und jedwede Drohung, die Gray veranlasst hatte, in Panik die Stadt zu verlassen, verband auch Lee und Foley.

Sie drehte sich um. Kelly starrte weiterhin die Decke an, ohne ein Anzeichen dafür, dass er sie an seinen Gedanken teilhaben lassen wollte.

»Wir brauchen eine Zeitschiene«, sagte sie.

»Die haben wir«, antwortete er, ohne sie anzusehen. »Es fängt immer noch mit dem Einbruch bei Lee zu Hause an.«

»Wenn Foley in irgendeiner Weise damit in Verbindung steht und schon so lange hier untergebracht ist, dann muss es viel früher angefangen haben.«

Es konnte gut sein, dass es die Nachricht vom Mord an Lee war, die Gray solche Angst eingejagt hatte.

»Wenn Foley schon so lange hier ist«, sagte Kelly, »– und er war von Anfang an nicht gerade helle –, ist sein Hirn nach den ganzen Medikamenten nur noch Brei, und man bekommt aus einem Lampenschirm mehr heraus.«

Madison wollte ihm sehr gerne widersprechen, aber so drastisch er es ausgedrückt hatte, ganz unrecht hatte er nicht.

»Das kann schon sein«, sagte sie. »Trotzdem ist Gray tot, und es ist nicht unwahrscheinlich, dass auch Foley in Gefahr ist.«

»Jetzt im Moment steckt er behaglich in seiner weißen Zwangsjacke. Ich würde mir keine Sorgen um ihn machen.«

»Worüber würden Sie sich dann Sorgen machen?«

Kelly bekam keine Gelegenheit zu antworten.

»Vincent geht es ganz gut, es ist nicht sein bester Tag, aber auch nicht sein schlechtester.« Peterson stand in der Tür. »Wenn Sie ihn sehen wollen, dann muss ich Sie bitten, nicht von Ronalds Tod zu erzählen und nichts zu erwähnen, was ihn irgendwie aufregen könnte.«

»Würde er es überhaupt verstehen, wenn wir es ihm sagen würden?«, fragte Kelly.

Madison hoffte, dass der Arzt Kellys vorangegangene Kommentare nicht gehört hatte.

»Wir wissen nicht genau, wie viel er begreift oder wie viel sein Gehirn verarbeiten kann. Vincent versteht alles, was mit Angst und Schmerz zu tun hat. Mehr müssen Sie nicht wissen.«

Peterson taxierte Kelly missbilligend, und Madison wusste Bescheid.

Kelly stand auf.

»Und Sie müssen Ihre Waffen abgeben«, sagte Peterson, als er sich umwandte.

Madison wickelte den Lederriemen um das Holster, dessen Gewicht ihr so vertraut in der Hand lag, legte es in das Schließfach und drehte den kleinen Schlüssel im Schloss. Im Besucherraum gab es mehrere Fächer, die meisten waren leer, und die Türen standen offen. Auch Kelly verstaute seine Sachen.

»Doctor, wann war Gray zum letzten Mal zu Besuch hier? Wann haben Sie ihn das letzte Mal gesehen?«, fragte Madison, als Peterson durch einen Korridor voranging.

»Vor ein paar Wochen, aber ich weiß nicht, ob er da zum letzten Mal hier war. Ich muss nachschauen.«

»Erinnern Sie sich an etwas Ungewöhnliches bei diesem Besuch?«

»Nein, tut mir leid. Wir haben vielleicht ein paar Worte gewechselt, aber soweit ich mich erinnere, war an dem Tag nichts merkwürdig oder anders als sonst. Ich habe darüber nachgedacht, nachdem ich die Nachrichten gehört hatte.«

»Wie viele Patienten sind Vollzeit hier?«

»Neununddreißig.«

Der Arzt nahm den Ausweis aus der Hülle und zog ihn seitlich durch das Lesegerät am Aufzug.

»Ohne so etwas kommen Sie hier nirgendwo hin«, sagte er.

»Wie kommen Besucher herein?«

»Sie werden von einer Pflegekraft oder einer Hilfskraft begleitet.«

»Jeder ohne Ausnahme?«

»Jeder ohne Ausnahme. Besucher müssen sich vorher telefonisch ankündigen, denn es kann immer sein, dass es dem Patienten an dem Tag nicht gut genug geht für Besuch.«

Die Tür des Aufzugs ging zu, und ein leichtes Ruckeln verriet ihnen, dass sie fuhren. Madison spürte einen kleinen Adrenalinstoß.

»Was für Sicherheitsmaßnahmen haben Sie hier?«, fragte sie.
»Ein paar Leute, die die Anlage überwachen, ein paar in der Nähe der Rezeption und am Ausgang. Wachleute brauchen wir keine. Unsere Ärzte, Pfleger und Assistenten sind mehr als fähig, mit der Situation umzugehen.«
Madison dachte nicht an Leute, die herauswollten; sie dachte an Leute, die hineinwollten, und wie einfach es wäre, in das Stockwerk zu gelangen, in dem Vincent wohnte.
»Was für Medikamente bekommt er?«, fragte sie. *Würde er zu benebelt sein, um sich zu verteidigen, wenn ihn jemand angriffe? Nicht, dass es Warren Lee oder Ronald Gray geholfen hätte, nüchtern zu sein.*
»Sertralin. Das hilft bei einer posttraumatischen Belastungsstörung. Das Problem ist, dass es nicht viele Studien über PTBS bei Menschen mit Lernbehinderung gibt.«
Kelly stand steif mit dem Rücken an der Wand des Aufzugs. Madison hatte den Eindruck, dass ihm Studien über posttraumatische Belastungsstörungen bei Menschen mit Lernbehinderungen im Moment mehr als egal waren: Er wollte einfach nur woanders sein, außerhalb dieses Gebäudes, weg von dem schwachen Geruch nach Desinfektionsmitteln, der einen einzuhüllen und zu erdrücken schien. Sie war froh, dass es kein Chloroform war.
Sie traten hinaus auf einen fensterlosen Treppenabsatz mit einer weiteren Sicherheitstür samt Lesegerät für die Karte. Madison merkte sich jede dieser Sicherheitsmaßnahmen. Eine kleine Kamera, die oben auf einer Halterung montiert war, verfolgte sie.
»Hier lang«, sagte Peterson. »Vincent ist im Aufenthaltsraum.«
Der Korridor war lang und hell, auf beiden Seiten befanden sich Patientenzimmer. Die meisten Türen standen offen,

Madison warf aber gar keinen Blick hinein; sie nickten nur ein paar Ärzten und Pflegekräften zu, die ihrer Arbeit nachgingen.
Sie waren am Ende des Korridors angelangt; ein Pfleger in blauer Arbeitskleidung stand neben der Tür zum Aufenthaltsraum und behielt den einzigen Menschen, der sich darin aufhielt, im Auge.
»Danke, Thomas«, sagte Peterson. »Ich übernehme.«
Vincent Foley rührte sich nicht, während sie sich näherten. Umrahmt von dem hohen Fenster stand er da und schaute hinaus. Der Regen zog Streifen auf der dicken Scheibe; was dahinterlag, machte das Licht im Inneren unsichtbar.
»Vincent …«, sagte Peterson sanft.
Vincent Foley wandte sich um.
Madison schnappte nicht nach Luft, und ihre Miene veränderte sich nicht; sie musste sich jedoch sehr bemühen, sich nichts anmerken zu lassen. Der Mann vor ihr, unglaublich bleich und schmal wie ein Junge, sah keinen Tag älter als zwanzig aus. Dunkelviolette Schatten unter seinen Augen erzählten von schlaflosen Nächten; seine babybweichen kurzen strohblonden Haarbüschel enthielten schon etwas Grau, das einzige Anzeichen dafür, dass Vincent Foley achtundvierzig Jahre alt war. Er könnte sich nicht verteidigen, wenn ein Drittklässler auf ihn losgehen würde, dachte Madison.
»Hallo, Vincent«, sagte sie.
Vincent hatte stechend blaue große Augen; er richtete den Blick zum ersten Mal auf Madison, und ihr fiel auf, dass er zwar ganz still wirkte, dass in Wahrheit aber permanent winzige Erschütterungen durch seinen Körper liefen und er geradezu vibrierte. Er blinzelte zwei Mal.
»Jemand wird kommen«, sagte er.
Ein kalter Schauer lief ihr über den Rücken; seine dünne,

schwache Stimme passte so gut zu seiner restlichen Erscheinung, dass sogar Kelly ein wenig zurückschreckte, das spürte sie.

»Jemand wird kommen; es wird dunkel«, murmelte Vincent. »Wir sollten los, wir sollten nicht hierbleiben.« Das Zittern wurde schlimmer.

»Schon gut, Vincent«, beruhigte ihn Peterson wie ein liebevoller Vater ein ängstliches Kind. »Du musst vor nichts Angst haben. Hier bist du sicher.«

»Nein, ich bin nicht sicher. Niemand ist sicher.«

Madison überwand ihre erste Reaktion und begutachtete ihn objektiv als den einzigen lebendigen, atmenden Bestandteil ihrer Ermittlung. Wie um alles in der Welt sollten sie jemals ein Gespräch mit ihm führen?

»Warum sind wir nicht sicher?«, fragte sie. Sie war sich bewusst, dass der Arzt diese kleine Zusammenkunft jederzeit unterbrechen würde.

Vincent sah Peterson fragend an.

»Na los, nur zu«, sagte der Arzt.

Vincent schüttelte den Kopf. »Wenn es dunkel ist, ist es nicht mehr sicher, und das ist nichts Persönliches, es geht ums Geschäft.«

»Was ist nichts Persönliches?«, fragte ihn Madison, im selben Tonfall wie Peterson. Sie war froh, dass sich Kelly zurückhielt, dessen massiger Körper wie ein Felsbrocken hinter ihr aufragte.

Langsam streckte Vincent die geöffnete rechte Hand zwischen ihnen aus, dann hob er die andere und fuhr mit dem linken Zeigefinger über den rechten Handrücken, über die angespannten Sehnen, immer wieder. Seine weichen, zarten Hände waren sauber geschrubbt, nur unter den Nägeln saß ein Schmutzrand.

»Was heißt das, Vincent?«
Aber er hatte sich schon wieder dem Fenster zugewandt.
»Vincent?«
Er drehte sich nicht wieder um.
Peterson nickte, und sie gingen aus dem Zimmer; der Pfleger wartete auf dem Korridor.
»Er gehört wieder ganz Ihnen«, sagte der Arzt zu ihm.
Madison war etwas wacklig auf den Beinen, als sie ihm folgte, als wäre ein Teil von ihr im Aufenthaltsraum geblieben.
»Hier«, sagte Peterson. »Das ist sein Zimmer.«
»Was …«
Jeder Zentimeter der weißen Wände war mit einem Gewirr aus grauen Wachsmalkreidelinien bedeckt, über und unter dem Bett, um die Kommode herum und so weit er hinaufreichen konnte.
»Darf ich …?«
»Sie können hineingehen. Thomas wird ein paar Minuten brauchen, um ihn zu überzeugen, dass es Zeit fürs Bett ist.«
Madison ging hinein. Sie versuchte, ein Muster in dem Durcheinander der sich überschneidenden Linien auszumachen; sie überkreuzten und verhedderten sich, dann trennten sie sich wieder. Das sah er jeden Abend, wenn er die Augen schloss, und jeden Morgen, wenn er aufwachte.
Wenn Madison auch nur den Anflug einer Hoffnung gehabt hatte, dass es möglich sein würde, irgendeine Art von Information aus Vincent Foley herauszuholen, dann war sie nun zunichte, als sie in diesem Raum stand und von dem sichtbaren Wahnsinn umgeben war.
»Das ist eine von seinen Zwangshandlungen«, sagte der Arzt. »Am Anfang haben wir versucht, ihn davon abzuhalten, aber dadurch wurde es nur noch schlimmer. Diese Handbewegung, das ist auch eine seiner wiederkehrenden Gesten.«

»Was er da gesagt hat …«
»Er sagt es jeden Tag, Detective, immer, wenn die Sonne untergeht. Für ihn ist es niemals irgendwo sicher.«

Im Laufschritt rannten sie zum Auto, und als sie es erreicht hatten, waren ihre Schultern schon klamm. Madison drehte die Heizung auf und schaltete die Scheibenwischer ein, während der Motor warm lief. Das Walters Institute zeichnete sich im Scheinwerferlicht durch den Regen ab, jetzt wirkte es insgesamt weniger ansprechend. Im Besucherraum hatten sie sich ohne ein Wort die Holster angelegt.
»Erzählen Sie mir nicht, dass Sie das nicht gruselig fanden«, sagte Kelly schließlich, während er sich anschnallte. »Sagen Sie, was Sie wollen, aber erzählen Sie mir nicht, dass Sie keine Angst hatten.«
»Ich weiß nicht, was ich hatte«, antwortete Madison. »Er hat etwas Verunsicherndes an sich, und …«
»Er sieht aus wie ein Kind! Er ist so alt wie ich, und er sieht kaum älter aus als ein Junge. Die Lichter sind an, aber es ist niemand zu Hause. Er ist ein verrückter kleiner Irrer, und ehrlich gesagt, er wird weder uns noch der Ermittlung etwas nützen.«
Kelly ärgerte sich, weil Vincent Foley ihn verstört hatte, und das kam selten vor; Madison ließ ihn Luft ablassen. Nicht verrückt, sondern unheimlich, dachte sie. Foley war unheimlich, wie ein Überbleibsel aus einem Märchen der Gebrüder Grimm, das nicht in das Buch zurückwollte, aus dem es gekommen war.
»Ist er in Gefahr?«, hatte Peterson beim Abschied gefragt.
»Ich weiß es nicht«, hatte Madison geantwortet, denn sie wollte ihn nicht anlügen, weder so noch so.

Als sie wieder auf dem Revier waren, suchte Madison die relevanten Unterlagen heraus. Sie erfuhr, dass Ronald Gray und Vincent Foley in derselben Pflegefamilie aufgewachsen waren – bei Mark und Vivienne Bell, die vier Jahrzehnte lang im King County Kinder aufgenommen hatten. Ronald und Vincent waren damals zwölf beziehungsweise dreizehn Jahre alt gewesen.
Sie konnte sich kaum vorstellen, wie Vincent als Junge gewesen sein mochte und dass ihn andere Kinder in der Schule anders als freundlich behandelt hatten. Vielleicht war Ronald damals zu seinem Beschützer geworden. Keiner von beiden hatte eine Jugendstrafe oder war irgendwie mit dem Gesetz in Konflikt geraten; sie waren nach einer Reihe unterschiedlicher und doch ähnlicher Vorfälle in einer Pflegefamilie untergekommen, und das bedeutete, dass sie niemanden hatten außer sich selbst.
Madison fragte sich, wie Vincent vor diesem Tag gewesen war, vor dem Moment, da die Realität plötzlich keinen Sinn mehr ergab und sein Denken zersplittert war, und ob der Nebel aus Angst und Verletztheit, der ihn umgab wie ein Schleier, ein Überbleibsel von diesem Tag war oder schon immer da gewesen.
Ihre Hand verharrte neben dem Telefon: Brown musste selbst entscheiden, wann er mit ihr in den Schießstand gehen wollte. Ihn unter dem Vorwand anzurufen, über den Fall sprechen zu wollen, sah genauso aus wie das, was es war: ein Vorwand. Auch wenn sie lieber mit ihm als mit sonst jemandem darüber reden wollte.
Das Telefon klingelte; Madison ging sofort ran. Es war Sorensen.
»Ich habe noch ein paar Bonbons für Sie. Sie stehen im Bericht, aber ich wollte Ihnen vorab schon Bescheid geben.«

»Bonbons können wir hier immer brauchen«, antwortete Madison.

»Die schmecken Ihnen ganz sicher: Wir haben einen Fußabdruck aus der Lagerhalle, ganz nah bei der Leiche. Arbeitsstiefel, Größe 11. Und ein kleiner Rest Waschpulver, der zu dem passt, was in Warren Lees Küche auf dem Boden verschüttet war. Und wir haben Fasern, es sieht aus wie von einem Autopolster. Damit könnten wir ein Auto identifizieren, wenn Sie jemals eines finden …«

»Ich tue mein Möglichstes.«

»Ehrlich, die Lagerhalle war staubig und schmutzig und voll mit allen möglichen Spuren, die sich wahrscheinlich als nutzlos herausstellen. Aber ich habe gehört, Lauren und Joyce haben den Jackpot gewonnen, mit der Toilette im Busbahnhof.«

»Ich hoffe, sie haben etwas Lohnendes gefunden während ihrer Zeit in der Hölle.«

»Noch einen Fußabdruck, vom selben Stiefel wie zuvor.«

»Hervorragend.«

»Und einen verschmierten Handabdruck …«

»Machen Sie keine Scherze mit mir, Sorensen!«

»Als würde ich das jemals tun!«

»Einen Handabdruck … mit Fingern?«

»Ja, die Handfläche und Finger. Er war weit unten, etwas dreißig Zentimeter vom Boden entfernt, auf der gefliesten Wand. Jemand hat versucht, ihn abzuwischen, aber die Übereinstimmungsmerkmale könnten ausreichen. Ich habe keine Ahnung, warum er dort war, und vielleicht hat er auch gar nichts damit zu tun. Der Abdruck sieht aber recht neu aus, nach dem Schmutz darum herum zu urteilen.«

»Sie haben die Mäntel getauscht.«

»Was?«

»Die beiden Männer, die Gray in die Toilette gefolgt sind und ihn gepackt haben. Einer von ihnen hat seinen Mantel mit ihm getauscht. Er muss die Handschuhe abgestreift haben, um ihn Gray anzuziehen.«
»Es war eine relativ kleine Toilette …«
»Allerdings. Man verliert leicht das Gleichgewicht, und dann stützt man sich mit der Hand an den Fliesen ab. Als ihm klarwurde, was er getan hat, hat er versucht, ihn abzuwischen. Sie haben sie herumgeschickt?«
»Ja, sie laufen durch jedes System, das der Menschheit bekannt ist. Aber seien Sie erst mal zurückhaltend – wir wissen immer noch nicht sicher, ob der Abdruck relevant ist.«
»Ich nehme jedes Kügelchen Waschpulver von Ihnen.«

Madison informierte Fynn und Spencer über die Entwicklungen des Tages, dann schaltete sie ihre Schreibtischlampe aus. Sie wollte zum Alki Beach und laufen. An einem Tag, der ihr mehr Fragen als Antworten gebracht hatte, sehnte sie sich nach der einfachen, unmittelbaren Freude, die Füße auf den Sand aufzusetzen und loszulassen. Der Wald mochte vielleicht ungebeten wiederkommen und mit ihm der Geruch von Blut, aber damit konnte sie umgehen, da konnte sie hindurchlaufen.
Aber als sie im Auto saß und der Regen immer noch auf die Windschutzscheibe prasselte, beschloss Madison, doch lieber nach Hause zu fahren und zu kochen, zu essen und alles noch einmal durchzudenken. Vielleicht nicht zu viel zu denken, vielleicht auch gar nicht zu denken. Vincent Foleys Gegenwart war wie ein bitterer Geruch in ihrem kalten, feuchten Auto. *Jemand wird kommen.*

21

Vincent Foley, dreiundzwanzig, stand an der Tür zu Ronald Grays Schlafzimmer. Er schwieg, dennoch war ihm sein Elend anzusehen. Ronald ignorierte ihn; er wusste, was kam, und das wollte er nicht durchgehen lassen.

»Ich mag da nicht hin«, sagte Vincent.

Herrgott, seine Stimme war manchmal wirklich nervig. Ronald zog sich weiter an und knöpfte das Baumwollhemd zu, das zweifellos gleich durchgeschwitzt sein würde, sobald er das Haus verließ.

»Ich mag nicht.«

Ronald setzte sich aufs Bett, um sich die Schuhe zuzubinden.

»Ich mag nicht …«

»Das ist Arbeit, Vin«, sagte er. »Wir gehen alle arbeiten, oder?«

»Ich weiß, aber ich mag es nicht.«

»Das geht schon, du wirst sehen.«

Vincent lehnte sich in den Türrahmen; mit dreiundzwanzig sah er kaum aus wie vierzehn. Er konnte auf jeden Fall trotzig sein wie ein Vierzehnjähriger, dachte Ronald.

»Ich mag *ihn* nicht«, flüsterte Vincent schließlich.

Ronald blickte auf. Er hätte gerne etwas gesagt, um ihn zu trösten. Vincent hatte immer vor irgendetwas Angst, schon seit er ihn kannte. Er schien eine direkte Verbindung zum Schrecken zu haben, an jedem Tag, den Gott ihm schenkte, und Ronald wusste aus Erfahrung, dass es ganz wenig gab, womit er ihm helfen konnte. Aber manche Dinge funktionierten immer.

»Wollen wir heute Abend ein Eis essen gehen? Hast du Lust?«
Vincent zuckte die Schultern, aber die Andeutung eines Lächelns war zu erkennen.

22

John Cameron hatte seine Zelle im KCJC auf jede nur mögliche Art und Weise vermessen: Wie viele Schritte er in jede Richtung gehen konnte, wie viele Geräusche zu ihm durchdrangen, wenn er versuchte, sie auszublenden, wie viel von ihm selbst innerhalb dieser Mauern bleiben würde, wenn er hinauswollte, wie es ab und an vorkam. Die Antwort war: nicht viel. Wenn er weg wollte, dann konnte er das, ganz wie es ihm beliebte. Sein Körper lag reglos wie im Schlaf auf der Pritsche, und doch saß er in einem tiefen Ledersessel und betrachtete die stecknadelkopfgroßen Lichter, Autos in der Ferne, die über das Alaskan Way Viaduct fuhren. Das war die Aussicht, die er bei sich zu Hause hatte, und dort hatte er seine besten Ideen gehabt – meistens nachts, immer allein.
Die Verätzung an seiner rechten Schulter war lästig, nichts weiter. Er hatte einen stechenden Schmerz verspürt, aber die Schmerzmittel hatten rasch gewirkt. Es blieb allerdings das Gefühl, dass der Charakter seines weiteren Aufenthalts hier weder von der Justiz des Staates Washington noch von seiner eigenen Rechtsauffassung bestimmt würde. Sosehr sich Nathan auch bemühte, ihn herauszubekommen, es gab doch vieles, was er nicht in der Hand hatte. Cameron hatte

sich bislang an die Hausregeln gehalten; was passieren würde, wenn noch einmal jemand mit so einer kleinen Ampulle auf ihn losgehen würde, konnte er nicht sagen. Er würde sich verteidigen, und damit wären alle Anträge, gegen Kaution entlassen zu werden, und alle Prozessabsprachen schnell und endgültig gescheitert.

Wenn er in seiner Zelle war, war er sicher, genau wie sie.

Unter seinen bleichen Lidern verfolgte er die Lichtpunkte und die hell beleuchteten Fähren, die die Elliott Bay überquerten. Seit Madison ihm von Davids Leichnam erzählt hatte, hatte er mehr Zeit im Jahr 1985 verbracht als in der Gegenwart. Er war so jung gewesen, als er auf Timothy Gilman gestoßen war; er fragte sich, was ihm Gilman erzählt hätte, wenn er ihm heute begegnet wäre. Alles, dachte Cameron. Er hätte ihm alles über die Entführung erzählt, wer dafür bezahlt hatte, sie zu ergreifen, und warum. Das war vielleicht das Einzige, was er bereute: dass er zu jung gewesen war und zu unerfahren, um zu tun, was getan werden musste, und Gilman sterben ließ, ohne die ganze Wahrheit aus ihm herauszuholen.

An jenem Tag, dem 4. Juli 1985, waren sie zum letzten Mal alle zusammen zur gleichen Zeit am selben Ort gewesen. Es tat gut zurückzudenken, er erinnerte sich genau an jedes Detail.

John Cameron, zwölf, rannte über das Sprungbrett und sprang, die Knie gegen die Brust gedrückt, und brüllte seine Freude dabei heraus, so dass es die ganze Welt hören konnte. Er schwamm bis zum Grund – er spürte den Druck in den Ohren – und schaute nach oben: Der steinerne Rand des Pools war verzerrt, genau wie die Leute, die in der Nähe standen. Er versuchte sich auf den Boden zu legen: Es war

schwierig, aber er schaffte es, und einen Augenblick lang war nichts als Himmel über ihm.
Bald schon brannte ihm die Lunge, und er folgte den Luftblasen zurück nach oben; die Wasseroberfläche strahlte grell, als er sich die Haarsträhnen von den Augen schüttelte. Er liebte das Anwesen der Lockes, es war so schön dort: kilometerweit Wald, in dem man umherstreifen durfte, ohne Angst haben zu müssen; die Eltern ließen sie einfach ziehen. Conrad Locke habe mit nichts angefangen und Geld geheiratet, hatte sein Vater erzählt – John hatte das damals nicht so recht verstanden –, und er kenne jeden, vom örtlichen Sheriff bis zum Gouverneur. John war jetzt nur wichtig, dass sie schnell trocken wurden und losziehen konnten. Und bitte, lieber Gott, mach, dass Bobby Locke am Pool bleibt, denn es wäre ziemlich unhöflich, wenn die drei ihm in seinem eigenen Garten sagen würden, er solle Leine ziehen.
John legte sich auf die Liege und schloss die Augen. Irgendwo rief Nathan nach David.

Sobald es ging, schlichen sie sich vom Pool weg: Johns Haare trockneten zu kurzen kleinen Stacheln, und Jimmys Shorts waren immer noch feucht über seiner Badehose. Sie hatten ihn ein bisschen aufgezogen, als hätte er in die Hose gemacht, aber eher, weil es eben sein musste, als um sich wirklich über ihn lustig zu machen. Sie zogen los in den dichten Wald hinter dem Haus.
»Das ist kein Haus«, hatte Bobby Locke in einem Ton gesagt, der erklärte, warum ihn keiner leiden konnte. »Das ist eine Ranch.«
Darauf hatten John, David und Jimmy die Augen so weit verdreht, bis es nicht mehr ging. Bobby war jetzt mit seinen Cousins im Haus, sie spielten ein Videospiel.

»Er ist in der Ranch«, hatte David gesagt, und sie hatten sich ausgeschüttet vor Lachen, ohne so richtig zu wissen, warum.
»Worüber lacht ihr drei kleinen Gauner denn?«, hatte Nathan gefragt, und David hatte es ihm erzählt.
John fand Nathan für einen Älteren ganz in Ordnung – ein bisschen doof, aber okay. Gerade war er noch auf der Highschool gewesen, und schon war er erwachsen, ließ sich einen Bart wachsen und hatte einen Ferienjob weit weg. Trotzdem, David war der Einzige, der einen Bruder hatte, und dadurch wurde Nathan okay – sogar besser als okay. John fand, sieben Jahre waren ein guter Altersunterschied: groß genug, um sich nicht um dieselben Spielsachen zu streiten, und klein genug, dass sie Nathan begleiten konnten, wenn er etwas Interessantes machte. In der Vergangenheit waren sie zu Spielen der Sonics und zum Angeln gefahren; im letzten Jahr allerdings hatten sie Nathan kaum gesehen, und überhaupt waren sie alt genug, um alleine am Jackson Pond zu angeln.
Der Boden unter ihren Füßen war in der Julihitze hart und beinahe staubig. Die Fichten spendeten etwas Schatten, und sie liefen eine Weile der Nase nach durch die Gegend. Jimmy hatte ein Taschenmesser, er spitzte einen Stock damit, David knipste mit seiner neuen Kamera alles, was sich bewegte, und John sammelte die Steine vom Weg auf und warf sie ins Gestrüpp. Sie mussten nicht reden, und als Jimmy das Schweigen brach, blieben die anderen stehen und wandten sich um.
»Ich hab neulich was gehört«, sagte er. »Ich glaube, mein Dad wollte nicht, dass ich das höre.«
Damit hatte er die Aufmerksamkeit der anderen schneller als mit jeder anderen Eröffnung.

»Er hat telefoniert, ich weiß nicht, mit wem – es hätte dein Vater sein können«, er zeigte auf John, »oder deiner.« Er zeigte auf David.
»Was hat er gesagt?«, fragte David.
Jimmy schaute sich um und sprach leiser: »Er hat gesagt: ›Wenn sie jemals wieder einen Fuß ins *The Rock* setzen, werden sie meinen Baseballschläger in bleibender Erinnerung behalten.‹«
David und John sahen einander an; das waren ernste Worte für Jimmys Vater, der sonst der freundlichste, friedlichste Mensch war, den man sich nur vorstellen konnte.
»Über wen hat er geredet?«, fragte John.
»Ich weiß es nicht; sie müssen gehört haben, dass ich vor der Tür war, dann haben sie das Thema gewechselt.«
»Seinen Baseballschläger?«, fragte David.
Jimmy nickte.
»Und das war kein Spaß? Er hat nicht, na ja, du weißt schon …«
»Sicher nicht. Er hat das todernst gemeint.«
The Rock, das war das Restaurant, das ihren Vätern gehörte. Es war Teil ihres Lebens, solange die Jungen denken konnten.
»Ist im Restaurant irgendwas passiert?« David sah John an, der nur mit den Achseln zuckte.
»Glaube nicht«, sagte er. »Ich habe nichts gehört.«
»Und du bist sicher, dass er das auch so gemeint hat?«, fragte David Jimmy.
»Auf jeden Fall. Er hat sich echt sauer angehört.« Jimmy wollte allerdings nicht erwähnen, dass sein Vater sich auch ein wenig verschreckt angehört hatte, und das hatte ihm mehr als alles andere Angst gemacht. Aber das konnte er auch nicht zu den anderen sagen.

Sie dachten kurz darüber nach – drei Jungen, denen die T-Shirts am Rücken klebten und die herauszufinden versuchten, ob es hier zu echter Gewalt unter Erwachsenen kommen würde. Jimmy zeichnete mit seinem Stock Figuren in die Erde. Ihnen war klar, dass alles, was mit *The Rock* zu tun hatte, auch sie selbst berührte.

Sie gingen weiter, denn sich zu bewegen war besser, als stillzustehen. Die Hitze war plötzlich noch drückender geworden. Es ging aufwärts und abwärts, und normalerweise hätte es einen Heidenspaß gemacht, die Gräben und Rinnen hinauf- und hinunterzuklettern und so zu tun, als wären sie allein in einem wilden, unerforschten Land. Doch heute war diese Stimmung in stille Besorgnis umgeschlagen: Das war nicht wie die üblichen Streitigkeiten in der Schule – meistens wurden sie durch irgendwelchen Blödsinn beigelegt, oder es gab ein Unentschieden in der Pause. Aber so etwas – dass einer ihrer eigenen Väter davon sprach, jemanden mit einem Baseballschläger zu verprügeln –, das war Neuland.

»Ich würde sagen, wir halten einfach Augen und Ohren offen und sehen, was passiert.« Nur David konnte die einzig mögliche Vorgehensweise als schlauen Plan verkaufen. Doch da es nun einen Plan gab, fühlten sich alle besser.

Die Insassen des Trakts D im KCJC hatten einen lautstarken Call-and-Response-Gesang begonnen, und der Wachmann befahl ihnen, damit aufzuhören. John Cameron atmete in seiner Zelle warme Juliluft ein und spürte die Hitze der Sonne auf den Wangen.

23

Dr. Eli Peterson hatte schlecht geschlafen, und die Fahrt zum Institut trug wenig dazu bei, seine Laune zu heben. Der Regen des Vortags war in ein Nieseln übergegangen, das alles durchdrang wie Nebel; es nahm den Farben ihren Glanz, besonders den Grüntönen: Durch das Fahrerfenster sah das Gras stumpf und grau aus, und er fragte sich einen Augenblick, ob nicht genau dies die Auswirkung der meisten Medikamente war, die seine Patienten bekamen. Sah er jetzt das, was sie jeden Tag sahen?

Er parkte und ging zum Eingang, ohne einen Regenschirm aufzuspannen. Die Rezeptionistin gab ihm seine Post, seine Nachrichten und ein Lächeln, das einen Diabetiker ins Koma hätte schicken können. Er bemerkte es nicht – das tat er nie –, aber das hinderte sie nicht daran.

Er wollte gerade seine Karte durch das Lesegerät ziehen, als er den kleinen gelben Zettel mit der krakeligen Handschrift seines Stellvertreters sah und auseinanderfaltete. Er las ihn einmal durch, dann noch einmal. Irgendwie gelang es ihm, die Karte durchzuziehen, die Tür aufzudrücken und in sein Büro zu rennen, ohne etwas fallen zu lassen. Er lud alles, was er im Arm hatte, auf dem Sessel vor seinem Schreibtisch ab, suchte in seinen Taschen und fand, wonach er gesucht hatte: einen Schlüsselring mit drei kleinen silbernen Schlüsseln.

Einer davon gehörte zu dem Schloss der untersten Schublade. Er öffnete sie und nahm einen einzelnen Schlüssel heraus, der auf einer Plastikmappe lag, dann versperrte er die Schublade wieder.

Am Ende des Gangs gab es einen fensterlosen Raum mit

einer hohen Kommode, die mit neununddreißig Schubladen ausgestattet worden war, für jeden Patienten eine. Der gelbe Zettel hatte Eli Peterson darüber informiert, dass Ronald Gray bei seinem letzten Besuch bei Vincent Foley – am vergangenen Donnerstag – etwas in Vincents Box gelegt hatte. Die Box war seit über zwanzig Jahren leer gewesen. Peterson schaffte es schließlich, sie mit seinem Generalschlüssel zu öffnen.

Madisons freier Tag hatte mit dem Routineanruf von Carl Doyle begonnen. Sie setzte sich an den Tisch im Wohnzimmer und schaute hinaus aufs Wasser. Der Blick war verschwommen, und so fühlte sie sich selbst auch – vielleicht hatte sie wieder schlecht geträumt, sie war nicht sicher.

»Wie geht es ihm?«, fragte sie Doyle, während sie einen Schluck Kaffee trank, der so stark war, dass der Löffel darin stehen blieb. Mit »er« war natürlich Quinn gemeint – das musste nicht eigens erklärt werden.

»Er ist still«, antwortete er. »Seit letztem Mittwoch ist er ziemlich still gewesen.«

Der Abend des Fernsehappells, dachte Madison.

»Nicht, dass er zu seinen besten Zeiten sonderlich mitteilsam gewesen wäre …«, fuhr er fort.

Und das sind jetzt definitiv nicht die besten Zeiten, dachte Madison.

»Alles macht Fortschritte: Die Blutwerte sehen gut aus, das, was von seiner Milz noch übrig ist, arbeitet daran, den fehlenden Teil auszugleichen. Er wird unruhig. Besuchen Sie Cameron heute?«

Madison hatte sich genau diese Frage gestellt, seit sie aufgewacht war – sie hatte ihn seit dem Angriff im Käfig nicht gesehen. Einerseits wollte sie wissen, wie es ihm ging, andererseits wollte sie ihn auch gerne ignorieren, nachdem er bei ihrem letzten Besuch nicht aufgetaucht war. Sie konnte besorgt oder bockig sein.

»Ich weiß es nicht, Carl.«

»Na gut. Gibt es etwas Neues über David Quinn?«

»Wir haben es immer noch nicht geschafft, einen forensischen Anthropologen zu finden, der sich damit beschäftigen will. Wissen Sie, wie viele es in den Staaten gibt? Ich meine, von der ABFA zertifizierte?«

»Ich schätze mal ein paar hundert.«

»Zweiundneunzig. Ich habe nachgesehen.«

»Zweiundneunzig?«

»Ja, und David Quinn hat im Moment nur niedrige Priorität.« Madison dachte an die kleine Mulde im Wald und an die Männer, die eine Kinderleiche hineingelegt hatten. Sechs Tage waren seit Quinns Fernsehappell vergangen, und sie hatten immer noch nicht miteinander gesprochen.

»Sagen Sie mir Bescheid, wenn Sie sich entscheiden hinzufahren«, sagte Doyle.

»Mache ich. An einem freien Tag gibt es nichts Besseres als Kaffee aus der Anstalt und ein Schwätzchen mit dem stellvertretenden Direktor.«

»Wie schön, dass Sie Ihre Träume verwirklichen können, Detective.«

Nachdem sie aufgelegt hatten, tappte Madison, immer noch in Schlafanzug und Hausschuhen, zur Terrassentür, drückte die Stirn an das kühle Glas und schloss die Augen. Sie konnte es doch auch zugeben: Sie war gleichzeitig besorgt und bockig. *Na und? Wen kümmert das?* Der Mann war mit Bleiche angegriffen worden; sie musste ihn sprechen. Sie wandte sich um, um im KCJC anzurufen und ihren Besuch anzukündigen, als ihr Handy klingelte.

»Madison.«
»Detective, hier spricht Eli Peterson vom Walters Institute.«
Vom Ende des Telefonats gerechnet brauchte Madison neunzehn Minuten, um das Haus zu verlassen – inklusive einer Dusche, einem weiteren großen Schluck Kaffee und ihrer Privatwaffe, die sie noch aus dem Safe holen musste. Sie wollte Fynn erst Bescheid geben, wenn sie genau wusste, was sie in Händen hatten.
Die Fahrt schien eine Ewigkeit zu dauern, und erst als sie bei den Toren hielt, wurde ihr klar, dass es ihr gar nicht eingefallen war, Kelly anzurufen.
Die Botschaft an den Arzt war kurz und klar gewesen: *Ganz egal, was es ist, rühren Sie es nicht an, bevor ich da bin.*

Peterson wartete wieder am Empfang auf sie.
»Es ist in meinem Büro«, sagte er.
Er versuchte nicht, sie auf dem Weg dorthin in Smalltalk zu verwickeln, und sie war froh darüber.
»Was hat es mit diesen Fächern auf sich?«, fragte sie ihn.
Er erklärte es ihr im Gehen. »Jeder Patient hat so eines. Wenn jemand ein paar Sachen hat, die ihm wichtig sind, die er aber zu seiner eigenen Sicherheit nicht in seinem Zimmer aufbewahren kann …«
»Schmuck, eine Kette, eine Brosche, solche Dinge?«
»Genau. Sie legen sie in das Fach und können sie herausholen, wann sie wollen. Es ist beruhigend für sie, wenn sie wissen, dass ihre Sachen hier sind … ein Ausgleich zwischen dem psychischen und dem physischen Wohlergehen eines Menschen.«
»Was ist mit Vincents Fach?«
»Es war immer leer. Beziehungsweise, es war leer bis letzten

Donnerstag. Ronald hat meinen Stellvertreter gebeten, etwas darin aufbewahren zu dürfen, weil es ihrer Pflegemutter gehörte und eine besondere Bedeutung für Vincent hatte.«
»Genau das waren seine Worte?«
Peterson reichte ihr den Zettel. Die Tür zu seinem Büro stand offen, und Madison sah das in blaue Seide gehüllte Päckchen auf Petersons Schreibtisch.
»Hören Sie«, sagte er, »vielleicht habe ich Sie völlig umsonst gebeten vorbeizukommen. Vielleicht ist es nur …«
Aber Madison war bereits losmarschiert, sie hatte beinahe vergessen, dass er da war, und stand schon hinter seinem Schreibtisch. Sie knipste die Anglepoise-Lampe an und richtete den Lichtkegel auf das Rechteck, das offenbar in einen billigen Schal gewickelt worden war. Dann holte sie ein Paar Latexhandschuhe aus der Hose und zog sie sich über.
Es sah aus wie ein kleines Kästchen. Madison nahm es in die Hand, um das Gewicht und die Konturen zu spüren.
»Das ist ein Buch.« Vorsichtig löste sie den Stoff, in den es eingeschlagen war.
Ein dicker Band mit vergilbten Seiten kam zum Vorschein. Madison starrte ihn an. »Das ist eine Bibel.«
»Es tut mir leid«, antwortete Peterson. »Ich dachte, es könnte etwas mit dem Fall zu tun haben.«
Madison nahm den gelben Zettel auf, den sie auf den Tisch gelegt hatte. »Es sollte also für Vincent aufbewahrt werden«, sagte sie, »weil es der Pflegemutter der beiden gehört hatte.«
»Ja.«
Madison schlug die erste Seite auf. »Es ist eine King-James-Bibel.« Sie blätterte vorsichtig um, sah sich eine Seite nach der anderen genau an.

Sie war halb durch das Buch Genesis, als Peterson sagte: »Detective ...«
Madison blickte auf. »Mark und Vivienne Bell waren Juden; Ronald Grays und Vincent Foleys Pflegeeltern waren Juden. Das hier«, sie hielt das Buch hoch, »ist eine Bibel. Was auch immer Gray damit wollte, ich bezweifle, dass es ein Familienerbstück war. Ich würde bitte gerne mit Ihrem Stellvertreter sprechen.«
Sie widmete sich wieder dem Buch Genesis.

Das Dünndruckpapier war beinahe durchscheinend. Gray hatte bis hierher, bis weit ins Buch Exodus hinein, keine Passagen unterstrichen und auch keine Notizen am Rand gemacht.
»Er hat gerade seine Schicht beendet, es tut mir leid«, sagte Peterson, als er zurück ins Büro kam. »Ich schreibe Ihnen seine Nummer auf. Er hatte Nachtdienst – und es war keine einfache Nacht –, deshalb ist er vielleicht ein bisschen gerädert. Haben Sie schon etwas?«
»Bisher nicht.«
Eine düstere, blecherne Stimme in Madison, die ihr zuweilen ihre Fehler, Unsicherheit und manchmal auch Bosheit vorhielt, meldete sich zu Wort und sagte, das Buch vor ihr sei nichts als ein Buch; es mochte ja ein gutes Buch sein – sogar das beste aller Bücher –, trotzdem nichts als ein Buch und daher wertlos für die Ermittlung. Das glaube ich aber nicht, dachte sie. *Ronald Gray wusste, was er tat.* Sie würde jedes einzelne Wort lesen, wenn nötig. Madison blätterte die über tausend Seiten durch, und sie spürte es in den Fingerspitzen, bevor sie es sah. Sie hatte gar keine Zeit zum Überlegen: Das Buch klappte automatisch auf, und es war deutlich zu sehen, dass ein paar Seiten zusammengeklebt

worden waren. Etwas war absichtlich dazwischen gefangen, wie in einem Briefumschlag. Von der Seite war es unsichtbar, aber wenn man an der Stelle war – dann sah man es. Madison lächelte ein ganz kleines Lächeln.
»Was ist das?«, fragte Peterson.
Sie zeigte es ihm. Ronald Gray hatte eine gute Wahl getroffen: Was immer er auch versteckte, es verbarg sich in der Offenbarung des Johannes.
Per Kurzwahltaste rief Madison Sorensen an. Gleichzeitig wickelte sie die Bibel in den Seidenschal.

Eli Peterson sah zu, wie Madison mit Vollgas davonfuhr. Sie hatte sich bei ihm bedankt, und er fühlte sich ein bisschen besser, weil er an Ronald gezweifelt hatte, aber nur ein bisschen: Der Rasen war immer noch hellgrau und diffus, und sie alle lebten in einer Welt, in der Vincent Foley recht hatte.

24

Sorensens Lampe war das hellste Licht, das Madison an diesem Tag bisher gesehen hatte, und es leuchtete direkt auf die blaue Seide. Der Labortisch war gereinigt und desinfiziert und mit einer neuen Lage sauberen Papiers bedeckt worden.
»Wer war bisher dran?«, fragte Sorensen Madison; sie trug einen frischen Laborkittel, und ihre roten Haare waren zu einem Pferdeschwanz zusammengebunden.
»Ronald Gray, Petersons Stellvertreter, Peterson und meine Wenigkeit, soweit ich das beurteilen kann. Wir wissen noch

nicht, wann Gray das Buch gekauft hat oder ob es bereits in seinem Besitz war. Wir wissen überhaupt nichts über das Buch.«
»Dazu kommen wir später. Zuerst einmal muss ich befreien, was da zwischen den Blättern steckt.« Sorensen zog eine Stirnlupe auf. Sie untersuchte das Buch aus allen Winkeln und betrachtete schließlich eine lange Minute schweigend die Seiten, die zusammengeklebt waren.
Madison lehnte unruhig an der Wand. Sie kannte Sorensen – sie zur Eile anzutreiben brachte überhaupt nichts ein außer einem ausführlichen Vortrag über die positiven Auswirkungen von Geduld auf das Leben an sich. Auf der Fahrt ins Labor hatte Madison Zeit gehabt, über Gray und das, was er ihnen hinterlassen hatte, nachzudenken. Eine Erklärung wäre ganz schön, aber sie glaubte nicht, dass es so einfach sein würde. Was auch immer dort versteckt war, Gray war der Meinung gewesen, es war wertvoll genug, dass es an dem einzigen Ort aufbewahrt werden musste, zu dem die Männer, die hinter ihm her waren, keinen Zugang hatten – die Männer, die auch hinter Vincent her waren.
Sorensen tupfte das Buch seitlich ab und roch am Spatel, dann reichte sie ihn Madison. Sie beugte sich vor und schnüffelte. Nichts. Madison glaubte, dass die Kriminaltechnikerin mittlerweile die olfaktorische Wahrnehmung eines Jagdhunds entwickelt hatte.
Sorensen lächelte. »Wie waren Sie früher, Madison?«
»Das ist eine interessante Frage.«
»Haben Sie jemals Sachen gemacht, die Sie nicht machen sollten?« Sorensen hatte sich umgedreht und suchte in einem Wandschrank nach etwas.
Madison hatte nicht die geringste Ahnung, worauf sie hinauswollte. »Amy …«

»Haben Sie jemals einen Brief mit Wasserdampf geöffnet, der nicht an Sie adressiert war?«
»Ich verstehe ...«
Madison hatte wirklich nie einen Brief mit Wasserdampf geöffnet, der nicht an sie adressiert war, aber sie verstand, was gemeint war.
Sorensen brachte rasch Wasser zum Kochen und richtete die schmale Schnauze des Kessels auf die Ränder des Buchs. Es dauerte weniger als zwei Minuten. Mit der Pinzette zupfte sie an der Ecke der ersten Seite und zog sie ab. Gray hatte seine Sache gar nicht schlecht gemacht: Sorensen hatte schon sechs Seiten umgeblättert, als sie endlich fündig wurde.
»Da haben wir es ...« Madison beugte sich gespannt vor.
Ein kleiner weißer Umschlag aus Papier, etwa zehn mal fünfzehn Zentimeter, lag in der Mitte. Sorensen nahm ihn mit der Pinzette heraus, und dahinter blitzte etwas auf: Zuerst schien es, als hätte eine winzige Pfütze Gold in den kleinen Buchstaben der Offenbarung Schutz gesucht.
Sie legte den Umschlag neben das Buch und löste ihren Fund vorsichtig aus der kleinen Nische, die Gray in das Papier geritzt hatte.
»Das ist ein Anhänger«, sagte Sorensen.
Eine Halskette wickelte sich auf, als Sorensen das zarte Oval näher an die Augen brachte. »Das ist ein Heiligenbild, und ein paar Wörter: ›Heiliger Nikolaus – bete für uns.‹«
Madison trat vor.
»Auf der anderen Seite sind Initialen – ›D.Q.‹ – und ein Datum ...«
»14. April 1972«, sagte Madison.
Sorensen blickte auf. »14-4-72. Wie sind Sie ...?«
Madison starrte den Tropfen aus Gold an, der alles Licht im Raum eingefangen hatte. »Das ist David Quinns Geburts-

datum, und diesen Anhänger haben ihm Verwandte seines Vaters geschenkt. Er trug ihn an dem Tag, an dem er ermordet wurde.«

Madison hörte Detective Frakes fragen: *Haben Sie die Goldkette bei den Überresten gefunden?*

Sorensen war nie sprachlos, das war eine Premiere. Einen Augenblick lang betrachteten sie beide nur den Anhänger, der mit jedem Herzschlag leicht hin und her schwang.

»Der Umschlag, Amy …«, platzte Madison heraus.

»Ja«, sagte Sorensen. Sie legte die Kette auf die Seite.

Mit einer Pinzette holte sie den Inhalt heraus: ein dünnes, gelbliches Stück Papier, einmal zusammengefaltet. Sorensen breitete es aus.

Es war die obere Ecke einer Buchseite, die jemand sehr präzise irgendwo abgetrennt hatte.

»Eine Fotokopie«, sagte Madison mit Blick auf die Schwarz- und Grautöne des Bildes.

»Ja«, antwortete Sorensen.

»Ein Jahrbuch?«

»Sieht ganz so aus.«

Auf dem Fetzen Papier war ein Foto von David Quinn aus dem Jahrbuch seiner Schule. Er strahlte, als hätte er gerade einen wahnsinnig lustigen Witz gehört, und um ihn herum war mit Bleistift eine schwache, aber unübersehbare Linie gezogen.

25

Madison verließ das Labor und trat hinaus in den Regenschleier. Sie ärgerte sich, dass sie wieder ins Auto steigen musste; lieber wollte sie draußen sein, wo sie wenigstens die Illusion hatte, leichter atmen zu können. Es gab eine Verbindung zwischen ihnen, zwischen ihnen allen, angefangen von Gray in der Lagerhalle und Lee, der mit Bilderdraht an den Stuhl gefesselt war, bis hin zu den Jungen mit den verbundenen Augen im Wald. Und Jerry Wallace, der immer so vieles über so viele Leute gewusst hatte, war verschwunden, gerade als sie seinen Rat brauchte.

Madison rief im Revier an, um sicherzugehen, dass Fynn in seinem Büro war. Sie hinterließ auch eine Nachricht für Spencer und Dunne. Einen Anruf musste sie noch machen, und als sich die Mailbox meldete, hätte Madison vor Freude jubeln können.

»Kelly, hier ist Madison. Ronald Gray hat eine Bibel in Foleys Schließfach in der Klinik hinterlassen. Darin war eine Kette versteckt, die David Quinn gehörte, und ein Stück Papier mit seinem Bild darauf. Ich bin auf dem Weg ins Revier, um den Chef zu informieren.«

Kein Gruß, kein Abschied, kein bis später. Wenn er kommen wollte, dann würde er es tun, wenn nicht, dann hatte sie ihn über den neuesten Stand informiert, und das sollte für den Augenblick reichen. Es war eine Menge.

Die Zusammenarbeit mit Brown vermisste sie auch deswegen, weil sie mit ihm Ideen entwickeln und durchdiskutieren und dann zu einer Schlussfolgerung kommen konnte, meistens zu einer gemeinsamen. *Brown.* Sie würde ihn später anrufen; es würde ihn sicherlich interessieren. Und auch Detective Frakes – er hatte es verdient.

Ob Kelly die Nachricht abgehört hatte oder nicht, er hatte letztlich beschlossen, nicht an Madisons Tag teilzuhaben. Sie informierte Fynn und die anderen im Büro des Lieutenants – mit geschlossener Tür und zugezogenen Jalousien.

»Wir scheinen mit jedem Tag weniger über die Morde an Lee und Gray zu verstehen«, sagte Dunne, als sie zu Ende erzählt hatte. »Sollte es nicht umgekehrt sein?«

Madison ging im Geiste noch einmal das Gespräch mit Petersons Stellvertreter durch; sie hatte ihn auf der Fahrt angerufen, und obwohl er noch schläfrig war, konnte er sie sehr genau über die Abfolge der Ereignisse informieren.

»Gray hat die Bibel letzten Donnerstag in die Klinik gebracht. Er sah verdammt fertig und nervös aus«, fuhr sie fort. »Er hat den Anhänger, oder vielmehr das Buch, am Tag *nach* Quinns Fernsehappell und *vor* dem Überfall auf Lee zur Aufbewahrung abgegeben.«

Madison dachte an Grays Wohnung: die Unordnung, die Hast und die Angst.

»Die Zeitschiene beginnt mit dem Appell«, sagte sie. »Er hat Quinn im Fernsehen gesehen, und er wusste, dass etwas in seinem Besitz war, das ihn in ernsthafte Schwierigkeiten bringen konnte. Er hatte nicht vor, zur Polizei zu gehen, eine Aussage zu machen und die Belohnung zu kassieren. Er wollte, so schnell er konnte, die Stadt verlassen.«

»Was würdet ihr tun, wenn ihr Informationen hättet, die über eine Million Dollar abwerfen würden?«, fragte Dunne in den Raum.

»Ich würde zur Polizei gehen, aussagen und mir den Scheck abholen«, antwortete Spencer.

»Und wenn die Information, die Quinn haben will, etwas betrifft, was du selbst vor fünfundzwanzig Jahren gemacht hast?«

Einer ist tot, fehlen noch drei. Fehlen noch drei.

»Ich würde die Stadt verlassen.«

»Es geht nicht nur um Gray«, warf Madison ein. »Es ist ihm gelungen, jede Verbindung zu Foley zu vernichten, bevor er aufbrach. Wenn sie bisher noch nichts von ihm wussten, dann wissen sie wahrscheinlich immer noch nichts.«

»Kann man Foley denn befragen? Ist er halbwegs zurechnungsfähig?«, fragte Dunne.

Madison schüttelte den Kopf. »Eigentlich nicht, nein. Aber das bedeutet nicht, dass er nichts beizutragen hätte. Da könnte schon etwas sein.«

»Na klasse. Zwei Tote und einer in der Psychiatrie. Drei perfekte Zeugen.«

»Okay, Ausgangspunkt für den Rest des Tages«, sagte Fynn. »Was hat Ronald Gray am 28. August 1985 gemacht? Es ist mir egal, was er vor zwei Wochen gemacht hat, ich will wissen, wie er an diese Kette gekommen ist und warum er sie für uns hinterlegt hat. Madison, das Foto wird bearbeitet?«

»Ja. Sorensen versucht, so viel wie möglich aus der Fotokopie herauszulesen, vielleicht kann sie das entsprechende Original dazu finden.«

»Spencer, ist Foley in Gefahr?«, fragte Fynn.

»Sobald sie wissen, dass Gray ihn beschützt hat, ja, auf jeden Fall.«

»Dunne?«

»Vielleicht, aber wir wissen immer noch nicht, worauf sie es abgesehen haben.«

»Madison?«

»Er wird in Gefahr sein, sobald sie herausfinden, dass Gray ihn beschützt hat.«
Spencer und Dunne gingen.
»Haben Sie heute nicht frei?«, fragte Fynn sie.
Madison zuckte mit den Achseln. »Der Tag ist anders gelaufen. Ich bin da.«
»Kelly?«
»Ich habe ihm eine Nachricht hinterlassen.«
»Wir läuft es mit Ihnen beiden?«
»Ein Traum, Sir.«
»Das dachte ich mir.«

Madison hatte offiziell ihren freien Tag drangegeben. Andererseits, wäre sie nicht auf dem Revier gewesen, säße sie zu Hause und würde über den Fall nachdenken, oder sie würde die Annehmlichkeiten eines Gefängnisbesuchs genießen. Und der Regen hätte einen Ausflug mit dem Kajak zwar nicht gänzlich unmöglich gemacht, aber es wäre äußerst unangenehm und letztlich reine Zeitverschwendung gewesen. Das war eine ziemlich zutreffende Beschreibung ihrer Beziehung zu Kelly, dachte Madison, während sie ihren Kaffee trank.
Der Autopsiebericht von Gray lag offen vor ihr, die Bilder, trostlos und nüchtern, waren auf dem Schreibtisch ausgebreitet.
Sie hatten es nicht gesagt, weil es nicht nötig war: Der Anhänger war im Besitz von Gray, weil er womöglich zu den Männern gehörte, die die Jungen in den Wald gebracht hatten, zu den Männern, die ein Loch in die Erde gegraben und David Quinn hineingelegt hatten.
Madison betrachtete die Bilder von der Autopsie: Die Blutergüsse waren entsetzlich. Sie wusste nicht, was sie davon

halten sollte. Hatte Gray dieses Schicksal für sich und Foley befürchtet?
Sie mussten die Perspektive ändern, und Madison hatte den Umschwung bei Fynn und den anderen schon gespürt. Für sie war Gray zu Beginn ein Opfer gewesen; jetzt war er womöglich ein Entführer und ein Mörder; trotzdem war er noch immer ein Opfer. Madison legte die Fotos wieder zu dem Bericht und schloss die Akte.

Zur Mittagszeit steckte Madison gedanklich fest und wollte sich die Beine vertreten. Sie spazierte über die 5th Avenue zum Westlake Center, wo sie sich, nachdem sie sich im Stillen bei ihrer Großmutter dafür entschuldigt hatte, einen Hamburger mit Pommes holte. Sie fand Platz an einem langen Tisch. Es schmeckte vorhersehbar scheußlich, aber genau diese Scheußlichkeit konnte manchmal gerade das Richtige sein. Die Hälfte des Brötchens zerfiel ihr in den Händen, und sie wischte sich Senf und Ketchup mehr schlecht als recht mit einer kleinen Papierserviette von den Fingern.
Etwas an diesem Tag, an dem es eine Menge Verstörendes gegeben hatte, hatte sie besonders verstört, aber sie konnte es nicht festmachen. Als sie sich in der Toilette die Hände wusch, fiel es ihr ein: Es war der Bleistiftkreis um das Foto von David Quinn. Jemand musste diesen Kreis gezogen haben, um sicherzustellen, dass die Entführer auch die richtigen Kinder mitnahmen. Die Entführer wussten nicht, wie sie aussahen, und kannten sie nicht persönlich.
Das ist nichts Persönliches, es geht ums Geschäft.
Sie hörte Vincent Foleys dünnes Stimmchen. Das kalte Wasser lief ihr über die Hände, und sie sah ihn vor sich, wie er in seiner Anstaltskleidung in dem weißen Aufenthaltsraum

stand, ihr die Hände entgegenstreckte und sich mit dem linken Zeigefinger über den rechten Handrücken fuhr. Da wusste Madison, was sie gesehen hatte. *Das ist nichts Persönliches, es geht ums Geschäft.* Und warum Vincent Foley jeden Tag Angst vor dem Sonnenuntergang hatte. *Jemand wird kommen.*

Verdammt richtig, Vincent, dachte Madison, als sie die Treppe hinunter- und aus dem Gebäude hinauseilte. Sie winkte einem Taxi und ließ sich aufs Revier bringen – jetzt war keine Zeit mehr für nette Spaziergänge unter den winterlichen Bäumen. Fynn saß an seinem Schreibtisch, einen Plastikbehälter mit Salat vor sich und die Gabel auf halbem Weg zum Mund.

»Gray hat den Anhänger in die Bibel gesteckt«, sagte sie. »Er hat den Anhänger und das Bild in die Bibel gesteckt für den Fall, dass die Mörder ihn aufspürten. Er wusste, dass Peterson sich wegen Vincent mit der Polizei in Verbindung setzen würde und dass wir Hinweise suchen würden. Früher oder später würde die Bibel auftauchen. Wenn er es schaffte, lebendig davonzukommen, würde sie niemals jemand finden. Die Bibel war die Versicherung für den Fall, dass er es nicht schaffte.«

»Wie kam er an den Anhänger?« Fynn lehnte sich zurück, die Gabel lag zwischen den Salatblättern.

»Wie wir dachten: drei Männer plus Timothy Gilman. Einer ist tot, fehlen noch drei. Lee, Gray und Foley.«

»Wir haben jetzt genau dieselbe Beweislage wie vor einer Stunde.«

»Foley hat mir die Hände gezeigt.«

»Was hat er?«

»Lassen Sie mich Peterson anrufen.«

»Bitte.«

Madison wählte von Fynns Festnetzapparat aus und stellte den Lautsprecher an. Spencer und Dunne kamen herein.

»Doctor.« Madison kam gleich zur Sache. »Könnten Sie mir das genaue Datum sagen, an dem Vincent Foley in die Klinik kam?«

»Eine Sekunde«, antwortete er. Er tippte auf die Tasten eines Computers. Madison starrte einen Punkt auf dem beigen Teppich an: Wenn es vor dem 28. August 1985 gewesen war, dann war ihre Theorie beim Teufel.

»Es war der 17. September 1985«, sagte Peterson schließlich.

Madison spürte das Adrenalin, sie schmeckte Kupfer. »Danke. Eine Frage noch: Sie hatten erwähnt, dass bei Vincent bestimmte Handlungen und Gesten wiederholt auftreten, wie die Handbewegungen bei unserem Besuch. Gibt es davon noch mehr? Gibt es ähnliche – wie nannten sie das – Zwangshandlungen?«

»Das hat nichts mit Ronald zu tun.«

»Gibt es noch ähnliche Zwangshandlungen?«

Einen Augenblick wurde es still in der Leitung, und Madison hoffte inständig, dass Peterson sich nicht auf die ärztliche Schweigepflicht berufen würde.

»Ja, da gibt es noch etwas«, sagte Peterson nach einer Weile. »Er geht mit den anderen Patienten in den Garten – das ist eine positive Umgebung für sie …«

Madison wartete. Sie konnte beinahe hören, wie Peterson nachdachte und versuchte, das Gewicht seiner Worte zu ermessen. »Doctor …«

»Er gräbt, Detective. Vincent muss jedes Mal beaufsichtigt werden, wenn er in den Außenanlagen der Klinik ist, denn er rennt immer zur selben Stelle und gräbt mit bloßen Händen ein Loch in die Erde, so fest und so tief er kann.«

Madison schloss die Augen; sie hatte das Loch im Hoh River Forest gesehen.

»An derselben Stelle?«, fragte sie. *Vincents sauber geschrubbte Hände, mit Schmutz unter den Fingernägeln.*

»Ja.«

»Können Sie sie mir beschreiben?«

»Ich verstehe nicht ...«

»Bitte, Doctor, könnten Sie mir die Stelle beschreiben, an die Vincent immer wieder zurückkehrt?«

»Na ja, das ist unter einer sehr hohen Tanne. In der Nähe steht ein Strauch. Als Vincent ihn zum ersten Mal in Blüte gesehen hat, war er so aufgewühlt, dass er sediert werden musste.«

»Das ist ein Kleines tränendes Herz«, sagte Madison ruhig.

»Detective ...«

»Ich rufe Sie so bald wie möglich zurück, Doctor. Geht es Vincent heute gut? Ich meine ...«

»Es geht ihm, wie es ihm immer geht.«

»Danke, Dr. Peterson.«

Nachdem sie aufgelegt hatte, holte Madison tief Luft. »Bei Vincent Foley wurde ein IQ von 69 getestet; zumindest kam das heraus, als er als junger Mann getestet wurde. Bei seinem Einzug ins Walters Institute sagte Ronald Gray, dass Vincent vor Monaten Opfer irgendeines Übergriffs geworden war – die Details waren nicht klar, weil Vincent nichts erklären konnte. Jedenfalls war ihm etwas Schreckliches zugestoßen, und er hatte geistig völlig dichtgemacht. Er litt immer wieder an PTBS, das tut er bis zum heutigen Tag. Ich glaube nicht, dass es wirklich so war.«

»Er gräbt ...«, sagte Dunne.

»Das Loch im Wald wurde unter einer Hemlocktanne und einem Dicentra-Formosa-Strauch gegraben.«

Spencer seufzte. »Das Kleine tränende Herz.«
»Wir müssen die Verbindungen überprüfen«, sagte Fynn. »Wer gewinnt durch ihren Tod? Wer gewinnt durch Lees und Grays ewiges Schweigen? Wir müssen beide Enden des Falls bearbeiten: Wir müssen herausfinden, wer vor fünfundzwanzig Jahren den Auftrag gegeben hat, und wir müssen herausfinden, wer letzte Woche die Hinrichtung von Lee und Gray in Auftrag gegeben hat.«
Bilderdraht und die Offenbarung des Johannes.
»Was war das mit den Händen?«, fragte Fynn Madison, als sie schon beinahe zur Tür hinaus war.
Sie wandte sich zu ihm um. »Die Schnitte auf John Camerons Hand«, sagte sie. »Foley hat gesehen, wie das passiert ist – er hat alles mit angesehen.«

26

Madison setzte sich an ihren Schreibtisch. Das Leben auf dem Revier ging seinen Gang – Anrufe, Gespräche und Computertöne –, aber sie nahm nichts davon wahr. Das Bewusstsein, dass sie einen halben Meter entfernt von einem der Männer gestanden hatte, die diese Greueltat begangen hatten, diese Untat, die in so kurzer Zeit so viele Leben verändert hatte – es war kaum zu ertragen, denn wo auch immer Vincent Foley sich befand, man konnte ihn nicht erreichen, das Gesetz konnte ihn nicht greifen, man kam nicht an ihn heran. Was fing man mit so etwas an? Wie sollte man damit leben?
Madison langte nach ihrem Telefon; sie musste vieles be-

richten, es gab Menschen, die es verdient hatten zu wissen, was passierte. *Nicht jetzt, noch nicht.*

Sie strich die Akte Gray glatt. Erst justierte sie mit der Fingerspitze die Kanten der diversen Berichte darin, dann den kleinen Stapel Notizen und Papiere, der sich auf ihrem Schreibtisch niedergelassen hatte. Sie legte die Kugelschreiber gerade hin, die Bleistifte, den orangen Leuchtstift. Sie legte den hellrosa Radiergummi gerade hin und den Spitzer. Als schließlich alles in einem 90-Grad-Winkel zueinander dalag – sogar der quadratische gelbe Post-it-Block – drangen die Geräusche der Welt um sie herum wieder in ihr Bewusstsein. Madison schlug ihr Notizheft auf und begann zu schreiben.

Die Hintergründe der betroffenen Personen mochten sich unterscheiden – ihre Motivation, ihre Eigenheiten –, aber die Fragen blieben die gleichen: Wer hat das getan? Warum haben sie das getan? In Dr. Fellmans Leichenhalle lagen zwei Tote. Die Fragen mussten beantwortet werden, und zwar schnell.

Nathan Quinn hatte recht gehabt: Die Jungen waren von vier Männern entführt worden, und ein Mann – oder eine Gruppe von Männern – hatte den Auftrag dazu erteilt. Wo waren sie heute?

»Vor zwanzig Jahren stürzte ein Mann namens Timothy Gilman in eine Tötungsfalle und starb; es gibt Grund zu der Annahme, dass er einer der vier Entführer war.« Madison nahm ihre Jacke.

Sie wählte, während sie das Revier verließ. »Ich bin jetzt auf dem Weg, und es wird kein Höflichkeitsbesuch«, sagte sie.

Aus der Akte Gilman wusste sie noch, dass er zur Zeit der Entführung bereits Anfang vierzig gewesen war. Weder Lee noch Gray waren vorbestraft; 1985 hätten sie sich nicht mit Gilman messen können, der bereits eine Gefängnisstrafe wegen Körperverletzung abgesessen hatte. Er musste der Anführer sein und hätte keine Anweisungen von einem Zwanzigjährigen, der noch grün hinter den Ohren war, oder jemandem wie Vincent angenommen. *Es gibt Grund zu der Annahme, dass er einer der vier Entführer war.* Madison fuhr, ohne zu denken, und befand sich plötzlich schon auf dem Parkplatz. Sie schaltete den Motor ab und konzentrierte sich. Der strömende Regen auf der Windschutzscheibe schirmte sie von Blicken ab.

Was an jenem Dezemberabend im Hoh River Forest passiert war, hatte in ihrem Inneren eine Art Stempel hinterlassen, den Windungen eines Fingerabdrucks auf einem weichen Tonklumpen nicht unähnlich; sie wusste, dass er da war, obwohl sie kaum angefangen hatte, das Ganze zu verstehen oder zu ermessen, wie tief es in ihre Seele hineinreichte. Sie konnte nicht einmal erahnen, was es in Nathan Quinn hinterlassen hatte. Manche Religionen glaubten, dass Schmerz – körperlicher wie seelischer Schmerz – eine reinigende Wirkung auf die Seele habe; Madison glaubte, dass Schmerz nichts anderes als Schmerz war und dass man nur herausbekam, was man hineingelegt hatte, und Quinn hatte im Überfluss davon gehabt.

Allein die Überzeugung, dass sie sich sowieso niemals für diese Begegnung bereit fühlen würde, ließ sie aus dem Auto aussteigen.

Madison wusste, wo es hinging, sie kannte das Stockwerk und wusste, auf welcher Höhe des Korridors das Zimmer lag. Sie wusste es, weil sie jeden Tag gekommen war, als die Schnittwunden und Kratzer in ihrem Gesicht und an den Händen noch verheilten, als Tommy sich in den Armen

seiner Mutter erholte und Nathan Quinn friedlich in der nichtssagenden, leeren Dunkelheit eines künstlichen Komas schlief.
Er war schon vieles gewesen: der Anwalt, der einen mutmaßlichen Mörder schützte; der Mann, der eine kleine Plastikkassette in seinem Besitz hatte mit dem Potenzial, ihre Karriere zu zerstören; er war der Bruder, der die Erinnerung an einen dreizehnjährigen Jungen in einem leeren Grab beerdigt hatte. Er war vieles gewesen, dachte Madison, als sich die Türen des Aufzugs öffneten, und sie hatte keine Ahnung, was er jetzt gleich sein würde.
Er ist der Angehörige eines Opfers, sagte sie sich und war froh über die Krankenhausgerüche und die dürftige Ablenkung, die sie boten.

Die Tür war zu. Sie klopfte an.
»Herein.«
Madison drückte die Tür auf, und Nathan Quinn erhob sich, um sie zu empfangen.
»Detective …«, sagte er.
Die Narben zogen sich als dunkelrote Linien über seine feinen Gesichtszüge. *So bleich*. Groß und dünn und stoppelige Wangen.
»Herr Anwalt …«, antwortete sie, und gleichzeitig schaute sie nicht hin.
»Carl hat mir Ihren Besuch angekündigt.«
»Was werden Sie ihm sagen?«
»Die Wahrheit, Lieutenant, aber so wenig davon, wie es mir gelingt. Was ich ihm nicht sage, wird er erraten.«
»Ich habe mich sehr kurzfristig dazu entschlossen.«
»Ich bin immer erreichbar«, sagte er und wies mit einer kleinen Geste auf sein Zimmer.

Madison sah es sich an: Ihre Studentenwohnung war nicht so groß und elegant gewesen. Quinn trug Leinen – ein dunkelgraues Hemd über einer marineblauen Hose mit Kordel. Er war barfuß und lehnte auf einem Stock, den er in der rechten Hand hatte. Es roch nach den frischen Blumen, die in einer Vase auf dem Tisch arrangiert waren – wahrscheinlich Carls Werk.

»Nicht immer«, sagte sie. Doyle war in den schlimmsten Tagen ein erbitterter Torwächter gewesen.

»Nein«, gab er zu.

»Es passieren Dinge, Counselor«, sagte sie. »Sie passieren schnell, und ich brauche Ihre Hilfe und Ihren Rat. Wollen wir uns setzen?«

Er nickte, und sie merkte ihm ein klein wenig Erleichterung an, als er sich in einen der Sessel niederließ; Madison tat so, als fiele es ihr nicht auf. Sie fragte sich kurz, ob er Schmerzmittel nahm und ob sie seine Konzentrationsfähigkeit beeinträchtigten. *Unterschätze ihn nicht. Nackte Füße und ein Leinenhemd machen ihn nicht weniger gefährlich.*

Sie hatte ihn während ihrer Bekanntschaft noch nie angelogen, und ihre Ehrlichkeit war teuer erkauft. Sie würde auch heute nicht lügen. Die Wahrheiten, die sie mitgebracht hatte, waren Klingen, die auf beiden Seiten geschliffen waren.

»Es ist etwas passiert«, begann sie. »Wir haben neue Informationen über die Entführer.«

Madison wartete, bis er das aufgenommen hatte; sie musste nicht erklären, was sie meinte.

Er war sehr ruhig.

»Sie müssen mir sagen, was Sie über Timothy Gilman wissen.«

Quinn lehnte sich zurück. »Dieses ›Etwas‹, ist das wegen des Appells passiert?«

»Womöglich. Wir können es als Appell bezeichnen, wenn Sie wollen, aber wir wissen beide, dass Sie ein Kopfgeld ausgesetzt haben.«

Quinn blickte sie mit seinen schwarzen Augen an.

»Hat es funktioniert?«

Madison zögerte. »Wir wissen es noch nicht«, antwortete sie. »In diesem Stadium bauen wir den Fall erst auf, stellen die Verbindungen her.«

»Was können Sie mir sagen?«

Ein kleiner goldener Kreis, umgeben von kleinen Buchstaben. »Ich kann Ihnen sagen, dass wir Davids Anhänger gefunden haben.«

Pause. Es war der allererste Gegenstand, der von seinem Bruder aufgetaucht war, und es würde auch der letzte sein.

»Wo?«

»Er wurde für uns hinterlegt, wir sollten es im Zuge einer anderen Ermittlung finden.«

»Noch ein ungelöster Fall?«

»Nein.«

Quinn nickte. »Das ›Etwas‹, das wegen des Appells passiert ist?«

»Ja.«

»Ich verstehe.«

»Deshalb brauchen wir alles, was Sie über Gilman haben. Wir müssen ihn im Wald festnageln. Nichts in seinem Strafregister deutet darauf hin, dass er damit zu tun hatte.«

Quinn sagte nichts.

»Wer hat Ihnen von ihm erzählt?«

Quinn sagte nichts.

Jesus, das weckt Erinnerungen.

»Mr. Quinn, ich sehe das folgendermaßen: Der Appell war wie eine Handgranate – Sie mussten sie kräftig und weit werfen, um die Dinge in Gang zu bringen. Aber Gilman, Gilman war der Stift der Handgranate. Sie haben ein Kopfgeld von über einer Million Dollar auf die Männer ausgesetzt, die David getötet haben, und Sie sind nur ein Bruder, der tut, was er kann, um die Mörder vor Gericht zu bringen. Sie sagen *Gilman,* und die Leute, die es getan haben, und die, die sie dafür bezahlt haben, wissen, dass Sie wirklich etwas in der Hand haben. Und sie stieben sofort auseinander.« Madison holte tief Luft. »Sie hätten diese Gelegenheit nicht mit einem Namen verschwendet, der nicht aus Gold ist, und das heißt, dass Sie volles Vertrauen in diese Information hatten. Gilman starb vor zwanzig Jahren. Hätten Sie von seiner Beteiligung erfahren, als er noch lebte, hätten Sie ihn gekreuzigt – im übertragenen Sinne natürlich –, und das bedeutet, dass Sie es herausgefunden haben, nachdem er bereits tot war.«

Quinn schien es nicht eilig zu haben, in das Gespräch einzusteigen. Sie erinnerte sich an einen anderen Tag, an ein anderes Gespräch, bei dem Cameron mit ihr gesprochen und Quinn am Tisch ihrer Großmutter zugehört hatte. Sie kannte sein Schweigen.

»Wie haben Sie von ihm erfahren?«

»Ich habe es einfach. Wie das zustande kam, ist irrelevant.«

»Wie kann ich diese Information verifizieren?«

»Das können Sie nicht.«

»Aber Sie setzen alles darauf?«

»Sie haben den Nagel auf den Kopf getroffen. Würde ich den Namen nennen, wenn ich mir nicht absolut sicher wäre?«

»›Absolut sicher‹ klingt ja ganz nett, aber die Staatsanwaltschaft von King County wird uns das nicht abkaufen, außer wir haben Beweise.«

»Dann müssen Sie vielleicht einen anderen Weg gehen.«
»Es gibt keinen anderen Weg, und Sie wissen das. Gilman wäre damit der Anführer gewesen, er wäre derjenige gewesen, der die Anweisung erteilt hat. Wenn ich nicht beweisen kann, dass Gilman damit zu tun hatte, komme ich nicht an die Leute heran, die ihn für die Entführung bezahlt haben.«
Quinn beugte sich vor, und Madison merkte, dass er so hoch konzentriert war wie immer, Schmerzmittel hin oder her.
»Seien Sie kreativ«, sagte er.
»Ich kann nur mit dem arbeiten, was ich habe.«
»Da habe ich einen Gegenbeweis: Sie hielten John Cameron für unschuldig, trotz all der Beweise, die Sie hatten.«
»Gut, der Punkt geht an Sie. Was *können* Sie mir denn sagen?«
»Fragen Sie mich, und wir sehen, wie es läuft.«
»Hat Ihnen ein Informant von Gilman erzählt?«
»Nein.«
»Haben Sie es selbst herausgefunden?«
»Ja.«
»Wie?«
Er schüttelte den Kopf.
»Was macht Sie so absolut sicher, dass er es war?«
»Er war es.«
»Gab es irgendwann einen Informanten? Schützen Sie jemanden?«
»Sie stellen die falschen Fragen, Detective.«
»Dann sagen Sie mir, was die richtigen Fragen sind.«
»Jemand hat den Anhänger hinterlegt, damit Sie ihn finden?«
»Ja.«
»Vielleicht einer der beiden Männer, die letzte Woche ermordet wurden?«

Was sie nicht sagte, würde er erraten.
Sie wählte ihre Worte sorgfältig und schenkte ihm die Wahrheit, die sie hatte.
»Mr. Quinn, ich bin nicht hierhergekommen, um Ihnen zu sagen, dass die Wahrscheinlichkeit sehr hoch ist, dass zwei der Männer, die die Jungen entführt haben, tot sind. Aber ja, ich glaube das. Und das ist die Spur, der ich folge. Aber ich habe keinen sicheren Beweis dafür, und Sie sind der letzte Mensch auf diesem Planeten, zu dem ich jemals so etwas sagen würde, wenn ich es nicht bestätigen könnte.«
»Sie waren an der Stelle, wo sie ihn begraben haben?«
Madison wusste nicht, wie sie es über die Lippen bringen sollte, und Browns Worte fielen ihr wieder ein: *Dieser Mann ist aus einem Metall gemacht, für das wir nicht einmal einen Namen haben.*
»Ja, ich war dort. Es war etwa eine Meile von der Lichtung entfernt.«
Eines Tages, wenn er aus dem Krankenhaus entlassen war und ohne diesen verdammten Stock laufen konnte, dann würde auch er seinen Weg dorthin finden, dessen war sich Madison sicher. Vielleicht würde Vincent Foley bis dahin seine Geheimnisse preisgegeben haben.
»Warren Lee und Ronald Gray«, sagte Nathan Quinn leise.
»Genau das wollten Sie doch«, sagte Madison. »Sie wussten, dass wir in Davids Fall weniger als nichts hatten: keine neuen Beweise, keine neuen Zeugen. Aber wenn die Auftraggeber von damals sich durch Ihren ›Appell‹ ausreichend bedroht fühlen würden, dann könnten sie gut und gerne beschließen, endgültig aufzuräumen, und damit würden sie uns etwas liefern, dem wir nachgehen könnten. Neue Beweise, neue Spuren und neue Leichen«, sagte sie. »Und irgendwie würden wir den Weg zurück zu David verfolgen.«

»Nicht jeder, nein. Nur Sie. Ich wusste, dass *Sie* die Spur zurück zu David verfolgen würden.«
Madison wusste nicht, was sie dazu sagen sollte.
»Ich bin nur ein Bruder, der tut, was er kann«, sagte Quinn.
»Unterschätzen Sie sich nicht.«
»Haben Sie neue Anhaltspunkte?«
»Ja.«
»Dann«, Nathan Quinns Stimme kam von einem toten Ort, »dann hat es funktioniert.«
»Zwei Männer wurden ermordet. Ein weiterer wurde vielleicht verletzt.«
»Das bedaure ich. Ich hatte auf eine lebenslange Gefängnisstrafe gehofft, einen elendigen Tag nach dem anderen.«
»Nicht auf die Todesstrafe?«
»Waren Sie jemals in einem Hochsicherheitsgefängnis, mit einem Kindermörder-Schild um den Hals?«
»Wir wissen noch nicht sicher, ob sie damit zu tun hatten, und ich brauche immer noch Gilman.«
»Gilman ist schon lange tot.«
»Ja, wir alle bedauern sein verfrühtes Ableben. Ich brauche trotzdem Informationen über ihn.«
»Dabei kann ich Ihnen nicht helfen, Detective.«
»Können Sie nicht oder wollen Sie nicht?«
»Ist das letztendlich wichtig?«
»Wollen Sie es wirklich aufs Spiel setzen, diese Männer zu finden und sie vor Gericht zu bringen, nur wegen dieser einen Information, die Sie nicht preisgeben wollen?«
Seine Augen leuchteten – vielleicht hatte er Fieber, vielleicht auch nicht. »Auf jeden Fall«, antwortete er.
Was wir sagen wollen, was wir zurückhalten, wie der Spieler die Karten hält: Madison war bei zahllosen Pokerspielen dabei gewesen, seit sie alt genug dafür war, und sie merkte es,

wenn etwas ungewöhnlich roch. Sie wusste nicht genau, was es war, aber sie hatte etwas, das sie zuvor nicht gehabt hatte; ihr Bauchgefühl sagte ihr, dass Nathan Quinn ihr versehentlich eine kleine Wahrheit verraten hatte. Vielleicht würde die größere später nachfolgen.

»Wo ist er?«, fragte er sie. Das Krankenhaus um sie herum war verschwunden, und Madison fürchtete seine nächsten Worte.

»Wer?« *Einer ist tot, fehlen noch drei.*

»Der vierte Mann. Derjenige, den Sie nicht suchen. Derjenige, den Sie nicht erwähnt haben. Wo ist er?«

Nun war sie an der Reihe zu schweigen.

»Sie haben gesagt, Sie brauchen Gilman, um die Männer ausfindig zu machen, die den Auftrag erteilt haben, aber an dem Tag war noch ein vierter Mann im Wald.«

»Ja, so war es.«

»Wenn Sie ihn nicht suchen, heißt das, Sie wissen schon, wo er ist. Ist er tot?«

Ich weiß nicht, *was* er ist, dachte Madison. Würde sie Quinn wirklich sagen, dass es ein menschliches Wesen aus Fleisch und Blut auf dieser Welt gab, der das Loch gegraben hatte, in das sein Bruder gelegt worden war? Die Welt war nicht dieses Krankenhauszimmer – eines Tages würde er hier herauskommen. Eines Tages könnte er in demselben weißen Aufenthaltsraum wie Vincent Foley stehen, der Gartenerde unter den Nägeln hatte.

»Glauben Sie, ich hätte von hier aus Zugriff auf ihn? John hätte von da, wo er ist, Zugriff auf ihn?«

»Ich will Sie nicht anlügen«, sagte Madison einfach.

»Eine lobenswerte Absicht.«

»Er lebt, und er geht nirgendwo hin.«

»Sie *haben* ihn?«

In diesem Augenblick war Madison froh, dass Quinn ein vereidigter Justizbeamter war und Cameron hinter mehreren verschlossenen Stahltüren saß.
»Wir wissen, wo er ist, und da, wo er ist, ist er schon in seinem eigenen Gefängnis.«
»Wo ist er?«
»Da, wo ihn niemand erreichen kann.«
»Haben Sie mit ihm gesprochen?«
»Er ist nicht in der Verfassung, bei dem Fall helfen zu können.«
Quinn akzeptierte das. »Was ist mit ihm passiert?«
»Ich weiß es nicht. Nach meinem Eindruck war er ein Zeuge. Ich kann Ihnen momentan nicht mehr über ihn sagen – ich hoffe, Sie verstehen das. Wir versuchen gerade selbst noch, alles zusammenzufügen.«
Quinn nickte. »Er wird nicht fliehen?«
»Er ist in sicherer Verwahrung.«
»Werden Sie ihn anklagen?«
»Das wird schwierig sein, um nicht zu sagen unmöglich.«
»Wo ist er?«
»Er ist in einer Klinik für psychiatrische Störungen. Er ist seit September 1985 dort«, sagte Madison. »Einen elendigen Tag nach dem anderen.«
Sie stand auf und ging Richtung Tür. Quinn erhob sich ebenfalls.
In ihrer Beziehung gab es keinen Raum für solche Worte, nichtsdestotrotz mussten sie gesagt werden. »Wie geht es Ihnen?«, fragte Madison ihn.
»Ich bin am Leben, Detective.« Unbewusst berührte er die Stelle, wo seine Milz sein sollte. »Mehr oder weniger.«
»Ja«, sagte sie. »Sie sind am Leben, und Tommy auch.« Manchmal ist ein »Danke« erbärmlich unangemessen.

»Carl sagt, er macht sich gut«, sagte er.
»Ja«, antwortete sie. »Sie haben mich gefragt, ob ich glaube, dass Sie von hier aus Zugriff auf den vierten Mann hätten. Die Wahrheit ist, ich glaube, Sie könnten alles, wozu Sie sich entschlossen haben; ich weiß das ganz sicher, weil Tommy in ein paar Wochen sieben wird.«
Madison hatte die Hand schon an der Tür, als er antwortete.
»Ihre kugelsichere Weste hat mir das Leben gerettet.«
Madison nickte und ging.

27

28. August 1985. Es war ein heißer Tag am Ende eines heißen Monats; Ronald Gray stand auf dem betonierten Parkplatz an der Ecke South Lander Street und Utah Avenue South und merkte, wie er zwischen den Schulterblättern schwitzte und wie der Stoff seines Hemds an ihm kleben blieb. Er hatte Vincent ein Eis am Ende des Arbeitstags versprochen, aber jetzt könnte er selbst eins brauchen, mit einem eisgekühlten Bier dazu – am besten gleich zwei. Er blinzelte in die helle Morgensonne und sah sich um: Einkäufer, Passanten und Vincent, mit hängenden Schultern und unzufrieden.
Die Arbeit würde ganz einfach sein – so etwas in der Art hatte er schon drei Mal gemacht, allerdings noch nie mit Kindern. Es würde einfacher sein als mit Erwachsenen, dachte er. Von Kindern geht keine Gefahr aus, sie sind leicht einzuschüchtern, und die Eltern überlegen es sich zwei Mal, bevor sie zur Polizei gehen. Außerdem war heute die Be-

zahlung verdammt gut – und da kam Vincent mit ins Spiel. Er war eine billige Hilfskraft und protestierte nicht.
Er hatte Vincent schon bei ein paar anderen Jobs dabeigehabt, als Aufpasser. Mit Vincent war das so, dass er immer machte, was man ihm sagte. Wenn er ihm sagte, er solle sich an die Ecke stellen und auf ihn warten, bis die Hölle gefror … er würde dort stehenbleiben, bis ihm Eiszapfen aus den Haaren wuchsen.
Der blaue Transporter kam um die Ecke, und Ronald wandte sich zu Vincent: »Du weißt, was du zu tun hast, ja?«
Vincent nickte.
»Gut. Stell dich aufrecht hin«, sagte Ronald, als der Transporter neben ihnen hielt.
Timothy Gilman saß am Steuer. In Anbetracht des bevorstehenden Jobs hätte er eigentlich recht entspannt sein sollen, trotzdem sah er irgendwie aus, als sei ihm eine Laus über die Leber gelaufen. Ronald kannte Gilman gut genug, um zu wissen, dass er ein gewalttätiger Grobian war und ihm nichts besser gefallen würde als die Gelegenheit, sich über jemanden herzumachen und auch noch Geld dafür zu bekommen. Die Tatsache, dass es sich um Kinder handelte, spielte keine Rolle: Ronald wusste nichts weiter darüber, als dass man ihren Vätern einen Heidenschreck einjagen wollte. Wenn sie so dumm waren, Typen wie Gilman an sich heranzulassen, dann war das nicht Ronalds Schuld. Er war hier, um seinen Job zu erledigen, und Gilman wollte Vincent dabeihaben, weil er billig war. Alles in allem sollte es also ein leichter Tag werden.
Warren Lee sprang aus der Beifahrertür, und Ronald seufzte: Er war Warren schon ein paarmal begegnet, und er mochte ihn nicht und verachtete ihn gleichermaßen. Warren war aus dem gleichen Holz geschnitzt wie Gilman, aber während

Timothy ein waschechter Charakter war, war Warren lediglich ein kleines Wiesel mit einem Faible für gelegentliche Gewalttaten.
»Hallo, Jungs.« Warren grinste.

Der blaue Transporter schlängelte sich durch den Verkehr. Ronald saß vorne zwischen Gilman und Lee, und Vincent klapperte hinten herum. Warren hatte das Fenster heruntergelassen, sein nackter Arm hing halb heraus und fing die Sonne und den Wind ein.
Ronald spürte Warrens heimliche Freude auf die nachmittägliche Unternehmung und war irgendwie abgestoßen davon. Ihm selbst ging es ums Geld – nicht mehr, nicht weniger. Gilman hatte insgesamt vielleicht drei Wörter gesprochen, das war ungewöhnlich; er strahlte eine verbissene Entschlossenheit aus, die bei den anderen respektvolles Schweigen hervorrief.
Ein Oldies-Sender spielte gerade »Be My Baby« von den Ronettes, als bräuchten sie nicht mehr, um die Welt vollkommen zu machen. Der Himmel war blau, und der Transporter war unterwegs zum Jackson Pond.

Zwei Stunden später fuhr Gilman den Wagen mit der gesetzlich erlaubten Höchstgeschwindigkeit. Warren saß auf dem Beifahrersitz – das Fenster war trotz der Hitze ganz geschlossen –, und das Radio war ausgeschaltet. Niemand sagte etwas.
Hinten kauerten Ronald Gray und Vincent Foley um die kleinen Körper der drei Jungen. Die Kinder waren ohnmächtig, man hatte ihnen die Augen verbunden und die Hände vorne gefesselt. Ronald kratzte der Hals von dem Geruch nach Chloroform und Schweiß im Halbdunkel.

Vincent machte große Augen, während er die schlafenden Kinder betrachtete. Ronald stupste ihn am Fuß. »Schau sie nicht dauernd an. Die hauen nicht ab«, flüsterte er.
Vincent nickte und schaute weg.

Es war ganz einfach gewesen: Gilman wusste, wo sie sein würden und wann. Der Jackson Pond war ein kleiner Teich, verborgen in einem dichten Wald, die Straße führte sie beinahe ganz bis dorthin. In diesem Teil des Parks herrschte in beiden Richtungen nicht viel Verkehr, und der Transporter hielt unbemerkt fünfzig Meter vor dem Weg, der zum Teich führte.
Gilman zog ein Stück Papier aus der Gesäßtasche seiner Jeans: Es war das Bild eines Jungen. Er betrachtete es genau, dann faltete er es zusammen und steckte es sich wieder in die Tasche; er ließ sie im Wagen sitzen und verschwand in dem Wäldchen, das die Straße säumte.
Warren quasselte irgendetwas über den einen oder anderen Job, den er für Gilman erledigt hatte, und Ronald wünschte, sie würden sich endlich beeilen. Wenn er noch eine Minute neben Warren in diesen Sitz gequetscht verbringen müsste, würde er ihm womöglich eine verpassen, damit er endlich still war. Vincent hinter ihnen hatte kein einziges Wort gesagt, seit sie abgeholt worden waren.
Plötzlich tauchte Gilman wieder aus dem Wald auf. »Sie sind da«, sagte er.
Er fuhr den Transporter über einen schmalen Weg, und als er den Motor ausmachte, hörten sie nur noch ihren eigenen Atem und in der Ferne gelegentlich ein Auto.
Er verteilte Masken, die sie sich überziehen sollten; er gab ihnen schmutzige Lumpen als Augenbinden und Seile, um den Kindern die Hände zu fesseln. Er sagte ihnen genau,

was sie tun sollten, und sie taten es. Die Kinder hatten keine Chance.

Der Zigarettenrauch stieg in Kringeln nach oben. Die Nachmittagshitze drückte auf die Lichtung: über ihnen ein Stück Himmel, um sie herum die alten Bäume des Hoh River Forest. Es war eine lange Fahrt gewesen, aber der Job war schon so gut wie erledigt. Die Männer rauchten an den Wagen gelehnt und betrachteten die Jungen, die Augen verbunden und jeder an einen anderen Baum gefesselt.
Sie hatten die Lichtung über einen zugewachsenen Weg erreicht, der früher einmal zu einer Wetterstation geführt hatte; es war abgeschieden dort, und die Männer wussten, dass sie bei ihrer Arbeit nicht gestört werden würden. Sie rauchten, weil sie alle Zeit der Welt hatten und weil sie in dieser Welt alle Macht besaßen, die sie brauchten. Warrens Augen glänzten, als sich die Kinder langsam zu regen begannen.
Der erste Junge – dunkelhaarig und etwas kleiner als die anderen – kam wimmernd zu sich und merkte, dass er an den Baum gefesselt war. Der zweite – ebenfalls dunkelhaarig, aber größer – war wach und starr vor Angst. Der dritte – mit hellen Locken und größer als die anderen – versuchte sich zu orientieren, er atmete schwer unter der Augenbinde und wandte den Kopf in Richtung der anderen. Gilman beobachtete ihn.
In der Stille der Lichtung war zwischen den Kindern und den Männern, die sie entführt hatten, nichts als der Zigarettenrauch. Die Jungen nahmen einer nach dem anderen den Geruch von billigem Tabak wahr und wurden starr. Ein Vogel schlug mit den Flügeln und kreischte.
Es war Zeit, die Botschaft zu übermitteln; Ronald wandte sich zu Gilman um – er sollte sich jetzt eigentlich rühren,

reden, drohen und den starken Mann spielen, was er am besten konnte. Stattdessen zündete sich Gilman noch eine Zigarette an, er wandte den Blick kaum je von dem blonden Jungen ab. Die Stille dehnte sich, und Ronald wartete. Ohne hinzusehen, wusste er, dass Vincent links von ihm war – mit ausdruckslosen Augen wartete er auf Anweisungen.
Als Gilman schließlich sprach, war Ronald erleichtert; bald würden sie endlich weg sein von hier.
»Jungs, ich möchte, dass ihr mir jetzt zuhört, und zwar genau. Sagt ja.«
Niemand sagte etwas.
»Sagt ja.«
Drei schwache Stimmen gehorchten.
»Das ist eine Botschaft an eure Daddys. Merkt euch das genau, die Botschaft lautet: Das ist nichts Persönliches, es geht ums Geschäft. Habt ihr das verstanden? Wiederholt es.«
Die Jungen bekamen kaum einen Ton heraus. Gilman ging zwischen ihnen hin und her, und Ronald fiel auf, dass er besonders das blonde Kind im Auge behielt.
»Sagt es noch mal.«
»Das ist nichts Persönliches, es geht ums Geschäft.«
»Noch mal.«
»Das ist nichts Persönliches, es geht ums Geschäft.«
»Hey, Kleiner. Hast du mich verstanden? Willst du nach Hause?« Gilman ging zu dem Jungen, der an den ersten Baum gebunden war – der kleinste und jüngste, wie es aussah –, und brüllte ihm direkt ins Gesicht. Der Junge brachte keinen Ton hervor, und er konnte kaum atmen, geschweige denn reden.
Ronald Gray dachte an das Geld, das sie bekommen würden, und an die Anzahlung für das Auto, das er haben wollte. Spätestens morgen würde man die Kinder finden. *Keine*

Verletzungen, nichts Hässliches, die Botschaft war überbracht. Er versuchte zu ignorieren, dass Vincent erstarrt war, so als hätte Gilman ihn angeschrien.

Gilman brüllte, der Junge drückte sich gegen den Baum, und Ronald entging nichts – zum Beispiel, dass Gilman dem Kleinen zwar eine höllische Angst einjagte, währenddessen aber alle paar Sekunden einen Blick auf den anderen Jungen warf.

Schließlich schrie der Kleine den Satz heraus, und Warren kicherte. »Na, der hat aber eine ordentliche Lunge.«

»Gut gemacht. Also, wir lassen euch bald nach Hause, aber eins müsst ihr wissen: Wenn ihr jemals den Bullen davon erzählt, dann komme ich wieder und hole euch. Wenn ihr jemals irgendjemandem davon erzählt, dann komme ich wieder und hole euch, und ich tue auch eurer Mom und eurem Dad weh. Verstanden? Ihr habt nichts gesehen und nichts gehört. Ihr überbringt euren Daddys einfach die Botschaft, und alle bleiben am Leben. Kapiert?«

»Ja.«

»Jetzt sehen wir doch mal, ob du das noch lauter kannst, du Mädchen.« Plötzlich hatte Gilman ein Messer in der Hand, und er schlitzte dem Jungen den Arm auf.

»Was machst du denn da, spinnst du?« Ronald war das schon herausgerutscht, bevor er sich zurückhalten konnte.

»Halt's Maul. Zwing mich nicht dazu, Junge. Lass es uns noch mal hören.«

Der Junge schrie auf, als ihm die Klinge wieder in den Arm schnitt.

»Hey«, sagte Warren zu niemandem im Besonderen. Er war ein Feigling und ein Idiot, aber selbst er spürte, dass das Ganze in eine völlig neue Richtung ging und dass das nichts Gutes bedeutete.

»Steig in den Wagen und halt verdammt noch mal das Maul«, sagte Gilman ruhig.
»Komm schon, Alter, nichts wie weg hier«, sagte Ronald.
»Was machen Sie da?« Es war die Stimme des blonden Jungen, und Ronald hätte schwören können – Mann, er hätte alles, was er auf der Bank hatte, darauf verwettet, dass da ein dunkles Vergnügen in Gilmans Augen aufblitzte, als er sich ihm zuwandte.
»Lass den Jungen in Ruhe, wir hauen besser ab«, wiederholte Ronald.
»Zwing mich nicht dazu, du kleiner Scheißer. Ich will es hören.« Er fügte dem Jungen noch einen Schnitt zu.
»Aufhören!« Der große Junge zerrte an den Seilen.
»Was hast du gesagt?« Gilman ging auf ihn zu.
»Er ist doch bloß ein kleiner Junge. Wir machen ja, was Sie wollen, aber tun Sie ihm nicht weh.« Der Junge klang atemlos.
»Wenn du heil wieder nach Hause kommen willst, dann sei sofort still.«
Und da passierte es: In der einen Sekunde ging es dem blonden Jungen noch gut, in der nächsten japste er. Er mühte sich, unter dem schmutzigen Lumpen, den sie als Augenbinde benutzt hatten, Luft zu bekommen.
»Was ist los?«, fragte Warren.
»Er atmet nicht. Schneid ihm die Fessel ab.« Ronald trat vor.
»Fass ihn nicht an, der kommt schon wieder in Ordnung.« Gilman streckte den Arm aus, die Klinge des Messers zeigte direkt auf Ronalds Brust. »Ich schneid dir die Hand ab, wenn du ihn anfasst.«
»Irgendwas ist mit ihm«, flüsterte Vincent.
»Das sehen wir, du Vollidiot. Schneid ihn los«, sagte Warren.

»Nein.«
Die Atmung des Jungen ging jetzt schnell und flach und wurde mit jeder Sekunde schwächer.
»Dave?«
»Dave?«
Mehr bekam Ronald nicht mit, den Namen des Jungen, während seine Freunde ihn riefen, und Timothy Gilman, der mit dem gezückten Messer dastand, ihnen in die Augen sah und ihnen bedeutete, dass sie sich bloß von ihm fernhalten sollten.
Dann war es lange still.
Der Junge war in den Fesseln zusammengesackt, sein Kopf hing nach vorne.
»Wir sind fertig hier«, sagte Gilman.
»Was ist passiert?«, rief der Kleine.
Warren machte sich an den Seilen zu schaffen, lockerte sie.
»Diese Scheiße war aber nicht mit drin.«
»Mach schon«, sagte Gilman.
»Was tun wir jetzt mit ihm?«, fragte Ronald.
»Wir nehmen ihn mit.«
»Was machen wir?«
»Sei still und lass den Motor an.«
»Das ist nicht …«
»Halt endlich das Maul und lass den Motor an.«
Gilman ging wieder zurück zu dem Kleinen. »Du weißt, was wir besprochen haben.«
»Wie ist mit David? Was ist passiert?«
»Du und dein Freund, ihr sagt zu keiner Menschenseele etwas. Nicht zu den Bullen, nicht zu deinem Vater, zu niemandem.«
»Was haben Sie mit ihm gemacht?« Die dünne Stimme krächzte nur noch.

»Vielleicht sollte ich dafür sorgen, dass du dich auch wirklich erinnerst.«
Das Letzte, was Ronald sah, als er wieder in den Transporter stieg, war das Aufblitzen von Gilmans Messer.

28

Madison trat durch die Glastüren des Krankenhauses und atmete tief durch. Bisher war kein Gespräch, das sie mit Nathan Quinn geführt hatte, sonderlich direkt gewesen, und heute war es nicht anders gelaufen. Während ihrer kurzen Bekanntschaft hatten sie es irgendwie geschafft, konsequent bei der Wahrheit zu bleiben und gleichzeitig in Rätseln zu sprechen.
Ihre Worte bargen eine Bürde von Geheimnissen; Madison hatte zum ersten Mal eine Ahnung davon bekommen, als Quinn seine Stellung als Treuhänder der Sinclairs aufgegeben hatte, um Cameron anwaltlich vertreten zu können. Sein Vertrauen in seinen Freund stand gegen die Beweise und den gesunden Menschenverstand.
Madison schauderte in der Kälte nach der trockenen Hitze des Krankenhauses: Quinn hatte eine weitere Spur gelegt, und er vertraute darauf, dass Madison sie bis zum Ende verfolgte, wo auch immer sie hinführen würde. Hinter der Wolkendecke würde die Sonne bald untergehen, und Vincent Foley – der das beobachten und darauf warten würde – war für alle Beteiligten das Ende der Spur.

»Wir müssen ihn unter Schutz stellen«, sagte Madison zu Lieutenant Fynn. Ihr Motor lief, und die Fenster waren bereits beschlagen.

»Ich werde das in Betracht ziehen«, antwortete er.

»Sir, wie viel Zeit bleibt uns, bis jemand zwei und zwei zusammenzählt und herausfindet, welche Fälle wir bearbeitet haben, als wir ins Walters Institute gefahren sind?«

»Da widerspreche ich Ihnen ja gar nicht. Ich sage nur, dass wir nicht genügend Leute haben, um sie auf dem Gelände zu verteilen. Sie haben die Anlage ja gesehen. Sie ist riesig.«

»Ich weiß.«

»Und sie haben dort schon ein halbwegs anständiges Sicherheitssystem, ich hoffe, das reicht aus.«

»Natürlich. Aber andererseits geht es ihnen eher darum, ihre Patienten innerhalb der Anlage zu behalten, als Profikiller abzuwehren.«

»Wir müssen das von Tag zu Tag neu entscheiden, Madison. Gibt es Neues von Quinn?«

»Nichts Konkretes über Gilman. Aber das ist ja keine Überraschung.«

»Haben Sie dem Doc erzählt, dass sein Rain-Man-Patient ein Mörder sein könnte?«

»Noch nicht. Und Foley ist kein Autist. Er hat einen grenzwertig niedrigen IQ und dazu noch PTBS und Gott weiß was alles.«

»Sprechen Sie mit ihm? Ich meine, wollen Sie trotzdem versuchen, etwas aus ihm herauszuholen?«

Madison lehnte den Kopf zurück und schloss die Augen. »Ich werde es versuchen.«

Am anderen Ende der Leitung raschelte Papier. »Noch etwas«, sagte Fynn. »Erinnern Sie sich, dass Warren Lee eine Schwester hatte?«

Madison überlegte. »Tennessee. Sie haben seit Jahren nicht miteinander gesprochen?«
»Richtig. Dreizehn Jahre, um genau zu sein. Spencer hat sie angerufen, und glücklicherweise haben sie vor fünfundzwanzig Jahren doch noch miteinander gesprochen.«
»1985?«
»Ganz genau.«
Madison setzte sich aufrecht hin. »Was hat sie gesagt?«
»Soweit Spencer das beurteilt, sind sie sich nie grün gewesen. Für sie bedeutete er immer nur Ärger, und sie wollte ihn nicht in die Nähe ihres Mannes und ihrer Kinder lassen. Aber sie weiß noch, dass Lee Mitte der Achtziger eine Freundin hatte. Spencer versucht sie aufzuspüren.«
»Das sind gute Neuigkeiten.«
»Das hoffe ich doch.«

Während Spencer und Dunne noch Lees und Grays Arbeitsplätze abglichen, um mögliche Kontaktpunkte ausfindig zu machen, schrieb sich Madison die derzeitige Adresse und Telefonnummer der Freundin auf. Paula Wilson wohnte in Bellevue, auf der anderen Seite des Lake Washington, und ihre Sozialversicherungsnummer hatte ihnen verraten, dass sie als Arzthelferin arbeitete.
Als Madison angerufen hatte, klang sie nicht sonderlich begeistert darüber, die weit zurückliegende Vergangenheit wieder ans Licht zu holen, trotzdem hatte der Anruf sie nicht überrascht: Sie hatte die Nachrichten gesehen, den Namen erkannt.
»Mein Mann kommt bald aus der Arbeit nach Hause. Könnten Sie versuchen, vor ihm hier zu sein?«
Madison fragte nicht nach; sie drückte aufs Gas.

Das hübsche zweistöckige Backsteinhaus stand in einer Wohnstraße. Paula Wilson – ihr Ehename war Kruger – öffnete Madison die Tür und blickte ihr über die Schulter, als hätte sie etwas Unwillkommenes im Schlepptau. »Ich habe Ihnen vielleicht einen falschen Eindruck vermittelt«, sagte die Frau, während Madison einen Schluck Kaffee aus einer handbemalten Keramiktasse trank. »Mein Mann weiß alles von Warren. Aber es war eine schwierige Phase in unserem Leben, und es würde ihn sehr beunruhigen, wegen mir …«
Paula Wilson Kruger war eine hübsche braunhaarige Frau, die auf sich achtete. Madison wusste, dass sie siebenundvierzig Jahre alt war, zwei Jahre jünger als Warren Lee. Das Haus und alles darin verriet ein stabiles Familienleben in einer ruhigen Wohngegend. Sie setzten sich ins Wohnzimmer – ein gemustertes dreisitziges Sofa und dazu passende Sessel –, und Madison roch den Schmorbraten im Ofen.
»Was können Sie mir über Warren Lee erzählen?«, fragte sie. Sie wagte sich langsam vor und wusste nicht, wo das hinführen würde.
Die Frau lächelte, aber das Lächeln verschwand gleich wieder aus ihrem Gesicht. »Er war süß, als ich ihn kennenlernte. Er war süß und verschlagen und gemein.«
Madison war so klug, sie nicht zu unterbrechen.
»Ich war zwanzig, das ist alles, was ich zu meiner Verteidigung vorbringen kann. Ich habe Warren in einem Einkaufszentrum kennengelernt, er hat mich angesprochen, wir kamen zusammen, und nach ein paar Wochen sind wir zusammengezogen. Meine Eltern waren nicht gerade froh darüber, aber ich dachte, ich wüsste alles besser.«
Die Frau trank einen Schluck Kaffee. »Es waren die schlimmsten zwei Jahre meines Lebens«, sagte sie schließlich.

»Ich bin seit einiger Zeit Arzthelferin, wussten Sie das?«
Madison nickte.
»Ich sehe immer genau, welches Mädchen, welche Frau in Schwierigkeiten steckt. Das hat nichts mit dem Alter zu tun. Manchmal lassen sie mich helfen, manchmal nicht. Aber ich sehe es immer – diejenigen, die Angst haben, diejenigen, die sich schämen, die so tief in dem Loch stecken, dass sie nicht mehr heraussehen können. So wie ich mit Warren. Wir hatten zwei perfekte Monate, dann hat sich alles geändert. Am einen Tag war er traumhaft, am nächsten wütend. Nach einer Weile gab er sich gar keine Mühe mehr, traumhaft zu sein. Gelegentlich wurde er gewalttätig, aber meistens hatte ich Angst, permanent.«
»Haben Sie gearbeitet? Und er?«
Madison kannte die Antworten bereits, aber sie wollte es aus ihrem Munde hören.
»Ich habe das College abgebrochen und in einem Restaurant in Kirkland gekellnert. Warren hat Teilzeit in einem Club gearbeitet, aber er hatte immer ungewöhnlich viel Geld. Ich habe ihn nicht gefragt, wo es herkam, und er hat es mir nicht erzählt.«
Die Frau zögerte. »Ich habe Warren über zwanzig Jahre nicht mehr gesehen. Warum interessiert Sie etwas, das vor so langer Zeit passiert ist?«
Madison legte sich ihre Worte sorgfältig zurecht. »Wir versuchen zu verstehen, was für ein Mensch er war, um zu verstehen, was ihm zugestoßen ist und warum. Haben Sie Leute kennengelernt, mit denen er zusammengearbeitet hat?«
»Ein paar. Hauptsächlich aus dem Club.«
»Erinnern Sie sich noch an Namen? Personen, die er kannte oder regelmäßig traf, oder auch welche, von denen er nur manchmal erzählt hat …«

Die Frau seufzte.
»Da waren Henry Dee und seine Freundin Lisa – sie waren nett zu mir«, sagte sie. »Bill Morris, der andere Barkeeper.«
Madison schrieb sich die Namen auf.
»Richard Lucas und sein Bruder Paul.« Sie zögerte. Die Erinnerungen kamen ans Licht wie blinde Passagiere.
»Sagt Ihnen der Name Ronald Gray etwas? Oder Vincent Foley?«
»Nein.«
»Hat Warren jemals einen gewissen Gilman erwähnt? Timothy Gilman?«
Die Frau fuhr mit der Handfläche über ein Kissen auf dem Sofa – ein weiches, gestepptes Viereck, das auf der Oberseite bestickt war: Rotkehlchen über Kirschblüten. »Lisa war ein nettes Mädchen; sie war Lapdancer im Club. Ich habe keine Ahnung, was aus ihr geworden ist.« Sie stand auf. »Ich muss nach dem Ofen sehen.«
Madison wartete, während sich Paula Wilson Kruger ein paar Minuten in der Küche zu schaffen machte. Sie wusste, es würde eine Antwort kommen, und wenn die Frau ein paar Minuten brauchte, um sich zu sammeln und den Trost des neuen Lebens zu spüren, das sie sich aufgebaut hatte, dann wollte ihr Madison die gönnen.
»Ist er tot?«, fragte die Frau von der Küchentür aus. »Gilman, ist er tot?«
»Sie kannten ihn?«
»Ich bin ihm begegnet. Einmal. Ist er tot?«
»Ja. Seit zwanzig Jahren.«
»Gut. Das ist gut«, sagte die Frau.
Da war es: Quinn hatte recht gehabt. Sie kannten sich.
»Bitte erzählen Sie mir von ihm.«
»Er kam zu uns nach Hause. Er hatte Warren den Job im

Club besorgt, und Warren redete ständig von ihm. Was er alles gemacht hatte. Er war wie ein kleiner Hund um ihn herum.«

»Und Sie haben ihn kennengelernt?«

»Einmal hat gereicht. Er kam eines Nachmittags, um Warren abzuholen, im Juni oder Juli in diesem letzten Sommer. Ich hatte schon viel von ihm gehört. Er kam gar nicht rein, sondern blieb nur bei seinem Auto stehen.«

»Haben Sie mit ihm gesprochen?«

»Nein, ich habe ihn durch die Fliegengittertür beobachtet. Warren hat sich beeilt, seine Sachen zusammenzusuchen.«

»Was ist dann passiert?«

»Nichts. Er stand einfach nur da, neben seinem Auto, und auf der Straße haben ein paar Kinder Football gespielt. Kleine Kinder, zehn, zwölf Jahre alt, und er hat sie angestarrt.«

»Das ist alles?«

»Das ist alles«, sagte die Frau. »Er hat sie angestarrt, und ich wollte nur, dass sie endlich losfahren. Er hat darauf gewartet, dass einer von ihnen den Ball ein bisschen zu nah wirft, ein bisschen zu fest ...«

»Und?«

»Nichts. Warren ist schnell raus, und sie sind gefahren.«

»Würden Sie aufs Revier kommen und eine Zeugenaussage unterschreiben? Morgen vielleicht?«

Die Frau nickte.

»Wann haben Sie Warren zuletzt gesehen?«

Die Frau musste gar nicht nachdenken. »Am 14. Februar 1986.«

»Und 1985 haben Sie noch zusammengewohnt?«

»Ja, den größten Teil des Jahres. Ich bin im Sommer ausgezogen, bin zurück zu meinen Eltern.«

»Im Sommer …«
»Ja.«
»Waren Sie im Juni 85 noch zusammen?
»Ja.«
»Und im Juli?«
»Ja.«
»Im August 1985?«
Paula Wilson Kruger setzte ihren Henkelbecher auf dem Kaffeetisch zwischen ihnen ab. »Ich habe ihn Ende August verlassen«, sagte sie.
»Was war passiert?«
»Ich habe mir mitten in der Nacht die Autoschlüssel genommen und bin zu meinen Eltern gefahren. Mein Vater hat dann ein paar Tage später meine Sachen abgeholt.«
»Warum?«
»Er kam eines Nachts spät nach Hause und behauptete, er hätte einen Hirsch überfahren.«
»Einen Hirsch?«
»Er kam spät, nach Mitternacht. Er roch nach Rauch – nicht nach Zigaretten, sondern nach Lagerfeuer –, und seine Kleidung war schmutzig. Er hat gesagt, ich soll alles in die Maschine stecken und sofort waschen. Es war Erde und Dreck daran, und seine Jeans und sein T-Shirt waren voller Blut. Als ich es gesehen habe, sagte er, er hätte einen Hirsch überfahren und hätte ihn von der Straße zerren müssen.«
»Hat er gesagt, wo es passiert ist?«
»Ich hatte zu große Angst zu fragen. Ich hatte ihn noch nie so entsetzt und wütend gesehen, und ich dachte, alles könnte ihn in Rage versetzen.«
»Was haben Sie gemacht?«
»Ich habe seine Sachen gewaschen, bin wieder ins Bett, und als ich sicher war, dass er schlief, bin ich gegangen.«

»Ich weiß, es ist unmöglich, sich genau an etwas zu erinnern, das so lange her ist, aber …«

»Es war der 28. August 1985«, sagte die Frau, »wenn Sie das wissen wollen.«

»Wie können Sie sich da so sicher sein?«

»Manche Tage vergisst man einfach nicht. Ich bin nie mehr zurückgekehrt. Er wollte mich zwar besuchen, aber ich wollte ihn nicht sehen. Zum letzten Mal kam er am Valentinstag, am 14. Februar 1986. Aber da war ich schon wieder mit Martin zusammen – er war mein Freund in der Highschool gewesen –, und achtzehn Monate später haben wir geheiratet.«

»Warum sind Sie in dieser Nacht gegangen?«

Die Stille zwischen ihnen zog sich. Madison lauschte unwillkürlich nach dem Auto des Ehemannes und hoffte, sie würden nicht gestört.

»Warum sind Sie weg?«

»Weil das Blut nicht von einem Hirsch war«, sagte die Frau. »Ich wusste es einfach. Und deshalb sind Sie hier, oder?«

29

Nathan Quinn war erschöpft. Das Gespräch mit Detective Madison hatte ihn viel Kraft gekostet, trotzdem war er danach auf dem ganzen Stockwerk herumgetigert: Er konnte sich nicht einfach hinlegen, das ging nicht, und das Zimmer war zu klein, um seine zerbrechliche Energie zu fassen. Vor drei Wochen hatten sie nichts gehabt, heute hatten sie Namen. Seine Fingerknöchel waren weiß, als er sich auf den

Stock lehnte; er wusste, dass er bald aufhören musste, auch wenn sein Geist ruhelos Wache hielt.

Sie hatten Namen. Er setzte sich auf die Bettkante und drückte die vierte Kurzwahltaste. Tod Hollis, der Chefermittler von Quinn Locke & Associates, ging beim zweiten Klingeln dran.

»Warren Lee und Ronald Gray«, sagte Quinn. »Der dritte ist in einer psychiatrischen Klinik. Wir finden bald heraus, wer das ist, da bin ich sicher.«

»Was schwebt Ihnen vor?«

»Das ganze Programm. Jedes Fitzelchen Information, dem die Polizei aus Zeitgründen nicht nachgehen kann. Gilman hat diese Männer ausgewählt, weil jemand ihn ausgewählt hat. Irgendwo unter Gilmans Verbindungen ist der Mann, der die Entführung in Auftrag gegeben hat.«

»Da stimme ich zu, das ist nicht jemand, der ihn blind beauftragt hat. Ich würde sagen, man muss schon mit jemandem Geschäfte gemacht haben, bevor man ihn bittet, drei Kinder zu entführen.«

»Lee und Gray sind nicht vorbestraft.«

»Nur weil jemand nicht vorbestraft ist, heißt das nicht, dass er keine zweifelhaften Sachen gemacht hat.«

»Wenn das der Fall ist, werden Sie sie finden, da bin ich mir sicher.«

»Ich melde mich.«

Sie beendeten das Gespräch, und Quinn widmete sich wieder dem Poststapel, den Carl Doyle am Vormittag vorbeigebracht hatte. Er nahm einen Umschlag heraus – schweres Papier, und sein Name war mit schwarzer Füllertinte darauf geschrieben. Eine Adresse war nicht nötig: Carl hatte den Umschlag von dem zweiten Seniorpartner seiner Kanzlei persönlich überreicht bekommen. *Conrad.*

Lieber Nathan, ich höre, Du übertriffst die Erwartungen der Ärzte und wirst schneller gesund, als sie dachten. Sie mag das überraschen, mich keineswegs. Ich weiß, wessen Du fähig bist, mein Junge. Wenn es Dir wieder gut genug geht, um nach Hause zu gehen, möchtest Du Dich vielleicht ein bisschen bei uns auf dem Anwesen aufhalten. Dort ist es ganz ruhig und friedlich. Grace will Dich verwöhnen und Dir den Kuchen backen, den Du so gerne magst.
Lass mich wissen, ob ich bezüglich Johns Fall irgendetwas tun kann.
Pass auf Dich auf,

Conrad

Johns Fall.
Kein anderer Anwalt als Conrad Locke hätte diese Angelegenheit so bezeichnet. Er war ein Freund von Quinns Vater gewesen, hatte eine gutgehende Anwaltskanzlei geführt, und vor allem kannte er Cameron seit der Grundschule. Es gab immer noch jemanden auf der Welt, der sich an ihn erinnerte, wie er damals gewesen war, und das war ein unerwarteter Trost. Und niemand anders würde es wagen, ihn »mein Junge« zu nennen.
Quinn sehnte sich nicht nach Gesellschaft, und selbst Grace Lockes Blaubeerkuchen lockte ihn nicht; aber er nahm dennoch eine unbeschriebene Karte zur Hand und begann eine Antwort zu schreiben, denn ihre Freundlichkeit und ihre Fürsorge verlangten nach Papier und Tinte.

September 1985. Nathan lehnte an dem Holzgeländer und atmete die salzige Luft ein. Davids Beerdigung war vonstattengegangen, und irgendwie konnte er trotzdem noch gehen und atmen, obwohl er gedacht hatte, er würde das nicht überleben.

Die Zeremonie war kurz gewesen, der Rabbi stand selbst beinahe unter Schock. Nun hatten sie sich alle im Restaurant versammelt, das den Rest der Woche über geschlossen sein würde.

Die Väter waren in der Küche, alle anderen im Speiseraum, und Nathan war auf die schmale Holzveranda geflohen, die seitlich am Gebäude verlief. *So ist also die Hölle.* Er fühlte sich leer. Ein Fotograf war in ihre Trauer eingedrungen, als sie den Friedhof verließen, und nur John – den Arm noch in einer Schlinge – hatte reagiert und den Kerl mit all der Kraft und dem Wahnsinn des Tages angegriffen. Alle anderen, auch Nathan, waren zu betäubt und benommen gewesen.

Der Himmel war grau, fast in der Farbe des Wassers, wolkig und trotzdem hell, auch ohne die Sonne. Zu hell. Nathan löste den Blick von der Elliott Bay und setzte die samtene Jarmulke ab, die er immer noch aufhatte. Er konnte noch nicht wieder nach drinnen gehen, noch nicht.

»Nathan.«

Conrad Locke stand da, in seinem schwarzen Anzug und der schwarzen Krawatte.

»Wie geht es dir, mein Junge?«, sagte er. »Vergiss es – das war eine dumme Frage. Darf ich dir einen Augenblick Gesellschaft leisten?«

Nathan hatte genickt, und sie waren eine Weile schweigend zusammen dagestanden und hatten hinausgeschaut, während die Möwen hinter einem Fischerboot herflogen und ihr Bestes gaben.

Fünfundzwanzig Jahre waren seither vergangen, und Quinn war immer noch dankbar dafür, dass der ältere Mann nicht versucht hatte, seine Trauer zu zerreden. Jahre später, als Quinns Anwaltskanzlei so erfolgreich geworden war, dass er sie erweitern musste, war es nur logisch gewesen, mit Conrad Locke zu fusionieren. Locke hatte den Großteil der letzten zehn Jahre in San Francisco verbracht. Er befand sich schon teilweise im Ruhestand und war hauptsächlich mit seiner wohltätigen Stiftung beschäftigt, und Quinn hatte die erfolgreichste Anwaltskanzlei im pazifischen Nordwesten geleitet.

Tod Hollis würde etwas finden – dessen war sich Quinn sicher –, und auch er selbst konnte vieles tun, angefangen bei Camerons Kaution und den Prozessabsprachen.

Er sah sich im Zimmer um: Die Überwachungsmonitore waren noch da, Erinnerungen an eine Zeit, in der sein Leben an den Millilitern gemessen wurde, die durch den Tropf liefen. In diesem Raum, der gleichzeitig komfortabel und gesichtslos war, hatte er seinen Weg aus dem gezackten Metallkäfig im Wald zurück in die Gegenwart gefunden. Er hatte keine Ahnung, wie der Rest seines Lebens gemessen würde. *Es ist Zeit, nach Hause zu gehen.*

30

Amy Sorensen saß in ihrem dunklen Labor und betrachtete das Bild, das auf die Leinwand geworfen wurde. Die weiße Fläche nahm beinahe die ganze Wand ein und war in einer Welt, die von Digitaltechnik dominiert wurde, angenehm archaisch. Einfacher ging es nicht: Das Stück Papier, das in Ronald Grays Bibel entdeckt worden war, war vor-

sichtig auseinandergefaltet, geglättet und unter das aufmerksame Auge eines Overheadprojektors gelegt worden.
Amy Sorensen war eine Verfechterin der Einfachheit, und sie fand, dass sie an diesem Punkt nichts Wichtigeres tun konnte, als sich dieses verdammte Stück Papier einfach ganz genau anzuschauen, um zu sehen, was es ihr verriet.
Sie wusste bereits, dass es Standardkopierpapier war. Gut geeignet für große Mengen in großer Geschwindigkeit. Für dickeres, stärkeres Papier musste man auch mehr hinlegen.
So weit, so gut. Irgendjemand, wahrscheinlich Gray, hatte über die lange Zeit sehr gut auf diesen Zettel aufgepasst; er hatte ihn in Papier aufbewahrt und nicht in Plastik, und er hatte ihn nicht oft angefasst. Vielleicht wusste er, dass er in Papier besser erhalten blieb, vielleicht auch nicht. Sorensen war das egal. Wie ein Archäologe, der am Rand eines alten Grabes steht, war sie einfach dankbar für den Fund.
Vor der Wand, die sich hell von der Dunkelheit darum herum abhob, war David Quinn auf seinem Jahrbuchfoto der Schule zu sehen. Sorensens scharfe blaue Augen schweiften über das Firmament aus winzigen Pünktchen und Fehlern im Papier; sie folgten den Konturen des Fragments: Es war die rechte obere Ecke der Seite, und sie war so abgerissen, dass es ein Dreieck ergab, auf der das Bild von Quinn zu sehen war. Abgerissen, fiel ihr auf, nicht abgeschnitten: Die Ecke war akkurat abgetrennt, denn jemand hatte sie umgeknickt, fest gefaltet und dann das Stück sorgfältig abgerissen. Wenn die Person eine Schere oder irgendeine Klinge benutzt hätte, wäre die Kante mehr als akkurat, sie wäre perfekt gewesen.
Sorensen nahm eine kleine gelbe Flasche Schokomilch, die sie aus dem Vorrat ihrer Tochter geklaut hatte, und trank einen großen Schluck. Perfekt, das brachte ihr gar nichts; ihr

ganzes Leben drehte sich um das Individuelle, das Einzigartige, die Anomalie im Muster. Und das suchte sie auch jetzt.
Ein Mitarbeiter steckte den Kopf in die Tür. »Wenn Sie fertig sind, bedampfe ich das Papier gleich, vielleicht können wir Fingerabdrücke sichtbar machen«, sagte er.
»Ja, danke.« Sie wandte den Blick nicht von dem projizierten Bild ab.
»Wann glauben Sie …?«
»Ich weiß nicht.«
»Kann ich irgendwie helfen?«
»Eigentlich nicht.«
»Wäre es Ihnen lieber, wenn ich …«
»Wenn Sie gingen? Ja, danke, Nick. Ich bin besser, wenn ich alleine bin.«
»Na klar.«
Sorensen konzentrierte sich wieder auf das helle Bild. Es gab Mittel und Wege, einen Drucker und einen Fotokopierer zu identifizieren. Sie wandten diese Methoden regelmäßig an, um mutmaßliche Terroristen, Fälscher und alle möglichen Straftäter zu überführen. Aber moderne Techniken, mit denen man die intrinsischen und extrinsischen Merkmale eines Druckers auswerten konnte, waren sinnlos, wenn das Bild fünfundzwanzig Jahre alt war und die Maschine, die es reproduziert hatte, aller Wahrscheinlichkeit nach irgendwo auf einem Schrotthaufen lag. Der Gedanke, dass ein Gerät aus Plastik und Tinte aus den 1980er-Jahren immer noch Kopien ausspuckte, war lächerlich, wenn jeder für 59,99 ein neues kaufen konnte.
Auch wenn es durchaus sinnvoll erschien, so bald wie möglich die latenten Fingerabdrücke zu nehmen, wollte Sorensen wissen, woher das Papier stammte. Wer hatte das Jahrbuch auf den Kopierer gelegt und auf den Knopf gedrückt?

Wenn das Bild dafür gedacht war, einen der Jungen zu identifizieren, lohnte es sicherlich, das zurückzuverfolgen.
Das Bild von Quinn war nicht ganz vollständig: Durch den Winkel, in dem die Ecke abgerissen worden war, war ein kleines Stück verlorengegangen – ein bisschen von der rechten Schulter fehlte. Dadurch war ein ganz kleines Stückchen des Fotos unter dem von Quinn noch mit ausgerissen worden. Sorensen beugte sich vor.
Der Bleistiftstrich um Quinn war offensichtlich auf die Fotokopie gemalt worden, der Abdruck war nach all den Jahren immer noch auf der Rückseite sichtbar. Und trotzdem …
»Oha …«, sagte sie unwillkürlich und setzte sich die Lupe auf den Kopf.
Sic waren klein, aber sie waren auf jeden Fall da. Sorensen dachte an ihre eigenen Jahrbücher und was sie damit gemacht hatte, sobald sie ihr Exemplar erhalten hatte: Man ließ es von den anderen signieren. Man schrieb auf die glänzenden Fotos und auf die Ränder, man veränderte die makellose Schönheit des Buchs mit jugendlichen Kritzeleien für immer und unabänderlich. Das war das Wichtigste an einem Jahrbuch.
Sorensen griff nach ihrem Handy.

Madison fuhr gerade von Bellevue zurück aufs Revier. Paula Wilson Kruger hatte sie nach Warren Lees Tod gefragt, und sie hatte versucht, bei der Wahrheit zu bleiben, ohne ihr allzu viele Details zu nennen – die Boulevardpresse und das Internet hatten schon genügend ergattert. Kurz vor der Einfahrt in den Tunnel klingelte ihr Handy. Sie stellte auf Lautsprecher und legte es wieder neben sich auf den Beifahrersitz.
»Madison.«

»Sorensen hier. Ich habe mir das Stück Papier angesehen. Ich glaube, wir haben etwas.«
»Erzählen Sie.«
»Sie wissen ja, dass um den Kopf des Jungen mit Bleistift ein Kreis gezogen wurde, auf dem Ausriss, den wir haben.«
»Ja, genau, und zwar bevor die Ecke abgerissen wurde.«
»Richtig. Es gibt noch zwei weitere identifizierbare Markierungen, die eindeutig kein Staub auf dem Fotokopierer und kein Fehler im Papier sind.«
»Bleistiftstriche?«
»Nein, das müsste Kugelschreiber sein ... aber nicht auf unserem Stück Papier«, sagte Sorensen. Trotz des schlechten Empfangs war sie zu verstehen. »Sie sind auf dem Original!«
Madison, die geistig gerade noch in Bellevue und bei den Erinnerungen an das Blut gewesen war, war sofort bei der Sache.
»Auf dem Original? Soll das heißen, wenn wir das richtige Jahrbuch vorliegen hätten, könnten Sie es identifizieren?«
Es knisterte in der Leitung, während Madison weiterfuhr. Es knackte, dann war es still.
»Ja«, sagte Sorensen schließlich. »Jetzt muss ich Sicherheitskopien machen und die Fingerabdrücke abnehmen.«
»Danke, Amy.«
Ohne den Blick von der Straße zu nehmen, langte Madison nach ihrem Handy und beendete das Gespräch. Sorensen hatte recht damit, nach latenten Fingerabdrücken zu suchen, aber sie mussten damit rechnen, dass die einzigen Exemplare die von Ronald Gray waren, und selbst das wäre schon Glück.
Andererseits war das Jahrbuch die Brotkrumenspur zu dem Mann, der David Quinn markiert hatte, für die Entführung und letztlich für den Mord.

Madison fuhr automatisch weiter, während sie im Geiste eine Flut von Zahlen durchging: wie viele Jahrbücher in dem Jahr wohl gedruckt worden waren, wie viele sie auf Sorensens Markierung überprüfen konnten und wie lange es dauern würde, sie zusammenzutragen. Und noch etwas, nicht weniger wichtig: Wer auch immer diese Fotokopie gemacht hatte, beobachtete die Ermittlung in den Mordfällen Warren Lee und Ronald Gray genau, und sie konnten nicht einfach vorfahren, klingeln und verlangen, jahrzehntealte Jahrbücher zu sehen. Sie stöhnte; sie würden eine sehr gute Entschuldigung brauchen, um die Keller von irgendwelchen Leuten zu durchsuchen, und es wären nicht nur zig Jahrbücher, es wären Hunderte, die sie in die Hand bekommen würden und überprüfen mussten.
Madison schaute nach der Uhrzeit auf dem Armaturenbrett – Fynn war sicher noch im Büro. Sie mussten sich eine richtig gute Geschichte ausdenken und die Öffentlichkeit von Seattle so bald wie möglich belügen.
Sie entdeckte eine Lücke im Verkehr und drückte aufs Gas. Zwei Männer waren durch dieselbe Hand gestorben, neunzehn Schläge, davon drei auf den Kopf, zwei Schusswunden, drei Männer auf der Aufzeichnung der Überwachungskamera, fünfundzwanzig Jahre in der Psychiatrie. *Einer ist tot, fehlen noch drei.* Eine Menge Zahlen.

Von ihrem Schreibtisch aus rief Madison im Walters Institute an, und noch bevor die Rezeptionistin sie bat, am Apparat zu bleiben, wusste sie, dass Dr. Peterson noch nicht nach Hause gefahren war.
»Wir versuchen noch, alle Teile der Geschichte so zusammenzusetzen, dass sie uns erzählen, was passiert ist«, erklärte sie ihm. »Aber wie es aussieht, hat Vincent Foley etwas

Schlimmes mit angesehen, etwas, mit dem er geistig nicht fertigwurde. Er war Zeuge, weil er bei den Männern war, die das Verbrechen in die Wege geleitet haben. Er war kein Opfer, nicht in dem Sinne, dass ihm etwas angetan wurde. Und wir wissen immer noch nicht, in welchem Ausmaß er an dem Verbrechen beteiligt war. Aber die Tatsache, dass Ronald Gray versucht hat, ihn zu schützen, indem er in seinem Haus jede Spur vernichtete, die zu Vincent führen könnte – und auch das, was er Ihnen erzählt hat, als Sie sich das letzte Mal unterhalten haben –, deutet darauf hin, dass Vincent genauso darin verwickelt war wie er selbst.«

»Von welcher Art Verbrechen sprechen wir, Detective?«

»Entführung Minderjähriger und Mord.«

Madison sah Peterson in seinem Büro vor sich, den weißen Aufenthaltsraum, wo sich die Patienten trafen, die hübsche Gartenanlage, wo sie an sonnigen Tagen spazieren gingen. Das war keine Einrichtung für kriminelle Geisteskranke.

»Die Männer, die Ronald getötet haben«, sagte Peterson, »meinen Sie, sie haben es auch auf Vincent abgesehen?«

»Ich glaube schon«, antwortete sie, »wenn sie erst einmal wissen, wo er ist.«

Fynn telefonierte bereits mit dem Chief of Detectives, um zu besprechen, wie man Foley unter Schutz stellen konnte. Madison sah ihn durch die Jalousien seines Büros, er telefonierte im Stehen. Fynn stand immer, wenn er sich über etwas ärgerte.

»Ich muss mit Vincent sprechen, Doctor. Je früher, desto besser. Gleich morgen, wenn wir das hinkriegen.«

»Ich verstehe.«

Nach dem Anruf fragte sich Madison, ob er wirklich verstand, ob er begriff, dass sie Vincent nach seinen Erinnerungen fragen musste, danach, wie er ein ermordetes Kind begraben hatte, nach dem Blut an der Kleidung. Ihr Examen in Psychologie und Kriminologie schien ihr eher ein schwaches Werkzeug, um in Foleys Geist nach Gold zu graben.

Dunne kam her, holte sich einen Stuhl von einem leeren Schreibtisch und schob ihn zu Madison an den Tisch.

»Wir haben eine bestätigte Adresse für Gilman von 1978 bis 1983.« Er ließ sich auf den Stuhl fallen. »East Howell Street.«

»Das klingt nach ...«

»Es ist im selben Block wie die Pflegeeltern von Ronald Gray und Foley. Sie haben zwei Türen voneinander entfernt gewohnt.«

»Er kannte sie«, sagte Madison. »Er kannte sie schon, als sie noch Jugendliche waren.«

»Genau.«

Dunnes rote Haare rebellierten stets, ganz egal wie er sie schneiden ließ; jetzt standen sie hinten ab, als wäre er gerade aufgewacht. Er lehnte sich an das Rückenpolster und schloss die Augen.

»Wir bestellen uns was zu essen«, sagte er. Mit »wir« meinte er immer Spencer und sich selbst. »Willst du auch was?«

Madison wurde bewusst, dass sie sich nicht einmal erinnerte, ob sie an dem Tag schon etwas gegessen hatte.

»Unbedingt«, antwortete sie.

»Pizza?«

»Mit extra Sardellen.«

»Alles klar.«

Als Madison abends das Revier verließ, war es unangenehm kalt, es regnete weder, noch war der Himmel klar. Die tiefhängenden Wolken reflektierten die orange glühende Stadt, und der einzig richtig schwarze Fleck war die Wasserfläche vor ihr am Alki Beach.

Madison hatte sich schon die Laufsachen angezogen, die sie immer in einer Sporttasche im Kofferraum hatte. Mit einer Hand stützte sie sich ans Auto und streckte ein Bein hinter sich aus, lockerte die Schultern und wiederholte das Ganze mit dem anderen Bein.

Die ersten Schritte waren steif, und ihre Muskeln fühlten sich wie schwere Seile an, kalt und unnachgiebig. Sie lief trotzdem weiter, hielt sich nahe am Wasser und wartete darauf, dass das Laufen die Erinnerung an den Wald auslöste. Zuerst veränderte sich der Boden unter ihren Füßen: Der Sand wich einem rutschigen Pfad, Stein unter einem dünnen Erdboden. Dann kam der Geruch – Harz und feuchtes Laub. *Los.*

Einen Moment lang spürte Madison die Wärme von Salingers Fackel an der Wange, dann sprintete sie los, rannte durch die schwarze Leere, ihr Körper war gleichzeitig am Strand und im Wald.

Ihre Füße trafen hart auf dem unebenen Boden auf, und sie rannte energisch weiter. Wieder spürte sie den Mann, der vor ihr lief, und sie beschleunigte ihren Schritt. Der Strand war jetzt ganz verschwunden. Madison roch den Wald, tiefhängende Äste schlugen ihr ins Gesicht. Das Herz sprang ihr fast aus der Brust, und die Angst nahm ihr die Luft. Die Jagd war beinahe zu Ende, und sie wusste, was passieren würde, denn das passierte immer, und weder Stanley Robinson PhD noch sonst jemand konnte das verhindern.

Später in der Nacht, bereits im Schlaf, holte sie Harry Salinger ein, der ihr gerade erzählt hatte, dass er Tommy umgebracht hatte. Sie stürzte sich auf ihn, sie beide rollten über die Kiesel am Ufer des Hoh River. John Cameron war nirgendwo zu sehen, und Nathan Quinn war weit weg, auf der Lichtung, wo er langsam in einem Metallkäfig starb.

Das Messer war plötzlich in ihrer Hand, ohne dass sie gemerkt hatte, wie es da hingekommen war, und es passte so gut in ihre Hand, weil es dort hingehörte. Es gab nichts anderes zu tun und niemand anderen, der es tun konnte. Weder mit Freude noch mit Zorn fuhr Madison mit dem Messer unter Salingers Kehle entlang. Die dunkle Linie wurde breiter, und der Mann wurde zu einem verschwommenen roten Fleck, der ihre Hände bedeckte.

Madison wurde ruckartig wach und setzte sich in ihrem Bett auf. Tränen liefen ihr über das Gesicht. Würgend rannte sie ins Bad und erbrach den Rest der Pizza, die sie vor Stunden mit Spencer und Dunne gegessen hatte. Sie zögerte und wartete ein paar Sekunden, ob sie noch einmal würgen musste; dann ließ sie eiskaltes Wasser ins Waschbecken und tauchte das Gesicht ein.

Ihr Herz raste immer noch, aber sie spürte schon, wie es sich wieder normalisierte. War das für sie *normal?* Würde sie für immer mit so etwas rechnen müssen?

Sie dachte an ihre Gespräche mit Dr. Robinson. Er war ein guter Mann, aber er hatte etwas falsch verstanden: Ihre Anfälle von PTBS drehten sich nicht darum, dass sie Opfer war, sondern darum, dass sie tötete. Und sie war sich ziemlich sicher, dass man seine Dienstmarke nicht behalten durfte, wenn man seinem Seelenklempner erzählte, dass man in seinen Alpträumen Verdächtige umbrachte.

Sie blickte auf. Wasser tropfte ihr vom Gesicht, und obwohl ihr Herzschlag sich verlangsamt hatte, waren ihre Augen vor Angst noch weit aufgerissen.

Madison zog sich ein Paar dicke Socken über, die sie auf dem Boden neben den Turnschuhen gefunden hatte. Sie ging in die Küche und machte im Vorbeigehen das Licht an. Die eiskalte Milch im Kühlschrank tat ihrem rauhen Hals gut, sie trank direkt aus der Packung. Ihr Blick fiel auf die Küchenstühle in der Essecke, und urplötzlich wusste sie, warum Warren Lee, festgebunden an einen Küchenstuhl und mit seinem Führerschein auf der Brust, unter den Wassertürmen zwischen der 35th Avenue SW und der Myrtle Street abgestellt worden war.

Sie ging ins Wohnzimmer, zu dem Kästchen in dem Bücherregal, in dem ihr Großvater alle möglichen Landkarten aufbewahrt hatte. Madison wusste, wonach sie suchte, und fand es mit Leichtigkeit. Der Esstisch war groß genug. Sie breitete die Karte aus und suchte mit den Fingerspitzen die Straßenkreuzung. Warren Lee war genau in nordwestlicher Richtung plaziert worden; sie hatte ihn noch deutlich vor Augen. Sie hatte sich an die Stelle gestellt, wo er zurückgelassen worden war, um zu sehen, was er gesehen hätte, wäre er noch am Leben gewesen. Jetzt wusste sie es: Wäre Warren Lee noch am Leben gewesen, er hätte – aus mehreren Meilen Entfernung – genau auf die Stelle geschaut, wo die Jungen vom Hoh River ihrem Schicksal begegnet waren.

Alle, die irgendetwas über den Vorfall wussten, hatten die Botschaft verstanden. *Es geht um dein Schweigen und dein Leben: Verschwende bloß keinen Gedanken an Quinns Belohnung. Wie auch immer du erfahren hast, was passiert ist, es endet hier. Hier endet alles.* Und Ronald Gray hatte die Botschaft verstanden.

Sie ließ die Karte auf dem Tisch liegen und ging wieder ins Bett. Bei ausgeschaltetem Licht und in ihre Zudecke gehüllt fragte sie sich, wovon Cameron wohl träumte.

Ein Mensch jedenfalls hatte ganz bestimmt Alpträume, und sie würde ihn bald wiedersehen. *Jemand wird kommen.*

31

Den ganzen Tag lag prallten alle möglichen Geräusche gegen die Betonwände des KCJC; um vier Uhr nachts war die Ruhe beinahe unheimlich. Völlig still war es in einem voll belegten Trakt allerdings nie, denn die Häftlinge drehten und wälzten sich auf ihren Pritschen, husteten oder riefen auch gelegentlich etwas nach draußen. Dennoch gab es ein paar Stunden – es waren immer zu wenige, und die gingen immer zu schnell vorbei –, in denen man beinahe so tun konnte, als befinde man sich woanders, und manchmal konnte man das sogar glauben.

Ein Wärter kam den Gang entlang, seine Schritte waren ungewöhnlich leise. John Cameron erkannte den Mann, bevor er seine Zelle erreichte. Es war *Miller, B.*, der sich sehr bemühte, sich verstohlen anzuschleichen, zu einer Zeit, in der sich im Trakt D sonst niemand rührte.

Miller kam zu Camerons Tür und schaute hinein. Nachdem sich ihre Blicke getroffen hatten und er sich ziemlich sicher war, dass Cameron nicht schlief, ging das Schloss klickend auf.

Camerons Interaktion mit den Wärtern war ein Wunder an nonverbaler Kommunikation, höfliche Distanz auf der einen Seite und vorsichtige Wachsamkeit auf der anderen. Dennoch, ein Besuch mitten in der Nacht war unerwartet, besonders weil Miller sich so angestrengt hatte, auf Zehenspitzen herumzulaufen, damit nicht der ganze Trakt wieder mit dem rituellen Klopfen gegen die Gitterstäbe anfangen würde.

Cameron stand auf und schlüpfte in die schwarzen Anstaltsturnschuhe mit dem Klettverschluss; er blieb im hinteren

Bereich der rechteckigen Zelle stehen, blickte zur Tür und betrachtete Miller ohne Feindseligkeit und ohne Besorgnis. Miller wartete darauf, dass er eine Entscheidung traf. *Sie gingen jetzt. Entweder er kam mit oder nicht. Ganz einfach.* Miller wich einen Schritt zurück, und Cameron trat hinaus in den Gang; das Licht war schwach, und wer auch immer sie sah, dachte ganz zu Recht, dass es wohl am besten war, stillzuhalten und sie ohne viel Aufhebens vorbeigehen zu lassen. Sollte dann durchsickern, dass Cameron irgendwohin gebracht worden war, damit ihm ein paar freundliche Vollzugsbeamte sagten, was Sache war, nun, so lief es einfach manchmal.

Die ersten Türen, durch die sie den Trakt D verließen, öffneten sich mit einem angenehm leisen Klicken.
Im KCJC war längst Nachtbetrieb, und die Korridore gehörten den an die Wand montierten Kameras und den konvexen Spiegeln. Irgendwo in dem Betongebäude verfolgten wachsame Augen ihren Weg durch den blassgrünen Korridor, der nach den düsteren Zellen ganz hell wirkte.
Cameron und Miller gingen einträchtig nebeneinander her, als wäre ein Spaziergang um vier Uhr morgens etwas ganz Gewöhnliches, aber Cameron war sich sehr wohl bewusst, dass der Wärter jeden seiner Schritte, jeden seiner Atemzüge genau beobachtete. Wenn er auch nur nieste, würde innerhalb einer Nanosekunde eine Truppe Vollzugsbeamter in Kampfausrüstung auftauchen. Abgesehen von dem Ärgernis, in diesen Mauern eingeschlossen zu sein, war das auch irgendwie lustig.
Cameron hatte nicht die Absicht, ihnen Anlass zu geben, ihre Schutzhelme aufzusetzen und aus ihrem Aufenthaltsraum zu stürmen. Er war neugierig und hatte keine Angst,

aber wenn sich Ärger andeuten sollte, würde er ihn dreifach und vergoldet zurückzahlen. Als er sich vor Wochen mit der Umgebung und den Leuten vertraut gemacht hatte, die nun zumindest vorübergehend Teil seines täglichen Lebens sein würden, hatte Cameron Miller beobachtet und ihn gelesen wie ein Arzt, der eine Röntgenaufnahme gegen das Licht hält. Er war erfahrener und älter als die meisten seiner Kollegen, aber was ihm an Fitness und körperlicher Kraft fehlte, glich er durch gesunden Menschenverstand aus. Er zog seinen rechten Fuß ein wenig nach, aß am Wochenende zu viel rotes Fleisch, und heute Nacht machte sich sein Rücken bemerkbar.

Cameron würde keinen Streit anfangen, aber er konnte einen Streit sehr leicht beenden; er wusste, dass er Miller innerhalb von zwei Sekunden das Genick brechen könnte, wenn es nötig werden sollte.

Vor vielen Jahren hätten Gedanken über den Tod und das Töten in einer anderen Farbe aufgeleuchtet als die anderen Gedanken, die ihm durch den Kopf gingen. Doch sie hatten schon seit langem dieselbe Farbe wie alles andere auch, und John Cameron registrierte sie nicht anders als eine Bemerkung über das Wetter.

Der Korridor öffnete sich auf ein sechseckiges Foyer mit einer Tür, die sich von den anderen unterschied. Ein weiterer Beamter erwartete sie und reichte Miller ein dunkles Bündel. Miller hielt Cameron eine dick gefütterte Winterjacke aus Jeansstoff hin, ein Modell der Gefängnisbehörde. Camerons alte Jacke war am Tag des Anschlags auf dem zerfressenen Boden des Käfigs liegengeblieben, und er hatte keine neue bekommen. Er hatte auch keine gebraucht, denn seit dem Tag, an dem es Bleiche geregnet hatte, war er nicht mehr draußen gewesen.

Cameron trat vor und nahm die Jacke. Miller schlüpfte in seine und nickte in Richtung der Kamera, deren Objektiv auf sie gerichtet war. Ein Klick verriet Cameron, dass das Schloss entriegelt war. Miller legte die Hand auf den Griff, und schon waren sie draußen.
Der Abstand zwischen der Mauer und dem Maschendrahtzaun war schmal, höchstens zwei Meter, und sie gingen bis zum Eingang zum Haupthof dort entlang. Miller schloss mit einem Schlüssel von einem Bund an seinem Gürtel auf und lud Cameron mit einer altmodischen Geste ein einzutreten.
Cameron blieb, wo er war.
»Eine Stunde – oder auch weniger, falls Sie Erfrierungen bekommen.« Miller zeigte nacheinander auf die Türme, die an den vier Ecken des Hofs standen. »Die Zielfernrohre ihrer Waffen sind auf Sie gerichtet und verfolgen jeden Schritt. Abgesehen davon, können Sie sich verausgaben – der Hof gehört Ihnen.«
Cameron betrat den Hof, hinter ihm wurde die Maschendrahttür zugeschlossen. Er wandte sich zu dem Wärter um.
»Warum?«, fragte er.
»So ist das einfacher, als den Zeitplan für den Hofgang von Hunderten von Leuten zu ändern. Sie haben offensichtlich nicht viele Freunde hier. Die meisten Insassen wollen Sie entweder umbringen oder Ihnen eine massive Verletzung zufügen. Genießen Sie die frische Luft.«
Miller drehte sich um und ging wieder ins Gebäude hinein; die Wachen in den Türmen hatten zweifellos Funkkontakt.
Cameron ging in die Mitte des Hofs – er war groß genug, um ein paar Footballfelder unterzubringen – und badete im Schein der 400-Watt-HPS-Lampen, die auf zehn Meter hohe Stahlstangen montiert waren. Seit er am 26. Dezember

ins KCJC verlegt worden war, hatte er nicht mehr so viel Platz, so viel Leere um sich gehabt, und die Stille, ohne dass ein anderes menschliches Wesen seine Wahrnehmung beeinträchtigte, war herrlich.

Die kalte Luft kribbelte, er sog sie in schnellen Atemzügen ein. Die feuchte Kälte machte sich schon bald bemerkbar und kroch ihm unter die Kleidung. Er atmete weiße Wölkchen aus, und seine Brust erzitterte unwillkürlich. Doch das alles spielte keine Rolle mehr, als Cameron nach oben blickte. Ein Mensch, der nie in einem Gefängnis gesessen hat, kann nicht verstehen, was der plötzliche und unerwartete Anblick des weiten Nachthimmels mit jemandem anstellen kann, dem es anders ergeht.

»TD-4 an TD-3: Hörst du mich, D-3? Was macht er, Billy?« Die Stimme war klar und deutlich über den Kopfhörer zu hören. William G. White blinzelte, als er sich in dem verdunkelten Turm den Kolben des Gewehrs gegen die Schulter drückte und durch das Visier blickte.

»Ich sehe, was du auch siehst, D-4. Er steht nur da und schaut nach oben.«

»Aber schon eine ganze Weile, D-3.«

»Und was soll ich da machen?«

»Er wird sich bald bewegen müssen, sonst friert er dort fest.«

»Wie wär's mit einer kleinen Wette, D-4?«

Das Zielfernrohr war sehr genau, und das Fadenkreuz wanderte über Camerons Rücken zu seinem aufgestellten Kragen und dem Kopf.

»Wie wär's mit ...«

»TD-1 hier. Würden die Herren bitte die Augen offen halten und die Klappe zu und die Sucher dort, wo sie hingehören?«

»Verstanden, TD-1«, antworteten beide Männer und dachten, wie sie so alleine in ihren Türmen standen, dass diese Schicht, zu der sie sich aus Neugier freiwillig gemeldet hatten, gähnend langweilig werden würde.
»Er bewegt sich«, sagte eine Stimme, vielleicht TD-3, in der Dunkelheit, und die anderen verlagerten das Gewicht und positionierten sich neu.

John Cameron joggte gemächlich am Maschendrahtzaun entlang. Er wartete, bis sich sein Körper auf den Rhythmus des Laufens eingestellt hatte. Langsam strömte wieder Wärme durch seine Gliedmaßen, bevor er sich gestattete, über diese merkwürdige und unvorhergesehene Gelegenheit nachzudenken.
Wäre er einer der normalen Insassen, einer von den vielen Hunderten, die jeden Tag in den Hof gingen, er hätte nicht die Chance gehabt, sich genau umzusehen und die Größe des Komplexes abzuschätzen. Er hätte sich eher auf potenzielle Bedrohungen konzentriert statt auf die Feinheiten der Gefängnisarchitektur.
Die starken Scheinwerfer, die es seinen Babysittern ermöglichten, ihn im Blick zu behalten, beleuchteten auch den Bau rund um den Hof: die sechs Meter hohe Mauer jenseits des Maschendrahtzauns, die Dächer der diversen Trakte, die von dem runden Bereich in der Mitte abgingen.
John Cameron sah alles, und während er ein bisschen beschleunigte, wurde ihm der Grundriss klar. Die Gefängnisleitung hatte ohne jeden Zweifel bewiesen, dass man ihn hier nicht schützen konnte, und Cameron hatte nicht die Absicht, es noch einmal darauf ankommen zu lassen. Er hatte sich quasi freiwillig für diesen lächerlichen Freiheitsentzug gemeldet, weil es seinen Bedürfnissen entgegenkam;

aber die Dinge änderten sich schnell, und sobald Nathan wieder zu Hause war, wäre auch Cameron bereit zu gehen. Sie hatten seit jener Nacht im Wald nicht mehr miteinander gesprochen, aber er wusste, was Nathan sagen würde: Er würde über Prozessabsprachen reden und über geänderte Entscheidungen, was eine Entlassung auf Kaution betraf.
Camerons Füße trafen hart auf dem Boden auf, während er in Intervallen sprintete und dann wieder langsamer wurde. Sein Körper genoss es, Energie zu verbrauchen.
Nathans Argumentation würde niemals den Pfad der gesetzlichen Möglichkeiten verlassen, überlegte Cameron, während die seine vielleicht darin bestand, einfach diese Mauer zu überwinden, um auf die andere Seite zu kommen.
Bei seiner Runde kam er an der verschlossenen Hoftür vorbei, und mit einer einzigen geschmeidigen Bewegung zog er die Jacke aus, ließ sie auf den Boden fallen und rannte weiter.
Wenn er jemanden tötete, um aus dem KCJC herauszukommen – was mehr als wahrscheinlich war –, würde er niemals mehr im selben Raum wie Nathan stehen können. Er wäre ein Flüchtiger, seine Fingerabdrücke und seine DNA wären im System, und während ihm all das keine allzu großen Sorgen bereitete – die meisten seiner Immobilien und Kapitalanlagen waren auf unterschiedliche Identitäten eingetragen –, würde er doch seinen richtigen Namen ablegen müssen und damit sein ganzes Leben und seine Vergangenheit in Seattle. Es wäre dann schon eine Straftat, wenn Nathan auch nur mit ihm telefonierte, ohne es den Behörden zu melden.
Cameron spürte, wie die Zielfernrohre seinen Bewegungen folgten, als könnte er sie sehen. Er stellte sich vor, wie die Männer mitten in der Nacht auf ihren dunklen Beobachtungsposten standen, und fragte sich, was er wohl tun müss-

te, damit sie auf ihn zielten und schossen, wie weit sie ihn den Maschendrahtzaun hinaufklettern lassen würden, bevor sie ihn aufhielten.
Er hegte im Moment keinerlei solche Absichten, dennoch gab es in seiner nahen Zukunft unvermeidliche Entscheidungen über den Rest seines Lebens zu fällen.
Die Tür ging auf, und Miller trat heraus, um ihn zurück in seine Zelle zu bringen. Das war das Einzige, was auf jeden Fall funktionierte: sich von den Leuten des KCJC die Tür aufschließen lassen und durchgehen.

»Die Show ist vorbei, Jungs.« Die Stimme von TD-1 ertönte über die Kopfhörer. Die anderen Männer legten kurz ihre Waffen ab, streckten sich und setzten dann ihre Wache fort. In dem Gebäudekomplex unter ihnen schliefen über tausend Häftlinge auf schmalen Pritschen und träumten ihre Träume.

Während sich seine Haut abkühlte und er in seiner Zelle langsam einschlief, glaubte John Cameron das Rauschen und Murmeln der Bäume rund um das Gefängnis zu hören. Er mochte sie jenseits der Mauer vielleicht nicht gesehen haben, aber er wusste, sie waren dort.

Vincent Foley wickelte sich die Decke fest um seine schmalen Schultern. Er hatte sich unter dem Bett zusammengerollt und guckte immer wieder darunter hervor, um zu sehen, ob schon ein bisschen Morgenlicht über die Wände kroch.
Der weiße Aufenthaltsraum des Walters Institute war der einzige Ort, der ihm gelegentlich zerbrechliche Momente des Friedens gestattete; er sehnte sich nach dem Licht, das

durch die hohen Fenster hereinflutete, und er hasste die Wolken, die ihn seines einzigen Schutzes beraubten.
Mit aller Macht versuchte er, nicht wieder einzuschlafen, denn schreckliche Gestalten bevölkerten seine Träume – Männer, die die ganze Nacht in einer Grube tief in der Erde flüsterten und brüllten. Er kannte ihre Gesichter, aber die Namen waren im Lauf der Jahre verschwunden. Trotzdem waren ihre Worte immer dieselben.
Vincent verstand zwar nicht mehr, was sie bedeuteten, aber in seinen Träumen fuhren sie wie Krallen über seine Haut, und tagsüber waren sie das Rauschen der Bäume rund um das Backsteingebäude.
Vincent sah das erste Morgenlicht über seine gemalten Linien an der Wand kriechen. Als es sie erreichte, erzitterten sie und wurden wieder still, beobachteten ihn und warteten auf die Nacht.

32

Madison schlug die Augen auf. Es kam so viel Licht durch die Vorhänge, dass sie wusste, es war früher Morgen, und so wenig, dass ihr klarwurde, Sonnenschein würde kein Bestandteil dieses Tages sein. Ihr Hals fühlte sich von der vergangenen Nacht noch rauh an, und sie wusste ganz sicher, dass sie die Milch im Kühlschrank ausgetrunken hatte. Sie würde sich mit Cranberrysaft begnügen müssen.
Sie setzte Kaffee auf und trank Saft. Auf dem Wohnzimmertisch lag immer noch die Landkarte, und sie erinnerte sich an ihren Einfall in der Nacht zuvor – die Bedeutung der Po-

sition des Stuhls, die Botschaft, die an jeden übermittelt wurde, der die Wahrheit kannte.
Sie nahm den Kaffee mit zum Sofa. Immer wieder kehrten ihre Gedanken zu Vincent Foley zurück. Sie war sich sicher, dass er am 28. August dabei gewesen war; er hatte alles gesehen, und das ging ihm immer wieder durch seinen verqueren Kopf, ohne dass sie Zugang dazu hatten.
Es stand zu bezweifeln, dass man Vincent irgendwelche Informationen anvertraut hatte. Wahrscheinlich hatte er einfach erledigt, was man ihm aufgetragen hatte, und war ansonsten Ronald gefolgt. Trotzdem konnte er etwas wissen, etwas, das sie in die richtige Richtung brachte.

Mit ihren Zivilfahrzeugen und den Dienstmarken kamen sie im Walters Institute an. Dr. Peterson brachte sie in ein komfortables Besprechungszimmer. Spencer, Dunne, Madison und Kelly drängten sich mit Dr. Jennifer Takemoto, der Fachärztin für Psychiatrie, in den hellen Raum mit Blick auf den Garten. Peterson sah schwer übernächtigt aus, und Madison konnte sich vorstellen, welche düsteren Gedanken ihm den Schlaf geraubt hatten.
Dr. Takemoto war in den Vierzigern und gekleidet wie eine elegante Führungskraft. Madison war ihr schon ein paarmal begegnet und froh, dass sie sich auf ihre Fähigkeiten verlassen konnten. *Wenn* noch etwas von Vincents Erinnerungen an die Zeit vor dem Walters Institute vorhanden war, dann würde sie diejenige sein, die sie fand.
»Hier wollen wir uns mit Vincent hinsetzen und reden«, erklärte Peterson. »Man hat mir gesagt, er hatte eine gute Nacht, zumindest so gut, wie seine Nächte sein können. Ich werde während Ihres Gesprächs hier dabei sein. Es wird ihn beruhigen, wenn jemand mit im Raum ist, den er kennt, und

ich werde jederzeit unterbrechen, sobald ich das Gefühl habe, dass er in Bedrängnis kommt.«

Dr. Takemoto nickte.

»Aber er ist doch immer irgendwie in Bedrängnis, oder?«, mischte sich Kelly ein. »Woher wollen Sie denn wissen, wann er sich ungewöhnlich bedrängt fühlt?«

Das war ein gutes Argument.

»Sie müssen auf mein Urteil vertrauen. Ich bin seit vielen Jahren sein Arzt, und ich werde Ihnen sagen können, wann er genug hat.«

»Doctor«, sagte Madison, »es ist wahrscheinlich, dass er sich sehr aufregt, und es könnte gut sein, dass ›genug‹ sehr bald kommt, aber wir müssen herausfinden, was er weiß, denn – abgesehen von allem anderen – nur so können wir ihn schützen.«

»Ich verstehe.«

Madison fragte sich, ob er wirklich verstand und ob er sich wirklich zwischen sie und Foley stellen würde. In den letzten zwölf Stunden hatte der Arzt eine Einschätzung korrigieren müssen, die er über Jahre hinweg entwickelt hatte, und trotzdem war Vincent inmitten der vielen schnellen Veränderungen der eine unveränderliche Faktor. Ihr Urteil über diesen Mann konnte sich mit jeder Information, die sie bekamen, ändern; dennoch hatte er nichts an seinem Verhalten und seiner Beziehung zur Welt geändert, seit er das Walters Institute betreten hatte. Ob es ihnen gefiel oder nicht, er war ihre Konstante, der Anfang und das Ende des Alptraums, er war für alle Ewigkeit in diesem schrecklichen Tag steckengeblieben, während die Zeit um ihn herum weiter vergangen war.

Die Detectives gingen in ein Nebenzimmer mit einem Einwegspiegel, während Peterson Takemoto über den Patienten informierte. Eine Videokamera sollte die Sitzung durch die Scheibe hindurch filmen. Es gab viel zu sagen, und Madison hatte Gelegenheit gehabt, Takemoto persönlich zu erklären, was sie von Vincent brauchten und wie es sich mit dem Fall verhielt.

In Begleitung des Pflegers, den sie zuvor schon einmal getroffen hatten, schlurfte Vincent Foley in den Raum, und jeder andere Gedanke verschwand.

Der Himmel war bewölkt, das Licht drang nur spärlich durch die Fenster. Dennoch wurde Foley sofort davon angezogen. Er hob die Hand und berührte die Scheibe – als wäre überhaupt niemand mit im Raum. Er trug Anstaltskleidung, die an seinem schmalen Körper hing wie ein Männer-T-Shirt an einem Jungen.

»Hallo, Vincent«, sagte Peterson.

Foley wandte sich um. Seine stechend blauen Augen streiften den Arzt und Takemoto ohne offensichtliches Interesse oder ein Zeichen des Wiedererkennens, dann widmete er sich wieder dem Blick aus dem Fenster. Jede Zelle seines Körpers schien zu erbeben, während er mit den Fingern über die Scheibe fuhr. Seine Nägel waren ganz kurz geschnitten.

»Wie alt ist er?«, flüsterte Dunne. Der Raum war schallisoliert, aber mehr Stimme brachte Dunne nicht zustande. Spencer sagte gar nichts.

»Achtundvierzig«, antwortete Madison leise.

Sie alle hatten die Akte gelesen und wussten genau, wie alt er war; Vincent jedoch in Person zu sehen war etwas völlig anderes. Kelly hatte kein Wort gesagt, aber Madison sah an seiner Haltung, wie sehr er sich freute, dass Foley Spencer und Dunne genauso verschreckt hatte wie zuvor ihn selbst. Niemand hatte Vincent jemals die richtigen Fragen gestellt, weil niemand jemals gewusst hatte, wie die richtigen Fragen lauteten.

»Hallo, Vincent«, sagte Jennifer Takemoto.

Die Detectives sahen zu, wie die Psychiaterin den Kontakt zu Vincent aufbaute. Sie sprach ihn an, mit kurzen Aussagesätzen – freundliche Bemerkungen über die Aussicht, die keine Antwort von dem Patienten verlangten, ihn aber an ihre Anwesenheit gewöhnten. Jetzt stand sie neben ihm am Fenster, ihre Silhouetten vor dem dunklen Himmel waren dicht beieinander. Peterson beobachtete jeden Schritt und achtete auf jedes Wort.

Madisons Handy vibrierte in der Innentasche ihrer Jacke. Als sie die Nummer des Anrufers sah, nahm sie das Gespräch an und ging nach draußen.

»Madison«, sagte sie.

»Detective, hier ist Fred Kamen«, sagte der Mann. »Vom FBI.«

Madison gestattete sich ein kleines Lächeln: als könnte es in ihrer Bekanntschaft einen zweiten Fred Kamen geben. Wochen zuvor, als sie noch tief in ihrem Krieg gegen Harry Salinger verfangen war, hatte Kamen sie auf unschätzbare Weise unterstützt.

Er war einer der besten und klügsten Mitarbeiter der Verhaltensanalyseeinheit und des Violent Criminal Apprehension Program – kurz ViCAP – beim FBI. Außerdem war er ein alter Freund von Brown, Madisons Partner, und das allein machte ihn schon zu einem guten Mann. *Ob er wohl wegen Brown anrief? Hatte er gehört, dass Brown die Schießprüfung nicht bestanden hatte?*

»Mr. Kamen, das ist ja eine ganze Weile her. Wie geht es Ihnen?«

»Draußen hat es bald minus zehn Grad, Detective, so geht

es mir.« Er hörte sich immer noch eher wie ein Ostküstenakademiker an als wie ein Polizist.
»Ich verstehe.«
Kamen war kein Typ für Smalltalk. »Ich habe hier etwas auf dem Tisch. Es wurde markiert, weil es möglicherweise von Interesse sein könnte, und es führte mich zu Ihnen.«
»Worum handelt es sich?«
»Sie wollten einen latenten Handabdruck in einem Mordfall abgleichen. Das Opfer war Ronald Gray.«
Der verschmierte Handabdruck auf den Fliesen in der Toilette des Busbahnhofs.
»Oh ja. Wie …«
»Weil er übereinstimmt mit den Abdrücken von jemandem, den ich schon seit ein paar Jahren kenne. Peter Conway. Und das heißt organisiertes Verbrechen.«
»Organisiertes Verbrechen?« Madison schossen diverse Möglichkeiten und Szenarien durch den Kopf.
»Ja«, fuhr Kamen fort. »Ihr Abdruck ist zweimal bei Mordfällen aufgetaucht, die in Verbindung mit Schutzgeld, Betrug und Erpressung standen. Es gab nie genügend Übereinstimmungen, um etwas zu unternehmen, aber es reichte für eine Markierung.«
»Wie viele Merkmale stimmen in meinem Fall überein?«
»Sieben.«
Madison seufzte: Die Gerichte ließen sich in den Verhandlungen auf alles zwischen acht und sechzehn Übereinstimmungen ein, aber bei sieben Übereinstimmungen würde ein Verteidiger die Anklage sofort platzen lassen.
»Woher haben Sie die ursprünglichen Abdrücke?«, fragte sie Kamen. »Wurde Conway jemals angeklagt?«
Kamen zögerte. »Nein, wir haben seine Abdrücke von einem verdeckten Ermittler bekommen. Er hat uns das Glas

gegeben, aus dem Conway getrunken hatte. Wir haben auch seine DNA. Diese Untersuchung läuft noch, und der verdeckte Ermittler starb drei Wochen später unter ungeklärten Umständen.«
»War das Conway?«
»Sehr wahrscheinlich. Seine Fingerabdrücke sind nicht im System, aber sollten sie jemals irgendwo auftauchen, sehen wir genau hin.«
»Ich verstehe«, antwortete Madison. »Mr. Kamen, bei uns geht es um einen Mord, der mit einem fünfundzwanzig Jahre alten Entführungsfall zu tun hat. Die Entführung – drei Kinder – stand sehr wahrscheinlich in Verbindung mit Schutzgeldforderungen an ein Restaurant. Es würde zum organisierten Verbrechen passen und erklären, warum Conway in Seattle aufgetaucht ist und eine Säuberungsaktion begonnen hat.«
»Ja, meistens hat er an der Ostküste gearbeitet. Das Team ist sehr spezialisiert. Ich war bei den frühen Ermittlungen dabei, weil man die Meinung eines Verhaltensanalytikers wollte: Getötet wird auf immer wieder andere Weise; es gibt kein bestimmtes Muster, das sie in der Datenbank auffällig machen würde. Bis auf eine Sache – und wenn man das einmal weiß, kann man ihre Spur verfolgen: Sie töten das Opfer mit Dingen, die sie am Tatort finden.«
Madison schloss die Augen und sah Warren Lees Leiche auf dem Obduktionstisch vor sich. »Ich weiß, wovon Sie reden. Was letzte Woche hier in Seattle passiert ist, war wahrscheinlich ihr Werk. Und ich glaube, sie sind noch nicht fertig.«
»Manchmal verschwinden die Opfer einfach, Madison. Es gibt keine Leichen, keine Spuren, keine Beweise.«
Jerry Wallace.

»Zeugen und Informanten ist es nicht gut ergangen. Ich schicke Ihnen alles, was ich über Conway und sein Team habe«, sagte Kamen. »Diese Männer hätten nicht so lange schon am Werk sein können, wenn sie nicht extrem gut wären. Wenn sie in Seattle sind, um für jemanden aufzuräumen, dann werden sie genau das tun, bis sie endgültig daran gehindert werden. Ihr Motiv ist nur Geld, Geld allein. Sie verlangen eine ziemlich hohe Bezahlung, aber sie erledigen den Job – wie auch immer er aussieht.«

»Vielen Dank, Mr. Kamen. Dann warte ich auf die Akte.«

Kamen schwieg kurz. »Sprechen Sie oft mit Brown?«, fragte er.

»Manchmal. Ich habe ihn auch schon gesehen.«

Sie wusste nicht, ob Kamen von der nicht bestandenen Prüfung wusste, und es war nicht an ihr, ihm davon zu erzählen.

»Passen Sie auf ihn auf«, sagte Kamen.

»Das mache ich.«

Madison kehrte in den kleinen Raum zurück. Die Detectives schwiegen. Auf der anderen Seite des Spiegels saß Jennifer Takemoto Vincent gegenüber auf dem grauen Teppich. Er starrte die Detectives an, als könne er sie sehen.

»Gab es was?«, flüsterte Madison Spencer zu.

Er schüttelte den Kopf.

»Wir haben gerade einen Durchbruch«, sagte sie und winkte ihnen, ihr in den Korridor zu folgen.

33

Nathan Quinn saß in seinem Krankenhauszimmer auf der Bettkante und wartete. Die Ergebnisse dürften bald kommen. In den letzten paar Stunden war er auf jede erdenkliche Weise untersucht worden. Wenn alles in Ordnung war, würde er endlich entlassen werden und konnte zurück nach Hause.

Er sah sich um.

Vermissen würde er hier nichts, weder die Monitore noch die Lösungen im Tropf. Das Einzige, was ihm fehlen würde, war, dass das Morphium inmitten der Tiefen des Schmerzes ihm David zurückgegeben hatte, und diese kurzen Halluzinationen waren ihm so echt vorgekommen wie das weiche Satinlaken unter seinen Fingern.

Seine Sachen waren schon gepackt, und Carl Doyle würde jeden Augenblick kommen. Er war jetzt so gut wie draußen, als Nächster wäre John an der Reihe.

Im Vergleich zu seiner Ankunft verließ Nathan Quinn das Krankenhaus mit relativ wenig Aufruhr. Nachdem er sich bei allen Ärzten und Schwestern bedankt hatte, fühlte er sich draußen in der Februarkälte schwach und unbedeutend, aber auch beschwingt – gefährlich beschwingt. Nach dem, was er überlebt hatte, war alles möglich, und während die Wahrheit langsam zutage trat, hatte Nathan Quinn beinahe das Gefühl, er könne in die Vergangenheit greifen und die Hände um den Hals des Mannes legen, der die Entführung der Jungen in Auftrag gegeben hatte.

Alles zu seiner Zeit, dachte er.

Der Lexus hielt vor Quinn und Doyle, und schon bald war

er auf dem Heimweg Richtung Seward Park. Er lehnte sich zurück und ließ die Stadt an sich vorbeiziehen.

Das Haus war ein gepflegtes, schönes Gebäude aus Holz und Stein im für den pazifischen Nordwesten typischen Stil. Die salzige Luft hatte das ursprüngliche Feuersteingrau zu verwaschenem Zinn verwittern lassen.
Der Fahrer trug das Gepäck zur Tür, und als Quinn den Schlüssel im Schloss drehte, verriet ihm das Piepsen der Alarmanlage, dass er endlich zu Hause war.
Doyle war ein, zwei Mal die Woche vorbeigekommen, um nach der Post zu sehen; er hatte bei seinem letzten Besuch sogar den Kühlschrank gefüllt; nichtsdestotrotz fühlte sich die vertraute Geste fremd an, als Quinn im Halbdunkel den Code eingab. Ein eiskalter Windstoß fegte durchs Haus.
Quinn lehnte sich auf den Stock in seiner rechten Hand und betrachtete den Raum, den er so gut kannte. Er hatte damit gerechnet, Erleichterung zu verspüren, aber dennoch stimmte irgendetwas nicht. Nach der langen Zeit in einem Gebäude, das voll mit chemischen Dünsten war, reagierte er sehr sensibel auf das feine Gleichgewicht der Gerüche in seinem Zuhause. Irgendetwas in der abgestandenen Luft roch sauer und ranzig, etwas gehörte nicht hierher.
»Alles in Ordnung?«, fragte Doyle.
»Ich weiß noch nicht«, antwortete Quinn.
Er ging ins Wohnzimmer, vorsichtig, aber entschlossen – und da fiel es ihm auf: das semiprofessionelle Meade-Teleskop, das auf einem Stativ neben der Terrassentür stand. Quinn starrte auf die Stellen, wo die Beine des Stativs auf dem Parkettboden standen. Er hatte vor Jahren den perfekten Standort für das Teleskop gefunden, und seither war es stets am selben Platz geblieben – drei kleine Einkerbungen

im Holz zeigten seine übliche Position an. Es war ziemlich offensichtlich, dass das Stativ gut zehn Zentimeter nach links bewegt worden war.
»Carl?«, fragte Quinn über die Schulter. »Wann warst du zum letzten Mal hier?«
»Vor vier Tagen.«
»Bist du jemals in die Nähe dieses Teleskops gekommen, seit ich im Krankenhaus war? Hast du durchgeschaut? Es vielleicht bewegt?«
»Nein. Ich hab die Post geholt, die Werbung weggeworfen, das ist alles. Ich gehe gar nicht in diesen Teil des Raums.«
»Warst du im Arbeitszimmer?«
»Nein, das musste ich ja nicht.«
»Ich muss nur etwas überprüfen.«
An allen Wänden standen Bücherregale; in der Ecke ein Mahagonischreibtisch. Eine dünne Staubschicht hatte sich auf der Bankierslampe aus grünem Glas gebildet. Nathan Quinn blieb an der Schwelle stehen und betrachtete den Raum. Er ließ den Blick über die kleinen, mit Erinnerungen behafteten Gegenstände aus seinem vergangenen Leben schweifen: Stifte, Papiere, ein gerahmtes Foto vom Hochzeitstag seiner Eltern, eine antike Reiseuhr.
Auf einem Bücherregal lagen das Stundenglas und die drei Schiffskompasse aus dem 19. Jahrhundert, die seinem Vater gehört hatten, und zwar dort, wo er sie plaziert hatte. Quinn schaute genauer hin: *fast* da, wo er sie plaziert hatte. Unser Leben und sein Zubehör sind für andere eine unbestimmte Landschaft, aber für uns hat selbst das kleinste Detail seine eigenen präzisen Koordinaten, und wir bemerken jede Veränderung, so minimal sie auch sein mag.
»Jemand war hier im Haus«, sagte er zu Doyle und ging weiter zu dem Kästchen mit der Steuerung der Alarmanla-

ge, das neben der Eingangstür angebracht war. Er hatte die Anlage vor sieben Jahren installiert, sie war damals ein Topmodell gewesen.

»Das verstehe ich nicht«, sagte Carl. »Die Alarmanlage war eingeschaltet, es gab keinen …«

Quinn gab eine Tastenkombination ein, und auf dem Bildschirm des Kästchens erschien eine Liste mit Daten und Uhrzeiten. Alle verzeichneten Besuche hatten bei Tageslicht oder am frühen Abend stattgefunden.

»Sind das die Daten und Zeiten, zu denen du hier warst?«, fragte er Doyle.

Doyle überprüfte es und nickte.

Quinn nahm sein Handy aus der Manteltasche und wählte die auf dem Kästchen angegebene Nummer. Er nannte seinen Namen, ein Passwort und einen achtstelligen Zahlencode. »Mailen Sie mir bitte die letzten zwanzig Einträge des Protokolls. Danke.«

Doyle versuchte sich zu erinnern, wann er die letzten Male im Haus gewesen war – die stets gleichen Tätigkeiten hatten sich vermischt, und ihm fiel nichts ein, was verkehrt sein könnte, denn da war nichts.

»Nathan …«

»Du hättest nichts tun können, und außer mir hätte das auch niemals jemand bemerkt.«

»Haben sie etwas mitgenommen?«

Quinn sah sich um. Sie hatten beinahe perfekte Arbeit geleistet, denn sie waren nicht da gewesen, um etwas zu stehlen, sie waren da gewesen, um den Feind zu begutachten und zu analysieren.

»Komm mit«, sagte er zu Doyle.

Der kleine Stahlsafe war hinter einer Platte des Wäscheschranks verborgen. Quinn gab rasch die Kombination in das elektronische Schloss ein und öffnete die dicke Metalltür. Der Inhalt – diverse Papiere und ein paar antike Schmuckkästchen – schien unversehrt zu sein. Quinn holte alles heraus, dann drückte er auf einen verborgenen Schalter, der ein Geheimfach innerhalb des Safes öffnete. Er schaute hinein.

»Alles unberührt«, sagte er zu Doyle.

»Verstehst du das?«

»Ich glaube schon«, antwortete Quinn.

Sein Handy pingte. Die E-Mail des Überwachungsdienstes war gekommen: Der letzte Eintrag war ihre Ankunft am Haus, der vorletzte Eintrag zeigte, dass jemand in der vorigen Nacht das System um 3:10 Uhr ab- und um 3:57 Uhr wieder eingeschaltet hatte. Quinn zeigte es Doyle.

»Nathan …«

Sie haben den Eintrag hier im Kasten gelöscht, aber in der zentralen Datenbank war er schon registriert. Sie haben siebenundvierzig Minuten hier im Haus verbracht.«

Plötzlich erschien ihnen das Haus ganz anders.

»Du hättest nichts tun können«, wiederholte Quinn. Er kannte Doyle gut genug, um zu wissen, dass er sich ärgerte und gleichzeitig beschämt war, dass dieser Einbruch während seiner Wache passiert war.

Quinn dachte rasch nach. »Wir müssen hier die Spuren sichern.« Er wählte Tod Hollis' Nummer.

Er musste sichergehen, dass nichts mitgenommen worden war, und ebenso, dass sie nichts dagelassen hatten.

34

Sie ließen Dr. Takemoto bei Vincent Foley und kehrten ins Revier zurück. Sorensen war darüber informiert worden, dass es möglicherweise eine Übereinstimmung zwischen Conways DNA und den Spuren bei Lee und Gray geben könnte, und auch Lieutenant Fynn wusste Bescheid.

Madison las die Akte Conway an ihrem Schreibtisch. Es war ein Katalog der Brutalität, der vor elf Jahren begonnen hatte und sich über beide Küsten und das Festland zog. Kamen hatte recht gehabt: Conway und seine Mannschaften hatten – sehr wahrscheinlich – bis auf ganz wenige Ausnahmen mit jeder Art von Gewaltverbrechen zu tun gehabt, und sie leisteten gute Arbeit.

Madison hatte sich Kamens Notizen ausgedruckt: *Mord an einem Zeugen bei Schutzgelderpressung, Mord an einem örtlichen Bandenchef, Entführung/Ermordung eines Drogendealers, verdächtig des Mordes an einem Journalisten (Opfer wurde nie gefunden/wahrscheinlich tot), verdächtig des Mordes an einem Mafiaangehörigen (Opfer wurde nie gefunden/wahrscheinlich tot).* Und so weiter.

Es war nicht schwer, sich vorzustellen, wie diese Männer bei Warren Lee zu Hause einbrachen, ihn folterten, mit was auch immer sie in der Küche fanden, und ihn dann unter den Wassertürmen zurückließen.

Madison ging noch einmal die Liste der mutmaßlichen Verbrechen durch: In manchen Fällen hatte man die Leiche gefunden, bei anderen nicht. Sie hatten gewollt, dass Lee und Gray genau so aufgefunden wurden, und Wallace … Madison hoffte, dass es eine andere Erklärung für das Verschwinden von Jerry Wallace gab, allerdings hatte sie wenig Hoffnung. Er war quasi das lebende Wikipedia des Verbrechens an der Westküste gewesen. Kein Wunder, dass sie ihn loswerden wollten. Nathan Quinn hatte mit seinem Appell eine Frage hinausgeschickt; diese Männer waren die Antwort.

Ich hoffe bei Gott, Sie wissen, was Sie da tun, Quinn.

Ihr Handy vibrierte. Es war Dr. Takemoto.

»Ich wollte Ihnen nur mitteilen, dass wir für heute hier aufhören. Ich habe keinen Druck auf Vincent ausgeübt, aber Peterson hat die Sitzung unterbrochen, als er meinte, dass er müde wird.«

»Was meinen Sie? Glauben Sie, Sie können etwas von seinen Erinnerungen wiederherstellen?«

»Sprechen wir von Vincents Denken, als wäre es eine Festplatte?«

»Auf gewisse Weise ja. Eine unglaublich komplexe und ungeheuer beschädigte Festplatte.«

»Ich verstehe. Der einzige Mensch, der eine bedeutungsvolle Beziehung zu ihm hatte, war sein Bruder. So nett alle anderen hier auch sein mögen, sie haben keine Spuren hinterlassen. Ich glaube, Vincents Erinnerungen wurden durch das Trauma beschädigt, aber sie sind noch da, auch wenn er vielleicht ihre Bedeutung nicht ermessen kann. Und vielleicht war der einzige, der Zugang zu diesen Erinnerungen gehabt hätte, sein Bruder.«

»Was hatte er für eine Beziehung zu Ronald?«

»Mr. Gray war sehr loyal; er hat ihn oft besucht und immer mit ihm geredet. Offenbar blieb Vincent in seiner Anwesenheit ruhig, sogar ohne Medikamente. Ich werde einige Zeit brauchen, um zu Vincent durchzudringen, falls es mir überhaupt jemals gelingt …«

Zeit war genau das, was sie nicht hatten. Madison schloss die Augen.

»Doctor, wenn wir davon ausgehen, dass Vincent etwas weiß, müssen wir alles, was ihm über die Lippen kommt, wie Gold behandeln. Peterson sagte, er verharrt geistig in diesem Tag, er ist in diesen Stunden festgefroren. Wir brauchen jedes einzelne Wort, das er äußert, weil wir davon ausgehen müssen, dass alles mit diesem Tag zu tun hat.«

»Ich schicke Ihnen nach jeder Sitzung ein Protokoll.«

»Vielen Dank.«

Rund um das Walters Institute verlief ein hübscher schwarzer Eisenzaun, zwei Sicherheitsleute liefen über das Gelände, ein paar hielten im Inneren die Augen offen; es gab wohlmeinende und gut ausgebildete Schwestern und Pfleger, die dafür sorgten, dass sich die Patienten nicht selbst oder gegenseitig verletzten. Die Türen hatten Schlösser, durch die man Karten mit Magnetstreifen ziehen musste. Und alle diese Maßnahmen wären hinfällig, wenn Peter Conway sich Einlass verschaffen wollte.

Madison schloss die Akte. Es gab Dinge, die sie tun konnten – die sie tun mussten: Informationen durchgehen, Aufnahmen von der Verkehrsüberwachung, Spuren, die womöglich dieser Truppe aus der Hölle zugeordnet werden konnten. Und doch konnte Madison nur an ein leeres Haus am Ende einer langen, schmalen Straße denken, an die Dunkelheit, die durch die Fenster drang.

Als sie das Material der Verkehrsüberwachung am Busbahnhof sichtete, meldete sich ihr Handy. Sie erkannte die Nummer.

»Detective.« Quinn sprach leise.

»Mr. Quinn.«

»Ich dachte, es könnte Sie interessieren, dass gestern Nacht bei mir zu Hause eingebrochen wurde. Die Einbrecher haben nichts mitgenommen, sie haben sich nur gründlich umgesehen.«

»Wie … was ist passiert?«

»Ich bin heute am späten Vormittag nach Hause gekommen. Da fiel mir etwas auf, und die Aufzeichnungen der Sicherheitsfirma bestätigten meine Theorie.«

Madisons erster Gedanke war, dass Quinn entlassen worden war, dass er endlich entlassen worden war; ihr zweiter Gedanke, dass in dem Haus niemand etwas anfassen sollte. Besser noch, Quinn sollte im Auto warten, während sie bei der Kriminaltechnik anrief und Sorensens Leute das Haus von oben bis unten durchkämmten.

»Ich bin auf dem Weg«, sagte sie. »Und …«

»Ich weiß. Ich versuche, den Tatort nicht zu verschmutzen.«

Kelly schnallte sich seufzend an. Er hätte auch im Revier bleiben können, aber er war mitgekommen, hauptsächlich aus Neugier, das wusste Madison. Er hatte eine Augenbraue gehoben, als sie Sorensen angerufen hatte, und bezweifelt, dass es zu ihren Zuständigkeiten gehörte – ein versuchter Einbruchdiebstahl, die Eindringlinge waren gestört worden und hatten die Flucht ergriffen, bevor sie etwas mitnehmen konnten. Aber die Gelegenheit, sich Nathan Quinn aus der Nähe anzusehen, durfte man nicht ungenutzt verstreichen lassen, und nun war er da: ein schweigender, griesgrämiger Partner, den Madison sich geflissentlich bemühte zu ignorieren.

Das war kein Zufall gewesen, keine Einbrecher, die man gestört hatte. Es waren Conway und seine Mannschaft, die

Quinns Haus einen Besuch abgestattet hatten, weil ihnen eine einzige Information fehlte: Woher wusste Quinn von Timothy Gilman?
Madison wollte nicht daran denken, was passiert wäre, wenn man Quinn einen Tag früher entlassen hätte.

Seattle war von Wasser umgeben: Der lange Streifen des Puget Sound im Westen, der weite Lake Washington im Osten – Salzwasser und Süßwasser mit einem Streifen Land dazwischen.
Gerade als die Sonne durch die Wolken brach, kamen sie in Seward Park an. Madison parkte neben Nathan Quinns Jeep. Sie war noch nie zuvor bei ihm zu Hause gewesen; sie hatten nur im Gericht, auf dem Polizeirevier und mitten in der Nacht in dunklen Wäldern miteinander zu tun gehabt. Ein Haus war beinahe zu banal.
Am unteren Ende des abfallenden Gartens leckten die Wellen des Lake Washington am Rasen, und ein langer Steg ragte Richtung Mercer Island ins Wasser.
Stein und Holz, gereift durch den pazifischen Nordwesten: Es gab zwar noch viel größere Häuser in derselben Straße, aber wahrscheinlich war keines so subtil beeindruckend.
Die Tür öffnete sich und blieb offen.
»Haben Sie ihn seitdem schon gesehen?«, fragte Kelly beim Aussteigen.
»Ja, einmal«, antwortete Madison.
Kelly grunzte etwas, das sie nicht verstand.
Trotz des kurzen Sonnenscheins war der Boden nach dem tagelangen Regen noch durchnässt; sie streiften die Schuhe an der Fußmatte ab und gingen hinein.
Quinn empfing sie im Eingang, er verabschiedete sich gerade von jemandem am Telefon.

»Danke, dass Sie gekommen sind, Detective«, sagte er.
Sie brachten die Vorstellung so schnell hinter sich, wie es die Höflichkeit zuließ – Quinn hatte Kelly noch nicht kennengelernt –, und kamen gleich auf die Schwierigkeiten zu sprechen, in ein Haus mit einem hochmodernen Alarmsystem einzubrechen.
»Wann ist Ihnen aufgefallen, dass etwas nicht stimmt?«, fragte Madison Quinn.
»Das Teleskop war verstellt.« Er deutete zu der Stelle. »Und zwei kleine Gegenstände auf einem Bücherregal in meinem Arbeitszimmer.«
»Das ist alles?«
»Es hat genügt.«
»Während Sie im Krankenhaus waren, war nur Carl hier?« Madison wandte sich an Kelly. »Carl Doyle ist Mr. Quinns Assistent.«
»Nur Carl«, antwortete Quinn. »Und er war nicht einmal in der Nähe des Teleskops oder des Arbeitszimmers.«
»Und die Aufzeichnungen der Sicherheitsfirma?« Madison merkte genau, wie Kelly Quinn und die dunkelroten Linien, die sich über sein Gesicht zogen, betrachtete, als wäre er ein exotisches Wesen.
»Sie waren gut«, antwortete Quinn. »Sie haben den Eintrag gelöscht, aber er war schon in der Datenbank der Zentrale registriert.«
»Um welche Uhrzeit waren sie da?«
»Gestern Nacht zwischen drei und vier.«
»Und Sie sind ganz sicher, dass sie nichts mitgenommen haben?«
»Ganz sicher.«
»Und sie haben auch nichts dagelassen?«
»Hollis hat alles durchsucht und nichts gefunden.«

Madison nickte; sie kannte Hollis noch vom Fall Salinger. Wenn Hollis das Haus durchsucht und keine Wanzen entdeckt hatte, dann bedeutete das, dass auch keine zu finden waren.

Es bedeutete aber auch, dass noch eine weitere Person im Haus gewesen war und Spuren hinterlassen hatte, die die Kriminaltechnik auswerten musste. Sie waren gleich hinter der Wohnzimmertür stehen geblieben, um den Tatort nicht noch weiter zu verunreinigen.

»Haben Sie uns deshalb nicht sofort angerufen?«, fragte Kelly. »Sie haben erst das Haus durchsucht und danach angerufen?«

»Ja.«

»So geht das wirklich nicht, Herr Anwalt.«

»Zu diesem Zeitpunkt wusste ich noch nicht, ob ich es überhaupt melden würde.«

Madison verstand: Wenn Hollis eine Wanze gefunden hätte, hätten sie sie vielleicht dort gelassen und sie zu ihren Zwecken eingesetzt. Das wäre sicherlich die gefährlichste Vorgehensweise gewesen und absolut typisch für Quinn.

»Die haben sich einfach nur umgesehen und sind dann wieder gefahren?«, fragte Kelly.

»Ja«, sagte Quinn.

»Also noch mal Klartext, unsere kleine Theorie hier sieht so aus, dass das hier ...«, Kelly zeigte auf das Haus um sie herum, »mit dem ganzen Schlamassel, den Sie mit Ihrem Fernsehappell ausgelöst haben, in Verbindung steht, richtig? Wenn die also nicht Ihren Fernseher und Ihr verstecktes Gold klauen wollten, was haben die dann gesucht?«

»Information«, warf Madison ein, und sie und Quinn sahen sich an. »Die eine Information, die den Appell gefährlich für die Mörder machte: wie Sie von Timothy Gilmans Verbin-

dung zu der Entführung erfahren haben und wer noch davon weiß.«
»Wahrscheinlich, ja«, antwortete Quinn.
Sie hatten schon im Krankenhaus darüber gesprochen, und er schien mittlerweile nicht geneigter, seine Quelle zu nennen.
»Sie sind absolut sicher, dass es ihnen nicht gelungen sein kann, Ihre Notizen, Dokumente, was auch immer Sie versteckt haben, zu finden, zu kopieren und dann unbemerkt wieder hinzulegen?«
»Diese Information gibt es nicht auf Papier, und es gab sie nie auf Papier.«
Der Transporter der Kriminaltechnik fuhr vor, und Quinn ging zur Tür, um zu öffnen.
»Ich muss mal telefonieren«, sagte Kelly und lief zum Auto.
Frank Lauren und Mary Kay Joyce brachten ihre Ausrüstung herein, nickten Madison zu und machten sich an die Arbeit.
»Ein Einbruch – wie wohltuend«, kommentierte Joyce und sah sich um. »Ausnahmsweise mal kein Blutspurenmuster, Madison.«
»Bloß nicht dran gewöhnen«, erwiderte sie.
Madison und Quinn gingen hinaus auf eine seitliche Veranda. Die bleiche Sonne schenkte kaum Wärme. Beide hatten den Kragen hochgeschlagen.
»Ich sage jetzt gar nichts dazu, dass Sie das nicht sofort gemeldet haben; es wäre reine Zeitverschwendung«, sagte Madison. »Aber etwas sollten Sie wissen: Haben Sie je von einem gewissen Jerry Wallace gehört?«
Madison erzählte Quinn von Kamens Anruf, von Peter Conway und seiner Truppe, von der Akte auf ihrem Schreibtisch und was sie enthielt.

»Es gibt allen Grund zu der Annahme, dass das die Männer sind, die Lee und Gray auf dem Gewissen haben und aller Wahrscheinlichkeit nach auch Wallace. Wir hoffen, dass die Beweismittel alle Tatorte miteinander verbinden«, schloss sie.

»Und Sie schützen den vierten Mann?«

»Ja, wir schützen und wir befragen ihn, soweit es sein Zustand zulässt.«

Sie rechnete es Quinn an, dass er sie nicht gefragt hatte, ob er Vincent Foley treffen durfte. Technisch gesehen war Foley immer noch nichts anderes als ein Patient in einer psychiatrischen Einrichtung.

»Ich muss Ihnen eine Frage nach Ihren Eltern stellen.« Sie wagte sich vorsichtig auf ein Gelände, das ihr nicht vertraut und das vielleicht schwer zu befahren war.

»Was ist mit meinen Eltern?«, fragte Quinn ruhig.

»Als Ihr Bruder entführt wurde, und auch davor oder danach, haben Sie jemals die Namen Eduardo Cruz, Leon Kendrick oder Jerome McMullen aus ihrem Munde gehört?«

»Nein, sie haben nie Namen erwähnt, nicht ein Mal. Damals nicht und auch sonst nie«, sagte Quinn. »Als ich Jahre später in der Staatsanwaltschaft gearbeitet habe, habe ich selbst Ermittlungen angestellt. Ich habe die Akte gelesen und dieselben Namen zutage gefördert, aber gebracht hat es nichts.«

»Wenn die Männer, die letzte Nacht eingebrochen sind, nicht gefunden haben, was sie suchten, könnten sie gut und gerne noch einmal wiederkommen«, sagte Madison. »Und sie könnten durchaus geneigt sein, Sie persönlich zu fragen.«

»Der Einbruch gestern Nacht war sehr raffiniert, Detective; sie wollten keine Aufmerksamkeit auf sich ziehen. Ich war in einem Krankenhaus – ohne Sicherheitspersonal oder Polizeischutz – und zwar lange. Sie hätten mir jederzeit einen Besuch abstatten können.«

»Nehmen Sie das nicht zu leicht.«

Der Blick war wunderschön, das Wasser spiegelte den strahlenden Himmel in den kurzen Momenten, in denen sich die Sonne zeigte, während sie von den hässlichsten Dingen sprachen, die Menschen einander antun können. Ein kleines Segelboot mit drei jungen Seglern in leuchtend roten Schwimmwesten fuhr vorbei; ihre Stimmen waren bis zum Haus zu hören.

»Es funktioniert doch nur so, Detective.« Quinn blickte dem Boot nach. »Sie müssen den Baum treten, um zu sehen, was herausfällt.«

»Das ist Ihnen gelungen, Counselor«, sagte Madison.

Einen Augenblick lang war es in Ordnung, einfach nur schweigend dazustehen.

»Wie geht es Ihrem Partner?«, fragte Quinn nach einer Weile.

»Es … es geht ihm besser. Langsam.«

Madisons Handy zeigte an, dass sie eine SMS bekommen hatte. Sie las sie zweimal. Spencer hatte geschrieben. *Jerome McMullen könnte in sieben Tagen auf Bewährung entlassen werden.*

»McMullen«, sagte sie zu Quinn. »Offenbar wird er unter Auflagen entlassen.«

Das bedeutete, er konnte es überhaupt nicht gebrauchen, dass eine fünfundzwanzig Jahre alte, schiefgelaufene Entführung hochkam und seine Chance auf Freiheit zunichtemachte. Das bedeutete: ein Motiv.

Von dem kleinen Segelboot trieb Gelächter herauf und verhallte.

35

Der Rest des Nachmittags verlief unspektakulär. Die Detectives versuchten, eine Verbindung zwischen McMullen und den Morden herzustellen, und setzten die Jagd auf Conways Team fort. Madison konzentrierte sich darauf, einen Bezug zwischen Gilman und dem bald freikommenden Häftling zu finden; sie prüfte zurückliegende Verurteilungen, Adressen, Bekannte – alles, was das Leben, das wir führen, ausmacht, was uns mit den Menschen, die wir kennen, verbindet. Die Tatsache, dass Jerome McMullen ein potenzielles Motiv hatte – die Entführung und den Mord an Quinn für immer zum Verschwinden zu bringen –, nützte ihnen überhaupt nichts. Nicht, wenn sie nicht beweisen konnten, dass er den Auftrag dazu gegeben hatte, dass er Gilman bezahlt hatte, um ihn auszuführen, und fünfundzwanzig Jahre später dafür gesorgt hatte, dass Peter Conway und seine Männer jeden beseitigten, der noch lebte und gegen ihn aussagen konnte.

Madison stand auf und nahm ihre Jacke. Sie wollte sich irgendwo einen Kaffee holen. Ihr Telefon vibrierte.

»Madison«, meldete sie sich, während sie in die Jacke schlüpfte.

»Sind Sie noch auf dem Revier?«

Brown. Madison lächelte.

»Ja, es ist wieder mal so ein Tag. Wie geht es, Sarge?«

»Prima«, antwortete Brown. »Wenn Sie sich noch auf dem Revier herumtreiben, hätten Sie vielleicht Lust, sich mit mir am Schießstand zu treffen?«

»Ich wüsste nichts Besseres.«

»Wir sehen uns dort.«
Madison blickte aus dem Fenster. Es war stockdunkel. Detective Sergeant Brown hatte sie so spät am Tag angerufen, dass sie gut und gerne schon nach Hause gefahren sein oder andere Pläne gehabt haben könnte, vielleicht hatte er das sogar gehofft, aber trotzdem hatte er Kontakt aufgenommen. Madison machte sich keine Illusionen: Wenn Brown beim Schießen nicht die geforderten Ergebnisse erzielte, würde er seine Dienstmarke abgeben, und die Sache war erledigt. Er würde nicht als Zivilperson bei der Polizei arbeiten, er würde nicht seine letzten zehn oder wie viele Jahre auch immer damit verbringen, Papiere von der einen Seite auf die andere zu schieben. Er wäre einfach weg. Madison holte tief Luft und rieb sich das Gesicht. Sie durfte das nicht zulassen.

Am Schießstand war um diese Zeit glücklicherweise nichts los. J.B. Norton, der Schießlehrer, war bereits aufgebrochen, und Madison war sehr froh darüber. Norton war die freundlichste Seele, die je Menschen beigebracht hatte, wie sie sich gegenseitig erschießen können, aber Brown musste ungestört sein.
Madison hielt ihre Glock im Modern-Isosceles-Anschlag. Sie visierte das Ziel an – die Waffe umfasste sie dabei bequem mit beiden Händen – und lauschte ihrem Atem. Nach dem Ausatmen drückte sie den Abzug, der Schuss zerriss die Stille. Sie senkte die Waffe, atmete zweimal durch, dann wiederholte sie die Abfolge. Sechs Mal traf sie ins Schwarze. Sie war nicht hier, um anzugeben, und hätte am liebsten einmal absichtlich eine Kugel neben die Mitte geschossen. Brown lehnte hinter ihr an der Wand. Detective Sergeant Kevin Brown, ihr Partner, der vor Wochen noch ihr wichtigster Verbündeter im Krieg gegen Harry Salinger und in

den kleinen täglichen Schlachten eines Neulings in der Mordkommission gewesen war.
Er sah aus wie immer: frisch gebügeltes Hemd, elegante Krawatte, sogar sein stets dazugehörender Trenchcoat lag ordentlich zusammengefaltet auf einem Stuhl. Seine rötlich blonden Haare hatten ein paar graue Strähnen mehr bekommen – weitere Veränderungen schienen die letzten Wochen nicht gebracht zu haben. Doch Madison wusste, dass es sich anders verhielt: Die Angst, das eine, worin man richtig gut war, nicht mehr tun zu dürfen, war überwältigend, wie ein Ölfilm, der in jede Ecke des Denkens hineinkroch. Aber sie ignorierten beide den eigentlichen Grund, weshalb sie sich hier trafen, und sprachen stattdessen über den Fall, über die Freuden, die es mit sich brachte, Detective Chris Kelly als Partner zu haben, und über die Neuigkeiten aus Camerons Gefängnis.
Madison war mit ihrer zweiten Runde an der Reihe, danach kam er wieder. Sie beobachtete Brown genau.
An einer Verletzung ist immer mehr als der rein physische Aspekt. Wie verändert uns der Schmerz? Wie verändert er die Art, wie wir in unserem Körper und in der Welt im Allgemeinen leben?
Browns Schüsse hallten durch den Schießstand. Sie betrachtete die Linie seiner Schultern, wie er die Waffe hielt – auch er bevorzugte den Modified-Isosceles-Anschlag – und wie sich sein Brustkorb mit jedem Atemzug hob und senkte.
Sie schossen abwechselnd ihre Runden. Brown hatte den obligatorischen Schießunterricht genommen, nachdem er am selben Tag zweimal durchgefallen war.
Madison begutachtete die Zielscheibe aus der Ferne: Brown lag auf der dünnen Linie zwischen Versagen und Erfolg. Heute hatte er es gerade mal so geschafft; eine Haaresbreite

Unterschied am Tag der Prüfung, und er würde durchfallen – daran bestand kein Zweifel.

»Was denken Sie?« Seine Frage war überraschend direkt.

Das war nicht der Zeitpunkt für die geschönte Version; Madison drückte auf den Knopf, der die Zielscheibe zurückholte. Die Papiersilhouette kam in dem trüben Licht auf sie zu wie ein unbeholfenes Gespenst.

»Die Technik ist da«, begann sie. »Und auch die Kraft und die Atmung. Aber kurz bevor Sie schießen, verkrampfen Sie die Schultern, und Sie werden ganz starr.«

Brown nickte. »Weiter.«

»Wenn Sie verkrampfen, zucken Sie ein klein wenig, manchmal auch ein bisschen mehr, und das wirkt sich auf Ihre Treffsicherheit aus.«

»Das wird schon besser, aber nicht schnell genug.«

»Ja, das sehe ich. Und ein paar Runden zuvor waren Sie am besten, jetzt sind Sie müde, und es wird schlechter.«

Sie lehnten sich beide an die Wand. Das Kordit roch stechend.

»Was schlagen Sie vor?«, fragte er.

Madison wollte die Situation nicht mit Psychoblabla verwässern – davor war sie selbst weggelaufen –, trotzdem lag die Antwort nicht nur im Körperlichen.

»Es geht nicht darum, wie Sie die Waffe halten oder in welchem Winkel die Füße stehen«, begann sie. »Sie kontrollieren Ihre Atmung, ohne die Luft anzuhalten, und Sie machen alles richtig.«

»Außer ...«

»Dass Sie zu viel darüber nachdenken. Sie benutzen das Muskelgedächtnis nicht. Sie schießen jedes Mal, als hätten Sie noch nie einen Schuss abgegeben, und es verbraucht Ihre gesamte Energie, zu überprüfen, ob jedes einzelne Element richtig ist. Das ist es. Aber die Anspannung stört den körperlichen Ablauf, so dass Sie die Punktzahl nur knapp erreichen.«

Madison atmete tief ein. In ihrer Beziehung waren sie immer ehrlich zueinander gewesen, und Brown hätte ihr die Frage nicht gestellt, wenn er keine Antwort gewollt hätte. Er hatte den Blick immer noch auf die Zielscheibe gerichtet, die im Luftzug der Klimaanlage zitterte.

»Was schlagen Sie denn vor?«, fragte er nach einem Moment.

»Wie gut sind Sie im Kopfrechnen?«

Brown prustete. »Na ja, sagen wir mal, ich war nie im Mathecamp.«

»Genau richtig. Sarge, Sie müssen Ihr ziemlich großes und komplexes Gehirn mit ein paar sechsstelligen Additionen beschäftigen, während Sie Ihr Muskelgedächtnis tun lassen, wofür es da ist, nämlich die verdammte Zielscheibe zu treffen.«

»Additionen?«

»Multiplikationen, wenn Ihnen das lieber ist. Alles, was Ihren Kopf davon abhält, sich zu sehr mit dem Schießen zu beschäftigen.«

»Haben Sie diesen Trick schon einmal benutzt?«

»Ständig.«

»Im Ernst?«

»Ja. Als ich noch bei Wettbewerben mitgemacht habe, war ich immer sehr aufgeregt, und J.B. hat mir das vorgeschlagen.«

Keiner von beiden musste erwähnen, dass die Realität auf der Straße extrem anders war. Harry Salinger hatte ihnen keine Zeit für irgendwelche Rechenübungen gelassen, als er sie in der Dunkelheit angriff.

»Morgen komme ich wieder, frisch und voller Zahlen«, sagte Brown. »Haben Sie Zeit für ein Bier?«
»Auf jeden Fall«, antwortete Madison.

36

Nathan Quinn lauschte dem Wind, der um das Haus durch die Bäume fuhr.
Er hatte ihn wochenlang nicht mehr gehört. Von dem Zimmer im Krankenhaus hatte er nicht sehen können, wie das Wasser des Washington Lake immer dunkler und ruhiger wurde. Es war eine ganz eigene Art des sensorischen Entzugs – die einzigen Geräusche, die erlaubt waren, waren das Ticken und das Piepsen der Maschinen, und selbst die Stille hatte etwas Aseptisches. Er atmete die kalte Luft draußen auf der Veranda ein, und in der Ferne erkannte er vage Mercer Island. Er war zu Hause.
Der Einbruch – er war noch nicht einmal vierundzwanzig Stunden her – war nur ein weiteres Zeichen dafür, dass sich die richtigen Leute unter Druck gesetzt fühlten und Fehler begingen. Er war froh über ihre Fehler, und sollten sie beschließen, seinem Haus einen weiteren Besuch abzustatten, würde er sie nur zu gerne persönlich kennenlernen.
Nachdem Detective Madison und die Kriminaltechniker aufgebrochen waren, war Tod Hollis mit einem Bekannten wiedergekommen, der mit biometrischen Zugangskontrollsystemen handelte, und das Haus war verkabelt worden. Die Sicherung funktionierte über eine Kombination aus Iris- und Fingerabdruckerkennung, und als die Techniker

das Haus verließen, war es wahrscheinlich einfacher, in Bill Gates' Villa auf der anderen Seite des Sees einzubrechen. Nathan Quinn hatte noch nie in seinem ganzen Leben einen Waffenschein besessen, und in seinem Haus gab es auch keine Waffen. Er hatte keine Angst, und wenn er die verheilenden Narben auf seinen Händen betrachtete, konnte er sich auch nicht vorstellen, jemals wieder Angst zu haben.

Im Inneren des Hauses goss sich Quinn zwei Fingerbreit Bourbon ein – der erste Schluck Alkohol seit Wochen. Mit dem Glas stieg er die Treppe in den ersten Stock und dann weiter auf den Dachboden hinauf. Schritt für Schritt. Es war nicht so leicht, wie er es sich gewünscht hätte, und als er oben angelangt war, war er erschöpft.
Er kam nur selten hier herauf. Es war ein weiß gestrichener Raum unter dem Dach, voll mit Kisten und ein paar mit Folie abgedeckten Sesseln – die Sessel seiner Eltern.
Er trank den ersten Schluck Bourbon und stellte das Glas auf den Tisch; die plötzliche Wärme in der Brust tat wohl.
Die Kiste, die er suchte, war ganz oben auf einem Stapel. Es kostete ihn einige Anstrengung, sie zu heben. Es war die einzige Kiste, die nicht mit schwarzem Marker beschriftet war, denn das war nicht nötig. Quinn trank noch einen Schluck. Als er sie das letzte Mal aufgemacht hatte, waren John Cameron und James Sinclair bei ihm gewesen. Davids Sachen.
Er zog an der Leine, die mit der nackten Glühbirne über dem Tisch verbunden war. Er wusste nicht einmal, warum er hier heraufgestiegen war, nur dass er David ohne das Morphium nicht mehr sehen konnte. Die Vorstellung, dass David nur in Gestalt von menschlichen Überresten in einer Schublade in der Leichenhalle existierte, war unerträglich.

Er hob den Deckel. Alles war da: der Baseballhandschuh mit dem Ball darin, Jack Sikmas Sonics-Trikot mit der Nummer 43, das Jahrbuch, die Kamera, vier Muscheln, ein bizarr geformtes Stück Holz, das er mit zehn am Ruby Beach aufgesammelt hatte – und mehr Gegenstände und Erinnerungen, als er in diesem Moment verarbeiten konnte. Er setzte den Deckel wieder auf und stieg langsam die Treppe hinunter. Das Haus um ihn herum knarzte und ächzte, kleine Geräusche, die ihm so vertraut waren wie sein eigener Herzschlag. Die Alarmanlage war auf Nachtbetrieb eingestellt, und ein kleines rotes Lämpchen blinkte an dem Kästchen neben der Haustür.

4. Juli 1985. Die Sonne stand noch hoch am Himmel, und die Stimmen der Gäste, die im Pool herumplanschten, lagen im Wettstreit mit der Musik aus den Lautsprechern im Garten.

David Quinn war aus dem Wald gekommen und direkt zu Nathan gegangen, der sich mit einer Cousine der Lockes unterhielt, einem blonden Mädchen etwa in seinem Alter. Jetzt waren sie drinnen, das hübsche Mädchen war weg, und Nathan – der immer noch ein schlechtes Gewissen hatte, weil er sich monatelang nicht gekümmert hatte – versuchte, den Film von Davids Kamera zu wechseln.

»Der klemmt«, sagte David. »Ich hab es selbst versucht, aber ich hatte Angst, ich breche was ab …«

»Kein Problem – zeig mal her. Hast du einen neuen Film?«

»Da …«

Der Film klemmte wirklich, und Nathan bemühte sich nach Kräften, so auszusehen, als kenne er sich aus.

»Erzähl mal«, sagte er, um von seinen eigenen unbeholfenen Händen abzulenken. »Was hast du für Bilder gemacht? Hast du die Belichtungszeit angepasst, wie wir es besprochen hatten?«

»Ja, ich hab ein paar von John beim Tauchen gemacht und von einer Menge anderer Leute: Mom, wie sie mit einer Frau spricht, Dad, der mit Mr. Locke spricht, Mr. Locke und ein Mann, Bobby, der sich wie ein Idiot benimmt, und ein ganzer Haufen Eichhörnchen im Wald. Und auch zwei Hirsche, bei dem Zaun an der Ostseite.«

»Hört sich gut an.«

Nathan gelang es schließlich, den alten Film herauszunehmen. Er präsentierte ihn David mit einer Verbeugung und legte den neuen in die Kamera ein. »Fertig«, sagte er.

David nahm sie. »Wenn da etwas wäre …«, begann er. »Wenn da etwas Ernstes wäre, eine große Sache, und ich würde dir davon erzählen, würdest du mir dann versprechen, es Mom und Dad nicht zu erzählen?«

»Ja«, sagte er. »Aber wenn es etwas richtig Ernstes wäre, dann müsstest du es ihnen selbst sagen. Geht es um die Schule? Hast du irgendwelche Schwierigkeiten?«

»Nein, es geht nicht um mich. Es ist nur … keine Ahnung …« Er zuckte die Achseln. »Es ist vielleicht auch gar nichts.«

»Du kannst es mir erzählen.«

David sah sich um: Es waren zu viele Leute in der Nähe, und sie konnten jederzeit gestört werden. »Später.«

»Sicher?«

»Ja.«

»Okay.«

David ging, und Nathan machte sich auf die Suche nach dem hübschen blonden Mädchen. Bald darauf fuhr er zurück nach Seattle zu Freunden; er verpasste das Feuerwerk am See und hatte nie Gelegenheit, mit David über den Anruf zu sprechen, den James mit angehört hatte. Am nächsten Morgen war er zu einem einwöchigen Urlaub auf den San Juan Islands aufgebrochen.

Nathan Quinn legte sich auf sein eigenes Bett und schloss die Augen. Den Gehstock hatte er an die Seite gelehnt. Als Junge hatte er gelesen, dass ein Gehstock einen Dolch oder ein Schwert verbergen konnte. Der Stock, der am Bett lehnte, war in China hergestellt und verbarg gar nichts, auch nicht seine Herkunft aus Billigproduktion. Wenn er das blöde Ding weiter brauchte, musste er sich etwas Passenderes zulegen. Vielleicht einen Stock mit einem Schwert darin. Quinn seufzte und hoffte, der Schlaf würde bald kommen, tief und leer. Die Schwärze kam, und er trieb auf sie zu: Wie immer war da die Erinnerung an Musik, die Erinnerung an eine Hand, die seine hielt, während des Schmerzes. Und einen Augenblick lang war da nur das Lied, dann wurde alles dunkel.

37

Madison setzte sich in ihrem Bett auf. Sie war noch ganz verschlafen und leicht desorientiert. Ihr Handy klingelte in der Hose auf dem Boden. Es gelang ihr, die Nachttischlampe anzuschalten und danach zu greifen.
Es war Sergeant Jenner aus dem Revier.
»Hier liegt ein Zettel, auf dem steht, dass Sie bei Notrufen aus dem Walters Institute informiert werden wollen …«, sagte er.

»Was ist passiert?«
»Vor elf Minuten ging ein Notruf ein. Mehr weiß ich auch nicht.«
»Danke. Ich bin unterwegs.«
Madison hatte drei Stunden geschlafen, seit sie mit Brown etwas trinken war. Sie begnügte sich mit einer zweiminütigen kalten Dusche und verließ das Haus zehn Minuten, nachdem das Telefon geklingelt hatte.
Um drei Uhr morgens herrschte kein nennenswerter Verkehr, und sie benutzte die Bremse kaum. Ein Durcheinander von Gedanken ging ihr durch den Kopf, keiner davon war gut. Ein Notruf konnte alles bedeuten, von einem Patienten, der einen Herzinfarkt hatte, bis hin zu einem Einbruch von Conways Truppe, um zu Vincent Foley durchzudringen. Sie versuchte Dr. Peterson zu erreichen, aber nur die Mailbox meldete sich. Madison fuhr durch den Nieselregen und hoffte, dass jemand ausgerutscht war und sich den Knöchel verstaucht hatte.

Die Fahrt dauerte nur kurz, dennoch blieb ihr genügend Zeit für die schlimmsten Szenarien.
Als Madison am Walters Institute ankam, sah sie durch die Scheibenwischer, dass die schmiedeeisernen Tore weit geöffnet waren. Zwischen den Bäumen auf dem Anwesen blinkten Lichter. Sie versuchte, die Zufahrt zum Hauptgebäude hinaufzufahren, schaffte es aber nicht ganz: Mehrere Einsatzfahrzeuge parkten dort und ließen gerade genug Platz zum Vorbeifahren.
Ein Fire-Medic-One-Wagen fuhr mit Blinklicht und Sirene vorbei. *Alles klar, es geht also nicht um einen verstauchten Knöchel.* Madison parkte auf dem Rasen und rannte nach oben. Sie roch es, bevor sie es sah: ein dunkler, beißender

Geruch, der sich in ihrer Kehle festsetzte. *Rauch.* Als sie aus dem Blätterdach der Bäume heraustrat, sah sie das schöne rote Backsteingebäude. *Es brennt, das Haus brennt.* Zig Menschen hatten sich auf der Wiese versammelt: Ärzte und Pfleger in Kitteln, Patienten in Schlafanzug und Morgenmantel, manche lagen schon auf einer Trage und wurden mit einem Tropf am Arm festgeschnallt.
Die Feuerwehrleute bekämpften die Flammen, die den Ostflügel ergriffen hatten und wie etwas Zorniges, Lebendiges die Stockwerke hinauf- und hinunterfuhren. Es konzentrierte sich auf diese Seite der Klinik; die Fenster waren zerbrochen, und das Wasser tropfte noch, wo die Schläuche ihren Krieg geführt hatten.
Madison versuchte sich zu erinnern, was Peterson bei ihrer ersten Begegnung gesagt hatte. Neununddreißig Patienten, die wahrscheinlich geschlafen hatten, dazu das medizinische Personal, der nächtliche Reinigungstrupp und die Wachleute. Eine Menge Menschen, die eilig aus dem Gebäude gebracht werden mussten. Immer noch kamen Leute heraus.
Madison fluchte verhalten und machte sich zu der Gruppe von Ärzten und Patienten auf in der Hoffnung, Peterson zu entdecken. Feuerwehrleute brüllten einander Anweisungen zu, während sie die Schläuche auf die Flammen richteten, ein Polizist und der Feuerwehrkommandant sprachen mit einem Arzt und versuchten herauszubekommen, wie viele Leute zu der Zeit genau in dem Gebäude gewesen waren. Einige Patienten wimmerten, andere saßen schweigend auf dem kalten Boden und hielten die Knie umklammert.
»Wo ist Dr. Peterson?«, rief Madison über den Lärm hinweg.
»Da drüben.« Der Arzt wies ihr die Richtung.
Peterson kniete neben einem Patienten und gab ihm eine

Spritze. Er blickte auf und sagte zu seinem Stellvertreter, der bei dem Kommandanten stand: »Zweiunddreißig hier, drei sind nach Harborview gebracht worden, drei ins Swedish, einer fehlt.«
»Was ist mit den Ärzten und dem restlichen Personal?«, fragte der Feuerwehrmann.
»Einer fehlt?« Madison ging auf die Knie und half Peterson, eine ältere Dame in eine Decke zu hüllen.
»Zwei Mitarbeiter werden noch vermisst: ein Arzt, ein Pfleger. Alle anderen sind draußen.« Peterson sah bleich aus. Er ging von einem Patienten zum nächsten, um Puls und Temperatur zu überprüfen.
»Ein Patient fehlt?«, wiederholte Madison. »Wo ist Vincent Foley?«
»Vincent wird vermisst«, sagte Peterson. »Er hätte mit allen anderen Bewohnern des vierten Stocks evakuiert werden sollen, aber er ist nicht bei ihnen. Sie sind alle hier. Als wir das Stockwerk verlassen haben, haben wir durchgezählt, da waren sie vollzählig …«
»Peterson«, sagte sie, »sehen Sie sich das Feuer an.«
Er drehte sich um.
»Es ist gegenüber von den Patientenzimmern, richtig? Wo die Büros sind, oder?«
Er nickte. Madison zeigte auf die Fenster an der gegenüberliegenden Ecke des vierten Stocks.
»Ist das der Aufenthaltsraum?«
Er nickte.
»Was macht Vincent, wenn er Angst hat?« Sie stand auf.
»Er versteckt sich«, sagte Peterson nach einem kurzen Moment.
Madison nahm ihm den Ausweis ab, den er um den Hals trug. Er wehrte sich nicht.

»Officer.« Madison näherte sich dem uniformierten Beamten, der zuvor mit dem Feuerwehrkommandanten gesprochen hatte. »Madison von der Mordkommission. Es kann sehr gut sein, dass es sich hier um Brandstiftung handelt und die Männer, die das Feuer gelegt haben, immer noch auf dem Anwesen sind. Sie haben es auf einen bestimmten Patienten abgesehen, und der wird im Moment vermisst.«
»Worum geht es, Detective?«
»Es könnten Leute hier sein, die jemandem Schaden zufügen wollen. Achten Sie auf jeden, der nicht hierher gehört, der nicht vom Rettungsdienst ist.«
Sie ging Richtung Eingang. »Rufen Sie meinen Chef an, Lieutenant Fynn, Mordkommission. Sagen Sie ihm, was los ist.«
»Hey … wo zum Teufel …«
»Seattle PD.« Sie winkte mit ihrer Dienstmarke, aber die Feuerwehrleute waren zu weit weg, um sie aufzuhalten, und innerhalb von Sekunden war sie im Gebäude verschwunden. Es war gespenstisch intakt, nur dunkel und leer. Der Teppich unter ihren Stiefeln war patschnass – aus der Sprinkleranlage tropfte es immer noch ab und an. Die Luft war relativ sauber, mit einer bitteren Spur von Rauch. Es würde genügen müssen.
Das Feuer wütete ausschließlich im Ostflügel; dafür hatte jemand gesorgt. Wie viel wussten sie über Vincent? Wussten sie, wo sein Zimmer lag?
Madison ging durch die Rezeption – diesmal war keine junge Frau da, die sie höflich anlächelte – und erreichte die Tür zu den Treppen. Das Licht des Kartenlesegeräts blinkte grün: Als das Feuer entdeckt worden war, hatte man die Arretierung geöffnet, was großartig ist, wenn man hinaus muss, und noch besser, wenn man einbrechen will. Sie schob die

Tür auf und stand im Treppenhaus. Die Notbeleuchtung tauchte alles in ein helloranges Licht. Niemand war zu sehen. Sie zog ihre Waffe.

Sie musste im vierten Stock anfangen. Je höher sie kam, desto wärmer wurde die Luft. Durch die Glastür im zweiten Stock war niemand zu sehen. Mit klopfendem Herzen erreichte sie den dritten Stock. Auch dort war niemand. Sie blieb stehen. Wenn Vincent irgendwo war, dann im vierten Stock. Mit der Waffe im Anschlag stieg sie die Treppe weiter hinauf und überlegte, was sie alles dabeihatte: eine kleine Taschenlampe und ein Taschenmesser – das Polizeifunkgerät hatte sie im Auto vergessen. Am Knöchel war die Reservewaffe verstaut.

Auf der anderen Seite des Gebäudes ging ein Fenster zu Bruch, und Madison erstarrte. Sie war vier Schritte von der Tür zum Korridor des vierten Stocks entfernt; das Geräusch war aus dem Ostflügel gekommen. Sie wischte sich die rechte Hand an der Hose ab und umfasste die Waffe von neuem.

Madison warf einen Blick durch das Drahtglasfenster – sie machte keine Bewegung im Korridor aus. Der Gang lag im Halbdunkel, nur die Neonröhren an der Decke flackerten vergeblich.

Sie war froh, schon einmal bei Tageslicht hier gewesen zu sein. Sie drückte eine Seite der Schwingtür auf und trat ein – die Waffe voran. Die Türen zu den Patientenzimmern standen weit offen, wegen des hastigen Aufbruchs lagen überall Dinge verstreut auf dem Boden.

Es wäre gut gewesen, wenn sie Vincent einfach hätte rufen können; aber das war wohl nicht die beste Vorgehensweise. Madison ging hinter einem Rollwagen in die Hocke und drückte sich gegen die Wand. Vincent war verschwunden.

Er konnte im vierten Stock sein oder irgendwo auf dem Anwesen. Sie vermutete, dass Conways Team aus vier Männern bestand; zwei draußen, die die Gesichter überprüften, und zwei drinnen, die die Zimmer durchsuchten. So hätte sie es zumindest gemacht.

Madison ging von einem Zimmer zum nächsten – alle waren leer. Vor Vincents Tür blieb sie stehen; sie war angelehnt. Nichts war zu hören.

Mit der Fingerspitze schob sie die Tür auf und sah jemanden zusammengekrümmt auf dem Boden neben dem Bett liegen. Sie ließ sich neben der reglosen Gestalt auf die Knie fallen.

»Vincent.«

Das Gesicht war von ihr abgewandt. In der Düsternis erkannte sie nur, dass der Mann Anstaltskleidung trug.

»Vincent.«

Madison suchte nach Lebenszeichen. Vergeblich. Vorsichtig drehte sie die Leiche um und blickte in das Gesicht von Thomas Creed, Vincents Pfleger. Er hatte die Augen geöffnet, seine Brust war ein großer roter Fleck.

Madison widerstand dem Impuls, ihm die Augen zu schließen. Um sicherzugehen, fühlte sie noch an der Halsschlagader. Ein Schuss in die Brust hatte ihn fast unter das Bett geschleudert. *Unter das Bett.* Madison beugte sich hinunter und schaute. Eine Decke lag zusammengeknüllt auf dem Boden. Vincent hatte vielleicht dort geschlafen, aber jetzt war er nicht mehr da. Sie hörte sie zu spät, die leisen Schritte, die näher kamen, und das Klicken der Tür. Sie war eingeschlossen.

VERDAMMT.

Madison war auf den Beinen und rammte den Bruchteil einer Sekunde zu spät die Schulter gegen die Tür.

VERDAMMT.
Sie lugte durch das kleine Fenster in der Tür. Schatten bewegten sich im Korridor, und der Schein des Suchscheinwerfers zog langsam vorbei. Das Adrenalin, das ihr Körper ausschüttete, verursachte ihr ein Stechen in der Brust. Sie umfasste den Türknauf und drehte ihn, obwohl sie wusste, dass nichts passieren würde.
Beruhige dich, werde ruhig und denke nach, atme, atme einfach.
Das Schließsystem war zum Schutz der Bewohner gedacht – das war kein Gefängnis. Madison warf einen Blick auf ihre Glock: Sie würde sich freischießen müssen. Sie musste das Schloss an genau der richtigen Stelle treffen. Sie versuchte sich daran zu erinnern, ob an der Außenseite Schubriegel waren. Die Schüsse würden unglaublich laut sein, sie würde minutenlang kaum etwas hören. Aber wenn sie herauswollte, hatte sie keine Alternative. Sie hob die Glock, zielte, da ließ eine Bewegung in dem Fenster sie erstarren. Ein Augenpaar starrte sie durch die Scheibe an: tote Augen, leere Augen wie Murmeln in einem Puppenkopf. Augen, die sie ruhig musterten, als sie die Waffe über das Schloss und genau auf das Fenster richtete. Die Augen blickten nicht weg, sondern glotzten Madison an, die zurückstarrte und zielte. Nichts flackerte in ihnen auf, kein Leben, kein Erkennen, noch nicht einmal ein Hauch von Zweifel. Es war eine nichtssagende Leere, und die Mündung ihrer Waffe zitterte, während Madison sie auf das Gesicht gerichtet hielt, das sie kaum sehen konnte. Einmal atmen, zweimal atmen, das Herz schlug ihr in der Kehle. Tote Augen, leere Augen. Und dann waren sie weg.
Madison feuerte dreimal auf das Schloss. Laut, so verdammt laut, dass sie kaum denken konnte. Aber jetzt wussten sie es,

die Polizisten auf dem Rasen – jetzt wussten sie auf jeden Fall, dass es ein Problem gab. Brandstiftung und eine Polizistin, die in der Klinik herumballerte. Madison trat fest mit dem Stiefelabsatz gegen die Tür, und sie ging auf. Diese drei Schüsse waren eine Alarmglocke, und Herrgott, war sie froh, dass die ganzen Streifenpolizisten unten kugelsichere Westen trugen.

Der Korridor war auf beiden Seiten leer, und das Klingeln in Madisons Ohren deckte jedes andere Geräusch zu. Der Mann war weg, aber weit konnte er nicht sein. Rechts von ihr: die Tür zum Treppenhaus, das hinunter zur Rezeption und zum Haupteingang führte – wo wahrscheinlich die Polizisten mit gezogenen Waffen und wachsender Nervosität hereinströmten. Links von ihr: weitere Patientenzimmer, der Aufenthaltsraum und die Tür zum hinteren Treppenhaus. Madison rannte nach links. Sie wussten jetzt, dass sie das Zimmer verlassen hatte. Teufel, ihre Schüsse hätte man in der Stille der Nacht über den ganzen See hören können. Schüchtern musste sie jetzt nicht mehr sein. Im Vorbeigehen warf sie einen Blick in den Aufenthaltsraum, aber da stand kein Vincent, der hinaus auf die Bäume schaute.

Wer auch immer sie eingeschlossen hatte, würde nicht vorbeischauen, um sich vorzustellen, und es musste ihm oder ihnen klar sein, dass draußen Beamte waren, die ins Haus eindringen würden. Sie mussten hinaus, und zwar schnell.

Die Tür zum hinteren Treppenhaus stand offen – da war kein Aufzugsschacht, nur Treppen, die nach oben und nach unten führten. *Nach oben.* Sie hatte nicht realisiert, dass es ein fünftes Stockwerk gab.

Aus irgendeinem Grund entschied sie sich, nach oben zu steigen – vielleicht war es der Gedanke, dass der Mann mit den toten Augen den Polizisten nicht in die Arme laufen

wollte. Sie war sich selbst nicht ganz sicher, aber sie drückte sich unwillkürlich flach gegen die Wand und ging los. Und sie hätte alles gegeben, um endlich etwas anderes zu hören als das gleichmäßige Dröhnen, das in ihrem Kopf pochte.
Kalte Luft blies ihr ins Gesicht – ein eisiger Windstoß mit einem Hauch von Glut. Nein, dachte sie, das ist kein fünftes Stockwerk, sondern ein Zugang zum Dach, und die Tür war aufgetreten worden.
Aus der Ferne näherten sich Sirenen. *Gut. Das war gut.* Sie brauchten so viele Lichter und Menschen wie möglich in der Klinik, um Conways Leute auszuräuchern. Selbst wenn dann mehr Menschen auf dem Anwesen waren, die denen, die sich unbemerkt davonstehlen wollten, mehr Deckung boten.
Ein schmaler Laufsteg führte rund um das Dach. Niemand war zu sehen – wo auch immer er war, er musste schon um die Ecke auf die andere Seite sein. Das Dach unter dem niedrigen Geländer endete im Nichts, und der Boden war sehr weit unten.
Wegen der Neigung des Daches konnte sie den Steg auf der anderen Seite nicht sehen; er sie allerdings auch nicht. Als sie um die Ecke bog, machte sie zwei dunkle Gestalten vor sich aus; der Abstand war beinahe so groß, wie die Klinik lang war. *Zwei Männer.* Totauge hatte einen Freund. Madison drückte sich an die Seite und ging weiter, sie hoffte, die Dunkelheit würde sie schützen. Die Männer blieben stehen, und man hörte ein metallisches Klimpern. Die Feuertreppe. Sie stiegen bereits hinunter. Als Madison die Plattform erreichte, waren sie zwischen dem vierten und dem dritten Stock.
Madison war sich sicher, die Männer hatten sie gehört. In ein paar Sekunden würden sie unten angelangt sein. Und

dann? Sie kletterte, so schnell sie konnte, hinunter, rutschte dabei ein, zwei Mal aus und klammerte sich mit aller Kraft am Geländer fest, um nicht zu fallen.

Als sie den Boden erreichte, wirbelte sie herum. Die Männer waren schon Richtung Bäume unterwegs.

»Halt!«, brüllte sie. »Seattle Police Department.« Die Mündung ihrer Pistole verfolgte die Silhouetten der beiden, aber Madison drückte nicht ab. Es war zu dunkel. Sie richtete die Waffe auf den Boden und schoss einmal – nur eine schnelle Warnung, um alle anderen wissen zu lassen, wo die Musik spielte.

Sie wollte ihnen schon in die Dunkelheit folgen, da hielt sie inne. Vincent hatte oberste Priorität. Vincent, der nicht in seinem Zimmer war, der bei der Zählung gefehlt hatte. Madison musste klar denken. Vincent. Der Schweiß auf ihrer Haut kühlte, und ihre Kleidung klebte an ihr, während sich ihr Brustkorb hob und senkte. Vincent.

Madison war im Gebäude gewesen und hatte die Zimmer gesehen. Die Ärzte hatten gewissenhaft alle hinausgebracht und ständig neu durchgezählt. Was, wenn Vincent losmarschiert war, nachdem er bereits das Gebäude verlassen hatte, sobald die Ärzte einen Augenblick nicht aufpassten, weil es draußen sicher und Hilfe unterwegs war? Und der arme Thomas Creed war umgedreht, um ihn zu suchen. Vincent, dachte Madison, mit Schmutz unter den Nägeln, selbst nachdem man ihm die Hände sauber geschrubbt hatte.

Madison sah sich um, versuchte sich zu orientieren, sich den Grundriss von Klinik und Garten in Erinnerung zu rufen, und rannte los.

Sie hatte keine Ahnung, wo die Männer und alle anderen waren, aber sie hatte eine ungefähre Idee, wo sie Vincent finden könnte. Das Feuer wütete noch im ersten Stock des

Ostflügels, als sie seitlich um das Gebäude herumlief und ihr Gehör sich wieder einstellte.

Madison holte die Taschenlampe heraus und drehte die Kappe. Das war nicht ideal, aber sie musste wissen, wo sie hinging. Sie leuchtete sich direkt vor die Füße, ihre Schritte klangen übermäßig laut in ihren Ohren.

Sie hörte ihn, bevor sie ihn sah: ein leises Klagen und Scharren nur ein kurzes Stück entfernt. Der Strahl der Taschenlampe entdeckte Vincent, der wimmernd am Boden hockte und mit bloßen Händen neben dem Dicentra-Formosa-Strauch ein Loch in die Erde grub. Es war schon einen guten Meter breit und zwanzig Zentimeter tief. Madison verschlug es die Sprache.

»Vincent«, flüsterte sie.

Er blickte auf. Sein Gesicht war verschmiert, und seine großen blauen Augen glänzten wild entschlossen. Er fuhr weiter mit den Fingern durch die Erde.

»Vincent«, wiederholte Madison.

Er grub beharrlich weiter, und sein leises Wehklagen war wie ein Gesang.

Madison wandte sich zum Gebäude: Orangefarbenes Licht flackerte zwischen den Schatten auf, aber dunkler als zuvor. Die Feuerwehrleute gewannen ihren Kampf. Gelegentlich kam ein Auto auf der nahe gelegenen Zufahrt vorbei, das durch das Gestrüpp nicht zu sehen war.

Sie musste entscheiden, was sie jetzt mit ihm anstellen wollte, und zwar schnell.

»Es ist nicht sicher«, sagte sie.

Vincent blickte auf. Zum ersten Mal schien er Madison wirklich wahrzunehmen und anzusehen.

»Nein«, sagte er. »Nein.«

»Wovor hast du Angst?«

»Vor dem Mann.«

»Welchem Mann?«

»Dem Mann.«

»Was ist passiert?«

»Ich weiß nicht.«

Das Graben als solches schien seine Angst zu lindern, als würde der Zwang durch das Tun abgeschwächt; doch das dauerte nur einen kurzen Augenblick. Die Dunkelheit um sie herum würde es nicht lange fernhalten.

»Was machst du da, Vincent?«, fragte Madison ihn.

Sie schaute in die dunklen Schatten. War es sicherer, mit Vincent hierzubleiben, wenn vier Männer nach ihm suchten? Sollte sie ihn in ihr Auto setzen und einfach aufs Revier fahren?

»Was machst du da?«, flüsterte sie noch einmal. Sie versuchte, das Gespräch am Laufen zu halten, und nahm gleichzeitig alle Geräusche um sich herum wahr.

»Immer wieder«, antwortete Vincent ebenfalls flüsternd, seine dünne Stimme trug kaum die Worte.

»Was heißt immer wieder?«

»Ronald hat gesagt, schlag zu.«

»Hat er?«

Der schwache Schein von Madisons Taschenlampe tanzte auf dem Boden der Grube.

»Was hat Ronald noch gesagt?«

Ronald lag in der Schublade einer Leichenhalle und würde zu niemandem mehr etwas sagen. Madison kam sich vor wie eine Diebin, die Goldklumpen aus diesem Mann herausholen wollte, der noch nicht einmal im Ansatz verstand, dass der einzige Mensch, der sich auf dieser Welt etwas aus ihm gemacht hatte, ermordet worden war beim Versuch, ihn zu schützen.

»Was hat er noch gesagt?«, wiederholte sie.
»Die Spur ist die Wand«, sagte Vincent und klopfte die Seitenwände der Grube fest.
Was?
»Die Spur? Welche Spur, Vincent?«
Er unterbrach sich und hob die schmutzige Hand ins Licht. Mit dem Zeigefinger beschrieb er eine Linie in der Luft.
»Die Spur«, sagte er.
Und Madison sah sein kahles Zimmer vor sich und das Gewirr von Linien, die jeden Zentimeter der Wand bedeckten, den er erreichen konnte.
»Die Zeichnungen an deinen Wänden? Ist das der Weg?«
Sie verstand nicht ganz, was das bedeutete oder ob es überhaupt etwas bedeutete. »Welche Spur? Wo führt sie hin?«
Vincent grub und klopfte, grub und klopfte, mit immer gleichen Bewegungen. Er sprach, ohne aufzublicken. »Es ist nicht sicher. Immer wieder.«
Die eisige Kälte der feuchten Erde kroch Madison in die Knochen. Hatte Ronald Vincent gesagt, er solle immer wieder auf David Quinn einschlagen? War der Junge so gestorben?
Ein trockener Ast brach entzwei, nur wenige Meter entfernt.
Madison schaltete sofort die Taschenlampe aus. Gleich war es stockdunkel, nicht einmal das Feuer glomm noch.
Sie streckte die Hand aus und berührte Vincent an der Schulter. Er erstarrte, wich aber nicht zurück. Sie rückte näher und flüsterte: »Es ist nicht sicher, Vincent, Ronald hatte recht. Es ist jetzt nicht sicher. Sei ganz leise. Ich beschütze dich.«
Es waren lächerliche, unangemessene Worte, die ihr wie Steine über die Lippen kamen.

Madison kauerte sich neben Vincent: Den linken Arm legte sie um seine knochigen Schultern, der rechte hielt die Waffe. Die Mündung war auf die gedämpften Geräusche gerichtet, die näher kamen.

Jemand schlich zwischen den Bäumen herum und versuchte, möglichst wenig Lärm dabei zu machen.

Madison dachte an die toten Augen in dem kleinen Fenster und wie der Mann nicht einmal mit den Wimpern gezuckt hatte, als sie die Waffe auf ihn richtete.

Vincent vibrierte vor Angst. Der Schein zweier Taschenlampen war immer wieder durch die Sträucher hindurch zu sehen, dann überkreuzten und trennten sich die Strahlen auf dem unebenen Untergrund.

Zwei Männer. Keine Polizisten. Sie rufen weder nach Vincent noch nach sonst jemandem. Sie sind nicht hier, um zu retten und zu schützen.

Wenn es zum Äußersten kam, konnte sie auf das Licht zielen, aber es war wahrscheinlich, dass die Männer in der anderen Hand eine Waffe hielten. Madisons Mündungsfeuer würde ihnen verraten, wo sie waren.

Die Männer kamen langsam und in gleichmäßigem Tempo näher, knapp drei Meter Abstand zwischen ihnen. Sie machten kaum ein Geräusch, als wären sie von der kalten, nach Rauch stinkenden Luft absorbiert worden.

Vincent wimmerte. Ein ganz kleines Geräusch, das wie ein Schuss in Madisons Ohr hallte.

Die Taschenlampen blieben stehen, etwa vier Meter von Madison entfernt. Sie zielte auf die, die ihr am nächsten war. Sie hatte gehofft, der Abstand zwischen den Männern wäre groß genug, um nicht entdeckt zu werden, aber ihre Chancen schwanden zusehends. Wenn es passierte, wenn es wirklich passierte, dann konnte sie nur auf Präzision und Tempo zählen. *Schieß auf das Licht. Wenn sie dich sehen, schieß erst auf den einen, dann auf den anderen. Mehr als diese zwei Sekunden hast du nicht.*

Und selbst dann würden die Männer wahrscheinlich selbst zu feuern beginnen.

Geräusche und Lichter vom Rand des Rasens erschreckten Madison. Menschen riefen laut, kamen näher: Ärzte, Polizisten, alle suchten den vermissten Patienten. Hatten sie den toten Pfleger schon gefunden?

Die beiden Männer hatten sie ebenfalls gehört und näherten sich weiter, verringerten den Abstand zwischen sich, kamen direkt auf Madison und Vincent zu. Sie mussten jetzt nicht mehr schleichen, denn der Lärm des Suchtrupps übertönte ihre Schritte.

Madison packte Vincent und wich langsam zurück, sie schützte ihn mit ihrem Körper, hielt sich geduckt, das Rascheln der Kleidung und Vincents Japsen waren ihr egal.

Ein Auto fuhr vorbei, es wurde schneller, als die Sirene anging.

Madison ging weiter rückwärts: Sie waren zwischen den Männern und der Mauer, die das Anwesen umgab, eingeklemmt. Bald würden sie mit dem Rücken am Eisenzaun stehen, und der Suchtrupp schob die beiden genau in ihre Richtung.

Ein Auto hielt auf der Zufahrtsstraße, der Motor lief noch – sie sah die Schweinwerfer durch die Sträucher. Plötzlich bewegten sich die Taschenlampen zur Seite und weg von ihnen, gleich darauf gingen zwei Autotüren auf und zu. Das Auto – Madison hatte nicht gesehen, was es für ein Typ war – fuhr schnell davon.

Madison ließ Vincent los, der auf dem Boden hinter ihr zusammensank. Sie suchte rasch nach ihrem Handy. Der kleine eckige Bildschirm beleuchtete ihr Gesicht und verriet ihr genau, wie viel Uhr es war. *Verkehrsüberwachung, die ganze Straße entlang.*

Vincent war am Zaun zusammengesackt, er öffnete und schloss die Finger um die Erde, die er auf der Handfläche hatte. Madison setzte sich neben ihn.

»Es ist alles gut« sagte sie. »Sie sind weg – die Männer sind weg. Wir sind jetzt in Sicherheit.«

Vincent schüttelte den Kopf, als hätte sie überhaupt nichts verstanden. »Das ist nichts Persönliches, es geht ums Geschäft«, sagte er.

Uniformierte Beamte des SPD durchkämmten vorsichtig das Gelände und fanden keine Spur der Eindringlinge. Die Leiche von Thomas Creed wurde auf einer Trage herausgebracht, bevor das Gebäude gesperrt wurde.

Madison machte ihre Aussage bei einem Beamten des nördlichen Reviers, der ihr die Waffe abgenommen hatte – ein Standardverfahren, wenn aus einer Waffe geschossen wird –, und betrachtete Vincent Foley, während Dr. Peterson ihn untersuchte und ihm ein leichtes Beruhigungsmittel verabreichte.

Die meisten Patienten waren vorübergehend auf andere Einrichtungen verteilt worden, und niemand wusste, wann und ob sie wieder an den Ort zurückkehren durften, den sie ihr Zuhause nannten; Petersons übrige Mitarbeiter gingen von Patient zu Patient und versuchten, sich nützlich zu machen und nicht an Thomas Creed zu denken.

Wie Madison sich vorgestellt hatte, war Vincent mit allen anderen evakuiert worden und im darauffolgenden Durcheinander verschwunden. Creed war zurückgegangen – in ein brennendes Gebäude –, um ihn zu suchen.

»Sie hatten ja gesagt, dass sie kommen«, sagte Lieutenant Fynn. Er war unrasiert und trug keine Krawatte.
»Nicht so«, sagte Madison. »Ich hätte nie gedacht …« Sie deutete auf den geschwärzten, von den Flammen beschädigten Ostflügel.
»War es Conway?«
»Ja, da bin ich mir sicher. Ich habe seine Augen gesehen, und ich werde sie so schnell nicht wieder vergessen. Allerdings würde jeder Anwalt, der gerade mal fünf Minuten sein Examen hat, die Jury dazu bringen, das anzuzweifeln: Es war dunkel, es war eine Drahtglasscheibe dazwischen, und es hat nur Sekunden gedauert.«
»Trotzdem …«
»Wo bringen sie Vincent hin?«, fragte sie ihn.
»Petersons Vertreter kümmert sich um ihn, und zwei Uniformierte lassen sie nicht aus den Augen. Sie suchen eine sichere und passende Unterkunft. Wir können ihn schlecht in einem Bed & Breakfast unterbringen.«
Madison nickte.
»Sind Sie in Ordnung? Wollen Sie sich untersuchen lassen?«
Madison blickte an sich hinunter: Ihre Kleider waren verdreckt, ihre Hände hatten ein paar Schrammen und Kratzer von der Klettertour über die Feuertreppe, aber sie brauchte keinen Verband. »Nein, alles okay, Sir. Ich brauche eine Tasse Kaffee, eine Dusche und so bald wie menschenmöglich meine Waffe wieder, aber abgesehen davon ist alles gut.«
»Hat Foley irgendetwas Nützliches gesagt?«
»Ehrlich gesagt, ich weiß es nicht. Ich muss es mir aufschreiben und darüber nachdenken. Es ist schwierig auszusieben, was relevant ist. Ganz sicher weiß ich aber, dass Ronald Gray mit ihm gesprochen hat und dass Vincent auch ein wenig davon behalten hat.«

Zwischen den Polizisten und den Feuerwehrleuten entdeckte Madison Kelly. Sie hatten nicht miteinander gesprochen, aber er hatte sie aus der Ferne mit einem langen finsteren Blick bedacht – als würde sich schon irgendwann irgendwie herausstellen, dass sie an dieser ganzen Schweinerei schuld war.

»Es wird bald hell«, sagte Fynn. »Und Sie sehen aus wie der aufgewärmte Tod. Fahren Sie heim, schlafen Sie ein bisschen, und wenn Sie Ihren Namen wieder richtig buchstabieren können, kommen Sie aufs Revier.«

Madison wartete, bis Vincent in einen Fire-Medic-One-Wagen gestiegen war, zusammen mit einem Arzt und zwei Polizisten.

»Wie viele Leute wissen, wo sie ihn hinbringen?«, fragte sie Fynn.

»Nicht mehr so viele wie vor dem Brand wussten, wo er zu finden ist. Fahren Sie nach Hause, Madison.«

38

28. August 1985. Ronald Gray setzte einen Fuß vor den anderen und versuchte sich an dem letzten, sehr kleinen Rest Ruhe und gesundem Menschenverstand festzuhalten, den er noch besaß. Die Luft war schwer, voller Feuchtigkeit und dem Geruch von Erde und Unterholz, wo die Sonne nie hinkam. Sie waren schon eine Weile gegangen, die Shirts klebten ihnen am Rücken, und so langsam stieg immer mehr Panik in ihnen auf.

Sie liefen weiter, weil es keine andere Alternative gab, als

Timothy Gilman zu folgen: Er hatte sie hierhergebracht, und er würde sie aus diesem Alptraum auch wieder herausführen.
Es war lächerlich einfach gewesen, die Kinder einzufangen – sie waren wie junge Hunde. Aber dennoch war da eine dunkle Schärfe in Gilmans Augen gewesen, die – wenn Ronald ehrlich war – ihm ein bisschen Angst eingejagt hatte. Er hatte Gilman genau beobachtet, als sie sich die Jungen geschnappt hatten, danach im Wagen und auf der Lichtung; wie er von einem Jungen zum nächsten ging und sich einen Spaß daraus machte, sie auf seine Art zu bedrohen und einzuschüchtern.
Die ganze Zeit über war sich Ronald sicher, dass Gilman – selbst während er den Kleinen verhöhnte und anbrüllte – ein Auge auf den Jungen mit den blonden Locken hatte; und als die schreckliche Sache passierte und der Junge keine Luft mehr bekam und aufhörte zu atmen, sah Gilman zu, ohne mit der Wimper zu zucken. Beinahe, dachte Ronald, beinahe, als hätte er genau das gewollt.
Es ergab keinen Sinn. Trotzdem waren sie nun da: vier Männer, die hintereinander durch das dunkle Grün des Hoh River Forest liefen. Zuerst Gilman, dann Warren Lee – der grinsende Idiot, dem die Witze vor einer Stunde vergangen waren –, dann Ronald und zuletzt Vincent, verwirrt und sprachlos vor Angst. Und Vincent trug den toten Jungen auf den Armen. Warren hatte sich geweigert, da hatte Gilman zu Foley gesagt: »Mach schon!« Und Vincent hatte das Kind von dem moosbewachsenen Boden aufgehoben, weil er eben immer machte, was man ihm sagte.
Gilman wusste, wo er die Leiche begraben musste; sie mussten lediglich zu der Stelle gelangen und ein Loch in den Boden graben, dann würden sie nach Hause fahren.

Ronald hatte das Gefühl, eine Wunde würde sich in seinen Magen brennen. *Die Schaufeln.* Alle außer Vincent trugen eine Schaufel. Ronald ging weiter und starrte den Boden an – das modrige Laub und die toten Wurzeln –, denn er wagte es nicht, den Blick zu heben, während er im Geiste die Situation erfasste. *Gilman hatte drei Schaufeln in den Wagen gelegt. Er hatte Schaufeln in einen gestohlenen Wagen mit einem gestohlenen Nummernschild gepackt, um drei Jungen zu entführen, weil jemand ein wenig eingeschüchtert werden sollte.*

In dem Moment verstand er Gilmans Blick, er erkannte, was er war: ein Mörder, der die Bühne bereitete, der dafür sorgte, dass sein auserkorenes Opfer in die Grube fiel, die er gegraben hatte.

Ronald spürte die alte, vertraute Angst wiederkehren wie einen Geist, als sich die Sonne über ihnen senkte und der Wald dunkel wurde. Es war die Angst davor, von jemandem, der härter, kälter und stärker war, gedrängt, geschubst, gestoßen zu werden, etwas zu tun, das er nicht tun wollte – jemanden zu schlagen oder geschlagen zu werden, jemanden mit einem Messer zu verletzen oder selbst verletzt zu werden.

Bei dem Geräusch hinter ihnen, einem plötzlichen Japsen, gefolgt von Vincents Aufschrei, erstarrten sie alle. Als sie sich umdrehten, waren die Augen des Jungen, der auf der feuchten Erde lag, weit aufgerissen, und er atmete – Herrgott, er atmete. Ronald konnte nur denken: *Nein, lieber Gott, bitte nicht.*

Jahre später, so viele Jahre, wie Ronald auf dieser Erde noch vergönnt waren, fragte er sich, wie anders alles hätte kommen können, wenn er in dem Moment dazwischengegangen wäre.

In dem Moment, als Timothy Gilman, ohne jeden Zweifel und ohne jedes Zögern, vortrat und Vincent seine Schaufel in die Hand drückte.
»Töte ihn«, sagte er.

Als sie später schweigend Richtung Seattle unterwegs waren, die Kleidung voll Schweiß, Dreck und Blut, fuhr Gilman kurz hinter Port Angeles vom Highway 101 ab und auf eine unbefestigte Straße.
»Wir steigen um«, sagte er.
Sie kletterten aus dem Transporter, Gilman kippte einen Benzinkanister im Innenraum aus, prüfte nach, ob auch alle Lumpen, Seile und Schaufeln durchtränkt waren, und zündete ein Streichholz an. Alles ging hoch wie Zunder. Sie waren schon ein ganzes Stück weiter, als der Tank explodierte.

Ronald wusste gar nicht mehr, wie sie es nach Hause geschafft hatten. Er hatte Vincent geholfen, sich auszuziehen, und ihn unter die Dusche gesteckt.
»Wasch alles ab, Vin. Braver Junge.«
Er hatte sich auch selbst ausgezogen und alles in die Waschmaschine gesteckt, in der Hoffnung, die schlimmsten Flecken herauszubekommen. Morgen würde er alles in eine Mülltüte packen und in der Innenstadt in den Müllcontainer eines großen Restaurants werfen.
Vincent hatte auf der Rückfahrt den Kopf an die Scheibe gelehnt und in die Dunkelheit und die verschwommenen Lichter gestarrt. Er hatte seit Stunden kein Wort gesagt.
Als sie beide sauber waren, holte Ronald eine Packung Erdbeereis von ganz hinten im Eisschrank hervor, und sie setzten sich an den quadratischen Küchentisch unter die Neonröhre.

»Hier.« Er löffelte das Eis in ein Schälchen und reichte es Vincent.

Der jüngere Mann konnte die Augen nicht längere Zeit auf etwas gerichtet lassen; sein Blick huschte durch das Zimmer, seine Hände zitterten in seinem Schoß. Vom Ausheben des Grabes hatte er noch Schmutz unter den Nägeln, der dem Waschlappen entkommen war.

»Hier«, wiederholte Ronald, und seine Stimme klang sanfter, als er es je für möglich gehalten hatte.

Vincent betrachtete die Schüssel, als hätte er noch nie zuvor etwas Ähnliches gesehen. Nach einer Minute nahm er sie und aß das Eis.

Die runde Wanduhr zeigte ein Uhr nachts an. Die Kinder waren noch im Wald, dachte Ronald. Laut Plan hätte Gilman einen anonymen Anruf tätigen sollen, nachdem die Botschaft von der Schutzgeldzahlung verkündet worden war. Die Jungen sollten gefunden werden, bevor die Nacht hereinbrach. *Drei Jungen*. Unversehrt. Nur war das gar nicht der Plan gewesen, richtig?

Ronald wartete, bis Vincent zu Bett ging, er wartete, bis er seinen langsamen, gleichmäßigen Atem hörte, dann legte er es auf den Tisch – das Ding, das er aus dem Wagen gerettet hatte, als er in Brand gesetzt wurde.

»Warte, Tim. Ich hab meine Jacke vergessen.«

»Mach schnell.«

Ihm war aufgefallen, wie Gilman das Stück Papier unter die Lumpen geschoben hatte, und hatte absichtlich seine Jacke hinten liegengelassen. Er legte den Zettel auf den zersprungenen Resopaltisch. Er hatte geahnt, worum es sich handelte, daher war er nicht überrascht: Es war ein Foto des Jungen mit den blonden Locken, mit Bleistift war ein Kreis um ihn gezogen.

Er öffnete die Hand und ließ eine Goldkette mit Anhänger neben das Bild fallen. Sie hatte sich von dem Jungen gelöst, als sie ihn in das Grab senkten, und er hatte sie eingesteckt, denn in Gedanken beschäftigte er sich schon mit Schuld, Vorwürfen und Konsequenzen.

Er wollte so gerne etwas trinken, dass er ständig zum Kühlschrank schaute, wo drei kalte Bier auf ihn warteten. Doch er konnte – wollte – keinen Schluck trinken, bevor er nicht begriffen hatte, was passiert war, und einen Plan gemacht hatte. Denn so wie es aussah, dachte Ronald und sah sich in ihrer einfachen Küche um, so wie es aussah, waren sie wahrhaft am Arsch.

Ich bin kein Kindermörder. Trotzdem waren drei Jungen entführt und einer war ermordet worden. Im Staat Washington gab es die Todesstrafe, und es stand außer Frage, wo der Fall vor Gericht kommen würde. Er konnte auf dem Weg zum elektrischen Stuhl – oder was auch immer sie benutzen würden – wie ein Mantra wiederholen: »Wir sollten ihnen nur einen Schrecken einjagen!« Es würde ihm nichts nützen. Die Leute würden sich von Seattle bis Walla Walla aufreihen, um ihren jämmerlichen Tod zu bejubeln.

Gilman hatte dafür gesorgt, dass sie glaubten, es sei nur ein kleiner Job an einem Sommertag. Gilman wusste, dass sie keine Kindermörder waren, keiner von ihnen, und es würde nur funktionieren, wenn sie es alle für einen Unfall hielten. Sie würden schweigen, und er hätte seinen Auftragsmord erledigt.

Ronald stand auf, ging zum Kühlschrank und machte ihn auf. Das Bier verlockte ihn, aber stattdessen nahm er sich eine Flasche Cream Soda und trank sie noch im Stehen leer. Er war entsetzt über das, was geschehen war, und über seine Rolle dabei. Der Junge tat ihm natürlich leid – niemand sollte so sterben –, aber er selbst hatte jetzt größere Probleme, und ihm ging es nun vorrangig darum, sich und Vincent zu schützen. *Vincent.* Ronald holte in der drückenden Hitze tief Luft.

Es gab Dinge, die er tun konnte und tun sollte, Dinge, die sie im schlimmsten Fall schützen würden, Dinge, die ihm erlauben würden, eine Absprache mit der Staatsanwaltschaft zu treffen, so dass sie nicht auf den Stuhl mussten – wenn es jemals dazu kam.

Ronald hatte keine Illusionen darüber, warum Gilman sie drei für den Job ausgesucht hatte: Sie hatten vorher ähnliche Arbeiten erledigt, sie muckten nicht auf, wenn mal ein bisschen Muskelkraft nötig war, und sie waren billig. Aber auch Gilman war ausgesucht worden – jemand hatte ihm ein Bild von dem Jungen gegeben und gesagt: »Der, nicht die anderen, nur dieser hier.«

Ronald wusste, wo Gilman wohnte und wo er zum Biertrinken hinging. Er würde ihm folgen wie einer der Schatten, die Gilman in seiner Hölle warf, und herausfinden, wer den Mord in Auftrag gegeben hatte. Wie auch immer, der Vater des Jungen musste jemanden so richtig sauer gemacht haben, jemanden, der nicht vergab und nicht vergaß.

Er musste früh raus, Ronald sah auf die Uhr. 2:17 Uhr. Das Eis in seiner Schüssel war zu einer klebrigen rosa Masse geworden. Er holte ein eiskaltes Bier aus dem Kühlschrank und öffnete es.

39

Cameron, Ihr Anwalt ist da«, sagte Officer Miller. John Cameron betrachtete ihn durch die Gitterstäbe hindurch. Seit er das Gespräch mit Detective Madison vor ein paar Tagen abgelehnt hatte, hatte er keine Besucher mehr gehabt, und sie war nicht mehr wiedergekommen. Von ihren Treffen her kannte er sie genug, um zu wissen, dass sie nicht zickig war: Wenn sie weggeblieben war, bedeutete das, dass sie zu tun hatte und es mit dem Fall voranging. Ein Anwalt war – indirekt – ein Abgesandter von Nathan.

Cameron stand auf und näherte sich der Zellentür.

Officer Miller wich einen Schritt zurück. Ihre Spaziergänge um vier Uhr morgens durch das stille Gefängnis und Camerons Hofgang mitten in der Dunkelheit waren vielleicht Routine geworden, aber dennoch gestattete er sich nicht zu viel Zutrauen – wie der Dompteur, der von seiner Lieblingsgroßkatze zerfleischt wird, wenn er sich zu weit vorwagt und vergisst, mit wem er es zu tun hat.

Das Trommelkonzert fing sofort an, Metall gegen Metall. Wenn das Gefängnis eine Seele hatte, dann hörte sie sich so an. Officer Miller wappnete sich dagegen und führte seinen Schützling aus dem Trakt D.

Nathan Quinn fuhr mit der Fingerspitze über den groben Tisch. Der Besucherraum des KCJC war spartanisch, und die Möbel saßen wie jeder andere auch ihre lebenslange Freiheitsstrafe ab.

Zu dem Anlass trug er Anzug und Krawatte – zum ersten Mal seit der Nacht im Wald. Seinem Mandanten war das völlig egal, das wusste Quinn; aber zu dem Beruf gehörten nun einmal gewisse Pflichten und die Uniform. *Seinem Mandanten.* Quinn wusste nicht, was der wochenlange Gefängnisaufenthalt mit John Cameron angestellt hatte, wie weit er sich in sich selbst hatte zurückziehen müssen, um zu überleben. Obwohl Quinn den größten Teil seines Lebens mit diesem Moment gerechnet hatte, wusste er nicht, wie sie mit dem, was nun bevorstand, umgehen sollten. Das war Neuland für sie. Es war ihre erste Begegnung, seit er den Namen Timothy Gilman ausgesprochen hatte, seit Cameron herausgefunden hatte, dass Quinn über seinen ersten Mord und die Gründe dafür Bescheid wusste und immer gewusst hatte. Und Quinn hatte zum ersten Mal mit eigenen Augen gesehen, wozu Cameron fähig war: die Aufnahmen von Salingers Verletzungen sollte – durfte – keine Jury zu Gesicht bekommen. Es war Quinns Aufgabe, dafür zu sorgen, dass man sich außergerichtlich einigte, und vielleicht hatte er gerade die besten Neuigkeiten seit Monaten bekommen.

Er erhob sich, als das Schloss scheppernd aufging: Es war nur eine Kleinigkeit, aber er wollte, dass sein Freund ihn stehend sah, auch wenn sein Gehstock an einem Stuhl lehnte.

John Cameron wurde von zwei Wachmännern hereingeführt und sah ihn neben dem Tisch stehen. Cameron blinzelte: Das war womöglich die einzige Gefühlsregung, die er sich im KCJC je gestatten würde, und die Wachmänner bemerkten sie nicht. Quinn schon. Er wusste nur zu gut, wo sie sich befanden und welche Einschränkungen dieser trostlose Raum ihrer Kommunikation auferlegen würde.

Er streckte die Hand aus. »Mr. Cameron«, sagte er.

»Herr Anwalt«, begrüßte ihn sein Freund. »Schön, Sie wieder arbeiten zu sehen.«

»Ich bin ein medizinisches Wunder.«
Es war ein ganz kleines Lächeln. »Allerdings«, sagte Cameron, und Quinn war sich bewusst, dass sein Freund genau begutachtete, welchen Preis er im Wald hatte zahlen müssen. Sie wussten beide, wenn Cameron damals auch nur geahnt hätte, was Salinger für Quinn auf Lager hatte, dann würde er jetzt mit einer Mordanklage dastehen und nicht mit einer Anklage wegen Mordversuchs. Quinns Aufgabe wäre deutlich schwieriger. Nicht unmöglich, aber komplizierter.
»Ich bin an der Anklage gegen Salinger noch als Opfer und Zeuge beteiligt, aber bei der Anklage gegen Sie fungiere ich als beratender Anwalt, und unsere Seite hat heute ziemlich gute Nachrichten bekommen: Drei unabhängige Experten haben Harry Salinger für unzurechnungsfähig erklärt.«
»Ist das seine Verteidigungsstrategie?«
»Nein«, antwortete Quinn. »Er hat sich schuldig bekannt in vier Mordfällen, einer Kindesentführung und zwei Mordversuchen.«
»Wie lange wird es bis zur Kautionsverhandlung dauern?«
»Die wird innerhalb von Tagen stattfinden, und ich verhandle mit Scott Newton wegen der Absprache. Die Anerkennung von Salingers Unzurechnungsfähigkeit ist ein schwerer Schlag für sie, und sie können nichts dagegen tun. Er will auf gar keinen Fall eine Verhandlung; ihr Kläger würde vor Gericht nicht gut aussehen.«
»Es könnte sehr lange dauern, bis es zu einer Verhandlung kommt«, sagte Cameron, und dieser Wink mit dem Zaunpfahl wurde genau verstanden.
Falls es zu einer Verhandlung kommen sollte, würde Cameron weiterhin im Gefängnis bleiben müssen und warten, bis wieder mit Bleiche gefüllte Ampullen über seinem Kopf

zerbrachen – oder auf die traditionsreiche Messerattacke in der Dusche. Quinn nickte – die Botschaft war angekommen.

»Die Anhörung findet innerhalb von *Tagen* statt«, wiederholte er knapp und in einem Ton, der keinen Widerspruch zuließ. *Du hältst es noch ein paar Tage im Gefängnis aus, und ich verspreche dir, ich hole dich da raus. Du gehst Schwierigkeiten aus dem Weg und zettelst auch nichts an.*

Cameron würdigte Quinns Versprechen. Er würde sich nach Kräften bemühen.

Es gab zu vieles, was nicht in einem Besucherzimmer besprochen werden konnte – die Rädchen der Gefängnisbehörde drehten sich unablässig um sie herum. Dennoch gab es ein Thema, das sich nicht vermeiden ließ.

»Ihr Appell«, sagte Cameron. »Timothy Gilman?«

»Ja«, antwortete Quinn, ohne den Blick von seinem Freund abzuwenden. »Ein gewalttätiger Mann, der einen gerechten Tod in der Tötungsfalle eines Jägers gefunden hat.«

»Wie lange wussten Sie das schon?«

»Sehr lange.«

»Sie haben das nie bekanntgemacht.«

»Nein.«

»Bis jetzt.«

»Jetzt bewegt sich etwas mit dem Fall.«

Cameron entging nichts: Quinn sprach nicht allgemein, es gab spezifische Informationen – Namen, Fakten und Fallnummern. »Was können Sie mir erzählen?«

»Wir haben womöglich drei Namen.«

Gilman und seine Kollegen.

»Drei?«

»Zwei sind seit sehr kurzer Zeit tot, einer lebt.«

Es war eine bittere Ironie des Schicksals: Genau in dem Mo-

ment, als sie sich endlich darüber unterhalten konnten, was am 28. August 1985 passiert war, schien es alles andere als angeraten.
»Es ist ein Anfang«, sagte Cameron. »Es ist ein Anfang.«
Hier zu sitzen und in Rätseln zu sprechen, das schien grotesk, aber nicht grotesker als viele andere Aspekte ihrer Freundschaft.
»Brauchen Sie irgendetwas?«, fragte Quinn ihn. Er war sich bewusst, wie lächerlich diese Frage klang.
Cameron lächelte schief und sah zum ersten Mal aus wie er selbst.
Quinn nickte. »Tage«, sagte er.

November 1985. Nathan war nach Davids Beerdigung nicht mehr an die Ostküste zurückgegangen. Er war in Seattle geblieben, um sich um seine Eltern zu kümmern. Das Leben war zu einer nicht enden wollenden Totenwache geworden, ohne Farbe, ohne Trost. Die Polizei tat das Wenige, was sie tun konnte, und er verspürte einen ständigen Druck auf der Brust, der ihn nicht atmen ließ.
Die Camerons waren gerade dabei, ihr Haus zu verkaufen und nach Laurelhurst zu ziehen. Sie wollten ganz neue Erinnerungen für John schaffen, an einem Ort, den nichts mit dem Leben vor dem 28. August und dem Jackson Pond verband.
Nathan hatte angeboten, an diesem Samstagnachmittag etwas mit John zu unternehmen, so dass die Eltern packen konnten. Es war ein schöner Herbsttag, und er dachte an Kino, Eis und vielleicht auch eine Pizza, wenn John Hunger hatte.
John schien körperlich sehr gut zu genesen – die Schnittwunden an den Armen und an der Hand verheilten –, doch

weder er noch Jimmy hatten jemals wirklich darüber geredet, was passiert war. Als er den schmächtigen kleinen Jungen betrachtete, bemerkte Nathan langsame Veränderungen, die sich wie Wurzeln in weiche Erde gruben, das gelegentliche Aufblitzen von Zorn, den John – der sich der Sorge seiner Eltern stets bewusst war –, schnell überspielte. Nachdem sie *Die Goonies* angeschaut hatten, gingen sie zum Pike Place Market und blätterten dort Comics in einem Laden durch. Nathan kam sich vor wie ein sehr junger, sehr schlecht ausgerüsteter Vater.

Ihr freundschaftliches Schweigen tat beiden wohl, und Nathan fragte sich zwischendurch, ob er eigentlich auf John aufpasste oder umgekehrt.

Nathan war zum ersten Mal seit dem 28. August allein mit John. Sie saßen ganz hinten im Athenian Restaurant, an einem Tisch mit Blick über die Bucht – und Nathan hatte das Gefühl, er müsste etwas sagen, etwas tun, sonst würde er keinen weiteren Tag mehr ertragen. Er betrachtete John, der langsam seinen Käsekuchen aß. Hatte er ihm nicht deshalb angeboten, heute etwas mit ihm zu machen? Damit der Junge mit ihm allein war?

»John«, sagte er leise, »du weißt, dass du mir alles sagen kannst, ja?«

Die Situation war so unangenehm, dass er beinahe zurückschreckte; John blickte auf.

»Na ja«, fuhr Nathan fort, »wenn da etwas wäre, was du niemandem sagen könntest, also über das, was passiert ist, dann könntest du es mir sagen …« Die Worte waren ihm einfach so über die Lippen gekommen, so grob und derb im Vergleich zu den ausgeklügelten Formulierungen, die sich Nathan sorgfältig zurechtgelegt hatte.

John erstarrte.

Nathan wollte da sein, um ihn zu trösten und ihn zu beschützen, was er bei David nicht mehr konnte. Trotzdem zitterte seine Stimme, und die plötzliche Trauer überkam ihn unvorbereitet.

»Wenn du irgendwann etwas darüber erzählen möchtest, irgendetwas, das uns helfen könnte, die Männer zu finden, die das getan haben … würdest du es mir sagen?«

John nickte.

»Gibt es etwas?«

John schüttelte den Kopf.

»Überhaupt nichts?«

John schüttelte den Kopf.

Nathan wischte sich über das Gesicht und blickte ein paar Minuten hinaus auf die Landungsstege und die Fähren. John ließ ihn, und als sich ihre Blicke wieder trafen, kam er Nathan unglaublich alt vor.

»Es tut mir leid«, flüsterte Nathan. »Es tut mir so leid.«

40

Alice Madison drehte die Dusche auf und wusch sich den Dreck und den Rauchgeruch von der Haut. Sie war in der Morgendämmerung nach Hause gefahren und hatte sich gleich ausgezogen. Ihr Schulterholster war leer, ihr fehlte das vertraute Gewicht. Fynn meinte es gut, aber sie konnte jetzt unmöglich ein paar Stunden schlafen, außer sie setzte sich mit einem Beruhigungsmittel außer Gefecht. Genau das machten wahrscheinlich die Ärzte nach einer solchen Nacht mit jedem ehemaligen Patienten des Walters Institute.

Madison wickelte ein Handtuch um sich und legte sich aufs Bett. Das unstete Licht jagte den Schatten des Magnolienbaums auf der Zimmerdecke.
So viel Tod, so viel Zerstörung. Es schien wenig zu geben, wozu Conway und sein Team nicht bereit waren. Kamens Akte hatte ein furchteinflößendes Bild gezeichnet: Sie arbeiteten für jeden, der sich ihre Dienste leisten konnte, und sie wurden von zwei Dingen angetrieben – Gier und Grausamkeit. Thomas Creed hatte einen Schuss in die Brust abbekommen: Sie wussten, dass er nicht ihr Zielobjekt war, sie hielten ihn nicht fälschlicherweise für jemand anderen. Sie töteten ihn, weil er dort war. *Er* tötete ihn, weil Creed dort war. Totauge. Und er hätte auch sie erschießen können. Eines Tages würde sie ihn fragen müssen, warum er es nicht getan hatte. Eines Tages würde es ein Gespräch über die Geschehnisse der letzten Nacht geben, und Madison würde dafür sorgen, dass er erfuhr, wie nahe sie Foley gewesen waren.
Sie empfand gar kein Glück darüber, noch am Leben zu sein, sie war einfach nur fertig und angespannt und spürte eine nervöse Energie in sich, die absolut nichts mit Ausruhen und Ausschlafen zu tun hatte.
Madison zog sich schnell etwas an und stieg wieder ins Auto. Three Oaks, ihr Wohnviertel, erwachte an einem farblosen Morgen langsam zum Leben. Sie wünschte sich strömenden Regen oder einen blauen Himmel, alles andere als dieses bleiche, ausgewaschene Nichts, das der Welt ihre ganze Energie zu nehmen schien.

C.J.'s Eatery an der 1st Avenue machte für die Frühaufsteher bereits um sieben Uhr morgens auf, und Madison suchte sich einen Tisch für sich allein. Sie bestellte Rührei mit

Lachs und Zwiebeln, Toast und einen großen schwarzen Kaffee und holte ihr Notizheft heraus. Madison betrachtete die Leute um sich herum, während sie langsam ihre Gedanken und Erinnerungen an die letzte Nacht ordnete.
Das Essen war genau der Kraftstoff, den sie brauchte, und der Kaffee half ihr, die Spinnweben zu entfernen, die der Schlafmangel über ihre Gedanken gelegt hatte; sie schrieb alles auf, was Vincent Foley gesagt hatte, fünf ganze Seiten. Als sie es noch einmal durchlas, schien fast alles aus Fragen zu bestehen.

Die Leute von der diensthabenden Schicht waren anwesend. Alle sahen nach drei Stunden Schlaf und zu viel Koffein aus. Madison setzte große Hoffnungen auf die Verkehrsüberwachungskameras: Sie mussten aufgenommen haben, wie Conways Fahrzeug mit hoher Geschwindigkeit vom Walters Institute weggefahren war. Wenn sie extrem viel Glück hatten, wusste er nicht, dass er entdeckt worden war, und hatte es noch nicht abgefackelt.
Aus Sicherheitsgründen durfte das Gebäude noch nicht von der Kriminaltechnik betreten werden. Sie konnten nicht nach Spuren suchen, die den Mord an Creed mit den Morden an Lee und Gray verband. Auf dem Dach war es zu dunkel gewesen, aber Madison war sich ziemlich sicher, dass die Männer, die sie gesehen hatte, schwarz gekleidet waren und wahrscheinlich Handschuhe getragen hatten: Auf den Türen oder an der Feuertreppe würde es keine Fingerabdrücke geben. Wenn die Götter gnädig waren, könnte die Ballistik die Kugeln abgleichen, die Ronald Cray und Thomas Creed getötet hatten. Besonders viel Gnade hatte es in letzter Zeit allerdings nicht gegeben.
Madison rief im Sheriff Department von Pierce County an,

um den Kontakt zu halten und um herauszufinden, ob bei Jerry Wallace zu Hause Spuren gefunden worden waren. Conways Truppe hat diese Woche viel zu tun gehabt.

»Nicht viel«, sagte Deputy Walbeck. Sie klang forsch und kompetent. Sie blätterte einen Stapel Berichte durch. »Das Haus war sauber: keine Fingerabdrücke, keine Spuren, alle Schlösser intakt. Wahrscheinlich haben sie ihn durch die Fenster zum Garten gesehen und ihn überwältigt, noch bevor er Piep sagen konnte. Bestimmt hatte er die Terrassentür offen gelassen.«

»Ja«, sagte Madison, »ich glaube auch, dass es so war. Gibt es irgendwelche Spuren vom Opfer?«

»Nein, aber der South Prairie Creek ist ganz in der Nähe. Wenn sie eine Leiche loswerden wollten, dann hatten sie da eine gute Möglichkeit. Wir sind noch dabei, das Ufer in beiden Richtungen abzusuchen.«

Madison dankte Deputy Walbeck und gab ihr ihre Handynummer. Ob Jerry Wallace wenige Augenblicke vor seinem Tod wohl Totauge durch das Fenster gesehen hatte, so wie sie?

Kelly steuerte auf sie zu. Alle sahen heute müde aus, aber bei ihm kam noch ein Missmut hinzu, der besser funktionierte als ein »Abstand halten!«-Schild.

»Sie haben mit Quinn geredet, ja?«, begann er.

»Sie waren dabei«, antwortete Madison.

»Ja, gestern. Aber davor haben Sie auch mit ihm geredet, im Krankenhaus.«

Das war ein Aussagesatz.

»Ja.«

»Haben Sie ihm von Lee und Gray erzählt? Dass wir es wahrscheinlich mit den Widerlingen zu tun haben, die seinen Bruder umgebracht haben?«

»Ja. Sie sind tot, und sie werden nicht toter, nur weil Quinn es weiß.«

»Das ist eine laufende Ermittlung, eine offene Ermittlung, und Sie haben einem Mitglied der Familie des Opfers Informationen über unsere Verdächtigen mitgeteilt. Nicht nur das, ich wette, Sie haben ihm auch von Foley erzählt und wo man ihn findet. Es würde mich überraschen, wenn Sie ihm nicht auch noch Stockwerk und Zimmernummer genannt haben.«

»Mein Gott, Kelly, sagen Sie, was Sie denken, und halten Sie sich nicht zurück. Was ist los?«

Kelly zog sich einen Stuhl heran und setzte sich.

»Sie sind viel zu nahe dran an Quinn und seinem ›Mandanten‹. Was macht Sie so sicher, dass man diese Informationen freigeben kann? Warum erzählen Sie dem Verwandten eines Opfers etwas über den Verdächtigen, bevor wir Gelegenheit hatten, alles einzutüten?«

»Ich habe es ihm erzählt, weil es ihm zusteht zu wissen, dass wir die Goldkette seines Bruders gefunden haben. Er ist Bestandteil dessen, was vor sich geht, und er musste von Lee und Gray erfahren. Quinns Appell hat die Kugel ins Rollen gebracht …«

»Und wir können nur noch die Scherben kitten. Wussten Sie, dass Salinger offiziell für unzurechnungsfähig erklärt wurde?«

Madison wich unwillkürlich ein ganz kleines Stück zurück. *Ein Schmutzfleck, verschmiertes Blut auf Salingers Shirt in der Nacht im Wald.* »Das wusste ich nicht.«

»Ja, drei unterschiedliche unabhängige Experten – nicht, dass wir sie gebraucht hätten für diese Erkenntnis.«

Kelly wartete, bis sich die Neuigkeit gesetzt hatte. Dann fuhr er fort.

»Haben Sie eine Ahnung, was ganz Quinn Locke jetzt in Bewegung setzt, um John Cameron aus dem Gefängnis zu holen? Und was, glauben Sie, wird passieren, wenn Ihr kleiner Serienmörder draußen auf der Straße ist, frisch aus der Haft entlassen, und sich endlich das letzte noch lebende Mitglied der Gang vornehmen will, die ihn entführt und seinen Freund zu Tode geprügelt hat? Mir ist einfach nicht klar, ob Sie nur ganz schrecklich naiv sind oder einfach zu arrogant, um die Regeln einzuhalten.«

»Quinn musste informiert werden, der Einbruch hat das bewiesen. Er kennt Foleys Namen nicht und wusste auch nicht, wo er war. Ich habe ihm erzählt, dass er seit 1985 in einer psychiatrischen Einrichtung lebt, das ist alles. Und John Cameron ist ... er ist unergründlich für mich. Ich gehe vernünftig und vorsichtig mit ihm um, weil das besser ist, als gar nicht mit ihm umzugehen. Foley ist nämlich nicht der letzte Überlebende aus dem Wald. Cameron war auch dort, und ich muss mit ihm über den Fall sprechen können.«

»Er wird hinter Foley her sein, sobald er wieder auf der Straße ist, und wir werden uns nach der guten alten Zeit zurücksehnen, als wir Foley lediglich vor Conways Truppe schützen mussten.« Kelly stand auf. »Sie werden das versauen. Früher oder später. Und man wird Sie an der Zahl der Leichensäcke messen.«

Madison ließ ihm das letzte Wort. Er kehrte an seinen Schreibtisch zurück. Niemand hatte das Gespräch mitgehört, und sie hätte am liebsten ein Loch in die Wand geschlagen. Sie musste sich mit irgendetwas beschäftigen, um sich zu beruhigen: Verkehrsüberwachungskameras, Berichte, Zeugenaussagen. Sie suchte sich die Aufnahmen der Kameras und überprüfte die Orts- und Zeitstempel. Dennoch, ein dünnes, dunkles Stimmchen sprach zu ihr und flüsterte, dass Kelly recht hatte, und am Ende würden Leichensäcke das einzige Maß sein, das zählte.

Ein schwarzer Subaru Outback war von drei Kameras in schneller Folge aufgenommen worden. Die einzigen anderen Optionen waren ein weißer Pick-up, ein Motorrad, ein Lieferwagen und der Lastwagen einer Supermarktkette. Es musste der Subaru sein. Das Licht und die Spiegelung auf der Scheibe machten es unmöglich zu sehen, wer im Inneren saß, aber es musste einfach der Subaru sein.
Das Auto hatte ein blitzblankes Nummernschild aus Oregon, und nachdem dieser Autotyp zu den am meisten gefahrenen Wagen im Staat Washington gehörte, war es so gut wie unsichtbar.
Madison dachte zurück: War ihr gestern auf dem Anwesen ein schwarzer Subaru aufgefallen? Nein, und die uniformierten Beamten waren erst später am Tor postiert worden. Dunne hatte den Auftrag, das Auto so weit wie möglich zurückzuverfolgen, und zwar mit der automatischen Nummernschilderkennung. Es war ein Standardverfahren. Madison hoffte auf ein schnelles Ergebnis und einen Anruf beim Spezialeinsatzkommando, damit sie sich bereithielten.
In der Zwischenzeit hatten sie noch Jerome McMullen, der die Tage bis zu seiner Entlassung auf Bewährung zählte, und Leon Kendrick, der sich in Kalifornien sonnte. Madison las sich in die Akten ein: Sie waren dick und enthielten viel Hässliches. Sie spürte plötzlich ihre Müdigkeit und verließ den Raum. Auf der Toilette wusch sie sich das Gesicht, dann ging sie kurz hinaus, um frische Luft zu schnappen. Die Verbindungen waren da, sie mussten sie nur sehen. Die Spur war da, sie musste nur entdeckt werden. Das Wort ließ sie an Vincent Foley und seine Zeichnungen denken.

Die Spur ist die Wand, stimmt, Vincent, dachte sie. *Lass uns ein bisschen Zeit, ja?*

Eine halbe Stunde später war es so weit: Jerome McMullen mochte im Gefängnis sitzen und ein Motiv haben, aber Leon Kendrick hatte Gilman persönlich gekannt. Sie waren seit Urzeiten befreundet gewesen und sogar einmal zusammen verhaftet worden: Es ging um Gewalt gegen ein Kind. Einen Jungen. Das Opfer hatte seine Aussage geändert, ein Zeuge hatte seine Aussage geändert, die Anklage wurde fallengelassen. Mit neunzehn war Gilman auf einen zwölfjährigen Jungen losgegangen und war ungestraft davongekommen: Kendrick wusste das und konnte zu gegebener Zeit vielleicht auf ihn zählen, weil Gilman kein Problem damit hatte, kleinen Kindern Gewalt anzutun.
Madison lehnte sich zurück. Ja, Jerry Wallace wäre durchaus eine Gefahr für Kendrick und McMullen. Sie wandte sich an Dunne: »Kennst du jemanden in Kalifornien, den wir um einen Gefallen bitten könnten?«
Dunne zuckte die Achseln. »Welche Abteilung?«

Andy Dunne hatte bessere Kontakte als jedes soziale Netzwerk. Er rief jemanden an, der jemanden anrief, und dreiundvierzig Minuten später rief Detective Nolan aus La Jolla zurück. Sie stellten ihn auf Lautsprecher, und Spencer holte sich einen Stuhl dazu.
»Klar kennen wir Leon«, sagte er. »Leider nicht gut genug, um ihn für irgendetwas einzubuchten, aber wir bekamen eine Warnung von Ihren Leuten, als er nach Kalifornien kam – nur ein freundlicher Anruf, um uns mitzuteilen, dass er zu uns in die Gegend ziehen würde. Wir haben die Augen offen gehalten, aber seither ist er sauber geblieben – Ge-

rüchte hat es natürlich gegeben, aber nichts hat zu etwas geführt. Er ist eine Stütze der Gesellschaft und so weiter.«

»Was macht er jetzt?«, fragte Madison.

Detective Nolan kicherte. »Er betreibt einen Golfclub. Auch noch einen ziemlich schicken, was man so hört.«

»Schon mal da gewesen?«, fragte Dunne.

»Ich habe vier Kinder unter zwölf. Sobald ich freie Zeit habe, sperre ich mich in mein Auto ein und schlafe. Warum das plötzliche Interesse an Kendrick?«

»Es kann sein, dass er vor fünfundzwanzig Jahren in einen Mord verwickelt war, als er noch in Seattle war. Die Ermittlung wurde gerade wieder aufgenommen, mit neuen Beweisen«, erklärte Madison.

Am anderen Ende der Leitung war es kurz still.

»Ist das der Fall vom Hoh River?«

»Ja.«

»Also, wenn auch nur das leiseste Gerücht über eine solche Verbindung in die Nähe seines Luxusschuppens käme, würde ihm das ganz bestimmt den Tag verderben.«

Sie verabschiedeten sich, und Nolan bot ihnen an, sich um sie zu kümmern, falls sie eines Tages in den Süden kommen würden, um mit Kendrick persönlich zu reden.

Spencer recherchierte rasch im Internet. Er druckte ein paar Artikel über den Golden Oaks Golf Club aus und reichte sie Madison.

»Nobel, nobel«, sagte sie.

»Es wird noch besser«, fuhr Dunne fort. »Da steht, sie verhandeln gerade mit einem japanischen Unternehmen, das den Club kaufen und investieren will. Wie sieht Leons Motiv jetzt aus?«

Nathan Quinn saß im Büro bei sich zu Hause in Seward Park. Die Mappen, die Tod Hollis ihm gebracht hatte, lagen auf seinem Schreibtisch verteilt. Einige beinhalteten altmodische Recherche zum Thema, andere Informationen hatte er auf weniger geradlinige Art besorgt.

Detective Madison hatte zwei Namen erwähnt: Leon Kendrick und Jerome McMullen. Quinn blätterte um: Hollis hatte ein hübsches Bild vom Golden Oaks Golf Club und eine Beschreibung der Anlage für die Mitglieder ausgedruckt. Quinn konnte Golf nicht ausstehen. Er las die Hintergrundüberprüfung von Kendrick und rechnete aus, wie hoch sein Anteil wäre, wenn das japanische Unternehmen den Club kaufte, und wie viel er verlieren würde, wenn nicht.

Quinn stand auf und ging herum; seine Kraft kehrte langsam zurück. Er würde sich so ein lächerliches Gerät kaufen müssen, um wieder Kondition aufzubauen. Er ging hinaus auf die Veranda, um durchzuatmen, sich zu beruhigen und sich auf die wichtigste Aufgabe dieses Tages zu konzentrieren.

Das Wasser war von Licht und Regen gesprenkelt, das Wetter war von einem Augenblick auf den nächsten unsicher geworden. Die Luft trug eine Spur Wärme in sich, und er blieb mit hochgekrempelten Ärmeln und gelockerter Krawatte draußen, solange es ging.

Nach einer Weile ging er in sein Büro zurück, legte Hollis' Mappen über Kendrick und McMullen weg, schob den Stapel Post, der sich angesammelt hatte, zur Seite und begann zusammenzuschreiben, was er brauchte, um Cameron aus dem KCJC zu holen.

41

Vincent Foley saß auf seinem neuen Bett und streichelte die blassblaue Wolldecke. Das Zimmer war fast so groß wie sein bisheriges. Er seufzte und legte sich auf die Seite. Seine Hausschuhe standen ordentlich auf dem Boden, ansonsten befanden sich keine privaten Gegenstände im Zimmer.
Er fürchtete sich nicht, nicht richtig. Die letzten zehn Stunden über war er sediert worden, und der vertraute Stachel der Angst, der normalerweise durch seinen ganzen Körper drang, war heute nur ein dumpfer Schmerz in der Brust. Zwei Polizisten standen vor seinem Zimmer – er konnte sie sehen, wenn er sich auf die Zehenspitzen stellte. Er wusste nicht, wo dieses Zimmer war, und er wusste nicht, warum sie aus seinem alten Zimmer ausgezogen waren. An die vergangene Nacht erinnerte er sich nur verschwommen.
Trotz aller Anstrengungen eines Pflegers waren immer noch Erdreste vom Anwesen des Walters Institute unter seinen Fingernägeln. Im Liegen entdeckte er etwas unter der kleinen Kommode, etwas, das leicht vor Staubsaugern und Wischmopps wegrollen konnte. Er ging in die Hocke und streckte den Arm aus, bis er es greifen konnte. Welch ein Schatz – eine grüne Wachsmalkreide, kaum fünf Zentimeter lang, verstaubt, aber völlig intakt.
Durch den Nebel der Beruhigungsmittel drang die Erinnerung: eine gewisse Dringlichkeit und die Illusion, dass Ronald in der Nähe war und mit ihm sprach. Immer wieder. Vincent streckte den Arm hoch, so weit es ging, und zog eine grüne Linie. Sie schlängelte sich um das ganze Zimmer

und wand sich um die Tür. Sie lief über Farbe, Ziegel und Holz. Sie lief aus den Windungen von Vincents Hirn hinaus in die Welt.
Kaum lag Vincent wieder im Bett und hatte »dass ich in den Himmel komm« geflüstert, wurden fünf Linien lebendig und verflochten sich schleichend ineinander.

42

Madison schloss die Augen. Am späten Nachmittag sah die Straße unter den Fenstern des Dienstraums bereits wie eine trübe Schliere aus Scheinwerfern und Blinklichtern aus. Wo war Conways Auto? Es war ein Lichtpunkt, der sich zwischen anderen identischen Punkten über die Highways, die Überführung und die vielbefahrenen Straßen bewegte. Nur ein Punkt unter Tausenden, der seine eigene Last aus Tod und Zerstörung mit sich trug.
Kellys Worte hatten sich gesetzt und Wurzeln geschlagen. Selbst ihre völlig vernünftige Antwort kam ihr jetzt papierdünn und unzureichend vor. Sie gab nicht viel auf seine Meinung, trotzdem hatte seine Anschuldigung sie tief getroffen: Sie empfand sich selbst weder als naiv noch arrogant, und dennoch gab es da eine Verbindung zu den besagten zwei Männern, die sie nicht einfach als vernünftige Strategie und gute Planung wegerklären konnte. Vielleicht war dies das wahre Erbe von Harry Salinger, das man nicht in eine Akte stecken oder in einem Polizeibericht ablegen konnte.
Madison trank ihren Kaffee, der Stunden alt und verbrannt war. Wenn sie Glück hatten, spiegelte das Wasser in der

Bucht genau diesen einen Lichtpunkt zurück, der Conways Auto war, und half mit, ihn zu erwischen.
Madison wählte die Handynummer von Dr. Peterson. Er ging beim zweiten Klingeln ran. Sie wusste bereits, wo Vincent Foley war: in einer Zelle im Sicherheitstrakt einer Einrichtung für kriminelle Geisteskranke, unter falschem Namen. Es war eine Beobachtungszelle, so komfortabel, wie Beobachtungszellen nun mal waren. Die Mauern und verschlossenen Türen um ihn herum waren zu seinem Schutz. Hoffentlich musste er nicht lange dort bleiben.
»Meine Patienten sind auf über zehn unterschiedliche Einrichtungen verteilt, meine Mitarbeiter stehen unter Schock, und ich habe keine Ahnung, ob und wann wir jemals wieder zurück können …«
Er sagte nicht »nach Hause«, auch wenn es sich so anhörte.
»Es tut mir wirklich leid«, sagte Madison, und das meinte sie ernst.
»Ich weiß. Und jetzt rufen Sie mich wegen eines einzelnen Patienten an.«
»Ja. Trotz der Geschehnisse muss ich Sie das fragen: Wann kann Dr. Takemoto wieder mit Vincent sprechen?«
»Haben Sie denn mit ihm gesprochen, bevor wir gekommen sind? Als Sie allein mit ihm waren?« Die Betonung lag auf »allein«.
»Ja. Er hat gegraben, und ich habe ihn danach gefragt.«
»Hat es Ihrer Ermittlung was genützt?« Peterson klang bitter, sehr untypisch für ihn.
»Ich weiß es noch nicht, Doctor. Womöglich.«
Kurzes Schweigen.
»Thomas Creed hatte zwei Töchter in der Mittelstufe. Er ist zurückgegangen, um Vincent zu suchen.«
»Ich weiß.«

»Ihre Dr. Takemoto kann in ein paar Tagen wiederkommen, falls sich Vincents Zustand weiterhin bessert und er keine Sedierung braucht.«

»Danke, Doctor. Ich sage es ihr.«

»Da, wo er jetzt ist, kann er nicht für immer bleiben, Sie verstehen das, ja? Er muss herumlaufen können, Leute um sich herum haben, er muss durch Fenster schauen und natürliches Licht sehen.«

»Ich verstehe.«

Nichtsdestotrotz, falls es auf dieser Welt einen Platz für Vincent Foley geben sollte, so hatte Madison nicht die geringste Ahnung, wo er sein könnte.

Der Anruf kam um 20:17 Uhr: Der schwarze Subaru war auf der I-90 nach Osten in Richtung Bellevue gesehen worden, er hatte die Ausfahrt 10 genommen. Nicht vor Stunden, sondern jetzt gerade.

Madison und Dunne zogen sich schon die Jacken an, als Lieutenant Fynn sie aufhielt.

»Wir haben keine Zeit, sie zu verfolgen. Das gehört zum Gebiet des PD von Bellevue. Sie schicken ein Spezialeinsatzkommando zur Unterstützung ihrer Zivilbeamten – es wird keine Uniform zu sehen sein.«

»Hat man ihnen gesagt, worauf sie sich gefasst machen müssen?«

»Ich habe gerade den Einsatzleiter informiert. Das Auto wurde gesehen, als es in ein Motel fuhr, das Silver Pines. Zweihundertsiebenunddreißig Zimmer, Geschäftsreisende, ein Konferenzparadies.«

Madison überlegte kurz. »Ich bin die Einzige, die jemanden von ihnen gesehen hat; wir haben ein Bild von Conway, aber besonders toll ist es nicht.«

Fynn nickte. »Ich rufe den Einsatzleiter an, dass Sie auf dem Weg sind, um Conway zu identifizieren.«
Spencer zog sich die Jacke zurecht. »Das perfekte Ende eines perfekten Tages«, sagte er.
Sie waren alle seit mindestens vier Uhr morgens wach.

Während der Fahrt nach Bellevue sprachen sie kaum. Spencer fuhr, Dunne saß auf dem Beifahrersitz, Madison hinten. Kelly war schon weg gewesen, als der Anruf gekommen war. Keiner ihrer Kollegen hatte Conway oder einen seiner Männer gesehen, aber es stand außer Frage, dass sie mitkommen würden.
Madison entspannte sich auf dem Rücksitz, denn sie war sich sehr wohl bewusst, dass sie bald alle Konzentration und Intelligenz aufwenden musste, die sie aufbringen konnte.
Vor dem geistigen Auge sah sie, wie das Motel von Einheiten umstellt wurde, dass nur Zivilpolizisten sichtbar waren, dass ein Spezialeinsatz-Kommandant seinen Leuten von dem FBI-Agenten erzählte, den Conway umgebracht hatte, und von Lee und Gray und dem Brand von letzter Nacht. Die Frauen und Männer in der schweren Ausrüstung nickten, während sie sich die Aufzählung von Unheil und von Mord anhörten, und ihre Mienen wurden zusehends finsterer, als sie begriffen, womit sie es zu tun hatten.

Madison war sich nicht sicher, ob sie für ein paar Minuten eingeschlafen war. Lichtpunkte tanzten hinter ihren Augenlidern. Das Auto bremste, als sie von einem Zivilpolizisten aufgehalten wurden, der sie zu dem Parkplatz des kleinen Geschäftszentrums neben dem Motel dirigierte.
Der Einsatzleiter, Captain Hegarty, erwartete sie. Er war in den Vierzigern und sah zu allem entschlossen aus. Immer

wieder drang gedämpftes Knacken und die Meldungen seiner Einheiten durch das Funkgerät.
»Wir haben den Subaru genau im Blick gehabt, aber als der erste Offizier hier ankam, war der Fahrer schon drin.«
Madison sah sich um. Das Geschäftszentrum – Zahnärzte, eine Tierklinik und ein Yogastudio – war bereits geschlossen. Der Fahrer musste in das Motel gegangen sein.
»Wir überprüfen die Gästeliste nach einer Gruppe von drei oder vier Geschäftsleuten, die in den letzten Tagen eingecheckt hat.«
Madison nickte.
Eine Frau in Laufkleidung und einem voluminösen Fleecepulli kam aus dem Motel und fing an zu joggen. Sie kehrte rasch wieder um und kam in ihre Richtung. Sie nickte Madison und den anderen zu und sprach mit dem Captain.
»Vier Männer, vier Zimmer im zweiten Stock, am Ende des Gangs, nahe beim Notausgang. Einer kam vor vierzig Minuten zurück, die anderen sind noch nicht da.«
»Wie viele von ihnen können Sie identifizieren?«, fragte der Captain Madison.
»Nur Conway. So viel, wie ich von ihm gesehen habe, hat er auch von mir gesehen, und er hat genau und lange hingeschaut. Er würde mich auf jeden Fall wiedererkennen.«
»Okay.«
»Wir nehmen jetzt kurz und schmerzlos den Mann fest, der im Zimmer ist, und warten auf seine Freunde«, sagte Captain Hegarty. »Sie müssen sich in Position bringen, falls Conway das Hotel betritt. Hier.« Er reichte Madison einen Kopfhörer und ein Mikrofon, so groß wie der Nagel ihres kleinen Fingers. Sie probierte beides aus, dann ging sie Richtung Moteleingang. *Komm heim, kleiner Vogel, komm heim.*

Madison setzte sich in einen Plüschsessel, von dem aus sie den Eingang und die drei Aufzüge voll im Blick hatte. Das Logo des Hotels war in Hafer- und Kastanienbraun gehalten, und der Innenausstatter hatte auch in der Gästelounge und bei den Polstermöbeln sattsam Gebrauch von diesen Farben gemacht.

Madison hatte sich die Haare schnell zu einem Pferdeschwanz gebunden und sich eine marineblaue Huskies-Baseballkappe von einem Beamten ausgeliehen. *Go, Dawgs.* Eine große Plastiktopfpflanze schirmte sie ab. Dadurch gewann sie vielleicht fünf Sekunden, wenn Conway sie direkt angriff. Sie hatte sich eine Zeitschrift von der Rezeption mitgenommen, innerlich war sie angespannt und voller Adrenalin.

Über Kopfhörer meldeten die Beamten ständig den neuen Status. »Roter Ford Estate fährt auf Parkplatz. Dreiköpfige Familie: Mann, Frau, Kind steigen aus.«

Fünf Sekunden später betrat die Familie das Hotel.

»Silberner Honda Civic. Nur eine Frau.«

Eine Frau in den Fünfzigern im Business-Hosenanzug kam an die Rezeption.

»Einheit 3 in Position«, flüsterte eine leise Stimme aus dem Kopfhörer.

Madison atmete ein. Einheit 3 war im zweiten Stock und machte sich bereit, den Gast in Zimmer 2 zu überwältigen. Sie setzte sich gerade und versuchte sich auf den Haupteingang zu konzentrieren.

»Einheit 3 Zugriff«, kam die Antwort.

Ein Durcheinander von Stimmen drang durch den Kopfhörer: Jemand erteilte Befehle, jemand zählte bis drei, schnelle schwere Schritte, das Rascheln von steifem, marineblauem Stoff gegen das Mikrofon.

Madison war ganz leise.
Stille. Fünf Sekunden. Zehn Sekunden.
»Zielperson gefasst«, sagte die körperlose Stimme. »Mit dem Taser, er atmet, gute Lebenszeichen.«
Madison atmete aus.
»Captain? Wir haben den Taser gleich eingesetzt, aber es ist ihm noch gelungen, einen Alarmknopf zu drücken. Es ist ein drahtloses System, das mit dem WLAN des Hotels verbunden ist. Er konnte es aktivieren, bevor wir ihn überwältigt haben.«

Ein schwarzer Van mit abgedunkelten Scheiben, der gerade die Ausfahrt 10 genommen hatte, blinkte rechts, machte eine Kehrtwendung und fuhr wieder auf die Interstate nach Westen Richtung Seattle. Peter Conway saß darin, alles andere als glücklich.

Der Gefangene lag mit dem Gesicht nach unten mitten im Zimmer. Ein drahtiger Mann Ende dreißig in Jeans und einem grauen T-Shirt. Er war barfuß und trug Handschellen. Seit dem Moment, in dem die Drähte des Tasers entfernt worden waren, hatte er kein einziges Wort gesagt.
Technisch gesehen war er ein Gefangener des Belleville PD, aber man war bereits dabei, den Papierkram zu regeln, und ein Transporter war unterwegs. Er würde die Nacht und vielleicht noch länger als Gast des Gefängnisses von Seattle in der 5th Avenue verbringen, dessen Logo nicht in Hafer- und Kastanienbraun gehalten war.

43

Das Silver Pines Motel war nicht geneigt, seinen normalen Tagesablauf von so etwas Profanem wie der Festnahme eines – angeblich – gefährlichen Straftäters durch ein Spezialeinsatzkommando unterbrechen zu lassen: Man hatte den Teil des zweiten Stocks, in dem sich die vier von Conway angemieteten Zimmer befanden, notdürftig abgesperrt, und die Kriminaltechniker des SPD gerufen. Alle gesicherten Spuren sollten zu Amy Sorensen und ihrem Team geschickt werden, obwohl das Motel in Bellevue lag, darauf hatte man sich geeinigt. Daher kam es wohl allen gelegen, wenn Sorensen – mit der geschätzten Einwilligung der kleineren, aber nicht minder engagierten Kriminaltechnik von Bellevue – über die Memorial Bridge gefahren kam und ihre Spuren selbst einsammelte.

Beim Einsteigen in die Autos hatte Sorensen ihre Leute vorgewarnt: vier Zimmer und vier Männer, die nicht erpicht darauf waren, identifiziert oder aufgespürt zu werden. Abgesehen von Notoperationen im Krankenhaus sollten sie doch bitte ihr Privatleben während der nächsten paar Tage hintanstellen.

Madison stellte sich in die Tür eines der Zimmer und schaute hinein. Leider hatte der Reinigungsdienst des Motels bereits seine Arbeit geleistet, in diesem Fall also Fingerabdrücke weggewischt und Haare, Epithelzellen sowie andere biologische Spuren eingesaugt.

Madison vermutete, der Raum wäre auch ohne professionelle Hilfe sauber gewesen: Sie sah kaum persönliche Gegenstände – nur ein paar Prospekte von örtlichen Sehenswürdigkeiten und Kleidung zum Wechseln im Schrank. Conways Truppe reiste mit leichtem Gepäck. *Brandstiftung und Mord am Abend, morgens dann zum Frühstück in den Pike Street Market.*

Sie wusste nicht, welches das Zimmer von Conway war; hoffentlich hatten die Reinigungskräfte seine Anwesenheit nicht völlig ausgelöscht. Eine Beamtin vom Bellevue PD hatte in jedes der drei leeren Zimmer gehen dürfen, um nach versteckten Waffen zu suchen oder nach Gegenständen, die eine sofortige Reaktion erforderten, aber sie hatte nichts entdeckt, was sie weiterbrachte.

»Also keine Wegbeschreibung?«, kommentierte Dunne.

Die Beamtin hatte höflich gelächelt und war weitergegangen.

Im Zimmer des derzeit festgehaltenen Henry Sullivan hingegen – niemand glaubte auch nur eine Sekunde, dass das sein richtiger Name war, aber er hatte Zimmer 237 unter diesem Namen gebucht, und irgendwie mussten sie ihn nennen – hatten die Beamten Folgendes gefunden: eine Beretta 92 FS 9 mm mit drei Ersatzmagazinen, ein Jagdmesser mit einer 18 cm langen Edelstahlklinge, ein Militärstiefelmesser mit gummiüberzogenem Aluminiumgriff und ein 3,5 420 HC Messer mit Fiberglashülle sowie, zerlegt in einer umgerüsteten ledernen Aktentasche, ein M24 Scharfschützengewehr mit Munition in einem separaten Fach.

Madison betrachtete den Schatz, während ein Beamter ihn fotografierte. Es war schon schlimm genug, miterlebt zu haben, was Conway und seine Männer eigenhändig aus der Nähe anrichten konnten, aber die Vorstellung, dass sie vorbereitet waren, auch auf weiter entfernte Ziele zu schießen, machte alles noch viel schlimmer.

Als Spencer vor dem Revier hielt, war es fast schon Mitternacht, und Henry Sullivan war irgendwo in der Nähe in der 5th Avenue, um sich fotografieren und sich die Fingerabdrücke von Sensoren abnehmen zu lassen. Lieutenant Fynn war informiert worden, und man war sich einig, dass Sullivan so bald wie möglich vernommen werden sollte. Spencer würde sich mit Dunne im Kasten die Ehre geben, Madison würde hinter dem Einwegspiegel sitzen und zusehen. Sie war dabei nicht eitel: Spencer war viel erfahrener als sie, und sie war damit zufrieden, den Gefangenen zu beobachten und ihre eigenen Schlüsse zu ziehen.

»Bisher keine AFIS-Übereinstimmungen«, informierte der Beamte sie bei ihrer Ankunft; das bedeutete, dass die Fingerabdrücke, die ins System eingegeben worden waren, noch keine Ergebnisse gebracht hatten, und Henry Sullivan würde vorerst noch Henry Sullivan bleiben müssen. »Er hat übrigens noch kein einziges Wort gesagt«, fügte der Beamte beim Hinausgehen hinzu.

Madison war froh darüber, allein im Beobachtungsraum zu sitzen. Zu einer anderen Tageszeit wäre womöglich noch jemand dabei gewesen, vielleicht sogar Kelly – Gott bewahre –, und für ihre Arbeit war es ihr lieber, Ruhe zu haben und nicht abgelenkt zu werden.

Henry Sullivan saß an einem Metalltisch, der am Boden festgeschraubt war. Man hatte ihm Handschellen angelegt, und ein orangefarbener Overall ersetzte Jeans und T-Shirt. Madison musterte ihn. Von der anderen Seite des Spiegels suchte sie seine Augen – sie waren dunkel und vogelartig. Er war ruhig und wortkarg, beinahe gelangweilt. Gut möglich, dass es gespielt war, vielleicht aber auch nicht. Er musste

44

Madison wachte um sieben Uhr auf, das war nicht gerade genug, um sich zu erholen. *Der Gedanke zählt.* Sie machte Kaffee und nahm sich vor, einkaufen zu gehen – in einem richtigen Supermarkt mit Gängen und frisch poliertem Obst und Gemüse. Ohne etwas zu essen im Haus konnte sie überleben, aber nicht, wenn sie keinen gemahlenen Kaffee für ihre Espressokanne hatte.
Die Sonne hatte beschlossen, mit der Elliott Bay zu spielen, und die Morgendämmerung machte Versprechungen, die sie vielleicht gar nicht halten wollte. Madison zog sich rasch an. Sie vermisste ihre Glock im Schulterholster. Ihre Reservewaffe saß zwar an Ort und Stelle, aber sie fühlte sich seltsam aus dem Gleichgewicht.
Sie trank ihren Kaffee, während sie ihre Notizen zu Timothy Gilman durchsah. Die Papiere lagen immer noch ausgebreitet auf ihrem Esstisch. Conway hätte Gilman mit der gleichen Gelassenheit getötet wie die anderen. Einer war ein Sadist und ein brutaler Kerl, dem es gefiel, kleinen Kindern weh zu tun, der andere ein kaltblütiger Mörder, der für Geld tötete. Aus Neugierde überprüfte Madison das Datum, wann Gilman zuletzt lebendig gesehen worden war: Conway war zu der Zeit irgendwo ein Junge gewesen, falls er jemals ein Junge gewesen war.

Man hatte Henry Sullivan einen Pflichtverteidiger zugewiesen. Spencer beschloss, ihm ein paar Stunden Auszeit zu gönnen und dann die Vernehmung fortzusetzen. Die Kriminaltechnik hatte ohne Unterbrechung im Silver Pines Motel gearbeitet und eine inoffizielle Liste der Funde gemailt. Es war eine sehr kurze Liste, und abgesehen von den illegalen Waffen war sie nicht sehr aufregend. In Sullivans Brieftasche war ein – gefälschter – Führerschein gewesen und 357,23 Dollar in bar. Keine Kreditkarten, überhaupt keine Karten, und keine der belanglosen Quittungen, die die Existenz eines Menschen vom Aufstehen am Morgen bis zum Zubettgehen am Abend dokumentieren. Henry Sullivan hatte sich am Eingang zum Silver Pines materialisiert, der Rest seines Lebens war ein weißes Blatt.

Madison beschäftigte sich mit McMullen: Obwohl der Mann seit Jahren im Gefängnis saß, musste er Partner haben, die in seinem Auftrag eine Säuberungsaktion dieser Größe durchführen konnten. So etwas konnte kein Fremder organisieren; wenn McMullen jemanden bat, das für ihn zu erledigen, musste es jemand sein, den er vor seiner Festnahme gekannt hatte, jemand, dem er bedingungslos sein Leben anvertraute, denn genau das stand hier auf dem Spiel.

Etwas bereitete Madison von Beginn an Unbehagen, und nichts führte daran vorbei: Conway war teuer, sehr teuer. Wer auch immer ihm den Auftrag erteilt hatte, hatte viel Geld für seine Dienste hinlegen müssen. Madison überflog McMullens Akte und suchte nach Hinweisen auf möglichen Reichtum. Der Großteil seines Kapitals, wenn nicht alles, war wahrscheinlich eingefroren und als illegaler Gewinn beschlagnahmt worden, sobald er verurteilt war.

»Ich will mit McMullen reden«, sagte sie zu Kelly, in der Hoffnung, er hätte schon einen Termin, den er nicht absagen konnte.

»Warum?«

»Weil ich sein Gesicht sehen muss, wenn ich ihn zum Hoh-River-Fall befrage.«

»Warum?«
»Weil er auf dem Papier alle Referenzen hat, um damals damit zu tun gehabt zu haben, aber ich weiß nicht, woher er das Geld haben sollte, um Conway und seine Leute zu bezahlen.«
»Wenn du mit dem Kopf in der Schlinge steckst, dann treibst du alles Geld auf, das du brauchst, um ihn wieder rauszuholen. Wir wissen nicht, ob ihm nicht irgendwer einen Gefallen schuldete, der die Rechnung übernehmen konnte.«
»Er ist geschieden – zwei Mal – und hat drei Kinder, die ihn alle nicht besucht haben, außer es war unter einem falschen Namen. Damals hat er mit der Staatsanwaltschaft einen Deal gemacht und mindestens vier gesuchte Straftäter ans Messer geliefert. Das alles hat ihm im Gefängnis nicht gerade das Wohlwollen der anderen eingebracht, deshalb kam er zu seinem eigenen Schutz für einige Zeit in Einzelhaft. Ich habe mir seine Akte angesehen, und mir scheint, er hat dies alles nicht im Kreuz. Deshalb muss ich ihn sehen.«
»Okay.« Kelly zuckte die Achseln, stand auf und nahm seine Jacke.
»Okay«, antwortete Madison.

Das McCoy State Prison, auch unter dem Namen »The Bones« bekannt, lag in einem Tal nördlich von Seattle. Sie hatten ihren Besuch angekündigt und wurden bereits erwartet. Officer Starecki empfing Madison und Kelly und führte sie durch das Labyrinth, in dem über tausend Gefangene untergebracht waren.
»Sie wissen, dass seine Bewährung nur noch eine Sache von Tagen ist?«, fragte er über die Schulter, während er vorausging.

»Ja«, sagte Madison. »Was haben Sie für einen Eindruck von dem Mann? Sie hatten ja seit seiner Ankunft mit ihm zu tun.«
Officer Starecki blieb stehen, er war offensichtlich überrascht, dass jemand seine Meinung über Jerome McMullen wissen wollte. »Er ist ein vorbildlicher Häftling«, antwortete er. »Er macht niemals Schwierigkeiten, er ist nie dabei, wenn jemand anders Schwierigkeiten macht, wenn Sie verstehen.«
»Ich verstehe.«
»Er ist älter als die meisten anderen hier, und manche sehen ein wenig zu ihm auf, aber ich habe nie gehört, dass er das ausnützt. Die Anhörung dürfte überhaupt kein Problem sein. Worüber müssen Sie mit ihm sprechen?«
»Er könnte uns vielleicht bei einem ungelösten Fall behilflich sein.«
»Wenn er es kann, wird er es sicher tun. Nach seinem Herzanfall vor zwei Jahren hat er auch zur Religion gefunden.«
»Aha. Gut zu wissen«, antwortete Madison.

Jerome McMullen stand auf, als sie den Raum betraten. Er trug makellos saubere Gefängniskleidung, und seine grau gesprenkelten Haare waren nach hinten gekämmt. Madisons erster Eindruck war, dass der Mann aus Knochen geschnitzt war: groß und schlank, seine braunen Augen hoben sich von der bleichen Haut ab. Er war sechzig Jahre alt und sah zehn Jahre jünger aus – was für Gefängnisinsassen äußerst ungewöhnlich war. Sie setzten sich an den Tisch. Er saß kerzengerade und musterte sie.
»Was kann ich für Sie tun, Detectives?«
Madison wusste sofort, dass er seine Religiosität und seine guten Manieren abwerfen würde wie einen billigen Anzug, sobald die Bewährungsanhörung vorbei und er weit weg

von den Mauern von The Bones war. Ich kenne dich, dachte sie und lehnte sich zurück.

»Mr. McMullen«, begann sie. »Wir würden gerne über Ihre Geschäfte im Jahr 1985 mit Ihnen reden.«

McMullen lächelte, es war kein angenehmes Lächeln. »So kann man es auch ausdrücken, Detective, aber der Herr Jesus sagt, die Wahrheit wird mich befreien – wie passend. Wir wissen beide, dass ich 1985 ein übler, gewalttätiger, unbarmherziger Mann war, der jedem weh tat, der ihm in die Quere kam, und der sein Geld verdiente, indem er von anderen stahl.«

»Der Herr Jesus?«

»Ja. Ich hatte vor zwei Jahren einen Herzanfall, und als ich aufgewacht bin, hatte sich die Welt um mich herum verändert, weil ich mich verändert habe. Ich hatte das Wort Gottes angenommen, das einzige Wort, das zählt.«

Madison merkte, wie Kelly in dem Stuhl neben ihr unruhig wurde.

»Ich werde Sie nicht fragen, ob Sie auch gerettet wurden, Detective«, fuhr McMullen fort. »Das geht mich schließlich nichts an, und Sie sind nicht gekommen, um mit mir über meine spirituelle Reise zu sprechen.«

»Nein, aber vielen Dank auch«, kommentierte Kelly.

»Wir sind hier, weil Sie 1985 Straftaten begangen haben, bei denen Sie kleinen Unternehmen Geld abgenötigt und dafür gesorgt haben, dass sie wussten, was passiert, falls sie nicht zahlten«, sagte Madison.

Vom ersten Moment an hatte sie nach Anzeichen von Besorgnis gesucht, nach etwas, das darauf hindeutete, dass er ihren Besuch erwartet haben könnte und dass er wusste, wonach sie ihn fragen wollten. Sie entdeckte nichts. Er war ruhig und gefasst, und seine Hände ruhten friedlich auf dem Tisch vor ihm.

McMullen schlug leicht die Stirn in Falten, als bereitete ihm die Anstrengung, an diese Zeiten und an den Menschen, der er damals war, zurückzudenken, körperliche Schmerzen. »Fahren Sie fort«, sagte er.

»Kennen Sie das Restaurant *The Rock* am Alki Beach?«

»Ja. Gibt es das noch?«

»Ja. Haben Sie sich damals an die Inhaber gewandt? Haben Sie oder Ihre Leute ihnen jemals angedroht, ihnen empfindlich weh zu tun, wenn sie Ihnen kein Schutzgeld zahlen würden?«

McMullen nickte. »Ich verstehe. Sie möchten wissen, ob ich eine Rolle bei der Entführung und dem Tod dieses armen, armen Kindes gespielt habe.«

»Nein, ich frage Sie, ob der üble, gewalttätige und unbarmherzige Mann, der Sie waren, vier Männer bezahlt hat, um drei Jungen zu entführen. Und es war kein Unfalltod, es war Mord.«

McMullen schüttelte den Kopf. »Es war eine fürchterliche Sache.«

»Ja, das können Sie heute sagen, nach einem Herzanfall und Ihrer gegenwärtigen spirituellen Reise. Was hätten Sie denn damals gesagt?«

»Ich kann Ihnen sagen, dass das wohl genau mein Ding gewesen wäre. Ich bin nur deshalb nicht auf sie zugegangen, weil die Entführung passiert ist, bevor ich die Gelegenheit dazu hatte. Und danach hätte man niemanden gefunden, der sich auch nur in die Nähe getraut hätte. In den letzten Jahren sowieso nicht mehr, in Anbetracht dessen, wer die derzeitigen Inhaber sind.«

»John Cameron und Nathan Quinn.«

»Ja«, antwortete er, und die braunen, wässrigen Augen richteten sich auf die verblassende Narbe auf Madisons Stirn.

»Aber ausgerechnet Ihnen muss ich ja nichts über die beiden erzählen.«

»Haben Sie Freunde draußen in der Welt, Mr. McMullen? Familie, Menschen, die Ihnen helfen, ein neues Leben anzufangen, wenn Sie herauskommen – sollten Sie das schaffen?«

»Ich bin keinen Weg gegangen, der Freundschaften oder die liebende Unterstützung einer Familie mit sich brachte. Ich werde alles tun, was ich kann, um mit meinen Kindern wieder ins Reine zu kommen, und mich hoffentlich einer Gruppe von Ehrenamtlichen anschließen, die Gärten anlegt und das Umfeld verbessert in Gegenden, die es nötig haben.«

Madison spürte, wie Kelly neben ihr beinahe explodierte.

»Gärtnern, das hört sich gut an. Haben Sie jemals einen gewissen Timothy Gilman gekannt?«

McMullen zwickte konzentriert die Augen zusammen und ging eine mentale Liste von Namen durch, die er lieber vergessen würde.

»Leider nein.«

»Haben Sie die Entführung in Auftrag gegeben?«

»Nein, Detective. Und ich glaube nicht, dass ich mit mir selbst leben könnte, wenn ich es getan hätte.«

»Und, was halten Sie von ihm?«, fragte Kelly, als sie wieder beim Auto waren.

»Dieser Schwätzer könnte jederzeit genügend Geld für Conway auftreiben«, sagte Madison. »Wenn wir das nicht rechtzeitig eintüten, wird er auf Bewährung entlassen, atmet freie Luft und topft Azaleen in irgendwelchen Gemeindezentren ein, solange die Bewährung dauert. Danach ist er auf und davon.«

»Azaleen?«, schnaubte Kelly.

»Egal.«

45

29. August 1985. Ronald Gray wartete im Schatten der Gasse gegenüber von Gilmans Eingangstür. Er wartete schon seit acht Uhr morgens dort, und nun war es fast Mittag. Es schien so gut wie unmöglich, in den verkommenen Wohnblock hineinzugelangen und seine Wohnung zu durchsuchen, während er unterwegs war, und Ronald rechnete sich keine Chancen aus. Mit dem Glück, das er in letzter Zeit gehabt hatte, würde Gilman aus irgendeinem Grund zurückkommen, ihn in seiner Wohnung vorfinden und seine erbärmliche Existenz an Ort und Stelle beenden.

In den letzten vier Stunden hatte Ronald mehrfach ihre erste Begegnung in ihrem alten Wohnviertel verflucht und genauso den Tag, als Gilman ihm zum ersten Mal fünfzig Dollar angeboten hatte, um auf der Straße Schmiere zu stehen, während er sich in einer Garage mit einem säumigen Zahler unterhielt.

Ronald hatte noch nie mit tödlicher Gewalt zu tun gehabt, aber er wusste immerhin so viel darüber, dass Gilman vor der Entführung einen Vorschuss erhalten haben musste und der Rest mit Sicherheit bald ausbezahlt würde. Männer wie Gilman nahmen keine Schecks: Jemand würde ihm irgendwann eine Tüte voll Geld überreichen, und Ronald würde da sein, um herauszufinden, wer das war.

Die Tür ging auf, und Ronald zog sich noch tiefer in den Schatten zurück.

Timothy Gilman trat in die späte Augustsonne hinaus und marschierte los. Der erste Tag brachte ihm nichts als ständige Kopfschmerzen und Frust. Gilman war in eine Bar in der

Nähe gegangen, stundenlang dort sitzen geblieben und dann nach Hause zurückgekehrt. Die Bar war düster und schmuddelig, aber es hatten ihn trotzdem zu viele Leute begrüßt, als er hereinkam – eindeutig nicht der Ort für ein vertrauliches Geschäft.

Die Nachrichten brachten unablässig Meldungen über den Fall: Die Jungen waren lebendig aufgefunden worden. Gott sei Dank, hatte Ronald gemurmelt, wenigstens etwas. Die Bilder aus den Jahrbüchern waren immer wieder im Fernsehen gezeigt worden. Dort wurden die wenigen Informationen, die sie hatten, ständig wiederholt, aber sie kamen nicht annähernd an die Wahrheit heran.

Ronald kannte jetzt die Namen der Jungen, die Namen ihrer Eltern, den Namen des Restaurants, das ihnen gehörte. Er wusste, dass das Stück Papier, das er aus dem Feuer gerettet hatte, das Foto aus David Quinns Jahrbuch war und dass er an angeborenen Herzrhythmusstörungen gelitten hatte. Und das hatte auch Gilman gewusst.

Der zweite und der dritte Tag brachten nichts weiter als neues Material der Ranger und der Ortspolizei, die im Wald nach dem Kind suchten – nach der Leiche des Kindes. Gilman schlief lange, ging in die Bar und kehrte nach Hause zurück. Am vierten Tag fuhr er in einen Supermarkt und kaufte Fertiggerichte. Ronald folgte ihm die ganze Zeit über. Im Auto hatte er eine Tüte mit fünf ausgebleichten Baseballkappen in unterschiedlichen Farben und drei Jacken, die er so oft wie möglich wechselte. Gilman hatte seinen 1979er Toyota früher ein paarmal gesehen, deshalb hatte er sich einen Wagen von einem befreundeten Mechaniker ausgeliehen unter dem Vorwand, ein Auge auf ein Mädchen haben zu wollen, das ihn vielleicht betrog; der Freund hatte ihm, ohne Fragen zu stellen, den Schlüssel gegeben.

Die Beerdigung des Jungen fand am fünften Tag statt. Gilman verließ kein einziges Mal die Wohnung, und Ronald glaubte langsam, dass es vielleicht sinnlos war, dass seine verrückte Idee zu nichts führen würde.
Jeden Morgen ging er aus dem Haus und kam spätabends zurück, und jedes Mal lag Vincent zusammengerollt im Bett, genau so, wie er ihn verlassen hatte. Er versuchte, ihm Lieblingsspeisen zu verabreichen, aber Vincent aß drei Gabeln voll und legte sich dann wieder ins Bett; seit dem Wald hatte er vielleicht fünf Worte gesprochen. Ronald hatte in dem Supermarkt angerufen, wo Vincent Teilzeit arbeitete, und ihn krankgemeldet. Er würde wiederkommen, sobald es ging. Oder nie mehr, dachte er bei sich, als er die Gestalt unter der Bettdecke betrachtete.
Am sechsten Tag brachten sämtliche Zeitungen Artikel über die Beerdigung des Jungen. Ronald konnte nicht anders: Er kaufte jede Zeitung und schaute jeden Fernsehbericht an. Er las die Texte, er starrte auf die Bilder, und mit jedem Detail schnürte sich ein dickes Seil immer enger um seine Brust.
Gilman blieb zu Hause, schlief, rauchte, betrank sich vermutlich oder schaute Seifenopern.
Ronald wusste es nicht, und es war ihm auch egal – er wollte nur, dass er endlich rausging und sein verdammtes Geld abholte. Er schlief am Küchentisch ein – die *Seattle Times,* den *Seattle Post-Intelligencer,* den *Washington Star* und die *Elliot Bay News* ausgebreitet auf dem Tisch wie ein dünnes, nutzloses Kissen für einen Schlaf, der keinen Frieden und wenig Trost brachte.
Der siebte Tag begann mit so viel blauem Himmel wie vor einer Woche. Menschen sind darauf getrimmt, das Leben in wohldefinierten, abgepackten Portionen zu messen, und als Ronald die Augen aufschlug, war sein erster Gedanke, dass

sein Leben vor nur einer Woche noch eine gewöhnliche Mischung aus langweilig, okay und erbärmlich gewesen war und dass er jetzt alles tun würde, um es genauso wiederzubekommen. *Vor einer Woche.*

Er zog sich rasch an und machte Vincent ein paar Schinkenbrote, für den Fall, dass er während seiner Abwesenheit Hunger bekam. Er legte sie in der Brotzeitbox auf den Küchentisch, neben eine Tüte Cheetos und eine halbe Packung Oreo-Kekse, die er am liebsten mochte.

Er setzte sich zu Vincent auf das Bett.

»Hey, Vin.«

Der jüngere Mann schlug die Augen auf.

»Ich bin weg. Ich muss ein paar Sachen erledigen«, sagte Ronald.

»Es ist nicht sicher.«

»Es ist okay, ganz ehrlich. So weit, so gut. Ich hab dir in der Küche was zu essen hingelegt. Wie geht es dir heute?«

Vincent schloss die Augen.

»Okay. Gut«, sagte Ronald. »Du ruhst dich hier aus, und ich komme später wieder. Iss was, ja?«

Ronald stand auf und ging. Er schloss die Tür sanft und fühlte sich gleichzeitig schuldig und verärgert. Vincents Flüstern in dem leeren Haus hörte er nicht.

»Das ist nichts Persönliches. Es geht ums Geschäft.«

Er wusste es in dem Moment, in dem Gilman den Fuß vor die Tür setzte. Ronald hatte ausreichend Gelegenheit gehabt, mit den Launen des Mannes und seiner Haltung vertraut zu werden. Timothy Gilman warf einen Blick nach links und rechts, bevor er in seinen schwarzen Camaro stieg, und Ronald wusste instinktiv, dass er weder in den Supermarkt noch in seine Bar fuhr. Ronald hatte Angst. Ihn zu

verfolgen und dabei erwischt zu werden war der reine Selbstmord, umzudrehen und nach Hause zu fahren – das, dachte er, wäre nur eine andere Todesart. Langsamer vielleicht, aber kaum weniger schmerzhaft.
Gilman fuhr Richtung Osten. Fünf Autos hinter ihm; nassgeschwitzt und mit einer blassgrünen Baseballkappe auf dem Kopf folgte Ronald.
Ronald konnte nicht einmal das Radio ertragen: Er fixierte den Camaro, mit den Händen umklammerte er das Lenkrad. Wenn nur noch drei Autos zwischen ihnen waren, wurde er langsamer und ließ sich zurückfallen; wenn er Gilman länger als eine Minute nicht mehr sah, beschleunigte er, bis er das schwarze Auto wieder im Blick hatte. Es herrschte genügend Verkehr, um nicht aufzufallen, trotzdem konnte Ronald es sich nicht gestatten, auch nur eine Sekunde zu entspannen, während eine Ausfahrt auf die andere folgte – Gilman konnte jederzeit von der Interstate abfahren.
Schließlich war es so weit. Die Straße nach der Ausfahrt, kurz vor dem Olallie State Park, war auf beiden Seiten dicht bewaldet. Ronald fuhr, so langsam es ging, ohne Gilman aus den Augen zu verlieren.

Der Camaro bog links in einen schmalen Weg ein, und Ronald hatte keine andere Wahl, als weiterzufahren, sich ein wenig zusammenzukrümmen und beim Vorbeifahren kurz hinzugucken.
Mist. Er war stehengeblieben. Gilman war nur fünfzig Meter auf der unbefestigten Straße gefahren, und dort parkte ein weiteres Auto. Unter dem Blätterdach war es dunkel, so dass er kaum etwas erkennen konnte, aber eines war ganz sicher: Der schwarze Camaro hatte angehalten, und es stand noch ein weiteres Auto dort.

Ronald sah sich um: Die Homestead Valley Road war in beiden Richtungen leer. Er bremste so sanft wie möglich und fuhr rückwärts, bis er siebzig Meter von der Stelle entfernt war, wo der Weg abging. Er betete, dass ihn niemand sah, und machte eine Kehrtwendung, da er damit rechnete, dass derjenige, dem er folgen würde, nach der Übergabe wieder zurück auf die I-90 fuhr.
Ronald stieg vorsichtig aus dem Auto aus und verschwand im Wald. Im Schatten der Tannen war es kühler; er ging drei Meter hinein, dann lief er parallel zur Straße weiter, bis er auf derselben Höhe war wie der Weg, in den Gilman eingebogen war. Hinter einem Busch ging er in die Hocke. Hier war er vor Blicken geschützt, konnte aber die beiden Autos sehen und die zwei Männer, die sich unterhielten.
Ronald legte sich flach auf den staubigen Boden und schaute durch sein billiges Fernglas. Er hielt den Atem an. Da waren sie. Das andere Auto war ein mitternachtsblauer BMW, die Motorhaube war offen. Gute Idee, dachte Ronald; jeder, der vorbeifuhr, würde denken, es handele sich um eine Autopanne. Beide Männer standen mit dem Rücken zu ihm und schauten den Motor an; Gilman gestikulierte, der andere hörte zu.
Ronald atmete, und eine Staubwolke stob auf und senkte sich wieder. Ein kleiner Schwarm von Insekten hatte seine bloße Haut entdeckt und nutzte diese Chance weidlich. Es war ihm egal. Er hielt den Blick weiter auf die beiden Männer gerichtet, deren Gesichter er nicht sehen konnte, und in diesem Moment begriff er etwas. Dieser schreckliche Tag vor einer Woche war nicht so gelaufen, wie er erwartet hatte; aber er war auch nicht so gelaufen, wie Gilman erwartet hatte. Der Junge hatte an seiner Vorerkrankung sterben sollen; er sollte nicht aufwachen und sie sehen und es notwendig machen,

ihn umzubringen. Was erzählte Gilman dem Mann? Sagte er ihm die Wahrheit?

Unmöglich. Gilman war ein fieser Kerl, und er würde sich nicht zusätzlich in Schwierigkeiten bringen, wenn es nicht nötig war.

Ronald tat langsam alles weh. Die Männer wandten sich um, und einen Augenblick lang fürchtete er, dass alles umsonst gewesen war. Ein zufälliges Treffen mit jemandem, bei dessen BMW eine Sicherung durchgebrannt war.

Der andere Mann trug einen eleganten dunklen Anzug, und plötzlich sah Ronald ihn so deutlich, als würde er neben ihm stehen. Deutlich genug jedenfalls, um ihn zu erkennen, und als er eine Ledermappe aus dem Kofferraum holte und sie Gilman reichte, stockte Ronald der Atem. Alles war verloren, alles war aus. Sein mickriges kleines Fernglas konnte ihm nur eine Hölle zeigen, die keine Grenzen hatte. Es war schlimmer, als er sich je hätte vorstellen können.

Er senkte das Fernglas und stützte die Stirn auf das Handgelenk. Erst sprang der eine Motor an, dann der andere, und der Camaro und der BMW fuhren weg.

Benommen steuerte Ronald den Wagen zurück nach Seattle in einen schönen Septembernachmittag hinein. Er durfte sicher sein, dass seine Schwierigkeiten jetzt erst ihren Anfang nahmen.

46

Spencer rief sie auf ihrem Handy an, als Madison und Kelly gerade die Stadtgrenze überquerten: In Ronald Grays Wohnung war eingebrochen worden, alles wurde durchwühlt.

Als sie ankamen, stand der Hausmeister noch auf dem Treppenabsatz im vierten Stock und wartete darauf, dass der Schlüsselnotdienst Grays Wohnungstür fertig reparierte. Ein Streifenbeamter stand daneben.

»Was ist passiert?«, fragte Madison den Hausmeister.

»Ich bin vor einer Stunde rein, weil ich überprüfen wollte, ob bei ihm das Gas abgedreht war – da ist ein Hahn beim Herd, und ich wusste nicht mehr, ob ich ihn zugedreht hatte. Jedenfalls sah es dann so aus …« Er zeigte auf das Durcheinander, und Madison trat ein.

»Haben die Nachbarn irgendwas gehört?«, fragte sie den Polizeibeamten über die Schulter.

»Nein. Die meisten Leute hier auf dem Stockwerk sind noch in der Arbeit, nur die Frau nebenan ist wegen Grippe zu Hause geblieben, und sie sagt, sie hat den ganzen Tag nichts gehört.«

Die gesamte Wohnung war ausgeweidet worden, leise und systematisch ausgeweidet. Mit einer scharfen Klinge waren die Sofakissen, die Polster jedes Stuhls und die Matratze zerschreddert worden. Überall lag Füllmaterial herum, wie schmutziger Schnee. Jeder einzelne Gegenstand aus den Bücherregalen lag nun auf dem Boden. Die Küchenschränke standen offen und waren leer, den Inhalt hatte man in die Spüle geschüttet. An manchen Stellen waren die Bodendie-

len herausgerissen. Schubladen waren auf die aufgeschlitzte Matratze geleert worden.
»Wann waren Sie zuletzt hier?«, fragte Madison den Hausmeister, während sie noch die Zerstörung betrachtete.
»Gestern am frühen Nachmittag. Ich war mit dem Mann von der Versicherung da.«
»Und alles war normal?«
»Ja. Na ja, unheimlich wegen dem Mord, aber normal. Der Mann von der Versicherung wird wohl noch mal kommen müssen. Wir vermieten die Wohnungen nämlich komplett renoviert und möbliert.«
Madison nickte. Sie sah vor sich, wie Peter Conway sich ins Haus und in die Wohnung stahl, wie er lautlos suchte und zerstörte, bis alles, was von Ronald Grays Leben noch übrig war, in Scherben lag.
Suchen und zerstören. *Er will die Verbindung zu Gilman, danach hat er gesucht: nach dem Beweis, dass Gilman involviert war, diesem Beweis, der Quinn irgendwie in die Hände geraten war. Foley konnte er nicht erreichen, und so ist er hierher zurückgekehrt.*
Die kalte, wohlüberlegte Brutalität vor ihren Augen drang langsam in sie ein. Madison drehte sich um und ging. Conway wurde wütend: Sie hatten ihm einen seiner Männer weggenommen, Vincent Foley lebte noch, und er hatte immer noch nicht gefunden, wonach er suchte.
Der Himmel über ihnen war groß und purpurrot, als Madison und Kelly wieder ins Auto stiegen und ohne ein Wort aufs Revier fuhren.

Henry Sullivan, ausgeruht und mit einem Anwalt versehen, hatte sich an sein Schweigegelübde gehalten, und weder Spencer noch Dunne war es gelungen, ihn in irgendein Gespräch zu verwickeln. Ein paar Stunden zuvor hatte die Ballistik bestätigt, dass die Kugel, die Thomas Creed getötet hatte, nicht aus Sullivans Beretta stammte. Und so saß der Häftling in Buddha-gleicher Ruhe in seiner Zelle und wartete in aller Seelenruhe darauf, was das Justizsystem als Nächstes für ihn bereithielt.

47

Nathan Quinn hatte gewartet, bis seine Kanzlei im 9. Stock des Stern Tower ganz sicher leer war. Er brauchte ein paar Gesetzeskommentare, die er nicht zu Hause hatte, und für die wohlmeinende Freundlichkeit seiner Kollegen war er noch nicht bereit. Er fühlte sich zerrissen: als würden die Scharten in seinem Dasein immer tiefer und schärfer, während die Narben an seinem Körper gut verheilten. Die Aufnahmen von Harry Salingers Verletzungen kamen ihm immer wieder ins Bewusstsein. Das Werk von Cameron, seinem Blutsbruder. Machte es etwas aus, dass Salinger etwas viel, viel Schlimmeres getan hatte? Wie bemaß man solche Taten? Konnte man sie gegeneinander aufwiegen?

Quinn war in der Tiefgarage angekommen, er war zum ersten Mal selbst gefahren. Mit dem Aufzug gelangte er in den 9. Stock, winkte in die Kamera, dem Wachmann zu, der ihn von irgendwo im Gebäude aus beobachtete, und drehte den Schlüssel, um den Ort zu betreten, der all seine Schlachten und all seine Siege in den letzten zehn Jahren gesehen hatte. Er hatte auf Erleichterung gehofft, vielleicht auch nur auf den Trost der vertrauten Umgebung, aber nichts davon stellte sich ein. Die schicken Büros und das elegante Mobiliar erschienen ihm fremd, und er wusste nicht, ob er sich hier jemals wieder zu Hause fühlen konnte.

Quinn kochte sich Kaffee und trug Tasse und Untertasse in die Bibliothek. Er war damals so stolz gewesen, als Quinn Locke & Associates für die Welt eröffnet hatte. Er suchte in den Regalen nach den Büchern, die er brauchte. Als er sie gefunden hatte, legte er sie aufgeschlagen auf den massiven Tisch. Er fragte sich, was Rabbi Stien wohl davon halten würde, ob irgendwo in der Thora erklärt wurde, wie man das Gesetz wie Ton mit den Händen formen und dennoch seine Seele behalten konnte.

Quinn beschloss, die existenziellen Fragen erst einmal zur Seite zu legen und sich dem vorliegenden Problem zu widmen. Notwehr war schön und gut, wenn man einen Eindringling im eigenen Haus hatte, aber Cameron hatte sich mitten in einem Wald befunden.

Quinn hatte sich gerade in eine Einschätzung des Obersten Gerichtshofs vertieft. Er fuhr hoch, als jemand sachte an die Tür klopfte.

»Ich dachte, ich hätte mir nur eingebildet, dass du hier sitzt«, sagte der Mann. »Ehrlich, ich dachte, meine Phantasie spielt mir nach all den Wochen einen Streich.«

»Conrad.« Quinn stand auf.

Conrad Locke.

»Nathan.« Locke umarmte ihn. »Schön, dich zu sehen – wirklich.«

»Danke für die Karte, die du mir ins Krankenhaus geschickt hast, für deine Unterstützung, deine freundlichen Worte.«

»Ach was. Wir haben deinen Wunsch respektiert, keine Besucher zu empfangen. Das Mindeste, was wir tun konnten, war, dir zu schreiben.«

Locke war fast siebzig Jahre alt. Er trug sein Alter entspannt und mit Würde. Seine Haare waren komplett weiß, und um die Augen waren mehr Falten, aber er war derselbe Mann, der Quinn schon als kleinen Jungen gekannt hatte, der am Tag von Davids Beerdigung neben ihm gestanden hatte, ohne sich in irgendwelchen Plattitüden zu verlieren.

»Lass mich dich mal ansehen«, sagte Locke, die Hände auf den Schultern des größeren Mannes. Quinn wandte den Blick nicht ab; die Augen des Älteren funkelten voller Zuneigung.

»Und jetzt klemmst du dich hinter die Bücher wegen John«, sagte Locke. »Was gibt es denn Neues?«

»Morgen ist die Anhörung mit Richterin Martin. Die ganze Sache wurden wegen Salingers Unzurechnungsfähigkeit, dem Schuldeingeständnis und dem Angriff im KCJC beschleunigt.«

»Wie wasserdicht ist deine Argumentation?«

»Schwer zu sagen.«

»Wenn es einen Menschen auf diesem Planeten gibt, der ihn da rausholen kann, dann bist du das.«

»Danke.«

»Ich gehe einmal davon aus, dass es dazu kommt. Und dann?« Locke war ein phänomenaler Prozessanwalt gewesen; vor den Geschworenen konnte er Wasser in Wein verwandeln und sie davon überzeugen, dass es von vornherein Wein gewesen war.

»John bleibt bei mir, bis alles geregelt ist«, antwortete Quinn.

»Gut. Das ist gut. Nathan, ich habe dir in all diesen Jahren nie einen Rat gegeben, und ich fange auch jetzt nicht damit an. Aber mit Richterin Claire Martin durftest du dich ja schon mehrfach auseinandersetzen, und da würde ich sagen:

Mach es möglichst einfach. Finde den Kern deiner Argumentation und zieh es durch. Mach eine unausweichliche Wahrheit daraus. Scott Newton ist ein solider Staatsanwalt, aber er kann nicht beweisen, was an diesem Flussufer passiert ist.«

Wenn jemand die Bilder sieht, wird er nicht viel beweisen müssen, dachte Quinn, aber er nickte. »Ich werde das berücksichtigen. Richterin Martin ist ziemlich unberechenbar – ich will nicht unvorbereitet sein.«

»Unsinn«, sagte Locke und wandte sich zum Gehen.

»Warum bist du so spät noch hier?«, fragte Quinn.

»Ich habe Theaterkarten auf dem Schreibtisch liegengelassen. Morgen bin ich draußen auf dem Anwesen, und ich wollte nicht extra noch mal herfahren müssen.«

Auf der Ranch. Quinn lächelte. »Grüß Grace von mir.«

»Mach ich.«

Quinn hörte, wie sich Conrad Lockes Schritte im Gang entfernten und wie der Lift nach unten fuhr. Er dachte über Einfachheit nach und über Lockes Plädoyers, die er bei Gericht gehört hatte. Dann nahm er jedes einzelne Buch und stellte es wieder zurück ins Regal. Er wusste, was er wusste, Punkt. Der Fall würde nicht mit so etwas Prosaischem wie einem Präzedenzfall gelöst werden.

Nathan Quinn fuhr nach Hause und schenkte sich ein Glas Bourbon ein. Morgen Abend würde er einen mit John trinken.

48

Madison kam mit drei Tüten von Trader Joe's nach Hause. Das Telefon klingelte, als sie durch die Tür ging.

»Hey«, sagte Rachel.

»Hey.« Madison lächelte.

»Soll ich dir was Lustiges erzählen?«

»Klar.«

»Neal und Tommy schlafen, und ich surfe durchs Internet – ich wollte was über die neuesten Entwicklungen in der Welt der Psychologie lesen …«

»Genau, anders ausgedrückt: Katzenyoga.«

»Stimmt. Wusstest du …«

Madison machte ein Bier auf und packte ihre Einkäufe aus, während sie Rachels beruhigender Stimme lauschte. Später wusste sie nicht mehr genau, worüber sie gesprochen hatten, nur dass es sie nach einem harten Tag entspannt hatte. Rachel schaffte das immer. Und Madison fehlte Tommy, ihr fehlte es, Teil des Lebens eines sechsjährigen Jungen zu sein. Bald war er sieben, und sie wollte da sein, wenn er den Kuchen bekam und sie für ihn sangen. Madison hatte auch schon für ihn gesungen; sie hatte ihm im Wald »Blackbird« vorgesungen, in der Nacht, in der sie dachte, er würde sterben. Sie war sich nicht sicher gewesen, ob sie ihm jemals wieder etwas vorsingen könnte.

Sie briet sich eine Hühnerbrust mit etwas Knoblauch und zerdrückten Chilis an und aß sie auf dem Sofa, die Füße auf dem Couchtisch. Dazu schaute sie *Der Glückspilz* auf DVD. Sie war laufen gegangen, das hatte zumindest ein bisschen geholfen. Doch solange ihr Gehirn noch denken konnte,

flossen alle Gedanken in eine Richtung. Was wusste sie heute, das sie gestern noch nicht gewusst hatte? Nun ja, zum einen, dass Jerome McMullen ein ziemlich gruseliger Typ war. Er würde es zweifellos schaffen, sich durch den Bewährungsausschuss und hinaus auf die andere Seite zu schwafeln. Und Conway wurde zappelig, nach der Verwüstung in Ronald Grays Wohnung zu urteilen.
Madison trank einen Schluck Bier. Timothy Gilman hatte Glück gehabt, dass er nur in eine Bärenfalle gestürzt war: Ob er gefallen war oder gestoßen wurde, laut Autopsiebericht war er jedenfalls sofort tot. Gott weiß, was Conway für ihn auf Lager gehabt hätte, wäre er heute noch am Leben; damals aber war Conway auf der anderen Seite des Landes und viel zu jung gewesen.
Madison schloss die Augen, und da war sie: die Vorstellung, dass ein Jugendlicher sich Gilman hätte vornehmen und eine Bärenfalle als Waffe gegen einen Mann hätte verwenden können, der größer, stärker und unendlich gefährlicher war. Ein Junge. Ein junger Mann, der zuvor noch nie etwas Bemerkenswertes getan hatte oder mit dem Gesetz in Konflikt geraten war.
Madison stand zu rasch auf, und ihr wurde leicht schwindelig – vielleicht lag es aber auch an dem Gedanken, an dem plötzlichen Begreifen. Es ging nicht um den Ablauf, es ging ihr nicht um die genaue Vorgehensweise. Es waren dunkle Formen, die sich verschoben und veränderten und sich zusammenfügten, um schließlich etwas zu bilden, das so groß war, dass sie es sich kaum vorstellen konnte.
Madison ging ihre Notizen auf dem Tisch durch. Da war es: Gilman war zuletzt in einer Bar in seiner Wohngegend lebend gesehen worden. Madison kannte das Datum bereits; sie hatte im letzten Dezember tagelang auf dieses Datum

gestarrt, als John Cameron der Hauptverdächtige im Mordfall James Sinclair und Familie war. Es war das Datum von Camerons Festnahme wegen einer Trunkenheitsfahrt. Ein Foto von ihm war dabei: Ein düsterer junger Mann mit längeren Haaren in einer Lammfelljacke. Lange war das die einzige Grundlage für sie gewesen, um sich vorzustellen, wie Cameron aussah, und jetzt fiel ihr wieder ein, was sie damals gedacht hatte: Er sah nicht betrunken aus, er sah ernst aus – todernst.

Konnte ein Junge so etwas tun? Die Fragen stellten sich schneller ein als die Antworten. Dieser Junge in der Lammfelljacke, was hatte er getan? Was in Gottes Namen hatte er getan? Nein, nicht in Gottes Namen, sondern im Namen eines Kindes, das nie seinen vierzehnten Geburtstag erleben durfte.

Madison sah auf die Uhr, es war zu spät für einen Besuch. Die Bar, in der Gilman sich in seiner letzten Nacht betrunken hatte, gab es nicht mehr; aber der Barkeeper lebte noch. Woran er sich nach zwanzig Jahren vielleicht noch erinnerte, konnte Madison erst am nächsten Morgen herausfinden, und der Morgen schien sehr weit entfernt zu sein.

Sie zwang sich, ins Bett zu gehen, und wünschte sich den Schlaf herbei – eine Decke aus Nichts, die die Fragen wenigstens eine Weile abhalten würde.

49

Madison marschierte um sieben Uhr morgens in den Dienstraum und suchte sich heraus, was sie brauchte. Sie las die Akte Gilman und fand, was sie erwartet hatte; eine schnelle Suche im Internet bestätigte ihren Verdacht. Als sie eine Stunde später aufbrach, war es immer noch früh, aber um diese Zeit konnte sie problemlos ihren einzigen Zeugen anrufen und ihn zu einem Kaffee einladen.

Der Barkeeper arbeitete schon viele Jahre nicht mehr als Barkeeper. Morris Becker war dreiundfünfzig Jahre alt und führte eine eigene Sandwichbar auf Mercer Island. Der Kaffee gehe auf ihn, sagte er.

Madison fuhr im heftigen Regen zu der Adresse, die er ihr genannt hatte, und sie setzten sich an einen Tisch am Fenster. Die Scheibe war schon beschlagen.

»Ich dachte mir schon, dass früher oder später jemand auftaucht«, sagte Morris Becker. »Nachdem ich diesen Namen in den Nachrichten gehört habe, nach dem Appell.«

»Warum dachten Sie das?«, fragte Madison.

»Soweit ich weiß, wurde niemals jemand wegen des Mordes an ihm angeklagt. Irgendjemand musste einfach dieselben Fragen noch einmal stellen.«

»Sie glauben, es war Mord?«

»Sie haben den Mann nie persönlich kennengelernt, oder? Nein, Sie waren zu jung, um schon bei der Polizei zu sein, aber er war der Typ, der nach Schwierigkeiten sucht und sie einem an die Tür liefert. Ob Sie es wollen oder nicht, ob Sie bereit sind oder nicht. Klar, es hat mir leidgetan, dass er einen solchen Tod sterben musste, aber war ich überrascht? Eigentlich nicht.«

»Sie scheinen sich sehr genau daran zu erinnern, obwohl das alles zwanzig Jahre her ist.«

»Es war das Aufregendste, was in diesem Dreckloch je passiert ist. Ich war ja nicht undankbar für diesen Job, aber ich war froh, als es weiterging.«

»Ich verstehe. Meine Fragen haben hauptsächlich mit den Zeugenaussagen von damals zu tun.« Madison war die Aussagen auf dem Revier durchgegangen, und sie wusste, was sie *nicht* gefunden hatte. Es war nicht mehr als eine Ahnung. »Ich habe die Aussage eines Jugendlichen nicht gefunden – dunkle Haare, noch keine zwanzig, Lammfelljacke. Erinnern Sie sich an ihn?«

Der Mann blinzelte zwei Mal. »Ich sage Ihnen, was ich dem anderen Typen gesagt habe: Der Junge war ein paar Wochen vor diesem Abend ständig in der Bar und dann gar nicht mehr. Ich habe ihn nie wieder gesehen. Seine Aussage wurde nicht aufgenommen, weil ich keine Ahnung hatte, wo er war, er war einfach nur ein Jugendlicher mit einem gefälschten Ausweis. Es ist ja nicht so, dass ich das nicht öfter gehabt hätte.«

Madison hakte nach: »Welchem anderen Typen?«

»Ein paar Wochen nachdem Gilmans Leiche gefunden wurde, kommt so ein Typ in die Bar und stellt mir dieselben Fragen wie Sie, und ich habe ihm dieselben Antworten gegeben.«

»Wie sah der Mann aus?«

»Groß, dunkle Haare, Anzug und Krawatte. Anwalt, würde ich sagen, und bei so was irre ich mich nur selten.«

Madison nickte, und irgendwie brachte sie ein kleines Lächeln zustande. »Ich habe ein paar Bilder dabei, könnten Sie vielleicht mal einen Blick darauf werfen? Ob Ihnen jemand bekannt vorkommt?«

»Bilder von dem Typen? Ich bin ganz gut mit Gesichtern, aber den habe ich nur das eine Mal gesehen.«
»Nein, nicht von dem Typen. Von dem Jungen.«
»Klar. Zeigen Sie her.«
Madison nahm einen braunen Umschlag aus ihrem Rucksack und legte zehn Fotos auf den Tisch. Sie hatte einige Zeit damit verbracht, die richtigen Bilder auszusuchen und auszudrucken: Die jungen Männer waren alle ungefähr gleich alt, und die Bilder waren um dieselbe Zeit aufgenommen worden.
Morris Becker beugte sich vor und betrachtete die Gesichter. »Der da«, sagte er.
»Sind Sie sicher?«
»Keine Frage. Er trägt sogar dieselbe Jacke wie in der Bar.«
»Sie sind sich wirklich völlig sicher?«
»Detective, ich kann Ihnen sogar noch von dieser Sache mit der Hand erzählen.«
»Welche Sache mit der Hand?«
»Immer wenn er in der Bar war, steckte er seine rechte Hand in die Tasche. Ich dachte, er hätte irgendein Problem damit. Zwanzig Jahre später weiß ich immer noch, was alle getrunken haben, und er hat Bier oder Kaffee mit Bourbon getrunken.«
Mit dem Finger tippte er auf das Bild von John Cameron.

Madison wollte jetzt einfach nur irgendwo sein und nichts Besonderes machen. Sie musste denken können wie früher, als sie klein war und im Auto ihres Großvaters auf dem Rücksitz saß und die Landschaft vorbeiziehen sah. Ihre Gedanken zogen genauso vorbei.
Sie fuhr zu Pier 52 und an Bord der Fähre zu Bainbridge Island. Den Honda ließ sie auf dem Autodeck stehen und

suchte sich einen Platz am Fenster. Die Rückfahrt dauerte eine Stunde und zehn Minuten, nicht so viel Zeit, wie sie brauchte, aber mehr hatte sie nicht.
Sie streckte die Beine unter dem Tisch aus, der dampfende Kaffee stand vor ihr. Sie hatte das Gefühl, von einem Felsbrocken getroffen worden zu sein. Sie langte nach ihrem Handy und wollte fast schon Brown anrufen, doch sie hielt inne. Sie konnte ihn da nicht mit hineinziehen; das konnte nur sie allein wissen und entscheiden.
Nun hatte sie die Antworten, die Nathan Quinn ihr verweigert hatte: warum er seiner Quelle vertraute und warum er ihr nicht erzählen wollte, wie er die Wahrheit über Gilman herausgefunden hatte.
Doch es waren mehr Antworten, als ihr Fragen eingefallen wären. Sie fragte sich, in was für einer Welt John Cameron und Nathan Quinn in den vergangenen fünfundzwanzig Jahren gelebt hatten, was der wahre Preis dieser Gerechtigkeit war, die mit einer Tötungsfalle, die ein Junge ausgehoben hatte, erkauft worden war.
Es hatte nicht aufgehört zu regnen, als die Fähre ablegte. Wasser über und unter ihr, und Madison dazwischen. Sie traf eine Entscheidung, die das Leben aller verändern konnte, die damit zu tun hatten, und die sie für immer als Polizeibeamtin und als Mensch definieren sollte.

50

Die Anhörung war nicht öffentlich, was niemanden überraschte nach dem makabren Interesse, das der Fall in den Medien erzeugt hatte.

John Cameron war zuvor im Gerichtsgebäude angekommen und hatte sich die Sachen angezogen, die Nathan Quinn ihm mitgebracht hatte. Er fühlte sich wohl in der schwarzen Hose und dem schwarzen Rollkragenpullover, und das war gleichzeitig gut und schlecht: gut, denn wenn er in den Spiegel schaute, sah er einen freien Mann, der keinen KCJC-Overall mehr trug, einen Mann, der tun und lassen konnte, was er wollte; schlecht, weil er nicht die Absicht hatte, den Overall jemals wieder anzuziehen, und er würde – sollte Nathan scheitern – zu extremen Maßnahmen greifen müssen, um das sicherzustellen.

John Cameron war ein umsichtiger Mensch, und er hatte nicht nur ein Haus in Seattle, von dem nicht einmal Quinn etwas wusste, sondern er hatte vier Pakete an unterschiedlichen Orten im County vorbereitet, die alles enthielten, was für eine schnelle Reise in sicherere Gefilde und eine dauerhafte Flucht aus Seattle notwendig war.

Cameron sah sich im Warteraum um: So wenige Türen und bewaffnete Personen waren seit Wochen nicht zwischen ihm und der Freiheit gewesen. Im Gerichtssaal würden es sogar noch weniger sein. Er selbst war nicht bewaffnet, aber das war kein Problem: Sobald er sich einmal für ein bestimmtes Vorgehen entschieden hatte, konnte ihn kaum etwas aufhalten.

Nathan Quinn hatte kaum geschlafen. Er spürte Camerons rastlose Energie, als könne er ihn sehen, und er wusste, dass er nur diese eine Chance hatte. Wenn es nicht funktionierte – Quinn durfte gar nicht an die Folgen denken.

Conrad Locke hatte ihm zu Einfachheit geraten. Er hatte Quinn nahegelegt, eine einzige, unumstößliche Wahrheit zu finden und damit die Argumentation der Staatsanwaltschaft zu kippen.

Im Herzen wusste er, dass er sie gefunden hatte. Es war dieselbe Wahrheit, die er vor zwanzig Jahren gefunden hatte. Heute würde Richterin Claire Martin entscheiden, ob er recht gehabt hatte.

Die Tür an der Seite ging auf, und John Cameron wurde in den Gerichtssaal geführt. Er stellte sich neben Quinn, als wäre es der selbstverständlichste Ort für ihn.

»Erheben Sie sich«, verkündete der Gerichtsdiener.

Richterin Martin nahm ihren Platz ein. Sie hatte die Haare wie üblich zu einem Knoten hochgesteckt, und ihre Bifokalbrille saß ihr auf der Nasenspitze. Unter der Robe trug sie immer einen Seidenschal von Hermès, ihre Entscheidungen wurden nie, niemals verworfen, und jeder Anwalt, der sie unterschätzte, tat dies auf eigene Gefahr.

Richterin Martin sah sich um. »Mr. Newton«, sagte sie.

Newton nickte. »Frau Vorsitzende.«

»Mr. Quinn.«

»Frau Vorsitzende.«

»Wir sind hier, um uns über Mr. Camerons Kaution zu unterhalten, meine Herren.«

»Frau Vorsitzende?«, sagte Quinn.

»Nur zu, Herr Anwalt.«

»In Anbetracht der neuen Umstände, der jüngsten Ereignisse und des derzeitigen Stands der Argumentation der Verteidigung möchte ich beantragen, sämtliche Vorwürfe gegen meinen Mandanten sofort fallenzulassen.«

»Was …« Newton sprang auf.

»Immer mit der Ruhe, Mr. Newton. Sie haben das durchdacht, Mr. Quinn? Sie wissen, wie sehr ich absichtliche Zeitverschwendung vor Gericht hasse.«

»O ja, Frau Vorsitzende.«

Die Richterin seufzte und stand auf. »Gehen wir in mein Zimmer.«

Quinn wandte sich Cameron zu. »Wir sehen uns in ein paar Minuten.«

Cameron betrachtete seinen Freund mit seinen bernsteinfarbenen Augen.

»Womit haben wir es zu tun, Herr Anwalt?« Richterin Martin setzte sich an ihren Schreibtisch.

»Die Vorwürfe gegen meinen Mandanten sind fadenscheinig. Die Staatsanwaltschaft hat nicht einmal den Ansatz einer Anklage, und die fortdauernde Inhaftierung von Mr. Cameron hat zu einem Angriff auf sein Leben geführt.«

»Eins nach dem anderen. Ihr Mandant wurde wegen Mordversuchs angeklagt, daher wurde eine Entlassung auf Kaution verweigert. Was sind die neuen Umstände?«

»Frau Vorsitzende, die Staatsanwaltschaft hat keine Grundlage für eine Anklage wegen Mordversuchs. Sie haben auch keine Grundlage für eine Anklage wegen Körperverletzung oder fahrlässiger Gefährdung, nicht einmal weil er bei Rot über die Straße gegangen wäre. Sie kann ihm keinen Vorsatz nachweisen, und es gibt keine Waffe.«

»Mr. Newton, wo ist Ihre tödliche Waffe?«

Scott Newton hatte in seinem Beruf schon einige Schmach erlebt, aber als er an diesem Morgen das Gerichtsgebäude betreten hatte, wusste er, dass dieser Tag die Krönung sein würde.

»Wir haben keine, Frau Vorsitzende.«

»Sie haben seit Dezember gesucht, Herr Anwalt.«

»Das ist mir bewusst, Frau Vorsitzende.«

»Wie, bitte schön, soll der Angeklagte denn seinen Mordversuch ausgeführt haben, Mr. Newton?«

»Das wissen wir noch nicht.«

»Das bekomme ich heute aus Ihrer Ecke anscheinend häufig zu hören, Scott. Was ist mit dem Vorsatz?« Die Richterin wandte sich an Quinn, und er hoffte, dass sie die Bilder von Salingers Verletzungen nicht gesehen hatte.

»Die erlittenen Verletzungen waren scheußlich, aber sie standen im Einklang mit dem Versuch, einen Mann zu bändigen, der gerade vier Morde und die Entführung und den Mord an einem kleinen Jungen gestanden hatte. Harry Salinger wurde vor kurzem für unzurechnungsfähig erklärt und hat sich in all diesen Fällen schuldig bekannt. Damals hatte er die Verbrechen in Anwesenheit meines Mandanten sowie von Detective Madison und mir selbst gestanden. Mein Mandant versuchte lediglich, diesen Mann aufzuhalten, bevor er fliehen konnte, und in Anbetracht des eindeutig nachgewiesenen gewaltsamen und irrationalen Charakters von Mr. Salinger musste er dabei um sein eigenes Leben kämpfen.

»Sie bezeichnen das etwa als ›Aufhalten‹?«, fragte Newton mit brüchiger Stimme.

»Mein Mandant hat darauf gewartet, dass die Polizei kam, und er hat sich sofort gestellt. Er hat keine Vorstrafen und war während der Untersuchungshaft ein vorbildlicher Gefangener. Mr. Salinger war bereits wegen Körperverletzung verurteilt und hat nie abgestritten, was gegen ihn vorgebracht wurde. Er ist ein gefährlicher Mensch, und hätte mein Mandant ihn nicht aufgehalten, wir wissen nicht, was er außerdem noch für Greueltaten verübt hätte.«

»Mr. Newton, wo sind Ihre Argumente?«, fragte die Richterin.

»Frau Vorsitzende, haben Sie die Liste der Verletzungen gesehen, die Mr. Salinger erlitten hat?«

John Cameron saß am Tisch der Verteidigung. Am Seiteneingang standen zwei Wachleute, einer an der Tür zum Gang. Der Gerichtsschreiber sah immer wieder verstohlen zu ihm hin, dann senkte er rasch den Blick.

Alles, was diese Leute heute falsch gemacht haben, dachte er, war, aufzuwachen und in die Arbeit zu gehen.

»Ich habe die Bilder gesehen, Mr. Newton. Worauf wollen Sie hinaus?«, fragte Richterin Martin.

»Es wurde extreme Gewalt angewendet, die nicht gerechtfertigt war durch …«

»Es war Notwehr«, unterbrach ihn Quinn. »Wurde denn überhaupt irgendeine Waffe bei meinem Mandanten gefunden?«

»Nein.«

»Wurde irgendeine andere Waffe am Tatort gefunden?«, fragte die Richterin Newton.

Newton seufzte. »Eine Schusswaffe mit Mr. Salingers Fingerabdrücken wurde vor Ort gefunden.« Es tat fast zu weh, weiterzusprechen. »Und ein Jagdmesser mit Mr. Salingers Fingerabdrücken wurde ebenfalls nicht weit davon entdeckt.«

Quinn wandte sich an die Richterin. »Detective Madison hat ausgesagt, dass Salingers Hemd Flecken aufwies, die aussahen wie Blut – das Blut des kleinen Jungen, der entführt worden war. Und alle Waffen am Tatort gehörten Mr. Salinger. Was glauben Sie denn, wie die Geistesverfassung meines Mandanten zu diesem Zeitpunkt war? Er hat versucht, einen Mörder am Weglaufen zu hindern, und musste schließlich um sein Leben kämpfen. Das war der einzige Vorsatz.«

»Was sagt Mr. Salinger zu alldem, falls er überhaupt etwas sagt?«, fragte Richterin Martin Newton.

»Er sagt, er hätte überhaupt keinen Kampf angefangen.«

Quinn hatte die Aussagen gelesen. »Was noch, Scott?«, fragte er.

»Und, bitte?« Der Richterin würde gleich der extrem gespannte Geduldsfaden reißen.

»Mr. Salinger sagt aus, dass er erst angefangen hat, mit Mr. Cameron zu kämpfen, als er begriff, dass Mr. Cameron gar nicht vorhatte, ihn zu töten. Wie er nämlich gehofft hatte.«

»Er hat ihn angegriffen, damit Mr. Cameron ihn bei dem anschließenden Kampf umbringt?«

Der Staatsanwalt nickte.

Richterin Martin schaute von einem zum anderen. Sie ärgerte sich über ein reichliches Dutzend unterschiedlicher Dinge bei diesem Fall, und nichts war schlimmer für sie als das Gefühl, dass der Gerechtigkeit in ihrem Gericht nicht in vollem Umfang Genüge getan wurde.

»Geben Sie mir etwas, Mr. Newton. Sofort. Ich bitte Sie«, sagte sie. »Irgendetwas.«

Die Zeit dehnte sich unendlich.

John Cameron wartete auf seinem Platz. Er wartete, weil der Wunsch, aus diesen Mauern herauszukommen, gegen sein Vertrauen in Quinn stand. Der nächste Schritt war irreversibel, sobald er getan war.

Die Tür ging auf, und die Richterin und die Anwälte kehrten zu ihren Plätzen zurück. Quinn sah ausdruckslos und aschfahl aus, aber Scott Newton nicht minder.

Quinn wandte sich Cameron zu und nickte.

»Die Klage ist abgewiesen, und Mr. Cameron kann gehen, Mr. Newton«, sagte Richterin Martin. »Kein großer Tag für die Staatsanwaltschaft von King County, würde ich sagen. Dieser Fall hätte mit dem, was Sie in der Hand haben, nie so weit kommen dürfen. Und was Sie nicht in der Hand hatten, hätte mittlerweile gefunden werden müssen. Mr. Quinn?«

»Frau Vorsitzende.«

»Ich würde Ihnen ja dazu gratulieren, dass Sie den Fall gewonnen haben, aber Sie haben ihn nicht gewonnen – die anderen haben ihn verloren. Von Anfang bis Ende herrschte hier Durcheinander, und Sie sind heute einfach mal aufgetaucht und haben mir alles darüber erzählt. Aber ich will Ihnen dazu gratulieren, dass Sie noch am Leben sind. Mehr bekommen Sie heute nicht von mir.« Richterin Martin erhob sich zum Gehen. »Mr. Cameron, ich weiß nicht so recht, was ich zu Ihnen sagen soll, außer dass ich hoffe, Sie nie wieder in meinem Gerichtssaal wiederzusehen.«

Sie verließen das Gerichtsgebäude und gingen direkt in die Tiefgarage, wo Quinn parkte. Keiner von beiden sagte ein Wort.

Als sie an der Ampel an der 5th Avenue hielten, öffnete Cameron das Fenster und streckte die Hand hinaus in den eiskalten Regen, der stechend auf seine Haut traf und unglaublich angenehm war.

51

Der stellvertretende Direktor Will Thomas legte das Mobilteil wieder auf die Ladestation. Der Anruf war von der Abteilung Gefangenentransport gekommen, die wiederum vom Gericht in Seattle die Mitteilung erhalten hatte, dass der Transporter ohne den Gefangenen zurückkehren würde und sie heute Nacht eine leere Zelle mehr hätten. Die Papiere würden nachgeschickt.

Will Thomas lehnte sich zurück und schloss die Augen. Er war kein Mensch, der es sich im Leben immer einfach machen wollte, der nur auf den Gehaltszettel samt Krankenversicherung und freien Wochenenden aus war, aber Herrgott, was war er froh, diesen Mann los zu sein.

Die Polizistin hatte recht gehabt: Sie hatten ihn nicht festgenommen, sie hatten ihn nicht geschnappt, er war einfach bei ihnen geblieben, solange es ihm gefiel. Und jetzt war er weg, genau wie dieses infernalische Getrommel. Selbst die Gewalttaten würden in ein paar Tagen auf das normale Maß zurückgehen.

Dankedankedanke, flüsterte er der Gottheit zu, die über die Gefängnisse und ihre geplagte Belegschaft wachte. Er drückte auf seinen Kugelschreiber und machte sich daran, einige Bestellungen abzuzeichnen.

Officer B. Miller wartete, bis die Metalltür von Trakt 7 aufgegangen war, und ging hindurch. Die Neuigkeiten waren quasi mit Lichtgeschwindigkeit übermittelt worden. Seine frühmorgendlichen Spaziergänge mit dem Insassen von Zelle D-37 waren vorüber.

Die Tür zu Camerons ehemaliger Zelle war verschlossen; niemand hatte sie seither betreten. Er hatte das Bett abgezogen, seine Toilettenartikel in einem kleinen Abfalleimer entsorgt, und nirgendwo waren persönliche Gegenstände zu sehen. Der Scheißkerl hatte gewusst, dass er nicht zurückkommen würde. Und eine Stimme, die Miller gar nicht mochte, flüsterte ihm ins Ohr: *So oder so.*

Manny Oretremos wartete in seiner Zelle, bis er wusste, dass er ein paar Minuten allein sein würde, ohne dass ein Wachmann vorbeiging und durch die Gitterstäbe nach ihm sah. So wie die Dinge lagen, war es in dem Moment mit seinem Leben vorbei gewesen, als er seine Ampulle mit Bleiche nicht nach John Cameron geworfen hatte. Es war nur eine Frage der Zeit, wann ihn sein Schicksal einholen würde. Und er hatte genug. Genug von allem und jedem. Vor allem ertrug er die permanente Angst nicht mehr, die Angst, die seit Jahren an ihm nagte und seine Nerven blankliegen ließ. Er saß in Einzelhaft, und was er vorhatte, war nicht einfach. Wenn er noch irgendwo einen kleinen Rest Entschlossenheit hatte, dann war jetzt der Zeitpunkt, ihn zu suchen.
Er betete zur Jungfrau Maria und bat um Vergebung für seine Sünden.
Zwölf Minuten später fand ihn ein Wachmann auf dem Boden: Er hatte sich Toilettenpapier in die Nasenlöcher gestopft und die dünne Decke auf seiner Pritsche in den Mund bis in den Hals hinunter. Die Sanitäter versuchten ihn wiederzubeleben, aber er wurde noch vor Ort für tot erklärt. Sie informierten den stellvertretenden Leiter über die Situation. Die Papiere würden nachgeschickt.

52

Madison ging an ihrem Schreibtisch ein paar Nachrichten durch und pickte die von Dr. Takemoto heraus. Sie rief sie zurück.

»Ich wollte Ihnen nur sagen, dass ich Ihnen Notizen über die erste Sitzung mit Vincent gemailt habe und dass ich ihn, wenn alles gutgeht, voraussichtlich morgen wieder besuche«, sagte die Ärztin.

»Danke.«

»Auch wenn er nicht da ist, Ronald ist doch sehr präsent in seinem Leben. Vincents Gedanken drehen sich definitiv um seinen Bruder.«

Nach dem Telefonat las Madison alles, was Vincent zu der Ärztin gesagt hatte. Die Wörter schienen ihr eigenes Leben zu haben, in einem Zwischenraum zwischen der Wirklichkeit und Vincents ureigenster Welt.

Lieutenant Fynn kam aus seinem Büro und verkündete für alle hörbar: »Richterin Claire Martin hat gerade die Klage gegen John Cameron abgewiesen. Er ist draußen.« Es war eine Feststellung, und sie konnten damit anfangen, was sie wollten.

Madison spürte Kellys Blick in ihrem Rücken. Allen war klar, dass sie in dem Fall ausgesagt hatte. Sie hatte damals angegeben, dass sie sich nicht erinnerte, das Messer, das Cameron angeblich verwendet hatte, oder eine andere Waffe in seiner Hand gesehen zu haben.

Zu diesem Zeitpunkt, halb verrückt vor Kummer und Wut, war sie sich nicht sicher gewesen, was sie gesehen hatte, und sie hatte in ihrer Aussage nicht gelogen. War im Licht der

Fackeln Metall aufgeblitzt? Wahrscheinlich. Glaubte sie, dass Cameron ein Messer bei sich trug? Auf jeden Fall. Wollte sie unter Eid beides beschwören? Nein, das wollte sie nicht.

Da war eine tiefere Wahrheit, der sie sich genauso gut stellen konnte, denn sie war unumstößlich: Madison würde nie einen Meineid schwören. Deshalb hatte sie Cameron in der Nacht damals gebeten, kein Wort zu ihr zu sagen, bevor die Polizei kam; gleichzeitig fand sie es unmöglich, Cameron seine Freiheit zu missgönnen. Sie hatte es am eigenen Leib erlebt, wie es war, wenn Harry Salinger einen zu seinem persönlichen Projekt machte. Wenn die Staatsanwaltschaft es nicht geschafft hatte, eine Anklage zu erwirken, dann war sie darüber nicht unglücklich. *Nicht unglücklich* bedeutete nicht *glücklich,* es war, was es war.

Cameron war draußen, und Quinn konnte erleichtert durchatmen. Zumindest bis sein Lieblingsmandant wieder tätig wurde.

Ihr Handy vibrierte. Es war Amy Sorensen.

»Ich dachte, ich bringe Ihnen mal gute Nachrichten«, sagte die Kriminaltechnikerin. »Spencer weiß es schon.«

»Was gibt es?«

»Wir haben eine DNA-Übereinstimmung zwischen Mr. Sullivan und einem Haar auf der Tüte über Warren Lees Kopf.«

»Das sind hervorragende Neuigkeiten.«

»Spencer sagt, der Mann redet nicht. Vielleicht motiviert ihn das ein wenig.«

»Danke, Amy.«

»Noch etwas. Auf dem Ausriss aus dem Jahrbuch waren Fingerabdrücke.«

»Auf dem Bild von David Quinn?«

»Ja. Wir haben einen Daumenabdruck, der zu einem gewissen Timothy Gilman gehört, und der Zeigefinger auf der Rückseite wurde Ronald Gray zugeordnet.«
»Sehr gut. Noch etwas?«
Sie hörte ein Zögern in Sorensens Stimme. »Da ist ein Schmierer.«
»Wie groß? Was für ein Schmierer?«
»Es sind mehrere Schichten von mehr als einem Abdruck. Das Originalpapier ist klein. Wenn es mehr als eine Person in der Hand hatte, ist es sehr wahrscheinlich, dass sich ihre Fingerabdrücke an den meisten Stellen überlagerten. Deshalb ist es schon ein verdammt großes Glück, dass wir einen von Gilman und einen von Gray identifizieren konnten.«
»Amy, irgendwo in diesem Schmierer könnte der Abdruck des Mannes sein, der das Jahrbuchfoto für Gilman fotokopiert hat.«
»Sie bitten mich, vielleicht vier oder fünf sich überlagernde Fingerabdrücke zu analysieren, zu trennen und zuzuordnen, weil womöglich einer davon zu jemand anderem gehören könnte?«
»Können Sie so etwas?«
»Nein.«
»Oh.« Madisons Zuversicht schwand.
»Ich will damit sagen, ich selbst kann das nicht, aber es gibt eine bestimmte Software, die einen neuen Algorithmus benutzt, um sich überlagernde Abdrücke zu trennen, indem jede einzelne Komponente hochgerechnet wird.«
»Amy, Sie sind der strahlende Mittelpunkt meines Universums.«
»Ja, ja, das sagen Sie jetzt. Ich mache Ihnen keine Versprechungen, Madison. Es ist ein experimentelles Verfahren.«
»Wenn wir irgendetwas hätten, um es mit unseren Haupt-

verdächtigen abzugleichen, wäre das schon eine gewaltige Hilfe.«

»Ich habe gehört, Sie haben einen in Kalifornien und einen, der sich bald aus dem Staub macht?«

»Ja, das ist quasi alles.«

»Ich tue, was ich kann.«

Locard, murmelte Madison. *Ich glaube an Locard.* Jede Berührung hinterlässt eine Spur.

Fynn hatte ihre Idee, sämtliche Jahrbücher zurückzurufen, als nicht praktikabel zurückgewiesen, was sie zwar verstand, aber sie war nicht seiner Meinung. Trotzdem war es ein möglicher Weg, sobald sie die Menge an Verdächtigen ausgehend von den Hunderten, die das Jahrbuch ursprünglich gekauft hatten, eingrenzen konnten.

Madison leerte einen Trinkjoghurt, den sie von zu Hause mitgebracht hatte, in einem Zug, und las Kellys Bericht: Er war die meisten von McMullens bisherigen Partnern durchgegangen, und es schien unwahrscheinlich, dass jemand von ihnen die Kontakte oder das Geld hatte, um Conway an Bord zu holen. Trotzdem, wo ein Wille ist, dachte sie … Wenn man etwas aus einem Gefängnis heraus organisieren will, liegt das Problem in der Kommunikation. McMullen schien hauptsächlich Briefe von Freiwilligengruppen und Wohltätigkeitsorganisationen erhalten und beantwortet zu haben.

In der Ecke des Dienstraums stand ein Fernseher, der auf stumm geschaltet war. Der Nachrichtensprecher begann mit seinem nächsten Bericht, und das Foto von John Camerons Festnahme erschien hinter ihm.

Madison las den Untertitel und musste seinen Kommentar gar nicht erst hören. Dann spielten sie Nathan Quinns Appell noch einmal von Anfang bis Ende ab. *Einer ist tot,*

fehlen noch drei. Nur dass sich mittlerweile die Zahlen geändert hatten.
Madison kannte diese Worte gut und wusste, welch üblen Geist sie heraufbeschworen hatten: Zwei Nächte zuvor hatte sie direkt in seine toten Augen geblickt.

Der Himmel hatte eine Decke aus schweren Regenwolken ausgerollt. Wo auch immer sie herkamen, sie schienen nie auszugehen. Madison schlug den Kragen hoch. Dicke Tropfen fielen ihr auf die Haare, noch bevor sie das Auto erreicht hatte.
Lieutenant Fynn hatte ihr seinen Segen erteilt, Kelly hatte sie wie üblich mit einem missmutigen Blick bedacht, und Spencer und Dunne hatten ihr viel Glück gewünscht.
Sie fuhr über die I-5 in Richtung Seward Park.

Nathan Quinn öffnete ihr. Er trug noch den Anzug, den er bei Gericht angehabt hatte. Das Ergebnis der Anhörung schien seine Laune kaum gehoben zu haben.
Madison trat ein und begutachtete die brandneue Alarmanlage, die seit ihrem letzten Besuch installiert worden war. Sie hatte ihn vom Parkplatz des Reviers aus angerufen. »Cameron ist jetzt draußen. Wir müssen reden: ohne Wachleute, ohne Besuchszeiten. Ich habe Neuigkeiten, die Sie sicherlich hören wollen, und ich brauche seine Hilfe. Ich bin unterwegs.«
Quinn kämpfte mit Tragetaschen voller Plastikbehälter, die gerade von *The Rock* geliefert worden waren.
»Von Mr. O'Keefe?«, fragte Madison.
»Ja. Er hat mir jeden Tag Essen ins Krankenhaus liefern lassen. Er hätte das Gleiche für John im KCJC getan, aber das ist offenbar nicht erlaubt.«

Donny O'Keefe war der Chefkoch im *The Rock;* Madison hatte ihn ein paar Wochen zuvor kennengelernt. Er war bedingungslos loyal und hatte bei ihren regelmäßigen Pokernächten im Restaurant mitgespielt. Zuletzt hatten sie im Dezember gespielt, spätnachts, nachdem sie zugemacht hatten. James Sinclair war auch dabei gewesen – nur wenige Tage bevor er ermordet worden war.

Kurz fragte sich Madison, wie es wohl wäre, mit diesen Männern zu pokern, die so viel verbargen und so viel riskierten. Wahrscheinlich nicht viel anders als das, was sie jetzt vorhatte.

Auch wenn man bei dem Regen nicht bis ans andere Ufer des Lake Washington sehen konnte, stand John Cameron an dem deckenhohen Fenster und blickte hinaus. Das wird er jetzt häufig machen, dachte Madison. Sie bekam schon nach einem Nachmittag im Gefängnis Platzangst.

Als er sich umdrehte, war er der Mann, den sie zum ersten Mal bei sich zu Hause getroffen hatte, der ihre Bücher im Regal angesehen hatte, während sie Kaffee kochte, bevor sie sich über Tod und Wahnsinn und wie er in ihr Leben eingedrungen war, unterhalten hatten. Der Häftling war verschwunden.

»Detective«, sagte Cameron. »Nathan hat mir erst von dem Einbruch erzählt, als wir heute hergekommen sind. Was halten Sie davon?«

»Sie haben Beweise gesucht, die Timothy Gilman mit der Entführung in Verbindung bringen. Sie wollten herausfinden, ob Lee oder Gray mit ihm gesprochen und was sie gesagt hatten. Sie haben nicht gefunden, was sie gesucht haben, und sind wieder gefahren.«

Cameron nickte: Es war ein Zauberwürfel, den er immer wieder in den Händen drehte, um zu sehen, wie die Quadrate in den unterschiedlichen Farben zusammenpassten. Mittlerweile hatte sie ihn bei sich zu Hause, im Wald und im Gefängnis gesehen, und trotzdem war seine Anwesenheit etwas Unerhörtes.

Gut so. Gewöhn dich nicht dran. Gewöhn dich nie dran. Irgendwann mal wirst du froh darüber sein.

»Was bringen Sie für Neuigkeiten, Detective?«, fragte Quinn.

Sie setzten sich an den Tisch.

»Wir haben einen Fingerabdruck an einem Gegenstand gesichert, der sich beim Anhänger Ihres Bruders befand. Der Fingerabdruck stammt von Gilman«, sagte Madison. »Falls Sie jemals die Zuverlässigkeit Ihrer ursprünglichen Quelle in Frage gestellt haben sollten, Mr. Quinn, die Gültigkeit der Aussage, dann wissen Sie jetzt, dass sie richtig war.«

Es gelang ihr, unaufgeregt zu sprechen. Kurz schwiegen alle.

»Ich habe die Zuverlässigkeit meiner Quelle nie in Frage gestellt«, sagte Quinn ruhig, »aber ich bin froh, dass Sie den Fingerabdruck gesichert haben.«

Wenn etwas zwischen den beiden Männern vonstattenging, dann war es zu subtil, als dass Madison es bemerken konnte.

»Was für ein weiterer Gegenstand?«, fragte Cameron sie.

Die Frage war immer dieselbe: Wie viel konnte man John Cameron geben, ohne die Ermittlung zu gefährden und ohne um das Leben der Verdächtigen fürchten zu müssen?

»Ich erzähle Ihnen von dem anderen Gegenstand, wenn Sie mir eine Frage beantworten. Und ich kann dabei so ausführlich sein, wie Sie wollen, aber ich erwarte im Gegenzug dasselbe von Ihnen.«

»Das hängt von Ihrer Frage ab.«

Madison war sich sicher, dass Cameron es als Kind nie jemandem erzählt hatte, und als er ein junger Mann war, war es wohl zu spät. »Sie müssen mir ganz genau erzählen, was am Tag der Entführung passiert ist.«

»Warum?«

»Weil wir einen der Entführer in Gewahrsam haben, und ich weiß nicht, ob das, was er sagt, das Resultat seines jahrelangen Aufenthalts in einer psychiatrischen Einrichtung ist oder ob da etwas ist – ein Faden, der mich vielleicht zur Wahrheit führt.«

Cameron wandte den Blick nicht ab, er sah sie so direkt an wie immer. »Sie verlangen viel von mir, Detective.«

»Ja.«

Quinn, der zwischen ihnen saß, schien kaum zu atmen. Wenn Madison sich nicht irrte, hatte auch er die Geschichte noch nie gehört.

Madison wollte keine Vermutungen darüber anstellen, was Camerons Entscheidung letztlich beeinflusste: Vielleicht war es die Tatsache, dass sie bequem in Quinns Wohnzimmer saßen, vielleicht auch, dass sie eine Aussage unterzeichnet hatte, die besagte, dass sie nie die Schusswaffe gesehen hatte, die er auf Salingers Kopf gerichtet hatte, und auch nicht das Messer, das er ihm an die Stirn gehalten hatte. Vielleicht war es auch etwas ganz anderes, das sie nicht im Ansatz ergründen konnte.

»Okay«, sagte Cameron. Und dann erzählte John Cameron Minute für Minute ganz genau, was am 28. August 1985 passiert war. Er begann mit dem Moment, in dem der blaue Transporter am Jackson Pond aufgetaucht war, und endete zur Morgendämmerung, als ein Lastwagenfahrer ihn auf der Upper Hoh Road gesehen und angehalten hatte.

Madison hörte zu, nahm die Geschichte in sich auf und schuf einen Platz in ihrem Inneren dafür, fast als wäre es ihre eigene gewesen, auch wenn ihr klar war, dass Cameron es eigentlich gar nicht ihr erzählte, sondern Quinn. Nach fünfundzwanzig Jahren erzählte er seinem Freund endlich die einzige Geschichte, die jemals für sie beide wichtig gewesen war.

Cameron hatte keine Details ausgelassen, und Madison musste ihm keine Fragen stellen. Sie hatte gehört, was sie hören musste.

»Der andere Gegenstand, der mit dem Anhänger sichergestellt wurde, war ein Stück einer Fotokopie«, sagte sie. »Die obere Ecke der Seite aus einem Jahrbuch, auf der Davids Schulfoto war. Mit Bleistift war ein Kreis darum gezogen, und die Fingerabdrücke von Timothy Gilman und Ronald Gray waren darauf.«

»Damit die Entführer euch erkannten«, sagte Quinn.

Cameron nickte. Madison war sich ganz sicher, dass er sich noch ganz genau an alles erinnerte; die schlimmsten Momente ihrer eigenen Kindheit hatten heute kaum etwas von ihrem bitteren Beigeschmack verloren.

»Jetzt wäre etwas zu trinken gut, finde ich.« Cameron stand auf. »Kaffee oder Bourbon, Detective?«

»Gerne einen Kaffee.«

Quinn öffnete die Tür zur Veranda und ging nach draußen. Madison ließ ihn in Ruhe. Vor all den Jahren hatte er wahrscheinlich den kleinen Jungen angefleht, ihm zu erzählen, was passiert war; es heute zu hören machte es nicht einfacher, selbst in dem Wissen, dass man diesmal etwas damit erreichen würde.

Sie beschäftigte sich mit dem Teleskop, bis Cameron die Getränke brachte und Quinn wieder hineinging – sein Anzug hatte Regen abbekommen, seine Haare waren feucht,

und er sah aus, als wäre er bereit, barfuß durch die Hölle zu gehen.
»Was können Sie uns über den Brand neulich erzählen?«, fragte er Madison.
Sie gab so viele Details preis, wie sie konnte. Nicht dazu gehörten das Gespräch mit Vincent im Garten und die Tatsache, dass sie Sullivan – oder wie auch immer er hieß – in Gewahrsam hatten.
»Dieser Mann aus der Klinik«, sagte Cameron. »Wie sicher sind Sie, dass er damit zu tun hatte?«
»Er ist zu beeinträchtigt, um Ihnen nützen zu können, Mr. Cameron. Weder als Zeuge noch als Ziel für irgendwelche Vergeltungsmaßnahmen, die Sie vielleicht im Sinn haben.«
»Wie sicher sind Sie?«
»Ich bin sicher«, antwortete Madison. »Aber in seinem Kopf sind nur noch Bruchstücke seiner Erinnerungen. Er kennt derzeit kaum seinen eigenen Namen.«
»Und trotzdem wollen Sie ihn benutzen, nicht wahr? Sie wollen seiner armen Seele abringen, was Sie nur können?«
»Wir befragen ihn, ja.«
»Und wenn Sie mit Ihren Fragen fertig sind? Was passiert dann? Bekommt er einen Freischein zurück in ein Leben aus Brei und Plastikbesteck?«
»Ich weiß es ehrlich nicht. Und ich kann mir nicht einmal im Ansatz vorstellen, wie Sie dabei empfinden, Sie beide. Aber wenn Sie ihn sehen würden, wenn Sie dieses seltsame, unheimliche Wesen sehen würden, Sie würden keine Freude dabei empfinden, ihn mit eigenen Händen zu töten – falls Ihnen das vorschwebt. Ich glaube, Vergeltung ist komplizierter, und in dem Fall sollte sich der Betreffende doch zumindest des Grundes bewusst sein, warum er sterben wird. Diesen Mann zu töten würde Ihnen nichts geben. Er ist

wehrlos und so zart, dass Sie ihn mit einem festen Blick zerbrechen könnten.«
Sie hatte ihre volle Aufmerksamkeit und fuhr fort. »Andererseits, nehmen Sie jemanden wie Timothy Gilman, jemanden, der sein ganzes Leben lang Böses getan hat. Vielleicht hat ihn irgendwann jemand ausfindig gemacht, jemand, der von Gilmans Verbrechen wusste. Aber vor Gericht würde das niemals standhalten. Also hat er sich mit ihm befasst. Allein, in aller Stille und sehr ordentlich.«
»Er hat sich mit ihm *befasst?*«, fragte Cameron.
Madison trank einen Schluck Kaffee. »Ja. Allein, in aller Stille und sehr ordentlich. Denn jede andere Art und Weise hätte mehr Schaden angerichtet und Schmerz verursacht, als er Gilmans überlebenden Opfern zumuten konnte.«
Madison blickte von einem Mann zum anderen. Quinns Narben hoben sich dunkelviolett von seiner Haut ab, und seine Augen waren so dunkel wie noch nie.
»So lautet meine Theorie«, sagte sie. »Ich habe keinen Beweis und werde aller Wahrscheinlichkeit nach auch nie einen haben. Ich habe das Gefühl, wer auch immer Gilman ausfindig gemacht hat, ist selbst längst tot. Vielleicht ist er Gilmans letztes wahres Opfer.«
»Vielleicht«, sagte Cameron, und die Wahrheit ruhte auf einem einzigen Wort.
Madison trank den Kaffee aus und ging. Es war zwar Information ausgetauscht worden, aber sie war sich nicht sicher, welche Seite mehr Gewinn davongetragen hatte. Als sie zu Hause ankam, zog sie ihre Laufsachen an. Die Reservewaffe passte leicht unter die baumwollene Jogginghose. Der Regen durchnässte ihre Kapuze, ihre Hände waren eiskalt. Es gibt keine Seiten, dachte sie – nicht bei dieser Sache. Nicht mehr.

Ihre Füße federten vom nassen Beton ab, und innerhalb von Minuten war sie patschnass.
Sie rannte weiter, weil es leichter war, über Camerons Geschichte nachzudenken, während sie sich bewegte. Die Straßen im Viertel waren leer, und sie folgte dem Weg, der parallel zum Wasser verlief. Auf dem schwarzen Asphalt lagen rutschige Blätter und Zweige, die unter ihren Füßen zerbrachen.
Madison rannte und ließ die Wörter kommen, wie sie wollten, denn manche Geschichten packten einen und veränderten einen und ließen sich nicht ganz fassen. Manche Geschichten zersplitterten, und die Scherben gruben sich tief unter die Haut.
Was sie gehört hatte, blieb bei ihr, während sie duschte und sich saubere, trockene Sachen anzog, während sie sich ein Steak briet und es am Tisch aß, dabei ihre Notizen vervollständigte und Bier aus der Flasche trank; es blieb während jedes Atemzugs bei ihr, bis sie endlich in einen unruhigen Schlaf fiel.

Nathan Quinn lauschte dem Wind, der an den Fenstern rüttelte, während der Regen gegen die Scheiben trommelte. Er hatte heute Abend mit John ein Glas Bourbon getrunken, wie er es sich vor nur vierundzwanzig Stunden vorgenommen hatte, und danach noch eines.
Als er diesen Morgen aufgewacht war, hatte er nicht gewusst, dass viele der Fragen, die er sich seit Jahren stellte, beantwortet sein würden, wenn er zu Bett ging. Es war fast unmöglich gewesen zuzuhören.
Madisons stete Ruhe hatte ihm geholfen: Sie hatte nicht unterbrochen, sie hatte keine Fragen gestellt, sie hatte mit Konzentration und Mitgefühl zugehört.

Er hätte wissen müssen, dass sie herausfinden würde, was mit Gilman passiert war, und dass sie vorher nicht lockerlassen würde. Falls John sein Leben auf dem Weg, den er sich erwählt hatte, fortsetzen würde, wäre Detective Madison eines Tages die größte Gefahr für ihn. Aber nicht heute und nicht wegen Gilman. Sie hatte es geschafft, am selben Abend gleichzeitig eine Bedrohung darzustellen und Trost zu spenden.

Er lag eine Weile in der Dunkelheit wach, dann stand er auf und ging ins Wohnzimmer.

Cameron bewohnte das Gästezimmer: Die Tür war offen, und der Raum war leer. Sobald sie nach dem Gericht zu Hause angekommen waren, hatte er die Alarmanlage so umprogrammiert, dass John ohne ihn kommen und gehen konnte. Seinen Ford Explorer hatte er in Quinns Garage geparkt.

Quinn musste gar nicht erst nachsehen, um zu wissen, dass das Auto ebenfalls weg war.

53

John Cameron fuhr zügig auf der leeren Straße Richtung Osten nach Admiral, einem Wohnviertel oberhalb des Alki Beach. Ein Vorteil einer Autofahrt um halb drei Uhr nachts war es, dass man Verfolger leicht sehen konnte. Nachdem er das Haus verlassen hatte, hatte er vierzig Minuten damit zugebracht sicherzugehen, dass er keine unerwünschten Begleiter hatte. Sobald er sicher war, dass ihm niemand folgte, bog er ab.

Noch vierundzwanzig Stunden zuvor war er im Hof eines Gefängnisses herumgerannt, und die Zielfernrohre der Gewehre hatten rote Lichtpunkte auf seinen Rücken geworfen. Vielleicht waren sie auch heute Nacht dort, schauten von ihren Türmen hinunter in den leeren Hof und richteten ihre Gewehre in die Dunkelheit. Wir alle müssen unsere Aufgaben erledigen, dachte Cameron, während er die salzige Luft und den Kieferndulft einatmete.

An einem bescheidenen Tor gab er den Code ein. Als es sich öffnete, fuhr er hinein und wartete ab, bis es sich wieder ganz geschlossen hatte.

Um das Haus, ein einfaches Haus mit vier Zimmern oben am Duwamish Head, war viel Grund – wahrscheinlich mehr, als in der Gegend übrig war. Cameron hatte es unter einem anderen Namen gekauft, und kein Mensch, ob tot oder lebendig, wusste von der Verbindung zu ihm.

Er steckte den Schlüssel ins Schloss und schaltete die Alarmanlage aus. Er zögerte kurz über dem Lichtschalter und entschied sich dann dagegen. Mit ein paar Schritten war er im Wohnzimmer, und dort zeigte sich der eigentliche Grund, warum er das Haus gekauft hatte: Eine Wand bestand ganz aus Glas. Elliott Bay und Downtown Seattle schimmerten trotz der frühen Morgenstunde in der Ferne. Die Wolken hingen noch schwer über der Stadt und reflektierten ein ungesundes oranges Leuchten. Auch das Zimmer war davon erfüllt.

Cameron machte sich an die Arbeit: Er musste eine Tasche packen und ein paar Gegenstände mitnehmen, ohne die er sich zu leicht bekleidet fühlte. Die Kleidung steckte er in eine weiche Reisetasche aus Leder. Für den Rest brauchte er Holster und Schutzhüllen. Ein schlankes Messer mit einer fünfzehn Zentimeter langen Scheide kam an seinen Innen-

arm, eine kurzläufige Glock .38 in ein Knöchelholster am Fuß und eine halbautomatische Smith & Wesson .40 landete samt Holster unten in der Tasche zwischen der Kleidung, zusammen mit zusätzlicher Munition für beide Waffen.
Die Fahrt zurück nach Seward Park verlief ähnlich reibungslos. Cameron schaltete die Alarmanlage ab und ging in sein Zimmer. Als Quinn ein paar Stunden später aufwachte, hatte Cameron bereits Kaffee gemacht.

54

Alice Madison saß um sieben Uhr morgens an ihrem Schreibtisch und begann ihren Tag mit einem Kaffee im Pappbecher und einem Müsliriegel. Sie las durch, was über Nacht hereingekommen war, für den Fall, dass sich plötzlich und unerwartet Zeugen gemeldet hatten. Das war nicht der Fall.
Sie schrieb eine E-Mail an Fred Kamen vom FBI und hängte die Akte von Henry Sullivans Festnahme an.

Wir haben diesen Mann in Gewahrsam. Er gehört zu Peter Conways Team und war an mindestens drei Morden und einem Brandanschlag auf eine psychiatrische Klinik beteiligt. Wir kennen ihn unter dem Namen Henry Sullivan, er hat einen Anwalt und redet nicht.

Die Antwort kam innerhalb von Minuten:

Ich melde mich, ob er hier in der Gegend aktiv war.

Madison hegte keine große Hoffnung, aber sie mussten ihr Netz so weit wie möglich ausspannen: Nur weil Sullivan nicht im System war, bedeutete das nicht, dass nicht jemand sein Gesicht von irgendwoher kennen könnte. Menschen führten Leben: Sie wohnten irgendwo, sie kauften in Supermärkten ein, sie mussten tanken. Irgendwo musste es jemanden geben, der seinen richtigen Namen kannte und wusste, wo in aller Welt sein Zuhause war.

Madison dachte über den Mann nach, den sie hinter dem Spiegel beobachtet hatte, und über sein Verhalten gegenüber Spencer und Dunne. Wie viel von Conways Variante des Bösen steckte in diesem Mann? Und wie viel wusste Sullivan von Conways Plänen?

Um acht Uhr brachte Dunne Donuts und gute Neuigkeiten: Sullivans Zimmer war über eine Kreditkarte gebucht worden, die auf einen gewissen Peter Curtis ausgestellt war, einen nicht existierenden Bewohner von Missoula, Montana. Sie konnten jede Zahlung mit der Karte nachverfolgen und sehen, wohin sie sie führte. Selbst wenn sie nicht mehr benutzt worden war, seit man Conway vor der Rückkehr ins Silver Pines gewarnt hatte, war es ihre erste richtige Spur.

Das Wetter war immer schlechter geworden. Die Detectives teilten die Kreditkartenzahlungen untereinander auf und überprüften jede einzelne im Nieselregen. Sie fuhren von Tankstellen über Imbisse zu Ausrüstern und fügten die Bewegungen von Conway und seinen Männern zusammen. Manchmal gab es Überwachungskameras, und manchmal funktionierten sie auch.

Madison ließ sich gerade auf dem Vorplatz einer Tankstelle in Everett vollregnen, als sie einen Anruf bekam.

»Hier ist Deputy Walbeck, Pierce County.«

Madison brauchte eine Sekunde. *Jerry Wallace.*
»Deputy«, sagte sie.
»Ich habe Neuigkeiten, und zwar ziemlich schlechte. Kannten Sie den Mann?«, fragte die Beamtin, die ausloten wollte, wie sie die Information am besten überbrachte und ob sie mit einer Bekannten oder einer Fremden redete.
»Nein, ich habe ihn nie kennengelernt.«
»Wir haben menschliche Überreste gefunden. Die Leiche des Mannes ist mit Brandbeschleuniger übergossen, angezündet und dann in den South Prairie Creek geworfen worden. Was blieb, sah alles andere als menschlich aus. Das einzig Positive ist, dass er an zwei Kopfschüssen gestorben ist und danach nichts mehr gespürt hat. Die Tochter hat einen Ring an seinem Finger identifiziert.«
»Deputy, wir haben einen Mann in Gewahrsam, der vielleicht damit zu tun hatte. Er wurde gerade festgenommen und nennt sich Henry Sullivan. Vielleicht sollten Sie Spuren aus dem Haus mit seiner DNA abgleichen. Er wurde schon mit einem Mord hier in Verbindung gebracht.«
»Das machen wir.«
Urplötzlich kam von den Zapfsäulen der stechende Geruch von Benzin.
Brandbeschleuniger und ein Streichholz.

55

John Cameron hatte gerade das letzte Dokument fertig gelesen und legte es auf den Stapel zu den anderen. Sie hatten den Tag damit zugebracht, Hollis' Akten durchzugehen und Camerons Bericht der Ereignisse mit den dort erwähnten Männern im echten Leben abzugleichen.

»Nathan«, sagte er abrupt, »erinnerst du dich noch, als wir zum letzten Mal am Unabhängigkeitstag zum Anwesen von Conrad Locke gefahren sind?«

Quinn nickte.

»David, Jimmy und ich sind allein in den Wald, und Jimmy hat etwas gesagt. Er hat gesagt, er hätte mit angehört, wie sein Vater mit jemandem telefonierte. Er hat jemandem gedroht, sie würden seinen Baseballschläger in bleibender Erinnerung behalten, wenn sie jemals wieder zum Restaurant kämen.«

»Das hat Jimmys Vater gesagt?«

»Ja.«

»Was noch?«

»Nichts. Mehr hat er nicht gehört. Wir dachten damals, das sei nur was für Erwachsene, und haben beschlossen, die Ohren aufzuhalten und aufzupassen. Hat David es jemals erwähnt?«

»Nein.« Quinn war an diesem Abend vor dem Feuerwerk abgefahren und erst Tage später wiedergekommen.

Beide dachten dasselbe, und Cameron sprach es aus. »Kann es sein, dass etwas zwischen Jimmys Vater und einem dieser Männer vorgefallen ist, diesen Schakalen, immer auf der Suche nach leichter Beute?«

»Jimmys Vater war nicht der Typ, der auf Drohungen mit einem Baseballschläger reagiert.«

»So wie ich? Menschen tun merkwürdige Dinge, wenn sie Angst haben.«

Quinn antwortete nicht. Er dachte an Jimmys Vater – immer freundlich, immer da, um mit den kleineren Kindern zu spielen. Hatten die Schakale die Jungen bedroht?

Als Quinn später mit der Sicherheitsfirma telefonierte, klingelte es. Es war die tägliche Lieferung von O'Keefe, dem Koch. Cameron öffnete die Haustür und ging zum Tor. Der Koch war ein Weltklassepokerspieler, und es war ihr Glück, dass er in der Küche genauso gut war. Während der Wochen im KCJC waren seine Sinne durch die Gefängniskost abgestumpft, und O'Keefes Clam Chowder war eine passende Rückkehr ins Leben gewesen.

Das Tor ging auf. Er wollte dem Lieferanten die Tüten abnehmen – es war ein Lehrling, den er nicht kannte, unter einer Lederjacke trug er eine Kochuniform, der Motorradhelm lag auf dem Sitz.

Die Bewegung war fast unmerklich: Vielleicht eine Veränderung in den Augen des Mannes, vielleicht eine zu schnelle Geste, um ihm die Tüten zu reichen. Camerons Herzschlag war so langsam, wie seine Instinkte schnell waren. Wenn er die Tüten entgegennahm, hätte er beide Hände voll. Und dann sah er die Taserpistole, bereit zum Schießen.

Cameron stürzte sich schneller nach vorne, als der Mann zurückweichen konnte. Der Lehrling zog die Hand mit der Waffe nach hinten, um genug Platz zum Schießen zu haben, aber Cameron hatte bereits nach seinem Messer gegriffen und mit einer einzigen raschen Bewegung zugeschlagen. Der weiße Hals des Mannes war sichtbar und verwundbar.

Ein einziger tödlicher Hieb und das Blut spritzte in einem großen roten Bogen heraus. Der Mann fiel nach hinten, die Augen weit aufgerissen, und atmete kurz und unregelmäßig. *Es ist nie nur einer allein.* Cameron fuhr schnell wie eine Schlange herum, und das Messer drang in etwas Weiches hinter ihm ein, dann trafen ihn die Projektile der Taserdrähte, und seine Muskeln verspannten und verkrampften sich, während die elektrischen Impulse durch seinen Körper fuhren.

Insgesamt drei: einer davon tot, einer verletzt.

Hände legten ihm hinter dem Rücken Fesseln an und klebten ihm den Mund zu. Jemand hob ihn hoch und schob ihn hinten in einen Transporter. Zwei Männer packten die Leiche ihres toten Kameraden und warfen ihn grob neben ihn in den Wagen.

Sie schoben die Tür zu und fuhren los. Es hatte Sekunden gedauert und war völlig lautlos passiert. Ein letzter Gedanke, als Cameron von einer Spritze in den Arm in den Schlaf geschickt wurde, drang aus der ihn überwältigenden Dunkelheit zu ihm durch: *Nathan ist nicht hier, Nathan ist in Sicherheit.*

Nathan Quinns Telefonat mit der Sicherheitsfirma hatte unerwartet geendet: Ihm fiel auf, dass die Haustür offen stand, Autotüren schlugen zu, Reifen quietschten auf dem Asphalt. Er wählte bereits den Notruf, als er das Tor erreichte und die Taserpistole in einer Pfütze aus Blut liegen sah – mehr Blut, als seiner Vorstellung nach in einem Menschen enthalten sein konnte. Quinn sprach so deutlich und ruhig wie möglich. Sein zweiter Anruf, nur wenige Augenblicke später, galt Madison.

56

John Cameron wachte im Halbdunkel hinten in dem Lieferwagen auf. Er wartete ein paar Sekunden, bis er wieder völlig bei Bewusstsein war, dann machte er eine Bestandsaufnahme von seinem Körper. Man hatte ihm die Augen mit einem Stoffstreifen verbunden. Die Hände waren mit Plastikfesseln am Rücken zusammengeschnürt. Kurz unterhalb der Knie hatte man ihm eine größere Plastikfessel angelegt und eine dritte über den Knöcheln. Die Beine ließen sich nicht auseinanderbewegen, aber indem er sie ein ganz kleines Stück vom Boden abhob, konnte er feststellen, dass das Holster, in dem seine kurzläufige Glock gesteckt hatte, leer war. An der Wange spürte er Stoff. Sie hatten ihn in die stabile Seitenlage gelegt. So konnte er nicht so leicht an Erbrochenem ersticken, falls er auf die Drogen reagierte. Alles in allem effizient und professionell gemacht.

Die Männer hatten ihn mit einem dünnen Baumwolllaken zugedeckt: Wenn jemand einen Blick ins Wageninnere warf und er noch sediert war, würden sie ein weißes Bündel inmitten des normalen Chaos in einem Handwerkerauto sehen.

Cameron spürte die kleinen Erschütterungen und wusste, dass sie schnell auf einer asphaltierten Straße fuhren. Er lauschte nach Stimmen, aber im Auto sagte niemand etwas. Er entspannte die Muskeln, so gut es ging, denn immer wieder hatte er Krämpfe, die vom Taser herrührten, und es würde ihm auch nichts bringen, unter Hochspannung zu stehen. Er war körperlich nicht verletzt, er blutete nicht, und die Tatsache, dass sie eine Taserpistole benutzt hatten, bedeutete, dass sie ihn zumindest für den Moment unversehrt haben wollten. Von der Stelle an der Seite, wo ihn die Projektile getroffen hatten, ging ein brennender Schmerz aus, aber das war alles. Andererseits hatte er ihre Gesichter gesehen, und das bedeutete, dass er irgendwann nicht mehr unversehrt sein würde.

Und was hatten sie mit der Leiche ihres Kollegen angestellt? Cameron rutschte ein Stück zur Seite und spürte etwas neben sich auf dem Boden. In dem Moment bog der Wagen auf eine unbefestigte Straße ein, und es ruckelte stärker.

Nach ein paar Minuten war ein Flüstern im Wageninneren zu hören, das Auto wurde langsamer und bremste. Sie waren stehengeblieben.

Cameron konnte nichts sehen und sich nicht bewegen. Die Vernunft sagte ihm, er solle still liegen bleiben und sie glauben lassen, er sei noch sediert. Er war neugierig, wem da gelungen war, was viele andere nicht geschafft hatten, und er würde sehr viel mehr über sie erfahren, wenn sie glaubten, er sei bewusstlos.

Kalte Luft drang ein, als sie die Tür aufschoben. Der Wagen knarrte, als die Männer hinten hereinkletterten. Sie packten den Toten und schleppten ihn hinaus.

Cameron lauschte angestrengt: kein Verkehr, die Männer drängten sich durch Gestrüpp.

»Hier«, sagte einer, und etwas Schweres fiel zu Boden.

Jemand ging zurück zum Wagen und nahm etwas heraus. Etwas Flüssiges plätscherte in einem Behälter. Der Mann blieb stehen. Cameron spürte seinen Blick auf sich ruhen. Er atmete gleichmäßig unter dem Laken weiter, seine Brust hob und senkte sich. Kurz darauf bewegte sich der Mann wieder weg.

»Wach?«, fragte einer.

»Glaube nicht«, antwortete der andere.
Der Geruch von Brandbeschleuniger ist unverkennbar: Cameron hörte das Streichholz und die ersten Flammen, die am Körper des Toten leckten. Bald roch es beißend und süßlich, und die Leiche wurde vom Feuer verzehrt.
Ein paar Minuten später kamen die Männer zurück; einer hob das Laken an und drückte zwei Finger gegen Camerons Halsschlagader. Cameron rührte sich nicht. Sein Herz schlug weiterhin langsam und gleichmäßig. Der Mann maß eine Minute, dann ging er; die Tür wurde zugeschoben, der Motor sprang wieder an. Sie fuhren weiter.

John Cameron verlor das Gefühl für die Zeit. Ganz sicher wusste er nur, dass die Entführer mittlerweile viel mehr Zeit mit ihm verbracht hatten als mit Warren Lee oder Ronald Gray. Wenn sie von ihm die gleiche Information wollten wie von den anderen, so hätte es genügend geeignete Stellen gegeben, zu denen man nicht so weit fahren musste.
Der Wagen hielt an, und diesmal konnte er sich nicht verstellen, ohne dass sie es merken würden. Sie flüsterten, und John Cameron bereitete sich darauf vor, seine Entführer zu sehen. Jemand hob das Laken an.
»Du bist also wach.« Die Stimme klang nach Ostküste, keine Meile südlich von Jersey. »Wir bringen dich auf einer Trage aus dem Wagen, und wenn du versuchst, dich zu bewegen, zu sprechen oder irgendetwas anderes zu tun als dich einfach nicht zu rühren, dann schieße ich wieder mit dem Taser auf dich, und diesmal wird es viel schlimmer. Verstanden? Du bleibst ruhig, wir bleiben ruhig.«
Ich bin ruhig, dachte Cameron. *Ich bin gelassen.*
Mit einigen Schwierigkeiten hoben sie ihn hoch und schnallten ihn an einer Trage fest. Einer der Männer stöhnte, als sie

ihn aus dem Wagen hoben. Wahrscheinlich der Mann, den er verletzt hatte, dachte Cameron. Die Luft unter der Augenbinde war frisch und klar, sie waren meilenweit weg von der Stadt. Bäume wisperten im Wind, der Rest war Schweigen.

Sie brachten ihn in ein Gebäude und Treppen hinunter, vielleicht in einen Keller. Bald schon würde er es wissen. John Cameron entspannte sich auf der militärisch anmutenden Trage: Er hatte keine Angst zu sterben, auch wenn ihm sein pragmatisches Wesen sagte, dass die Möglichkeit durchaus bestand. Die Männer hatten schon ein paar Fehler gemacht, und sie würden sicherlich noch mehr begehen. In seiner Gesellschaft konnte schon ein einziger fatal sein.

Jemand riss ihm das Klebeband vom Mund und entfernte die Augenbinde. Nun sah er sie. Der Anführer war Anfang vierzig, etwas über eins achtzig groß und dünn. Tote Augen in einem fahlen, harten Gesicht. Der andere war etwas jünger, genauso groß und schien nur aus Muskelsträngen zu bestehen, die sich um Knochen wickelten. Ein dicker Verband an der Seite verriet Cameron, wo er ihn mit dem Messer erwischt hatte.

Der Keller bestand aus einem einzigen großen Raum mit gestampftem Erdboden; ein feuchter, kupferartiger Geruch durchdrang die Wände. Von der Decke hingen ein paar Haken, in einer Ecke stand ein Tisch neben einem großen Spülbecken. Eine Jagdhütte, tage- oder wochenweise vermietet, tief im Wald. Männer kamen hierher, um zu jagen und zu töten.

Man hatte einige nackte Glühbirnen aufgehängt und miteinander verbunden, so dass diese Hälfte des Raums heller war als die andere. Der jüngere Mann ging auf Cameron zu und wischte ihm mit einem feuchten Tuch das Blut ihres toten Partners aus dem Gesicht. Seine Augen waren ausdruckslos, und er sah den Gefangenen dabei nicht an.

Der Anführer zog ein Handy aus einer Tasche seiner schwarzen Cargohose und richtete das kleine Auge der Kamera auf Cameron. Er ging um ihn herum, und Cameron wurde klar, dass er keine Fotos machte, sondern ein Video aufnahm. Der Mann drehte seinen Gefangenen von vorne und von hinten, dann nahm er eine Skimaske von seinem Kollegen, zog sie sich über, richtete die Kamera auf sich selbst und sagte: »Lebendig und voll funktionsfähig.«

57

Alice Madison stand über der glänzenden Blutpfütze vor dem Tor. Frank Lauren von der Kriminaltechnik nahm im gleißenden Licht der Strahler etwas davon mit einem Tupfer auf, um es mit John Camerons DNA abzugleichen. Den Taser hatte er bereits in eine Papiertüte gesteckt.

Das Auto – Madison und alle anderen gingen davon aus, dass es ein Transporter war – war im Verkehr verschwunden, und bisher waren keine Zeugen aufgetaucht, die eine Beschreibung abgeben konnten. Das Motorrad des vermeintlichen Lieferanten stand noch da – wahrscheinlich war es irgendwo im County gestohlen worden. Die Tüten mit den Essensbehältern hatte man eingesammelt und gekennzeichnet.

Madison hatte beschlossen, Plattitüden gänzlich seinzulassen. Quinn würde ihr für die Floskeln nicht dankbar sein, und sie brachte sie auch nicht über die Lippen. Er wusste, was los war, er wusste, wer Cameron hatte. Es kam jetzt nur darauf an, ihn zu finden, bevor sein Name ebenfalls auf der Liste stand. In diesem Moment wünschte Madison, sie wäre nicht bei der Autopsie von Warren Lee dabei gewesen und hätte Peter Conways Werk nicht mit eigenen Augen gesehen.

»Was lesen Sie aus dem Tatort heraus?«, fragte Quinn sie. Sie waren im Wohnzimmer. Tod Hollis war ebenfalls gerade eingetroffen.

»Das Auto war hinter der Ziegelmauer versteckt«, antwortete Madison. »Ein Entführer war als Lieferant verkleidet, und er sollte mit dem Taser schießen, während Mr. Cameron die Hände voll hatte. Ich vermute, er hat Cameron deutlich unterschätzt, und es war das Letzte, was er in seinem Leben getan hat.«

Quinn nickte. Er war zu demselben Schluss gekommen, wollte aber erst das Ergebnis des Bluttests abwarten. Cameron war entweder in Gefangenschaft und gesund, oder Cameron war in Gefangenschaft und schwer verletzt.

Madison wusste nicht recht, was sie von der Taser-Pistole halten sollte: Sie war bei den anderen Opfern nicht eingesetzt worden, und man erhielt davon zwar einen starken Elektroschock, blieb aber unverletzt. Die Vorstellung, dass sie Cameron für ihre Zwecke unversehrt haben wollten, war nicht sonderlich beruhigend. Sie musste es nicht eigens sagen, sie sah es in Quinns Augen.

Normalerweise gehörte zu einer Entführung eine Lösegeldforderung, ein Anruf, der ein Leben gegen Geld anbot. Niemand im Raum rechnete mit einem Anruf. Was als Nächstes passierte, konnten sie lediglich am Muster von Conways letzten Aktionen ableiten. Und das verriet ihnen, dass sie als Nächstes eine Leiche finden würden.

Hollis ging nach draußen. Madison wandte sich an Quinn. Die Haustür stand immer noch offen, weil ständig Polizisten kamen und gingen.

»Wo haben Sie seine Sachen hingetan?«, fragte sie ihn ruhig.

»Welche Sachen?«

»Mr. Quinn, die Beamten haben in Camerons Zimmer nichts als eine Tasche mit Kleidung gefunden.«

Sie sah ihm seinen inneren Kampf mit sich selbst an – er war ganz der Verteidiger.

»Glauben Sie, mich interessiert eine Anzeige wegen illegalem Waffenbesitz? Ich muss nur wissen, was er bei sich haben könnte«, sagte sie. »Ich glaube, wir können mit Sicherheit davon ausgehen, dass er ein Messer hatte und es auch benutzt hat.«

Sie überschritten zu viele Grenzen, als dass Quinn noch die Übersicht hätte behalten können. Er musste ihr jetzt vertrauen oder es für immer bereuen. Er wählte seine Worte mit Bedacht: Madison erhielt von ihm genug Munition, um ihn aus der Anwaltskammer auszuschließen.

»Bevor die Polizeiwagen kamen, habe ich eine halbautomatische Smith & Wesson .40 samt Holster aus der Tasche genommen«, gab Quinn zu.

Er hatte eine womöglich illegale Waffe vor der Polizei versteckt, deren Seriennummer weggefeilt worden war und die vielleicht bei einer Reihe von Straftaten benutzt worden war.

»Wo ist sie jetzt?«

»Auf dem Dachboden, in einer Kiste.«

»Mit Munition?«

»Ja.«

»Okay«, sagte sie. »Wissen Sie, ob er ein Knöchelholster mit einer zusätzlichen Waffe trug?«

»Dieses Gespräch ist surreal.«
»Ja. Hat er ein Knöchelholster getragen?«
»In der Tasche war auch Munition für eine weitere Waffe. Warum ist das wichtig?«
»Weil Conway sehr erfahren ist, aber er hatte noch nie mit jemandem wie Cameron zu tun, und wir wissen nicht, wie er sich in dieser besonderen Situation verhalten wird. Und Cameron ist nicht gerade die ideale Geisel, insbesondere, wenn er bewaffnet ist.«
»Er wird ihnen niemals geben, was sie haben wollen«, sagte Quinn. »Und es wird ihnen nicht gelingen, ihm … Angst einzujagen, so wie den anderen.«
Madison nickte. Und wenn Conway ein Sadist war, dann war es das Schlimmste, was Cameron machen konnte.
Eine Polizistin aus dem South Precinct kam herbei, um Quinns Aussage aufzunehmen. Madison überließ ihr das Feld.
Sie betrachtete Quinn, der ohne jede Emotion erzählte und ihr alle Einzelheiten gab, nach denen sie fragte. Madison sah die Schatten seiner Angst: Diese Tür hatte er verschlossen und verriegelt, aber sie spürte das Gewicht, das dagegenrückte. Er sprach mit der Polizistin, aber seine schwarzen Augen blieben auf Madison gerichtet.

Madison fuhr ins Gefängnis von Seattle, ohne sonderlich auf den Verkehr zu achten. Sie hielt, wenn sie halten musste, und fuhr weiter, wenn sie weiterfahren musste, aber mit dem Kopf war sie woanders, und mit dem Herzen war sie im Hoh River Forest, bei der Grube, in der die Leiche eines Kindes gelegen hatte. Jetzt wollte der unsichtbare Mann beenden, was er vor fünfundzwanzig Jahren angefangen hatte, und Madison wollte – konnte – das nicht zulassen.

Sie hatte ganz kurz überlegt, ob sie Fynn oder Spencer oder vielleicht Brown anrufen sollte, aber dann war ihr klargeworden, dass sie sie da nicht mit hineinziehen konnte.
Sie zeigte ihre Dienstmarke und bat den diensthabenden Wachmann, Henry Sullivan zu bringen. Es war ihm überlassen, ob er auf seinen Anwalt warten wollte – Madison war das egal.
Dreißig Minuten später schleppte sich Richard Bowen durch die Tür. »Wissen Sie eigentlich, wie spät es ist?«
»Tut mir leid, Richard. Das konnte nicht warten.«
»Was konnte nicht warten?«
Sie betraten den Raum. Sullivan war bereits da; er richtete seine kleinen Augen auf Madison. Sie waren einander noch nicht begegnet. Bowen ließ sich auf den Stuhl neben dem Gefangenen fallen, und Madison nahm gegenüber Platz.
»Worum geht es?«, begann Bowen. »Wir hatten bereits Verhöre mit den Detectives Spencer und Dunne.«
»Das war vorher«, sagte Madison.
Dreißig Minuten Warten auf den Anwalt, das war alles, was sie gehabt hatte, und alles, was sie gebraucht hatte. Dreißig Minuten auf einer Holzbank in einem Korridor, um sich zu konzentrieren und die Stimme der Verlorenen zu finden: die Stimme, die Henry Sullivan erkennen würde, die einzige Stimme, die er hören würde.
»Mr. Sullivans Kollegen haben einen Mann entführt«, sagte sie zu dem Anwalt. »Es ist möglich, dass einer der Entführer dabei tödlich verletzt wurde; jedenfalls haben wir hier eine Entführung, von der Ihr Mandant wusste, und er hat uns nicht geholfen, sie zu verhindern.«
»Sie wissen nicht, ob er es wusste …«
»Er wusste es. Es war geplant, und sie haben nur darauf gewartet, dass das Opfer in Reichweite kam.«

Henry Sullivan reagierte nicht. Madison hatte damit gerechnet: Er war gut ausgebildet und hatte bei der Arbeit mit Conway wahrscheinlich mehr Grauen gesehen, als es das schlimmste Gefängnis hervorbringen würde.

»Es ist so«, sagte Madison. »Wir können nachweisen, dass Sie am Tatort waren und an einem Mord, womöglich an zweien, beteiligt waren. Wir haben die Anzeige wegen Waffenbesitzes für das kleine Arsenal, das wir in Ihrem Hotelzimmer gefunden haben. Aber nichts davon beeindruckt Sie. Stimmt das, Richard?«

Der Anwalt war sich nicht sicher, woher der Wind wehte.

Madison lehnte sich zurück und dachte an die Jahre, in denen sie ihren Vater beim Poker beobachtet hatte: mit schlechten Spielern, mit guten und mit hervorragenden – denjenigen, die sich von dem Spiel treiben ließen, als wäre es Wildwasser.

»Darüber habe ich nachgedacht – wir haben uns zuvor nie kennengelernt, aber ich habe Sie mit Spencer von nebenan beobachtet«, sagte Madison. »Und ich habe mich gefragt: *Wovor hat dieser Mann Angst? Was will dieser Mann?*«

Henry Sullivan sagte nichts, aber sie hatte seine volle Aufmerksamkeit.

»Sie haben uns keinen Deal angeboten, um Ihnen die Sache zu erleichtern. Warum? Ein paar Informationen, um die Staatsanwaltschaft von King County bei Laune zu halten, das würde viel nützen, um die Spritze von Ihrem Arm fernzuhalten. Die Liste ist lang: Warren Lee, Ronald Gray, Jerry Wallace, Thomas Creed.«

»Detective …«, unterbrach Bowen.

Madison stand auf und machte sich zum Gehen bereit. »Ich wollte Ihnen nur sagen, dass morgen früh sämtliche Medien berichten werden, dass Henry Sullivan – nicht Ihr richtiger

Name, aber das ist unwichtig, Conway wird wissen, dass Sie es sind –, dass Henry Sullivan dem Seattle Police Department bei der Ermittlung behilflich ist und dass Sie sich sogar so kooperativ zeigen, dass wir in Betracht ziehen, Ihnen Straffreiheit für alle Anklagen zu gewähren. Und wenn Ihr Anwalt das abstreitet, wird es eben so aussehen, als würde er Sie vor dem Einzigen schützen, vor dem Sie Angst haben: Peter Conway.«

»Das können Sie nicht machen«, sagte Bowen.

»Das *sollte* ich vielleicht nicht machen, aber ich habe das Gefühl, dass wir das Konzept von ›sollen‹ oder ›nicht sollen‹ hinter uns gelassen haben. Haben Sie Familie, Mr. Sullivan? Ich meine damit, haben Sie eine Familie, von der Conway weiß? Eine Frau, Kinder, alte und gebrechliche Eltern vielleicht? Sobald er hier fertig ist, sobald er beendet hat, was er begonnen hat, was glauben Sie, wo Conway als Nächstes hingehen wird? Was, wenn Ihre Familie sein nächstes Projekt wird?«

»Hören Sie sofort auf.« Bowen stand auf.

Madison dachte an die Augen, die sie in dem brennenden Gebäude angestarrt hatten, und versuchte, diesen Ort ohne jede Menschlichkeit, ohne jedes Mitgefühl in sich selbst zu finden. Als sie redete, sprach sie deutlich und mit leiser Stimme.

»Ich finde Bilder von ihnen, ihre Adressen, die Schule, die Ihre Kinder besuchen, den Friseur, zu dem Ihre Frau geht, und das stecke ich alles in Ihre Akte. Die wird verwahrt, ja, aber nicht so gut, dass es jemand nicht schaffen würde, der es unbedingt will. Und wenn es Ihnen dennoch irgendwie gelungen sein sollte, Ihr Privatleben von Conway zu verbergen, wird er am Ende so viel über Sie wissen, dass Sie glauben, Sie hätten einen Zwilling. Das Gefängnis wird Sie und alle anderen in Ihrem Leben nicht beschützen – aber gut, das ist dann nur ein Kollateralschaden.«

»Seien Sie sofort still, Detective. Dieses Gespräch ist beendet.«

Henry Sullivan blinzelte.

»Sie haben eine Stunde, sich zu entscheiden. Ich will den Ort, wo sie John Cameron festhalten, den Namen des Mannes, der Sie dafür bezahlt hat. Ich will alles, was Sie wissen, und Gnade Ihnen Gott, wenn Sie etwas zurückhalten und ich es herausfinde. Eine Geschworenenverhandlung ist das Letzte, worüber Sie sich Sorgen machen sollten. Eine Stunde«, wiederholte sie und ging hinaus.

Richard Bowen folgte ihr in den Korridor. »Haben Sie den Verstand verloren? Sie können doch nicht …«

»Gehen Sie wieder rein, Richard, und überzeugen Sie Ihren Mandanten, dass es das einzig Richtige ist, uns jedes bisschen an Information mitzuteilen, das er hat.«

»Sie haben gerade seine Familie bedroht.«

»Ich weiß nicht einmal, ob er eine Familie hat, aber Jerry Wallace hatte eine Tochter, und er ist tot. Thomas Creed hatte zwei Töchter, und er ist tot. Ich leite Ihnen gerne die Autopsieberichte von Lee und Gray weiter. Er hat vor nichts Angst, was wir ihm ins Gesicht halten, denn der Mann, für den er arbeitet, ist viel, viel schlimmer als alles, was Sie oder ich oder ein Hochsicherheitsgefängnis ihm jemals antun können. Und dieser Mann hat im Moment eine lebende Geisel in seiner Gewalt. Wollen Sie hier juristische Spielchen spielen, oder wollen Sie mir helfen, die Geisel lebendig herauszubekommen?«

»Ich will die Rechte meines Mandanten schützen.«

»Wenn Sie Ihrem Mandanten helfen wollen, dann sagen Sie ihm, dass er mit uns reden soll.«

Bowen schüttelte den Kopf und ging wieder hinein.
Madison lehnte sich an die Wand; sie hatte die Stimme gefunden, vielleicht war es auch umgekehrt. Eine klamme Kälte breitete sich in ihr aus, und sie schaffte es gerade noch in die nächste Toilette.

Madison spritzte sich das Gesicht mit Wasser ab und trank aus dem Hahn. Als sie zurückkam, wartete Bowen auf sie.
»Ein paar Dinge weiß er, ein paar hat er erraten, andere hat Conway für sich behalten, weil er immer so arbeitet.«

Sarah Klein, die stellvertretende Chefstaatsanwältin, kam ein paar Minuten nach Mitternacht ins Gefängnis von Seattle. Madison erwartete sie. Klein sah aus wie immer: Zu jeder Tages- und Nachtzeit trug sie Seide und italienische Wolle, stets tadellos. Klein war pfiffig und verrückt genug, um vor Richterin Martin gegen das Anwaltsgeheimnis zu wettern und dabei für sie zu punkten. Madison war froh, sie dabeizuhaben.
»Sagen Sie mir, dass Sie die Familie des Verdächtigen nicht bedroht haben«, sagte Klein, als sie den Aufzug betraten.
»Habe ich nicht«, antwortete Madison. »Ich habe nur gesagt, wenn er uns nicht gibt, was wir brauchen, teile ich den Medien mit, dass er uns hilft. Was dann passieren würde, liege nicht in meiner Hand.«
»Und waren Sie willens, das auch durchzuziehen, falls er es nicht tun würde?«
»Was glauben Sie?«
»Ich glaube, Sie sind froh, diese Entscheidung nicht treffen zu müssen.«
»Es hätte nie eine Entscheidung gegeben. Wir wissen von dem Entführer, dass seine Geiseln normalerweise zu diesem

Zeitpunkt tot sind, nachdem sie gefoltert wurden und Dinge erleiden mussten, die wir uns nicht einmal vorstellen können. Für Feinsinn war keine Zeit: Henry Sullivan hat das gesehen, und er weiß, wozu Menschen fähig sind. Ich habe es nur gegen ihn verwendet.«

»Na ja, er hat Ihnen jedenfalls geglaubt, denn er will Sie nicht einmal mit im Raum haben, wenn er es uns erzählt.«

»Hier.« Madison reichte Klein eine Liste mit Fragen. »Für den Anfang.«

Die Aufzugtür ging auf.

»Bowen sagte, sie hätten seine Familie als ›Kollateralschaden‹ bezeichnet.«

»Das stimmt.«

Sie hatte es ausgesprochen, bevor sie sich daran hindern konnte.

»Nun, was auch immer Sie gesagt haben … jetzt sind wir hier, auch wenn ich dafür keinen Orden erwarte. Ich glaube, Bowen braucht eine frische Unterhose.«

Sie waren vor dem Raum angelangt, in dem Sullivan wartete. Madison verschwand im Beobachtungszimmer.

Richard Bowen saß mit seinem Mandanten an der einen Seite des Tisches; Spencer und Dunne saßen gegenüber. Sarah Klein setzte sich an den Kopf des Tisches, ihre Augen fanden Madison auf der anderen Seite des Spiegels.

58

John Cameron atmete durch die Augenbinde: Die Fesseln spannten um Handgelenke und Beine, und er musste die Körperposition wechseln. Sie hatten ihn im Keller auf der Trage liegen gelassen, und er hatte versucht, sich zu orientieren, war ihren schweren Schritten über ihm gefolgt und wurde vertraut mit ihrem Gang, ihrer Haltung und dem Gewicht und der Geschwindigkeit hinter ihren Bewegungen. Der jüngere Mann hinkte ein wenig auf der Seite, die ihm weh tat; der ältere bewegte sich leicht und entschlossen.
Cameron hatte, so gut es ging, die zeitliche Orientierung behalten: Nach dem Vogelgezwitscher zu urteilen, musste es kurz vor Sonnenaufgang sein. Er dachte nicht darüber nach, was die Zukunft bringen könnte, er dachte nur an die Gegenwart und an diesen Mann, der ihm noch nicht offenbart hatte, wie er tickte.
Cameron dachte nicht an die Nacht, die er neben James Sinclair an einen Baum gefesselt verbracht hatte: Madison hatte recht, der Junge, der er gewesen war, war längst tot, und der Mann, der heute hier im Keller lag, hatte sich mehr Feinde gemacht und mehr Menschen ums Leben gebracht, als es dieser Junge jemals für möglich gehalten hätte.
Die Tür ging auf, Schritte kamen herunter. Jemand entfernte die Augenbinde, und Peter Conway stand über ihm.
»Ich finde, Sie sollten wissen, mit wem Sie es zu tun haben«, sagte er und verabreichte Cameron eine Spritze in den Arm. Sie wirkte sofort: Sein Körper wurde taub, und er merkte gleich, dass er nicht atmen konnte, sein Brustkorb hob sich

nicht, seine Lunge nahm keine Luft auf, sein Körper hatte sich in Stein verwandelt.
Conway drückte auf eine Stoppuhr, dann schnitt er mit einem Messer die Plastikfesseln um Camerons Handgelenke, Waden und Knöchel auf. »Das ist Suxamethoniumchlorid, ein Muskelrelaxans, es wird in der Anästhesie verwendet. Es führt zu einer sofortigen Muskellähmung.«
Cameron wusste genau, was es war, und dass sein Körper für ihn tot war: Er konnte sich nicht bewegen und nicht atmen.
»Wenn es Patienten verabreicht wird, müssen sie beatmet werden, sonst ersticken sie.« Conway stand über ihm, seine Augen ein ausdrucksloses, leeres Nichts.
Er musste ihn beim Ausatmen gespritzt haben, denn Camerons Lunge war leer, und jede Zelle seines Körpers drückte und schlug gegen eine Ziegelwand.
Camerons Geist hielt ruhig Wache, während sein ganzes Wesen in eine unentrinnbare Panik verfiel. Er schaltete ab: Dieser merkwürdige Tod wanderte durch seinen Körper und schaltete das System dabei ab wie die Lichter in einem leeren Haus. Bald, ganz bald, würde er nicht mehr denken können. Wie lange dauerte es schon?
»Verstehen Sie?«, fragte Conway und betrachtete seinen Gefangenen.
Camerons Körper schrie nach Luft, während er völlig reglos auf dem Rücken lag, Arme und Beine ohne Fesseln, die Augen geöffnet, und Tränen liefen ihm über die Wangen, weil er nicht blinzeln konnte.
Gedanken kamen in blendenden Blitzen. Wie lange dauerte es schon? Wie lange ging das, bis ein dauerhafter Schaden eintrat? Cameron konzentrierte sich auf eine dunkle Stelle an der Holzdecke direkt über ihm. Schmerzen, entsetzliche

Schmerzen – anders als alles, was er je durchgemacht hatte –, aber Angst hatte er keine.

»Angeblich ist es, als wäre man lebendig begraben«, sagte Conway.

Sein Körper brannte, und sein Herz ... Cameron griff nach einem letzten Gedanken und hielt in der immer dichter werdenden Dunkelheit daran fest: eine Stoppuhr. Conway hatte eine Stoppuhr. *Und mein Körper liegt an einem fernen Ufer ...* Cameron ertrank ... *am Ende der längsten Nacht.* Er hatte keine Angst, weil er nichts mehr hatte, er war nicht mehr in diesem Grab aus Fleisch und Stein.

Dann wurde ihm die Maske über den Mund gestülpt, und Conway drückte ihm mit einem Beatmungsbeutel wieder Luft in die Lunge. Sie strömte hinein wie Wasser über versengte Erde, und Conway pumpte gleichmäßig.

Wie oft hat er das schon gemacht?

Nach einer Minute, es war fast wie ein Wunder, blinzelte Cameron und zuckte mit den Fingern der rechten Hand.

»Wie gewonnen, so zerronnen«, sagte Conway.

Es dauerte eine Weile, bis Cameron wieder selbständig atmen konnte; als es so weit war, nahm Conway die Maske weg. Der Gefangene konnte sich noch nicht einmal aufsetzen und erst recht keinen Widerstand leisten. Conway lehnte sich an die Wand und betrachtete Cameron, dessen Körper langsam zurückkehrte.

Als Cameron nach einer Weile halbwegs stehen konnte, führte ihn Conway in ein Bad in einer Ecke des Kellers. Cameron steckte den Kopf unter das kalte Wasser und trank. Er war zu schwach, um die Gelegenheit zu nutzen und Conway anzugreifen, und das wusste der Mann. Er legte sich zurück auf die Trage, benommen von der Anstrengung und offensichtlich desorientiert. Conway legte ihm wieder

Fesseln an Handgelenke und Knöchel, nur waren Camerons Hände diesmal vor dem Körper.
Conway ging ohne ein Wort.
Wie lächerlich, dachte Cameron. Wie traurig und erbärmlich und absolut lächerlich, in einer albernen kleinen Hütte zu sterben, weil einem von der Hand eines völlig Fremden eine banale Droge verabreicht worden war, die täglich in jedem Krankenhaus eingesetzt wurde.
Die Männer, die durch Camerons Hand gestorben waren, hatte er gut gekannt und sie ihn auch. Nur so ergab es Sinn für ihn. Das hier war ein unblutiger Tod, um die Lust eines unbedeutenden Henkers zu befriedigen.
Cameron drehte sich auf eine Seite: Sein Kopf hämmerte, und die Augen pochten, aber er war nicht im mindesten desorientiert. Er wusste nicht, wie viel Zeit ihm blieb, bevor Conway zurückkam, und was passieren würde, wenn er es tat: Das hier war der Keller einer Jagdhütte, ein Ort, an den Männer ihre Beute brachten, um sie aufzubrechen, ausbluten zu lassen und zu häuten. Cameron setzte sich auf. Vielleicht hatte dieser Keller lange auf ihn gewartet, wie die Tötungsfalle auf Gilman.
Der Morgen dämmerte. Cameron hörte es jetzt deutlich am Vogelgesang. Er stellte sich die Dämmerung muschelbleich und eiskalt vor, wie sie über das Dach der Hütte kam: Die Wipfel der Douglasien hoben sich schwarz vor dem leuchtenden Himmel ab, und der Boden knirschte unter den Füßen. Die beste Zeit des Tages, er mochte sie am liebsten.
Cameron stand auf, seine Beine zitterten leicht. Er hob die Hände, berührte die nackte Glühbirne, so dass die dunklere Hälfte des Kellers beleuchtet wurde. Über ihm gingen schwere Schritte über den Boden.

59

Alice Madison stand alleine im Beobachtungsraum. Henry Sullivan erzählte, was sie getan hatten und was Conway noch tun würde, und Madison war froh, dass sie nicht mit in diesem Zimmer war, froh, dass sie nicht durch die Scheibe langen konnte, und sie bedauerte es, bedauerte es sehr, dass sie Peter Conway nicht durch das Fenster im Walters Institute erschossen hatte. Sie hätte damit leben können, wenn sie gewusst hätte, was sie jetzt wusste.

Madison traf die anderen danach im Gang. Spencer und Dunne konzentrierten sich auf die Logistik; Klein und Bowen schwiegen – Anwälte hatten wenig anzubieten, wenn es darum ging, Türen ohne richterliche Anordnung aufzubrechen. Es stand nie in Frage, was Madison tun würde.

»Und du solltest mein Auto nehmen«, sagte Dunne.

»Danke, Andy«, antwortete sie.

Spencer würde Fynn informieren und die State Trooper und das Büro des Sheriffs.

Bei Sonnenaufgang raste Madison über die I-5 in Richtung Norden. Dunne hatte einen roten Chevy S10 Pick-up mit Allradantrieb – da, wo Madison hinfuhr, würde ihr Honda Civic nicht viel nützen. Auf dem Parkplatz hatte sie die Schlüssel getauscht, nachdem sie ihre Notfallausrüstung, die sie in einer Sporttasche aufbewahrte, aus dem Kofferraum geholt hatte.

Madison blickte starr auf die Straße, doch sie sah nichts. Ihr Handy lag auf dem Beifahrersitz, und sie zwang sich, es zur Hand zu nehmen. Sie musste neutral und ruhig sprechen; sie sollte ihm von den Plänen und den Notfallmaßnahmen und den Suchtrupps erzählen. Sie sollte ihm erzählen, was sie vorhatten, was in ihren Möglichkeiten stand, und hoffen, dass er das schrille Stimmchen nicht hören würde, das in ihrem Kopf dauernd wiederholte, dass es schon zu spät war, viel zu spät.

»Wo ist er?« Quinn sprach mit krächzender Stimme.

»Sullivan weiß es nicht. Conway hat irgendwo im Nordwesten von Seattle ein Versteck eingerichtet, eine Hütte im Wald, wo er Cameron hinbringen wollte. Sullivan wusste nicht, wo, aber er wusste, welches Maklerbüro er angefragt hatte, weil er zufällig den Namen auf Conways Laptop gesehen hat.«

»*Irgendwo* im Nordwesten?«

»Ich weiß, das hört sich dürftig an, aber wir verfolgen die Zahlungen mit Conways Kreditkarte nach, um zu sehen, wo er gefahren ist, wo er getankt hat und wo er eingekauft hat.«

»Wie wollen Sie ihn finden?«

»Die anderen schicken mir genaue Angaben über die Vermietungen des Maklers, und wir überprüfen in Zusammenarbeit mit den örtlichen Behörden die einzelnen Hütten. Ich bin jetzt auf dem Weg dorthin. Spencer weckt den Sachbearbeiter des Maklers und versucht, so viele Informationen wie möglich zu bekommen.«

Quinn war vielleicht erschöpft, aber geistig war er wie immer fit. »Ich verstehe das nicht. Warum macht er sich so viele Umstände? Warum bringt er John in eine Hütte, die Stunden von Seattle entfernt ist, wenn er doch die anderen Männer sofort und vor Ort erledigt hat?«

Madison holte das Telefon näher zu sich. »Conway brauchte eine Hütte, die nahe an einem stillgelegten Rollfeld liegt –

es gibt eine Menge aus den Vierzigern und Fünfzigern, überall im Staat. Er hat Cameron nicht entführt, um Informationen aus ihm herauszubekommen und einen Zeugen zu eliminieren – das war nur der Ausgangspunkt.« Madison wusste nicht, wie sie es ausdrücken sollte. »Peter Conway wird Cameron an die Drogenbande verkaufen, die Cameron in Kalifornien ausmanövriert hat und aus deren Kreis er Dealer ermordet hat. Letzten Dezember brachte Cameron drei Männer von diesem Kartell in Kalifornien um, und Errol Saunders hier, und Jahre zuvor war es die Nostromo.«

Quinn sagte nichts.

»Als Conway die Einzelheiten zu dem Auftrag in Seattle erfuhr«, fuhr sie fort, »begriff er, dass Cameron lebendig viel mehr für ihn wert war als tot, und er hat einen Deal mit ihnen gemacht. Sie kommen und fliegen ihn aus. Deshalb haben sie einen Taser benutzt: Er muss Cameron unversehrt abliefern.« Madison bedauerte ihre Worte sofort, denn sie wusste, was Quinn nun dachte. *Damit* sie *ihn auseinandernehmen können.*

Kurz herrschte Schweigen in der Leitung. Madison fuhr weiter.

»Ich komme mit«, sagte Quinn schließlich.

»Nein. Ich brauche Sie in Seattle, damit Sie noch einmal alles durchgehen, was Sie haben, denn McMullen kommt bald auf Bewährung frei. Ich halte Sie auf dem Laufenden.«

»Sind Sie allein?«

»Nicht mehr lange. Die örtliche Polizei wird auch dabei sein, aber ich bin die Einzige, die Conway gesehen hat.«

»Ich komme. Ich helfe bei der Suche.«

»Hören Sie auf mich, Quinn. Sie müssen bleiben, wo Sie sind. Ich muss wissen, dass Sie in Sicherheit sind.« So weit

von Conway weg wie menschenmöglich, wollte sie hinzufügen.
Quinn gab keine Antwort. Madison hoffte auf seinen gesunden Menschenverstand: Der Mann ging am Stock, Herrgott noch mal.
»Halten Sie mich auf dem Laufenden«, sagte er.
Und dann war da nur noch Madison, allein im Auto, die durch den frühen grauen Morgen in Richtung Bellingham, die Berge und die Verheißung des Todes raste.

Schließlich hielt sie an einem kleinen Rastplatz mit einem hübschen Imbiss. Die Straße war auf beiden Seiten dicht bewaldet, und die Luft war schneidender. Neben dem Holzgebäude parkte eine Handvoll Autos, darunter ein weißer Wagen der Sheriff's Office Unit von Whatcom County. Ein Deputy stieg aus, als er den roten Pick-up sah. Es war Vormittag, die letzten Stunden waren wie im Flug vergangen.
Der Deputy hatte einen dicken Stapel Papier und eine Plastiktüte dabei. Er war groß und dünn, hatte eine blonde Igelfrisur unter der Kappe und sah keinen Tag älter aus als neunzehn. Madison wäre jemand mit mehr als ein paar Wochen Erfahrung und vielleicht schon etwas Bartwuchs lieber gewesen.
»Das hat uns jemand von Ihren Leuten geschickt«, sagte er, nachdem sie sich vorgestellt hatten.
Madison breitete die Ausdrucke auf der Motorhaube des Streifenwagens aus: eine Liste mit den Adressen der Hütten und Karten, auf denen die Pisten und die Hütten markiert waren sowie die Läden, in denen Conways Karte benutzt worden war.
Der Deputy folgte dem Highway 542 mit dem behandschuhten Finger. »Die Adressen verteilen sich offensichtlich

über drei Countys: Ein paar sind hier in Whatcom County, aber da sind auch ein paar in Skagit, das ist im Süden, und sogar eine Handvoll in Okanogan, das ganz im Westen liegt. Und wir haben die Grenze zu Kanada, nur einen Steinwurf von hier entfernt.«

»Wie viele sind es insgesamt?« Madison ging die Liste durch.

»Fünfundzwanzig, aber wir sehen uns auch die an, die nicht gebucht wurden – nur für den Fall.«

Madison fluchte verhalten.

Das Informationsblatt war gefiltert nach dem Datum, an dem gebucht worden war, und danach, ob es sich um einen Stammkunden handelte.

»Ein paar haben wir ausgeschlossen, aber vierzehn stehen noch auf der Liste, je nachdem, wie nahe Ihr Mann an der Piste sein wollte. Wir haben Kendall und Riverside – sie sind in Privatbesitz und können gemietet werden.«

»Ich glaube, unser Mann will etwas Unauffälligeres.«

»Davon gab es einige, aber ein paar sind so gut wie verfallen, und der Wald hat sie zurückgefordert. Sumas – das liegt Richtung Grenze, aber dort war seit Jahren niemand mehr –, und Pasayten, Marblemount und Blankenship, aber ich kann Ihnen nicht sagen, ob die noch bewohnbar sind, und sie liegen ziemlich weit auseinander.«

Madison betrachtete die Landkarte. Ein Rollfeld in den Bergen, eine Graspiste, das war wenig mehr als ein Streifen Wiese, umgeben von Bäumen, gerade so breit, dass ein kleines Flugzeug landen und abheben konnte: kein Kontrollturm, keine Fluglotsen und, ganz wichtig, keine Beleuchtung. Wer hier landen wollte, konnte dies nur bei Tageslicht tun, und wenn das Wetter nicht mitspielte, blieb unter Umständen nicht viel Zeit.

»Hier«, sagte Deputy Andrews und reichte Madison die

Plastiktüte. Sie enthielt eine Thermoskanne, ein paar Sandwiches, eine Flasche Wasser und Schokoriegel. So nett waren Polizisten, deren Revier 6500 Quadratkilometer groß war.

»Ihre Leute haben gesagt, Sie wären schon vor Sonnenaufgang losgefahren, und, ich zitiere, Sie hätten sicherlich wegen keiner roten Ampel angehalten, ganz zu schweigen von Essen und Trinken.

»Danke, das ist sehr freundlich.«

Der Deputy lief tiefrot an. »Dieser Typ, den Sie suchen, das ist eine harte Nummer, oder?«, fragte er und wechselte das Thema.

Über welchen sprechen wir?

»Ja, Peter Conway ist ein Killer – er lebt davon, andere Menschen zu töten. Wir wissen von mindestens vier Morden in King County in den letzten Wochen, und er hat einen Komplizen bei sich.«

»Hier haben wir nicht viele von der Art.«

»Das denke ich mir. Haben Sie ...« Madison wollte nicht unhöflich sein, aber heute war kein Tag für Lernen am Arbeitsplatz, und sie musste wissen, wie grün er hinter den Ohren war. »Haben Sie schon einmal mit so einer Situation zu tun gehabt?«

»Nein.«

»Okay.«

Besser, es vorab zu wissen und sich darauf einzustellen, dachte sie.

»Nicht hier, will ich damit sagen. Aber ich war ein paarmal in Afghanistan. Als Scharfschütze bei der Infanterie. Ich hab dort ziemlich viel gesehen, das werde ich so schnell nicht vergessen. Auch ein paar Geiselnahmen – deshalb haben sie mich zu Ihnen geschickt.«

»Okay«, sagte Madison. Sie kam sich sehr idiotisch vor. Jeder ging zu seinem Auto, und sie fuhren Richtung Nordwesten. Hinter der Wolkendecke war der Himmel hell und klar. Ein guter Tag zum Fliegen.

Meilen um Meilen entfernt, in einem kleinen Raum ohne natürliches Licht, sah Dr. Takemoto zu, wie Vincent die Wand abtastete, nachdem er die letzte seiner Linien gezogen hatte. Vincent hatte heute nicht mit ihr gesprochen; er hatte sie ignoriert. Es sah so aus, als wäre bald kein Stückchen unbemalte Wand mehr übrig. Die Pfleger, die sich um ihn kümmerten, hatten es bestätigt: Vincent hatte beinahe ganz aufgehört zu sprechen. Seine Kommunikation mit der Welt bestand hauptsächlich in der abgenutzten grünen Wachsmalkreide in seiner Hand.

Dr. Peterson betrachtete ihn von der offenen Tür aus – Vincents Hand zitterte ein wenig, aber er war noch fähig, eine gerade Linie zu ziehen. Niemand hatte etwas zu ihm gesagt, und er hatte noch nicht einmal eine Frage über die Nacht des Feuers gestellt. Trotzdem war sich der Arzt sicher, dass Vincent irgendwo in seinem Bewusstsein begriffen hatte, dass Ronald nie mehr wiederkommen würde.

»Was malst du da, Vincent?«, fragte Dr. Peterson.

Vincent wandte sich um: Er hatte so lange mit der Angst gelebt, sie war das Maß der Stunden und der Minuten seiner Tage, und Vincent wirkte erschöpft davon. Trotz des permanenten Bebens in seinem Körper tippte er sanft mit der Wachsmalkreide gegen die Wand. »Die Spur«, sagte er.

60

Der Mann strich sich den Verband auf der verletzten Seite glatt: Beim Einatmen tat es jedes Mal weh, aber zumindest blutete es nicht mehr. *Hättest ihm nicht so nahe kommen dürfen*, hatte Conways einziger Kommentar gelautet. Conway hatte ihn zum fünften Mal angeheuert, und er war zum ersten Mal bei einer Entführung verletzt worden. Diese Geisel benahm sich nicht, wie Geiseln sich normalerweise benehmen, und das bereitete dem Mann große Sorgen.

Er schob den Riegel an der Kellertür auf – ein einfaches Schloss, das Conway vor ein paar Tagen eingebaut hatte – und ging hinein. Von oben konnte er den Gefangenen deutlich sehen: Er lag seitlich auf der Trage, die Handgelenke und Knöchel waren mit Plastikfesseln zusammengebunden. Die Geisel hatte die Augen geöffnet. Er musterte Cameron, während er die Treppen hinunterging, sich seines schleppenden Gangs plötzlich bewusst.

Conway hatte Cameron die Hände nach der Sux-Spritze vorne zusammengebunden, weil er sich seine Ware nicht durch Muskelkrämpfe oder Erstickungsanfälle verderben lassen wollte.

Hättest ihm nicht so nahe kommen dürfen. Der Mann hob die Kaliber .22 Handfeuerwaffe und richtete sie auf den Kopf der Geisel, während er sich näherte. Der Gefangene blinzelte nicht einmal: Mit seinen hellbraunen Augen folgte er den Bewegungen des Mannes und registrierte die unangenehme Beule unter dem Shirt, wo der Verband war, und dass er hinkte. Der Mann kam sich vor, als würde er von einem Tier beobachtet.

Er kam näher, drückte ihm die Mündung der Waffe an die Stirn und fühlte ihm mit zwei Fingern an der Halsschlagader den Puls. Aus dieser Entfernung würde er nicht danebenschießen. Der Herzschlag des Gefangenen war gleichmäßig, es gab nicht einmal ein kleines Holpern, weil ihm jemand eine Waffe an den Kopf drückte.
»Geht es besser?«, fragte ihn der Mann.
John Cameron gab keine Antwort.
»Atemprobleme? Muskelkrämpfe?«
Er verstand Camerons Schweigen als Verneinen, stand auf und wich zurück. Es würde für alle eine Erleichterung sein, wenn dieses Paket endlich ausgeliefert war.
Der Riegel wurde wieder vorgeschoben.

Madison warf einen Blick auf die Landkarte auf dem Beifahrersitz. Sie hatten die Hütten zwischen den Teams aufgeteilt: Drei standen auf ihrer Liste. Sie folgte dem Team von Deputy Andrews über den Mt. Baker Highway. Er hatte unterwegs seinen Partner abgeholt und ihr ein Funkgerät gegeben, damit sie Kontakt halten und die Meldungen der anderen Polizisten hören konnte. Die Stimmen kamen knackend über den Lautsprecher.
Nach Maple Falls machte die Straße eine Biegung und öffnete sich auf den North Folk Nooksack River: Er floss dunkelgrün zwischen den weißen Kieselufern dahin, bevor der Wald sich schloss.
Hübsch, dachte Madison.
Das alte Bild von Conway aus Kamens Akte war verteilt worden, mit einer kurzen, aber umfassenden Zusammenstellung seiner Leistungen als menschliches Wesen. Man hatte auch das Bild von John Cameron herausgegeben, zusammen mit der Warnung, dass sehr wahrscheinlich ein

weiterer Entführer mit Conway zusammenarbeitete. Das Büro des Sheriffs hatte Deputys dazugeholt, die gerade gar keinen Dienst hatten, und die Suchtrupps verteilten sich über drei Countys.
Für die erste Hütte auf der Liste mussten sie zehn Minuten über eine steile, schmale Fahrstraße in Richtung Grenze fahren. Sie konnte nicht einfach ohne eine Erklärung vor der Tür stehen, und der Sheriff hatte sich ausgedacht, dass ein Wanderer vermisst wurde, der womöglich verletzt war.
Madison hielt sich zurück. Sie band sich die Haare zu einem Pferdeschwanz zusammen und zog sich zur Tarnung ein grünes T-Shirt von den freiwilligen Helfern der Polizei von Whatcom County über die neue kugelsichere Weste. Die alte war nach dem letzten Einsatz nicht mehr gebrauchsfähig. Als sie die Riemen an der Seite festzog, stellte sich für einen ganz kurzen Moment eine Erinnerung ein, die aber sofort wieder verschwand. Madison überprüfte ihre Waffe im Holster und stieg aus dem Pick-up aus.
Vor der Hütte parkte ein nagelneuer silberner SUV. Die Deputys klopften an, und eine Minute darauf öffnete eine Frau mit einem Kleinkind auf dem Arm. Sie unterhielten sich kurz, dann kamen die Deputys zurück.
Der SUV war verräterisch gewesen: Conway würde auf keinen Fall ein Fahrzeug mit durchsichtigen Scheiben fahren. Sie suchten nach einem Transporter oder einem kleinen Lieferwagen – bestimmt war es kein Vorführwagen mit Kinderspielzeug auf dem Rücksitz.
Sie waren wieder auf dem Highway. Madison lauschte jedem Wort, das über das Funkgerät kam, während die Hütten nacheinander überprüft und von der Liste gestrichen wurden. Der Sheriff hatte zu jeder in der Gegend bekannten

Landepiste eine Einheit geschickt, und bisher war kein ungewöhnlicher Verkehr festgestellt worden.
Madison behielt den Himmel im Auge: jeden Punkt, der ein Flugzeug sein könnte, jede Wolke, die Regen bringen und den Flug hinauszögern könnte. Ihr Gehirn spuckte Gedanken aus wie Lochstreifen und hörte nicht auf: Eine Landepiste oben in den Bergen verlangte ein kleines, wendiges Flugzeug und einen erfahrenen Piloten; ein kleines Flugzeug hätte nicht genug Treibstoff, um von Kalifornien aus hierher- und wieder zurückzufliegen, ohne aufzutanken; ein kleines Flugzeug könnte von einem Flugplatz in British Columbia aus vollgetankt einfliegen, die Fracht aufnehmen und nach Kalifornien weiterfliegen. Und wenn für Conway der eigentliche Lohn der Verkauf der Geisel war, dann hatte sich McMullen auf diese Weise seine Dienste leisten können – nicht er würde ihn bezahlen, sondern die Dealer aus L.A. *McMullen. Herrgott, es war McMullen.*
Madison hinterließ Dunne eine Nachricht auf der Mailbox. Sie bat ihn, McMullens Kontakte im Gefängnis zu überprüfen und zu sehen, ob es möglich war, dass er dort jemanden mit den richtigen Kontakten kennengelernt hatte. Die Gärtnergruppen und die Bewährungszeit konnte man vergessen: Falls McMullen herauskam, war er weg.

Nathan Quinn nahm sein Handy und rief Conrad Locke an. Beim zweiten Klingeln ging er ran.
»Nathan, gibt es etwas Neues?«
»Nein, noch nicht.«
Seit dem frühen Morgen berichteten die Medien über die Entführung.
»Ich muss dich etwas fragen, Conrad«, fuhr Quinn fort. »Es geht um etwas, worüber die Jungs am 4. Juli 1985, als wir bei

euch auf dem Anwesen waren, gesprochen haben. Ich weiß, es ist eine Ewigkeit her, aber vielleicht erinnerst du dich.«

Kurze Stille. Conrad Locke, ein Freund und Kollege von Quinns Vater, war bei allen düsteren und schrecklichen Augenblicken dieses Jahres dabei gewesen.

»Natürlich, Nathan, alles, was ich dir sagen kann.«

»Jimmy hat zufällig mit angehört, wie sein Vater am Telefon jemanden bedroht hat. Als wäre jemand im Restaurant vorbeigekommen, und Jimmys Vater wollte sichergehen, dass das nicht noch einmal vorkommt. Sagt dir das etwas?«

Locke dachte nach. »Ich kann mich erinnern, dass ich deinen Vater gefragt habe, ob mit Sinclair alles in Ordnung ist, und dein Vater hat gesagt, es hätte gewisse Themen gegeben. Mehr hat er nicht dazu gesagt, und ich habe ihn nicht gedrängt. Vielleicht hätte ich es tun sollen.«

»Ich weiß, dass du damals von der Polizei befragt wurdest, so wie alle anderen auch, aber sind Namen zwischen euch gefallen? Hat mein Vater im Gespräch mit dir irgendjemanden erwähnt?

»Was ist denn los?«

»Ich glaube, wir sind nahe dran. Es gibt Verbindungen zwischen zwei Männern, die damals in Seattle waren, und einem der Entführer.«

Locke seufzte. »Es tut mir wirklich leid. Ich glaube nicht, dass jemals irgendwelche Namen erwähnt wurden.«

Quinn hatte keine andere Antwort erwartet, aber er hatte fragen müssen.

»Was passiert denn mit John, Nathan? Kommt die Polizei voran?«

»Sie suchen«, antwortete Quinn, und seine Worte klangen tot und leer.

Madison fuhr den Mt. Baker Highway auf und ab. Sie sprachen mit Anwohnern und überprüften die Hütten auf ihrer Liste. Nach und nach wurden alle Adressen gestrichen. Langsam spürte sie den Schlafmangel.
Es gab so viele Unbekannte: Vielleicht hatte sich Sullivan getäuscht, und Conway hatte gar keine Hütte von einem Makler gemietet, oder er hatte es getan, und es war eine der leerstehenden gewesen, die sie gefunden hatten. Leer, weil die Übergabe schon stattgefunden hatte und John Cameron auf dem Weg nach Kalifornien war oder wo auch immer sein Schicksal ihn erwartete.
Der rote Pick-up und der Streifenwagen parkten am Straßenrand – die Deputys beschäftigten sich mit ihren Funkgeräten, und Madison streckte die Beine aus und sah die Unterlagen durch, die ihr Spencer geschickt hatte.
Conway war ein umsichtiger Mensch: Er hatte in Bellingham getankt, wo sich seine Spur bald verlieren würde, und Lebensmittel im Kmart am East Sunset Drive eingekauft – der war zu groß, als dass sich jemand an ihn erinnern würde. Der einzige mögliche Knochen, den er ihnen hingeworfen hatte, war der Kauf von Wasserflaschen – eine Zwölferpackung – im Cross Roads Grocery & Video in Maple Falls. All das war vonstattengegangen, noch bevor die Überreste von David Quinn gefunden worden waren. McMullen hatte sofort in den Schadensbegrenzungsmodus geschaltet, nachdem die Polizei angefangen hatte, nach der vergrabenen Leiche zu suchen.
Madison trank eine Tasse Kaffee aus der Thermoskanne: Er war warm und schmeckte nach Plastik, aber diese Geste war das einzig Gute, was der Tag ihr gebracht hatte. Sie zeigte Deputy Andrews die Karte mit dem markierten Lebensmittelgeschäft.

»Hier«, sagte sie, »das liegt in der Nähe der Piste von Kendall, oder?«
»Ja, das sind nur wenige Minuten.«
»Was haben wir denn noch hier in der Gegend?«
»Was noch?«
»Ja, die anderen Rollfelder liegen viel weiter im Westen, und wenn wir um diesen Laden einen Kreis von, sagen wir, zwanzig Meilen ziehen, gibt es eine Stelle, die flach und lang genug ist, um mit einem kleinen Flugzeug dort zu landen?«
»Wir haben keine …«
»Wir haben keine Landebahnen mehr, aber sagen wir, ein Feld, groß und flach und lang genug?«
Der Deputy zwickte die Augen zusammen. »Wie lang?«
Madison wusste nicht mehr über die Fliegerei als das, was sie als Kind bei den Air Shows gesehen hatte, zu denen ihr Großvater sie mitgenommen hatte.
»Ich weiß es nicht. Ich würde sagen 200 Meter, und wenn dort Bäume stehen, mindestens doppelt so lang.«
Andrews dachte kurz nach. »Nördlich vom Silver Lake gibt es ein Feld, wo man im Sommer zelten kann«, sagte er. »Nächsten Monat wird es wieder eröffnet, aber über den Winter ist es noch geschlossen.«
»Gibt es dort in der Nähe Hütten? Ich meine, richtig in der Nähe?«
»Ja.«
Madison strich die Karte auf der Motorhaube glatt. »Wo liegt es?«
»Hier.« Der Deputy zeigte auf einen grünen Strich über dem Blau des Sees. Eine einzige Straße führte vom See nach Maple Falls, und am Ende dieser Straße lag der Cross Roads Grocery & Video Store.

61

Die Silver Lake Road schlängelte sich zwischen dem Red Mountain und dem Black Mountain in Richtung kanadische Grenze hinauf. Die Straße begann hinter dem Wohngebiet und stieg rasch an. Wälder wechselten sich auf beiden Seiten mit Feldern ab.

Madison ärgerte sich über sich selbst: Sie hatte nicht klar gedacht. Der wichtigste Faktor musste die Nähe des Ortes, wo sie Cameron festhielten, zum Rollfeld sein: Es war gefährlich, eine Geisel wie Cameron zu bewegen, es konnte tödlich ausgehen, wenn er sich befreite. Sie mussten die Fahrzeit so gering wie möglich halten, und selbst dann war es sehr aufwendig, ihn von A nach B zu bringen.

Sie sah aus dem Fenster: Der Himmel war klar, und irgendwo in nicht allzu weiter Entfernung bereiteten sich Männer darauf vor, einen Menschen zu einem hässlichen Tod zu fliegen.

Der Streifenwagen fuhr schnell, Madison folgte ihm im selben Tempo nach. Licht und Schatten flackerten über ihre Windschutzscheibe, während sich Waldstücke mit freien Strecken abwechselten.

Auf dem Beifahrersitz vibrierte ihr Handy: Es war Quinns Nummer. Der kleine Bildschirm leuchtete auf und färbte sich dann wieder schwarz. Sie konnte nicht mit ihm reden. Sie konnte ihm nicht beschreiben, was sie tun musste. Der Deputy hielt auf einer Lichtung mit drei Hütten. Es waren keine weiteren Autos zu sehen.

»Ein Stück weiter gibt es noch drei«, sagte Andrews.

Madison und die Polizisten näherten sich der ersten: Eine

Holzveranda ragte heraus, die Rückseite grenzte direkt an den Wald. Ihr Bauchgefühl sagte: leer. Die Tür war verschlossen, und die Fenster an der Seite waren nicht erleuchtet. Sie machten sich auf zur zweiten Hütte.

Da, im Schatten der Nadelbäume, schien sich die Tür der letzten Hütte zu bewegen.

»Moment«, sagte Madison und deutete in die Richtung.

Da war es wieder – ein Zittern. Alle drei zogen ihre Waffen. Aus der Hütte kam kein Laut, nur das Rauschen der Baumwipfel und ihre Schritte waren zu hören.

Am Eingang waren frische Reifenspuren.

Madison nahm auf der einen Seite ihre Position ein, Andrews auf der anderen. Die Tür stand ein wenig offen, und sie bewegte sich im Wind, als würde das Haus atmen. Madison schob sie mit dem Lauf ihrer Glock vorsichtig auf. Sie wusste nicht, ob sie auf das vorbereitet war, was sie finden würde.

Hinter ihr stockte jemandem hörbar der Atem: Der Raum war fast völlig zerstört – Stühle waren umgekippt, überall waren Vorräte ausgeschüttet, ein Tisch war gegen die Wand und auf eine Seite geschoben. Auf jedem Zentimeter dieses Bodens war ein Kampf ausgetragen worden. Gleich links stand eine weitere Tür offen, die in den Keller führte. Madison fiel der nagelneue Riegel daran auf. Sie stieg die erste Stufe hinunter und sah ihn. Ihr Herz machte einen Sprung, und sie rannte los.

Er lag auf einer Trage: ein großer, sehr muskulöser Mann Ende dreißig mit einer klaffenden Wunde am Hals und Schnittwunden an der Brust. Er war blutüberströmt. Es war nicht Peter Conway – da war sie sich ganz sicher. Madison fühlte seinen Puls, und der Mann stöhnte.

»Haben Sie einen Verbandskasten im Auto?«, fragte sie,

ohne sich umzudrehen. Hinter ihr eilte jemand die Treppe hinauf.

Der Mann versuchte, mit den Händen die Blutung am Hals zu stoppen. Madison kniete sich neben ihn, er blinzelte.

»Wo sind sie? Sind sie unterwegs zum Flugzeug?«

Die glänzenden Augen irrten durch den Raum.

»Wo sind sie?«

Andrews Partner kam mit Verbandszeug und versorgte die Wunde am Hals. Madison stand auf: Auch im Keller waren überall Kampfspuren, und Stücke von Plastikfesseln lagen auf dem Boden. Cameron war gefesselt worden und hatte es geschafft, sich zu befreien. Soweit Madison sah, war der Mann nicht bewaffnet, aber so war es wahrscheinlich nicht von Anfang an gewesen. Cameron hatte ihn angegriffen und sich zumindest für eine Weile befreit. Aber der Zustand des oberen Raums und die Tatsache, dass Conway nicht auffindbar war, waren keine guten Zeichen. Der Mann auf dem Boden konnte kaum atmen; er würde ihnen überhaupt nichts erzählen.

»Ich fahre zum Rollfeld. Geradeaus weiter von hier aus?«, fragte sie.

»Ich komme mit«, antwortete Andrews, aber sie war die Treppe schon halb oben.

Andrews holte sie am Auto ein. »Ma'am, was ist denn hier eigentlich wirklich los?«

Sie wandte sich ihm zu. »Die Geisel soll an Leute verkauft werden, die den Mann foltern und immer gerade noch am Leben erhalten werden, damit sie ihm weitere Grausamkeiten antun können. Mehr habe ich im Moment nicht.«

Andrews wich einen Schritt zurück. »Okay.«

Der Pick-up bog mit quietschenden Reifen aus der Lichtung heraus und zurück auf die Straße. Im Rückspiegel sah

Madison, wie Andrews' Streifenwagen ihr nachjagte und er in das Funkgerät sprach.

Wenn es Entscheidungen zu treffen gab, dann sollte sie sie jetzt treffen, denn später – sollte es ein Später geben – würde sie inmitten der Geschehnisse nur Zeit haben zu reagieren, nicht nachzudenken und ganz bestimmt nicht den Schmerz in der Brust zu fühlen. Alles, was ihre Reaktionszeit verlangsamen könnte, musste beiseitegeschoben werden, denn eines wusste sie ganz sicher: Die anderen würden mehr sein, und sie würden mehr Waffen haben.

Sie waren innerhalb von Minuten dort. Madison spannte ihre Glock vor – eine Patrone im Lager, und sie war bereit. Durch die Bäume erspähte sie den Transporter, der am unteren Ende des Feldes parkte. Etwas brummte in der Luft: vielleicht der Motor eines kleinen Flugzeugs.

Sie warf einen Blick auf den jungen Mann in der olivgrünen Uniform: Andrews hatte seine kugelsichere Weste an, über der Schulter trug er ein Scharfschützengewehr mit Zielfernrohr. Es war nicht die weiche Weste, wie sie die meisten trugen: Seine Weste war mit harten Platten verstärkt, genau wie ihre. Sie waren ein zweiköpfiges Geiselbefreiungsteam. Der Flugmotor über ihnen brummte lauter.

Das weiße Flugzeug senkte sich auf die Landebahn herab, beschrieb eine Kurve, so dass es gleich wieder in Startposition war, und kam zum Halten, knapp zwanzig Meter von Conways Wagen entfernt. Madison lag bäuchlings auf dem kalten Boden, die Ellbogen in die Erde gestemmt, und kroch die letzten paar Meter in den Schatten. Conways Wagen stand fünf Meter vor ihr auf dem freien Feld, und sie konnte die Fahrerseite und den hinteren Teil des Wagens deutlich sehen. Sie verbarg den Kopf hinter einem Bärentraubenstrauch. Sie hatte den Blick nicht von dem Lieferwagen abgewandt: bisher keine Spur von Conway oder seiner Geisel. Die Fenster waren geschlossen, und es war unmöglich hineinzusehen. Madison vermutete, dass Conway auf dem Fahrersitz saß und Cameron gefesselt hinten lag. Sie hatte kurz überlegt, den Wagen zu stürmen, bevor das Flugzeug landete, aber dafür hätte die Zeit nicht gereicht. Außerdem war der rückwärtige Bereich des Wagens in den Spiegeln zu sehen. Conway hätte sie sofort entdeckt und wäre ihnen in die Quere gekommen.

Das Flugzeug war ein eleganter Sechs- bis Achtsitzer, und der Landung nach zu urteilen war der Pilot routiniert. Die Frage war, wie viele Leute man brauchte, um den Gefangenen zu eskortieren. Madison hatte von ihrer Zeit bei der Sitte Erfahrung mit Drogenrazzien und Observierungen und kannte alle möglichen Umbauten in Flugzeugen. Wenn sie ein paar Sitze ausbauten, konnten sie leicht eine Trage festschnallen, die sicherste Art, Cameron zu transportieren. Das bedeutete, im Flugzeug könnten neben dem Piloten noch drei bis vier Männer sein, alle bewaffnet. Und Conway war sicherlich auch bewaffnet – eine Waffe in der Hand und mindestens eine Reservewaffe. Er war jetzt alleine und musste gleichzeitig den Deal abwickeln und sich um den Gefangenen kümmern. Das war nicht ideal, und er musste aufpassen, nicht überwältigt zu werden. Aufpassen und sich schützen.

Madison dachte noch einmal nach und korrigierte sich: Conway war sicher bereits hinten im Laderaum bei der Geisel und wartete, und sie würden gemeinsam herauskommen. Ansonsten könnten ihn die Dealer erschießen, sobald sie ihn sahen, ihre Ware einsammeln und wieder losfliegen.

In diesem Moment gingen die Türen auf. Madison hielt den Atem an. Da war er, Totauge, groß und dünn wie ein bösartiger Aal. Er bewegte sich hölzern – vielleicht hatte Cameron auch ihn erwischt. Er führte seine Geisel aus dem Wagen, der Gefangene hatte verbundene Augen, seine Hände waren auf dem Rücken gefesselt, und er konnte kaum gehen. Madison dachte daran, wie es in der Hütte ausgesehen hatte, und freute sich an der einfachen Tatsache, dass er auf beiden Beinen stehen konnte.

Drei Männer stiegen aus dem Flugzeug aus: Einer hatte ein schmales Gesicht und trug einen Anzug, die anderen waren breitschultrig und sahen in ihren identischen langen Ledermänteln und den Jeans aus wie Bodyguards. Madison rutschte ein Stückchen weg, um besser sehen zu können – der Lieferwagen stand zwischen ihr und der Gruppe.

Sie richtete ihr Fernglas auf die Bodyguards. Aus den Ledermänteln ragten die Läufe zweier MAC-10 mit Schalldämpfern, sie waren auf den Boden gerichtet. Madison zwang sich, ruhig zu atmen und zuzuhören. Das war jetzt ihre Aufgabe – einfach nur atmen, zuhören und bereit sein. Die Angst saß ihr wie ein bitterer Geschmack im Hals.

Das Ganze lief ohne Vorstellung und Begrüßung ab; es war schließlich kein zufälliges Zusammentreffen auf diesem Feld. Die Käufer hatten überprüft, ob Conway allein war und keinen Zirkus veranstaltete, dennoch war sich Madison sicher, dass sie sich fragten, ob sie ihn überwältigen konnten, ohne dass ihre Trophäe dabei getötet wurde.

Der Mann im Anzug nahm ein Handy aus der Brusttasche. Madison hatte zuvor überlegt, wie Conway wohl die Bezahlung erhalten würde. Die einfachste Methode bestand darin, jemanden anzurufen, der die Überweisung elektronisch vornehmen würde, sobald die Ware inspiziert worden war, und die Bank schickte Conway dann eine Bestätigung.

Die Ware.

Madison musterte die vier Männer. Die Körpersprache kannte sie: Macht, Bedrohung, der Austausch von Waren zwischen Geschäftsleuten. Sie las die Männer wie Pokerspieler am Tisch ihres Vaters und wusste, welcher Bodyguard es kaum erwarten konnte, Cameron in die Finger zu bekommen, und welchem es völlig egal war.

Ihre kalifornische Sonnenbräune sah im Staat Washington völlig fehl am Platze aus, und sie wirkten zu massig, um sich schnell zu bewegen, aber sie hatten schwere Waffen dabei. Der Mann im Anzug war für den Deal verantwortlich: Madison sah und hörte zu.

Conway hielt Cameron die Waffe an die Schläfe und schob ihn in Richtung der anderen. Der Mann im Anzug ging ihnen entgegen und sah Cameron ins Gesicht. Madison machte sich bereit. Conway nahm Cameron die Augenbinde ab und drückte ihm die Waffe gegen die Haut. Madison hoffte, Cameron würde nichts Idiotisches anstellen, weil er glaubte, er hätte nichts zu verlieren.

Vielleicht war er geistig und körperlich stark genug, um sich ruhig zu verhalten und es zu ertragen, stark genug, um dem Mann im Anzug in die Augen zu sehen und nicht zu reagieren. Cameron sah bleich und schwach aus, aber er blinzelte nicht einmal, und einen surrealen Augenblick lang war Madison stolz darauf, ihn zu kennen. Der Mann im Anzug untersuchte ihn und wirkte erfreut über seinen Zustand. Er legte ihm die Augenbinde wieder an.

Madison schoss Adrenalin durch Arme und Beine. Mittlerweile müsste Andrews genügend Zeit gehabt haben, seine Position einzunehmen. Sie schob sich hinter dem Gebüsch hervor, der Lieferwagen gab ihr zehn Schritte Deckung. Unbemerkt schlich sie sich seitlich an dem Wagen vorbei, das Herz hämmerte ihr in der Brust. Sie blieb kurz vor dem Fenster auf der Fahrerseite stehen und blickte durch die Windschutzscheibe, die metallene Karosserie fühlte sich kalt an.

Der Mann im Anzug hob sein Handy ans Ohr, und Madison legte los.

Ihr Schuss aus der Glock .40 in die Luft explodierte wie Kanonendonner auf dem freien Feld. Madison kam hinter dem Wagen hervor.

»Auf den Boden! Auf den Boden!«

Köpfe wandten sich in ihre Richtung, Cameron erkannte ihre Stimme. Conway drehte sich blitzschnell herum und schob Cameron zwischen sie. Ein Bodyguard war im Begriff, die MAC-10 zu heben, da traf ihn ein Schuss aus den Bäumen heraus, als hätte ihn jemand fest von hinten geschubst, und er knickte nach vorne zusammen. Der andere Bodyguard wich zum Heck des Flugzeugs zurück, der Lauf hob sich, und Madison schoss ihn zweimal in die Brust. Der Mann rutschte rückwärts gegen das Heck, und Madison zielte erneut. Schüsse aus den Türen des Flugzeugs zerschmetterten die Windschutzscheibe neben ihr, ein Reifen auf der hinteren Seite des Wagens platzte, und ihre Wange stach, als sie zurückwich und in Deckung ging. Drei schnelle Schüsse krachten von den Bäumen aus in Richtung Flugzeugtür, Conway war auf dem Boden, hielt Cameron fest, schoss zweimal in die Längsseite des Transporters und zweimal in Richtung Bäume. Eine Kugel traf Conway in den Hals, eine weitere in den Rücken. Hinter ihm senkte der Mann im Anzug den Revolver und kroch auf Cameron zu, der mit verbundenen Augen und gefesselt auf dem Boden lag. Der Motor des Flugzeugs sprang an, und Madison brüllte über den Lärm hinweg: »Feuer einstellen! Feuer einstellen!« Sie schöpfte Atem, ihre Ohren klingelten, die Luft um sie herum roch nach Kordit.

Der Mann im Anzug stand auf und schleifte Cameron mit, er benutzte ihn als Schutzschild zwischen sich selbst und Madison und dem Scharfschützen. Conway lag blutend mit dem Gesicht nach unten auf dem Boden. Madison wollte ihm mit dem Fuß die Waffe aus der Hand treten, aber er war zu weit weg, und sie hatte den Mann im Anzug im Visier.
»Besten Dank auch – das hätte ich selbst nicht besser hinkriegen können«, sagte der Mann und zog Cameron rückwärts in Richtung Flugzeug.
»Nein«, sagte Madison.
»Erschießen Sie ihn«, sagte Cameron. »Los, schießen Sie.«
»Komm schon!«, rief jemand aus dem Inneren des Flugzeugs.
»Erschießen Sie ihn«, sagte Cameron.
Der Mann war ganz ruhig: Seine Soldaten mochten zwar wenige Meter entfernt tot auf dem Boden liegen, aber so war es letztlich viel besser für ihn gelaufen, denn er hatte nicht einmal sein Geld loswerden müssen.
»Wir sind weg«, sagte er. Madison wusste, das würde die letzte Stimme sein, die Cameron jemals hören würde, wenn er irgendwo in einem abgeschlossenen Raum auf einem Stuhl festgeschnallt war oder an einem Haken von der Decke hing. Die Stimme, die einem sagte, dass es fast vorbei ist, aber noch nicht ganz.
Madison sah nur noch ihre beiden Hände, mit denen sie die Waffe hielt, die drei Punkte in einer Linie im Visier. »Ich kann Sie nicht gehen lassen.«
»Oh doch«, sagte der Mann und drückte Cameron den Revolver fest gegen die Schläfe.
Madison versuchte, einen allerletzten Rest Ruhe in sich zu finden. Um sie herum ächzte der Wald, ein Lufthauch fuhr ihr sanft über die brennende Wange.

Jetzt, genau jetzt musste es sein – mehr Zeit würde sie nie mehr haben. Sie war am Ende vor Erschöpfung und vor Angst, Vernunft und Verstand schienen endlos weit entfernt. Es lief immer, immer wieder auf die gleiche Frage hinaus.
Der Mann hob das Kinn, er sah frettchenhaft aus und kniff theatralisch die Augen zusammen. »Und ab geht's.« In diesen Worten klang eine lange Spur des Grauens nach, Jahre voller Keller, Deals und Gefangener, die darum flehten, sterben zu dürfen.
Madison filterte alles, was gut war, aus ihrer Stimme heraus. »Lassen Sie ihn gehen.«
Sie suchte und fand den Ruhepunkt, den sie brauchte, und sah dem Mann in die Augen.
Wie weit bist du bereit zu gehen?
Ihre Stimme klang brüchig. »Vertrauen Sie mir?«, fragte sie, und im Kopf sagte sie die Fibonacci-Folge auf. *0, 1, 1, 2, 3, 5, 8, 13, 21, 34, 55, 89 …*
»Was?«, sagte der Mann.
… 144, 233, 377 …
»Stehen Sie auf«, sagte Madison.
… 610, 987, 1597 …
»Was?«
Cameron bewegte sich, und Madison drückte den Abzug. *G-64*. Ihr Schuss traf ihn und schleuderte ihn geradezu aus dem Griff des Mannes, ein Blutfleck breitete sich auf seiner Brust aus. Der Mann konnte Cameron nicht mehr festhalten, er war zu schwer und rutschte auf den Boden.
»Er nützt Ihnen nichts mehr«, sagte Madison. »Im Flugzeug stirbt er.«
Ihre Glock gegen seinen Revolver: beide tot oder beide lebendig.

»Sie sind wahnsinnig«, sagte der Mann und warf einen Blick auf Cameron, der mit dem Gesicht auf dem Boden lag, und das Blut, das sich auf der Erde sammelte.
Andrews brach durch das Unterholz und versuchte, direkt auf den Mann zu schießen, aber der Flügel war im Weg. Neben dem Brummen des Flugzeugmotors hörte man schon die Rotoren des County-Choppers, und irgendwo im Tal heulten Sirenen, die sich von Maple Falls Richtung Silver Lake heraufarbeiteten.
Madison wollte, dass es vorbei war, und es war ihr egal, wer zuerst blinzelte.
»Hauen Sie ab. Jetzt«, sagte sie und zählte im Geiste nach, wie viele Patronen sie schon abgefeuert hatte und wie viele ihr noch blieben.
Haut ab und lasst mich die Sterbenden und die Toten versorgen.
Der Mann starrte sie mit seinen bleichen Augen an und wusste, dass ihr ein einziger tödlicher Schuss gelingen würde, selbst wenn er als Erster schoss.
»Los«, sagte sie.
Der Mann verschwand im Flugzeug. Es rollte an, bevor die Tür geschlossen war, beschleunigte, so schnell es die Maschine zuließ, und verschwand in dem purpurfarbenen Himmel. Sie hielt die Glock auf das Flugzeug gerichtet, bis die Räder den Bodenkontakt verloren hatten.
»Überprüfen Sie Conway – er hat vielleicht noch eine zweite Waffe.« Sie zeigte hinter sich, während Andrews über das Feld sprintete.
Madison ließ sich neben Cameron auf den Boden fallen und drehte ihn ungeschickt um, sie wusste nicht, wo sie ihn anfassen sollte. Sie nahm ihm die Augenbinde ab und schnitt die Handfesseln mit ihrem Messer durch. Die rechte untere

Seite seines Brustkorbs war überall rot, und er hatte die Augen geschlossen. *Leber, Nieren, Darm.* G-64 war die Zielscheibe, auf der die menschlichen Organe eingezeichnet waren, mit einem Punktesystem, das anzeigte, welche am wichtigsten waren: Madison hatte auf 0 gezielt.

Sie zog ihm das Hemd hoch und hob vorsichtig den Stoff von der Haut ab. Die Wunde auf der Seite war acht Zentimeter lang und blutete, aber ihre Kugel war von der Haut abgeprallt, ohne in den Körper einzudringen.

Andrews öffnete die Tür des Lieferwagens, und gleich darauf gingen die Scheinwerfer an; er sprach in sein Funkgerät, ein leiser, gleichmäßiger Fluss von Worten, die sie nicht verstand.

Madison zog das grüne T-Shirt aus, knüllte es zusammen und drückte es gegen die Wunde; sie hob Camerons Hand und legte sie darauf. Er öffnete die Augen.

»Drücken Sie dagegen«, sagte sie.

»Conway«, antwortete er.

Sie nickte und stand auf. Im Licht der Scheinwerfer sah man die toten Bodyguards liegen; Conway hatte sich umgedreht, sein Atem ging unregelmäßig, aber sein Blick war klar.

»Ich habe ihm seine Waffe abgenommen, eine Reservewaffe, ein Messer und drei volle Spritzen. Im Wagen ist noch mehr«, sagte Andrews und warf Madison einen bedeutungsvollen Blick zu. *Wenn Sie mit ihm sprechen wollen, dann fassen Sie sich kurz und reden Sie schnell.*

Conway atmete pfeifend; die Austrittswunde von dem Schuss in den Rücken hatte viel Schaden angerichtet.

Er sah sie gegen den Himmel an und hustete.

»Ist McMullen Ihr Auftraggeber?«, fragte Madison.

Er schürzte die Lippen. Lieber würde er zur Hölle fahren, als es ihr zu verraten.

Madison kam ganz nahe an ihn heran. »Sie haben versagt; das können Sie von mir aus gerne von hier mitnehmen.«
Conway starb zwischen zwei Atemzügen, und seine Augen sahen danach nicht anders aus als zuvor.
Der County Chopper landete so weit entfernt von ihnen wie möglich, auf einem Fleck mit verdorrtem Gras; die Sirenen waren beinahe da.
Madison kniete sich neben Cameron und holte ihr Handy heraus. Er war noch bei Bewusstsein. Sie wählte.
»Hallo«, sagte Nathan Quinn.
»Wir haben ihn gefunden«, sagte sie.
»Sie haben ihn?«
»Ich habe ihn«, antwortete sie und reichte Cameron das Telefon.

Das gesamte Feld war ein Tatort, und man musste Aussagen machen, Waffen abgeben, Spuren sammeln, sowohl hier als auch in der Hütte.
Cameron wurde nach Bellingham geflogen. Für Madisons ungeschultes Auge sah er bleich aus und als ob er unter Drogen stünde: Sie gab den Sanitätern Conways Spritzen mit, um herauszufinden, was er ihm verabreicht hatte, und das machte ihr mehr Sorgen als das Stückchen Metall, das sie ihm in die Seite geschossen hatte.
Deputy Andrews kannte sämtliche Anwesenden und stellte Madison allen vor, auch einigen freiwilligen Helfern, die mitgekommen waren.
Madison fühlte sich wie betäubt. Sie machte eine klare und gründliche Aussage, die mit der von Andrews Wort für Wort übereinstimmte. Aber als ihr Adrenalinspiegel schließlich auf null fiel, konnte sie kaum mehr sprechen. Einer der Bodyguards war an zwei Schüssen in die Brust gestorben;

Madison hatte diese Schüsse abgegeben. Sie stellte sich neben den Toten, während die Sanitäter ihre Arbeit verrichteten, denn sie fand, sie sollte sein Gesicht gesehen haben. Sie hatte noch nie einen Menschen getötet.
Eine Krankenschwester checkte sie durch, säuberte die Schnittwunde von dem Glassplitter an ihrer Wange und ließ sie an der Luft trocknen.

Madison wachte abrupt auf. Sie hatte sich zehn Minuten Pause gegönnt, nachdem sie mit örtlichen Polizisten Conways Hütte angesehen hatte, hatte sich mit geschlossenen Augen in den Fahrersitz des Pick-ups gesetzt und eine Stunde geschlafen. Die Uhr auf dem Armaturenbrett zeigte an, dass es beinahe ein Uhr morgens war.
Die Sterne leuchteten. Ob der Himmel sie wohl zu dem Mann führen konnte, der Conway angeheuert hatte? Hinterließ ein Mensch im Kosmos Spuren, die sonst nur für einen von Sorensens Apparaten sichtbar waren? Solche Gedanken ließen sich fern von den Lichtern der Großstadt leicht denken, es schien, als leuchte jeder einzelne Himmelskörper und es gebe kein Schwarz mehr zwischen den Lichtpunkten. Madison schüttelte den Kopf: Sie war müde, sie hatte Hunger, und sie war weit weg von zu Hause.
Sie streifte sich wieder die Handschuhe über und kehrte in das Chaos der Hütte zurück. Als sie kurze Zeit später vom Boden aufblickte, standen Spencer und Dunne in der Tür.

62

Vincent Foley wachte früh auf und strich mit den Fingerspitzen über die Wand, deren Struktur ihm noch so unvertraut war.

Er betrachtete das Werk der vergangenen paar Tage und war sich sicher, dass es Ronald gefallen würde. Er hatte Ronald schon eine ganze Weile nicht gesehen. Es kam ihm vor, als wären es Wochen, aber er hatte kein Zeitgefühl mehr. Wenn Ronald ihn das nächste Mal besuchte, würden sie Fenster wie die im Walters Institute suchen, und Ronald würde ihm wie immer alles Mögliche erzählen.

Vincent wusste nicht genau, worüber sie immer redeten, aber danach ging es ihm besser, und in den Nächten war seine Angst nicht ganz so groß. Er langte unter das Bett und nahm die Wachsmalkreide; sie lag genau dort, wo er sie am Abend zuvor hingelegt hatte. Er schloss die Hand fest um die grüne Kreide und schlief wieder ein.

Drei Stunden später fand ihn ein Pfleger. Nach einem kurzen und erfolglosen Versuch, ihn wiederzubeleben, riefen sie Dr. Peterson an, damit er alles Nötige veranlasste, denn Vincents Zimmer musste so schnell wie möglich leergeräumt werden.

63

Das Hauptlabor der Kriminaltechnik klickte und klapperte, als wäre es ein lebendes Wesen. Amy Sorensen und ihr Team machten sich an den Tischen und den Instrumenten zu schaffen, analysierten unterschiedliche Beweismittel und brachten sie miteinander in Verbindung. Unbeachtet von allen zeigte ein Bildschirm in einer Ecke des Raums eine dreidimensionale Ansicht von etwas, was zunächst wie ein formloser Klumpen in variierenden Grautönen aussah. Der Algorithmus, der ihn hervorgebracht hatte, markierte jede Sekunde mit einem grünen Häkchen, und mit jedem Häkchen wurde ein einzelner Fingerabdruck abgenommen und von dem grauen Block abgelöst.

Es war zeitaufwendig, und es gab keine Erfolgsgarantie. Dennoch trennte die Software Häkchen um Häkchen die einander überlagernden Fingerabdrücke auf dem Stückchen Kopierpapier mit dem Schulfoto von David Quinn. Sorensen hob den Blick von der Glasscherbe, die sie gerade untersuchte, und schaute kurz zum Monitor hinüber: Er arbeitete weiter wie jedes andere Mitglied ihres Teams, und mehr konnte sie eigentlich nicht verlangen.

Madison packte den Baseballschläger und sah sich im Zimmer um. Es war ihr Zimmer in Friday Harbor auf San Juan Island, ihre letzte Adresse bei ihrem Vater, der letzte Ort auf der Welt, an dem noch Erinnerungen an ihre Mutter vorhanden waren. Sie sah sich im Spiegel: Sie war nicht mehr zwölf, und sie trug die schwere kugelsichere Weste mit den Keramikplatten. Der Mond stand hoch im Fenster, und sie wusste, dass ihr Vater die Sachen ihrer Mutter gestohlen hatte. Sie wusste auch, dass sie träumte, aber irgendwie war das egal, denn ihr Kummer war echt, und ihr Zorn war wie eine Welle, die gleich brechen würde. Sie würde gleich brechen, und Madison kauerte sich hin und wappnete sich. Mit dem ersten Schlag traf sie ihr Bücherregal, mit dem zweiten den Spiegel. Ein Teil ihres Denkens – der Teil, der erkannte, dass sie schlief – war froh, dass ihr Vater nicht zu Hause war, und dennoch, auch noch tief im Traum, war sich Madison bewusst, dass sie einen Menschen erschossen hatte. Sie holte mit dem Schläger aus, und das zersplitternde Glas weckte sie mit einem Ruck. Sie lag auf der Rückbank von Spencers Auto, sie fuhren über die West Seattle Bridge, und der Himmel war hell durch das Fenster zu sehen.

Madison stellte sich lange unter die Dusche, die Schnittwunde an der Wange brannte unter dem heißen Wasser. Sie hatte zweimal im Krankenhaus von Bellingham angerufen. Der für Cameron zuständige Arzt wollte ihr erst keine Auskunft geben, und der Sheriff musste eigens anrufen, um ihn dazu zu bringen. Conway hatte Cameron mehrere Tranquilizer gespritzt, und ehrlich gesagt wussten sie nicht, wie er es geschafft hatte, zu gehen und zu sprechen. Die Spritzen hatten Ketamin enthalten. Conway hatte es nicht benutzt, wahrscheinlich waren sie als Abschiedsgeschenk gedacht gewesen. Die Schusswunde war gesäubert und versorgt worden, und wenn Cameron in der nächsten Zeit nicht vorhatte, Elefanten zu stemmen, würde sie bald sehr gut verheilen. Madison schmunzelte. Der Arzt entschuldigte sich, weil er ihren Anruf nicht gleich angenommen hatte, aber draußen vor dem Krankenhaus kampierten Journalisten. Man hatte ein privates Krankentransportflugzeug bestellt, um Cameron in ein paar Stunden zurück nach Seattle zu fliegen, sobald sie die Drogen aus seinem Blutkreislauf gespült hatten.

Madison drehte das Wasser ab, als es kalt wurde; sie wickelte sich in ein Handtuch und setzte sich mit einer Tasse Kaffee auf das Sofa. Zu den anstehenden Höhepunkten in der näheren Zukunft gehörten ein sehr langes Gespräch über die Schießerei mit dem Office of Professional Responsibility, eine Standarduntersuchung zum Tod des Bodyguards und – darauf freute sie sich besonders – eine Erklärung, warum sie es für angemessen erachtet hatte, auf die Geisel zu schießen, die sie eigentlich retten wollte. Madison trank einen Schluck Kaffee. Und natürlich die obligatorische Sitzung bei einem Psychologen.

Sie versuchte alles durchzudenken und sich auf den nächsten Schritt zu konzentrieren, aber sie kam immer wieder auf die Schusswunden in der Brust des Bodyguards zurück. Sie rief Sorensen an. Handfeste Beweismittel machten Mut und waren zuverlässig.

»Ich habe gehört, Sie haben Whatcom County über den Haufen geschossen.«

»Na ja, es war … Ich weiß nicht, was es war, Amy, außer ziemlich fürchterlich. Ich wollte nur fragen, ob es etwas Neues gibt.«

An jedem anderen Tag hätte Sorensen sie daran erinnert, dass sie Madison in diesem Fall angerufen hätte, aber heute unterließ sie das. »Ich werfe gelegentlich einen Blick in die Zimmerecke, und ich schwöre Ihnen, manchmal denke ich, die Maschine macht schneller, nur weil ich sie beobachte. Trotzdem, die Antwort lautet: noch nicht. Wir haben einen Fingerabdruck, der zu Timothy Gilman passt – was niemanden überrascht hat –, und der Rest dauert einfach.«

»Danke, Amy.«
»Ich habe gehört, Sie haben einen der Verbrecher erschossen?«
»Ja, das stimmt.«
»Dann rate ich Ihnen: Sprechen Sie mit jemandem darüber. Selbst wenn Sie nach bestem Wissen und Gewissen gehandelt haben und es der letzte Ausweg war, aber Sie werden sich danach viel besser fühlen. Reden Sie mit jemandem, der das Gleiche durchgemacht hat, mit jemandem, dem Sie vertrauen.«
»Das mache ich. Vielen Dank.«
Es war nicht der rechte Moment, um zu erwähnen, dass der einzige andere Mensch, von dem sie sicher wusste, dass er einen anderen Menschen erschossen hatte, die Geisel war, die sie hatte retten wollen. Und Madison wusste nicht genau, wie es zwischen ihr und John Cameron mit dem Vertrauen stand.
Sie trank den Kaffee aus und zog sich an. Eine Folge der Schießerei war ihre Beurlaubung bis zum Abschluss der Untersuchung; trotzdem würde Jerome McMullen morgen sein Anhörungsverfahren haben und möglicherweise freigelassen werden. Ein Deputy des Sheriffs hatte ihr die Glock abgenommen.
Madison wickelte den Riemen um das leere Holster und legte es auf ihre Kommode. Sie reinigte und ölte ihre Reservewaffe mit Kaliber .38, schoss sie trocken ab und schnallte sie in ihrem Knöchelholster fest. Sie hatte mit eigenen Augen gesehen, wie Peter Conway gestorben war. Trotzdem war er in dem ganzen Fall derartig präsent, dass sie immer noch daran zweifeln würde, wäre sie nicht an Ort und Stelle gewesen, als der Rechtsmediziner seine Tests durchführte und sie nach dem Todeszeitpunkt fragte.

Im Mittagsverkehr brauchte sie nicht lange bis Seward Park. Es war seltsam, nach der langen Fahrt mit dem Pick-up wieder in ihrem Honda zu sitzen – Dunne hatte ihn selbst nach Seattle zurückgefahren –, und Madison war sich plötzlich bewusst, wie viel tiefer das Auto lag und wie viel näher am Boden.

64

Nathan Quinn sah aus, als hätte er genauso wenig geschlafen wie Madison. Sie fragte sich, ob er noch Medikamente bekam und wie sich das alles auf seinen Zustand auswirkte.

Er ging voran, und sie lächelte beinahe: Sein Esstisch sah exakt genauso aus wie ihrer – Notizen, Zeitungsausschnitte, die Akten, die Hollis ausgegraben hatte, alles im Wettstreit um Platz mit einem großen Pappkarton.

Er musste ihr nicht sagen, dass er geglaubt hatte, er würde Cameron nie mehr wiedersehen, und sie musste es nicht hören. Sie setzten sich an den Tisch, und sie erzählte ihm von dem Feld und dem Flugzeug. Cameron würde den Rest ausfüllen.

Sie sah ihm natürlich seine große Erleichterung an, aber dahinter stand auch noch etwas anderes. Dass Madison überhaupt einen kurzen Blick hinter sein anwaltliches Pokerface erhaschen konnte, war der Beweis, wie viel die letzten Wochen Quinn abverlangt hatten.

»Bekommen Sie Schwierigkeiten, weil Sie auf ihn geschossen haben?«, fragte er.

»Ein bisschen wahrscheinlich, aber nicht viel. Das SPD kann mir natürlich nicht auf die Schulter klopfen, weil ich auf eine Geisel geschossen habe, aber die Situation war nun einmal so, und ich glaube kaum, dass Cameron mich anzeigen wird.«

»Können Sie den Mann im Anzug identifizieren?«

»Ja. Die DEA, das FBI und das BATF sind plötzlich ganz scharf darauf, mich kennenzulernen und sich mit mir zu treffen. Ich habe schon Termine, und sie bringen mir bestimmt hübsche Bilder mit.«

»Was ist mit Conways Sachen?«

Madison lehnte sich zurück. Conway war die allerengste Verbindung zu dem unsichtbaren Mann gewesen, und nun war Conway tot.

»Die Leute des Sheriffs haben drei Handys, fünf Kreditkarten, vier unterschiedliche gefälschte Ausweise und Führerscheine und etwa 3750 Dollar in bar gefunden. Das meiste war im Wagen versteckt. Wir haben schon alles veranlasst, um die Spuren von hier aus bearbeiten zu können, und ich weiß, dass sie kooperieren. McMullen hatte ein Motiv und die Möglichkeit, für seine Dienste zu bezahlen. Irgendwo dort drinnen muss es einen Anruf, ein Konto, irgendeine Verbindung zu seinem Kunden geben. Wir bekommen heute noch ein paar Nummern.«

Madison dachte an Sorensens Maschine und stellte sich vor, wie sie ihre Zahlen durcharbeitete, Tag und Nacht, pausenlos, während die Fingerabdruck-Fragmente Häkchen um Häkchen einzeln voneinander getrennt wurden.

»Hat John irgendetwas über Conway zu Ihnen gesagt? Darüber, was in der Hütte passiert ist?«

»Nein, dazu war keine Zeit. Die Sanitäter haben ihn eingepackt und sind los. Sie machten sich wirklich Sorgen wegen der Drogen, bis sie herausfanden, was da in seinem Blutkreislauf herumschwamm. Hat er mit Ihnen geredet?«

»Nein, aber er ist in ein paar Stunden wieder da – dann reden wir.« Quinn stand auf. »Ich hole Kaffee, falls Sie auch welchen möchten.«

Madison nickte.

Quinn blieb stehen – etwas verlegen, eine Hand auf der Pappschachtel auf dem Tisch. »Vielleicht wollen Sie sich das ansehen: Vor dem Feld und dem Flugzeug, vor Hoh und dem Wald und allem anderen, da gab es einen Jungen, der klug und lustig und nervig und unglaublich stur war.«

Quinn ging hinaus. Madison betrachtete die alte Schachtel und hob vorsichtig den Deckel an. David Quinns Sachen. Sie hatte das Bild von ihm gesehen, sie hatte jedes Stück Papier gesehen, das mit seinem Tod zu tun hatte, aber ihn selbst hatte sie nie gesehen. In der Küche lief Wasser. Nathan Quinn würde ihr nicht dafür danken, dass sie Cameron das Leben gerettet hatte, weil Worte ein karger Lohn dafür waren: Er teilte stattdessen alles mit ihr, was er noch von seinem Bruder hatte.

Und in diesem Moment war Madison froh, dass er hinausgegangen war.

Sie nahm den Baseballhandschuh: Er roch schwer und kräftig nach Leder. In dieser Schachtel steckte viel Leben, viele Orte, an denen er gewesen war, Dinge, die er getan hatte.

Madison nahm ein kleines Büchlein mit Fotos in die Hand: Es war eine Sommerfeier an einem Pool, die Sonne schien und spiegelte sich im Wasser. Der Tag, gesehen mit Davids Augen. Madison blätterte um und sah den kleinen dunkelhaarigen Jungen in den Pool springen. Sie musste gar nicht erst fragen, wer das war. Und eine Gruppe von Kindern machte Faxen vor der Kamera, während ein älterer Junge zuschaute – lange Haare und beginnender Bartwuchs. Die Fahnen und der Kuchen für den 4. Juli. Und jeder Stein und jedes Eichhörnchen im Garten. Das Leben, das nach Jahren noch einen stärkeren Eindruck machte als all der Tod, der darauf gefolgt war.

Jerome McMullen sah sich in seiner Zelle um: Er besaß wirklich nur wenig. Er konnte alles, was er hatte, in weniger als zehn Minuten packen. Genauso lang würde wahrscheinlich der Bewährungsausschuss brauchen, um zu beschließen, ob sie ihn freilassen würden oder nicht. Er hatte das Gefühl, seine mickrige Zelle würde ihn nicht mehr sehr viel länger beherbergen, weil seine spirituelle Reise draußen fortgesetzt würde.

Er hatte heute keine Nachrichten gesehen und mit niemandem gesprochen. Er wollte sich nur auf eines konzentrieren: die Freiheit. Er hatte so viel dafür getan, um sicherzugehen, dass sie Wirklichkeit wurde.

65

Carl Doyle, Nathan Quinns Assistent, hatte den Anruf erhalten und getan, worum er gebeten wurde, denn er vertraute darauf, dass es einen Grund dafür gab. Es gab immer einen Grund. Er fuhr mit dem Aufzug ins Erdgeschoss, während sich dessen Gegenstück in den 9. Stock bewegte. Er war gebeten worden, für heute Schluss zu machen und nach Hause zu fahren, aber das tat er nicht – er setzte sich stattdessen in einen Plüschsessel in der Lobby. Draußen war es dunkel, und er hatte zum ersten Mal so eine Angst, wie er sie früher als Junge empfunden hatte.

Nathan Quinn öffnete die Tür der Bibliothek von Quinn Locke & Associates, legte seinen Mantel auf den langen Tisch und lehnte den Gehstock an einen Stuhl. Seltsam, dass er heute den Trost von Büchern suchte, wo ihn doch das Gesetz, das sie enthielten, längst im Stich gelassen hatte. Er fühlte sich wie an dem Tag, an dem sein Vater ihn angerufen hatte, um ihm zu sagen, dass David entführt worden war, er empfand die gleiche Beklemmung, als wäre es gerade erst passiert. Die Stärke, die er jetzt brauchte, konnte nicht durch ein Juraexamen erkauft werden, das wusste er. In Gedanken kehrte er zu der Zeit zurück, als er noch glaubte, dass Gerechtigkeit und Gesetz dasselbe sein könnten. Er stand da und suchte das bisschen Glauben, das er vor langer Zeit vergraben hatte. Er suchte es im Namen seines Vaters, er suchte es im Namen seiner Mutter.

Als er hinter sich Schritte hörte, wandte er sich um. Conrad Locke stand in der Tür, weißhaarig, in einem eleganten dunkelgrauen Anzug.

»Nathan, wie geht es John? Ist er zurück?«

Quinn war so bleich wie noch nie in seinem Leben. »Er ist zurück. Ich habe ihn noch nicht gesehen.«

»Zum Glück geht es ihm gut.« Locke betrat die Bücherei, den Blick auf Quinn gerichtet.

»Es geht ihm nicht gut – uns geht es nicht gut«, sagte Quinn. »Wir haben telefoniert. Er hat erzählt, dass der Mann, der ihn entführt hat, ihm verraten hat, wer sein Auftraggeber war. Er dachte, John hätte ohnehin nicht mehr lang zu leben, und er hat ihm gesagt, wer dafür bezahlt hat, ihn zu entführen. Und die Männer umzubringen, die ihn vor fünfundzwanzig Jahren entführt haben. Es war der ultimative Hohn, kurz bevor das Flugzeug kam.«

»Wer war es?«

»John wollte sich selbst darum kümmern.«

»Nathan …«

»Ich konnte ihn nicht daran hindern.«

»Wie kannst du sicher sein, ob der Mann es wirklich wusste?«

»Er hat gesagt, er hätte seine Hausaufgaben gemacht«, sagte Quinn. »Er wusste es.«

Conrad Locke trat näher. »Wo ist John?«

Madison hatte den Hausmeister von Ronald Grays Wohnblock nicht gefunden. Sie rannte die Treppe hinauf. Ronalds Tür sah genauso aus wie beim letzten Mal, das neue Schloss glänzte mehr als alles andere. Als sie begriffen hatte, dass sie nicht an einen Schlüssel kommen würde, war sie zurück zum Auto gegangen und hatte das Stemmeisen aus dem Kofferraum geholt. Ein Nachbar guckte heraus, als sie zum ersten Mal zutrat.

»Seattle Police Department«, sagte Madison und hielt die Dienstmarke an der Kette um ihren Hals hoch, ohne sich umzudrehen.

Fünf Minuten laute Grobarbeit, und die Tür gab nach. Madison war in der Wohnung.

Dr. Petersons Anruf hatte sie bei Quinn erreicht. Die Nachricht von Vincents Tod war ein trauriger Schock gewesen an einem Tag, der bereits randvoll davon war. Danach hatte Madison mit Dr. Takemoto gesprochen, und nun stand sie mit einem Stemmeisen in der Hand da und betrachtete die hastig aufgeräumte Wohnung.

Ronald Gray hatte hier gewohnt: ein ruhiges Leben, mit

einem drögen Bürojob, der Verwaltung von Dokumenten für das Walters Institute und Besuchen bei seinem Pflegebruder. Besuchen und Gesprächen mit seinem Pflegebruder. *Gesprächen mit seinem Pflegebruder.*

Madison stand am Eingang; von hier aus hatte sie fast die ganze Wohnung im Blick. Als Ronald sein Zuhause zum letzten Mal verlassen hatte, wusste er, dass er aller Wahrscheinlichkeit nach sterben würde; er hatte seine Flucht hinausgezögert, um sicherzugehen, dass sämtliche Spuren von Vincents Existenz zerstört waren, und er hatte dafür gesorgt, dass im schlimmsten Fall jemand, der an den richtigen Stellen suchte, David Quinns Anhänger und das Stück Papier mit dem Bild aus dem Jahrbuch finden würde.

Madison scannte den Raum ab: die Möbel, den Boden, die Wände. Conway war hier gewesen, und sie wusste, dass er nicht gefunden hatte, was er suchte. Aber Ronald, der so viel getan hatte, um ihre Ermittlung in Gang zu setzen, hatte mehr gemacht, als sich Conway jemals vorstellen konnte.

Der kleine Besenschrank war unversehrt – ein paar Reinigungsmittel, eine Büchse mit weißer Farbe, ein Pinsel, eine Rolle weiße Tapete.

Wir vermieten die Wohnungen nämlich komplett möbliert und renoviert. Das hatte der Hausmeister ausdrücklich gesagt. Madison ging durch das Schlafzimmer und die Küche und stand dann wieder im Wohnzimmer. Ronald hatte ihnen eine Nachricht hinterlassen. Mit den Augen suchte sie jeden Winkel des einfachen Raums ab und stellte sich dann vor das nachgebaute IKEA-Regal.

Vincent war nie in dieser Wohnung gewesen. Ansonsten hätte Madison etwas erwartet, was nicht da war – die Wände waren makellos. Vincent hätte seine langen, verworrenen Linien gezogen, denn *die Spur war die Wand.*

Madison fuhr mit den Fingerspitzen über die Oberfläche. Als sie am Bücherregal angelangt war, nahm sie das Stemmeisen und trieb es zwischen die leeren Fächer und die Wand.
Mit einer stillen Entschuldigung an den Hausmeister wandte sie den richtigen Druck an, und ein lautes Krachen verriet ihr, dass die Spachtelmasse und die Schrauben nachgegeben hatten. Sie schob das Bücherregal weg, bis es im rechten Winkel stand.
Hinter dem Regal war es nicht zu sehen gewesen: Madison zog sich Handschuhe über und nahm das Springmesser aus der Hosentasche. Sie spürte einen Wulst in der Tapete und setzte das Messer an der Kante an. Das Quadrat war einen Meter mal einen Meter groß. Madison schnitt es oben ab, als wäre es eine Klappe, zog es herunter und trat einen Schritt zurück: Eng und fein säuberlich beschriebene Blätter aus einem Notizblock pappten an der Wand, geschützt von einer Schicht Tapete, die nicht festgeklebt worden war. In der unteren Ecke befand sich ein dünner, flacher Memory Stick. Ronald hatte ihnen eine Nachricht hinterlassen, und Vincent hatte sie überbracht: die Spur. Die Schrift sprang ihr ins Auge. *Wenn Sie das lesen … mein Name ist … am 28. August 1985.*
Auf einem Blatt klebte ein Zeitungsfoto. Madison kannte es gut: Es war das Bild, das gleich nach Davids Beerdigung aufgenommen worden war. Die Familie und ihre Freunde entfernten sich vom Grab, erstarrt im schlimmsten Moment ihres Lebens, und der junge Cameron, dessen Arm noch in der Schlinge steckte, ging auf den Fotografen los, der ihre Privatsphäre nicht respektierte. Mittlerweile war Madison mit all den Gesichtern vertraut: Sie waren zu einem Teil ihres Lebens geworden, wie entfernte Verwandte. Ronald

hatte um einen von ihnen einen Kreis gezogen, und Madison wusste, warum.

»Du kanntest Timothy Gilman«, sagte Nathan Quinn zu Conrad Locke.
»Wen?«
»Du warst Timothy Gilmans Anwalt, als er mit Leon Kendrick wegen Körperverletzung angezeigt war. Du hast beide vertreten, und du hast erreicht, dass die Klage fallengelassen wurde, weil du der beste Strafverteidiger bist, der mir je begegnet ist.«
»Vielleicht – ich weiß es nicht. Erinnerst du dich an jeden dreißig Jahre alten Fall? Warum ist das jetzt wichtig?«
»Ich würde mich an Gilman erinnern. Er ist derjenige, der die anderen angeheuert hat, um die Jungen zu entführen. Du hast ihn kennengelernt, als er noch nichts als ein junger, gemeiner, gewalttätiger Schläger war.«
»Ich erinnere mich nicht an ihn, Nathan, und ich bedaure diese Verbindung außerordentlich, aber das wussten wir damals nicht. Du selbst hast erst sehr viel später erfahren, dass er damit zu tun hatte.«
»Mein Vater hat immer gesagt, dein Denken funktioniert wie ein Hai im Wasser: Es ruht nie, und es frisst alles auf, was ihm in die Quere kommt. Wenn du ihn verteidigt hast, dann kannst du dich an alles über ihn erinnern – zum Beispiel an die Tatsache, dass er kein Problem damit hatte, Kindern weh zu tun.«
»Was hat John dir erzählt?«
Quinn zog ein zusammengefaltetes Blatt Papier aus seiner Innentasche und breitete es auf dem Tisch aus. Es war eine vergilbte Seite der *Seattle Times*. Aus derselben Tasche holte er auch ein Foto und legte es daneben. Locke sah genauer hin.

»Wo sind denn alle?«, fragte er und schaute sich um – der Korridor und die Büros waren leer.
»Ich habe Carl gebeten, alle heimzuschicken. Ich fand, wir sollten nicht gestört werden.«
Eine Linie war überschritten worden, keiner konnte zurückweichen, und jeder sah den anderen mit neuen Augen.
»Ich will mit John reden«, sagte Locke.
»John hat mich gefragt, ob Bobby noch im Harborview Krankenhaus arbeitet.«
»Mein Sohn Robert?«
»Ja. Sie haben seit Jahren nicht mehr miteinander gesprochen, und John hat mich gefragt, ob Bobby noch dort arbeitet. Er ist Kardiologe, nicht wahr?«
»Was hast du ihm gesagt?«
»Ich habe gesagt, ja, soviel ich weiß, arbeitet Robert noch im Harborview.«
Conrad Locke nahm sein Handy heraus und drückte eine Kurzwahltaste. Eine Mailbox antwortete ihm.
»Robert, ruf mich an, sobald du das abhörst.«
Nathan Quinn starrte seinen alten Freund an.
Locke versuchte es mit einer anderen Nummer und landete wieder bei einer Mailbox. Er hinterließ die gleiche Nachricht.
»Wo ist Robert?«, fragte er.
Quinns Stimme erklang leise in dem großen Raum, und sie trug die Hölle jahrelanger Wut und Trauer in sich. »Du wirst ihn nicht finden«, sagte er. »Du findest ihn vielleicht nie. John hat Robert.«
»Das ist Irrsinn.«
»John ist heute nicht in der Stimmung für Vernunft, und ich auch nicht. Hast du Bilder davon gesehen, was er mit Harry Salinger angestellt hat?«

»Was immer du denkst, du kannst nicht dem Wort eines Mörders glauben!«

»Von wem redest du jetzt?« Es war fast wie in einer Gerichtsverhandlung.

»Das hier«, fuhr Quinn fort, »ist ein Artikel über die Ermittlung zu Davids Tod. Er ist von Anfang September. Und dieses Foto«, Quinn hob es hoch, so dass Locke es sehen konnte, »dieses Foto hat David aufgenommen, am 4. Juli. Du bist auf dem Bild. Es muss irgendwo im Wald sein, der zu dem Anwesen gehört ...«

»Was ...«

»... und der Mann neben dir ist Senator James Newberry. Seine Leiche wurde in der zweiten Augustwoche gefunden. Und in der *Seattle Times* war das Bild von ihm direkt neben der Aufnahme von David abgedruckt.«

»Mit wem hast du darüber gesprochen?«

»Nur wurde der Senator seit Ende Juni vermisst. Er wollte in einem Fall von Korruption und Schutzgelderpressung aussagen, gegen Angeklagte, die du verteidigt hast, und am 4. Juli war er schon über eine Woche vermisst. Du kanntest ihn von früher, weil du Gott und die Welt kanntest. Er muss an diesem Tag zu dir gekommen sein, weil er wusste, dass du auf dem Anwesen sein würdest. Bei der Ermittlung zu seinem Tod hast du unter Eid geschworen, dass du ihn seit Ende Juni nicht gesehen hattest. Das ist Meineid, Herr Anwalt. Ist er gekommen, um dich um Hilfe zu bitten, um Sicherheiten? Hattest du ihn deinen Mandanten überhaupt vorgestellt?«

»Mit wem hast du darüber gesprochen?«

»Hast du ihm erzählt, dass alles in Ordnung kommen würde? Dass er im Zeugenstand lügen konnte? Und an dem Abend, nach dem Kuchen am Pool und dem Feuerwerk, hast du da deine Mandanten angerufen – allesamt mit guten Verbindungen zur Mafia – und ihnen erzählt, wo sie ihn finden können? Wie viel hast du ihnen im Laufe der Jahre geholfen? Du sitzt in Aufsichtsräten, du handelst Deals aus, du bringst interessierte Parteien zusammen. Was hast du dafür bekommen, dass du ihnen Newberry geliefert hast?«

»Wem hast du …«

»Davon erzählt? Du glaubst, ich gehe damit zur Polizei?« Quinn spürte eine verwegene Energie in sich, die ihn seinen gesunden Menschenverstand vergessen ließ. »Ich? Der Anwalt, der John Cameron vertritt, den mutmaßlichen neunfachen Mörder? John hat Robert, Conrad. Was glaubst du, wie zum Teufel das ausgeht?«

»Es herrschte Krieg«, sagte Locke. »Du mit deinem Gesellschaftsrecht, deinen gesitteten Strafsachen, deinen Debatten über geistiges Eigentum, du hast doch keine Ahnung. Du hast keine Ahnung, was ich tun musste, um wenigstens ein paar Mal gegen diese Tiere zu gewinnen, und das kann man nur mit der Hilfe von Tieren, die genauso sind wie sie. Darüber denkst du nicht gerne nach, wenn du in dieser Bibliothek mit dem Mahagonitisch und den hübschen Büchern sitzt. Dein Bruder war ein unschuldiges Opfer in einem schrecklichen Krieg, und ich wünschte, er wäre nicht mit seiner verdammten Kamera dort gewesen, aber er war nun einmal da. Sobald ich zurück im Haus war, habe ich Bobby und die anderen Kinder aufgestachelt, und sie haben David im Spaß mitsamt der Kamera ins Wasser geworfen. Ich dachte, damit wäre die Sache beendet, und habe ihm am nächsten Tag die gleiche Kamera noch einmal gekauft. Er war sehr bestürzt, weil du sie ihm geschenkt hattest. Du warst schon weg, und sie haben es dir nie erzählt. Ich dachte, damit wäre alles beendet.«

Quinn hatte das Foto in der Hand; mehr sah er nicht. »Ich hatte schon einen neuen Film eingelegt.«

»Wo ist mein Sohn?«

»Hast du Gilman angerufen, nachdem Newberrys Leiche gefunden worden war?«

Locke gab ihm keine Antwort. Es war nichts mehr übrig von dem Menschen, den Quinn gekannt hatte.

»Dachtest du, David könnte ihn auf den Zeitungsbildern erkennen?«, sagte Quinn.

Locke ging einen Schritt auf ihn zu. »Du hast keine Ahnung, womit du es zu tun hast.«

»Mit Leuten wie Conway?«

Locke wandte den Blick nicht ab. »Ich will meinen Sohn zurück.«

»Und ich will meinen Bruder zurück, aber offensichtlich bekommt heute keiner von uns beiden, was er will.«

»Nathan, du rufst jetzt John an, und er lässt Robert frei, und ihr beide übersteht das unbeschadet. Wenn nicht, wird alles, was euch auf dieser Welt wichtig ist, jeder, an dem euch etwas liegt, zerstört und dem Erdboden gleichgemacht.«

»Diese Liste ist nicht lang«, sagte Quinn. »Deine Leute sollten nicht viel Zeit dafür brauchen.«

»Conway ist längst nicht der Schlimmste von ihnen.«

Quinn sah sich um, betrachtete alles, was er in den letzten zwanzig Jahren aufgebaut hatte. »Hast du mich deshalb gefragt, ob ich in die Kanzlei mit einsteigen will?«

»Du bist ein scharfsinniger und gefährlicher Anwalt, mein Junge. Es ist viel besser für dich, wenn du da bist, wo ich dich sehen kann. Und jetzt ruf John an.«

»Dein Sohn wird in dem Wissen sterben, was für ein Mensch sein Vater ist. Und wenn das die einzige Maßnahme ist, um Gerechtigkeit zu üben, dann soll es so sein. Du weißt, wozu

John fähig ist? Ich glaubte es zu wissen, aber ich habe es erst verstanden, als ich die Bilder gesehen habe. Du bekommst danach auch Bilder, da bin ich mir sicher. Eine Erinnerung an uns, wenn Robert in einem geschlossenen Sarg liegt, was mehr ist, als David je hatte. Sag es mir ins Gesicht, du Mistkerl: Du hast Gilman aufgetragen, er soll den Tod meines Bruders so aussehen lassen wie einen Unfall, stimmt's? Sag es.«

»Ja, natürlich! Es gab keine andere Möglichkeit. Überall war das Bild von Newberry abgedruckt. Sie konnten nicht einmal seine Leiche richtig entsorgen. David war ein sehr kluger Junge. So wie du. Du willst nicht, dass es so endet.«

»Doch«, sagte Quinn, »doch, ich will es.« Er nahm das Handy aus der Manteltasche und legte es auf den Tisch.

Conrad Locke drehte sich um. In der Tür stand eine jüngere Ausgabe von ihm – der jüngere Mann hatte die Augen vor Entsetzen weit aufgerissen.

»Ich habe Detective Madison gebeten, Robert im Krankenhaus abzuholen«, sagte Quinn. »Sie sind zu ihm nach Hause gefahren, und er hat sein altes Schuljahrbuch aus der siebten Klasse herausgesucht. Du hast einen Kreis um das Bild meines Bruders gezogen. Du hast Gilman beauftragt, John und Jimmy Sinclair zu quälen, damit David sich aufregt und sein Herz Probleme macht. Es musste so schlimm sein, dass es ihn umbrachte. Als das nicht geklappt hat, hat Gilman einen der anderen Männer gezwungen, die Sache zu Ende zu bringen. Danach würden sie ganz sicher schweigen. Das ist nichts Persönliches, es geht ums Geschäft.«

»Robert …«, sagte Conrad Locke.

Madison hatte während der letzten halben Stunde neben Robert Locke in Nathan Quinns abgedunkeltem Büro ge-

standen und gedacht, der Mann würde das nicht durchhalten. Sie hatten ihn vor die Wahl gestellt, nachdem das Jahrbuch mit der Fotokopie übereingestimmt hatte: dabei sein und seinen Vater unterstützen – den er immer noch für gänzlich unschuldig hielt – oder zu Hause bleiben und sie einfach machen lassen.
Robert Locke war ein nerviges, verwöhntes kleines Kind gewesen, das zu einem freundlichen Mann herangewachsen war. Er hatte seinen Weg darin gefunden, die Herzen anderer Menschen zu heilen. Er wollte dabei sein, um zu beweisen, wie sehr sie sich alle irrten. Er hatte schweigend in dem Zimmer gestanden, neben Madison, Lieutenant Fynn und Sarah Klein von der Staatsanwaltschaft, und neben John Cameron – den er seit der Mittelstufe nicht mehr gesehen hatte – und hatte zugehört, wie sein Leben aufgedröselt wurde.
Dann füllte sich die Kanzlei: Spencer, Dunne und Kelly kamen mit zwei uniformierten Beamten aus dem Aufzug, dahinter Carl Doyle. Cameron bewegte sich lautlos zwischen ihnen hindurch, um sich neben Quinn zu stellen. Die Polizisten betrachteten ihn argwöhnisch. Der Blick seiner bernsteinfarbenen Augen ruhte auf Locke. Nathan Quinn lehnte sich gegen den langen Tisch und sah zu, wie Spencer Conrad Locke über seine Rechte belehrte. Locke, der an allererster Stelle Anwalt war, sagte kein Wort.
In Anbetracht der Zahl der Anwesenden war es in der Kanzlei von Quinn Locke & Associates sehr still, während man die Festnahme vornahm und den Verdächtigen abführte.

»Danke für vorhin, Carl«, sagte Quinn.
Carl Doyle schüttelte den Kopf. Er musste etwas tun, etwas organisieren, etwas abheften. Er fühlte sich verloren. »Wie kann ich denn helfen?«, fragte er.

»Gar nicht. Ich bin für heute fertig hier.«
Madison hatte den Eindruck, Quinn konnte es keine Sekunde mehr in diesen Räumen ertragen.
Sie schalteten das Licht aus, sperrten die Kanzlei zu und fuhren mit dem Aufzug nach unten. Doyle stieg im Erdgeschoss aus, Madison, Quinn und Cameron fuhren bis zum Parkgeschoss. Ihre Autos gehörten zu den wenigen, die noch dort standen. Es würde Aussagen bei der Polizei geben, Erklärungen unter Eid, und die Dokumente, die Ronald Gray hinterlassen hatte, würden für echt erklärt werden. Die Seite aus dem Jahrbuch würde von Sorensen offiziell abgeglichen, und die Aufnahme des Gesprächs mit Locke würde zu den Beweismitteln kommen. Aber das kam irgendwann, nicht jetzt. Nur darüber zu sprechen, was gerade passiert war, war schon zu viel.
Quinn sah Madison an. »Würden Sie noch etwas mit uns trinken, Detective?«
Sie durchschaute die höfliche Geste. Er war zutiefst erschöpft.
»Ein andermal gerne« sagte sie. »Was macht …« Sie zeigte auf Camerons verletzte Seite.
Cameron zuckte mit den Achseln – eine jungenhafte Geste, die ihr zeigte, wie sehr sie alle neben sich standen.
Sie nickten einander zu und stiegen in ihre Autos. Madison versuchte aus den letzten paar Stunden schlau zu werden und Quinn und Cameron aus den letzten fünfundzwanzig Jahren.

Madison fuhr. Sie war wie betäubt. Wie in Trance parkte sie und ging in den Husky Deli. Sie kaufte eine Schale Französische Zwiebelsuppe und ein Chicken Cashew Sandwich. Zu Hause setzte sie sich aufs Sofa, legte die Füße auf den

Beistelltisch, stellte den Fernseher lautlos und aß. Sie wollte gerne mit Brown und mit Rachel sprechen, aber das ging einfach nicht, noch nicht. Sie würde sie am nächsten Morgen anrufen.

Der eine Anruf, den sie doch noch tätigte, ging nach Maryland. »Detective Frakes, ich habe Neuigkeiten …«

Solange sie lebte, würde Madison nie den Augenblick vergessen, in dem sie Davids Aufnahme von Locke und Newberry im Wald gesehen hatte. Und dann, vergraben in der Akte, die Information, dass Locke Gilman vertreten hatte.

Sie hoffte, Quinn würde heute Nacht schlafen können; sie hoffte, sie würde nie mehr einen solchen Schmerz im Gesicht eines anderen Menschen sehen müssen.

Madison schlief ein mit der Erinnerung an den sanften Regen im Wald, als sie mit dem Ranger an den Ort lief, an dem ein Kind vergraben worden war.

Inmitten all des Leids an diesem Tag hatte sie ihr Versprechen erfüllt.

Ronald Gray sah sich in dem Durcheinander in seiner Wohnung um. Er hatte getan, was er konnte: Der beißende Geruch vom Herd bezeugte das. Er warf einen Blick zum Bücherregal. Fünf Mal in den vergangenen zwanzig Jahren – jedes Mal, wenn er umgezogen war – hatte er das Gleiche gemacht. Ganz am Anfang hatte es noch nicht einmal Memory Sticks gegeben. Wenigstens war er beim Tapezieren besser geworden.

Mit jedem Brief, den er geschrieben hatte, hatte sich der Text ein wenig geändert, so wie die Landschaft seines Lebens und seines Herzens sich geändert hatte, während er älter geworden war. Er war nicht stolz auf das, was er tat, und er war nicht stolz auf das, was er getan hatte. Zu Beginn war es eine Maßnahme gewesen, um Vincent und sich selbst zu schützen, und schließlich war es zu einer Mission geworden.

Zeit zu gehen, dachte er, als er die Tür schloss. Er musste einen Bus erwischen.

66

Nathan Quinn wachte im Dunkeln auf. Ohne einen Blick auf die Uhr werfen zu müssen, wusste er, dass es noch Stunden bis zur Morgendämmerung dauern würde. Das Einschlafen war ihm schwergefallen, und nachdem es ihm gelungen war, hatte er nicht gut geschlafen.

Er stand auf und tappte nach unten. Cameron saß in einem Sessel – das Licht war aus, und er blickte hinaus in das Dunkel, wo der Lake Washington wäre.

Quinn setzte sich in den anderen Sessel. Sie hatten kaum etwas gesagt, seit sie nach Hause zurückgekehrt waren, und keiner von beiden hatte einen Bissen heruntergebracht. Cameron war nach seinem Flug mit dem Krankentransport vom Fahrer zurückgebracht worden und hatte eine andere Welt vorgefunden. Seither war alles zu schnell gegangen, um Bilanz zu ziehen.

Quinn war froh, dass sein Freund T-Shirt und Jogginghose trug und nicht zu einer seiner nächtlichen Fahrten aufgebrochen war. Zwischen ihnen war noch so vieles unausgesprochen.

»Hast du Schmerzen?«, fragte ihn Quinn – Camerons Verband war unter dem Baumwollstoff zu sehen.

Sein Freund schüttelte den Kopf und stand auf. »Etwas zu trinken?«
»Ja, ich glaube schon.«
Cameron schenkte ihnen einen doppelten Bourbon ein. Dann ging er, ohne zu fragen, in die Küche und nahm einen Eierkarton aus dem Kühlschrank. Er war der Sohn seines Vaters, dachte Quinn. Er holte zwei Teller, während Cameron mit flinken Bewegungen sechs Eier verquirlte und sie golden und noch weich servierte.
Sie aßen an der Frühstückstheke, denn der Tisch war noch voll mit Papieren. Keiner von beiden erwähnte, was Quinn zu Locke über John gesagt hatte. Es war die Wahrheit und bedurfte keiner Erklärungen.
Zurück im Bett, schloss Nathan Quinn die Augen. Er hörte wieder die Musik, wie so oft, kurz bevor er einschlief, und zum ersten Mal seit der Nacht im Wald wusste er, dass es Madisons Stimme war, die auf einer Seite den Jungen im Arm hielt und mit der anderen Hand die seine umschloss, durch die Stäbe von Salingers Käfig. *Blackbird.*

67

Das Schweigen, das in der Kanzlei von Quinn Locke & Associates begonnen hatte, legte sich auch über die folgenden Tage. Madison sprach mit Brown und Rachel – den Felsen an den beiden gegenüberliegenden Enden ihres Lebens –, aber sie las keine Zeitungen und blieb für sich bis auf die obligatorischen Meetings und Nachbesprechungen.
Sie ging am Strand joggen, machte das Haus sauber und

kochte richtig. Immer wieder drängten sich Bilder von den Schusswunden und dem Gesicht des Bodyguards auf dem Feld auf, und sie ließ es zu. Manchmal wachte sie mitten in der Nacht auf, manchmal schlief sie durch. Sie sprach nicht mit Quinn oder Cameron, aber sie waren nie fern von ihren Gedanken.

Es war ein herrlicher Februarnachmittag, und der Himmel war klar und silbern. Madison lief über den wackeligen Steg am Ende des Kieselstrands unterhalb ihres Gartens und senkte ihr Kajak ins Wasser. Sie trug ihre gelbe Schwimmweste und war nicht bewaffnet.

Sie paddelte in Richtung Three Tree Point. Nach einer Weile hörte sie auf und lehnte sich einfach zurück, so weit es ging. Ein paar Möwen kreisten in der Nachmittagsschicht, die übrigen hielten Ruhe. Nach der anfänglichen Taubheit empfand sie wieder Gefühle, als würden Arme und Beine neu durchblutet werden. Mit manchen davon konnte sie leben, manche verwirrten sie, und mit manchen musste sie auf Dauer zurechtkommen, sonst würden sie sie beeinträchtigen wie ein gebrochener Knochen, der nicht behandelt worden war. Gute Freunde, gutes Essen und Billy Wilder, das half nur bis zu einem gewissen Grad, und Madison traf ihre Entscheidung. Sie paddelte drei Stunden lang und fühlte sich danach herrlich erschöpft.

Der Anruf erreichte sie, als sie sich nach der Dusche abtrocknete.

»Beim Spezialeinsatzkommando werden sie mich nie haben wollen, aber für die Mordkommission reicht es.«

Brown.

»Sarge, das ist ja …«

»Ich weiß, mir geht es genauso. Ich bin im Revier, sobald der Papierkram erledigt ist.«

»Solange ich beurlaubt bin, müssen Sie mit Kelly vorliebnehmen.«
»Ein Silberstreif ...«

Am nächsten Morgen fuhr Stanley F. Robinson PhD mit dem Aufzug in seine Praxis. Als die Tür aufging, erhob sich Alice Madison vom Teppich, wo sie mit dem Rücken zur Wand gesessen und auf ihn gewartet hatte. Sie hatte das Gefühl, als müsste sie ihn gleich fragen, ob er mit ihr zum Abschlussball gehen würde. »Sie hatten gesagt, ich dürfte vorbeikommen und die Aussicht genießen.«
»So ist es«, antwortete er und geriet kaum aus dem Tritt. »Wie war Ihre Woche?«

Später an diesem Tag fuhr Madison nach Hause, legte ihre Reservewaffe und ihr Holster ab und ging zu Rachel hinüber. Die Tür war mit Luftballons geschmückt, die die Ziffer 7 trugen.
»Er ist im Garten«, sagte Rachel und drückte sie fest. »Ich freue mich, dass du es geschafft hast.«
Das Haus war voll mit Kindern und Erwachsenen, die meisten kannte Madison bereits.
»Ich rufe ihn«, sagte Rachel.
»Nein, nicht. Ich sehe ihn ja, wenn er reinkommt.«
Tommy war sieben. Er wurde heute sieben, weil der Mut eines Mannes den Irrsinn eines anderen Mannes besiegt hatte. Sie sah zu, wie der Junge herumrannte und spielte und vor Freude kreischte. Als er Madison entdeckte, winkte er ihr, und sie winkte zurück.
In dieser Nacht schlief Madison durch.

68

Conrad Locke wurde nie gegen Kaution freigelassen; bei ihm bestand eine zu hohe Fluchtgefahr, und er hatte die Mittel, zu verschwinden. Jede einzelne Strafverfolgungsbehörde im Land wollte mit ihm sprechen, und Madison vertraute darauf, dass sie ihm für seine Aussage gegen seine vielen Mandanten keine Straffreiheit zusichern würden. Da draußen gab es viele davon, Menschen mit diversen Fähigkeiten, die denen von Cameron sehr ähnelten. Sie würden den Fortgang des Falls gespannt verfolgen.

Henry Sullivan – der im Silver Pines Motel festgenommen worden war, und Conways Komplize, der Camerons Angriff überlebt hatte, sollten einer ganzen Reihe schwerer Straftaten beschuldigt und nie mehr auf freien Fuß gesetzt werden.

Jerome McMullen kam auf Bewährung frei und verbrachte diese Zeit, indem er sich ehrenamtlich für gute Zwecke in King County engagierte. Danach gründete er eine eigene Selbsthilfegruppe für ehemalige Gefangene.

Nathan Quinn richtete seinen Krawattenknoten. Er hatte sich die Bartstoppeln abrasiert, und seine Haare waren fast so kurz wie im Dezember. Die Narben fielen ihm gar nicht mehr auf – sollten andere Leute sie bemerken, dann war das nicht sein Problem.

Es war ein paar Wochen her, seit Conrad Locke festgenommen worden war und er langsam begriffen hatte, dass nichts jemals wieder so sein würde wie zuvor. John hatte einige Zeit auf seinem Boot verbracht, das im Hafen von Poulsbo gelegen hatte, während er im Gefängnis war. Und sie hatten über einige Dinge gesprochen, andere hingegen würden sie wohl niemals thematisieren. Es war genug. Es war ein Anfang.

Quinn wusste nicht, was Cameron von den Stunden, als er dem Tod so nahe war, geblieben war. John schien alles zu absorbieren und irgendwie damit umzugehen, so wie ein Fels dem Wetter trotzt. Dennoch, die Zeit, die er auf dem Boot verbrachte, die Fahrt um die San Juan Islands, brauchte er sicherlich, um nachzudenken, um das Gleichgewicht nach diesem irritierenden Moment der Verwundbarkeit wiederzufinden. Zumindest hätte es jeder andere so gemacht. Quinn wurde wieder einmal klar, dass das Innenleben seines Freundes unbekanntes Land war, und es gehörte zu den verqueren Freuden des Lebens, dass dieser Mann, der wie ein Bruder für ihn war, so schwer zu lesen war.

Als er Cameron von seinem Entschluss erzählt hatte, hatte sein Freund gelächelt.

»Dir ist klar, was das bedeutet«, fuhr Quinn fort. »Ich werde dich nie wieder anwaltlich vertreten können.«

»Ich weiß, aber da gehörst du schon immer hin«, sagte Cameron.

»Es gibt keine anwaltliche Schweigepflicht mehr, John.«

»Wir müssen es nehmen, wie es kommt. Wann fängst du an?«

»Im Juni.«

»Gut. Je früher, desto besser.«

Mehr wurde nicht zu diesem Thema gesagt.

Nathan Quinn nahm einen der Schiffskompasse, die seinem Vater gehört hatten, und steckte ihn sich in die Tasche seines dunklen Anzugs.

David Quinns Beerdigung fand im sanften Regen eines Märznachmittags statt, der Himmel war sich nicht so sicher, was er mit sich anfangen sollte, und ließ in jedem Fall die Sonne durch.

Rabbi Stien erzählte von einem Jungen, der ein helles Licht für alle gewesen war, die ihn gekannt hatten, und er sprach von Hoffnung. Vier Personen waren anwesend: Nathan Quinn, John Cameron, Alice Madison und Carl Doyle. Die Zeremonie war kurz, und am Ende legte Quinn den Schiffskompass ihres Vaters auf Davids Sarg und ließ die Hand einen Moment lang darauf ruhen. John Cameron stand an seiner Seite.

Madison verharrte noch kurz und dachte an den Baseballhandschuh und das Sonics-Trikot; sie dachte an die Muscheln in dem Pappkarton. Als Rabbi Stien Quinn umarmte, schaute sie weg.

Der Friedhof um sie herum war dunkelgrün und üppig. Sie gingen schweigend hindurch, und keiner von ihnen bemerkte den Fotografen mit dem langen Objektiv.

Andrew Riley machte mit klopfendem Herzen in wenigen Sekunden zwanzig Aufnahmen, stieg wieder in sein Auto und fuhr weg. Eines der Bilder sollte von seiner Agentur verkauft werden und am nächsten Tag auf den meisten Titelblättern erscheinen. Manche druckten es neben einem fünfundzwanzig Jahre alten Bild ab. Es war eine tiefe Genugtuung für Riley, der genug verdiente, um nicht mehr in seiner Einzimmerwohnung wohnen zu müssen. Dieses hier, überlegte er, als er es mit seinem professionellen Blick betrachtete, war wahrscheinlich nicht ganz so dramatisch wie das alte, aber es war unendlich interessanter. *Rechtsanwalt Nathan Quinn, Bruder des Opfers, flankiert von einem*

Mörder auf der einen Seite und einer Polizistin auf der anderen.

Nach der Beerdigung gingen alle außer Doyle ins *The Rock*, wo Chefkoch Donny O'Keefe dem Personal für den Rest des Tages freigegeben hatte und es genoss, ausnahmsweise einmal in der leeren Küche zu hantieren.

Madison ging auf die Veranda, um frische Luft zu schnappen, das beißende Salz knisterte beinahe im Wind, der Himmel über dem Wasser war weit.

Als sie sich umdrehte, stand Cameron da. Seit Whatcom County waren sie nicht mehr allein gewesen.

»Ich wollte Sie eines noch fragen, Detective«, sagte er.

»Nur zu.«

»An dem Abend, da hätten Sie mich niemals lebendig in das Flugzeug steigen lassen, oder?«

Es kam ihr vor, als wäre es eine Ewigkeit her. Das war die Entscheidung, die Madison auf der Fahrt zu dem Feld getroffen hatte, und auch der Grund, weshalb sie Quinns Anruf nicht angenommen hatte.

»Nein«, sagte sie. »Ich hätte nicht zugelassen, dass sie Sie lebendig wegbringen. Wenn es keinen anderen Ausweg gegeben hätte …«

Sie musste den Satz nicht zu Ende sprechen.

»Ich wusste es.« Cameron lehnte sich auf die Brüstung.

»Warum haben Sie mir vertraut?«

»Weil Sie nicht zurückfahren und Nathan sagen konnten, dass Sie mich verloren hatten.«

Genauso war es, dachte Madison, und sie war froh, dass Cameron nicht mehr Worte darüber verlor.

Die drei saßen in dem leeren Restaurant um einen Tisch. Madison erzählte ihnen, dass Amy Sorensens Maschine alle Fingerabdrücke von dem Stück Papier analysiert hatte, aber keiner davon gehörte Conrad Locke. Dieses Beweismittel würden sie nicht haben. Sie glaubte immer noch daran, dass jede Berührung eine Spur hinterließ, selbst wenn es nicht die Spur war, die man erwartete. Am Ende gewann Locard immer, jenseits aller Maschinen und Software und Spurenanalyse.

»Vincent Foley«, sagte sie, »hat die Botschaft mit sich getragen, die sein Bruder ihm antrainiert hatte, Wort für Wort, auch wenn er diese Botschaft selbst nicht verstanden hat.«

»Vincent Foley«, wiederholte Cameron.

Alle ihre Geister hatten jetzt Namen. Das Leben dieser Männer war um ein einziges Ereignis herumgewachsen wie eine Perle um ein Sandkorn, und Madison kam es vor, als hätte sich sogar die Luft in deren Welt verändert.

»Wann fangen Sie wieder in der Kanzlei an?«, fragte sie Quinn.

»Gar nicht«, antwortete er. »Die Juniorpartner übernehmen die Kanzlei und ändern den Namen. Mir wurde die Stelle des Sonderberaters der Staatsanwaltschaft des Staates Washington angeboten, und ich habe ja gesagt.«

»Sie werden wieder Staatsanwalt?«

Die Uhr drehte sich zwanzig Jahre zurück, und die Freundschaft der Männer musste ganz neue Grenzen austesten.

In diesem Moment kam O'Keefe mit Getränken und Kaffee aus der Küche. »Da wir nicht wissen, wann die Herren wieder gleichzeitig vor Ort sein werden, sollten wir jetzt unser Spiel spielen und uns davon durch die lange Nacht tragen lassen.«

»Ich gehe auf Reisen«, erklärte Cameron Madison.

»Geschäft oder Vergnügen?«, fragte Madison.
»Ein bisschen von beidem.«
Kalifornien, dachte Madison. Sie sah zu Quinn hinüber, und ihre Blicke trafen sich. Diese neuen Grenzen konnten früher kommen als gedacht.
O'Keefe hatte den Tisch bereits vorbereitet und holte die Karten heraus.
»Ich spiele nicht«, sagte Madison.
»Sie tun es vielleicht nicht, aber Sie können es mit Sicherheit«, sagte Cameron.
»Woher wissen Sie das?«
»Spielt das eine Rolle?«
Ein Silberdollar kam zwischen den flinken Fingern des Kochs zum Vorschein. »Kopf, und Sie spielen, Zahl, und Sie lassen es.«
»Bleiben Sie, Detective, und spielen Sie mit«, sagte Quinn. »Nur dieses eine Mal.«
Madison wandte sich um, als die Silbermünze wirbelnd durch die Luft flog.

Danksagung

Einige der Örtlichkeiten in dieser Geschichte sind fiktiv, weil es mir widerstrebt, Mord und Totschlag in real existierenden Häusern und Straßen anzusiedeln. Auch die verschiedenen Bezirke und Zuständigkeiten des Polizeidezernats von Seattle wurden leicht angepasst.

Es gibt eine wunderbare Website namens www.lostairports.com, auf der ich viel Zeit verbracht habe, um herauszufinden, wo man im Nordosten des Staates Washington ein kleines Flugzeug landen kann.

Einige Leute haben dieses Abenteuer für mich möglich gemacht, und so gilt mein Dank:

Meiner Familie in Italien für ihr unermüdliches Anfeuern und die phantastische PR.

Cori, Francesca und Claudia Giambanco für schwesterliche Unterstützung über verschiedene Ozeane hinweg.

Sheyla Ravan für gute Gedanken und Maisfladen, die ich immer in Erinnerung behalten werde.

Kezia Martin und Anita Phillips, die jedes Kapitel sofort gelesen haben und mich hin und wieder in die Rippen stießen, wenn ich zu lang brauchte.

Clair Chamberlain für Weisheit und Margaritas, wann immer nötig.

Familie Berglund in Seattle dafür, dass sie uns ihr Heim und ihr Herz geöffnet hat.

Meiner Mutter für mehr, als ich hier je sagen könnte.

Gerald für seine unschätzbaren Auskünfte in Sachen Ballistik und Do-it-Yourself.

Es gäbe dieses Buch nicht ohne meine Agentin Teresa Chris und ihre Energie, ihren Humor und ihre unersetzlichen Ratschläge.
Jo Dickinson und Stef Bierwerth, meine Lektorinnen bei Quercus, die diesen Roman mit viel Leidenschaft bis zur Veröffentlichung begleiteten und genau wussten, wie viel Blut mein Name auf dem Cover vertragen konnte.
Und schließlich das hervorragende Team bei Quercus, das für Madison & Co. ein glückliches Heim geschaffen hat – Kathryn Taussig, Hannah Robinson und Mark Thwaite, der mich unerschrocken ins 21. Jahrhundert zog, indem er mich mit etwas namens »Twitter« vertraut machte.